MARIA REGINA HEINITZ

# Als der Sommer eine Farbe verlor

ROMAN

BLOOMSBURY BERLIN

MIX
Papier aus verantwortungsvollen Quellen
FSC® C014889


Umschlaggestaltung: ZERO Werbeagentur, München
unter Verwendung eines Bildes von © FinePic®, München
Typografie: Andrea Engel, Berlin
Gesetzt aus der Meta Serif Pro, Meta Plus Roman
und der American Typewriter von
hanseatenSatz-bremen, Bremen
Druck und Bindung: Druckerei Pustet, Regensburg
Printed in Germany
ISBN 978-3-8270-1188-6

www.berlinverlag.de

Für Juju

Lasciatemi morire
Lasciatemi morire
E che volete voi che mi conforte
In cosí dura sorte
In cosí gran martire
Lasciatemi morire

Lamento d'Arianna, Monteverdi

# Prolog

Sommer 1976

Es war einer dieser besonderen Sommertage. Einer, an dem man fast durchdreht vor Glück. Wir meinten, es gehörte uns. Wir hielten es fest, wie einen Schmetterling in der hohlen Hand. Ich höre immer noch Marcels Lachen zwischen den Beerensträuchern, Schwärme von Mücken tanzen vor dem wolkenlosen Himmel, das fröhliche Geschwatze der Vögel dringt von den Bäumen herunter, und ich rieche den Duft von blühendem Jasmin. Wir waren glücklich. Wenn jemand gekommen wäre und gesagt hätte: »Heute Abend ist alles vorbei«, ich hätte gelacht, wie man eben lacht, wenn man an das Glück glaubt.

Aber es kam so.

Wenn ich heute darüber nachdenke, hatte Farfadetnoir schon Tage vorher seinen Schatten über unseren Sommer geworfen. Es war nur, weil Mamique gekommen war, dass wir seine Ankunft vergessen hatten. Die Sorglosigkeit hatte uns übermannt. Noch einmal, kurz.

Ich hatte mich hoch oben in einer Tanne am Wäldchen versteckt. Durch die Zweige konnte ich über die Wiese bis zum Haus hinaufsehen. Mamique suchte gerade nach Marcel. Er saß unter dem Magnolienbusch, den Aimée zu seiner Geburt mitten auf den Rasen unterhalb der Terrasse hatte pflanzen lassen. Hasenklein zusammengekauert saß er dort.

Aimée liebte Magnolien. Sie sagte, die Blüten im Frühjahr seien die Geburtsstätte von Elfen. Aus ihrem Tau tauchten sie auf, in einer Vollmondnacht, ganz winzig klein. Mit bloßem Auge hielt man sie für Blütenstaub. Sie erzählte ständig solche Geschichten.

Der Busch hatte in einer der letzten Nächte auf einen Schlag den Großteil seiner Blätter verloren, und Aimée hatte gesagt, vielleicht sei das ein Zeichen, ohne uns zu erklären, wofür. Es hatte nur etwas Düsteres im Raum gehangen, nachdem sie es gesagt hatte, und ein bisschen war es so gewesen, dass dieses Düstere sie danach verfolgte. Als hätte sie es nicht sagen sollen, das mit dem Zeichen.

Marcel war ziemlich schlecht versteckt unter den dürren Magnolienästen. Er saß in der Hocke an den niederen Stamm gelehnt, beide Hände auf die Augen gepresst, und hielt sich für unsichtbar.

Mamique rief nach uns. Ihre tiefe raue Stimme klang über der Wiese und machte mich glücklich.

»Marcellino, wo bist du? Hast du deine alte Großmutter verlassen?« Sie schlich um die Magnolie und tat, als würde sie herzzerreißend weinen.

Mein Bruder biss sich auf die Unterlippe. Die Vorstellung gefiel ihm. Dann, ganz langsam, löste er sich aus seiner Häschenhaltung und sprang ihr mit lautem Geschrei in die Arme.

»Hier bin ich, hier«, schrie er und drängte sich mit aller Kraft an sie.

Zur gleichen Zeit schloss Aimée oben im zweiten Stock den letzten noch offen stehenden Fensterladen. Die Sonne schien ihr ins blasse Gesicht. Sie winkte kurz mit einer müden Handbewegung zu mir herunter.

An einem anderen Tag hätte mich ihre Geste geschmerzt, an einem anderen Tag hätte ich versucht, ihr ein Lächeln abzuringen. Aber heute war ein besonderer Tag, heute war Mamqiue da und suchte nach uns, und so schnell, wie meine Mutter am Fenster ihres Ateliers aufgetaucht war, hatte ich sie auch schon wieder vergessen.

Ich sah Mamique und Marcel miteinander flüstern. Er war von ihrem Arm gesprungen und zog sie in meine Richtung. Er hatte gesehen, wie ich auf den Baum geklettert war. Kleiner Mistkerl! Wenn er jetzt mein Versteck verriet ... Zielstrebig steuerte er auf mich zu. Etwa drei Meter vom Stamm meiner Tanne entfernt fasste er unter einen Busch und zog den roten Ball mit den schwarzen Punkten hervor. Ein halb luftleeres, nicht mehr ganz rundes Gebilde, das er sonst unermüdlich durch die Gegend kickte. Ich atmete auf.

»Regardes«, sagte er und hielt unserer Großmutter das schlappe Ding hin, »mon ballon!«

»Wir müssen Bénédicte finden«, sagte Mamique und hob meinen widerstrebenden Bruder mitsamt dem Ball auf den Arm.

Sie ging unter meiner Tanne vorbei, in das Wäldchen hinein, den kurzen Abhang hinunter, dorthin, wo ein Zaun unser Grundstück vom angrenzenden Wald trennte.

»Bicky!«, hörte ich Marcel albern kichern und dann in besorgtem Ton zu Mamique sagen: »Aber wenn wir sie gefunden haben, spielen wir au ballon?«

»Oui, Marcellino, oui, c'est promis!«, beruhigte sie ihn. »Auf jeden Fall, versprochen!«

Doch nicht Mistkerl, dachte ich und lauschte, während ich sie aus den Augen verlor, ihrem leiser werdenden Gespräch.

Hin und wieder knackte ein Zweig, doch der Wald dämpfte ihre Schritte, und die dicht stehenden Bäume machten aus ihrem Gespräch bald ein dumpfes Gemurmel.

Sie würden mich nicht finden. Ich beschloss, ihnen hinterherzuschleichen und sie zu erschrecken. So schnell es die spitzen, verharzten Äste erlaubten, glitt ich am Stamm hinunter. Ich landete auf dem federnden Waldboden und rieb die Handflächen kräftig aufeinander, um sie von Dreck und Rindenstückchen zu befreien. Für einen Moment steckte ich die Nase zwischen meine

Hände, schloss die Augen und sog den würzigen Geruch der Tanne tief in meine Lunge ein.

Da knackte ein Ast hinter mir. Ich drehte mich um. Schallendes Gelächter. Marcel und Mamique!

Ich wartete nicht, ich rannte. Ich nahm meine ganze Kraft zusammen und rannte, rannte und rannte, und meine Großmutter rannte hinter mir her, ich hörte, wie sie außer Atem rief, ich solle langsamer machen, sie sei schließlich eine alte Frau, und ihr hinterher, auf weitaus kürzeren Beinen, rannte Marcel, der verzweifelt schrie: »Wartet, wartet doch!«

Wir warteten nicht, wir rannten um die Wette. Mamique und ich. Kurz vor dem Ziel strauchelte ich und fiel ins Gras. Sie stolperte über mich und sank an meine Seite. Sie lachte aus vollem Halse und vergrub ihr Gesicht in meinen Haaren. Ich spürte ihre Nase an meinem Hinterkopf.

»Du kleines, ausgebufftes Mädchen, deine alte Großmutter kurz vor dem Ziel zu Fall bringen ...«

»Selber ausgebufft.« Ich rollte mich an ihren Bauch und schloss die Augen. Warm schien uns die Sonne ins Gesicht. Sie zog Marcel zu uns herab, schlang mit einem Seufzer ihre langen, muskulösen Arme um uns, und ich sagte: »Es ist so schön, dass du da bist!« Sie drückte uns noch ein bisschen fester an sich und raunte mit geschlossenen Augen: »Mmmmmh.«

»So. Pause.« Mamique schob uns von sich, zupfte einzelne Grashalme von ihrer Hose. Wir schauten ihr hinterher, wie sie die Stufen zur Terrasse hinaufging, sich auf die verwitterte Bank vor dem Wintergartenfenster setzte, mit den Händen über ihre Oberschenkel rieb und sich zurücklehnte, um einen Zigarillo anzuzünden.

»Lass uns hochgehen, Mamiques neue Farben ausprobieren«, sagte ich zu Marcel.

»Ich darf damit malen?«, stieß er fast ungläubig, hinter mir die Stufen emporstapfend, hervor. Er wusste, dass mir Mamiques eigens für mich angemischte Farben heilig waren.

»Klar!« Ich zog ihn in mein Zimmer, gab ihm einen Pinsel in die Hand und schob eine Leinwand auf die kleine Staffelei.

»Ich mache das ›La vie en rose-Lied‹ an, okay?« Es war gerade mein Lieblingslied, passend zu meiner Lieblingsfarbe, ich hatte es bestimmt schon tausend Mal gehört, obwohl es eigentlich nichts mit mir zu tun hatte. Ich fand es auf irgendeine Art aufregend. Es handelte von einer Frau, die verliebt ist und deshalb alles in Rosa sieht.

Marcel fixierte die Leinwand und nickte halb abwesend. Auf seinem Pinsel leuchtete eine Version von Mamiques Rosétönen. Er machte eine wichtige Miene: »Was soll ich für dich malen?«

Ich legte die Platte der Piaf auf Aimées alten Plattenspieler und drehte den Regler auf 10.

10 war ziemlich laut. Die Nadel kratzte.

»Einen Rosenblätterregen«, sagte ich und setzte mich in das geöffnete Fenster, schlug die Beine übereinander, lehnte den Kopf an den Rahmen und war mindestens siebzehn. Ich fragte mich, ob Marcel das sehen konnte. Die Instrumente plärrten schrill, ich sang mit, so laut ich konnte. Von unten wehte Mamiques Zigarillorauch herauf. Ich tat, als hielte ich selbst einen Zigarillo zwischen den Fingern, ich sog die warme Sommerluft ein, den Geruch von verdorrtem Gras, süßem Blütenduft und trockenem Staub, und formte zum Ausatmen die Lippen, wie Mamique es tat, wenn sie nach einem tiefen Zug den Rauch ausstieß, die Augen leicht geschlossen.

Un grand bonheur qui prend sa place,
des ennuis, des chagrins s' effaçent,
heureux, heureux à en mourir.*

Heureux à en mourir ... sterbensglücklich, dachte ich. Das war verdammt groß. Für einen Moment ahnte ich, wie groß.

»Bic!!! Maman ...«, brüllte Marcel mir durch die laute Musik zu. Ich hing noch in Gedanken. Er zeigte nach oben. Ich drehte die Piaf leise und horchte. Ein Klopfen über uns. Verunsichert sahen wir uns an.

»Wir sind zu laut ...«, sagten wir fast gleichzeitig und verdrehten die Augen, dass wir darüber lachen mussten.

»Hat sie immer noch ...?« Marcel fasste sich an die Stirn, er meinte: den Kopfschmerz, den Farfadetnoir mitgebracht hatte.

»Ja, denke schon ...« Ich schaltete den Plattenspieler aus. Manchmal, zwischendrin, vergaßen wir es einfach. Aimées Atelier befand sich direkt über uns. Unvermittelt war es sehr still geworden, nur Marcels Pinselborsten schabten hin und wieder über die Leinwand.

Ich sah sie vor mir, Aimées Augen in dunklen Höhlen, wie liegen gelassene Malkohle, leblos schwarz. Wir waren ihr in den letzten Tagen aus dem Weg gegangen. Nur noch auf Zehenspitzen waren wir durchs Haus geschlichen. Wenn es möglich gewesen wäre, hätten wir sogar das Vogelgezwitscher draußen leiser gedreht.

Aber heute Morgen war endlich Mamique angekommen und hatte für uns den Sommer zurückgeholt.

Wieder dieses Klopfen.

---

* Längere französische Zitate und Redewendungen sind im Anhang übersetzt.

»Meinst du, wir sind immer noch zu laut?« Marcel stellte den Pinsel in ein Glas mit Leinöl und sah mich verunsichert an.

»Wahrscheinlich stört es sie schon, wenn wir hier pupsen. Komm, lass uns runtergehen.«

Er kicherte.

Ich nahm ihn an die Hand, und wir gingen nach unten. Ich musste daran denken, wie Aimée manchmal, wenn es irgendwo gerade am allerschönsten war, plötzlich mit düsterer Stimme sagte: »So. Jetzt gehen wir. Schluss, aus!« Sie schaute dann für ein paar Sekunden mit strengem Blick in unsere erst verunsicherten und dann entrüsteten Gesichter, bevor schallendes Gelächter in ihr emporstieg. Jedes Mal wieder fielen wir darauf rein und stürzten uns entrüstet auf sie, bis sie rief: »Arrêtez, arrêtez! Hört auf! Ich habe nur Spaß gemacht!«

Wenn sie das mal mit ihrer Migräne machen würde, dachte ich. Wenn sie in so einer Geisterstimmung aus ihrem Atelier käme, in die Hände klatschen und durch das Treppenhaus rufen würde: »Es gibt keine Migräne, les enfants! Farfadetnoir ... mais non! C'était juste une plaisanterie!«

Genau genommen gab es zwei Aimées: die laute, helle, strahlend schöne und die stumme, geplagte, verletzliche, blasse, in der Farfadetnoir hauste.

Manchmal geschah es, dass sie traurig wurde. Ganz plötzlich überkam es sie, als habe Farfadetnoir sie gestreift. Ihr Lächeln verwehte dann, und zurück blieben nur diese kleinen, runden Fältchen an den Mundwinkeln. In diesen Momenten war mir, als rückte sie ein kleines Stück von uns ab, als seien wir zu warm oder sie zu kalt und eine Zumutung. Sie zu berühren, die Hand nach ihr auszustrecken war unmöglich, irgendetwas hielt mich davon ab, etwas, das sich anfühlte, als ob es sie wegzöge von uns, etwas, das kühl und fremd war, vor dem ich Angst hatte, es könne seine Finger auch nach mir ausstrecken.

Der köstliche Duft frisch gebackener Pfannkuchen hing im Treppenhaus, als wir nach unten gingen. Späte Sonnenstrahlen schienen durch das Küchenfenster und malten, zusammen mit den windbewegten Blättern des Nussbaums, ihre flackernden Schatten auf Mamiques Gesicht. Sie stand am Herd und verteilte Blaubeeren über den Teig in der Pfanne.

»Genug gemalt?« Sie betrachtete Marcels rosa bekleckerte Unterarme.

Wir nickten.

»Tolle Farbe!« Marcel zeigte auf ein bestimmtes Rosa an seinem Unterarm und kicherte. Mamique lachte.

Die Pfannkuchen waren die besten überhaupt, wie immer, wenn unsere Großmutter sie machte.

Mit rund gegessenen Bäuchen saßen wir nebeneinander auf der Terrassenbank: Marcel, Mamique und ich. Wir streckten uns gegenseitig die blauen Zungen heraus, und ich meinte, so einen Blaubeerton müsse Mamique demnächst einmal mischen, und sie war der gleichen Meinung, und Marcel sagte einfach nur: »Mmh, stimmt genau«, und kicherte wieder albern.

»Bring die hier bitte Aimée nach oben«, sagte sie ein bisschen später und hielt mir einen großen Teller mit dampfenden Pfannkuchen entgegen.

Die Tür zum Atelier stand offen. Lichtstreifen drängten durch die Lamellen der geschlossenen Fensterläden und fielen in hellen Linien über den warmen Dielenboden. Aimées Chaiselongue war leer. Wie eine Gebirgskette lag ihre weiße Wolldecke auf dem dunklen Samt. Ich konnte sehen, dass ihr Körper vorher darin eingewickelt gewesen war. Ich ging einige Schritte in den Raum, um einen Blick auf die Staffelei zu werfen. Das Bild war fertig. Sie hatte ihr Zeichen daruntergesetzt. A. B. Aimée Beaufort – oder Baron. Ungewöhnlich lange hatte sie dieses Mal daran gemalt, mehr als sechs Monate.

»Ich muss an meiner Familie arbeiten ...«, hatte sie noch letzte Woche gesagt, als Papa vorgeschlagen hatte, einen gemeinsamen Ausflug ins Moor zu machen. »... die Mutter ist noch nicht perfekt, das Herz ...«, hatte Aimée gesagt, und wir waren dageblieben, damit sie die Mutter und das Herz perfektionieren konnte.

Ich starrte das Bild an. Zehn Augen starrten zurück, dass einem ganz anders wurde: Vater, Mutter, Großmutter, zwei Kinder. Ihr Blick sagte: »Verschwinde! Das geht dich nichts an hier!«

Sie sahen sich sehr ähnlich mit ihrem langen, leicht gewellten rötlichen Haar, das ihnen über die Schultern fiel. Jeder trug ein über der Brust geschnürtes Hemd. Sie saßen nebeneinander, wie auf einer Bühne, an einer langen, schlichten Tafel aus grobem Holz. Jemand, der ihnen gegenüberstand, hatte gerade ihr Gespräch unterbrochen und sie durch seine bloße Anwesenheit gezwungen, aufzusehen. Ich. Ganz außen saßen auf der einen Seite der Vater, auf der anderen die Großmutter, wie ein Rahmen, der Sohn neben dem Vater, die Tochter neben der Großmutter. Die Mutter in der Mitte. Auf ihrem Teller ein mehliger Brotlaib und ein Messer mit gezackter Klinge. An ihrer Spitze klebte Blut. Die Teller der anderen waren leer. Das Hemd der Mutter war über der Brust aufgerissen, wie in Eile, bei einem Notfall. Die frei liegende Brust war durch einen sauberen Senkrechtschnitt geöffnet. Ich sah ein tiefrotes Herz: ein akkurat gemaltes Medizinbuchherz inmitten des klaffenden Fleischs. Es war perfekt. Mit allem Drum und Dran. Aber mich fesselte nicht das Herz.

Ich hing an ihrem Blick, der erfüllt war von einer dunklen Sehnsucht, die mich ängstigte.

Hinter den Personen am Tisch zeichnete sich vage ein Raum ab. Gegenstände waren schwer zu erkennen, ein kleines Fenster öffnete den Blick zu einer Hügellandschaft auf der Rückseite des Hauses. Ich sah Schafe über sanfte Erhebungen laufen, und weiter hinten grasten weiße Kühe, wie es sie in Aimées Heimat, in Burgund gibt. Ich war stark an eines dieser Jesus-beim-Abendmahl-Bilder erinnert. Wir hatten eine Menge davon mit Mamique im Louvre gesehen. Auch die Stimmung war ähnlich – die Ruhe-vor-dem-Sturm-Stimmung, nur die Figuren stimmten nicht. Das Messer. Was bedeutete das Messer ... und dieser Blick?

Ich würde sie fragen.

»Maman?«, sagte ich leise, um sie nicht unnötig zu erschrecken. Ich vermutete sie in dem kleinen Badezimmer, das im Schatten eines Mauervorsprungs neben dem Atelier lag.

Leise ging ich hinüber, hob die Hand, um an die Tür zu klopfen, als mein nackter Fuß in etwas Warmes, Klebriges trat. Verwundert hielt ich inne. Ich hob den Fuß.

Rot und dunkel floss es langsam unter der Tür hervor und sammelte sich, in drei kleinen, kreisförmigen Nasen.

Niemand hörte meinen Schrei. Er ging im Zerschellen des Tellers unter.

Man muß weggehen können
und doch sein wie ein Baum:
als bliebe die Wurzel im Boden,
als zöge die Landschaft und wir ständen fest.
Man muß den Atem anhalten,
bis der Wind nachlässt
und die fremde Luft um uns zu kreisen beginnt,
bis das Spiel von Licht und Schatten,
von Grün und Blau,
die alten Muster zeigt
und wir zuhause sind,
wo es auch sei,
und niedersitzen können und uns anlehnen,
als sei es an das Grab
unserer Mutter.

*Hilde Domin – Ziehende Landschaft*

## 1.

Wir zogen in eine Kleinstadt mitten im plattesten Landstrich Deutschlands. Der Ort hieß Sprede. Es gab eine Bahnlinie, ein Theater, ein Kino, ein Gymnasium und einen Kindergarten, zwei Kirchen, einen Ententeich und ein Krankenhaus. Eine heile Was-will-man-mehr-Kleinstadt. Vor den Toren der Stadt streckten, bedeckt von grauem Staub, Zementwerke ihre langhalsigen Schornsteine in den Himmel. Bei unserer Ankunft stießen sie weiße Rauchwölkchen in die Luft, als schwenkten sie Friedensfahnen.

»Ihr werdet sehen, Sprede ist ein Paradies für Kinder«, sagte Papa, als wir in Hamburg losfuhren.

Im Radio lief »SOS« von ABBA. Selbst das tatsächliche Paradies wäre ohne Aimée kein Paradies für uns gewesen, aber ich sagte nichts. Sie war in einem Sanatorium im Nirgendwo, während wir uns auf dem Weg in eine neue Stadt befanden, von der wir nichts wussten als den

Namen und Papas Verheißung. Und auch Mamique war nicht mitgekommen.

Ich erinnere mich, dass alles sehr schnell gegangen war. Fast überstürzt hatte Papa die Entscheidung getroffen, Hamburg mit uns zu verlassen. Mamique, die in den Tagen zwischen Aimées Verschwinden und unserem Auszug bei uns geblieben war, hatte seine Entscheidung nicht nur nicht gutgeheißen, sie war sogar richtiggehend wütend geworden, als Papa sie gebeten hatte, uns nach Sprede zu begleiten. Niemals zuvor und niemals danach habe ich sie so aufgebracht gesehen.

Meine Großmutter brachte so schnell nichts aus der Fassung. Selten sprach sie lauter, sie war eine Meisterin der kleinen Gesten. Oft war es nur der Ausdruck ihrer Augen, eine Handbewegung, ein Brauenzucken, aber unmissverständlich wussten wir, was sie damit meinte. Unvorstellbar, dass sie lauter wurde, dass sie sich ›gehen ließ‹, wie sie einmal verachtungsvoll über ihre Haushälterin gesagt hatte, als diese wegen einer Sache in Tränen ausgebrochen war.

»Ich habe dir gesagt, das funktioniert nicht«, begann Mamique noch etwas verhalten, doch dann schossen die Worte wie Messerwürfe, leise, scharf und blitzschnell aus ihr hervor.

»Emil! Ehemann und Therapeut!« Sie zählte die Worte an Daumen und Zeigefinger auf und hob sie Papa entgegen. »Ein Notfall nach dem anderen in diesem Jahr. Fünf Mal bin ich hierhergekommen. Wie blind bist du? Was soll denn noch alles passieren?«

Ich hatte durch die leicht geöffnete Tür seines Arbeitszimmers gesehen, wie er bei jedem ihrer gezielten Würfe zusammenzuckte, wie er ansetzte, ihr zu antworten. Ich sah, wie sie abwehrend die Hände hob. Wie er schwieg.

»Du wirst jetzt sagen, sie hat dieser Therapie zugestimmt. Je sais. Aber warum? Weil du ihr Hoffnungen gemacht hast, ständig, diese absolut verrückten Hoffnungen ... weil ihr Leidensdruck so groß war, dass sie nicht wusste, worauf sie sich einlässt. Du mit deiner größenwahnsinnigen Experimentiererei! Weil du nicht hinnehmen willst, dass sie so ist, wie sie ist! Dass die Dinge sich anders verhalten, als du sie dir vorgestellt hast!« Mamique senkte das Kinn leicht zur Brust, holte Luft.

Papa starrte sie an, und ich starrte Papa im Türspalt an. Experimentiererei? Mit was, mit wem hatte er experimentiert? Mit Aimée?

»Du hast dir das alles so schön vorgestellt! Une famille! Ich habe dir das damals gesagt. Weißt du noch? Ich habe dich gebeten, das alles sein zu lassen. Aber du: Diese egoistische Liebe ... Liebe! Emil, wenn ich das schon höre. Du warst verrückt nach ihr, du wolltest sie ganz für dich haben! Eine Familie, quelle idée obsédante! Du warst besessen davon, das Unmögliche möglich zu machen. Eine Familie ist nicht das Holz, das ein kreatives Feuer brennen lässt, eine Familie löscht es aus, langsam, ganz langsam erstickt sie es. Hörst du? Und jetzt, voilà, jetzt ist es passiert! Dein ganzes Ding bricht zusammen. Famille!«

Ich konnte nur noch Papas Rücken sehen, er hatte den Kopf in die Hände gestützt und wiegte ihn hin und her, wie ein Kind auf der Suche nach Schlaf. Ab und zu kam auch Mamique ins Bild, sie ging an der Fensterfront auf und ab. Sie fuchtelte mit den Händen in der Luft, einzelne Haarsträhnen hatten sich aus ihrem langen grauen Zopf gelöst.

»Was hast du dir dabei gedacht? Zwei Kinder! Zwei Kinder! Eine Familie bringt sie um, habe ich dir gesagt. Du bist ein Egoist! Stellst sie an den Herd, lässt sie Essen kochen und fährst dreimal im Jahr mit ihr in den Urlaub. Bravo!«

»Sie hat es so gewollt ...«

Ich versuchte, Mamiques Worte zu verstehen. Zwei Kinder ... das waren Marcel und ich! Wir waren die Familie! Ich sah zu Papa hinüber und erschrak. Es sah aus, als ob er lautlos weinte, seine Schultern zitterten. Ich hatte ihn noch nie weinen sehen.

Ich bekam es mit der Angst zu tun.

»Sie wollte immer eine Familie, sie hat nur davon geredet, sie hat sich nichts so sehr gewünscht, ... weil sie selbst nie eine hatte!« Papa war laut geworden, die letzten Worte hatte er Mamique ins Gesicht geschleudert.

»Ah! Un moment! Ich bitte dich! Ich. Ich war ihre Familie«, sie klang unerbittlich, klopfte sich mit der flachen Hand gegen die Brust, »ich war ihr Vater und Mutter und«, sie zögerte, »... Bruder ... ich habe ihr alles gegeben, glaub mir. Und sie war glücklicher als viele andere Kinder, deren Väter aus dem Krieg zurückgekehrt und deren Brüder davongekommen sind.«

Papa richtete sich auf, er wandte sich ihr jetzt ganz und gar zu. Aber Mamique sah ihn nicht an, sie schien ganz woanders zu sein. Ich dachte, wie sehr sie in gleichem Maße für mich Großmutter und Großvater in einem war, wie wenig ich sie mir mit dem Mann auf dem Foto in ihrem Atelier vorstellen konnte. Sie hatte ihn nie gebraucht. Ein Mann war in ihrem Leben überflüssig. Sie spaltete mit Leichtigkeit das Holz für den Kamin und handhabte das Jagdgewehr, als sei es das Normalste der Welt, dass Großmütter damit auf Karnickel schossen. Im Sommer fuhr sie mit einem kleinen Traktor über die Wiesen, um das Gras zu schneiden, und wenn das alte heisere Ding nicht fahren wollte, reparierte sie es mit bis zu den Ellbogen ölverschmierten Armen – und immer mit dem Ergebnis, dass er wieder fuhr. So war Mamique.

»Sie wollte immer Normalität, sie wollte ein völlig normales Leben führen. Vater, Mutter, Kinder ...« Fast bittend klang Papa jetzt, flehend, Mamique möge ihm Glauben schenken.

Sie schnaubte höhnisch.

»Gerade du müsstest wissen, dass das für sie unmöglich ist. Deine Normalität bedeutet für sie Stillstand, und jeder Stillstand vergrößert ihre Depression.«

»... sie hat ihr Stabilität gegeben.«

»Die Familie? Nein, Emil. Das kannst du nun wirklich nicht behaupten. Die Familie hat sie zerrissen. Die Verantwortung für diese Familie hat sie überfordert und entzweigerissen.«

»Delphine, du weißt selbst, dass ein maßgeblicher Grund für ihren Schmerz, ihre Zerrissenheit, in der Vergangenheit liegt. Den Bruder so zu verlieren ... Und es ist immer noch da.«

Mamique machte eine Handbewegung, als habe sie Papas Meinung schon viele Male gehört und sei es nun leid, die Geringschätzung, die sie ihr beimaß, noch mal erläutern zu müssen.

»Bruno ... ja, das war furchtbar«, sie schloss für einen Moment die Augen, »aber diese Geschichte ist lange her, Emil. Es macht keinen Sinn, sie immer und immer wieder hervorzuholen. Du solltest die Vergangenheit ruhen lassen. Und ihr solltet hierbleiben. Spröde ist keine Lösung.«

»Sprede«, sagte Papa.

»Wie?«

»Es heißt Sprede, der Ort heißt Sprede.«

»Egal, wie er heißt, eine Lösung ist es nicht, die Kinder hier herauszureißen und an einen anderen Ort zu verfrachten! Die nächste Katastrophe ist vorprogrammiert!«

»Wir müssen«, sagte Papa, »man bietet mir schon seit Langem die Leitung dieses Krankenhauses an. Es ist eine Chance für mich und – hier können wir nicht bleiben. Nicht in diesem Haus. Ich nicht, und die Kinder auch nicht. Wie soll Bénédicte jemals wieder das Atelier betreten? Sieh sie dir an, was es mit ihr gemacht hat!«

Was hatte ›es‹ mit mir gemacht? Was meinte Papa? Dass ich in den letzten Tagen, nachdem sie Aimée mitgenommen hatten, oft am Küchenfenster herumgestanden und zur Straße hinausgeschaut hatte? Er hätte mich fragen können, warum. Von dort konnte man zuerst sehen, ob sie Aimée zurückbrachten. Es war der beste Platz, um sofort bei ihr zu sein, wenn sie kam. Meinte er das? Dass er mich auch nachts manchmal dort gefunden hatte, weil ich in das von Motten und Nachtfaltern umschwärmte Licht der Straßenlaterne gestiert habe? Oder dass ich keinen richtigen Hunger hatte, seitdem ›es‹ passiert war? Dass ich ständig Fragen stellte, die er nicht beantworten wollte oder konnte? Womöglich hatte ihn meine Klassenlehrerin angerufen und erzählt, dass mir in den letzten Tagen beim Lesen mehr Buchstaben als sonst davongelaufen waren. Oder dass ich diese Bilder hatte? Aber davon konnte er gar nichts wissen. Niemand konnte etwas davon wissen. Sie kamen tags wie nachts, sie drangen unter meine Schädeldecke und bauten trügerische Welten, voll gleißend heller Schönheit und schrecklicher Abgründe. Wie dieses eine, das immer wiederkam: Aimée auf einer endlos weiten Wiese. Sorglos wie ein kleines Kind ging sie durch das Gras. In ihrer Hand ein Band mit einem Luftballon daran, einem runden, durchsichtigen Luftballon, der über ihr zappelte wie eine Luftblase im Wind. Ich fand mich selbst im Innern dieser Blase, ich konnte zu ihr hinuntersehen. Sie machte einen Sprung. Und ich, in meiner Blase, prallte haltlos auf und ab und hin und her. Ich rief sie. Schrie. Ihr Name schmetterte gegen die Gummihaut, kam tausendfach zurück, gellte in meinen Ohren. Ich rief, und immer wenn ich nach ihr rief, glitt ihr unversehens ein Stück Band aus der Hand, bis das Ende den Fingern entglitt und ich hinaufflog in ein unendliches Blau. Ganz weit unter mir, winzig klein, wirbelte Aimée, eine weiße Blüte auf grünem Grund, die den Verlust nicht bemerkte.

»Ah, du kennst meine Meinung! Deine Entscheidung ist sehr von deinen eigenen Interessen geprägt. Ich bin mir sicher, Bénédicte wird alles gut verkraften. Sie braucht keinen Umzug wegen dieser Geschichte. Sie braucht Zeit. Was ihr im Weg stehen kann, ist ihre Fantasie. Davon haben die Frauen in unserer Familie vielleicht ein bisschen zu viel. Gib ihr keinen Anlass, sich da hineinzuflüchten. Aber dieses déménagement, dieser Umzug, c'est idiot! Bénédicte wird sich mit ihrer Schwierigkeit in einer neuen Klasse zurechtfinden müssen. Die Kinder werden allein sein in dieser neuen Stadt. Sie brauchen Unterstützung. Egal, was sich dort für Möglichkeiten für *dich* bieten ...«, Mamique hob das Kinn, der Mund verzog sich zu einem bitteren Lächeln.

»Deshalb bitte ich dich ja: Begleite uns nach Sprede. Bitte«, sagte Papa eindringlich. Er war aufgestanden, um sich ihr zu nähern, »auch du wärst dann in ihrer Nähe, zumindest für den Anfang.«

Mamique wich fast unmerklich vor Papa zurück. Er griff nach ihren Fingern, legte seine Hände um die ihren. Beide Silhouetten standen sich für einen Moment vor dem hellen Sonnenlicht gegenüber. Das scharf geschnittene Profil meiner Großmutter, ihre leicht gebogene Nase und daneben Papas hohe gewölbte Stirn, mit der kleinen runden Nase, die sich kaum weiter als Stirn und Kinn aus seinem Profil erhob. Mamique neigte den Kopf in den Nacken und entzog ihm ihre Hände. Sie bewegte sie wortlos in der Luft, als wären ihr die Worte ausgegangen. Ich spürte meinen Herzschlag, Ton für Ton, kleine galoppierende Rehe, die in meiner Brust umherrannten, immer im Kreis, den Hals hinauf, die halbe Strecke, und dann wieder hinunter in die Brust. Die Anspannung im Raum war bis vor die Tür getreten.

Bitte, dachte ich, bitte, komm mit, und umklammerte atemlos meine Daumen mit den Fingern. Ich schloss die Augen: Bitte, bitte, bitte ...

»Ich kann nicht«, hörte ich Mamique sagen, während ich die Augen wieder öffnete und sah, wie Papa sich auf die Lippe biss. Sie drehte ihm den Rücken zu, als wolle sie sich durch seinen mitleiderregenden Anblick nicht beeinflussen lassen. Ihre Stimme hatte wieder diesen schneidenden Klang.

»Emil, du weißt es. Ich kann nicht! Diese ganzen Notfälle in diesem Jahr, ich habe fünf Malkurse dafür abgesagt! Ich lebe davon. Sie sind meine Existenz!«

Eine ganze Weile standen sie beide vor dem Fenster und sahen, Rücken an Rücken, in den Garten hinaus, dann, als habe sie sich besonnen, drehte Mamique sich um und nahm Papa in den Arm. Sie war ebenso groß wie er. Sie umfasste seinen Hinterkopf und drückte ihn gegen ihre Schulter.

»Ich werde zu euch kommen, wenn es die Malschule zulässt. On va voir ... Ich bin für euch da, das weißt du. Aber ich kann nicht mit euch kommen. Ich habe ein eigenes Leben.«

»Danke«, sagte Papa.

»Eines noch«, sagte sie, »du hast viel riskiert. Ich denke, du weißt das. Es hätte noch ganz anders ausgehen können. Lass die Vergangenheit ruhen! Wir leben im Hier und Jetzt, *dort* kann man suchen, wenn es etwas zu suchen gibt – mit einem Therapeuten. Aber halte du dich endlich raus. Und betrachte deine Frau: als Malerin, nicht als Patientin. Das Malen ist ihr Leben. Arbeiten, ausstellen, arbeiten und noch mal arbeiten. Ich schätze, es ist ihre Form, mit den Dingen fertigzuwerden. Lass sie ... Die Leute wollen ihre Bilder, du weißt es doch ... diese Gewissheit ist die beste Therapie, wenn du mich fragst.« Sie ließ seine Hände fahren und winkte ab. »Aber du fragst mich nicht, weil du nicht hören willst, was dir nicht gefällt: Hör auf mit dieser obséssion! Was willst du? Den Nobelpreis?«

»Helfen«, sagte Papa leise.

Aufhören ... mit welcher Obsession sollte er aufhören? Mir taten die Beine weh, vom stillen Herumstehen. Gedanken überschlugen sich in meinem Kopf. Alles bewegte sich. Ich hatte wieder Aimée vor Augen, wie sie mir vom Fenster aus müde zuwinkte, und das Blut, das so langsam geflossen war, als habe die Zeit stillgestanden. Es stand mir jetzt bis zu den Knöcheln, es hielt mich fest, während sie starb und ich nichts tun konnte. Ich riss die Augen auf, wollte das Bild loswerden, doch es drang immer tiefer in mich ein, in meine Ohren trat ein Rauschen wie an jenem Nachmittag vor Aimées Badezimmer. Ich versank darin.

Später sah ich Mamiques Gesicht dicht über mir. Ich lag auf der Liege in Papas Arbeitszimmer. Sie hielt mir ein feuchtes Tuch an die Schläfe, massierte meine Handgelenke und strich mir die Haare aus der Stirn.

»Bic, Liebes, was ist mit dir?«

Hinter ihr stand Papa, wie ein Schatten. Als er sah, dass ich die Augen geöffnet hatte, ging er leise aus dem Zimmer. Ich wollte etwas zu ihm sagen, aber ich wusste nicht, was. Mamique hielt mir ein Glas Wasser entgegen, ich umfasste ihren Arm.

»Wer ist schuld?«, flüsterte ich.

»Wegen Aimée?«
Ich nickte.
»Liebes, niemand ist schuld.«
»Und Papa?« Ich schrie fast. »Was hat er getan?«
»Bicky, hör auf!« Ich erschrak über ihren entsetzten Gesichtsausdruck und fragte leiser: »Und Oncle Bruno?«
»Mais non.« Mamique sah mich aus zusammengekniffenen Augen an. »Du hast wieder gelauscht, chaton?«
Sie wusste, dass ich lauschte, durch Türritzen schaute und herumspionierte. Sie wusste es, und manchmal räusperte sie sich kurz, wenn sie mich dabei erwischte, damit ich eine Chance hatte zu verschwinden. Ich hatte immer den Eindruck, dass es sie ein klein wenig amüsierte. Aber diesmal nicht. Ihr Blick hatte etwas schrecklich Missbilligendes.
»Es ist nicht immer gut, alles zu wissen«, sagte sie leise. »Es gibt Dinge, die bereut man, erfahren zu haben, glaube mir.« Sie hob den Kopf und sah zum Fenster hinüber, als sei das Gespräch für sie damit beendet.
Ich richtete mich auf.
»Wer hat sie verletzt?«
Sie drückte mich behutsam zurück auf die Liege und legte mir ihre große warme Hand auf die Brust.
»Niemand, Liebes, niemand hat sie verletzt. Das Leben hat sie verletzt. Die Traurigkeit ...«
»Aber das Blut ... das viele Blut ...«
»Es ist eine Krankheit, chaton, eine Krankheit, bei der die Traurigkeit wächst, fast unmerklich für die Menschen außen herum. Irgendwo nimmt es den Anfang. Sie wächst und wächst, und eines Tages ist sie so groß, dass sie nicht mehr zu ertragen ist. Und um sie nicht weiter ertragen zu müssen, hat Aimée sich verletzt ...«
»Das Blut, das hat sie selbst ...?« Mein Herz raste wieder. Es war unvorstellbar. Das Messer, dachte ich, das

Brotmesser auf Aimées Familienbild, ich hatte sie fragen wollen, wer der Mutter die Brust geöffnet hatte. Es war nicht immer gut, alles zu wissen, hatte Mamique gesagt. Und ich hörte, wie sie mir antwortete: »Ja«, ganz ruhig.

Aimée war es selbst gewesen. Die Mutter auf dem Bild, fuhr es mir durch den Kopf. Die Mutter! Es war die Mutter selbst.

»Ich habe ihr nicht geholfen ...« Meine Hand klammerte sich um Mamiques Arm, Tränen flossen, ich musste es endlich sagen: »Sie hat geklopft, über uns, sie hat zweimal geklopft ... Ich dachte, es ist die Musik ... aber es war ... Sie brauchte Hilfe – ich habe ihr nicht geholfen!«

Mein Körper bebte vor Verzweiflung.

»Schschscht!« Mamique hielt ihren Zeigefinger vor den geschlossenen Mund. »Bic, du hast ihr das Leben gerettet«, sagte sie sanft.

»Gerettet?«, fragte ich bitter. »Sie haben sie mitgenommen ...«

»Ja.« Ihre schmalen Nasenflügel hoben und senkten sich leicht. »Sie haben sie mitgenommen, aber sie wurde gerettet, sie lebt, weil du rechtzeitig da warst.«

Aimée war nicht mehr bei uns, sie hatten sie weggebracht, als ich, noch wie betäubt, in meinem Zimmer gelegen hatte, ich hatte ihr noch nicht einmal auf Wiedersehen sagen können.

Seitdem sprachen die Erwachsenen von ihr wie von jemandem, dessen Name nicht ausgesprochen werden darf. Sie sprachen in Rätseln. Was war das für eine Rettung, sie uns einfach wegzunehmen und aus allem, was mit ihr zu tun hatte, ein Geheimnis zu machen? Ich verstand die Unterhaltung von Papa und Mamique nicht. Es musste jemand schuld daran sein, dass Aimée nicht mehr da war. Ich? Papa? Oder wir alle, die ganze Familie, wie Mamique zu ihm gesagt hatte? Oder Bruno? Was hatte Papa mit Aimées totem Bruder zu tun? Warum sagten sie uns nicht, was wirklich los war, wo sie war? Wir erfuhren rein gar nichts. »Später«, sagten die beiden ständig, »später ...«, weil es für uns nicht gut war, alles zu wissen.

Zwei Wochen später zogen wir nach Sprede.

Es regnete, als wir losfuhren. Das war nichts Besonderes, es regnet oft in Hamburg. Aber es war ungewöhnlich, dass Marcel und ich mit Papa allein wegfuhren. Unser Haus war schon ausgeräumt, als wir ins Auto stiegen, die Straße menschenleer. Nur Frau Petzold, die oft auf uns aufgepasst und bei uns sauber gemacht hatte, stand unter der Straßenlaterne vor dem Haus und zeigte in den Himmel.

»Schau, der Himmel weint«, rief sie mir ins geöffnete Wagenfenster lachend zu. Ich schaute auf und fühlte, dass sich die Tränen nicht mehr zurückhalten ließen. Papa startete den Wagen, Frau Petzolds verschwommenes Gesicht zog an mir vorüber, und während ich mit einer Hand die Tränen wegzuwischen versuchte, winkte ich mit der anderen möglichst unbekümmert zurück.

Papa wirkte nervös. Als sei er froh, endlich wegzukommen. Bedrückt und unausgeschlafen saß er hinter dem Lenkrad und starrte auf die regendunkle Straße. Er hatte bräunliche Ringe unter den Augen, sein hellblondes Haar war stumpf, man konnte meinen, es sei grau. Ich sang »SOS« vor mich hin. Marcel war eingeschlafen, nachdem er eine ganze Weile mit dem Finger die Spur einzelner Regentropfen auf der Fensterscheibe verfolgt hatte. Irgendwann entwichen seinem leicht geöffneten Mund ein paar knarzende Seufzer. Draußen wurde die Landschaft immer leerer und flacher. Kurz vor der Autobahnabfahrt sagte er nur: »Hör bitte auf mit der Singerei, Bic, das macht mich ganz verrückt.«

Ich hätte gerne weitergesungen, um nicht selbst verrückt zu werden, um all diese Gedanken aufzuhalten: wie sehr ich mich fürchtete, in diese neue Stadt zu ziehen, in eine neue Schulklasse zu kommen, den Garten, meine Klettertanne, das Wäldchen, die Straßenlaterne vor dem Haus, den Rest des Sommers und vor allem Aimée einfach zurückzulassen. Ich wäre am liebsten sofort zurückgefahren. Papa sollte sich umdrehen und sagen: »Hört zu, Kinder: Das war alles nur ein Spaß! Wir fahren wieder zurück!«

Aber Papa war nicht Aimée, und langsam begann ich zu begreifen, dass das, was geschehen war, wirklich geschehen war. Und dass ich nichts daran ändern konnte.

Ich würde Sprede hassen.

Es dämmerte, als wir das gelbe Ortsschild passierten und in die Stadt einfuhren. Ich schaute mir die Häuser an. Wie eine Filmkulisse am Straßenrand. Kleine Häuser mit leeren Augen. Die Geschäfte hatten schon geschlossen, die Schaufenster waren dunkel und kaum Menschen unterwegs. Eine alte Frau in geblümtem Haushaltskittel und Gummistiefeln stand unter dem schwach beleuchteten Vordach zum Stadtkrankenhaus, als wäre sie die einzige Freiwillige, die sich gefunden hatte, das Stadtbild zu beleben. Die Bürgersteige waren leer. Der Asphalt schimmerte stumpf im senffarbenen Licht der Laternen. Eine Häuserecke weiter raste ein Junge auf einem Rennrad über die Straße. Er schaute noch nicht einmal auf, als unsere Scheinwerfer ihn streiften. Papa bog ab auf eine Tankstelle. Sie wirkte geschlossen. Eine Glühbirne in der Leuchtreklame flackerte. Nichts rührte sich. Er stellte den Motor aus. Bevor er aussteigen konnte, trat uns aus dem

Schatten einer Tanksäule eine kleine Gestalt entgegen. Direkt vor Papas Scheibe erschienen zwei große Kinderaugen über einer fetten gelben Rotznase.

Er kurbelte die Scheibe herunter und grüßte fröhlich: »Hallo, guten Abend, junger Mann!«

Über die Lippen des Jungen kam kein Laut. Er zog nur geräuschvoll den Rotz hoch. Er war auffällig blass.

»Wo ist denn der Unlang? Kannst du mir das sagen?«

Der Junge hob eine schmutzige Hand und zeigte geradeaus. »Dann rechts, dann links«, fügte er heiser hinzu.

Ein Geist, dachte ich.

Es roch nach Benzin.

»Geradeaus. Und dann ... wo rechts?«, wollte Papa genauer wissen.

»Sophienstraße rechts, Unlang links.«

Was für eine Stimme, dachte ich, direkt aus dem Gruselkabinett.

»Vielen Dank! Hast uns sehr geholfen.«

Papa kurbelte am Fensterheber. Der Junge legte blitzschnell seine Hand auf die Fensterkante. Papa hätte sie fast eingeklemmt.

»Unlang 7.«

Das war keine Frage.

Papa nickte.

»Sie sind der Neue vom Irrenhaus.«

Er wusste es.

»Irrenhaus«, wiederholte Papa, als würde er darüber nachdenken.

Irrenhaus, dachte ich, Irrenhaus in der Geisterstadt.

Papa wirkte beklemmt. Er machte eine Abschiedsgeste, schloss das Fenster und gab Gas.

Im nächsten Moment trat er hart auf die Bremse. Direkt vor uns lief ein kleiner weißer Hund quer über die Ausfahrt. Jetzt blieb er im Licht der Schweinwerfer stehen.

»Verdammt!«, schimpfte Papa.

Der Hund hob den Kopf.

Papa drehte sich besorgt nach Marcel um, der im Halbschlaf neben mir stammelte. Der Hund sah mir geradewegs in die Augen, während er die Lefzen weit nach hinten und deutlich nach oben zog.

Er lacht, dachte ich, wenigstens einer, der sich über unsere Ankunft freut. Und lachte zurück.

An der nächsten Kreuzung bogen wir nach rechts. Wir wurden immer langsamer. Ich öffnete das Fenster, der Geruch von feuchten Blättern und Wurzelgeflecht drängte ins Wageninnere. Die Häuser rückten von uns ab. Es schoben sich Mauern dazwischen, Zäune und Hecken und Rasen. Wenige Minuten später bogen wir in eine Straße mit glänzendem Kopfsteinpflaster. Die Häuser rückten noch weiter auseinander, und Papa hielt vor einem riesengroßen alten Gebäude, das hoch über eine dunkelgraue Mauer hinausragte.

»Kinder! Wir sind da«, tönte er laut nach hinten.

Dann sprang er aus dem Wagen und warf mit lautem Knall die Tür ins Schloss. Marcel öffnete mühsam die Augen. Wir hatten vor einer hölzernen Eingangspforte gehalten.

»Los, aussteigen! Hier ist unser neues Zuhause«, rief Papa durch meine geöffnete Scheibe in den Wagen hinein.

Marcel rappelte sich hoch.

»Sind wir schon da?«, murmelte er, noch ganz woanders.

»Raus mit dir«, sagte ich ruppig.

Müde liefen wir hinter Papa her. Über einen Plattenweg, direkt auf das große Haus zu. In den hohen Fenstern brannte überall Licht. Weiße Wände strahlten nach draußen. Die Tür stand offen, als wäre das Haus eine öffentliche Einrichtung. Männer in gelben Arbeitsanzügen waren damit beschäftigt, Kisten aus einem Transporter von der Einfahrt ins Haus zu tragen.

Einer der Männer hob grüßend die Hand und rief: »Nur noch die Weinfässer, dann ist alles drin.«

Papa zeigte dem Mann seinen hochgestreckten Daumen. »Gute Arbeit!«, rief er ihm hinterher. »Die kommen gleich in den Keller, die Fässer.« Und zu uns, indem er auf das hell erleuchtete Treppenhaus deutete: »Da gehen wir gleich rein, sehen wir uns erst einmal den Garten an. Kommt!«

Hinter der Hausecke teilte sich der Plattenweg. Rechts führte er zu einer kleinen Treppe, die an der Hintertür zum Wintergarten des Hauses endete. Nach links verlor er sich bald in der Dämmerung zwischen hohem, ungemähtem Gras und kreuz und quer stehenden Bäumen.

»Das Paradies für Kinder!« Papa breitete die Arme vor dem Urwald aus.

»Ich seh nix«, maulte Marcel.

»Da gibt's auch nichts zu sehen«, raunte ich ihm zu. Ich stand schließlich auf Zehenspitzen. »Das Paradies ist zugewuchert.«

Papa redete unbeirrt weiter: »Einen riesigen Abenteuerspielplatz habt ihr da! Und der Wintergarten – gesehen? Zwei Mal so groß wie der in Hamburg. Mindestens. Schönes Haus, oder?«

Schön? Das Haus war unglaublich groß und hob sich in der Dämmerung wie ein Riese vor dem Himmel und den dunklen Bäumen ab. Marcel und ich folgten Papas Blick. Ich zählte drei Stockwerke. Über dem Wintergarten befand sich eine ausladende Terrasse, deren Balustrade von vielen kleinen Säulen getragen wurde. Das letzte Stockwerk lag in der Mansarde. Durch die Gaubenfenster konnte man sicher weit über den Garten hinaussehen.

»Schön«, sagten wir müde.

»Und hier«, Papa zeigte auf ein Stück von einem großen, dunklen Gebäude, das sich nicht weit entfernt von uns, auf der anderen Seite der Mauer befand, »das ist der Südflügel meiner neuen Arbeitsstelle.«

Das Irrenhaus, fügte ich in Gedanken hinzu und sah den Rotznasen-Jungen wieder vor mir. Es regnete noch immer.

Wir gingen hinein.

Marcel war kurz nach unserem Rundgang zwischen den Kartons auf einer in Plastikfolie verpackten Matratze eingeschlafen. Ich breitete eine Möbeldecke über ihm aus, löschte das Licht und ging durch die hell erleuchteten Räume. Überall standen Umzugskartons herum, halb in Wellpappe eingeschlagene Möbelstücke, Lampen, Matratzen. Ich legte mich auf einen zusammengerollten Teppich und starrte an die Decke. Die Kälte im Haus umklammerte mich, ich stellte mir vor, wie mein Herz zu einem Eisstern kristallisierte, kalt und spitz. Es tat höllisch weh.

Dann hörte ich Papa aus einem der vielen Zimmer nach mir rufen. Es dauerte einen Moment, bis ich ihn in dem Labyrinth aus Möbeln und Räumen ausfindig gemacht hatte. Er war in seinem neuen Arbeitszimmer. Gerade schloss er die Schreibtischlampe an.

»Was gibt's?«

Er lächelte voll Mitgefühl. »Das war ein langer Tag für euch?«

»Ja.«

»Marcel?« Er schaute fragend.

»Schläft irgendwo, hab ihn zugedeckt.«

»Ts«, machte er und schüttelte den Kopf, »noch nicht mal eure Matratzen sind ausgepackt.«

»Er liegt auf einer Plastikfolie.«

»Plastikfolie ...«, Papa rollte mit den Augen, »ihr müsst sagen, wenn ihr was braucht ...«

Waren wir also selbst schuld, wenn er zuerst an seine Schreibtischlampe dachte ...

»... ich bin nicht so ganz im Thema. Also: Betten herrichten? Die Decken brauchen wir ... Bettwäsche auch ... Bic, du musst mir ein bisschen helfen. Sag schon!«

»Papa, ich komm zurecht ...«

»Sicher?«

Ich sagte: »Ja«, ging hinaus und ließ ihn weiter an seiner Lampe rumfummeln.

»Bic«, rief er hinter mir her, es klang, als sei ihm noch etwas Wichtiges eingefallen. Ich lief wieder zurück.

»Ähm, Bic ...«, unruhig rieb er sich mit den Fingerspitzen über die Unterlippe, »du darfst nichts erzählen, hörst du?«

Ich wusste sofort, was er meinte.

»Niemandem, versprich es mir.« Es war ihm sehr ernst. Er kam auf mich zu, drückte meine Schulter und sah mir eindringlich in die Augen.

Wem sollte ich es auch erzählen? Marcel vielleicht? Hier kannte ich keinen. Hatte keine Freundin, keine Bekannten, niemanden. Ich schaute durch die Fenster in die schwarze Nacht. Er hatte ja dafür gesorgt, dass ich es niemandem erzählen konnte.

»Die Leute hier würden es nicht verstehen. Auch Marcel nicht, er ist noch ein Kind. Erzähl ihm nichts. Erzähl den Leuten nichts.«

Ich wollte ihn fragen, wie ich das alles für mich behalten sollte, ohne völlig durchzudrehen. Ich hätte ihm von dem Blut erzählen können, das an meinen Füßen geklebt hatte und von dem Geruch der Ölfarbe, der sich zu dem Anblick in mein Gedächtnis eingebrannt hatte. Aber ich brachte es nicht über die Lippen. Es steckte in mir wie in einer zugekorkten Flasche.

»Und Aimée?«, fragte ich zum hundertachtundsechzigtausendsten Mal.

»Aimée ist gut versorgt. Wenn wir Glück haben, geht es ihr bald besser. Mach dir keine Gedanken, Bic. Gemeinsam schaffen wir das hier.«

Ich fragte mich, wen Papa so zuversichtlich mit »wir« und was er mit »das« meinte. Mamique würde nicht kommen, sie hatte es ausdrücklich gesagt, es hörte sich sehr nur nach ihm und mir an, und mir war klar, dass es schwer werden würde – im Paradies für Kinder, wenn Aimée nicht rechtzeitig zurückkam.

»Wann kann ich mit ihr sprechen?«

Papa zuckte fast unmerklich zurück.

»Momentan nicht«, sagte er rasch und fügte dann etwas ruhiger hinzu: »Wenn es ihr besser geht, Bic. Ich kann dir nicht sagen, wann. Momentan ist es noch zu früh.«

Ich dachte, während es mir fast das Herz zerriss, dass es vielleicht auch zu spät sein konnte, dass wir sie womöglich in der Zwischenzeit verloren hatten und Papa uns nur zu beschützen versuchte, mit einer großen Lüge.

Ich erzählte es niemandem.

Natürlich machte ich mir Gedanken, laute Gedanken, schreckliche Gedanken, die so groß wurden, dass ich manchmal nichts mehr hören und sehen konnte, Gedanken, die mich ganz klein machten, die in meinen Träumen herummarschierten, eine ganze Armee davon.

Und obwohl ich nichts sagte, kam es so, dass innerhalb kürzester Zeit ganz Sprede wusste, dass keine Mutter mit uns gekommen war. Für die Leute gab es nur einen Grund: Sie war tot.

Und so wurden Marcel und ich zu den Kindern der toten Mutter. Ob wir es wollten oder nicht. Das Paradies hatte ich mir anders vorgestellt, und ich fragte mich, was das für einen Sinn haben sollte: nichts zu erzählen, wenn gleich alles so verkehrt begann.

## 2.

*Unlang 7.* Das war unsere neue Adresse. Es war, wie wenn man sich eine zu große Hose anzieht. Wir verloren uns in dem Haus. Alles, was wir hatten, wirkte zu klein und zu wenig. Papa sagte: »Sucht euch Zimmer aus, jeder so viel er braucht. Möbel besorgen wir nach und nach.«

Das hörte sich toll an.

Es hätte sich auch toll anfühlen können. Als wären wir in ein Schloss gezogen, als wären wir Prinz und Prinzessin und schritten durch unsere Gemächer. Aber unsere Schritte hallten so laut von den Wänden wider, dass das Raunen unserer Fantasie erstarb. Wir nahmen ein Zimmer zusammen, mehr brauchten wir nicht, Marcel und ich. Wir stellten alles hinein, was wir hatten. Wie in einer Höhle lebten wir zwischen unseren Sachen und warteten darauf, dass Aimée zurückkam. Nur meine Staffelei bekam einen eigenen Raum, zusammen mit den Farben und der neuen Leinwand. Sie sah auch aus, als warte sie auf irgendetwas. Vielleicht darauf, dass die komischen Bilder aus meinem Kopf endlich verschwanden. Manchmal waren es nur Farbflächen, die sich ineinanderschoben, auseinanderdrifteten, sich vermengten und einen Strudel erzeugten, in den es mich hinabzog, an manchen Tagen so tief, dass keine Farbe mehr da war und mir dunkel vor Augen wurde. Oft verspürte ich Erleichterung, wenn Marcel mit irgendeinem Quatsch angerannt kam, der mich ablenkte. Ohne Marcel wäre ich hängen geblieben an dem, was passiert war, wie eine Schallplattennadel an einem Kratzer bei Lautstärke 10.

Wir hatten unter mein Hochbett zwei Matratzen gelegt und einen alten Vorhang davorgehängt. Dort schliefen wir. Marcel, wie ein kleines Tier, zusammengerollt an meinem Bauch, und ich an seinen Rücken geschmiegt.

Ich machte mir oft Gedanken über ihn. Er sollte nichts mitbekommen von all dem, was ich nicht wusste, aber befürchtete, von dem, was ich ahnte und Papa verschwieg. Wir waren jetzt seit einer Woche in Sprede. Es gab immer noch keine Nachrichten von Aimée, und ich bemühte mich, Marcels Unbekümmertheit mit Hilfe alter Gewohnheiten zu erhalten.

Ich begann damit, ihre Geschichten zu erzählen. Ziemlich durcheinander und nicht immer genau mit ihren Worten. Aber ich gab mir Mühe und hatte das Gefühl, je mehr ich erzählte, desto näher kamen wir der Stimmung, die wir so oft mit ihr gehabt hatten. Marcel hörte einige Tage geduldig zu. Ich wähnte ihn immer mehr im Zustand vergangener Tage, als er mich eines Morgens wütend anfuhr: »Arrêtes! Du erzählst n' importe quoi!«

Ich wäre stinksauer geworden, hätte er mich nicht so angesehen. Mit flehendem Blick hielt er mir *Der kleine Nick* hin, und ich begann mich durch die Buchstaben zu quälen und ihm das Buch vorzulesen.

Während Papa nach dem Frühstück ins Irrenhaus ging, blieben wir zu Hause. Wenn ich Marcel nicht vorlas, erfanden wir Spiele, lagen in unserer Höhle herum oder wühlten uns durch die Umzugskartons, auf der Suche nach Dingen, die wir dringend benötigten. Handtücher, frische Unterwäsche, warme Strümpfe, den Wasserkocher, ein mit unseren Lieblingsbonbons gefülltes Glas, Stifte, Toilettenpapier, Zahnpasta, ein Stofftier, einen Schlafanzug, irgendetwas suchten wir ständig. Manchmal ertappte ich mich dabei, wie ich innehielt, weil etwas nach Hamburg roch oder nach Aimée. Ich schloss die Augen, presste meine Nase daran und vergaß für einen kurzen Moment die Gegenwart.

Im Haus sah es stellenweise verheerend aus. Zwischen offen stehenden, völlig zerwühlten Umzugskisten hatten wir andere ausgeleert und den Inhalt weitläufig über den Boden verteilt.

An diesem Vormittag waren wir auf der Suche nach dem Toaster. Marcel war halb in einer Kiste verschwunden und warf Siebe, Schneebesen, Kochlöffel, alles was versprach, beim Aufprall auf den Boden Lärm zu machen, in hohem Bogen heraus. Ein Topfdeckel schließlich lockte ihn aus dem Karton. Er hob den rotierenden Deckel auf, griff mit der andern Hand noch mal in die Kiste und zog einen weiteren hervor. Er knallte beide aufeinander, erst ein, zwei Mal, bis er einen Rhythmus gefunden hatte. Seine Augen leuchteten. Ich nahm einen Pürierstab, hielt ihn an die Lippen und begann mit meiner tiefsten Piaf-Stimme Mamiques Lieblingslied zu singen:

»On s'était quittés tous les deux et,
brusquement là c'est curieux,
on se retrouve face à face,
on croyait ne plus se revoir ...«

Marcel jubelte mir zu. Ich verbeugte mich, winkte bescheiden und hauchte: »Merci, merci, merci à vous!«

Und dann kam er. Marcel hatte eine Spritztülle gefunden, ganz Saxofonist, trötete er hinein und spielte das hinreißendste Solo, das ich je gehörte hatte. Er schloss die Augen und verbog sich, wie Peter Schmidt, Aimées Agent, beim letzten Sommerfest. Er legte den Kopf in den Nacken, riss das Saxofon gen Himmel, zeichnete Kreise, ging in die Knie, dass er fast den Boden berührte, und richtete sich wieder auf. Fasziniert verfolgte ich sein Spiel, bis mir auffiel, dass Marcels Halsschlagader fingerdick geschwollen war.

»Was hältst du von einem Schlagzeug?«, fragte ich schnell, weil ich mich daran erinnerte, wie Frau Petzold bei Marcels letztem Schreianfall mit Blick auf seinen Hals gesagt hatte: »... bis sie mal platzt!«

Eine geplatzte Halsschlagader konnte ich jetzt wirklich nicht gebrauchen. Wir stellten Töpfe und Schüsseln auf den Boden, hängten Metallutensilien und umgedrehte Weingläser mit Bindfäden an Stuhllehnen. Mein Bruder drosch auf sein Schlagzeug ein, wurde lauter und lauter, und bald fand ich es schwer, mich wie die Piaf zu fühlen. Es hatte eher was von Bon Scott. Aber ich kannte keinen einzigen Text von AC/DC. Schließlich einigten wir uns auf ABBA. Wir wurden immer besser. Marcel wechselte im Minutentakt die Instrumente und begann jetzt auch zu singen. Den Mangel an Englisch glich er durch eine eigene Sprache aus, ein Kauderwelsch, in das er zwischendurch im Chor mit mir »Woderluuu, Näpouläon«, und dann wieder »Woderluuu« einflocht, »Wo-, Wo-, Wo-, Wo-, Woderluuuuuu!« Er haute abwechselnd die Finger auf den Tisch, machte »taoung – taoung – taoung«, oder griff, »baou – baou – baou«, in die Saiten eines Staubsaugers, genau genommen in das dicke Elektrokabel, das um den Stiel geschlungen war, und zupfte, als gelte es, einen Band-Wettbewerb zu gewinnen.

Die Tür öffnete sich.

»Großartig!«, rief Papa und klatschte, während sein Blick flüchtig über den Küchenboden schweifte, um nach freien Stellen zu suchen, wo er seine Füße hinsetzen konnte. »Großartig! Ihr seid ja richtige Musiker!«

Im Vorübergehen, auf Höhe der Speisekammer, streckte er seinen Arm durch die Tür und brachte eine Dose Ravioli zum Vorschein.

*Ravioli.* Wir brachen die Vorstellung ab.

Papa kramte in einem Besteckberg nach dem Dosenöffner. Ich zog Marcel neben mich auf den Tisch, wo wir mit den Beinen baumelnd saßen und Papa zusahen, wie er einen von unseren Schlagzeugtöpfen hochnahm und ihn auf den Herd stellte.

»Wann kommt Aimée eigentlich wieder?«, fragte Marcel und griff nach einem Schneebesen neben sich auf dem Tisch.

»Bald«, sagte ich schnell und hoffte, Papa würde mir irgendwie zu Hilfe kommen.

Ich schaute mich um. Die Küche war noch nicht einmal zur Hälfte eingerichtet. Doch in der Spüle türmte sich bereits das schmutzige Geschirr. Umständlich öffnete Papa die Dose. Er schien Marcel gar nicht gehört zu haben.

»Was bedeutet bald?«

Der Schneebesen schepperte hinter meinem Rücken.

»Bald ist nicht mehr so lange«, erklärte ich.

Papa schüttete den Inhalt der Dose in den Topf. Er schien in Gedanken.

»Nicht mehr so lange wie bis jetzt?«

Marcel schlug den Schneebesen auf meinen Unterarm.

»Vielleicht. Oder genauso lang. Aber nicht länger. ›Bald‹ ist in der Nähe!«

Ich sah zu Papa rüber.

Er rührte mit Marcels Schlagzeugkochlöffel in einem Topf.

»Ich hab aber Hunger auf Hühnerfrikassee«, sagte mein Bruder unverhofft und ließ den Schneebesen zu Boden fallen. Papa sah noch nicht mal hin.

Wir liebten nichts so sehr wie Aimées Hühnerfrikassee. Es war das Einzige, was wir wirklich gerne aßen, und es war das Einzige, was Aimée kochen konnte.

»Tut mir leid!«, sagte Papa schulterzuckend zu Marcel, als dieser sich beschwerte, er hätte mitgezählt, das wäre jetzt schon das *quatorzehnte* Mal, dass er uns Ravioli servierte.

Papa machte sich noch nicht einmal die Mühe, ihn zu

korrigieren. Sonst war er allergisch gegen unsere Sprachvermischungen. Er rührte, bis die kochende Tomatensauce ein wildes Muster auf dem Herd verteilt hatte.

»Kinder lieben Ravioli. Die Verkäuferin im Supermarkt hat gesagt, es gibt auf der Welt kein einziges Kind, das nicht Ravioli mag!«

»Mich gibt es«, schrie Marcel.

»Jetzt ist es warm«, sagte Papa seelenruhig. »Kommt!« Er verschmierte die roten Tropfen zu einer hellorangefarbenen Schliere auf dem Gasherd.

»Ich muss kotzen von diesem Zeug. Ich will Hühnerfrikassee ...«

Mit einem halsbrecherischen Sprung hüpfte Marcel vom Küchentisch und griff nach dem Schneebesen neben Papas Füßen. Ich fand ihn beängstigend ehrlich.

»... Aimées Hühnerfrikassee!« Er schlug den Schneebesen jetzt gegen den Raviolitopf. Seine Unterlippe vibrierte. Der Topf bewegte sich. Gleich würde er anfangen zu schreien. Der Topf würde vom Herd fallen.

Er hatte recht. Wir hatten in dieser ersten Woche wirklich jeden Tag zweimal Ravioli gegessen. Ich zählte: Vierzehn verschmierte Dosen standen um den Mülleimer herum.

»Gib mir die Teller, Bic!«

Ich reichte Papa die letzten sauberen Teller aus einer Kiste.

»Ai-mées Hüh-ner-fri-kas-see ...!« Bei jeder schreiend hervorgestoßenen Silbe schlug Marcel den Schneebesen weiter gegen den Topf, und der Topf bewegte sich immer näher auf die Herdkante zu. Papa hielt den Griff und verteilte die Ravioli in aller Ruhe auf den Tellern.

Seit Aimées Verschwinden ertrug ich alles Laute, Grelle, Unregelmäßige nicht. Ich zerrte Marcel unter Papas verwundertem Blick aus der Küche.

»Wo wollt ihr hin?«, rief er uns halbherzig hinterher.

Im Dämmerlicht des Flurs sah ich wütende Tränen in den Augen meines Bruders stehen. Ich wusste, wenn ich beginnen würde, Mitleid mit ihm zu haben, würde es nicht lange dauern, bis ich mir selbst leidtat, und ich würde nicht mehr aufhören können zu heulen. Dann wüsste er, wie wenig auch ich wusste, wie alles weitergehen sollte. Ich zerrte ihn die Treppe hoch, schubste ihn ins Höhlenzimmer und setzte mich vor ihm auf die Knie.

Ich fasste ihn bei den Schultern.

»Du bekommst dein Hühnerfrikassee.«

Wütend zog er sich zurück.

»Wann?«

»Wenn Aimée wiederkommt.«

»Aber die kommt erst bald. Hast du selbst gesagt ... Scheißbald!«

Marcel trat gegen einen Stapel von meinen Zeichenbüchern. Sie stürzten übereinander und verteilten sich fächerartig auf dem Boden.

»Was soll der Kack?« Ich hielt ihn am Arm fest. Er riss sich los und trat gegen Spielsachen, Kisten, Stühle, alles, was Krach machte beim Umfallen. Ich hatte Lust, ihm eine runterzuhauen. Wir durften uns nicht streiten, wir durften uns, verdammt noch mal nicht streiten. Meine Angst, Marcel auch noch zu verlieren, war unermesslich. Ich ließ ihn treten, während sich in meiner Brust alles zusammenkrampfte. Die ganze Geschichte mit Aimée wollte ich ihm am liebsten ins Gesicht schreien, damit er sehen konnte, wie kindisch sein Scheißwunsch nach Hühnerfrikassee war. Doch während es in mir brodelte, fiel mein Blick auf seine kleinen Hände, die zitternd vor Wut versuchten, einer Holzgiraffe den Hals zu brechen.

Er ist noch zu klein, dachte ich bestürzt, Papa hat recht, er ist noch viel zu klein, er darf von alldem nichts wissen.

Ich zog ihn zu mir. Widerwillig ließ er sich an mich drücken. Ein Knurren kam aus seinem Bauch.

»Komm, Kleiner, wir essen jetzt, und dann sagen wir Papa, dass er mal was anderes kaufen soll?«

Marcel sträubte sich immer noch, aber er nickte.

»Bist du sicher, dass sie zurückkommen wird?«

Papa war nach dem Mittagessen wieder ins Irrenhaus gegangen und noch nicht zurückgekehrt. Wir hatten, als wir abends wieder hungrig geworden waren, die restlichen Ravioli gegessen, kalt. Im Zimmer war es bereits stockdunkel, und wir saßen im hintersten Winkel der Höhle.

»Sie kommt wieder.«

Ich legte meine Arme um seine kleinen Schultern. Es tat mir gut, ihn festzuhalten.

»Ist es schlimm, ihre Krankheit?«

»Nein.«

Marcel seufzte erleichtert. Sein Körper lag entspannt in meinem Arm. Wie eine Marionette. Es gab sicherlich schlimmere Krankheiten. Andererseits, wenn jemand seine Kinder nicht sehen konnte, wenn jemand so krank war, dass das nicht möglich war, dann musste es schon schlimm um ihn bestellt sein.

»Weißt du, was es ist?«

Ich überlegte.

»Hat sie so etwas wie – Windpocken?«

Ich lachte. Es hört sich wahrscheinlich komisch an, aber die Windpockenzeit war vielleicht eine der schönsten Zeiten in unserem Leben mit Aimée gewesen. Binnen weniger Stunden hatten sie Marcel und mich nacheinander befallen. Es hatte höllisch gejuckt. Papa war zuerst der Meinung gewesen, es handele sich um Mückenstiche, weil ich in unserer Familie als eine Art Mückenmagnet gelte. Die Pocken allerdings breiteten sich innerhalb kürzester Zeit dicht an dicht über meinen und dann auch über Marcels Körper aus. Es hätte schon ein ganzer Schwarm von Mücken über uns hergefallen sein müssen. Und die roten Punkte hatten ein Eigenleben. Sie wurden zu Bläschen: Reservoir für eine üble Flüssigkeit, die sich nach dem Platzen über die Haut ergoss und einen kleinen Krater hinterließ. Papa äußerte sich voller Enthusiasmus zu den roten Flecken und ihrer Bläschenausschüttung: »Typischer Krankheitsverlauf, großartiges Windpockenexanthem, wie eine Sternenkarte, schulbuchmäßig, großartig ...« Er bat uns, mit dem Gesicht zur Wand nackt vor einer weißen Tapete zu stehen, und machte Fotos. Er verhielt sich wie ein Forscher, der ein seltenes Exemplar einer Spezies, die er bisher nur aus Büchern kannte, nun endlich in der Realität antrifft. Er leuchtete uns in Hals und Ohren und nickte enthusiastisch. Unablässig redete er davon, wie typisch alles sei, bis Aimée anfing zu schimpfen, er solle uns lieber etwas gegen den Juckreiz geben, als seine Fotos zu machen. Viele Tage liefen wir im Schlafanzug durchs Haus, unsere Körper eingehüllt in feinsten, sanft duftenden Puderstaub, unsere Seelen eingesponnen in die Fürsorge unserer Mutter.

Papa hatte die höchste Alarmstufe ausgerufen.

»Ihr müsst im Haus bleiben, bis die Punkte eingetrocknet sind. Absolute Quarantäne! Sonst hat sich in ein paar Stunden ganz Hamburg diese Dinger eingefangen.«

Er desinfizierte seine Hände mit einer scharf riechenden Flüssigkeit, die Nasen- und Augenbrennen verursachte, und wechselte am laufenden Band die Kleidung. Wir durften nicht an den Gartenzaun, die Fenster zur Straße hin blieben verschlossen. Frau Petzold kam nicht zum Saubermachen, bis überall Zeug herumlag und kein sauberes Geschirr mehr zu finden war. Der Zustand im

Haus damals war dem jetzigen gar nicht so unähnlich gewesen. Wahrscheinlich war Marcel deshalb darauf gekommen. Wir bekamen lange Zeit keine anderen Menschen zu Gesicht. Aber das machte rein gar nichts.

Wir lümmelten mit Aimée herum, kratzten uns verbotenerweise, bestellten in den umliegenden Restaurants, worauf wir gerade Hunger hatten, und machten nur das, wozu wir Lust hatten – außer rauszugehen. Aimée malte mit uns, sie erfand Lieder, baute mit unserer Hilfe Papierschlösser und erzählte Geschichten. Wir waren selig. Die Quarantäne hätte für unseren Geschmack Jahre dauern können.

»Ansteckend ist es nicht«, ich strich meinem Bruder über den Kopf, »es ist so etwas wie ... – eine ganz, ganz große Migräne. Du musst dir überhaupt keine Sorgen machen, Kleiner.« Ich steckte die Nase in seinen Nacken und blies warmen Atem in die Kuhle unter seinem Haaransatz. »Schau mal, du hast mich – und Papa und Mamique ..., sie kommt uns bestimmt auch bald besuchen. Und dann ist Aimée ganz schnell wieder bei uns, wirst schon sehen.«

Marcel streckte sich, um gleich darauf zu einer Kugel zusammengerollt an meinen Bauch zu rutschen und beruhigt einzuschlafen.

Ich roch noch eine Weile an seinem salzigen Haar und fasste den Entschluss, ihm niemals, niemals die Wahrheit zu sagen. Es reichte, wenn ich nicht einschlafen konnte. Das ganze Blut würde ihn einfach wegschwemmen, dachte ich. Das würde er nicht aushalten. Kerzengerade saß ich wer weiß wie lang auf der Matratze und bewachte seinen Schlaf. Ich starrte in die Dunkelheit. Schatten traten hervor. Sie tanzten atemlos über die Dielen. Kein Laut, kein Rascheln war zu hören, nur gleitende Bewegung, über Boden, Wände, Leisten. Jede Sehne meines Körpers verharrte angespannt. Sie sollten seine Träume nicht berühren. Ich passte auf.

Irgendwann waren mir einfach die Augen zugefallen, ohne dass ich Papa hatte heimkommen hören. Er kam häufig erst spät in der Nacht. Manchmal in den frühen Morgenstunden.

Irgendein Geräusch hatte mich geweckt. Die ersten Sonnenstrahlen stahlen sich durch die Vorhänge. Meine Glieder schmerzten, während ich mich aufzurichten versuchte – jetzt bemerkte ich, dass ich in einer ziemlich verrenkten Position geschlafen hatte. Ich blinzelte, meine Wimpern fühlten sich an wie ineinander verhakt. Neben mir stand Papa, eine Tüte mit Brötchen in der Hand. Frisch gebacken. Ich konnte es riechen. Meine Augen brannten. Marcel reckte sich gähnend, verschwitztes Haar in der Stirn. Papas Gesicht ganz nah an unseren. Ein Wind frischer Zahnpastaminze wehte uns an, seine Haare waren noch sichtbar nass vom Duschen.

»Morgen, ihr Langschläfer, aufstehen! Frische Brötchen und ganz besondere Post.«

Er wirkte so fröhlich wie schon lange nicht mehr. Ein Leuchten war in seinen Augen. Er tat, als habe er eben nur zum Brötchenholen das Haus verlassen.

Ich vermutete, dass er erst jetzt nach Hause gekommen war. Angenommen, es war tatsächlich so, wo war er gewesen? Wo hatte er geduscht, ein fremdes Handtuch in die Hand genommen, an welchem Waschbecken hatte er sich die Zähne geputzt? Die Gedanken liefen mir davon wie sonst nur Buchstaben.

In meiner Klasse in Hamburg hatte es Kinder gegeben, deren Väter eines Nachts verschwunden waren. Manche ganz leise, andere nach einem lauten Streit mit den Müttern. Einige waren morgens zurückgekommen, zum Frühstück, als ob nichts gewesen wäre. Weil sie den Kindern nichts zerstören wollten. Zum Beispiel eine heile Kindheit. Die Mütter hatten verweinte Augen gehabt und nichts gegessen. Sie hatten eine ganze Zeit geschwiegen. Irgendwann jedoch waren die Väter immer seltener und dann gar nicht mehr da gewesen. Manche Kinder hatten wochenlang gewartet. Dann war der Tag gekommen, an dem die Mütter genug hatten von ihren wartenden Kindern, und sie hatten ihnen erzählt, wie es wirklich war. Dass die Väter aufgehört hatten, die Mütter zu lieben, manchmal war es auch umgekehrt, in allen Fällen aber kam einer nicht mehr zurück. Außer vielleicht zu Weihnachten oder zum Geburtstag. Daran musste ich jetzt denken. Dass die Wahrheit diese Familien für immer auseinandergerissen hatte.

Eine falsche Bewegung, eine Wahrheit, vielleicht im unpassenden Moment – und unser Leben konnte genauso auseinanderbrechen. Es konnte uns alles um die Ohren fliegen. Ich musste vorsichtig sein, durfte keine falschen Fragen stellen. Ich würde Papa beobachten müssen.

Dass er keine rot geweinten Augen hatte, wertete ich als gutes Zeichen. Dennoch war mir eines klar: Er wusste weitaus mehr als wir – und schwieg. Und sein Schweigen strengte ihn an.

Ich verstand das Schweigen jetzt. Solange Papa schwieg, waren Marcel und ich in Sicherheit. Wir waren immer noch eine Familie. Mit abwesender Mutter zwar, aber eine Familie.

Papas ganz besondere Post war ein Lebenszeichen. Aimée hatte jedem von uns einen Brief geschrieben. Ich konnte es kaum aushalten, ihn nicht zu öffnen. Der Umschlag lehnte an meinem Frühstücksei. Mein Vorname stand darauf. In ihrer großen, klaren Handschrift. Marcel hatte seinen Umschlag neben den Teller gelegt und beschwerte ihn jetzt mit der Hand.

»Woher hast du den?« Er zeigte mit dem Messer darauf und sah Papa neugierig an. Es fehlte, wie bei meinem auch, die Anschrift, die Briefmarke, alles. Zum Geburtstag bekamen wir manchmal solche Umschläge. Mit Eintrittskarten fürs Theater oder für Hagenbecks.

Papa stellte seine Kaffeetasse zurück.

»Woher, woher ...«, machte er Marcel nach, »von Aimée natürlich!«

Mit weit aufgerissenen Augen schaute mein Bruder ihn an.

»Du hast sie gesehen?« Seine Arglosigkeit ängstigte mich. Er hatte keine Ahnung, auf welch brüchigem Eis er sich bewegte. Jede unüberlegte Bewegung war gefährlich. Es war genau die Frage, die ich absichtlich nicht gestellt hatte. Ich atmete vorsichtig.

»Wir bekommen unsere Post in die Klinik geschickt. Es war alles in einem großen Umschlag. Für mich war auch einer dabei.« Papa lächelte komisch, wie jemand, der nur die halbe Wahrheit sagt, aber Marcel gab sich damit zufrieden. Er war noch in einem Alter, in dem man nicht auf die Idee kommt, seinen Eltern zu misstrauen.

»Soll ich ihn dir vorlesen?« Papa streckte eine Hand über den Tisch.

»Nein! Lass mich aufmachen!« Marcel presste die kleinen Finger fest auf den Brief. Eilig steckte er die Klinge seines Frühstücksmessers in den Mund und schloss die Lippen fest darum, als er es langsam wieder herauszog. Gespielte Angst verzerrte Papas Gesicht. »Von wem hast du das?«

Marcel lachte übermütig. Die glänzende Klinge durchtrennte die Umschlagkante. Normalerweise pflegte Papa das Messer so zu säubern, bevor er seine Briefe auf die gleiche Weise öffnete. Aufgeregt zog mein Bruder einige Blätter hervor.

»Bilder!« Für einen Moment hielt er uns die oberste Seite hin. »Musst du gar nicht vorlesen! Lauter Bilder!«

Ich ging nach oben, hielt meinen Umschlag an die Nase. Er roch steinstaubig. Keine Spur von Aimée. Nur ihre Schrift, die ich anstarrte, als könnte ich dadurch ihre Hand zum Vorschein bringen, ihre Hand, im Begriff, meinen Brief zu schreiben. Ich starrte auf die Zeilen. Die Buchstaben bewegten sich wie von unsichtbaren Magneten gezogen. Sie tanzten, drehten sich, liefen quer durcheinander, meinen Blicken davon und waren nicht zu bändigen. Es war immer dasselbe. Sie mochten mich einfach nicht. Das war der Grund, weshalb ich in Hamburg in der Schule nicht laut vorlesen musste und zweimal in der Woche zu einem Kurs ging, in dem noch mehr Buchstabendompteure saßen. Inzwischen konnte ich, wenn ich keine Eile hatte, ganz gut lesen und schreiben. Es bereitete mir dennoch Mühe, und ich hatte immer eine ganze Reihe Gründe parat, warum jemand etwas schnell für mich aufschreiben oder mir vorlesen sollte.

Jetzt rannten meine Augen über die Zeilen. Ich zähmte die wilden Buchstaben in Rekordzeit. Sie würde noch nicht zurückkommen, weil sie noch nicht gesund war. Die Schwestern und Ärzte aber waren voller Hoffnung. Sie waren nett zu ihr. Es gab gutes Essen. In einigen Wochen würde sie ihre Staffelei bekommen, *dann geht das Leben weiter*, schrieb sie.

Das Leben geht weiter, wenn du kommst, dachte ich verstimmt. Dann war der Brief voller Fragen: Wie das neue Haus aussah, der Garten, wo wir schliefen, wie wir unsere Zimmer eingerichtet hatten, wollte sie wissen, ob wir schon neue Freunde gefunden hatten, in der Schule, und ob ich schon mit Mamique telefoniert hatte.

Ich legte den Brief zur Seite. Sie hatte keine Ahnung. Ich antwortete ihr sofort. Ich klammerte mich an den Stift und schrieb. Ich rang mit jedem einzelnen Buchstaben, bis er nicht mehr vom Blatt krabbeln konnte, bis er, wie ich ihn in Erinnerung hatte, richtig und fest auf der Linie stand.

Ich kämpfte fast zwei Tage.

Die großen Ferien waren noch lange nicht zu Ende, als wir in Sprede ankamen. In Hamburg hatten sie einige Wochen früher begonnen. Ich schrieb ihr von der kleinen Stadt, in der wir gelandet waren, vom Ententeich, den Rollläden, die die Leute nachts herunterließen, damit man ihnen nicht in die Fenster schauen konnte, den Gardinen, die sie tagsüber zuzogen. Dass ich meine Freunde in Hamburg vermisste, das Wäldchen, Frau Petzold, unser Haus, die Straße – aber am allermeisten: sie.

Und dass sie schnell kommen müsse, weil Papa kurz davor sei, uns mit Ravioli zu vergiften und die Stadt sie schon für tot erklärt hätte, nur weil sie nicht mitgekommen war. Von Papas nächtlichem Fernbleiben schrieb ich nichts. Ich machte eine Skizze, wie Marcel und ich die Höhle eingerichtet hatten, zeichnete auf, wie die Zimmer lagen, wo Papa schlief und wo er sein Arbeitszimmer hatte. Dass wir noch nicht bis in den Garten vorgedrungen waren, weil es die ganze Woche über geregnet hatte, schrieb ich auch. Nicht wie in Hamburg. Es hatte richtig geregnet, sodass die Gummistiefelsohlen im Rasen stecken blieben.

Am Montagabend bat ich Papa um Aimées Adresse. Er telefonierte gerade mit Mamique.

»Warte«, sagte er, während er mir die geschriebenen Seiten aus der Hand nahm und bedeutete, dass er sie für mich wegschicken würde und nun ungestört telefonieren wolle. Vom Nachbarzimmer aus entnahm ich dem Gespräch, dass Mamique immer noch nicht kommen konnte. Ich hatte schon ein paarmal gehört, wie Papa sie gebeten hatte, sie möge sich doch auf den Weg machen, das Ganze würde ihm langsam über den Kopf wachsen.

»Der ganze Laden hier«, sagte er gerade, damit meinte er ganz sicher das Irrenhaus, »der ganze Laden muss auf Vordermann gebracht werden. Das sind Vorkriegszustände, du machst dir kein Bild, Delphine!« Mamique hatte daraufhin wohl nachgefragt, ob er uns etwa alleine zu Hause lassen wollte.

»Ich muss sie ab morgen in den Kindergarten bringen«, hörte ich ihn sagen, »... bleibt mir ja nichts anderes übrig. Das Haus sieht aus wie nach einem Raubüberfall! Ich befürchte ein wenig ...«, er wurde zu leise, als dass ich ihn verstehen konnte. »Ja, ja, natürlich sind beide zu alt. Sag mir eine bessere Lösung! Nein! Ist ja nur für eine gewisse Zeit. Bis die Schule anfängt. Ja, ich werde jemanden suchen ...«, dann lachte er nervös, »Verwahrlosung? Delphine! Ich finde du übertreibst. Im Kindergarten sind sie erst einmal gut aufgehoben. Geht ja nur noch um ein paar Wochen.«

Wir hatten keine Zeit darüber nachzudenken, ob wir in den Kindergarten wollten oder nicht. Am nächsten Morgen brachte Papa uns in aller Herrgottsfrühe einfach hin. Der Kindergarten lag am Ententeich, ein einstöckiges Gebäude, an dessen Außenfassade viel Orange vorkam: orangefarbene Kunststoffplatten, die direkt unterhalb der Fenster eingelassen waren, orangefarbene Fensterrahmen, und innen benutzten wir später knubbelig-runde Tür- und Fenstergriffe in Knallorange.

»Vielen Dank!« Papa gab der Oberkindergärtnerin die Hand.

Sie stellte sich als Regina vor und hatte große runde Brüste. Die bewegten sich wie Wellen, während Papa sie begrüßte.

»Sie sind mir eine wirklich große Hilfe. Ich weiß gar nicht, wie ...«

Regina winkte ab.

»Das ist doch selbstverständlich«, sagte sie und warf einen mitleidvollen Blick auf uns.

Papa verschwand eilig in Richtung Irrenhaus. Adieu, Papa, dachte ich. In mir machte sich das Gefühl breit, die Irren wären seine neue Familie.

Regina schob uns in den kindgerecht gestalteten Flachbau.

Der Kindergarten war öde.

Ich war zwar, wie Papa nie müde wurde anzuführen, für mein Alter sehr klein und viel zu dünn, aber ich kam nach den Ferien in die achte Klasse. Nun stand ich hier und sollte mit lauter Sprech- und Kloganganfängern an viel zu niedrigen Tischen sitzen und Buntpapier zurechtschneiden. Genau genommen Sonnenblumen aus Buntpapier. »Vincent van Gogh im Kindergarten« hieß das Thema.

»Wir haben immer Themen, für jeden Monat ein anderes«, erklärte uns Regina fröhlich. Aus ihrem Dekolleté strömte Veilchenduft, als sie etwas näher kam. Ich musste niesen.

»Wir waren im Louvre«, vertraute Marcel ihr an, und ich ergänzte, während ich mit dem Handballen meine juckende Nasenspitze massierte: »Im Frühjahr waren wir da. Mit Mamique. Sie hat uns viel erzählt. Alle Geheimnisse über van Gogh. Alle! Frag uns, wenn du was wissen willst!«

Regina setzte sich auf einen Kinderstuhl, legte den Kopf in den Nacken und lachte, als hätte ich ihr einen besonders guten Witz erzählt. Währenddessen simulierte ihr Busen Seegang bei Windstärke 8, und lilafarbenes Veilchenaroma zog in Schwaden durch den Raum.

»Mamique?«, fragte sie weiterlachend. »Ist das etwa eure Mutter?« Ihr gesamter Körper bewegte sich in Wellen, »... und der Herr Doktor heißt dann Papique ...?«, gluckste sie.

Einige Kinder standen neugierig herum. Das Lachen erregte großes Aufsehen. Höchstwahrscheinlich hörte man es selten.

Marcel und ich blickten uns an. Was für eine nach Veilchen stinkende dumme Kuh, dachte ich. Sie wusste nichts. Rein gar nichts. Wir nickten uns zu, als Zeichen, dass wir uns einig waren, und ließen sie einfach sitzen und lachen. Mit den Kindern am Basteltisch warteten bereits bergeweise Buntpapier und kinderhandgerechte Scheren auf uns.

Die Kleinen mochten mich. Ich schnitt ihnen einen Hund aus, der an den Stängel einer Sonnenblume pinkelte. Das war gar nicht so einfach. Vor allem der Pinkelstrahl. Ich erklärte es den Kleinen. Sie kicherten. Sie zeigten mit ihren winzigen runden Fingerchen auf den gelben Bogen unter dem Hund und flüsterten sich gegenseitig ins Ohr: »Pinkelstrahl! Haha!« Es machte die Runde. Sie wollten, dass ich noch mehr solcher Sachen ausschnitt und hinklebte. Und ich klebte gezacktes grünes Papier an die andere Seite des Stängels. Gras. Ich schnitt einen Kackeberg in Lehmbraun aus, den der Hund vor dem Pinkeln gemacht hatte, und besonders schön wurde die Kotzelache vom Grasfressen. Die Kleinen verschluckten sich fast vor Prusten und Kichern.

Dann kam das Ohr. Es hatte mich einige Mühe gekostet, Gehörmuschel und Gehörgang in einem dunkleren Roséton plastisch darzustellen, doch letztendlich war es ein perfektes, für jedermann erkennbares Ohr geworden. Ich wollte es in den dunklen Samenstand einer Sonnenblume kleben und hielt es probeweise vor das dunkle Braun. Mamique hätte ihre helle Freude daran gehabt, sie ermutigte mich oft, ungewöhnliche Farben zu kombinieren. Gerade wollte ich den Kindern erzählen, dass dies das Ohr von Vincent van Gogh sei. Das war ja schließlich das Thema. Ich hielt es zwischen Daumen und Zeigefinger in die Höhe, damit alle einen Blick draufwerfen konnten, als eine Erzieherin hochsah, abrupt aufsprang, mich am Arm packte, mir das Ohr aus den Fingern riss und mich ins Obererzieherinnenzimmer zerrte.

»Jetzt ist Schluss«, zischte sie mich an. Sie wedelte dabei mit van Goghs Ohrmuschel vor meinem Gesicht hin und her. »Was du deinem kleinen Bruder zu Hause erzählst, ist mir egal, aber unser Kindergarten hier, der bleibt sauber. Kacke, Pisse, abgeschnittene Ohren!« Sie warf das Papierstück vor meinen Augen in den Mülleimer.

Zu Papa sagte Regina später, ich sabotiere ihr pädagogisches Konzept. Die Wahrheit war, sie hätte einfach zu gerne gewusst, wer Mamique war. Es hatte sie geärgert, dass Marcel und ich ihr die Antwort schuldig geblieben waren.

»Willst du meine Freundin sein?«, hauchte mir unverhofft ein kleines, unscheinbares Mädchen am frühen Nachmittag ins Ohr. Sie steckte in einer viel zu großen Malschürze, und sie meinte es ernst.

»Was ist denn, wenn ich deine Freundin werde?«, fragte ich, überrascht von ihrem Angebot. Sie war mindestens zehn Jahre jünger als ich.

»Ich werde einfach deine allerbeste Freundin. Das ist gut so was ...«, beeilte sie sich zu sagen.

»Warum? Ich meine …«

»Ich bring dir morgen mit, was du willst …«, fiel sie mir ins Wort, »büüüttääää!« Mit dünnen Ärmchen hängte sie sich an meine Schulter wie eine von den Kettenkugeln, die die Daltons im Gefängnis an den Beinen tragen. Aufgerissene Kindermünder um uns herum.

»Hmmmm«, machte ich. Sie war noch weitaus kleiner als Marcel.

»Tu lui demandes de nous apporter des bonbons …!«, empfahl Marcel mit unverschämtem Grinsen.

Es trat Stille ein.

Die Geheimsprache, sagte ein anderes Kind, die wollten sie auch gerne lernen, weil die Erzieherinnen sie nämlich nicht verstanden. Wildes Gekicher um uns herum.

Spaß verstanden die Erzieherinnen ebenso wenig.

»Was führt ihr da im Schilde?«, rief Regina aus der geöffneten Erzieherinnenzimmertür zu uns herüber, »Schluss jetzt mit dem Geplapper, wir gehen in die Singrunde!« Sie klatschte auffordernd in die Hände.

»Singrunde, ach nö«, einige Kinder trollten sich in den großen Gemeinschaftsraum, »och Mensch, nich Singen, jetzt …«, andere blieben um uns herum stehen.

»Wenn du mir morgen ein paar Süßigkeiten mitbringst«, sagte ich sehr schnell und sehr leise zu dem kleinen Mädchen, »dann bin ich übermorgen deine Freundin.«

Ein paar andere hatten es auch gehört. Riesengeflüster. Köpfe wurden zusammengesteckt. Bis Regina laut »Bunt sind schon die Wälder« … intonierte und keiner mehr wagte zu flüstern.

Am nächsten Tag hatte ich viele Freunde. Es war so etwas wie eine Mode, mit mir beste Freundin zu sein. Sie brachten Berge an Süßigkeiten mit, irgendwo stibitzt zu Hause und in den Kindergarten geschmuggelt. Süßigkeiten waren eigentlich verboten.

Um drei gingen Marcel und ich zurück in den Unlang, und verborgen unter meinem Mantel trug ich einen Beutel, prall gefüllt mit Leckereien.

»Hast du gut gemacht«, sagte mein Bruder, den Mund voller Marshmallows, und dann blieb er stehen und sagte noch: »Du bist toll, Bic. Wirklich, du bist die tollste Schwester, die es überhaupt nur gibt!«

Ich presste den Beutel gegen meine Rippen und freute mich.

Nachmittags zu Hause aßen wir gewöhnlich Butterkekse und zum Abendessen leider immer noch Papas Ravioli. Im Keller stand seit Neuestem eine Kiste Kirschnektar in Tüten. In den tunkten wir die Kekse. Die Süßigkeiten aus dem Kindergarten kamen uns da sehr gelegen. Nur aus der Freundschaft mit den Kindern wurde nichts.

Am folgenden Morgen trat uns Regina bereits vor der Tür entgegen.

»Es tut mir ausgesprochen leid, Herr Doktor ...«, sie faltete die Hände vor dem Bauch, »doch wir sind alle empört«, eine Woge veilchenhafter Entrüstung verteilte sich um sie, »Ihre Kinder haben einen extrem schlechten Einfluss auf die Gruppe ausgeübt. Wir können das nicht verantworten! Und Ihre Tochter ... es ist nun doch auch ein sehr großer Altersunterschied.«

Die Süßigkeitenlieferungen, die Ohren von van Gogh, unsere Geheimsprache und meine Anregungen für die Kunstkurse hatten ihr also nicht gefallen.

Papas Gesicht war ernst, er nickte ratlos.

»Das betrübt mich zu hören«, sagte er.

Während Regina meinem Vater im Einzelnen erläuterte, was Marcel und ich in den letzten beiden Tagen veranstaltet hatten, schnitten die Kindergesichter in ihrem Rücken hässliche Grimassen. Sie winkten uns verstohlen zu. Plötzlich trat das kleine Mädchen, das zuerst nach meiner Freundschaft gefragt hatte, vor und sah mich mit großen traurigen Augen an.

»Schade«, sagte sie, und ihre Mundwinkel zuckten, »das hat echt Spaß gemacht mit euch.«

»Siehste«, sagte ich zu Regina. Doch die beachtete uns gar nicht. Ich gab dem kleinen Mädchen die Hand.

»Bist ganz schön mutig«, sagte ich und drückte ihr feste die Finger, »und wenn du noch mutiger wirst, schneidest du ihr einfach ein Ohr ab.«

Ein Grinsen verdrängte die Traurigkeit aus ihren Augen.

»Tschüs«, sagte ich und wurde selbst ein bisschen traurig, weil ich dachte, ich hätte eine Freundin gut gebrauchen können.

Nach Details fragte Papa nicht. Er war jetzt in höchster Eile, uns schnell wieder nach Hause zu bringen. Er hatte ein Problem: nämlich uns.

»Schafft ihr das?«, fragte er gehetzt, während er uns die Haustür aufschloss.

»Was denkst du denn?«, sagte ich betont langsam.

Uns störte der Verweis nicht weiter. Wir hatten Süßigkeiten für mindestens drei Wochen.

»Sind nur noch ein paar Tage«, sagte er mehr zu sich und kritzelte eilig etwas auf ein Stück Papier, das er in der Manteltasche gefunden hatte, und drückte es mir in die Hand. »Wenn was ist, ruft ihr da an. Das ist meine Nummer in der Klinik, wollte ich euch schon längst gegeben haben. Ist ja wirklich nur um die Ecke. Ich zeig euch alles in den nächsten Tagen. Habe jetzt nur einen Termin ...«

Wir nickten beide und winkten ihm hinterher, wie er mit wehendem Mantel über den Plattenweg ging, ohne sich noch einmal nach uns umzudrehen.

Unser Haus war weitaus interessanter als der Kindergarten. Wir durchforsteten es systematisch von unten nach oben, sicher, irgendwo ein Geheimnis zu lüften. Marcel hoffte, auf Elfzen zu stoßen, eine Aimée-typische Gattung von Kleinlebewesen: eine Mischung aus Elfen und Zwergen, die nur in alten Wohnhäusern vorkamen. Er war klein genug, um unter die Dachbalken zu kriechen und auf den abgehängten Zwischendecken entlangzurobben. Aber ihm begegnete nichts außer einer Fledermaus, die verschreckt in die Helligkeit des Hauses floh und alles durcheinanderbrachte, stundenlang hektisch durchs Treppenhaus, durch Zimmer und Flure flog, bis sie endlich irgendwann in der Nacht, nachdem sie vorher wichtige Unterlagen von Papa vollgekackt hatte, durch ein Fenster den Ausweg in die Freiheit fand.

Eines Nachmittags dann stieß Marcel endlich auf etwas, das sehr geheimnisvoll wirkte. Ein Buch. Es war hinter einem Balken versteckt gewesen und fiel fast auseinander, als er es hervorzog. Mehrere Lederbänder hielten es zusammen. Auf dem Einband stand in goldenen Lettern auf blaues Leinen geprägt: *Kampf und Sieg der Chirurgie*. Es sollte zu Marcels Schatz werden. Mehr als mir lieb war.

»Wenn ich lesen kann, gehört es mir richtig«, prophezeite er und schob es unter eine Matratze. Für mich war das in Ordnung. Der Titel klang mir viel zu sehr nach Männerquatsch, ›Kampf und Sieg‹! Ich würde mir das nicht antun. Die Bilder gefielen mir ebenso wenig: Fotos von Transplantationsinstrumenten, von Ärzten, und Abbildungen alter Gemälde und Schautafeln, Tuschezeichnungen von geöffneten Bauchdecken, abgeklemmten Arterien, Hautschwellungen, Operationstechniken. Alles in Schwarz-Weiß, leblos und langweilig.

Wenn wir müde waren, legten wir uns, verdreckt und eingestaubt wie wir waren, unter das Hochbett und schliefen. Wenn wir hungrig wurden, öffneten wir mittlerweile selbst Konservendosen. Fast hatten wir uns an Ravioli gewöhnt. Wir langweilten uns nicht, wir stritten uns nicht, wir fürchteten uns nicht.

Außer vor dem Keller. Das war der Grund, weshalb ich irgendwann beschloss, dass wir hinuntergehen mussten. Ich sagte Marcel, dass wir uns ängstigten, weil wir nicht wussten, was uns dort erwartete. Ich mochte richtigliegen, was normale Keller anging. Dieser aber gehörte nicht mehr zum Haus, er lag so tief unter der Erde, dass er im Laufe der Zeit fremdes Territorium geworden war. Als wir unten ankamen, um dort den Lichtschalter zu drehen, stoben, geblendet von der plötzlichen Helligkeit, Dutzende Ratten in alle Richtungen davon. Ihre kratzigen Pfoten machten ein Geräusch wie auf Steinfußboden fallende Knöpfe, Hunderte von Knöpfen. Verfilztes Fell verschwand unter Türen, in Wandlöchern und einem Abflussgitter. Wir hatten das Gefühl, als habe uns jemand eine Handvoll Stecknadeln in den Nacken gekippt.

Nachts träumte ich, eine Ratte hätte sich kneifzangenfest in meinem Nachthemd verbissen. Ich spürte ihre Zähne an den Schenkeln, riss am Stoff, schüttelte ihn hin und her, doch sie schaute mich weiter aus zusammengekniffenen Augen an. Sie würde niemals loslassen. Ihr Fell war voller Ungeziefer, schon krabbelte es über kleine rosa Blumen auf mich zu. Ich schrie um mein Leben und war schweißgebadet, als Papa neben meinem Bett stand und sagte, er mache sich nun wirklich große Sorgen.

»Morgen«, sagte er, indem er mir über die feuchte Stirn strich, »morgen kommt jemand, das ist ja kein Zustand.«

Es dauerte aber noch einige Tage und mehrere Raviolidosen lang, bis uns endlich Gertrud zulief.

# 3.

Es regnete in Strömen. Auf dem Plattenweg zum Haus stand das Wasser an den unebenen Stellen schuhsohlentief.

Papa war mal wieder erst in den Morgenstunden aus dem Irrenhaus gekommen. Ich hatte früh auf dem Weg zur Küche den Ring gesehen, den Regentropfen um seinen abgestellten Schirm gezeichnet hatten.

An diesem Morgen klingelte es. Es klingelte sonst nie bei uns. Uns kannte ja kaum einer.

Ich öffnete.

»Einen schönen guten Tag«, sagte eine Frauenstimme.

Ich legte den Kopf in den Nacken und betrachtete die Gestalt, die da so schmal und hochaufgeschossen in ihrem beigefarbenen Mantel voller dunkler Wasserflecken in unserer Tür stand, den prasselnden Regen wie eine Gardine hinter sich. Sie wirkte trotz ihrer Größe sehr jung.

»Was willst du?«

»Darf ich reinkommen?« Sie machte eine Bewegung, als ob sie die Tür aufhalten wolle, damit sie ihr nicht vor der Nase zugeschlagen würde.

»Wer ist da?«, klang Papas Stimme ungehalten von oben durchs Treppenhaus.

»Gertrud«, wisperte die Frau mir zu, als ob er wissen müsste, wer sie sei.

»Gertrud«, rief ich zu ihm hinauf.

»Gertrud?« Es hörte sich an wie: Ich kenne keine Gertrud. Aber ich sah auch, wie mein Vater einige Schritte auf der Treppe nach unten kam. Gertruds Augen weiteten sich freudig, als sie zu ihm hinaufblickte. Sie machte einen Schritt ins Treppenhaus und schloss sorgfältig die Tür hinter sich.

»Herr Doktor! Wir haben telefoniert. Ich werde mich um die Kinder kümmern!« Gertrud zeigte auf mich.

Papa zuckte mit den Schultern, kam aber interessiert näher. Sein ganzes Gesicht war mit Bartstoppeln übersät, und ich sah kleine faltige Ringe unter den Augen. Er musste furchtbar müde sein. Im Herunterkommen band er sich den Gürtel seines Kimonos fester.

»Kommen Sie.« Er hielt Gertrud die Zwischentür zum Erdgeschoss auf.

»Danke«, sagte Gertrud und betrat unser Haus.

Ich hockte mich auf die Treppe, um zu warten, was passieren würde.

Als die beiden wieder aus dem Brockhauszimmer kamen, stellte ich mich neben ihn. Sie legte mir die Hand auf den Scheitel.

»Also dann, bis morgen. Tschüs, Merle!«

»Merle?« Ich sah Papa fragend an. Er sah Gertrud fragend an.

»Merle?«

Gertrud nahm ihre Hand von meinem Kopf.

»Nicht Merle?«, fragte sie.

»Nein, nicht«, sagte ich böse und lehnte mich Hilfe suchend an Papas Hüfte.

»Wie kommen Sie auf Merle?« Papa fuhr sich nachdenklich über die Bartstoppeln.

»Sie sagten doch am Telefon, Ihre Tochter heiße Merle«, sie wirkte ratlos. »Herr Doktor Brockmann ...«

»Brockmann?« Papa trat einen Schritt zurück. »Liebes Fräulein Gertrud, nach allem, was wir jetzt gerade besprochen haben ... ich befürchte, Sie verwechseln uns. Ich heiße nicht Brockmann, meine Tochter nicht Merle, sondern Bénédicte – und mein Sohn heißt übrigens Marcel. Offenbar gibt es noch weitere Familienväter mit Bedarf an Haushaltshilfen in dieser Straße ...«

»Ach«, sie schaute mit ernstem Blick von Papa zu mir, sie schien nachzudenken, ihre runden Augen sprangen blitzschnell von einem zum anderen. Ich fürchtete, sie könnten aus den Lidern hüpfen, so schnell flitzten sie hin und her. Papa und ich beobachteten Gertrud. Sie nahm die Schultern zurück, ihr langer Körper schien sich noch weiter aufzurichten.

»Wenn Sie erlauben, möcht ich trotzdem bleiben. Es gefällt mir sehr gut bei Ihnen ... Ich würd gern morgen wiederkommen.«

Papa sah fragend zu mir herunter.

»Nur, wenn sie nicht Merle zu mir sagt«, maulte ich.

»Sagt sie nicht.« Papa gab ihr die Hand. Er gähnte schamlos.

»Morgen früh um sieben also ... Das mit der anderen Familie regle ich.«

»Kannst du Hühnerfrikassee?«, schrie Marcel von oben durch das Treppenhaus.

Gertrud winkte zu ihm hoch und nickte lächelnd.

»Marcel«, sagte Papa, indem er nach oben zeigte.

»Um sieben, Herr Doktor.«

Mein Vater mochte nicht, wenn man ihn so nannte. Das konnte Gertrud noch nicht wissen. Sie war korrekt. Sie machte eine Art Knicks und sagte nochmals etwas mit ›Herr Doktor‹, bevor sie wieder in den Regen hinaustrat.

Anderntags um sieben kam sie zurück, mit einem kleinen Köfferchen in der Hand. Wir dachten: um uns von Ravioli und Butterkeksen zu befreien. Aber es kam schlimmer.

Zunächst fiel Gertruds Anwesenheit nicht auf. Sie war lautlos. Häufig vergaßen wir, dass sie da war. Wie in den Tagen vor ihrer Ankunft verbrachten Marcel und ich viel Zeit in der Höhle.

Gertrud war weit weg. Sie hantierte in der Küche, rannte lautlos zwischen Waschkeller und Wäscheleine im Garten hin und her, packte die verbliebenen Umzugskisten aus und fand Dinge, von denen wir nicht im Entferntesten geahnt hatten, dass wir sie besaßen, geschweige denn gebrauchen konnten: Bügeleisen, Wasserkocher, Bratthermometer, Haushaltswaage, Muskatreibe, Wellholz, Saucieren, Entsafter, Raspelgeräte, Apfelschälmaschine, Joghurtmaschine, Eierkocher und Kartoffelpresse. Sie fand auch den Toaster. Gertrud kannte sich aus. Sie kam von einem großen Hof in der Nähe von Sprede. Sie begann Dinge zu tun, die wir noch nie zuvor gesehen hatten.

»Woher kannst du das alles?«, fragte mein Bruder. Er betrachtete verwundert die dickstieligen Blättergewächse, die Gertrud dem zugewucherten Garten entrissen hatte.

»Gelernt«, sagte sie und zog mit Hilfe eines Messers geschickt die folienartige Haut von den faserigen Stielen.

»In der Schule?«

»Hauswirtschaftsschule«, verbesserte Gertrud und prüfte den Sitz einer Metallklammer, die den Gummischlauch zusammendrückte.

»Haus-Wirtschafts-Schule? Was soll das sein?«

»Dort lernt man einen Haushalt zu führen. Kochen, Backen, Nähen, Tiere versorgen, Garten bewirtschaften, und so was hier«, sie zeigte auf den Entsafter: »Saftmachen.«

»Saft aus den Dingern da, die du im Garten gefunden hast?«

»Ja. Rhabarber.«

Gertrud entsaftete alles, was sie in unserem urwaldähnlichen Anwesen finden konnte. Rhabarber, Birnen, Äpfel, Himbeeren, Johannisbeeren, Stachelbeeren und Quitten.

Sie füllte die heiße Flüssigkeit über den Schlauch in Flaschen, stülpte ihnen Gummikappen über den Hals und stellte sie, mit beschrifteten Etiketten versehen, im Keller in die Regale.

Im ersten Stock hatte sie ein Bügelzimmer eingerichtet, wo sie in aller Stille unsere T-Shirts, Jeans und Socken plättete, um sie dann, Kante auf Kante, in den Schränken aufeinanderzuschichten, dass wir zu Anfang kaum wagten, etwas herauszunehmen, weil wir fürchteten, dadurch den merkwürdigen Zauber ihrer Ordnung zu zerstören. Sogar unsere Schuhe glänzten wie neu.

»Gertrud ist eine Riesenelfze«, sagte Marcel einmal, aber meiner Meinung nach stand die Prüfung für eine solche Ehrung noch aus, nämlich das Hühnerfrikassee.

Davor kamen jedoch die Lautsprecher.

Papa hasste die Stille im Haus. Es war einfach riesengroß, die Mauern alt und dick. Sie schluckten unsere Worte, unsere Geräusche, sie verschlangen unsere Bewegungen. Als ignorierten sie unsere Anwesenheit.

Papa verteilte, wenn er nicht in der Klinik war, Gegenstände und Möbel im Haus. Er fand, kein Zimmer dürfe leer bleiben. Deshalb ging er umher und stellte hier und dort etwas auf. Er verteilte Skulpturen und Bilder von Aimée und anderen Künstlern und stellte sie dann wieder um, weil er sehen wollte, wie sie sich hier oder dort »machten«. Einzelne Bilder lehnte er an Wände, um sie mehrfach in der Woche an einen anderen Ort zu bringen. Nichts war endgültig. Das machte mir Hoffnung. Wir konnten hier immer noch weg.

In einen Raum im ersten Stock hatte er eine Vase gestellt, eine mit Wasser gefüllte Flasche, in der früher so etwas wie Schnaps gewesen sein mochte. Er hatte einen Weidenzweig hineingesteckt, der bei der Einfahrt des

Umzugwagens vor das Haus abgeknickt war. Später bekam er Wurzeln, und wir pflanzten ihn vor dem Eingang in die Erde.

Manchmal gingen Marcel und ich durchs Haus, um zu sehen, was Papa in die Zimmer gestellt und wieder verändert hatte. Es war für uns ein Suchspiel geworden. Wir setzten uns nebeneinander in eine Ecke und betrachteten den Raum. Wer die meisten Veränderungen feststellte, hatte gewonnen. Wir hatten die Zimmer nach den Dingen benannt, die uns bei unserem ersten Gang durch die Räume aufgefallen waren. Noch Jahre später, als längst alles richtig eingerichtet war, behielten die meisten ihre Namen: das Schnapsflaschenzimmer, das Fliegenzimmer, das Ahnenbildzimmer, das Brockhauszimmer, das Truhenzimmer, das Staubknäuelzimmer, das Weihnachtsglitterzimmer, das Höhlenzimmer, das Seerosenzimmer, das Zimmer mit der Seerosentapete, das später meines wurde. Fünf Zimmer im Erdgeschoss, fünf im ersten und ganz oben drei kleinere, die wir später nach der Farbe der Vorhänge benannten, die Gertrud noch nähen sollte: rot, blau und weiß.

Und dann kamen die Lautsprecher. Papa verteilte ganze Kompanien von Lautsprechern auf allen Etagen, von ganz klein bis ganz groß. Überall, sogar in dem kleinen Bad mit der Sitzbadewanne in der Mansarde.

»Technik bereichert«, sagte er. Und brauchte eine Woche, um die Kabel der Lautsprecher hinter den Fußleisten zu verstecken, und eine weitere Woche, um alle Lautsprecher so in den Wänden verschwinden zu lassen, dass sie fast unsichtbar waren. Denn das war der wahre Zauber der Technik: die Unsichtbarkeit. Wir sagten, wir wollten lieber einen Fernseher als unsichtbare Technik. Aber der kam Papa nicht ins Haus. Aimée würde das auch nicht wollen, sagte er, ein Fernseher würde Kindern die

Fantasie stehlen. Dabei hatte Mamique gesagt, ich hätte ein bisschen zu viel davon, ein Fernseher hätte also nicht schaden können. Aber ich traute mich nicht, »Blödsinn« zu sagen, weil alles, was Aimée jemals gesagt oder getan hatte, begann, uns heilig zu werden.

Eines Morgens weckte uns der tiefe, weiche Klang eines Cellos. Die ganze Höhle vibrierte, ein Klavier setzte ein, und ein paar Takte später zog Papa den Vorhang vor dem Hochbett zur Seite.

»Kinder! Wir haben in allen Zimmern Musik!«

Gertrud streckte ihren Kopf zur Tür herein. Ihre Murmelaugen schauten aus kleinen Schlitzen. »Was ist denn los?«

»Brahms – Cellosonate e-Moll!« Er machte eine Handbewegung, als sei das die exquisiteste Musik auf Erden.

»Wir wollen ABBA«, nörgelte Marcel schlafmatt.

»ABBA ...«, sagte Papa geringschätzig, »das hier ist Brahms! Brahms ordnet die Gedanken! Aufstehen! Wir machen einen Rundgang ...« Wir schälten uns aus den warmen Decken und folgten ihm auf nackten Füßen.

»Seht ihr was?« Er zeigte auf die Wände in unserem unsichtbar verkabelten Haus. Wir schüttelten alle drei die Köpfe. Man sah nichts. Nur kleine, in die Wand eingelassene Gitter, aus denen die Cellosonate brummte wie ein Schwarm Hummeln.

»Die Kinder haben keine Schuhe an«, sagte Gertrud, als sei das lebensgefährlich. Papa hörte es nicht, seine Hand fuhr, fasziniert von der eigenen Arbeit, über Leisten und Mauern, hinter denen sich die Kabel verbargen. Immer wieder rief er, als könne er es kaum fassen: »Sie sind verschwunden!«

Wie wir selbst, in diesem Haus, dachte ich.

Aber die Räume veränderten sich durch die Musik. Sie begannen tatsächlich zu leben, das Haus wurde freundlicher, es lächelte irgendwie. Papa weckte uns morgens mit den Nachrichten, wir sollten wissen, was in der Welt los war. »Allgemeinbildung«, sagte er, wenn wir uns beschwerten. Gertrud nickte. Und dann hörten wir den ganzen Tag Brahms.

»Warum Brahms?«

»Aimée liebt Brahms«, sagte Papa, »sie hat immer mit Brahms gemalt.« Manchmal öffnete er sogar die Fenster und beschallte das Universum mit seiner Musik. Ich dachte dann – und dieser Gedanke war der schrecklichste von allen –, ich dachte, wenn sie tot wäre, dann könnte sie mithören und dass mich das vielleicht ruhiger würde schlafen lassen, als nicht zu wissen, wo sie war.

# 4.

Unser Leben hatte sich grundlegend verändert.

Niemand konnte erwarten, dass es ohne Aimée normal weiterlief. Sie fehlte uns. Sie fehlte überall. Eine Schicht Traurigkeit hatte sich über die Dinge gelegt, eine Traurigkeit, die sich vermischte mit Ungewissheit und Fantasien von all dem, was sein konnte und mit was man rechnen musste. Denn wir wussten nichts. Gertrud gab unserem Leben in den täglichen Verrichtungen und im äußeren Erscheinungsbild eine Ordnung, die es nie gehabt hatte. Sie beseitigte zuerst die offensichtlichen Missstände: Die Unordnung im ganzen Haus, die Wäscheberge, das dreckige Geschirr in der Spüle, sie stellte Rattenfallen im Keller auf und räumte die nicht kleine Menge an verbliebenen unausgepackten Umzugskisten aus, die in allen Ecken herumgestanden hatten. Sie entsorgte den Müll, der aus sämtlichen Eimern quoll, reinigte das gesamte Haus, dass es überall nach Zitrone roch, und hatte auch recht bald unser gespanntes Verhältnis zu den Unmengen an Raviolidosen in der Vorratskammer bemerkt. Eines Morgens, Papa war schon im Irrenhaus, stellte sie eine große Kiste davon mitten auf den Frühstückstisch.

»Wollt ihr die noch essen?«, sie schaute in unsere fragenden Gesichter. »Das ist der Rest.«

Marcel gab ein würgendes Geräusch von sich.

»Wenn's geht«, gab ich zögerlich von mir, »... nicht unbedingt ...«

»Ihr könntet sie«, Gertrud legte ihre Hand auf die Dosen, »dem SOS-Kinderdorf spenden?«

Wir zuckten mit den Schultern.

»Es ist draußen hinter dem Gasthof Engel, noch ein Stück. Wenn ihr heute Abend die Räder zum Milchholen nehmt, könnt ihr sie dort vorbeibringen.«

Marcel und ich schauten uns, hilflos und Grimassen schneidend, an.

»Ihr entscheidet. Es sind eure.«

Wir wollten sie einfach nur loswerden. Als Gertrud sich im Haus zu schaffen machte, schleppten wir sie zu den Mülltonnen unter den Tannen und warfen alle auf einmal unter schlimmsten Beschimpfungen in den nach Verwesung riechenden Abgrund. Dann knallten wir den Deckel zu und hofften, das Thema Ravioli sei damit beendet.

Noch am selben Abend servierte uns Gertrud in einer Art Festakt das erste Hühnerfrikassee. Wir waren erleichtert, denn es war annähernd perfekt. Der Vollkornreis hätte uns allerdings aufmerksam machen können. Aber wir betrachteten ihn nur, dankbar für die langersehnte Abwechslung, als etwas besonders Exotisches und nicht als Vorbote dessen, was uns noch erwarten sollte. Gertrud waren nämlich beim Ausräumen der Kartons zwei Bücher in die Hände gefallen. *Vollwertiges Kochen* und *Gesund Kochen für Kinder*. Bisher ungelesene, gut gemeinte Geschenke von Freunden. Sie saß manchmal stundenlang auf einem Hocker unten im Keller neben der laufenden Waschmaschine, die langen Beine unter der Schürze ineinander verdreht, auf dem Schoß eines der Bücher. Eine Haarsträhne zwischen den Fingern, las sie darin, als gelte es jedes Wort auswendig zu lernen. Manchmal machte sie sich Notizen oder verfasste Listen. Und weil sie es als ihre Aufgabe sah, alles perfekt zu machen, begann sie irgendwann, mit Hilfe ihrer Listen und Notizen, unsere Ernährung umzustellen. Der Vollkornreis war so etwas wie der Startschuss.

»Kommt ihr mit zum Reformhaus?«, fragte sie uns ein paar Tage nach dem Hühnerfrikassee.

»Was ist denn das?« Hatten wir arglos gefragt und: »Wo?«

»In der Stadt«, hatte sie geantwortet. »... nicht weit. Das ist der Laden, wo es Reformnahrung zu kaufen gibt.«

»Hä? Was?«, machte mein Bruder.

»Nicht: Hä. Sondern: Wie bitte!« Gertrud hatte auch begonnen, unsere ihrer Meinung nach etwas vernachlässigte Erziehung in die Hand zu nehmen.

Wir kicherten darüber, weil sie immer etwas unnatürlich wirkte, wenn sie Höflichkeit zum Nachahmen vormachte.

»Wie bitte, liebe Gertrud: Was ist denn Reformnahrung? Hat das etwas mit einer Reh-Form zu tun?«, fragte Marcel übertrieben höflich.

Jetzt lachte sie auch. »Nicht Reh, sonder Rä! Das ist der Laden in der Stadt, wo es gesunde Nahrungsmittel zu kaufen gibt! RE-FORM-HAUS! Ich geh jetzt los: Also, kommt ihr mit oder nicht?«

Wir waren neugierig, also folgten wir ihr.

Beim Betreten des Ladens schlug uns der Geruch von allerlei Gewürzen und Kräutern entgegen. Ich hätte nicht sagen können, wonach es genau roch. Es roch vieles durcheinander und ergab für mich im Laufe der Zeit den typischen Reformhausgeruch. Hauptsächlich gab es Körner zu kaufen, Tees, Gewürze, getrocknetes Obst, kastenförmiges Brot und Süßigkeiten, die im richtigen, ungesunden Leben keine waren, weil sie keinen Zucker enthielten und deshalb nicht schmeckten. Die Verkäuferin war nett. Wir bekamen von ihr jeder einen Lolli in Maisgelb. Wir leckten freundlich daran und warfen ihn draußen, als wir außer Sichtweite waren, sofort über die nächste Hecke.

Die Verkäuferin gab Gertrud Tipps. Statt der Restaurantliste hing nun eine Liste aller Lebensmittel am Kühlschrank, die sich positiv auf unser Immun- und das zentrale Nervensystem auswirken, die uns mit lebenswichtigen Vitaminen, Mineralstoffen und Spurenelementen versorgen und unsere Konzentrationsfähigkeit maximieren sollten. So hatte es die Verkäuferin gesagt. Zu den Lebensmitteln gehörten Dinge, die selbst Papa noch nie gegessen hatte und die er ohne Gertruds Zutun sicherlich auch niemals freiwillig zu sich genommen hätte. Doch entgegen seiner sonstigen Art aß er alles und beschwerte sich nicht. Er aß die Graupensuppe und die Grünkernbratlinge, den Hirseauflauf und den Maisbrei, bei den Buchweizenpfannkuchen mit Ahornsirup war ich mir endgültig sicher, dass das Codewort »gesund« bei ihm eine Geschmacksknospenlähmung verursacht hatte, denn er verzog keine Miene, sondern sagte: »Hmm, doch Gertrud ... gelungen!«

»Gelungen, Gertrud«, sagte ich schnippisch, die Dinger schmeckten wie Hanfseile, »das sind keine Pfannkuchen, das sind ...«

»Bénédicte ...«, Papa sah mich vorwurfsvoll an.

»Warte, bis Mamique kommt, die macht die besten Pfannkuchen der Welt!«

»Natürlich«, sagte er entschuldigend an Gertrud gewandt, »natürlich. Großmütter machen immer die besten Pfannkuchen der Welt!«

Und sie lächelte versöhnt.

Mit Gertruds Einzug hatte auch Papa sich verändert.

Obwohl er häufig müde wirkte, war das Gehetzte aus seinem Gesicht verschwunden. Ihre Anwesenheit machte es ihm möglich, zwei Leben zu führen. Eines im Irrenhaus und ein anderes mit uns. Vor ein paar Tagen hatte er zu Mamique am Telefon gesagt, was für ein unfassbares Glück wir mit Gertrud hätten. Sie sei engagiert, motiviert, sogar streng, was er als durchaus wichtig erachte, und ihre Anwesenheit erleichtere ihn nicht nur im praktischen Sinne, sie entlaste ihn vor allem auch emotional. Er habe jetzt nicht mehr das Gefühl, uns zu vernachlässigen, wenn er sich um seine Aufgaben in der Klinik kümmere – und um das, was ihn die Nächte außer Haus verbringen ließ, dachte ich wütend.

Er kam mir vor, als stürze er sich in das neue Leben mit all seinen Aufgaben und Verpflichtungen und was da sonst noch war, um mir zu zeigen, dass eigentlich nichts geschehen war, dass sein Schweigen gar kein Schweigen war und unser Leben pure Normalität. Doch davon waren wir weit entfernt.

Mich umgab das von ihm auferlegte Schweigen wie ein magischer Kreis. Ich fühlte mich wie eine empfindliche Pflanze, der sich aus übertriebener Vorsicht niemand näherte. Gertrud jonglierte mich wie eine Porzellanpuppe mit ausgesuchter Höflichkeit durch die Tage, dass Marcel manches Mal sogar eifersüchtig wurde. Von Papa kam kein lautes Wort. Das war auch etwas, das sich an ihm geändert hatte, allerdings schon seit Aimée nicht mehr bei uns war. Er konnte richtig laut werden, wenn wir Mist gebaut hatten. Seine Schreianfälle kündigten sich an wie Gewitter – das ganze Gesicht verfinsterte sich, die Lippen wurden bindfadenschmal, die Farbe seiner Augen wechselte von einem Moment auf den anderen von Himmel- in tiefes Ozeanblau. Ich wusste genau, wie mein Magen erzitterte, wenn er lospolterte und -brüllte. Doch kein einziges Mal war er bisher laut geworden. Es war nahezu unheimlich. Wir hörten kein strenges Wort. Nicht, als wir den Kindergarten verlassen mussten, nicht, als wir das ganze Haus auf den Kopf gestellt hatten und die Fledermaus überall hingekackt hatte, selbst dann nicht, als die Sache mit den Schweinen passiert war.

Gertrud hatte uns losgeschickt. Wie jeden Nachmittag mussten Marcel und ich um fünf Uhr zum Milchholen gehen. An der einen Hand hielt ich meinen Bruder, in der anderen die silbrig glänzende Milchkanne, bis oben hin gefüllt mit frischer Milch vom Engelwirt. Kleine Kondenströpfchen hatten sich außen auf der Kanne abgesetzt. Wir überquerten die Hauptstraße am Fußgängerüberweg mit Ampel. Ich musste Marcel ein wenig ziehen, weil er wie immer sehr langsam ging, und dann schrie er auch noch: »Wir dürfen nicht rübergehen, Bicky, schau doch, wir dürfen nicht!«

Ich hörte ihm gar nicht richtig zu, zog ihn nur hinter mir her. Wir schreckten fürchterlich zusammen, als ein Laster scharf neben uns abbremste. Es sah aus, als ginge er in die Knie.

»So ein Blödmann«, sagte ich mit Blick auf den Lastwagen und zu meinem Bruder, »kann der nicht aufpassen?«

»Aber du bist ...« Sein restlicher Satz ging unter im Geräusch von splitterndem Holz und dann in einem lauten Quieken und Grunzen und dem Getrappel kleiner Hufe. Vierzig – wie Herr Kowalski später sagen sollte –, vierzig aufgeregte Schweine stoben wild in alle Richtungen. Ein Autofahrer war dem Laster in die hölzerne Heckklappe gekracht. Wir rannten auf die andere Straßenseite und sahen zu, wie die Schweine die Straße rauf- und runtergaloppierten, und halb Sprede versuchte, die aufgeregten Tiere wieder einzufangen. Wir standen nicht lange da, als der wütende Lastwagenfahrer mit einem Polizisten und einem weiteren Autofahrer auf uns zugelaufen kam. Der Lastwagenfahrer zeigte auf uns und brüllte: »Die Gören hier, diese Gören, bei Rot! Die sind bei Rot über die Straße gelaufen, die beiden hier. Ich musste eine Vollbremsung hinlegen!« Er hörte gar nicht auf, mit dem Finger auf uns zu zeigen.

»... deshalb bin ich ihm reingeknallt! Idiot, Mensch, so bescheuert zu bremsen!«, fiel ihm der Autofahrer ins Wort.

Marcel versteckte sich hinter mir. Ich presste ihn gegen meinen Rücken. Der Polizist sah uns streng an, er drückte sich den Daumen tief in die Brust und sagte: »Ich bin der Hauptkommissar Kowalski!« Es klang, als sei er der Polizist in einem Kasperletheater.

Er notierte etwas in ein kleines schwarzes Buch und fragte uns, ob das richtig sei, was der Lastwagenfahrer behauptete. Mein Bruder kam hinter mir hervor und sagte: »Ja.«

Ich schob ihn wieder hinter mich und sagte: »Nein, natürlich nicht.«

Als Herr Kowalski sich unsere Adresse notierte, flitzte ein Junge auf einem türkisfarbenen Rennrad an uns vorüber. Ich meinte, den Jungen schon einmal bei unserer Ankunft gesehen zu haben und stellte mir vor, dass er seitdem durch Sprede fuhr, ohne anzuhalten. Ich lachte. Herr Kowalski drohte mir wortlos mit dem Kugelschreiber.

Wir erzählten beim Abendessen von dem Unfall. Als wir fertig waren, schwieg Papa nachdenklich. Gertruds Gesicht war schreckensbleich. Ihre Augäpfel hüpften wild von einem zum anderen. Wenn sie rausfielen, würden sie als kleine weiße Klöße in der Suppe enden.

»Wart ..., ähm, wart ihr denn nun schuld daran ...?«, fragte sie schließlich in ganz behutsamem Ton und sah mich an.

Vorwurfsvoll stach Marcel mit dem Finger in meine Richtung in die Luft.

»Sie geht immer bei Rot über die Ampel!«

Auf seiner Stirn wuchs ein Beet kleiner Falten.

»Spinnst du?«, giftete ich zurück. »Das würde ich nie tun! Du bist ja noch viel zu klein für so was!«

Papa räusperte sich. »Ampeln sind rot, damit man stehen bleibt – egal, wie alt man ist.« Er sah mich prüfend an.

»Ich bin gegangen, weil grün war ...«

»Stimmt nicht ...«, pestete Marcel.

»Wenn ich's doch sage ...!«

»Ich hab noch geschrien, dass rot ist ... und sie hat mich hinter sich hergezerrt!«

»Das stimmt! An jeder Ecke muss man auf dich warten! Ich wollte nicht trödeln, bis es wieder rot wird.«

»Aber es war rot!«

»... war es nicht!«

»Blinde Kuh ...!«, schrie Marcel.

Ich sprang vom Stuhl auf.

Dinge, die verboten waren, interessierten mich. Es kam vor, dass ich das ein oder andere ausprobierte, aber nicht so etwas, schon gar nicht, wenn Marcel dabei war. Ich vermutete, er wollte mich schlechtmachen, weil alle nachsichtig mit mir waren. Er hätte gerne gehabt, dass Papa ein bisschen außer sich geriet.

Doch unser Vater wirkte gefasst. Er stand auf, nahm mich bei der Schulter und sagte: »Komm mit.« Ich hatte meine Suppe noch nicht einmal aufgegessen.

Wir gingen nach oben in sein Arbeitszimmer. Er schloss die Tür und wies auf den kleinen weißen Sessel vor seinem Schreibtisch.

»Setz dich!«

Dann blätterte er in seinem Notizbuch, griff schließlich zum Telefonhörer und wählte eine Nummer.

»Baron«, meldete er sich. Er hörte zu, was die andere Seite sagte, lachte und sagte selbst: »Ja, ich bin der Neue!«

Die helle Stimme am anderen Ende der Leitung sagte irgendetwas im Ton großer Begeisterung und lachte auch.

»Danke, danke«, erwiderte er, »das tut natürlich gut, so etwas zu hören ... Aber ich rufe Sie an, weil ich über *Sie* so viel Gutes gehört habe, schon in Hamburg. Ich habe Ihren Vortrag gehört, in diesem Frühjahr, UKE ... Nein, nein, es geht um meine Tochter. Ich kann es ganz schwer selbst einschätzen. Ich würde gerne mal mit ihr vorbeikommen.« Er erzählte von der Sache mit den Schweinen und meinem letzten Sommertag mit Aimée, was mich wunderte, weil er mich doch gebeten hatte, mit niemandem darüber zu sprechen.

»Wann?«, hörte ich die Frau auf der anderen Seite fragen.

»So bald wie möglich.«

Schon am folgenden Nachmittag also machte er sich auf den Weg mit mir.

»Sie ist spezialisiert auf Kinder«, sagte er, »ich bin mir sicher, sie wird dir helfen können.«

Ich war sauer, weil Papa Marcel offenbar mehr glaubte als mir. Ich brauchte keine Hilfe, um die Wahrheit zu sagen.

Als wir über den Kirchplatz gingen, kam uns ein kleiner weißer Hund entgegen. Es war wohl der, den Papa bei unserer Ankunft an der Tankstelle fast überfahren hatte. Er trottete mit gesenktem Kopf. Auf unserer Höhe blieb er kurz stehen und sah auf, als lausche er unserem Gespräch. Dann hob er wieder auf diese ungewöhnliche Art die Lefzen und trottete weiter. Mein Vater schien es nicht bemerkt zu haben.

Ich hielt ihn am Ärmel fest und sah ihn an.

»Papa, glaubst du mir nicht?«

»Ich *glaube* dir«, sagte er und legte seine Handflächen an meine Wangen und studierte mein Gesicht.

»Dann kapier ich das nicht. Was soll ich bei dieser Frau?«

»Ich glaube dir, dass du glaubst, bei Grün rübergegangen zu sein«, sagte er vorsichtig, »aber ich glaube nicht, dass du bei Grün rübergegangen *bist*. Und das ist gefährlich, Bic. Vielleicht hast du geträumt, warst mit deinen Gedanken woanders ...?«

»Es war grün!«, sagte ich wütend. Ich riss meinen Kopf aus seinen Händen.

»Bic, es war nicht das erste Mal. Es ist mir auch schon einige Male aufgefallen, als ich dabei war. Erinnerst du dich, als wir letzten Sonntag zum Ententeich gegangen sind? Du wolltest losrennen, und ich hab ›Halt!‹ geschrien. Erinnerst du dich? Ich hab's für Gedankenlosigkeit gehalten ...«

Ich schwieg. Ich konnte ihm nichts beweisen. Sollte ich ihm sagen, dass er mal durch meine Augen schauen sollte? Meine Ampel war grün gewesen – oder zumindest nicht rot.

»Frau Fritzi kannst du alles sagen.«

Frau Fritzi hieß sie also. Warum sollte ich es ausgerechnet *ihr* sagen? Es war ausgemachter Blödsinn. Keiner konnte durch die Augen eines anderen schauen. Sie würde mir sowieso nicht glauben. Wenn ich ihr dazu noch von grinsenden Hunden erzählte, würde sie mich wahrscheinlich gleich ins Irrenhaus einweisen.

Äußere Merkmale, die auf Frau Fritzis Alter oder sonst etwas schließen ließen, fehlten. Sie war der Inbegriff einer nichtssagenden Person. Normal nett, normal farblos, normal eben, langweilig. Ihr Haar hatte keine Farbe, ebenso wenig ihre Haut. Das Haus roch nach Krankheit und Alter, obwohl sie weder krank noch alt wirkte.

»Wir werden uns später unterhalten«, sagte sie freundlich zu Papa an der Tür, »kommen Sie in circa einer Stunde wieder.« Ihre Stimme klang überraschend jung.

Sie führte mich durch einen schmalen Flur in einen schlecht beleuchteten Raum.

»Bitte nimm Platz, Bénédicte.«

Sie zog einen hohen Lehnstuhl unter dem Tisch hervor und deutete auf die Sitzfläche. Ich setzte mich. Sie stellte eine große Holzkiste mit Stiften auf den Tisch. Daneben einen Stapel Blätter, einseitig bedruckt.

»Du kannst etwas malen, wenn du willst«, sagte sie. Dann ging sie raus und holte eine Tasse Kakao. Ich fand es blöd, auf ein Papier zu malen, das ursprünglich nicht dazu gedacht war. Ich malte nicht auf das Papier, jedenfalls nicht bei diesem ersten Mal. Auf dem Kakao schwamm eine Haut. Faltig, matt schimmernd. Sie ekelte mich.

»Bénédicte«, sagte sie und setzte sich auf einen Stuhl mir gegenüber, »du kannst tun, was du magst.« Sie lächelte mich sanft an, und ihre Worte waren ebenso sanft gesprochen, wie ihr Lächeln gelächelt war.

»Dann möchte ich nach Hause gehen.«

Es war das Einzige, was ich in diesem Augenblick wollte.

Sie nickte verständnisvoll. In ihrem Lächeln jedoch war zu lesen, dass sie mich nicht nach Hause gehen lassen würde.

»Überleg doch mal, ob du mir nicht viel lieber etwas erzählen möchtest?«

»Nein.«

»Möchtest du nicht überlegen oder nicht erzählen?«

Ich wollte nur »Nein« sagen, aber das sagte ich ihr nicht. Sie ging mir auf die Nerven mit ihrer Sanftheit, die etwas Erpresserisches an sich hatte. Mich würde sie damit nicht kriegen. Ich schwieg und betrachtete den Raum. Er war überraschend groß nach dem schmalen

Flur, durch den ich gekommen war. In den Zimmerecken sammelte sich bereits die Dunkelheit. Wir saßen an einem Tisch in der Mitte. Darauf lag eine braun-weiß gestreifte Wolltischdecke, über der in geringem Abstand eine Lampe aus dickem, strukturiertem Glas in Form einer übergroßen Blüte hing. Links hinter dem Tisch befand sich ein dunkelbraunes Bücherregal, vollgestopft mit Büchern aller Größen, Formen und Farben. Es hätte kein weiteres Buch mehr hineingepasst, noch nicht einmal mit viel Mühe. Mein Blick glitt zur nächsten Wand, zu einer Vitrine aus helllackiertem Holz. Sie war gefüllt mit Gläsern. Unmengen an Gläsern, in allen erdenklichen Größen und Formen. Ich begann sie zu zählen. Als ich bei vierunddreißig angekommen war, sagte sie voller Begeisterung über ihre eigene Idee: »Oder ich erzähle dir etwas. Was hältst du davon?«

Sie stand auf.

»Fünfunddreißig«, sagte ich halblaut, um nicht zu vergessen, wo ich war.

»Wie gefällt es dir denn hier bei uns in Sprede?« Sie hatte sich auf die Chaiselongue hinter meinen Rücken gesetzt und klopfte mit der Hand auf den Teppich, der darauflag. Ich stellte mir vor, wie eine kleine Staubwolke über ihrer Hand aufstieg und durch das Zimmer schwebte.

»Fünfunddreißig«, sagte ich noch einmal, um die Zahl im Kopf zu behalten. Ich beugte mich ein bisschen in ihre Richtung, dass ich sie besser hören konnte. Aber ich drehte mich nicht um. Ich hörte, wie sie intensiv Luft holte, wie sie über den Teppich strich.

»Hamburg ist natürlich viel größer ...«

»Es ist zu groß.« Ich ließ das zuletzt gezählte Glas nicht aus den Augen.

»Hamburg?«, fragte Frau Fritzi.

Ich hatte ihr gar nicht richtig zugehört.

»Unser Haus hier.« Ich starrte auf das Glas, es hatte eingravierte Blumengirlanden. Neben ihm standen weitere von der Sorte, ich hätte es schnell aus den Augen verlieren können.

»Das Haus, in das dein Papa mit euch gezogen ist? Ihr wohnt neben dem Kriegerdenkmal, Unlang 7, stimmt's?«

Sie wusste es also auch.

»Fünfunddreißig«, wiederholte ich und starrte auf das erste Girlandenglas, als könne es weglaufen.

Frau Fritzi stand wieder auf. Sie schob den Kakao ganz nah an mich heran, dass ich die Wärme der Tasse an meinem Handrücken spürte. Ich glaubte, die Haut zu riechen. Kakaohaut riecht anders als der Kakao selbst.

»Fünfunddreißig?«

Es hörte sich an, als würde sie nachdenken. Ich lehnte mich zurück. Frau Fritzi beobachtete mich eine Weile, dann nahm sie ein Glas aus der Vitrine und stellte es vor mich auf die Wolltischdecke. Ich hielt drei Finger meiner linken und fünf meiner rechten Hand vor mich und hob langsam den Blick, um das Glas zu betrachten.

»Das Glas«, fragte sie, »welche Farbe hat dieses Glas?«

»Eine komische Farbe. Weiß nicht. Keine Farbe. Grau vielleicht?« Ich wandte meinen Blick ab, während sie das Glas zurückstellte, und zählte weiter. Bei dreiundvierzig hörten die Blumengirlandengläser auf, ab vierundvierzig kamen unten spitz zulaufende mit feinem Goldrand oben.

Frau Fritzi ging mit kleinen energischen Schritten zum Bücherregal und nahm ein dickes Buch in die Hand.

»Sieh mal. Dieses Buch«, sie deutete mit dem Zeigefinger auf das Buch, »welche Farbe würdest du sagen ...?«

»Etwas dunkler Grau als das Glas.«

»Sieh genau hin ...«

Ich las: »Rote Liste.« Es stand auf dem Einband. Und dachte: Vierundvierzig. Dann sagte ich: »Dunkler Grau, vierundvierzig.« Und dachte, vielleicht hätte ich »rot« sagen sollen, vielleicht wäre das besser gewesen.

Sie stellte das Buch zurück. Ihr Gesichtsausdruck verriet nichts. Weder Enttäuschung noch Genugtuung, noch nicht einmal Gelangweiltsein. Ich zählte ihre Gläser zu Ende. Die von meinem Sitzplatz sichtbaren. Achtundsechzig, eine beachtliche Menge, wie ich fand. Ich dachte nach. Um die Zeit mit der Frau nicht ganz sinnlos verbracht zu haben, wollte ich ihr eine Frage stellen. Ich könne ihr alles erzählen, hatte Papa gesagt, also konnte ich ihr auch jede Art von Frage stellen. Es gab nichts zu verlieren dabei.

»Sie ruft nicht an«, sagte ich, »wir rufen sie nicht an. Können Sie mir sagen, was es für einen Grund gibt, nicht mit seiner Mutter sprechen zu dürfen, außer vielleicht, dass sie tot ist?« Abwartend kniff ich die Augen zusammen.

»Nein«, sagte Frau Fritzi, »nein, der Grund liegt nahe. Mir würde auch als Erstes dieser Grund einfallen. Aber nicht immer ist das Naheliegende die Wahrheit.« Und dann schaute sie nachdenklich im Raum umher, bis es klingelte.

Sie wirkte ein bisschen ratlos, als Papa vor der Tür stand und sie erwartungsvoll mit einem »Na?« begrüßte. Sie bat mich, im Zimmer sitzen zu bleiben, während sie mit Papa draußen redete.

»Sehr ungewöhnlich, Kollege Baron«, hörte ich sie sagen. »Ungewöhnlich ... Das ist mir so bisher nicht begegnet. Ich kann noch keine klare Diagnose stellen, zum jetzigen Zeitpunkt. Es ist einfach noch zu früh. In jedem Fall ein Trauma. Vorstellbar ist, dass sich, ausgelöst durch dieses Trauma, eine vorübergehende Rotblindheit eingestellt hat. Es könnte mit dem ... Unfall Ihrer Frau zu tun haben. Wir werden das weiter beobachten müssen, denke ich. Lassen Sie uns bitte wegen der Termine telefonieren. Ich möchte Sie allerdings auch noch um einen Gefallen bitten. Ich habe eine Patientin, die ich gern an Ihrem neuen Programm teilnehmen lassen würde, wenn ihrem Antrag stattgegeben wird. Eine der Töchter vom Engelwirt, die jüngere. Ein sehr interessanter Fall, ich könnte mir vorstellen, das wäre eine Kandidatin für Sie.«

»Drücken Sie mir die Daumen, dass die Ärztekammer alles freigibt. Es wäre eine große Chance ...«, sagte mein Vater.

»Ihre Tochter ... Sie ist ein wirklich reizendes Mädchen. Bénédicte!«, rief sie.

Sie betrachtete mich mit forschendem Blick. Reichte mir die Hand und sagte: »Adieu.«

»Achtundsechzig«, sagte ich zum Abschied, während die Glocke der Stiftskirche fünfmal schlug.

»Was sollte das denn? Achtundsechzig?«

»Ach«, ich zuckte mit den Schultern, »egal. Oder?«

»Wie du meinst«, gab sich mein Vater geschlagen. Wir gingen zusammen in die klare Abendluft hinaus. Ich hoffte, nicht in das muffige, nach Krankheit riechende Haus zurückkehren zu müssen. Papa hatte ja, was er wollte, »sehr ungewöhnlich«, hatte Frau Fritzi gesagt. Und er mochte ungewöhnliche medizinische Dinge.

»Sie hat Adieu gesagt, hast du das gehört?«, fragte ich ihn, als wir fast das Ende des Kieswegs erreicht hatten. »Werde ich sie wirklich nie wiedersehen?«

»Ich glaube nicht, dass sie so gut Französisch spricht, dass sie weiß, was es bedeutet, ›Adieu‹ zu sagen. Nächste Woche wirst du sie wieder besuchen.«

Er drückte meine Hand etwas fester, als wolle er mir Mut machen fürs nächste Mal.

Wir hatten fast das Gartentor erreicht, als eine bildschöne, junge Frau es von der anderen Seite öffnete. Ihre blonden Locken wippten bei jedem Schritt über ihren Schultern. Sie war schlicht elegant gekleidet. Auffallend bunt gemusterte Seidenstrümpfe blitzten unter ihrem dunklen Mantel hervor. Unbewusst warf sie ihre Locken zurück und sah uns im Näherkommen aufmerksam an. Ein Lächeln umspielte ihren hübschen Mund. Papa und ich blieben stehen und machten ein wenig Platz auf dem Kiesweg, damit sie an uns vorbeigehen konnte.

»Guten Tag.« Mein Vater verbeugte sich leicht in ihre Richtung. Sie lächelte Papa an. Länger als normal.

»Ich mache gern Ihre Buchhaltung«, sagte sie in einem etwas schleppenden Ton und entblößte dabei eine riesengroße Lücke zwischen perfekten weißen Zähnen. Papa lachte irritiert. Wie über einen Witz, den er nicht ganz verstand. Wir sahen ihr hinterher, wie sie an Frau Fritzis Tür klingelte. Ich dachte, dass sie wohl vergessen hatte, ihr Kind mitzubringen.

Später erfuhr ich, dass sie Rita hieß und niemanden vergessen hatte, dass sie selbst eine Art Kind war, die jüngere Tochter vom Engelwirt.

»Warum soll ich Frau Fritzi noch mal besuchen? Ich fand es langweilig bei ihr.«

Mein Vater schaute mich über seine schmale Lesebrille hinweg an. Plötzlich sah er alt aus. Die Gläser vergrößerten die Fältchen um seine Augen, als hätte jemand in deren Tiefen dunkle Linien gezogen. Auf dem Schreibtisch türmten sich Bücher, Prospekte und Kataloge von Innenarchitekten, Möbelherstellern und Designern. Nachdem er die Lautsprecher eingebaut hatte, nutzte er die wenige Zeit, die er zu Hause verbrachte, damit, auf Butterbrotpapier Grundrisse der einzelnen Zimmer anzufertigen. Wie ein Architekt. Anschließend möblierte er die Grundrisse. Hier ein neuer Sessel, dort ein Tisch, Lampen, Bücherregale, Teppiche. Papa liebte gutes Design, er sammelte es.

Im unteren Wohnzimmer neben seiner Anlage stand Pillorama: große weiße Kuben, die, wie eng aneinandergenäht, schon in unserem Hamburger Wohnzimmer gestanden hatten.

Die Spreder, hatte Gertrud in der Stadt erfahren, waren bei unserem Einzug staunend auf dem Bürgersteig gegenüber unserer Gartenpforte stehen geblieben und hatten die Köpfe zusammengesteckt, als die Wohnlandschaft an ihnen vorbei in unser Haus getragen worden war. Der Irrenarzt saß zu Hause auf Stoffbauklötzen!

Papa war gerade dabei, mit Hilfe eines Bleistifts und eines Lineals Kästchen in eines der Zimmer zu zeichnen. Jetzt radierte er etwas weg.

»Ich möchte aber, dass sie dir hilft, Bic.«

»Wobei?«

»Dass du das alles vergessen kannst.«

»Das mit Aimée? Meinst du das?«

»Ja, das mit Aimée ...«

Er wirkte gleichviel behutsam wie ängstlich. Es war wie immer, wenn er mit mir über Aimée sprach.

Ich sah auf sein Papier. Das noch leere Zimmer, maßstabgetreu gezeichnet, sah kopfüber aus wie ein lächelnder Roboter.

»Warum soll ich es denn vergessen?«

Papa schnipste mit dem Zeigefinger gedankenverloren ein Radiergummiwürstchen zur Seite.

»Vergessen ... verarbeiten, vielleicht ist das der bessere Ausdruck: verarbeiten ...«, er nahm die Brille ab, »wenn du mit jemandem darüber sprichst, wird es mit der Zeit weniger bedeutsam und weniger schlimm. Verstehst du?«

»Ich will da nicht noch mal hin. Ich habe keine Lust,

mit ihr zu sprechen, ich muss nichts verarbeiten – nicht mit der! Ich soll da doch bloß hingehen, damit du nicht mit mir reden musst!«

Jetzt legte mein Vater den Kopf in den Nacken. Seine Lippen wurden schmal.

»Du hättest uns gar nicht erst hierherschleppen sollen! Jetzt sitzen wir hier, ohne Freunde, ohne Frau Petzold, ohne Aimée! Und ich soll mit Frauen sprechen, die ich überhaupt nicht kenne! In Hamburg hatte ich zumindest ein paar Freundinnen. Du hast uns überhaupt nicht gefragt, ob wir das wollen!«

Papas Schultern hoben sich mit einem hörbar schwergängigen Atemzug.

»Außerdem stinkt es in ihrem Haus«, fügte ich schnell hinzu, weil seine Augen im Schein der Schreibtischlampe eine gefährlich dunkle Farbe angenommen hatten.

»Du gehst am Donnerstag wieder hin.« Er setzte die Brille auf.

»Nein.«

Wir sahen gemeinsam auf das Butterbrotpapier. Er legte das Lineal an.

»Nein«, wiederholte ich noch einmal. Etwas leiser.

Er nahm den Bleistift zur Hand und zeichnete einen langen Strich.

Von da an ging ich montags und donnerstags zu Frau Fritzi und zählte ihre Gläser.

# 5.

Das Irrenhaus war mittendrin. Ich glaube, Papa war der Einzige, der »Klinik« sagte. Es war das höchste und größte Bauwerk der Stadt und lag wie eine kleine Festung im Zentrum von allem. Rundherum erhob sich eine Backsteinmauer, Moos und kleine Pflanzen sammelten sich in den Ritzen zwischen verwitterten Steinen. Oben auf der Mauer war Stacheldraht. Er gab dem Komplex einen gefährlichen Anstrich, etwas Lauerndes, Uneinnehmbares. Im Laufe der Zeit verstand ich, dass es die Geschichten waren, die hinter den Mauern hockten und nicht raussollten. Sie bedrohten die Spreder Bevölkerung.

Am Eingang, direkt an der dicken Eichentür, saß Herr Kruse, der Pförtner. Er hockte in einem muffigen Raum hinter einer Glasscheibe mit kreisförmigem Klappfensterchen, sozusagen ein Fenster im Fenster, das er von innen öffnen konnte, um mit den Menschen davor in Kontakt zu treten. Herr Kruse entschied seit dreißig Jahren, wem er die milchige Zwischentür öffnete, die man passieren musste, um in die Irrenanstalt zu gelangen – und wem nicht. Herr Kruse sagte, das Irrenhaus sei früher ein Kloster, ein Vincentinerinnenkloster gewesen. Vor ihm, vor Hitler noch, lange, lange vorher. Jetzt wandelten Patienten in bunt gemusterten Schlafanzügen durch die Gewölbe des Kreuzgangs. Es war eine Langzeitklinik geworden. Das hieß, die Leute blieben lang. Viele sogar ein ganzes Leben. Wie im Kloster. Aber mit Papa, sagte er, mit dem neuen Herrn Doktor, wäre alles ein wenig anders geworden. Hoffnung gäbe es jetzt. Hoffnung auf Freiheit für den einen oder anderen.

»Das Haus ist ein Sammelbecken für alle, die sonst keiner haben will«, hatte ich Papa irgendwann zu Mamique sagen hören, »eine Lebensaufgabe. Da ist viel falsch gemacht worden in den letzten Jahren. Die meisten sind hierher abgeschoben worden, weil sie nirgendwo sonst reingepasst haben. Aus Ratlosigkeit, Bequemlichkeit. Zwei Drittel der Patienten gehören gar nicht hierher. Verheerende Zustände! Allesamt waren sie ruhiggestellt, die ganzen Jahre über. Niemand hat Ursachenforschung betrieben. Nichts. Das ist doch keine Medizin! Das ist ein Verbrechen. Aber wehe, man sagt hier etwas Schlechtes über einen Kollegen. Es ist überall dasselbe!«

Trotzdem wirkte Papa hoch zufrieden, wenn er beim Essen von der Klinik erzählte. Gleich in den ersten Tagen hatte er die vormals übliche Medikamentenmenge, die seine Patienten – er sagte *seine* Patienten! – ruhiggestellt hatte, halbiert. Sein Vorgänger hatte die Klinikbewohner in eine Art Starre versetzt. Teilnahmslos hatten sie herumgesessen oder -gelegen, vor sich hin gestiert, nichts gesagt, nichts getan, nichts gedacht, nichts erlebt und oftmals auch nichts gegessen. Bis sie starben oder komplett durchdrehten. Beides war häufig passiert in den letzten Jahren. Ach, Jahrzehnten, sagte er. Und Herr Kruse sagte etwas Ähnliches, nur anders, er sagte: »Das war vielleicht ein Scheißladen hier!«

Kaum war mein Vater da, ließ er die Türen zum Innenhof öffnen. Türen auf und raus! Die Irren standen draußen herum, als wäre es ein Feiertag. Papa sagte, dass sie zuerst gar nicht hinausgewollt hatten, sie hatten an der frischen Spätsommerluft geschnuppert wie Kaninchen, die noch nie Salat gerochen hatten. Sie wussten nichts anzufangen mit sich in der ungewohnten Umgebung. Dann, nach und nach, fanden sie die Bälle, die Springseile, Tischtennisschläger, Kegel und Kugeln, die Schwester Veritas, die Oberschwester, mit den anderen Angestellten auf den Grünflächen verteilt hatte. Es waren ganz andere Menschen, die abends, als es empfindlich kalt geworden war, nicht mehr reinkommen wollten. Papa hatte ihnen tagsüber zugesehen und war voller Hoffnung: Ein Drittel der Irrenhausbewohner würde er in absehbarer Zeit entlassen können, sagte er. Der Hofgang war für sie einer Art Wiederbelebung gleichgekommen. Auf die Heilung eines weiteren Drittels hoffte er, wenn endlich die neue Therapie genehmigt würde. Sie war bereits bei der Ärztekammer beantragt. Es konnte dauern, aber er war zuversichtlich. Bisher durfte sie nur in der Schweiz angewandt werden. Papa sprach häufig mit anderen Ärzten darüber. Begeistert waren nur wenige. Es schien viel Anlass zu Meinungsverschiedenheiten zu geben. Häufig gab es Streit darüber, am meisten mit Mamique. Mein Vater war überzeugt davon, dass sich viele komplizierte und bisher unheilbare Fälle dadurch heilen lassen würden. Er war jahrelang zu Seminaren nach Zürich gefahren, hatte dort Vorträge gehört und gehalten und Gesprächsrunden geführt. Bald würde er Fakten vorweisen können, hörte ich ihn oft sagen. Fakten waren wichtig. In der Nähe von Basel gab es einen Arzt, der mit dem Medikament arbeiten durfte. Er hatte Fakten. Papa telefonierte häufig mit ihm. Es war alles nur eine Frage der Zeit, bis es bei ihm auch losgehen konnte.

Unsere Großmutter war entschieden gegen die Therapie. Doch Papa sagte, ihre Abwehrhaltung und die vieler Kollegen bestätige ihn nur weiter in der Überzeugung, sich dafür einsetzen zu müssen. Sie war neu und unkonventionell und würde die Sichtweise der gesamten Psychotherapie ändern, man werde schon sehen. Mamique sagte, seine Gier nach Erfolg hätte bereits ein großes Unglück verursacht. Und mittlerweile hatte ich so viel begriffen, dass sie Aimée damit meinte.

Zur neuen Ordnung in unserem Leben gehörte auch, dass wir jetzt sonntags den Gottesdienst besuchten. Früher waren wir höchstens mal zu Weihnachten oder Ostern in die Kirche gegangen, hatten an Familienmessen oder Kindergottesdiensten teilgenommen, aber nie einer richtigen Zeremonie beigewohnt.

»Es gehört sich so als Christ«, sagte Gertrud, und es war bestimmt kein Zufall, dass unser erster Kirchenbesuch mit unserem ersten Besuch im Irrenhaus zusammenfiel. Gertrud plante die Dinge. Papa war froh, dass jemand zu Hause alles in die Hand nahm. Tags zuvor hatte sie unsere Weihnachtskleidung gebügelt und jedem säuberlich über einen Stuhl gehängt. Am Sonntagmorgen hatte sie darauf geachtet, dass die Schuhe geputzt waren, bevor wir das Haus verließen, selbst Papas Schuhe waren von ihr inspiziert und gewichst worden, allerdings ohne dass er es bemerkt hatte.

Auf der Straße im hellen Tageslicht bemerkte er dann aber wohl, wie wir gekleidet waren. Er sagte, er fände aus Marcels Jackett schaue etwas zu viel nackter Arm und dass mein blau-weiß gestreiftes Weihnachtskleid von Laura Ashley für sein Empfinden sehr weit oberhalb der Knie enden würde.

»Besser als Jeans«, behauptete Gertrud auf dem Weg zur Anstaltskirche und streifte mich mit einem scharfen Blick, »in Jeans geht man nicht zum lieben Gott!«

Da runzelte mein Vater kurz die Stirn und bat sie, bei nächster Gelegenheit passende Kleidung mit uns zu kaufen. Sie solle ihn bitte daran erinnern, sagte er, das – er zeigte auf Marcel und mich – würde nur wieder Anlass zu Spekulationen und Getratsche in der Stadt geben – das Gerede über unsere Möbellieferungen hätte ihm bereits gereicht.

Wir sahen wirklich verboten aus. Kraftlos gegenüber

Gertruds Enthusiasmus für eine Sonntagsgarderobe hatte ich nach einer langen Diskussion mir ihr das Kleid schließlich angezogen. Ausschlaggebend war, dass ich glaubte, uns kenne keiner. Sonst ließ ich mir bei der Auswahl meiner Kleidung nicht reinreden. Aimée hatte mich immer tragen lassen, was ich wollte, und das Letzte, was ich gewollte hätte, war, mit Gertrud Kleider kaufen zu gehen. Aber das sagte ich jetzt nicht.

Ich liebte Jeans und Herrenoberhemden, Mamiques selbst gestrickte Pullover, die über der Schulter geknöpft wurden, alte Matrosenhemden und Kapitänsjacken, Röcke, die bis zum Boden reichten, und meine alten Turnschuhe.

»Wohnt der liebe Gott in der Kirche?«, fragte Marcel. Ihm war sein Aussehen ziemlich gleichgültig, solange es nicht kratzte, zog er nahezu alles an.

Gertrud sah unseren Vater an und sagte: »Ja.«

Der schaute ratlos und nickte.

»Ist der liebe Gott nicht viel zu groß für so eine Kirche? Bringen wir ihm was mit?« Atemlos sprang mein Bruder neben Gertrud her.

»Unsere Aufmerksamkeit bringen wir ihm mit. Ich zeige dir nachher, wo er wohnt«, sie griff nach seiner Hand, als könne ihn das zum Schweigen bringen.

»Und was machen wir jetzt da, in der Kirche?«

»Wir hören das Wort Gottes ...«

»Der liebe Gott spricht mit uns?« Marcel war total perplex.

»Nicht direkt, es werden Texte vorgelesen, die von ihm erzählen«, sie wurde nachdenklich und leiser, »aber auch Sätze, die er wohl gesagt hat: ›Also, sprach Gott der Herr‹, steht manchmal in der Bibel ...«, und – dann mehr zu sich –, »das muss er wohl selbst gesagt haben ...«, sie schaute wieder Papa an, der ein bisschen unwillig mit dem Kopf wackelte. »Und dann hören wir vom Pastor eine Erklärung, was Gott damit gemeint hat.«

»Na ja«, sagte Papa zu ihr, »so viel hat Gott der Herr nicht gesagt. Das meiste beruht wohl eher auf Inspiration der Propheten. Er hat nicht direkt mit ihnen gesprochen, würde ich sagen.«

»Inspiriert?«, fragte sie stark verunsichert.

»Die Bibel ist von vielen unterschiedlichen Autoren geschrieben worden. Viele Texte wurden von Generation zu Generation weitergegeben, bis sie jemand aufgeschrieben hat ...«

Gertrud presste die Lippen aufeinander und ließ den Kopf leicht hängen.

Papa öffnete die schwere Kirchentür, und sie nutzte den Moment des Wartens, uns noch schnell zu ermahnen, leise zu sein. Dann traten wir in den Kirchenraum. Sakraler Muffgeruch schlug uns entgegen. An den Wänden glänzten Ölbilder. Hellhäutige Engelchen mit goldenem Haar hingen, im Flattern oberhalb der Säulen erstarrt, zwischen versteinerten Vorhangtroddeln und schweren Brokatvorhängen. Es glitzerte und funkelte überall. In den Kirchenbänken drängten sich Leute in Sonntagskleidung. Offenbar waren wir nicht leise genug gewesen, viele drehten sich nach uns um. Wir folgten Papa, der freundlich nickend bis zur ersten Reihe vorging. Sie war als Einzige noch frei, weil jemand auf großen Zetteln, die mit Tesafilm auf der Bank befestigt waren, »Reserviert« vermerkt hatte. Wir setzten uns auf die Zettel.

Orgelmusik setzte ein. Das große Kirchenportal öffnete sich. Die Gottesdienstbesucher standen unter lautem Gepolter auf und drehten in einer großen gemeinsamen Bewegung die Köpfe zu einem Greis in schmuckvollem Gewand. Er wurde begleitet von einem Glatzköpfigen und zwei Jungs, die Kerzen trugen.

»Ein Gespenst«, flüsterte Marcel mir zu.

»Pscht!«, kam es sofort von Gertrud.

»Der Alte vorne?«

Mein Bruder nickte.

»Farfadetnoir«, flüsterte ich zurück.

»Pscht!«

Wir kicherten.

»Das ist der Pastor, Pastor Walzig ist das«, sagte Papa, um uns zur Ordnung zu rufen, »der Klinikpastor.«

Der Alte machte vorne im Hauptschiff vor einem großen steinernen Altar halt. Während er die Hände hob, schweifte sein Blick über die Gemeinde. Die Musik verstummte. An der Vorderseite des Altars blitzte ein goldglänzendes Kreuz im Schein der vorbeigetragenen Kerzen auf. Die Jungs und der Glatzköpfige rückten näher zum Pastor und blieben vor kleinen Hockern stehen.

»Chräähm«, krächzte der Pastor ins Mikrofon, »im Namen des Vaters und des Sohnes und des Heiligen Geistes!«

»Amen!«, riefen die Leute und bekreuzigten sich.

Gertrud tat es auch. Wir nicht. Wir wussten nicht, wie das korrekt ging.

»Das ist der von der Tankstelle!«, sagte ich zu Papa und zeigte auf den einen Jungen rechts vom Altar. Er fuhr sich gerade mit dem Ärmel über die Nase.

Pastor Walzig hustete trocken. Er sah zu uns herüber: »Wie ich sehe, dürfen wir heute neue Gemeindemitglieder begrüßen. Herzlich willkommen! Doktor Baron und seine ...«, er stockte, legte einen krummen Finger über eine Augenbraue, »... seine Kinder!«

Die Leute reckten die Köpfe nach uns. Jetzt kannte uns die halbe Stadt. Mein gestreiftes Minikleid würde in die Spreder Geschichte eingehen. Marcels Blazer auch. Einige tuschelten. Der Pastor geriet zu nah ans Mikrofon, es pfiff. Er trat einen Schritt zurück, räusperte sich wieder und fuhr in einer Art Sprechgesang heiser fort: »Gottes Liebe ist im Leben Jesu, in dessen Taten, Worten, seiner Hingabe und Auferstehung für uns sichtbar geworden. Und er hat seine Jünger beauftragt ...«

Marcel stieß mich mit dem Ellbogen in die Seite.

»Guck mal, da oben.«

Ich folgte seinem Blick. Links und rechts vom Altar, im dunklen Chorgestühl, saßen ungewöhnliche Leute. Sie machten Faxen und Geräusche wie Kinder.

»Die Irren«, flüsterte ich zurück, »das sind die Irren!«

Er schlug die Hand vor den Mund, um einen aufgeregten Schrei zu ersticken.

»Guck mal, die eine da, die haut dem neben sich ständig auf den Arm!«

»Scheint ihm nichts auszumachen.«

Walzig redete.

Der Mann im Chorgestühl bewegte den Arm, wie um eine Fliege zu verscheuchen. Ohne hinzusehen. Die Frau machte einfach weiter.

Wir zogen die Köpfe ein und kicherten leise.

»Ihr sollt leise sein!«, sagte Papa gedämpft.

Wir kicherten.

Gertrud war vertieft in Walzigs Rede. Ihre Augen lagen starr wie Glaskugeln zwischen den Lidern. Kein Wimpernschlag, kein Atemzug deutete darauf hin, dass sie lebte.

Jetzt ging der Glatzköpfige nach vorne ans Mikrofon und las eine Geschichte vor. Wir setzten uns währenddessen.

Die Geschichte handelte von Jesus, der einen taubstummen Mann geheilt hatte. Am Ende sagte Jesus zu den Leuten, dass sie niemandem erzählen sollten, was sie gesehen hatten.

Ich musste an Papa denken und wie er bei unserer Ankunft zu mir gesagt hatte, dass ich niemandem etwas von Aimée erzählen sollte, weil es keiner verstehen würde.

Vielleicht hatte Jesus auch gedacht, dass es zu viel Verwirrung stiften würde, wenn die Leute überall herumerzählten, was sie gesehen hatten. Jesus hatte nur, ebenso wenig wie Papa, darüber nachgedacht, was es mit den Leuten machen würde, wenn sie nicht darüber sprechen durften. Wenn das Geschehene in ihren Köpfen lagerte. Was sollte der Mann tun, der plötzlich reden und hören konnte? Sollte er tun, als ob nichts geschehen wäre, so tun, als ob er immer noch taub und stumm wäre, um die anderen nicht zu erschrecken? Ich schaute herum, ob man sich melden durfte. Es sah nicht so aus. Die Leute setzten sich in bequemere Positionen, während Pastor Walzig ein paar Schritte nach vorne machte, um über die schmale Treppe zu einer kleinen Aussichtsplattform emporzusteigen. Oben angekommen, redete er und redete, und ich versuchte ihm zuzuhören, doch er klang monoton melodiös wie ein Ohrwurm, dass ich auf den Inhalt gar nicht achten konnte. Außerdem lenkten mich die Irren ab. Die Messe dauerte ... und Walzigs Rede wurde zusehends unverständlicher. Aber er wollte nicht aufhören. Im Chorgestühl begann es zu rumoren. Wir beobachteten einen hakennasigen Mann, der rhythmisch den Kopf vor und zurückwarf und dabei »Unsinn!« hervorstieß, »Unsinn«, wenn der Kopf vorne auf der Brust hing, und »Unsinn«, wenn der Kopf hinten im Nacken lag. Verkrampft hielt er die Hände über seinen Schultern wie verrenkte Flügel.

Irgendwann trat Stille ein.

Wir knieten mit den anderen Leuten, und Walzig begann heiser zu singen: »Herr, sende deinen Geist auf diese Gaben ... heilige sie, damit sie uns werden Leib und Blut deines Sohnes, unseres Herrn Jesus Christus.« Er nahm eine Hostie aus einer goldenen Schale, hob sie hoch und verneigte sich.

Die beiden Jungs hinter ihm knieten auf dicken Kissen und schüttelten Glockenkränze, die wildes Gebimmel von sich gaben.

»Klingelingelingelinge!«, juchzte eine Irre.

Marcel und ich konnten das Lachen kaum unterdrücken.

Alle anderen bekreuzigten sich.

Dann hielt Walzig einen goldenen Kelch in die Höhe. Kleine Edelsteine funkelten darauf.

»... dies ist mein Blut, das für euch und für alle vergossen wird ...«

Die beiden Jungs schüttelten wieder die Glocken.

»Mehr Klingelingelingelinge, mehr, mehr!« Die Irre klatschte kreischend in die Hände.

Blut. Ich starrte auf den Kelch. Marcel neben mir prustete immer noch verhalten in seine Hand. Blut vergossen. Für wen, warum? Hatte er es auch unter der Tür vergossen? Den Kelch ausgekippt und zugesehen vielleicht, wie es in einer kleinen Woge überschwappte und sich verteilte? Mein Herz begann gegen die Rippen zu pochen. In Rinnsalen lief unter mir Blut durch die Kirche. Ein zäher Fluss. Langsam und träge. Ich hob die Füße vom Boden. Walzig machte ächzend eine Kniebeuge hinter dem Altar. In meinen Ohren muschelartiges Raunen. Wieder oben angekommen, sagte er etwas kraftlos: »Das Sakrament des Leibes und Blutes Christi schenke uns ewiges Leben.« Er nahm eine Hostie, zerbrach sie über dem Kelch und steckte sie in den Mund. Dann trank er einen großen Schluck. Flüssigkeit lief ihm über das Kinn. Ich schloss die Augen. Das Geräusch in meinen Ohren wurde mächtiger. Mein Herz schlug schneller, kalter Schweiß trat aus meinen Haarwurzeln.

Gott sei Dank kreischte die Irre wieder. »Klingelingelinge!«

Ich sah hoch. Willkommen in der Realität! Auch Marcel konnte seine Heiterkeit nicht länger verbergen, er lachte aus vollem Halse in die Stille. Und wieder starrten die Leute zu uns herüber. Papa griff nach seinem Handgelenk. Ich stieß ihm von der anderen Seite anerkennend in die Rippen.

Walzig nahm einen weiteren tiefen Schluck, bevor er dem Glatzköpfigen etwas abgab.

»Trinken die Blut?«, flüsterte mein Bruder mir angewidert zu.

»Unsinn«, sagte der mit der Hakennase in das einsetzende Husten und Rascheln.

»Da hörst du es ...«, sagte ich.

»Mir tun die Knie weh«, quengelte Marcel.

»Dann setz dich hin.« Papa half ihm, auf seinen Oberschenkeln Platz zu nehmen.

Die Orgel spielte leise. Die Leute gingen nach vorn, um in Reihen für eine Hostie anzustehen, die Walzig oder der Glatzköpfige ihnen auf die Zunge legte. Kleine weiße Oblaten, die für mich kein Grund waren, so lange dort anzustehen. Aber die Leute, die dann in den Bänken knieten, bis die Orgel lauter wurde, wollten mit dem Leib Christi eins werden, deshalb nahmen sie sie zu sich. Wenn es auch nicht wirklich der Leib Christi war, sondern nur symbolisch, wie Gertrud flüsternd erklärte, fand ich die Vorstellung, den Leib eines anderen Menschen zu essen, um mit ihm eins zu werden, eine barbarische Sache. Seitlich an der Wand wurde jetzt eine Zahl durch einen Projektor angezeigt. Gertrud blätterte in einem eigens mitgebrachten Gesangbuch nach der Nummer. Papa hielt meinen Bruder fest auf dem Schoß. Dann sangen alle. Noch bevor die letzten Töne verklungen waren, entstand

Unruhe im Kirchenraum. Die Leute um uns herum husteten, raschelten, putzten sich die Nasen und schlugen unachtsam mit den Füßen an das Holz der Bänke. Sie lösten sich aus ihrer frommen Erstarrung wie Bären aus dem Winterschlaf.

»Gehet hin in Frieden!«, sang Walzig in schwankender Tonlage in die Aufbruchsstimmung hinein.

»Dank sei Gott dem Herrn!«, sangen die Leute zurück.

Dann setzte Orgelgetöse ein, Walzig senkte den Kopf und küsste den großen Steintisch. Als er den Kopf wieder hob, gab er Papa ein Zeichen, dass er gleich zu uns herunterkommen würde.

Wir blieben in der Bank sitzen und warteten, bis er mit Hilfe eines seiner Messdiener die Stufen vom Altarraum bis zu uns heruntergestiegen war. Sein Atem roch sauer, als er »Gott sei mit euch« sagte und uns reihum seine trockene knochige Hand entgegenstreckte. Aus der Nähe betrachtet, hatte er Ähnlichkeit mit einer Eidechse. Bleichbraun gefleckte Haut spannte sich über Hand- und Wangenknochen, und in kurzen Zeitabständen senkten sich dünne Lider über seine eng beieinanderstehenden bernsteinfarbenen Augen, als würden sie sonst austrocknen. Mich hätte es nicht gewundert, wenn eine gespaltene Zunge zwischen seinen schmalen Lippen hervorgeschossen wäre. Er musste uralt sein, möglich, dass die Klosterschwestern ihn bei ihrem Weggang in der Kirche vergessen hatten.

»Bist du denn schon zur Kommunion gegangen?« Walzig zupfte mich mit kalten Fingern am Kinn.

»Nein«, beeilte sich Papa zu sagen, »wir wollten noch ein bisschen warten. Ist einiges drunter und drüber gegangen in der letzten Zeit.«

Walzig nickte, er hatte es schon geahnt. Er war dazu übergegangen, Gertrud unverhohlen zu studieren.

»Aber sie«, er zeigte auf Gertrud, während er mit der Zungenspitze mehrmals blitzschnell über seine Lippe fuhr, die jetzt feucht glänzte, »chähäm, chä, chä. Sie hat fleißig mitgemacht! Sehr gut, sehr gut! Braves Kind!« Gertruds Unterarm tätschelnd, warf er meinem Vater einen anerkennenden Blick zu. Gertrud schaute verlegen zur Seite.

Papa lächelte.

»Und du, du kannst bei uns Messdiener werden ... in ein paar Jahren. Die Glocken läuten ...« Marcel zog den Kopf unter Walzigs Hand zurück.

»Nö«, sagte er.

Der Alte lachte scheppernd wie eine Geldsammelbüchse.

Gertrud wollte sich das Irrenhaus nicht ansehen. Sie ging nach Hause, um das Essen vorzubereiten. Pünktlich um ein Uhr gab es Mittagessen. Wir verließen die Kirche durch eine kleine Seitentür und betraten das Irrenhaus. Wir hörten gedämpftes Plätschern. Großzügige Fenster gaben Aussicht auf einen begrünten Innenhof, ringsherum führte ein Säulengang.

»Seht mal, der Brunnen!« Papa zeigte auf eine steinerne Ordensschwester in der Mitte des Innenhofes. Zu ihren Füßen ergoss sich Wasser aus mehreren Messingrohren in ein bemoostes Steinbecken.

»Wir wollten aber die Irren sehen«, drängelte Marcel, als hätte unser Vater vergessen, warum wir gekommen waren.

»Ich wollte euch die Klinik zeigen«, berichtigte er.

Wir gingen auf Station eins.

Vor uns lag ein langer bilderloser Flur. Es roch nach Desinfektionsmittel, Medikamenten und Urin. Mir wurde leicht übel. Der Fußboden glänzte in hellblauem Linoleum, unsere Schuhsolen quietschten darauf. Rechts von uns öffnete sich eine Tür. Zwei Augen, eine Nase zeigten sich. Rums. Papa blieb stehen. Vor uns lösten sich zwei Gestalten aus einer Fensternische. Sie starrten uns an. Wieder öffnete sich die Tür von rechts, diesmal etwas weiter, dann sprang sie durch einen plötzlichen Stoß auf.

»Mensch, du Arschloch!«, schimpfte jemand im Raum. Ein jüngerer Mann in ausgebeulter Strickjacke trat in den Türrahmen. Er hielt seine Hosenträger umfasst und kam auf uns zu.

»Tag, Doktor.«

»Arschloch«, rief der andere hinter ihm her. »Mensch, Arschloch. Arschloch, Arschloch! Komm wieder rein!«

»Tag, Kinderchen«, sagte der Strickjackenmann sanft, als habe er uns jetzt erst bemerkt.

»Tag«, sagten Papa, Marcel und ich.

»Das Arschloch geht wieder rein und schließt die Tür«, der Mann zuckte entschuldigend mit den Schultern und verschwand.

Während wir weitergingen, strömten von allen Seiten Irre auf uns zu. Keiner hatte es eilig. Sie kamen und starrten uns unverhohlen an, liefen um uns herum und raunten uns etwas zu. Viele hatten lustige Gesichter mit komischen, eingefrorenen Mienen, einige machten merkwürdige, zuckende Bewegungen, dass ich ein Lachen kaum unterdrücken konnte. Verschämt presste ich die Lippen aufeinander.

»Lachen ist erlaubt«, sagte Papa, als er meine Bemühungen sah, »die freuen sich, wenn du mit ihnen und über sie lachst. Das sind die ehrlichsten und liebsten Menschen der Welt! Keiner wird dir böse sein!« Er ging neben uns durch die Gänge wie ein König durch seinen Palast. Also lachten wir. Und die anderen lachten mit. Einige folgten uns. Während sich die meisten nur zaghaft näherten, bewegte sich von der Mitte des Flurs ein älterer Mann zielstrebig auf meinen Vater zu. Sein Körper war dünn und ausgezehrt, die mit weißen Bartstoppeln übersäten Wangen stark eingefallen. Er lief wie eine Marionette, jede Bewegung bat stumm um Unterstützung. Er rieb den Zeigefinger an der Unterkante des Daumens hin und her, eine fordernde, bittende Geste und stieß dabei immer wieder ein Wort hervor, das ich nicht verstand: »Schigööööde ...! Schigööööde, Dogdoor!«

Auf unserer Höhe angekommen, drängte er sich an uns. Er roch nach altem Mann und schlimmem Atem. Ich hoffte, Papa würde ihn von uns fernhalten.

»Tag, Hannes«, sagte mein Vater aufmunternd und legte dem Mann die Hand auf die Schulter, »wie geht's?«

Die Mundwinkel des Mannes hoben sich, er entblößte eine Reihe brauner Zahnruinen und machte ein Geräusch, als drücke ihm jemand die Gurgel zu.

»Ich muss mal nachsehen, wo ich die Dinger habe«, Papa griff in die Außentaschen seines Mantels.

Marcel klammerte sich mit dem Arm um Papas Oberschenkel.

»Was will er denn?«

»Zigaretten.« Er kramte in der Brusttasche herum. »Ich hab ihm extra welche gekauft ... ah, hier! Roth-Händle! Hier, Hannes. Nur draußen im Hof! Sonst gibt's Ärger mit Schwester Veritas!«

Ein kehliges Lachen entwich seinem Hals. Die milchig blassen Augen begannen trübe zu glänzen.

»Herr Dogdooor«, rief er und wirkte, als wolle er Papa küssen, »Herr Dogdooor! Du hast daran gedacht!« Dann verschwand seine Rührung binnen einer Sekunde, er riss Papa das Päckchen aus der Hand und lief, so schnell es ihm die wackeligen Beine erlaubten, zur Glastür.

»Der hat sich noch nicht mal bedankt!« Marcel war entsetzt.

Papa lächlte nachsichtig.

Im Weitergehen hörten wir ein rhythmisches Geräusch, ein Trommeln oder Schlagen auf den Boden. Es kam von einer kleinen dicken Frau, die in einem Erker, immer an derselben Stelle, auf und ab hüpfte. In ihrem kreisrunden Kindergesicht strahlte ein halbmondförmiges Lächeln unter zwei großen dunkelbraunen Kulleraugen. Auf dem Weg zu ihr waren wir einigen anderen begegnet, die ihr sehr ähnlich sahen, vielleicht waren sie Geschwister.

»Hallo, Flummi«, sagte Papa, »das sind meine beiden Kinder, Marcel und Bicky.«

»Ich hab auch Kinder!« Sie sah uns flüchtig an und zeigte, ohne ihr Hüpfen zu unterbrechen, auf ein paar kleine nackte Plastikpuppen auf dem Fenstersims.

»Stimmt«, sagte Papa, »hatte ich vergessen. Wie heißen die noch?«

»Ronni«, hüpf, »Peter, Karl«, hüpf, hüpf, »Achim und Daniel! Alles Jungs!«, sagte sie stolz. »Keiner so ein Mongo wie ich!« Sie machte eine wegwerfende Handbewegung, während sie weiter auf und ab sprang. Bei jedem Hüpfer hoben sich die glatten kinnlangen Haare und gaben den Blick auf zwei immens spitze Ohren frei.

»Was ist ein Mongo?«, fragte Marcel.

Papa erklärte, Flummi habe eine Chromosomenveränderung – drei Chromosomen von einem, das üblicherweise nur zweimal da war, was zur Folge habe, dass sie anderen Leuten mit der gleichen Anomalie sehr ähnlich sähe. Die vermeintliche Verwandtschaft beruhe also auf Chromosomenveränderungen. Die Leute draußen würden dazu Mongolismus sagen, weil die Menschen in der Mongolei eine gewisse Ähnlichkeit mit den Patienten hätten, schräg stehende Augen und runde Gesichter etwa.

»Sie hat das oft gehört draußen: Mongo ...!«

»Und warum hüpft sie?« Marcel zeigte auf den Fußboden unter ihren Füßen. Er war dort dunkelblau und matt.

»Es entspannt sie, denke ich.«

»Ja«, stellte Marcel nach einem prüfenden Blick auf Flummi fest, »ja, sie sieht echt glücklich aus!«

Inzwischen folgte uns eine Gruppe Irrenhausbewohner. Wenn wir stehen blieben, taten sie es auch. Wenn wir aber zu lange stehen blieben, kamen sie näher, umringten uns, tippten uns auf die Schulter, griffen uns ins Haar. Setzten wir uns wieder in Bewegung, stoben sie auseinander wie ein Schwarm Fische, um kurz darauf wieder Formation zu schwimmen und uns geschlossen auf den Fersen zu bleiben.

Dann endete der Flur genau gegenüber der Tür, über die wir Station eins betreten hatten. Einige Meter davor blieb die kleine Gruppe stehen, wie durch ein magisches Kraftfeld zurückgehalten.

»War's das? Mehr Irre gibt's nicht?«, fragte Marcel ein wenig enttäuscht.

Papa wirkte belustigt.

»Wir haben noch mehr Patienten. Das Haus ist voll davon. Die Leute auf den Stationen unterscheiden sich durch Art und Schwere der Erkrankung. Die Patienten von Station eins gefährden niemanden. Sie haben eine geistige und meist auch eine körperliche Behinderung. Die machen Krach oder haben Ticks, aber sie tun keinem was. Tagsüber dürfen sie raus in den Park, in die Messe und nach Absprache auch in kleinen Gruppen in die Stadt zum Einkaufen. Ach, ich habe ganz vergessen, euch Philo vorzustellen. Ich hab ihm versprochen, euch mit ihm bekannt zu machen!«

»Philo?«

»Das holen wir gleich nach. Wir gehen eben noch einen

Stock höher. Ich möchte aber nicht, dass ihr jemals alleine nach dort oben auf Station zwei geht. Hört ihr? Deshalb zeige ich sie euch jetzt.«

Mir wurde mulmig. Wir stiegen eine weitere Treppe hinauf.

»Diese Tür ist immer verschlossen!«

Papa deutete auf eine dicke Glastür, die zusätzlich durch ein Gitter von innen gesichert war. Hinter dem Gitter standen vier Menschen mit Herbstgesichtern. Blass und trübsinnig. Papa hob grüßend die Hand. Sie bewegten sich nicht, ihr Blick war leer. *Geschlossene Abteilung* stand in schwarzen Klebebuchstaben auf der Glastür. Sie durften also nicht raus. Und wir nicht rein. Ich fühlte mich schlecht und mochte ihnen nicht in die Augen sehen.

»Hast du keinen Schlüssel?« Marcel war wie angewurzelt stehen geblieben.

»Doch. Ich hab einen, die Pfleger haben einen, und die Schwester Veritas hat einen.«

»Können wir nicht zusammen rein?«

»Nein.«

»Was haben die für Beschwerden?«

»Beschwerden«, Papa dachte kurz nach. »Das sind Patienten, die schwer krank sind. Wir müssen sie zu ihrer eigenen Sicherheit hier einschließen.«

»Wie im Gefängnis?«

»Ja, das kann man vergleichen.«

»Für immer?«

»Manche ein Leben lang. Ja.«

»Puh«, machte Marcel.

»Ich bin hier, um zu helfen. Den Menschen eine Zukunft zu geben, eine, die nicht hier drin ist. Ohne uns leben zu können. Neue Wege zu finden ... Aber das klappt nicht immer. Manchen kann ich nur helfen, hier drinnen ein besseres Leben zu führen ...« Den Rest hörte ich nicht mehr. Ich war schon vorausgegangen, ins Treppenhaus.

»Was ist denn da oben noch?«, rief ich Papa durch den Türsturz zu. Ich stand im Aufgang zur nächsten Treppe, vor einer dunklen Holztür.

»Da oben sind ein paar Privatbettenzimmer!«, rief er und eilte mir hinterher, als befürchte er, ich würde die Tür öffnen.

Ich sah in den Garten hinunter. Einige Bäume hatten schon die Blätter verloren. Von oben wirkte es, als habe jemand extra gelbe Punkte auf dem grünen Rasen verteilt. Hier eins und dort eins.

»Schau mal«, sagte ich, als Papa sich neben mich stellte.

»Ja«, seufzte er, »bald wird's richtig Herbst.«

Ich folgte seinem Blick, der über die Fassade des Seitenbaus glitt und dann hinauf, dorthin, wo das Gebäude in einem großen, quadratischen Turm endete.

»Und dort?« Ich deutete auf den Turm. Er schien aus nur einem Raum zu bestehen, breite Glasfronten öffneten ihn in alle Himmelsrichtungen.

»Da wohnt die verrückte Prinzessin«, kicherte Marcel, der jetzt zu uns getreten war.

Papa schaute immer noch stumm zum Turm hinüber. Marcel zupfte ihn, um Zustimmung bittend, am Hosenbein. Doch er wandte sich nur ab, und wir folgten ihm.

Philo. Philo saß auf seinem Bett, als wir kamen. Er hatte auf uns gewartet. In weißem Hemd und glänzend schwarzen Schuhen. Das Haar gescheitelt, ebenso glänzend. Wenn er auch in der Kirche gewesen war, hatten wir ihn nicht bemerkt, was kein Wunder war, denn seine Größe überragte kaum die Bänke im Chorgestühl.

»Jaaa! Hallooo!« Er lief mit schaukelnden Schritten auf uns zu und breitete einladend die Arme aus.

Marcel und ich rissen die Augen auf.

»Was ist? Noch nie 'n Zwerg gesehen?«

Er drückte uns kraftvoll die Hand und lachte lauter als zwei Männer. Alles an ihm war wie bei einem erwachsenen Mann. Nur die Proportionen stimmten nicht: Arme und Beine einer Puppe, leicht starr und wie verkehrt herum befestigt. Das Irritierende war, dass ein Blick in sein Gesicht sofort seine Zwergenhaftigkeit vergessen ließ. Er war wahrscheinlich etwas jünger als Papa, sein Gesicht war kantig, umrahmt von vollen dunklen Locken und einem kurzen Bart. Das Bemerkenswerteste aber waren seine Augen. Sie waren Dunkeldunkelblau. Blaubeerhautblau.

»Das ist Philo«, Papa klopfte dem kleinen Mann auf den Rücken, »er hat darauf bestanden, euch kennenzulernen.«

»Ich liiiiiieeeebe Kinder«, Philo schnitt eine Grimasse wie ein Clown, »ich werde selbst mein Leben lang eines bleiben.«

Ich erschrak, Tränen liefen über seine Wangen. Gleich darauf aber brach er in schallendes Gelächter aus.

»Kindsein ist großartig!« Mit etwas Schwung hob er die Füße in die Luft und lief ein paar Meter auf den Handflächen. Zack, landete er wieder auf den Füßen. Es sah einfach aus. Er tänzelte ein paar schnelle Schritte zur Seite, stieß atemlos »Hossa!« hervor, während seine Hände Kastagnettenbegleitung nachahmten und die Schuhsohlen auf dem Linoleum klackerten.

»Mannomann«, staunte Marcel, »bist du im Zirkus oder so was?«

»Nein, im Irrenhaus, aber das ist fast dasselbe!«

Wieder schallendes Gelächter, Papa stimmte mit ein.

»Menschen, die nicht lachen, sind nicht ernst zu nehmen, was?« Jetzt stieß er unserem Vater den Ellbogen in die Hüfte. Der nickte.

»Wohnst du hier?« Marcel schaute sich interessiert in dem Zimmer um.

Es war eigentlich ein ganz normales Krankenzimmer. Mit Krankenbett, Krankennachttisch, Schrank, Waschbecken und einem plumpen braunen Stuhl für Gäste. An der Wand hing ein mit Klebestreifen befestigter Stadtplan.

Philo breitete die Arme aus und machte einige Tanzschritte auf meinen Bruder zu. Kurz vor seinen Füßen bremste er, ging in die Knie und zeigte mit erhobenem Arm auf die Wände seines Zimmers wie ein Stierkämpfer in seine Arena. »Das ist mein Zuhause!«

»Warum bist du hier?« Ich setzte mich auf den Stuhl.

Philo verschränkte die Arme vor der Brust. Er sah irgendwie grotesk aus.

Im Flur schrillte eine Glocke.

»Ihr entschuldigt mich? Ich werde gerufen. Wir treffen uns in meinem Arbeitszimmer.« Papa verabschiedete sich von Philo und eilte auf den Flur.

Für ein paar Sekunden sah Marcel unentschlossen zwischen den beiden Männern hin und her, dann folgte er Papa.

»Hä? Was war denn das?« Philo ahmte Marcels überstürzten Aufbruch nach.

Ich musste lachen.

»Er hat Angst, etwas von Papas Arbeit hier zu verpassen. Er ist ganz wild darauf zu sehen, was unser Vater macht.«

»Verpassen ...? Er ... heeeey«, schrie er durch die offene Tür Marcel hinterher, »heeeey, du verpasst meine Geschichte!« Und zu mir: »Er verpasst meine Geschichte! Ist das denn die Möglichkeit?«

»Warum bist du hier?«, wiederholte ich.

Philo kletterte auf sein Bett. Er ließ sich Zeit. Er setzte den linken Fuß auf das Rad vom Nachttischwagen, das rechte Knie auf die Querstrebe vom Bett, stieß sich mit Schwung ab und landete auf dem Bett.

»Meine Eltern wussten nichts anzufangen mit ihrem Liliputanerkind. Deshalb bin ich hier.«

»Sie haben dich im Irrenhaus abgegeben?«

»Genau so war's. Tür auf. Philo rein. Tür zu. Auf Wiedersehen!«

»Aber ... ich meine, du bist doch nicht verrückt, oder?«

»Verrückt, was heißt das schon? Das ist wie drinnen und draußen. Alles eine Frage des Ortes, an dem man sich befindet. Ich bin hier groß geworden!«, er lachte herzhaft über sein Wortspiel, »so weit es ging eben. Ich kenne nichts anderes. Meine Eltern sind die Oberschwester und der alte Chefarzt – obwohl der nicht sonderlich nett war. Aber was soll's, seine Eltern kann man sich nicht aussuchen. Stimmt's?«

Ich nickte halbherzig. Die Unmöglichkeit, andere aussuchen zu können, war mir nie bewusst gewesen. Ich kannte keine, die ich lieber genommen hätte.

»Besuchen sie dich, deine richtigen Eltern?«

»Nein.« Philos viel zu großes Gesicht wirkte urplötzlich klein, als er es so zur Brust senkte. »Zu Weihnachten bekomme ich ein Paket geschickt. Jedes Jahr ein Paar viel zu kleine Strümpfe! Hier ...«, er öffnete die Schublade des Nachttischs. Sie war randvoll gefüllt mit bunten, selbst gestrickten Baby- und Kinderstrümpfen. Die letzten Paare waren mit Mühe und Not hineingequetscht worden.

»Schwester Veritas hat mir gesagt, meine Mutter hätte es nicht ertragen, einen Zwerg zur Welt gebracht zu haben. Es hat eine ganze Weile gedauert, bis ich das verstanden habe. Und mit dem Verstehen ist meine letzte Hoffnung verschwunden, irgendwann einmal draußen zu leben. Wo sollte ich hin? Ich habe auch nie richtig daran geglaubt. Nur so eine klitzekleine Hoffnung«, er deutete mit den Fingern an, wie klitzeklein die Hoffnung gewesen sein musste, »so eine ›Wenn-ich-den-Frosch-küsse-wird-er-vielleicht-ein-Prinz-Hoffnung‹, die ab und zu in mir geflackert hat.«

»Wie hältst du das aus, hier drin?« Ich schaute mich um, in dem Zimmer, das trotz seiner persönlichen Gegenstände immer noch nach einem Krankenhauszimmer aussah.

Philo hob den Kopf. »Die Oberschwester Veritas ... kennst du sie?«

Ich schüttelte den Kopf. »Nur von ihr gehört.«

»... sie hat ein Herz aus Gold, wirklich! Nicht auf den ersten Blick, aber danach. Sie ist der eine Grund«, er blinzelte, »doch der wahre Grund, das ist was ganz anderes. Komm mit! Ich zeig ihn dir!« Schmunzelnd sprang er von der Bettkante.

Er reichte mir gerade bis zur Schulter. Sein schaukelnder Gang war technisch ausgefeilt. Schnell hatte er einen Takt gefunden, sich meiner Schrittfolge anzupassen.

Wir nahmen den Treppenaufgang des Haupthauses und gelangten über einen hellen breiten Flur zur Eingangshalle des Seitentrakts, den ich vorher von oben gesehen hatte. Große schwarz-weiße Fliesen bedeckten den Boden, ein überdimensionales Schachbrett. Im Vorübergehen fiel mir eine mit wunderschönen Schnitzereien verzierte Flügeltür auf. Sie war nur angelehnt. Darüber stand in goldener Schrift *Refektorium*, Stuckblätter umrahmten das Schild.

»Was ist das?« Ich vergrößerte neugierig den Türspalt.

»Der Speisesaal! Früher haben hier die Klosterschwestern gespeist.« Philo schob die Tür ganz auf.

Vor uns ein gewaltiger, lichtdurchfluteter Saal. Polierter Holzfußboden glänzte, dicke Holzbalken durchzogen die Saaldecke. Sorgfältig waren Tische und Stühle zu Gruppen zusammengestellt. Es war eingedeckt. Irgendwo im Verborgenen klirrten und klackerten Töpfe und Teller. Es roch nach Essen.

»Hier essen wir alle – außer die von der Geschlossenen. Schau mal da!« Er deutete stolz auf einen Stuhl in unserer Nähe, auf dem ein kariertes, unnormal hohes Kissen lag.

»Das ist mein Platz, direkt neben Schwester Veritas!«

Ich machte ein paar Schritte in den Raum, ich wollte mir die Bilder an den Wänden genauer ansehen, aber Philo zog mich zurück.

»Die kannst du dir nächstes Mal anschauen. Ich will dir etwas anderes zeigen.«

Über eine weitere Treppe gelangten wir ins zweite Stockwerk. Wir liefen über kleine farbige Steinchen, die zu einem Muster aus verschlungenen Blumenranken in den Fußboden eingelassen waren, auf eine breite Tür zu. Zärtlich strich Philo mit den Händen darüber.

»Was gibt's hier?«, fragte ich.

»Hier«, sagte er feierlich, »hier verbirgt sich der wahre Grund. Hier ist mein Zuhause.«

Warmes Licht strömte uns entgegen, als er die Tür öffnete. Wir standen in einer Bibliothek. Ich staunte. Überall Bücher. Selbst in die Fensterzwischenräume waren Bücherborde eingelassen. Riesige Holzregale erstreckten sich vom Boden bis hinauf in die Galerie. An einigen lehnten Leitern, über die man besser an die oberen Bücher gelangen sollte. Es standen Tritte herum, Hocker, Lesepulte. Vor den Fenstern waren kleine Tische platziert, darauf altmodische Schreibtischlampen aus Messing, die alle leuchteten. Es war still. Eine Frau in weißem Kittel stand vor einem schulterhohen Schrank mit vielen kleinen Schubladen, die mit Buchstaben gekennzeichnet waren. Sie blätterte, über eine herausgezogene Schublade gebeugt, in einem Wust weißer Karteikarten. Als sie uns hörte, sah sie kurz hoch und lächelte uns zu. Philo deutete zu einer Wendeltreppe. Er sah mich an und machte Lippenbewegungen, die sagen sollten: »Dorthin!«

Die Treppe war eng, die Stufen unverhältnismäßig hoch. Er hatte sichtlich Mühe, mit den kurzen Beinen die Treppenstufen zu erklimmen. Wir befanden uns jetzt auf Höhe des Kronleuchters und sahen hinunter auf das honiggelbe Parkett.

»Fantastisch, oder?«, fragte er leise. Ich war sprachlos. Irgendwann zeigte er zu den Fenstern der Galerie hinüber. »Dort drüben ist mein Lieblingsplatz.«

Ich sah keinen Tisch, wie in den übrigen Nischen, sondern ein krummbeiniges dunkelgrünes Canapé. Er führte mich hin. Auf einer Seite war es leicht abgewetzt. Bücherstapel türmten sich zu seinen Füßen.

»Hier habe ich die meiste Zeit meines Lebens verbracht.«

»Hier?« Ich fasste auf die abgenutzte Stelle.

»Genau hier.« Philo setzte sich auf den Platz.

»... und gelesen?«

»Ja. Ich habe es mir selbst beigebracht. Nahezu alles was ich weiß, stammt von hier. Das ist mein Universum!«

»Du hast die alle gelesen?« Ich zeigte auf die Bücher ringsherum in den Regalen.

»Nein, nicht alle ...! Noch längst nicht!« Philo lachte. »Dafür muss ich noch eine Weile bleiben.« Er fuhr mit dem Zeigefinger über die Buchrücken auf den riesigen Stapeln, die sich um sein Canapé gruppierten.

»Du willst hierbleiben, bis du sie alle gelesen hast?«, fragte ich ungläubig. »Hier im Irrenhaus?«

»Bis zum letzten Buch ...«, sagte er schmunzelnd, in seinen Augen ein merkwürdiges Leuchten, »dann erst gehe ich.«

Ich fühlte mich unbehaglich. Bei der unendlichen Menge an Büchern bedeutete es, dass er das Irrenhaus niemals verlassen würde, und was mich beunruhigte, war, dass es klang, als ob gehen sterben bedeutete, und dass er selbst bestimmen würde, wann. Ich dachte an Aimée, an das Unbegreifbare, das sie versucht hatte: ihr Leben zu beenden. Dass vielleicht auch sie sich gesagt hatte: »Noch dieses eine Bild, dann gehe ich.« Und sie war gegangen. Ich sah die Mutter auf ihrem letzten Bild, ich sah ihren Blick vor mir. Er und das merkwürdige Leuchten in Philos Augen hatten etwas gemein: eine dunkle Sehnsucht, fremd und unheimlich.

Ob Philo auch einer von denen war, die das Leben nicht ertragen konnten? Aber Philo war laut und lustig. Nein. Vielleicht dachte er auch einfach daran, aus dem Irrenhaus zu gehen, wenn es so weit war. Einfach hinaus, vor die Tür, in ein Leben, das ihm so fremd war wie seine Eltern. Würde es aufregend oder angsteinflößend sein? Wäre er überwältigt von dem, was draußen los war, oder verängstigt? Oder wäre er gar nicht überlebensfähig? Würde er Dinge lernen müssen, die man drinnen nicht lernte? So etwas wie beim Bäcker ein Brot kaufen, mit dem Bus fahren, über die Straße gehen, einen Regenschirm aufspannen, Enten füttern, konnte man das alles, wenn man es noch nie getan hatte?

Ich sah ihn an. Er hatte sich in der Zwischenzeit ein Buch genommen, die kurzen Beine übereinandergeschlagen und war in einer Lektüre versunken. Wie er dort saß! Ein Wesen aus einer anderen Welt. Verzauberter Prinz Philo! So eine klitzekleine Feenhoffnung würde reichen, nicht alle Bücher lesen zu müssen. Glaub mir! Eine klitzekleine Feenhoffnung, dass alles anders ist, als du es dir vielleicht vorstellst. Besser, dachte ich.

Ich zog mich leise zurück.

»Hey«, rief er mit gedämpfter Stimme.

Ich drehte mich um.

»Komm noch mal.« Er winkte mich nah zu sich heran. »Weißt du, was mein Name bedeutet?«

Ich verneinte.

»Philo bedeutet Freund. Nur, damit du's weißt.« Er drückte meine Hand mit der seinen und lachte mich an, diesmal ohne einen Laut von sich zu geben.

Ich kletterte leise die Treppe hinunter. Die Frau im weißen Kittel beugte sich jetzt über eine andere Schublade, ihre Finger schnellten über die weißen Kärtchen. Ein weiches, klackerndes Geräusch.

Es war reine Neugierde. Ich trat aus der Vorhalle auf einen menschenleeren Flur. Zur rechten Seite gingen in immer gleichen Abständen Türen ab. Auf einem Schild oberhalb des Rahmens der ersten stand *Untersuchungsraum A*. An der nächsten stand *Untersuchungsraum B*, gefolgt von *Medikamentenraum*, *Gebetsraum*, und dann las ich mit einem zunehmend mulmigen Gefühl: *Aussegnungsraum*, und eine Tür weiter: *Sterbezimmer*.

Ich hatte Angst vor dem Tod. Ich hatte nicht nur Angst davor, selbst zu sterben, ich fürchtete mich in erster Linie davor, wie Mamique es einmal in Bezug auf Oncle Bruno rätselhaft ausgedrückt hatte, »jemanden zu verlieren«. Ich fragte mich oft, ob man, wenn man selber starb, sich auch selbst verlor, ob man dann bewusstlos in einem großen Universumsaquarium herumschwomm, bis einen jemand herausfischte und alles wieder von vorne begann.

Hinter dieser Tür also wohnte der Tod, Farfadetnoirs Verwandter. Einer, den man normalerweise nicht einlud, der einfach kam und sich nahm, was er wollte, ein leise heranschleichendes, besitzergreifendes Ungeheuer. Hier war er offenbar willkommen. Ich hatte kein Bild zu einem Sterbezimmer, nur ein Unbehagen und den Geruch von vertrockneten Blumen.

Ich wollte es mir ansehen. Die Tür ließ sich geräuschlos öffnen. Ich blieb auf der Schwelle stehen, um einen vorsichtigen Blick hineinzuwerfen. Mein Herz schlug bis zum Hals. Grobmaschige Gardinen bewegten sich sacht vor dem Fenster. Goldenes Sonnenlicht floss herein. Ein Luftzug strich über meine nackten Arme. Zögerlich betrat ich den Raum. Keine Spur vom Tod. Das Bett war leer. Es war frisch gemacht. Ich näherte mich, roch den Duft von Wäschestärke und Waschpulver und beruhigte mich. Ich trat an das Fußende und wollte mit der Hand über die Decke streifen, als ich bemerkte, dass sie übersät war mit leblosen, in hellem Grün schimmernden Insekten. Ich schaute mich um – sie waren von der Zimmerdecke gefallen. Sie leuchteten in der Pistazienfarbe ihrer Flügel.

Ich hatte keine Ahnung, wie lange ich dort gestanden hatte, um dieses Farbwunder zu bestaunen. Irgendwann hörte ich Schritte auf dem Flur, und durch die geöffnete Tür trat kurz darauf eine Frau in einem hemdartigen taubenblauen Kleid, mit einer tadellos weißen Schürze. Auf ihrem kinnlangen Haar saß, wie ein Sahneklecks, ein starres Häubchen. Kleine senkrechte Falten um ihren Mund gaben ihrem sonst freundlichen Gesicht eine unerwartete Härte.

»Bénédicte?«, fragte sie kühl und streckte mir die Hand entgegen.

Ich nickte.

»Schwester Veritas«, stellte sie sich vor. »Dein Vater sucht dich. Er meint, du seist mit Philo in der Bibliothek?«

So richtig nett war sie wirklich nicht – auf den ersten Blick. Streng war sie. Ich hatte das Gefühl, ich sei bei etwas Verbotenem erwischt worden, und hatte Mühe, ihr zu erklären, warum ich mich hier befand.

»Wir waren gerade zusammen in der Bibliothek. Philo liest jetzt. Ich wollte nur, ich wollte, ich ...« Ich stand in einem Sterbezimmer. Es gab keinen Grund für ein dreizehnjähriges Mädchen, an einem Sonntag nach der Messe in einem Sterbezimmer herumzustehen, außer purer Neugierde. Ich war in etwas eingedrungen, in dem ich absolut nichts zu suchen hatte.

»Umsehen wolltest du dich natürlich«, sagte Schwester Veritas und wedelte nebenbei mit der Hand über das Sterbebett. Die toten Tiere segelten in einer grünen Wolke zu Boden. Ihr Tonfall war weder vorwurfs- noch verständnisvoll. Es klang wie eine Bahnhofsdurchsage. Ich würde wohl noch etwas länger auf sie blicken müssen, um das Herz aus Gold entdecken zu können, von dem Philo gesprochen hatte.

»Eintagsfliegen«, stöhnte sie, während sie das Kopfkissen aufschüttelte, »sie sind die Pest! Es ist in jedem Jahr das Gleiche. Fallen alle gleichzeitig herunter. Auf die Betten, die Schränke, die Vorhänge, überall liegen sie herum, und morgen hängen sie mit der nächsten Generation wieder oben an der Decke und machen mich wahnsinnig!«

Ich hatte nie von ihnen gehört und nahm eines der filigranen Wesen in die Hand, um es genauer zu betrachten. Eintagsfliegen. Sie waren kleine Meisterwerke. Kugelrunde schwarze Augen, winzig wie Stecknadelspitzen, und lange, perlonschnurartige Fühler zierten ihre kleinen Köpfe. Je näher ich sie betrachtete, desto großartiger erschienen sie mir.

»Was machst du da?« Schwester Veritas schaute mir irritiert zu.

»Sie ... sie sind sehr schön«, ich hielt ihr das winzige Tier unter die Nase.

»Ach«, wehrte sie ohne hinzusehen meine Hand ab, »schön? Wenn man sie nicht wegputzen muss vielleicht. Gehst du jetzt bitte zu deinem Vater runter? Er wartet auf dich ...« Sie schob ihr Häubchen zurecht und schritt durch die geöffnete Tür zurück auf den Flur. Ich wartete, bis ihre Schritte langsam verhallten.

Ich wollte nicht sofort losgehen. Ich hielt das Tier gegen das Licht. Nur einen Tag zu leben. Was würde ich diesen einen Tag lang tun? Wenn ich an der Zimmerdecke sitzen und den Menschen unter mir zuhören müsste, wie sie sich darüber erregten, dass wir bald alle herunterfallen würden, ohne zu wissen, was das war: Herunterfallen. Was würde ich denken? Mir gefiel die Vorstellung, alles auf einen Tag zu setzen.

Ich würde morgens aufstehen, alles wäre zum ersten Mal. Die normalsten Dinge. Sprechen. Wie merkwürdig Sprache klang, wenn man darüber nachdachte, was man sagte. Ich sagte: »Butter.« Hundert, zweihundert, dreihundert Mal, bis sie in meiner Vorstellung zerrann, in Millionen kleine Teile, bis es keine Butter mehr gab. Ich wäre nur Ohren, um zu hören, meine Augen würden brennen, die Gehirnzellen, vom Feuerwerk der Eindrücke entfesselt, würden in meinem Schädel wirbeln. Alles würde ich in Einzelteile zerlegen. Jedes Wort, jedes Ding, jeden Atemzug, jede Bewegung, jeden Ton. Und mich wundern. Vielleicht wie Philo an dem Tag, an dem er hinausging.

»Bicky«, hörte ich Papa durch den Gang hallen.

»Biiiiicky!« Das war Marcel.

Ich senkte die Finger über der Eintagsfliege und ging hinaus zu den beiden.

# 6.

Marcel hatte Papa. Ich hatte die Eintagsfliegentage. Sie waren das Beste, das mir passieren konnte.

Ich legte die Fliege auf den alten Tisch in unserem Höhlenzimmer und kramte zum ersten Mal, seit wir in Sprede waren, mein Skizzenbuch hervor. Ich zeichnete sie von allen Seiten. Von oben, unten, hinten und vorne. Ich zeichnete sie, bis ich ihren Körper auswendig kannte und blind hätte malen können. Marcels Lupe vergrößerte ihr kleinstes Geheimnis. Mit jeder gezeichneten Linie drang ich tiefer in eine mir unbekannte Welt. Ich malte mich so dicht an den Eintagsfliegengedanken heran, dass ich zeitweise verschwand. Keiner bekam es mit. Aber für mich wurde alles anders. Es waren besondere Tage, Stunden, Minuten und Augenblicke, in denen ich plötzlich mutig wurde, etwas ausprobierte und wagte, weil es nur diesen einen Moment dafür gab. Ich wurde deshalb kein anderer Mensch, ich verwandelte mich nicht oder so etwas, ich machte nur Dinge, die ich sonst nie gemacht hätte. Ich sah jetzt manchmal den Leuten beim Engelwirt in die Augen, wenn wir zum Milchholen über den Hof gingen. Einmal blieb ich sogar vor einem alten Mann stehen, der auffällig schwieg, und machte: »Buh!« Er zuckte zurück, rang nach Fassung, und dann, nach einem Moment, in dem alles möglich gewesen wäre, entschieden wir uns beide gleichzeitig, zu lachen. Irgendwie machte mich das glücklich. An einem Nachmittag versuchte ich mit einer Pipette die Regentropfen in der Regentonne unter der Dachrinne zu zählen. Und an einem anderen Tag, als Frau Fritzi mich fragte, wie es mir ging, sagte ich: »Beschissen«, und bemerkte, wie sie sich über meine Ehrlichkeit freute. Ich sah den Ameisen stundenlang beim Läusemelken auf dem Buchsbaum zu. Ich pinkelte im Stehen gegen die Brennnesseln. Ich probierte Rosenkohl und ging alleine in den Keller. Ich bastelte kleine Geschenke für die Vögel und verteilte sie draußen im Garten. Ich sagte Papa, dass ich darüber nachdenken würde, das Reformhaus in Brand zu stecken, wenn sich unser Speiseplan nicht in absehbarer Zeit änderte. Er tat ein bisschen entsetzt, aber als ich hörte, wie er an jenem Abend zu Mamique am Telefon sagte, es würde erste Anzeichen dafür geben, dass die Therapie bei Frau Fritzi Erfolg zeigte, war mir klar, die Eintagsfliegen hatten begonnen, mich zu verändern. Ich stellte mir vor, wie viel einfacher das Leben wäre, wenn es für alle verordnete Eintagsfliegentage gäbe. Es war viel mehr möglich, man war näher dran an allem. Nur eines wagte ich immer noch nicht: nach Aimée zu fragen.

Seit Papas Führung kamen Marcel und ich häufiger in die Klinik. Mein Bruder besuchte Papa, ich ging zu Philo. Allerdings mussten wir uns immer zuerst in Papas Arbeitszimmer melden, darauf bestand Herr Kruse.

»Im Irrenhaus herumirrende Kinder verirren sich irre schnell«, hatte er, ausführlich über sein Wortspiel lachend, gesagt und eine Handbewegung gemacht, als würde er etwas stehlen, was ihn noch mehr zum Lachen brachte.

Wenn Papa nicht in seinem Zimmer war, mussten wir dort auf ihn warten. Marcel wollte sowieso nichts anderes, als mit ihm reden, für ihn war es kein Problem dort herumzusitzen. Er sah sich gerne in Papas Zimmer um, fasste alles Mögliche an und kletterte, sobald unser Vater hereinkam und auf seinem großen Schreibtischstuhl Platz genommen hatte, auf dessen Schoß, als sei dies ein für ihn reservierter Platz. Er ließ sich von ihm Instrumente und Krankheiten erklären, von denen ich noch nie gehört hatte, und Papa erklärte und erklärte und malte alles Mögliche auf, er holte Bücher aus den Regalen, zeigte auf Formeln, Fotos und Illustrationen und redete und gestikulierte und kritzelte herum, um Marcel genau zu zeigen, worum es ging. Plötzlich hatte er Zeit. Ich fand, dass er ein bisschen übertrieb. Marcel war gerade mal sechs damals! Er verstand wahrscheinlich nicht einmal die Hälfte. Aber er nickte eifrig und mit wissenshungrigem Blick.

»Er wird eines Tages Arzt«, sagte Papa zu den Leuten, und mein Bruder stimmte zu, als hätten sie das schon lange ausgemacht. Ich hörte selten Papas Ausführungen zu, abgesehen davon, dass sie mir zu langatmig waren und mich nicht interessierten, kränkte mich die Nähe, die die beiden miteinander hatten. Ich passte nicht dazu und nicht dazwischen und ertrug das Ausgeschlossensein nur, wenn ich nicht im selben Raum war.

Ich wartete, bis Papa kam, und sagte etwas von »Philo«, um auf den Korrior zu flüchten.

Der saß stets auf der abgewetzten Stelle seines grünen Sofas und hielt ein Buch in Händen, das er freudig lächelnd sinken ließ, sobald er mich kommen hörte. Er war begierig zu erfahren, was ich in den vergangenen Tagen erlebt hatte. Er wollte alles wissen. Ich glaube, ich war für ihn mehr als eine willkommene Abwechslung. Ich erzählte ihm vom Essen, das Gertrud kochte, von unseren Exkursionen durch den verwilderten Garten, den Versteckspielen im Haus, unseren Einkaufstouren durch die Stadt, ich erzählte ihm von dem streunenden Hund, der mich bei jeder unserer Begegnungen anlächelte, ich erzählte ihm alles, alles was mir gerade einfiel. An seinem Gesicht konnte ich ablesen, wie sehr er an dem, was ich ihm erzählte, teilhatte. Er war begierig, es bis ins kleinste Detail zu erfahren, und hakte nach, wenn ich für sein

Empfinden zu ungenau blieb. Irgendwann aber fand ich heraus, dass es ihm um etwas anderes ging. Er fragte auffällig viel nach, wenn ich erzählte, dass wir irgendwo hingegangen waren. Zum Beispiel sagte ich: »Abends, als wir zum Engel zum Milchholen gegangen sind ...«

Dann unterbrach er mich: »Halt! Seid ihr von zu Hause aus gegangen oder von der Klinik?«

»Von zu Hause.«

»Ihr seid beim Unlang 7 auf die andere Straßenseite und dann nach links Richtung Wirtshaus Engel gegangen ...?«

Ich stimmte ihm verwundert zu, bevor ich weitererzählte. Kurz darauf, als ich etwas von einem Freibadbesuch sagte, fragte er, ob wir draußen hinter dem Friedhof die Unterführung genommen hatten, um zum Bad zu gelangen, oder ob wir oben über die Schrankenanlage gegangen waren. Und da schlug mein Zweifel an seiner Behauptung, dass er das Irrenhaus nie verlassen hätte, in die Überzeugung um, dass er log. Er kannte sich viel zu gut aus.

Ich hasste es, wenn jemand log. In Hamburg war ein Mädchen in meiner Klasse gewesen, das ich sehr mochte, bis sich eines Tages herausstellte, dass nichts von dem, was sie mir erzählt hatte, stimmte. Ihre Lügen waren völlig unnötig gewesen. Sie hatten überhaupt keinen Sinn, außer dass es Lügen waren. Sie hatte weder einen großen Bruder, noch arbeitete ihre Mutter auf diesem Reiterhof in Duvenstedt, sie fuhren im Urlaub auch nie nach Elba, und die Katze, von der sie ständig erzählt hatte, gab es überhaupt nicht. Als sich unsere Mütter einmal zufällig vor der Schule unterhielten und sich herausstellte, dass dieses Mädchen ununterbrochen gelogen hatte, empfand ich nicht nur eine Mischung aus Wut und Mitleid für sie, sondern auch grenzenlose Scham.

Scham, die nicht zu mir gehörte und mich deshalb umso wütender machte.

In Philos Fall war es mir letzten Endes fast egal. Wenn er so etwas erzählte, musste es einen Grund dafür geben. Ich ärgerte mich nur, ihm das Unglaubliche geglaubt zu haben, und hakte nicht mehr nach, um mich nicht schlecht zu fühlen, weil ich ihm auf die Schliche gekommen war. Irgendwie wurde es im Laufe der Zeit zu einer Art Spiel. Ich glaubte, dass wir uns im Stillen darauf geeinigt hatten: Er spielte die Rolle des im selbst gewählten Gefängnis Sitzenden, ich war das Mädchen von draußen, das zu Besuch kam und die Welt zu ihm brachte. Ich erzählte, wohin ich tags zuvor gegangen war, und Philo musste den Weg beschreiben. Ich korrigierte ihn, wenn etwas nicht stimmte. Ich schätzte, dass es schon eine ganze Weile zurücklag, dass er draußen war. Er beschrieb alles wie jemand, der vor einiger Zeit erblindet war, der den Weg eigentlich kannte, aber eine neu errichtete Baustelle nicht sehen konnte, dem ein gefällter Baum entging, eine weitere Treppenstufe, ein Stellplakat. Einmal sagte Philo: »Um sich innen zurechtfinden zu können, muss man wissen, wie es draußen aussieht – das Wissen, das ist die Säule. Darum trainiere ich so gerne das Herumlaufen im Geiste.« Es kam immer wieder vor, dass er merkwürdige Dinge sagte, die gar nicht für mich bestimmt schienen, deshalb ging ich nicht weiter darauf ein. Ich mochte das Wegbeschreibungsspiel. Häufig passierten lustige Dinge, etwa dass Philo in einen Bach fiel oder gegen eine Mauer lief. Ich machte das dazugehörige Geräusch, und er musste sagen, was passiert war.

Eines Tages erzählte ich ihm von einem Besuch bei Frau Fritzi. Es war ein normaler Besuch gewesen. Ich hatte ihre Gläser gezählt. Sie hatte mit mir ein paar Tests gemacht, auf die ich keine Lust gehabt hatte, und dann war ich wieder nach Hause gegangen. Während ich davon erzählte, fiel mir ein, dass Philo Frau Fritzi nicht kennen konnte, und weil ihre Straße in einem verwinkelten Wohngebiet lag, wollte ich ihm die Erklärung dieses Weges ersparen. Mir war aufgefallen, dass er, warum auch immer, sich in der Innenstadt besonders gut auskannte, deshalb setzte ich an, ihm von unserem Ausflug in die Stadtbibliothek zu erzählen, damit er diesen Weg gehen konnte.

»Warte!«, rief er und schloss die Augen, um sich zu konzentrieren. »Erst bin ich noch dran mit dem Weg zu Frau Fritzi.«

»Das ist zu kompliziert«, winkte ich ab. Aber er ließ sich nicht beirren.

»Du bist aus eurer Tür rausgegangen, Unlang 7, du stehst vor der Tür ...«, sagte Philo. Er wirkte, als würde er den Weg vor sich sehen, »... rechts, am Kriegerdenkmal entlang. Über die Brücke, am heiligen Nepomuk vorbei, links von dir der neue Kindergarten, er ist jetzt orange, stimmt's? Orangefarbene Platten sind an der Außenseite angebracht!«

Er öffnete kurz die Augen, um an meiner Reaktion zu sehen, ob er richtiglag.

Ich nickte.

»Dann bist du geradeaus hoch, am Gemeindehaus vorbei, vom Bürgersteig bist du auf das Kopfsteinpflaster vom Kirchhof der Stiftskirche gekommen, unter den alten Kastanien bist du über den Kirchhof gelaufen, an ein paar alten Grabsteinen vorbei, und dann kommt, draußen, an der Mauer vom Kirchhof ein Briefkasten, an dem bist du auch vorbeigegangen. Unten an der Ecke hast du nach rechts hin die Straße überquert, um in den Rosenacker zu gelangen ... ihr Haus liegt etwas erhöht. Es ist die

Nummer 2. Ein Kiesweg führt von der Gartentür zu ihrem Eingang. Vorne, zur Straße hin, blühen im Sommer weiße Rosen, dann kommt Rasen, und am Haus, an der vorderen Wand, klettert wilder Wein!«

Jetzt reichte es mir, auch wenn das Spiel Spaß machte, ich hatte keine Lust, mich verarschen zu lassen. So genau konnte nur jemand beschreiben, der bereits dort gewesen war, und nicht nur einmal. Ich glaube, selbst Papa, der mich zweimal begleitet hatte, hätte es nicht geschafft, eine solche Beschreibung abzugeben.

»Du warst mal da!«, rief ich.

Er schüttelte den Kopf und lächelte rätselhaft.

»Ich kenne sie ...!«

»Ja, sag ich doch!«

»Aber ich war nie wirklich dort!«

»Was?«

»Ich weiß, wo sie wohnt, aber ich bin nie tatsächlich dort gewesen.«

»Nicht tatsächlich ... aber du kennst den Weg! Du weißt, wie ihr Haus aussieht! Wie soll das zusammenpassen?«, fragte ich wütend. Ich hatte es satt, so zu tun, als würde ich ihm glauben. Er merkte offenbar nicht, dass er sich am laufenden Band selbst verriet.

Bestürzt sah er mich an. Dann wandte er das Gesicht ab und fuhr mit Daumen und Zeigefinger den Bart über seiner Lippe nach.

»Es war wegen Franzi«, sagte er, indem er sich mir wieder zuwandte, und sein Gesicht nahm mit einem Mal einen Ausdruck an, der so voller Traurigkeit war, dass ich augenblicklich bereute, so heftig reagiert zu haben. Vielleicht hatte ich mich doch geirrt. Sein Blick trieb davon, weiter, als er es bei allen Wegbeschreibungen getan hatte.

»Es passt nicht zusammen, wenn man mit normalen Maßstäben misst! Aber es ist genau, wie ich gesagt habe:

Ich habe dieses Haus nie verlassen. Nie. Nur in Gedanken! Ich war ein Säugling, als meine Eltern mich hier abgaben. Ich war erst ein paar Tage alt, sie haben also nicht lange überlegt, es muss eine klare Sache für sie gewesen sein. Eigentlich wäre ich ein Fall fürs Kinderdorf gewesen. Dort haben sie aber sofort gesehen, dass mit mir etwas nicht stimmt. Ich war ein verwachsenes Zwergenbaby, und niemand wusste, wie es um den Rest bestellt war, er konnte genauso verwachsen sein wie mein Körper, also lehnten sie ab. Ich hatte Glück, sagt Schwester Veritas, ich war robust, ich hielt was aus, ich wollte leben. Sie trug mich in der ersten Zeit, wie die Indiofrauen es tun, in einem Tuch auf ihrem Rücken über die Stationen, nachts blieb sie die ersten Monate hier. Als ich ein bisschen älter wurde, schob sie meine Karre bei schönem Wetter in den Innenhof, und bei Regen rollte sie mich über die Stationen. Ich war dabei, wenn sie Betten machte, Töpfe leerte und Medikamente verteilte. Philo immer am Schürzenzipfel von Schwester Veritas ... Ich war das einzige Kind im Irrenhaus. Der Chefarzt brachte, als ich größer wurde, manchmal seine Jungs mit. Drei wilde Haudegen, alle älter als ich. Das ging ganz schön ausgelassen zu. Hier«, er zeigte auf eine Narbe an seiner Stirn, »Platzwunde Nummer eins, erworben im Nahkampf gegen zwei schwarze Raubritter. Und da«, sein Zeigefinger deutete auf einen blassen haarlosen Strich zwischen den Barthaaren unter dem Kieferknochen, »Wippunfall durch abgebrochenen Ast! Der Holunder hinten bei der Madonnenstatue. Naht vom Chefarzt. Ist ganz hübsch geworden, oder? Er hat sich richtig Mühe gegeben! Irgendwann kamen sie nicht mehr, die Jungs. Waren zu groß geworden und ich zu klein geblieben. Zu riskant, sagte der Chefarzt, bei dem Kräfteungleichgewicht könnte leicht mal was Dummes passieren, und er wollte seine Zeit nicht nur am OP-Tisch verbringen.

Aber dann geschah etwas fast Unglaubliches: Ich hatte das Interesse einer berühmten Kinder- und Jugendpsychiaterin in der Stadt erregt, der Chefarzt hatte ihr von mir erzählt.«

»Frau Fritzi ...«, fiel ich ihm ins Wort.

»Genau! Frau Fritzi. Sie wollte mir helfen. Bei was, verstand ich anfangs nicht genau – aber sie wollte eine Arbeit darüber schreiben, eine wissenschaftliche Arbeit. Für mich hörte sich das immens wichtig an. Sie führte mit dem Chefarzt in meiner Anwesenheit Gespräche, denen ich nicht so recht folgen konnte. Die Worte, die sie benutzte, hatte ich niemals zuvor gehört. Schwester Veritas schickte mich in die Bibliothek, wenn ich nicht aufhörte, ihr wegen der Bedeutung der Worte Löcher in den Bauch zu fragen. Mein Studium der Fremdwörterlexika ergab: Ich sollte endlich wachsen! Frau Fritzi wollte mir dabei helfen! Ich war extrem gespannt. Der Chefarzt glaubte nicht so ganz daran, aber sie hatte ein Medikament entdeckt, das sie und mich mit Hoffnung erfüllte. Vielleicht würden die Kinder vom Chefarzt zurückkommen, wenn ich gewachsen wäre, sie fehlten mir sehr. Sie gab dem Chefarzt eine Schachtel weißer Pillen, die ich dreimal am Tag begierig schluckte. Sie beobachtete mich, sie maß mich, sie überprüfte meine kognitiven Fähigkeiten ...«

»Kann ich mal kurz in die Bibliothek?«, unterbrach ich.

Philo grinste. »... sie hat überprüft, was ich mit meinem Gehirn leisten konnte. Sie kontrollierte meine Reflexe, meinen Speiseplan und brachte Franzi mit, ihre Tochter. Die war in meinem Alter.«

»Ihre Tochter ...? Wusste gar nicht, dass sie eine Tochter hat!«

»Ich sollte mit ihr spielen ... Es gehörte zu der wissenschaftlichen Arbeit. ›Interagieren‹ nannte Frau Fritzi das. Sie saß mit aufgeschlagenem Notizbuch in einiger Entfernung und ließ uns interagieren. Die Spielsachen, die sie um uns verteilt hatte, waren lächerlich. Federball! Crocket! Fußball! Auch Franzi war nicht sonderlich angetan von der Idee, mit mir ein solches Spiel zu spielen. Ich mochte sie vom ersten Augenblick an. Sie sagte zu mir leise: ›Komm! Lass uns da hinten zu den Blumen gehen, da sieht sie uns nicht so genau. Sie wird hier sitzen bleiben.‹ Wir ließen uns also auf einer Bank nieder, ganz hinten, bei den Akeleien. Das war die zwei Jahre über unser Lieblingsplatz. Die Akeleien blühen dort in allen Farben. Im Herbst sammelte ich die Samen und schenkte sie ihr, und Franzi sagte, sie wolle sie in ihren Garten säen und immer an mich denken, wenn sie blühen. Das Herz zersprang mir fast vor Glück, als sie das sagte. Und Franzi roch so gut! Ein Hauch von Seife und ein bisschen Brausepulver. Von dem sie immer mindestens ein Päckchen bei sich trug. *Frigeo Sport Brause* stand auf den kleinen Tüten. Am liebsten mochte sie Himbeere. Sie riss sie auf und schüttete das Pulver auf ihre Hand. ›Spuck drauf!‹, sagte sie dann und hielt den rosa Brauseberg vor meine Lippen. Ich spuckte, und sogleich rückte sie ganz nah an mich heran, die Brauseblasenhand zwischen uns. ›Ich hab gehört, du bist nur immer hier in diesem Haus und gehst nicht raus?‹ Ich nickte. Sie steckte einen Finger in den Blasenhaufen und mischte meine Spucke mit dem Pulver, dass Rosa-Pünktchen-Soße an ihm klebenblieb. ›Soll ich dir was erzählen? Ich meine, gibt es was, das du ganz besonders gerne wissen willst?‹ Und dann schob sie mir ihren Brausefinger in den Mund. Ich werde nie die kleinen Explosionen an Gaumen und Zunge vergessen. Ich lachte. Wollte alles von ihr wissen. Wollte wissen, wie es draußen aussah, hinter der Straße, auf die ich von meinem Fenster sehen konnte, hinter der Mauer, die den großen Innenhof umgab. Ich wollte wissen, was andere in unserem Alter, die, die normal wuchsen, was die da draußen machten. Ich wollte wissen, wie die Straßen aussahen, wo die Autos parkten, wo sie entlanglief, wenn sie nach Hause ging, wie sich der Boden unter ihren Füßen anfühlte. Wie die Wände ihres Hauses beschaffen waren. Franzi erzählte es mir. Sie beschrieb so genau und anschaulich, dass mich ihre Worte bis an diese Orte mitnahmen. Ich saß verzaubert neben ihr, im Bann der Bilder, die sie mit ihrer schönen, klaren Stimme heraufbeschwor. Und Frau Fritzi meinte, das Medikament habe eine sedierende Wirkung.«

»Hallo, Herr Wörterbuch ...?«

»Wie bitte?« Meine Unterbrechung hatte ihn ganz aus dem Redefluss gebracht.

»Sedierend ...?«

»Beruhigend, einschläfernd heißt das ...«

»Sie meinte, das Medikament schläfert dich ein?«

Philo nickte.

»Dabei war ich nur eines: fasziniert! Ich saß neben Franzi, schaute sie an und hörte zu. Sie hätte endlos weiterreden können.«

»Warst du verliebt?«

Ein Leuchten trat in seine Augen.

»Ich, ich glaube, ich bin es immer noch ... Sie war unglaublich.«

Wir saßen eine ganze Weile im Halbdunkel unserer Gedanken und schwiegen.

»Und das mit dem Wachsen?«, kam ich wieder auf seine Geschichte zurück.

Philo lachte.

»Wachsen? Fehlanzeige. Na ja, nicht ganz. Die Haare sind mir gewachsen«, er zupfte an seinen dunklen Locken herum, »wie Unkraut! Schlimmeres ist nicht passiert. Was rede ich! Doch ...« Selbstvergessen fuhr er mit einem Finger über ein Augenlid. »Sie kam nicht mehr. Es kam der Tag, da brach Frau Fritzi meine Studie ab. Sie schrieb: *ohne signifikantes Wachstum* abgebrochen. Wir waren fünfzehn, ich maß einen Meter zehn! Ich war zehn Millimeter gewachsen. Für ihre Studie war das nicht signifikant. Franzi war in den zwei Jahren über zehn Zentimeter gewachsen. Frau Fritzi dankte mir mit einem Bildband über Sprede. *Für die gute Zusammenarbeit* hatte sie vorne reingeschrieben. Ganz hinten steckte ein Stadtplan. Und das war das beste Geschenk jemals! Als Franzi nicht mehr kam, begann ich, alleine in Gedanken durch die Stadt zu laufen. Jahrelang lief ich immer wieder all die Wege ab, die ich mit ihr gegangen war. Ich bat fast jeden, der von draußen kam, mir diesen oder jenen Weg näher zu beschreiben, mit Angaben, wo Bäume wuchsen, Blumen, Gras, wo Bänke standen, Brunnen, Ampeln, Häuser. Und nach und nach war ich dabei. Ich lebte in der Stadt, ohne sie jemals zu betreten. Damals, ohne dass ich das hätte formulieren können, begann ich zu begreifen, dass sich Freiheit, die echte ...«, er tippte sich an die Stirn, »hier befindet.«

»Freiheit?«, fragte ich verständnislos, »du hättest rausgehen und sie besuchen sollen!«

»Ein verliebter Zwerg!« Er lachte vor sich hin, und ich dachte, komisch, wie sehr man im Moment, in dem man glaubt, etwas zu sein, es auch wird. Jetzt saß da ein verliebter Zwerg. »Stell dir das vor: Verliebte ein Meter zehn sind dir auf den Fersen! Das ist doch lächerlich! Sie hätte sich geschämt. Sie hat mir einen Brief geschrieben, als sie nicht mehr kam. Ich habe ihn aufgehoben«, ein Lächeln huschte über sein Gesicht, »in meinem Nachtschrank.« Er zog die Schublade auf und einen Umschlag unter den Babystrümpfen hervor.

»Was hat sie denn geschrieben?« Ich griff danach. »Was

ist denn da drin?« Im Umschlag war irgendetwas Kleines verborgen.

»Weiß nicht ... Hab ihn nie geöffnet.«

»Was?«

»Ich fand es einfach nur schön, dass sie mir geschrieben hat. Ein Brief voller Buchstaben, nur für mich. Bei jedem einzelnen hat sie an mich gedacht. Aber ich wollte es nicht lesen: dass sie nicht mehr kam, weil ... Hier drinnen, weißt du, war alles kein Problem. Aber draußen ..., draußen ist alles anders. Sie hat es mir erzählt. Immer und immer wieder. Die Welt da draußen ist grausam. Menschen sind gemein. Ich hätte das nicht ertragen. Philo, der alte Spaßvogel, ist innen drin ...«, er legte eine große Hand auf seine kleine Brust, »aus zartem Glas, ziemlich zerbrechlich! Nein, meine Welt ist hier. Und so gehe ich unbemerkt durch diese Stadt. Ich bin frei. Umherzulaufen oder nicht. Den Brief zu lesen oder nicht.«

»Ich finde«, wagte ich vorsichtig, »ich finde, du hättest ihn lesen sollen. Du solltest ihn lesen ... Und irgendetwas hat sie da reingelegt.«

Ich hätte es gar nicht ausgehalten vor lauter Neugierde. Er hob das Kinn, seine Augen verengten sich kurz.

»Ich habe viel darüber nachgedacht. Ich möchte ihn nicht lesen. Ich möchte nicht wissen, was darin ist. Nicht jetzt. Vielleicht irgendwann mal. Aber nicht jetzt, nicht heute und nicht morgen.«

»Wenn du ihn nicht liest, wirst du nie erfahren, was sie dir sagen wollte. In deinem Nachtschrank liegt ein Brief ... Vielleicht ändert er dein gesamtes Leben? Freiheit ist draußen, wenn du mich fragst ...«

Doch Philo lächelte nur traurig und sagte: »Nein. In meinem Fall täuschst du dich.«

## 7.

Gertruds Hauptbeschäftigung in diesen Tagen bestand darin, Papas neue Möbel auszupacken und zu verstehen, wie sein Phonosystem von Wega funktionierte. Das war nicht ganz unkompliziert, weil beides in Papas Augen Heiligtümer waren, die keinen Schaden nehmen durften. Gertrud hatte ein sehr großes Verantwortungsgefühl für die ihr übertragenen Aufgaben. Sie schälte die Möbel aus ihrer Verpackung, als seien es kostbare Früchte, und las die Betriebsanleitung für die Musikanlage wie einen fesselnden Roman, immer und immer wieder. Große Sorgfalt widmete sie auch der Essenszubereitung. Über Nacht weichte sie Getreide ein, ließ auf der Fensterbank im Wintergarten Samen keimen, züchtete Bakterienkulturen und Pilze und mischte diese in unser Essen, als sei es das Selbstverständlichste der Welt. Außer bei Fisch, der aus irgendeinem ernährungsphysiologischen Grund nicht wegzudiskutieren war und immer freitags auf unserem Speiseplan stand, ließ Gertrud jedoch mit sich reden, wenn etwas ungenießbar erschien, vorausgesetzt, wir drückten unsere Abneigung gesittet aus und die Mahlzeit enthielt kein überlebenswichtiges Spurenelement.

Wenn wir von draußen reinkamen, schickte Gertrud uns in die Badewanne. Mich, weil ich größer war und was ich deshalb unlogisch fand, in die Sitzbadewanne auf der Mansarde, in der ich wie ein Klappmesser im Etui saß und immer fror, weil das Wasser mir nur bis zur Hüfte reichte. Marcel steckte sie in die Löwenpfotenbadewanne im ersten Stock. Er hätte darin mit Leichtigkeit ertrinken können, wenn er gewollt hätte, außerdem wäre locker Platz für zwei gewesen, also zum Beispiel noch für mich, um auf ihn aufzupassen. Für ein gemeinsames Bad jedoch waren wir zu alt, und Gertrud wollte keine weiteren Worte darüber verlieren. Ich fragte mich immer wieder, warum man in den Augen Erwachsener ständig zu jung oder zu alt für etwas war und ob irgendwann eine Zeit kommen würde, in der ich mich im richtigen Alter befinden würde, etwas Bestimmtes zu tun.

Abends legte sie uns *Der kleine Muck* auf. Wir sollten damit einschlafen. Ich hätte *Fünf Freunde* vorgezogen, *Der kleine Muck* und die andere Seite der Platte mit *Der falsche Prinz* konnten wir auswendig, so oft hatten wir die Geschichten gehört.

Gertrud hörte eine *Fünf Freunde*-Folge zur Probe und befand ihre Auswahl als angemessener zum Einschlafen, vor allem für einen Sechsjährigen, und darauf musste ich Rücksicht nehmen. Die Nachrichten, mit denen wir morgens geweckt wurden, schien sie aber nicht Probe zu hören. Ich fand es selbst für eine Dreizehnjährige kaum angemessen, in halb wachem Zustand hören zu müssen, dass irgendwo geschossen, gemordet, erpresst, gestorben und entführt wurde, doch darauf nahm keiner Rücksicht.

Eines Tages, auf der Suche nach einer Stelle, von der aus wir auf die andere Seite der Mauer sehen konnten, entdeckten Marcel und ich ein kleines Fachwerkhaus am Ende des Gartens. Wir hatten es noch nie gesehen. Das Gras stand damals sehr hoch, weil niemand zum Mähen gekommen war. Büsche und Sträucher streckten ihre hellen Triebe über Wegeinfassungen und Beetbegrenzungen, Unkraut wucherte wild zwischen dem, was einmal ein ordentlicher Gemüseacker gewesen war. Wir schlugen uns, den Blick gesenkt, mit langen Stöcken durch das Dickicht, Arme und Beine übersät mit blutigen Kratzern und Brennnesselstichen. Zuerst sahen wir es nur schemenhaft. Ein Dickicht aus Waldgeißblatt versperrte die Sicht. Wir schoben die hängenden Triebe wie Gardinen auseinander. Und da stand es vor uns. Ein winzig kleines Haus, umschlungen von den langen dornigen Armen eines Rosenstocks, der die Fassade bedeckte, über Tür und Fenster wuchs und mit seinen Fingern bis hinauf in die Dachrinne griff. Insekten sirrten um uns in der warmen Luft. Wie im Fieber legten wir die Tür frei. Und dann rissen wir sie auf. Warme Staubluft drängte uns entgegen. Durch die Ranken vor den Sprossenfenstern fiel diffuses Licht auf graue Dielenbretter und gekalkte Wände. An kleinen Vorsprüngen hielten sich Spinnwebknäuel. Wir fanden einen alten Futtertrog, Strohhalme staken aus den Bodenritzen. Hatten hier Schafe gewohnt, Schweine oder ein Esel? In der Mitte des Raums stand eine Leiter, die in eine geöffnete Luke zum Dachboden führte. Wir kletterten hinauf und befanden uns in einem kleinen, hellen Raum, unter einem spinnwebenverhangenen Giebel. Über uns Dachziegel und graues Gebälk, wir öffneten eins der Bullaugenfenster im First. Leichter Wind wehte herein, es roch nach Heu und Schachtelhalm. Wir knieten uns vor die Öffnung und sahen in einen fremden Garten. Er war gepflegt, der Rasen saftig, hellgrün und kurz geschnitten. Etwas weiter entfernt leuchtete ein Gewächshaus im Sonnenlicht. Man konnte nicht hineinsehen, eine matte, undurchsichtige Folie war über den Rahmen gespannt. Aber wir meinten, winzig kleine Schatten würden sich darin bewegen.

»Was meinst du, was ist das? ... Als ob es flattern würde?«

Marcel starrte auf das weiße Häuschen.

»Die fangen Elfen.«

»Ja«, sagte ich, »so sieht es aus.«

»Elfenfänger!«

Dann waren wir still und beobachteten aneinandergekauert den fremden Garten.

»Ein Kind«, flüsterte Marcel aufgeregt und zeigte auf ein kleines Fahrrad, das hinter der Hausmauer im Gras lag. Jemand hatte es achtlos dort fallen lassen. In einiger Entfernung hörten wir in regelmäßigem Takt jemanden hüpfen.

»Seilspringen«, flüsterte ich.

»Ja.« Marcels Unterkiefer hing schlaff herunter, während er aufmerksam horchte und mich mit großen Augen ansah. Ich kletterte nach unten und sah mich im Häuschen um. In einer Ecke lag ein Stück alter Gartenschlauch. Er war dick und grau und brachte mich auf eine sensationelle Idee. Ich zog ihn über die schmale Leiter nach oben.

»Pass mal auf!«

Voller Vorfreude kniff ich meinen Bruder in den Arm. Ich hielt den Schlauch an die Lippen und trötete in das rüssellange Ding, dass ein elefantenähnlicher Ton in die Stille des Nachbargartens entwich. Marcel duckte sich und kicherte, ich wich ein wenig zur Seite und spähte hinüber. Das Hüpfen hatte schlagartig aufgehört.

»Noch mal!« Er drückte ungeduldig mein Knie.

Ich holte tief Luft und trötete noch einmal. Wir warteten. Dann hörten wir Schritte. Eine blonde Frau bog um die Ecke, an ihren Händen Gartenhandschuhe. Hinter ihr lief ein Mädchen mit blonden Zöpfen. Es hielt eine kleine rothaarige Katze unter dem Arm. Die Frau sah in unsere Richtung.

»Hier ist nichts!«

»Doch, wie ein Elefant!«, beharrte das Mädchen. Die Katze baumelte etwas haltlos über seiner Hüfte.

Marcel und ich saßen an die Wand gepresst und schauten gebannt hinüber, wir kicherten leise.

»So ein Blödsinn.« Die Frau drehte sich abrupt um und verschwand hinter dem Haus.

Ich schob den Rüssel wieder zum Fenster hinaus und trötete gut hörbar hinein. Das Mädchen sah verunsichert in unsere Richtung. Es machte einige Schritte auf uns zu, hielt dann inne und fixierte das Fenster. Ich trötete wieder. Marcel gluckste vor Lachen. Ich trötete jetzt im Stakkato, der Rüssel schlackerte an der Hauswand auf und ab. Das Mädchen trat noch etwas näher heran. Als es nicht mehr weit entfernt war, zog ich den Schlauch zurück, und wir streckten unsere Köpfe hinaus. Sprachlos schaute es zu uns auf.

»Das war Bamboo«, Marcel grinste zu dem Mädchen hinunter, »hast dich erschreckt, was?«

Das Mädchen sagte immer noch nichts, es zeigte mit dem Finger zu uns hoch und verharrte so, als ob ihm jemand gesagt hätte, es solle sich nicht bewegen. Nur die kleine Katze maunzte unter seinem Arm, ihr Schwanz zuckte nervös hin und her.

»Bamboo ist unser Elefant«, ich beugte mich ein wenig über den Fensterrahmen.

»Ein Elefant?«, das Mädchen knetete seine Unterlippe, als würde es nachdenken.

Wir ließen ihm aber keine Zeit.

»Wir wohnen noch nicht lange hier und sind mit einem Elefanten eingezogen. Darfst du aber nicht weitersagen, sonst holt ihn das Tierheim. Elefanten in Gartenhäuschen sind hier nämlich leider verboten. In Hamburg war das erlaubt.«

Er stieß mir vor Freude über meine Behauptung den Ellbogen in die Seite.

Das Mädchen zog die Stirn in Falten.

»Was ist denn in dem weißen Häuschen da hinten?« Ich zeigte zu dem Gewächshaus hinüber.

»Mein Bruder züchtet Schmetterlinge. Das ganze Gewächshaus ist voll davon!«

»Schmetterlinge ...«, flüsterte Marcel.

»Deine Katze?«

»Karlchen.«

»Kater also?«

»Nee, Katze.«

»Deine?«

»Die gehört meinem großen Bruder.«

»Wenn du willst, kannst du morgen mal rüberkommen und dir den Elefanten ansehen!«

Das Mädchen glaubte uns nicht, ich konnte es ihr ansehen. Sie war zu alt, um an ein solches Märchen zu glauben. Aber sie war neugierig und ein bisschen eigenartig. Sie fasste die Katze unter den Achseln und hob sie über ihren Kopf in die Höhe.

»Schaunwirmal, nä?«, sagte sie zu der Katze.

Die Katze sagte nichts.

Am nächsten Morgen stand sie bei uns im Wintergarten. Die Katze war nicht mitgekommen. Marcel und ich saßen beim Frühstück, Papa war schon längst in der Klinik. Wir waren etwas überrascht, dass sie gekommen war, und etwas verlegen, weil es ja keinen Elefanten gab. Mein Bruder betrachtete voller Hingabe den Inhalt seines Milchglases, ich kaute mit großer Ausdauer auf einem Stück Brötchen herum und wippte dabei auf meinem Stuhl, während ich überlegte, wie ich ihr die Wahrheit sagen konnte, ohne sie wissen zu lassen, dass wir sie verarscht hatten. Aber mir fiel nichts ein.

»Hallo«, sagte sie.

Sie sah aus wie einem Katalog entsprungen. Vermutlich neue knallgelbe Gummistiefel leuchteten an ihren Füßen. Passend dazu trug sie eine Bluse in Kanariengelb, einen weißen Minirock mit Nieten auf den Taschen und gelb-weiß gestreifte Haarschleifen, die ihre kunstvoll geflochtenen Zöpfe zu kleinen Schaukeln zusammenhielten.

»Der Elefant ... also, das war ja wohl'n Witz, oder?« Sie lachte laut und unsicher. Im Schatten der Tür zur Küche sah ich Gertrud sich bei dem Wort »Elefant« zu uns umdrehen.

Das Brötchen hatte sich inzwischen zu einem süßlichen Brei verflüssigt, der in meinem Mund hin und her schwamm. Ich schluckte.

»Wie heißt du denn?« Vielleicht war es besser, mit etwas ganz anderem zu beginnen.

»Merle«, sagte das Mädchen.

»Merle?« Ich rief ihren Namen so laut, dass Gertrud ihn hören musste. Da erschien auch schon ihr Gesicht im Türrahmen.

»Merle?« Gertrud sah mich an, ihre Augen sagten mir, dass ich nicht sagen sollte, was ich wusste.

Merle hatte ihren Blick gesehen und trat irritiert einen Schritt zurück. Jetzt hätte sie uns nach unseren Namen fragen können. Aber die interessierten sie offenbar nicht. Stattdessen sagte sie: »Merle Brockmann«, als wolle sie etwas richtigstellen.

»Ah, Merle Brockmann!«, bemerkte Gertrud und schenkte ihr einen längeren, intensiven Blick, woraufhin das Mädchen ihren hübschen Mund zu einem überheblichen, leicht angewiderten Lächeln verzog. Sie hob dabei nur einen Mundwinkel an. Ich betrachtete sie fasziniert. Gertrud verschwand in die Küche, um die Schüssel in ihrem Arm weiter abzutrocknen. Und Merle stand da, einige Schritte vom Ausgang zum Garten entfernt, mit diesem merkwürdigen Lächeln im Gesicht, das sich mittlerweile eingefräst hatte und wehtun musste, und ich sagte etwas, das ich nicht hätte sagen sollen: »Wir haben euer Kindermädchen!«

»Bicky!« Gertrud steckte ihren Kopf zu uns herein. »Sei bitte höflich zu eurem Gast!«

Merles Lippen kräuselten sich wie ein Hühnerhintern.

»Wieso? Stimmt doch. Du hast gesagt, du willst lieber zu uns kommen als zu Merle Brockmann!«

»Bicky, ich kannte doch Merle gar nicht«, empörte sich Gertrud, noch immer die Schüssel vor der Brust wie einen Schild.

»Aber du hast es gesagt!«

Merle machte einen weiteren Schritt rückwärts.

»Ja, aber, das war ja nicht gegen Merles Familie oder gegen Merle ...!« Sie lächelte Merle aufmunternd zu. Aber deren Augen verengten sich jetzt, ihr sehr kleiner Mund verzog sich weiter zu einer hässlichen Schnute, das ganze Puppengesicht verdunkelte sich böse.

»Ihr habt unser Kindermädchen, weil eure Mutter tot ist!«

Es wurde sehr still im Wintergarten.

Wir starrten sie entsetzt an. Wusste ich doch, dass etwas Böses in ihr schlummerte!

Marcel stand auf, er senkte den Kopf, stützte die Hände in die Hüften und bewegte sich wie ein kleiner Kampfpanzer auf Merle zu. Ich legte ihm beschwichtigend eine Hand auf die Schulter.

»Laisses-là«, sagte ich.

Aber er hörte nicht auf mich. Instinktiv ging sie weiter rückwärts, sie stand jetzt ganz nah an der Tür.

»Wer sagt das«, fragte er drohend, »wer sagt das, wer sagt das?«, schrie er.

Merle sah ihn an, wie einen Hund, von dem man nicht weiß, ob er gleich zuschnappt. Marcels Nase kräuselte sich wütend, er schnaubte, dann blickte er sich Hilfe suchend nach mir um, seine kleine Stimme überschlug sich gellend: »Wer sagt das?«

Mein Herz schlug bis zum Hals.

»Wer sagt das?«, fragte ich jetzt auch, nur etwas ruhiger.

Obwohl sie ungefähr in meinem Alter sein musste, überragte sie mich um fast einen Kopf. Ihr Körper wirkte plump und schwer. Trotzdem schob ich meine Holzpantine gefährlich nahe an ihren gelben Gummistiefelrand.

»Alle sagen das!« Merle Brockmann schaute uns triumphierend an. »Alle in der Stadt sagen das ...«

»Es ist gelogen«, ich fühlte Marcels Körper unter meinen Händen zittern, »sie ist in einem Krankenhaus, wenn sie gesund ist, kommt sie zurück!«

Ich spürte, wie er seine Hand in meine schob. Sie fühlte sich klein und kalt an. Sein Brustkorb hob und senkte sich in kurzen Abständen.

»Bien-sûr qu'elle ment«, beruhigte ich ihn.

»Ist ja auch egal«, sagte sie und zuckte leicht mit der Schulter, ihre Zopfschaukeln tanzten hin und her, »ich wollte mir ja nur euren erlogenen Elefanten ansehen ...« Sie ging zur Fensterfront und schaute in den verwilderten Garten hinaus.

Gertruds Gesicht erschien wieder in der Tür. Ich tat so, als ob ich sie nicht bemerkt hätte.

»Wo ist er denn nur?« Sie reckte den Hals und trat von einem Fuß auf den anderen, als ob sie so besser durch das Gestrüpp sehen könnte.

»Im Stall«, sagte ich schnell. Ich hatte eine großartige Idee.

»Dann können wir ja jetzt zum Stall gehen ...«

Marcel sah mich besorgt an.

»Nein. Er erschreckt sich leicht. Wir müssen ihn vorbereiten. Sonst ist es zu gefährlich.«

Gertrud verzog sich kopfschüttelnd in die Küche. Marcel hielt immer noch krampfhaft meine Hand fest.

»Vorbereiten?« Merle sah mich verständnislos an.

»Komm doch morgen Nachmittag wieder und bring Erdnüsse mit, wir machen alles klar hier.«

»Sie lebt«, sagte ich beim Einschlafen zu Marcel, »natürlich lebt sie. Merle erzählt vielleicht einen Scheiß.« Ich kraulte ihm den kleinen harten Kopf. »Schlaf gut. Die blöde Kuh, total bekloppt ist die doch. Die weiß gar nichts, soll sich bloß hierhertrauen morgen ...«

»Genau!«, murmelte er schlaftrunken, bevor ihm die Augen zufielen und ich seine langen, tiefen Atemzüge hören konnte.

Meine Träume in dieser Nacht waren verschachtelter als die, durch die ich mich sonst hindurchträumen musste. Sie waren wie unzählige Meeresoberflächen, durch die man auftaucht und meint, Luft holen zu können, das Ende erreicht zu haben, endlich Sauerstoff zu atmen. Traumende, und dann geht es doch weiter, immer weiter, ohne an den Eingang der Wirklichkeit zu gelangen, aber immer knapp davor. Frierend wachte ich auf. Marcel lag ruhig atmend in meine Decke gerollt neben mir. Ich schaute in die Dunkelheit. Der Gedanke, Aimée könnte wirklich tot sein, starrte mich an wie eine grausame Fratze.

Ich hatte nicht geglaubt, dass Merle Brockmann wiederkommen würde. Ich hätte es nicht getan. Aber sie kam. Sie konnte ja nicht wissen, was wir vorbereitet hatten. Ihre Neugierde musste meine bei Weitem übertreffen. Mit zwei Papiertüten voller Erdnüsse, orangefarbenen Sandalen, einem orangen Kleid und zwei dicken Zöpfen, die diesmal kunstvoll um ihren Hinterkopf gelegt waren, stand Merle am nächsten Tag in der Tür.

Also war sie selber schuld. Hätte sie den Blödsinn mit Aimée nicht von sich gegeben, hätten wir uns vielleicht anfreunden können, ganz normal, wie andere das auch tun. Es gibt aber eine Kinderregel, die lautet, dass Grausamkeiten mit mindestens gleich großen, meist jedoch größeren Grausamkeiten gerächt werden müssen. So lange, bis einer aufgibt und heult.

Ich nahm ihr die Erdnusstüten ab, aus denen Marcel sich sofort eine Handvoll griff.

»Zeig mal, schmecken die überhaupt?«

Merle wollte protestieren, aber ich schob sie weg vom Haus, in den verwilderten Garten.

»Du musst seinen Geruch annehmen, damit er dich an sich ranlässt, verstehst du?« Merle nickte ungewiss. In gleichem Maße, wie sie unsicher war, brannte sie darauf, Bamboo zu sehen. Sie beeilte sich, vor mir herzulaufen, während ich sie mit einer Hand in ihrem Rücken dirigierte.

Zwischen dem Gartenhäuschen und der Wiese gab es einen Platz, der mit Kopfsteinpflaster ausgelegt war. Heute ist er unser Sitzplatz im Sommer. Damals war er nur teilweise freigelegt. Am Rand drängten sich mannshohe Brennnesseln, dazwischen wilde Kornblumen, hochgeschossener Mohn und büschelweise Margeriten.

Marcel und ich waren am Morgen mit dem Rad zum Engelwirt an den Stadtrand gefahren. Er hatte außer Kühen auch Pferde und Schweine. Wir waren auf den Koppeln herumgelaufen, hatten Pferdeäpfel und Schweinescheiße eingesammelt und ein bisschen Stroh aus dem Koben entwendet. Die Tochter vom alten Herrn Engel hatte uns gefragt, ob wir den Mist auch auf unsere Rosenbeete streuten. Wir hatten Ja gesagt, natürlich auf die Rosenbeete, und den großen, randvollen Eimer auf dem Gepäckträger nach Hause transportiert.

Im Unlang angekommen, formten wir aus allem eine große Kugel. Gertrud musste Marcel danach eine geschlagene Stunde, fluchend, wie man so nach Scheiße riechen könne, in der Badewanne einweichen, damit er den hartnäckigen Geruch wieder loswurde. Ich durfte das im Fußteil meiner Sitzbadewanne selbst versuchen.

Aber die Kugel war fantastisch geworden. Sie war einzigartig rund, stank erbärmlich, und seitlich ragten einzelne Strohstückchen wie Mikadostäbe heraus. Dieses Ding lag nun wie eine seltene Kostbarkeit auf dem kleinen Platz, auf den ich Merle führte.

»Boah«, sagte sie und blieb andächtig davor stehen, »boah, Elefantenmist!«

Ich glaube, in diesem Moment hatten wir sie. Wir sagten nichts. Marcel lehnte die beiden Tüten an einen großen Stein am Platzrand.

»Und der Elefant?« Merle drehte sich suchend nach allen Seiten um.

»Der grast da hinten, an der Mauer, wo ihn keiner sehen kann.«

Merle senkte verständnisvoll die Augenlider. Ich hatte keinen blassen Schimmer, ob Elefanten überhaupt grasten, aber Merle hatte es geschluckt.

»Ich reibe dich jetzt mit dem Elefantenmist ein. Okay?«

Sie wich etwas zur Seite und beobachtete mich. Ich holte ein Paar gelbe Gummihandschuhe, die Gertrud sonst zum Putzen benutzte, aus meiner Jackentasche hervor. Sie waren viel zu groß, ihr Schaft reichte mir bis zu den Oberarmen.

»Mit Elefantenscheiße einreiben?«

»Er kennt dich nicht, es ist die einzige Möglichkeit, ihm näher zu kommen. Die Fachleute machen das auch so. Komm her.«

»Ich weiß nicht ...«

Ich streifte den einen Handschuh wieder ab. »Ja, dann nicht, es ist zu gefährlich ohne ...«

»Nein, nein, mach schon!« Sie hielt mir ihren orangeglänzenden Sandalenfuß entgegen.

Ungeduldig griff ich in die Kugel. Marcel setzte sich neben die Erdnusstüten. Er sah uns zu, während er unermüdlich Erdnüsse öffnete und sich in den Mund schob. Ich fing unten bei den Sandalen an, ganz langsam, dann ging ich über zu ihren nackten Beinen. Stechender Ammoniakgeruch stieg mir dabei in die Nase. »Da ist was zwischen meine Zehen gefallen!« Merle deutete mit wehleidigem Blick nach unten und drückte mit Daumen und Zeigefinger ihre Nasenlöcher zusammen, den kleinen Finger weit abgespreizt.

»Macht nichts«, sagte ich. Ich war verwundert, dass sie diese ekelhafte Aktion über sich ergehen ließ und keinen Widerstand leistete. Ich rieb kräftig weiter. Ihr Kleid wurde zusehends dunkler. Ein wenig Mist steckte ich in die hübschen, aufgesetzten Taschen, und letztendlich, ermutigt durch ihr Stillhalten, löste ich die schön drapierten Zöpfe vom Hinterkopf und arbeitete die stinkende Masse ordentlich in ihr Haar ein. Merle roch nicht nur unangenehm, sie sah jetzt auch richtig verboten aus. Eine nach Mist stinkende Vogelscheuche. Nicht einmal Pastor Walzig hätte sie in diesem Zustand aufgenommen.

Komisch war, dass ich mir inzwischen sehr gut einen Elefanten in unserem Garten vorstellen konnte. Sagen wir mal so: Es hätte mich nicht überrascht, wenn er von der hinteren Ecke her auf uns zugetrottet wäre, und ich glaube, das war auch der Grund, warum Merle die ganze

Zeit über stillgehalten hatte: Sie war sich inzwischen hundertprozentig sicher, dass Bamboo gleich kommen würde.

»Mannomann, das ist aber echt widerlich«, sagte sie tapfer und zog sich mit spitzen Fingern eine Haarsträhne aus dem Gesicht. »Wo ist er denn nun?«

Ich zuckte erst mit den Schultern und machte dann eine Kopfbewegung zum Gartenhäuschen hin. Steif und ungelenk folgte sie uns durch den Unkrauturwald.

»Lass uns im Häuschen nach oben gehen, dort hat man die beste Aussicht, dann wissen wir, wo er sich versteckt«, schlug ich vor.

Marcel kaute, die Erdnusstüten wieder im Arm, etwas nervös auf der Unterlippe herum. Merle sagte euphorisch: »Guuuute Idee!«

Wir ließen ihr den Vortritt zum Dachboden. Als sie oben war, zog ich die Leiter weg. Sie hatte die Wahl: Sie konnte Ausschau halten oder uns beim Erdnüsseessen zusehen, ganz wie sie wollte. Wir setzten uns direkt unter das kleine Vorderfenster, damit sie uns gut sehen konnte. Sie tat beides. Es dauerte aber eine ganze Weile, bis ihr das Ausmaß ihrer Lage bewusst wurde. Dann begann sie, uns zu beschimpfen.

»Ihr Lügner, ihr blöden Affenärsche, da ist gar kein Elefant! Ich will hier runter!«

Wir kicherten leise und warfen uns gegenseitig Erdnüsse in den Mund.

»Holt die Leiter. Los!«

Wir bewegten uns nicht. Dann lächelte ich zu ihr hoch und sprach ganz zart, wie eine Märchenfee: »Bamboo ist ein ganz besonderer Elefant, er wird manchmal unsichtbar, wenn er Menschen nicht mag, weißt du ...?«

»So ein Blödsinn«, schrie Merle wütend auf uns herab, »so ein totaler Blödsinn!«

Dann taten wir so, als wäre sie überhaupt nicht mehr da. Wir unterhielten uns auf Französisch. Sie brüllte und tobte, sie schimpfte und drohte uns, ihr großer Bruder würde sie rächen, und seine Schmetterlinge würden wir niemals zu Gesicht bekommen, niemals. Während sie so schrie und wütete, hatten wir die Leiter wieder leise an ihren Platz zurückgestellt, und eigentlich hätte sie längst herunterkommen können.

»Wenn eure Mutter das wüsste, sie würde sich im Grab umdrehen!«

Keine Ahnung, woher sie diesen Ausdruck hatte, aber allein dafür hatte sie es verdient, dort oben schwarz zu werden. Ich wollte nur nicht, dass Marcel sich den Blödsinn weiter anhörte.

»Komm«, ich streckte ihm die Hand hin, um ihn hochzuziehen.

Aber er starrte nur wie gelähmt zu Merle hinauf.

»Frag doch meinen Vater: Unsere Mutter ist nicht tot, kapiert?« Ich sah seine Halsschlagader unter der zarten Haut gefährlich anschwellen.

»Eure blöde Mutter ist tot! Euer Vater lügt. Er lügt! Natürlich ist sie tot. Tot, tot, sie ist mausetooooooot, toter als alles Tote überhaupt, wahrscheinlich habt ihr sie getötet. Ihr Mörder. Mörder! Hilfe, Mörder! Hilfe, Hilfe!« Merle schwankte hinter dem kleinen Fenster hin und her, sie hatte die Hände zu einem Trichter geformt und brüllte jetzt ununterbrochen »Hilfe« und »Mörder«. Sie war total übergeschnappt. Eigentlich war es lustig, ihr zuzusehen. Wenn Marcel mich mit seiner Halsschlagader nicht so besorgt hätte, wäre ich gerne noch ein bisschen geblieben.

»Viens«, sagte ich zu ihm, »komm.«

»Du blöde Arschkackziege!« Er schrie, und seine Lippen bebten.

Ich packte ihn am Handgelenk: »Elle est complètement

folle!« Ich musste ihn wegzerren, wie ein Tier, das Witterung aufgenommen hatte.

In einiger Entfernung drehten wir uns noch mal um. Ich sah, wie er aufatmete und wie seine Schultern dabei nach unten sackten. Merle schrie immer noch. Was mich weit mehr beunruhigte als ihr »Mörder«-Geschrei war aber, dass sie nicht heulte. Ich wusste nicht, was das zu bedeuten hatte.

# 8.

Es war mein erster Schultag. Dmitrij Schostakowitsch war gestorben. Ich hatte es beim Aufwachen in den Nachrichten gehört.

Das war auch wieder so was: Ich ärgerte mich, dass ich mit dem Tod von irgendeinem Schostakowitsch aufstehen musste, während er einfach liegen geblieben war und alle Welt das in der Morgenfrühe erfahren musste.

»Ich gehe nicht hin«, sagte ich beim Frühstück, »Schostakowitsch ist heute auch liegen geblieben!«

Es war ein Eintagsfliegentag. Gertrud sah mich an, als wäre mir über Nacht ein Schweinekopf gewachsen.

Papa war nicht mehr da. Oder noch nicht, so genau bekam ich es nicht mehr mit, seit Gertrud bei uns wohnte. Ich verließ mich darauf, dass sie auf das Einrasten der Tür achtete, an meiner statt. Ich hatte sie nicht darum gebeten. Aber mit ihrem Einzug hatte ich unbewusst etwas abgegeben. Etwas, das manchmal schwer gewesen war wie ein Elefant und Tag und Nacht auf meiner Brust gesessen hatte. Obgleich ich Gertrud schlecht einschätzen konnte. Wenn man sie morgens nach Papa fragte, sagte sie meistens: »Euer Vater ist schon in der Klinik.« Ich war mir nicht sicher, ob sie nicht manchmal für ihn log, zwar nicht gewaltig, aber doch so viel, dass das »schon« eher »noch« hätte heißen müssen. Für mich machte es einen enormen Unterschied. »Schon« war Familienalltag, das »noch« Verrat.

Ich wusste an diesem Morgen, es würden nur fremde Spreder Gesichter in der Schule sein. Es würde nicht lange dauern, und sie würden herausfinden, was mit mir nicht stimmte. In Hamburg war es auch so gewesen. Aber dort war Aimée zum Direktor gegangen und hatte ihm erklärt, dass eigentlich alles in Ordnung war,

»nur ein bisschen anders«. Wir waren zu unzähligen Tests gegangen, in denen sie das herausgefunden hatten. Ich musste von da an nicht mehr an die Tafel, und weil ich zweimal nachmittags einen Kurs besuchte und mir Mühe gab, die Buchstaben mit den Augen festzuhalten, obwohl sie in alle Richtungen davonliefen, wurde meine Rechtschreibung nicht benotet. Hier würde wieder alles von vorne losgehen. Warum sollte ich also hingehen?

Gertrud schaute immer noch, als ob ich den Verstand verloren hätte. Dann stand sie auf und ging ins Brockhauszimmer. Ich sah Marcel an, dass er sehr gespannt war auf Teil zwei der Aufführung. Er für seinen Teil freute sich auf die Schule, die zwei Tage später begann. Er erzählte ständig, dass er nach der Schule Medizin studieren wolle, als ginge man einen Tag hin und würde dann direkt mit dem Studium anfangen. Natürlich hatte er überhaupt keine Ahnung. Seit Tagen sah er sehnsüchtig zu der bunten Schultüte auf, die oben vom Küchenschrank herunterleuchtete, ihn aber bitter enttäuschen würde: Sie war gefüllt mit Reformhauslollis, Fruchtsaftbonbons und Studentenfutter. Nicht einmal ein winziges Stück Schokolade hatte Gertrud hineingetan!

Ich sammelte mit angefeuchteter Zeigefingerspitze Brotkrümel vom Teller und wartete. Was sie wohl machen würde, wenn ich einfach nicht hinging? Gertrud bat mich, ans Telefon zu kommen.

»Wer ist denn dran?« Ich hatte es nicht läuten hören.

Sie hielt mir den Hörer hin. Siehste, sagten ihre Murmelaugen triumphierend, als ich ihn ans Ohr hielt.

»Bénédicte!«

Es war Papa.

»Was ist denn?«

»Möchtest du, dass dich der Herr Kowalski persönlich in die Schule bringt?« Was sollte ich mit Herrn Kowalski in der Schule?

»Hab ich das gesagt?«

»Bicky, es gibt ein Gesetz, dem zufolge Eltern ihre Kinder in die Schule schicken *müssen*. Wenn Eltern sich nicht daran halten, kommt die Polizei und holt die Kinder ab, um sie in die Schule zu bringen. Ich denke, wir haben schon genug Aufsehen erregt in dieser Stadt! Schluss jetzt mit dem Theater.«

Ich ging also in die Schule. Ohne Herrn Kowalski natürlich. Aber rückwärts. Weil Eintagsfliegentag war. Deshalb kam ich zu spät.

Genauso wie der Junge mit dem türkisen Rennrad. Er kam auf mich zugefahren und hob kurz fragend die Augenbrauen, wohl weil ich gerade rückwärts in den Schulhof eingebogen war und ihm dabei zugelächelt hatte. Er schloss das Rad ohne Eile quer zu den anderen am Fahrradständer an und sah kurz hoch, als ich an ihm vorüberging. Für einen Moment begegneten sich unsere Blicke, ein kurzes Zucken ging um seine Mundwinkel, als wolle er etwas sagen, aber dann beugte er sich wieder über das Schloss, und ich betrat die Schule.

Ich öffnete die Tür der Klasse 8a. Einundzwanzig Augenpaare starrten mich an. Plus das von Frau Claasen. Sie war eine freundliche Erscheinung, ein gut gelaunter Mops mit kreisrunden, von faltigen Ringen umrahmten Augen. Sie lachte, und ihre rosa geschminkte Oberlippe blieb dabei an den Eckzähnen hängen. Zwischen ihrem ergrauten Topfschnitt stachen spitze Ohren hervor, die mich sofort an Flummi denken ließen. O Gott! Ich schloss die Augen. Frau Claasen hüpfte vor mir auf und ab. Sie konnte nicht stillstehen. Ihr beiger Rollkragen wippte. Bitte nicht! Ich rieb die Augen, riss sie auf und warf einen

Blick durchs Fenster zum Schultor hinunter. Überrascht sah ich den kleinen weißen Streuner im Torbogen sitzen. Als wartete er auf jemanden. Vielleicht auf mich, vielleicht war er mir hinterhergelaufen.

Ich hörte meinen Namen: Frau Claasen zeigte ungeduldig auf den einzigen freien Tisch in der letzten Reihe. Sie machte eine Bewegung, die bedeutete, ich solle mich jetzt flink setzen. Langsam ging ich auf den Tisch zu. Ich sah die mitleidigen Blicke der anderen nicht, zu sehr war ich mit mir selbst beschäftigt. Und dann mit dem Anblick des Mädchens, das bereits an dem Tisch saß. Ich hatte sie von vorne nicht bemerkt. Erst im Näherkommen nahm sie Kontur an, und mir kam es vor, als hätte ich sie schon einmal irgendwo gesehen. Die Zahnlücke, die blonden Locken, ich konnte mich nicht erinnern, wann und wo. Sie war wunderschön. Ich starrte sie fast ununterbrochen an, an diesem ersten Tag. Ich starrte sie an, wenn ich nicht gerade die kleinen Quadrate in den großen Fenstern zählte. Das war so eine Angewohnheit von mir, Dinge zählen. Am liebsten zählte ich geometrisch klare Formen wie zum Beispiel Fenster, Gehwegplatten, Kassettendeckenkästchen, Kacheln, Bilderrahmen, Pflastersteine oder eben auch Gläser. Seit wir in Sprede waren, zählte ich sogar die Schläge der Kirchturmuhr. Das Zählen gab mir Sicherheit, wenn ich mich an einem neuen Ort befand. Es war etwas, woran ich mich festhalten konnte. Oder ich malte. Etwas, das ich mir vorstellte, oder den Ort, an dem ich mich befand, mit all seinen kleinen und allerkleinsten Details, bis ich mich sicher fühlte. An Malen war jedoch nicht zu denken an diesem Tag. Ich weiß gar nicht mehr, ob das Mädchen neben mir überhaupt irgendetwas zu mir sagte, als ich mich neben sie setzte. Ich erinnere mich aber an ihr Lächeln und dass ich den Eindruck hatte, sie würde leuchten. Vielleicht waren es ihre Haare.

Sie hieß Susi.

Dass Susi ein Genie war, passte zu ihr. Sie hatte die ersten sieben Schuljahre alleine in einer Schulbank sitzen müssen, weil man neben Susi als unintelligent und unbegabt auffiel, was den Platz neben ihr unattraktiv machte. Wenig zu ihrer Beliebtheit beigetragen hatte außerdem ihr engelgleiches Aussehen und die Angewohnheit für alles, was sich ihr nicht sofort erklärte, eine Theorie aufzustellen. Ihre Mitschüler hatten kein Interesse an ihr, sie ignorierten sie einfach.

In der zweiten Stunde ließ Frau Claasen mich nach vorne kommen, wo ich mich der ganzen Klasse von ihrem Schreibtisch herab vorstellen sollte – das war, damit mich alle gut sehen konnten, weil ich so klein war. Frau Claasen gab mir die Hand, damit ich über den Stuhl sicher ihren Tisch betreten konnte, den sie vorher mit einer Armbewegung für mich in der Mitte frei geräumt hatte. Ich war überhaupt nicht darauf vorbereitet. Die meisten aus der Klasse starrten mich einfach nur an.

»Ich heiße Bénédicte Baron und komme aus Hamburg«, sagte ich und schaute Frau Claasen an, die mir aufmunternd zulächelte. Als ihr klar wurde, dass von mir nicht mehr zu erwarten war, fing sie an mich gewandt an, einen neuen Satz vorzuformulieren.

»Wir sind hierhergezogen, weil ...?«

Weil das keinen hier etwas angeht, dachte ich und schaute über die vielen Köpfe hinweg. Mir fiel auf, dass die meisten in dieser Klasse blond waren.

»Na?«, munterte mich Frau Claasen auf. Ich musste ein wenig in mich hineinlachen, weil ihr die Erwartung langsam im Gesicht zerfiel, was ihr einen großen, traurigen Faltenwurf zwischen Nase und Mundwinkel bescherte.

»Weiß nicht ...« Es klang ein bisschen doof in meinen Ohren, aber es war besser als Schweigen.

»Mein Vater ... meine Mutter ...« Sie wollte mir ganz offensichtlich auf die Sprünge helfen. »Möchtest du es vielleicht an die Tafel schreiben?«

Bloß nicht! Mir wurde es langsam zu eng auf dieser Schreibtischplatteninsel. »Ich habe Geschwister ... die heißen ...« Frau Claasen klang mittlerweile, als würde sie zum hundertsten Mal dieselbe Durchsage sprechen.

Eintagsfliegentag, dachte ich, du darfst alles! »Wir sind hierhergezogen, weil wir blonde Kinder mögen. Alle in meiner Familie, eigentlich ...« Ich schaute in die Gesichter unter mir. Sie grinsten. Bis auf eines. Mein Herz klopfte wie wild, als ich den Puppenmund sah. Den Puppenmund von Merle Brockmann.

Als ich nach diesem ersten Schultag nach Hause ging, spürte ich, dass jemand hinter mir hergerannt kam. Ich drehte mich um. Es waren genau genommen zwei. Susi, sie rannte fast lautlos, und neben ihr sprang grinsend der weiße Hund. Seine Pfoten tapsten lustig auf dem Asphalt. Wir hatten offenbar alle drei ein Stück gemeinsamen Nachhauseweg. Susi holte tief Luft, als sie auf meiner Höhe angelangt war. Ich dachte, sie wolle etwas sagen, aber sie sagte nichts. Eine Weile gingen wir still nebeneinander her. Dann blieb sie stehen, nach genau hundertachtundsechzig Schritten, und ich blieb auch stehen. Der Hund setzte sich neben sie. Irgendwie schien er zu ihr zu gehören. Sie sah mich mit ihren wunderschönen blauen Augen an.

»Ich freue mich außerordentlich, dass du zu uns in die Klasse gekommen bist.«

Es klang, als hätte sie lange auf diesem Satz herumgedacht, bevor er ihr über die Lippen gekommen war. Ich fand, es war ein gekonnter Satz, mit dem »außerordentlich« mittendrin. Er fühlte sich an wie ein Lob, für das man keine Leistung erbringen muss, ein geschenktes Lob sozusagen. Ich freute mich richtig darüber, umso mehr, als ich daran dachte, dass ich eigentlich gar nicht hatte hingehen wollen.

»Ich musste kommen«, sagte ich deshalb und versuchte, das Ganze tragisch klingen zu lassen, um mich ein bisschen interessant zu machen, »Schulanfang. Wenn man nicht hingeht, holt einen die Polizei ab, sagt mein Vater.«

Daran hatte Susi noch nie gedacht, dass man auch nicht hingehen könnte. Es machte sie sehr nachdenklich. Wir gingen im Gleichschritt schweigend weiter.

»Ich erzähle es dir am besten gleich«, sagte ich dann irgendwann in unseren schönen Gleichschritttakt hinein, »ich bin Legasthenikerin.«

»Oh«, Susi blieb wieder stehen, diesmal um mich ausführlich anzusehen. Dann rieb sie verlegen ihr Ohrläppchen und sagte: »Das klingt interessant.«

Als wir kurz darauf in den Unlang einbogen, bemerkte ich, dass ich vergessen hatte, unsere Schritte weiterzuzählen.

Viele Monate später erfuhr ich von ihr, dass sie den Gedanken, nicht in die Schule zu gehen, revolutionär gefunden hatte und bereits auf diesem ersten Nachhauseweg wusste, dass wir Freundinnen werden würden. Sie und ich. Am Nachmittag war sie in die Bibliothek gegangen und hatte sich ein Buch über Legasthenie ausgeliehen.

Ich hatte nicht im Entferntesten an so etwas gedacht. Eher, dass sie eine ziemlich hübsche, extrem unhöfliche Streberin war, weil sie mir nämlich vor unserer Haustür, als sie weitergehen musste, noch nicht einmal auf mein »Tschüs« geantwortet hatte. Aber abends, als ich mit Mamique telefonierte, erzählte ich ihr von Susi und dem lachenden Hund. Und meine Großmutter sagte: »Lachende Hunde können Glück bringen!«

Endlich mal ein guter Gedanke, dachte ich. Von Merle sagte ich nichts.

# 9.

Wenn Marcel und ich abends zum Milchholen in den Engel gingen, standen meist ein paar Leute auf dem Hof herum. Undeutlich wie ihre Gesichter in der Dämmerung waren auch die Gespräche, die sich in den Hofecken verfingen und bei unserem Näherkommen erstarben. Ihre Blicke folgten uns bis in die hell erleuchtete Milchküche. Wir wären nicht hingegangen, wenn drinnen nicht Anna auf uns gewartet hätte. Anna Engel, die Tochter vom Engelwirt und vermutlich der einzige Mensch in Sprede, der uns auf Anhieb mochte. Während sie mit der Milch herumhantierte, fragte sie, wie es uns ging, ob wir uns eingelebt hätten und ob der Pferdemist von ihrer Koppel unserem Garten gutgetan hätte. Ihr Lächeln bewies, dass sie niemals etwas Schlechtes über uns denken würde. Und auch wenn mir in diesem Moment Merle in den Sinn kam und ich sagte: »Ja. Sehr gut sogar«, hatte ich das sichere Gefühl, mit dem Mist etwas wirklich Gutes getan zu haben.

Sie fuhr uns mit der rauen Hand übers Haar und sagte: »Kommt mal zum Essen.« Sie zeigte rüber zum Wirtshaus, dessen kleine Fenster warm in der Dunkelheit leuchteten. »Der letzte Dienstag im Monat ist immer Schlachttag. Ihr seid herzlich eingeladen. Sagt doch auch eurem Papa oder Gertrud Bescheid.«

Sie wusste es also auch mit Aimée. Sie wischte mit einem Lappen die Milchtropfen von unserer Kanne und drückte uns ein Stück dick mit Butter bestrichenen Stuten in die Hand, bevor sie uns in die Dämmerung hinausschickte, wo mit unserem Erscheinen wieder Stille eintrat.

Gertrud hatte es leichter als wir. Die Spreder wussten, dass sie vom Grandthof kam. Es war einer der Höfe außerhalb der ehemaligen Stadtmauer, zwischen Äckern und Wiesen durch kerzengerade Wege mit der geschwungenen Landstraße verbunden. Sie gehörte nicht zur Stadt, war aber ebenso wenig eine Fremde. Die Spreder wagten es nicht, hinter ihrem Rücken zu tuscheln, doch genauso wenig brachten sie den Mut auf, ihr die Fragen zu stellen, die ihnen seit unserem Auftauchen auf der Zunge brannten. Dafür nahmen sie in ihrer unmittelbaren Nähe kein Blatt vor den Mund, was Mutmaßungen über uns anging, womöglich um sie aus der Reserve zu locken und mehr über uns zu erfahren. Doch Gertrud sagte nichts. Sie hörte aufmerksam zu, merkte sich genau, was über uns gesagt wurde, und gab es beim Abendbrot zum Besten. Das meiste war absoluter Quatsch, hatte aber großen Unterhaltungswert. Manchmal lachte Papa Tränen.

Dann eines Tages aber erzählte Gertrud etwas, das Papa schwer traf.

Sie sagte, die Leute würden sich darüber unterhalten, dass der neue Arzt aus Hamburg sich entweder für etwas Besseres hielt oder nicht wisse, was sich gehörte. In jedem Fall habe er sich noch nicht als neuer Nachbar vorgestellt, noch keine Hand geschüttelt, und man habe auch noch kein gemeinsames Bier getrunken. Als Neuhinzugezogener sei das schließlich eine Pflicht. Wer das nicht wisse, dürfe nicht hierherziehen. Nicht nach Sprede.

Papa wirkte überaus erschrocken. Wie jemand, der größte Sorgfalt darauf verwendet, jedem Scheißhäufchen aus dem Weg zu gehen und dann, am Ende, mitten hinein in das allergrößte trampelt.

Zuerst dachte ich, es läge am Bier. Mein Vater mochte kein Bier, wie sollte er also ein »gemeinsames Bier« trinken? Aber das war es nicht. Er hielt sich auch nicht für etwas Besseres und wusste sicherlich, was sich gehört. Der Grund war: Er hatte sich in all den Jahren, seit ich denken kann, nie um Gäste gekümmert. Keiner von uns hatte das getan. Hin und wieder hatte es auch Einladungen gegeben, aber die meisten waren spontan vorbeigekommen, hatten sich wohlgefühlt und waren wiedergekommen.

»Ich habe überhaupt nicht daran gedacht«, sagte er und schaute bestürzt vor sich auf den Teller. »Ich sollte rübergehen, natürlich macht man das! Ich, ich ... habe es einfach vergessen.«

In diesem Moment fiel mir auf, wie viel sich verändert hatte, seit wir in Sprede waren. In Hamburg waren immer irgendwelche Leute im Haus gewesen, irgendjemand hatte gekocht, Musik gemacht, gemalt, geschrieben, es war selten still im Haus, und abends, wenn Papa nach Hause gekommen war, hatte er meist jemanden vorgefunden, mit dem er diskutieren konnte, oft bis spät in die Nacht. Ehrlich gesagt hatte ich bis dahin nicht gewusst, wie es sich gehörte. Ich kannte es nur so. »Bei uns ist es ein bisschen bohème«, hatte Aimée oft Fremden zur Begrüßung schon an der Eingangstür gesagt und damit das gesamte Haus gemeint: die Sachen, die überall herumlagen, unsere ungekämmten Haare, sie meinte mit Sicherheit auch die Spielsachen unter den Schränken, ihre mit Ölfarben verschmierte Bluse, das Geschirr in der Spüle, das Telefon, das klingelte, ohne dass jemand auf die Idee kam, es abzunehmen, sie meinte den wilden Garten, die Möbel und sich selbst. Ich merkte, dass sich die Leute als Erstes immer bei uns umsahen. Wir sollten es natürlich nicht mitbekommen, aber sie drehten die Köpfe, sahen in alle Winkel, und ihre Augen schätzten ab, was Kunst war, was Design und was Unordnung.

Im Flur lag eine Installation aus Haushaltsgegenständen in weiß lackiertem Holz auf dem Fußboden, wir durften sie nicht anfassen, sie stammte von Professor Knaack, Aimées Kunstprofessor. Natürlich kam man mal dagegen oder es lag ein Fußball dazwischen oder ein Schulranzen. Aber in diesem Fall war Aimée nicht bohème, in Knaacks Kunst durfte nichts herumliegen. Und Frau Petzold hatte am meisten die grobe Holzplastik im Esszimmer gemocht, einen mit ausgestreckten Beinen auf dem Boden sitzenden Mann, der beide Arme nach oben reckte, weil sie ohne Vorsichtsmaßnahmen über ihn hinwegsaugen, -stauben und -wischen konnte. Wir nannten ihn Herrn Petzold, denn Frau Petzold hatte keinen Mann und machte aus ihrer Sympathie kein Geheimnis.

Aimée und Papa hatten niemals jemanden auf ein Bier eingeladen. Kam jemand zu Besuch, gab es Wein. Bier hatten wir nicht.

Dann musste sich Papa aber doch nicht zum Biertrinken vorstellen. Kurz nach Gertruds Bericht begannen auch die Spreder von selbst zu kommen. Allerdings war es ein befremdlicher Besuch, mit dem alles seinen Anfang nahm.

Unser Haus war weitaus weniger bohème als früher. Die Installation von Professor Knaack lag zwar noch immer im Entree auf dem Boden. Aber das Entree war um einiges größer als in Hamburg. Die Installation hatte einen Platz gefunden, der nicht mittendrin lag, und wirkte dadurch weniger wie liegen gebliebenes Putzzeug, und Herr Petzold streckte seine Beine jetzt im Brockhauszimmer auf einer großen freien Fläche neben Pillorama aus.

Es begann mit Herrn Kowalski, dem Spreder Hauptkommissar, den Marcel und ich bereits am Tag mit den Schweinen auf der Straße kennengelernt hatten.

Ich dachte, er wäre gekommen, um zu sehen, ob es uns gut ging, und um in Erfahrung zu bringen, was es auf sich hatte mit dem Gerede in der Stadt. Mir schien es seine Pflicht, bei uns vorbeizuschauen. Aber der Grund war ein völlig anderer, einer, mit dem ich niemals gerechnet hätte und der mich zutiefst erschreckte. Herr Kowalski kam außerhalb der Dienstzeit. Er kam in Zivil und wollte Papa sprechen. Als er nach unten kam, verzog ich mich mit Fledermausohren in die Dunkelheit des Treppenhauses.

Kowalski trat unruhig von einem Fuß auf den anderen. Er sagte, seine Frau säße draußen im Wagen, sie warte auf ihn, darum sei er ein bisschen in Eile. Er fragte meinen Vater tatsächlich nach dem Unfall und notierte sich alles, was Papa dazu zu sagen hatte, in einem kleinen Buch.

»Laut Zeugenaussagen haben Ihre Kinder den Unfall verursacht. Ich denke, die Schäden werden durch Ihre Haftpflichtversicherung gedeckt sein?« Er tippte auf seine Notizen.

»Ich gebe Ihnen gerne alle nötigen Unterlagen. Brauchen Sie die jetzt gleich?«

Ich ärgerte mich über Papa. Ihm war die ganze Sache unangenehm. Er hätte sie gerne gleich aus der Welt geschafft und machte Anstalten, die Treppe hinaufzulaufen, um die Unterlagen zu holen. Doch Herr Kowalski hielt ihn zurück.

»Ich hole sie gerne ein anderes Mal ab. Machen Sie sich bitte keine Umstände, Herr Doktor.« Er rückte meinem Vater richtig auf die Pelle und sprach ganz leise, aber ich konnte ihn dennoch hören: »Wir sind sehr froh, dass Sie nach Sprede gekommen sind, Herr Doktor. Wirklich ...« Er stand jetzt fast auf Papas Füßen. »Im Irren... äh, drüben, in der Anstalt, hört man, weht jetzt ein frischer Wind?«

»Schön zu hören, dass ...«

»Sie müssen wissen«, unterbrach ihn Kowalski sofort und schaute sich um, als würde irgendwo im Verborgenen ein Feind mithören, (der wurde ich, mit dem, was er dann sagte), »Philo ... den kennen Sie doch, oder?«

Ich konnte sehen, dass Papa nickte.

»Philo Kowalski«, er machte eine Pause, und ich dachte, dass mein Vater jetzt wohl seinen Atem riechen musste, »Philo Kowalski ...«, er klang jetzt fast zärtlich, »Philo ist unser Sohn. Philo ... Ich hab ihm diesen Namen ausgesucht.«

Am Nachmittag noch hatte ich bei Philo gesessen, wir hatten über Eltern gesprochen und ob man so werden würde wie sie, auch wenn man sie nicht kennt. Philo hatte gesagt, er glaube schon, zumindest ein bisschen. »Kleinigkeiten«, hatte er gesagt, »Vorlieben, Gesten, das vererbt sich, da bin ich mir ganz sicher. Vielleicht liest meine Mutter gern schlaue Bücher ... Mein Alter, vielleicht fasst der sich beim Sprechen an den Bart wie ich ...« Und dann hatte er gelacht, so laut, dass unten in der Bibliothek jemand verärgert »Schschscht!« gemacht hatte.

Er tat es nicht. Kowalski kratzte sich beim Sprechen hinterm Ohr. »Vierunddreißig ist der Junge jetzt«, fuhr er leise fort, »ich hab ihn vierunddreißig Jahre nicht gesehen. Können Sie sich das vorstellen? Sein ganzes Leben ... Wie geht es meinem Jungen?«

Kowalski, Philos Vater! Ich konnte es nicht fassen. Was war das für ein Mensch? Ich betrachtete ihn genauer. Er ging meinem Vater gerade bis zum Kinn. Er war kein Liliputaner, aber ziemlich klein für einen Mann. Sehr klein sogar.

»Er wurde bei uns ohne Familiennamen eingetragen«, sagte Papa, als dächte er laut nach, »ein Dritter hat ihn an der Pforte abgegeben. Mein Vorgänger hat ihm den Nachnamen Anstaltsson gegeben. So steht es in der Akte. Ich wusste nicht ...«

Wie feige, dachte ich. Wie unbegreiflich feige! Kowalski sog jetzt lautstark Speichel durch die Zähne. Ich ekelte mich.

»Keiner weiß es hier in dieser Stadt. Nur die Hebamme und wir ... Es war auf Drängen meiner Frau.« Er kratzte sich verlegen hinterm Ohr. »Ich hab den Jungen jeden Tag vermisst. Glauben Sie mir! Ich darf ihn nicht erwähnen. Seit vierunddreißig Jahren nicht! Es hat ihr beinahe den Verstand geraubt. Für sie ist Philo eine ...«, er stockte, »eine, ja, Missgeburt. Es war ... sie hatte Angst: Als Mutter eines Missgestalteten ... Sie wissen selbst ... Die Zeiten waren anders damals. Man musste auf alles gefasst sein.« Kowalskis Stimme brach. Er heulte.

Und du, wollte ich die Treppe hinunterschreien, und du, warum hast du ihn nicht beschützt? Stehst hier dumm rum und flennst! Mir war nicht klar, was damals so gefährlich war, doch letzten Endes war das egal. Philo war sein Kind! Er hatte ihm den Namen »Freund« gegeben!

Kowalski fuhr sich mit dem Handballen über die Augenwinkel.

»Kommen Sie rein. Wir müssen das nicht hier im Treppenhaus besprechen.«

Ich sah, wie Papa ihn freundschaftlich an der Schulter fasste. Ein Zeichen, dass er seine Sympathie gewonnen hatte. Der Hauptkommissar wich zurück. Er sah hinter sich in die Nacht.

»Ein andermal ...«, er unterdrückte ein Schluchzen. »Sagen Sie ihm bitte nichts. Und meine Frau ..., erwähnen Sie nichts von alledem. Bitte. Um Himmels willen nicht ..., dass ich nach ihm gefragt habe ... nicht, dass Sie es wissen«, er zeigte mit dem Daumen hinter seine Schulter und machte einen Schritt auf den Plattenweg zurück. »Sie wäre fast daran zugrunde gegangen. Sie will nichts von ihm wissen! Zustände hat sie … ewig wird uns das verfolgen!«

»Es geht ihm gut«, sagte Papa voll Wärme in die Dunkelheit, »Sie sollten sich nicht solche Sorgen machen, es geht ihm gut.«

Es geht ihm gut, sagten Kowalskis Schritte auf dem Plattenweg, es geht ihm gut. Sie klangen mir zu leicht.

Was für ein Hosenscheißer! Er hatte seinem Sohn noch nicht einmal die Chance gegeben, etwas über sich herauszufinden. Er hatte ihm noch nicht einmal den Nachnamen gelassen! Und machte hier so ein Theater, dass mein Vater Mitleid bekam! Das Schlimmste aber war: Mir wurde klar, ich würde Philo nichts von seinen Eltern sagen können. Noch nicht einmal den Namen. Sein ganzer Schmerz, sein ganzes Elend hätte plötzlich ein Gesicht.

Von da an kam Kowalski oft. Jedes Mal fing er mit dem Schweineunfall an. Der Fall wurde, wie wir später erfuhren, nie richtig abgeschlossen, ja, er musste ihn regelrecht behindert haben, denn er war sein Vorwand, zu uns zu kommen, um sich nach Philo zu erkundigen. Er kam nur kurz, erwähnte nach dem Unfall, dass seine Frau im Auto draußen saß, ließ sich von Papa berichten, wie es Philo ging, und lief dann gehetzt zurück zum Wagen.

Ein paar Abende nach Kowalskis erstem Besuch klingelte Herr Dr. Brockmann. Er sagte, er sei der Mann, dessen Garten an der Stirnseite an unseren grenzte. Merles Vater. Ich hoffte, dass er nicht gekommen war, um von unserer Geschichte mit Merle und Bamboo zu erzählen. Wir hielten uns im Hintergrund, Marcel und ich.

»Sie sind ein Kollege?«, fragte Papa und schüttelte dem Mann lange die Hand.

»Jurist«, korrigierte Herr Dr. Brockmann, »genau genommen: promovierter Offizier!«

»Oho!«, entgegnete mein Vater lachend und schlug scherzhaft die Hacken zusammen, dass es nur so knallte, worüber Brockmann zu meiner Verwunderung nicht lachen mochte. Dafür Marcel und ich umso mehr.

Er hatte Gemeinsamkeiten mit einem Igel, einem militärischen Igel. Ich konnte mir gut vorstellen, dass das Gras strammstand, wenn er vorüberging. Er begrüßte Marcel mit einer zackigen Handbewegung zur Stirn hin, was albern aussah. Wie einer aus dem Irrenhaus, dachte ich und kicherte leise, was mir einen weiteren strengen Blick von ihm einbrachte.

Er polterte dann mehr zu Papa als zu Marcel los: Bei den Jungs könne man gar nicht früh genug beginnen mit der militärischen Früherziehung, all dieses Verweichlichte, was die Mütter sich zuschulden kommen lassen würden, all das habe zur Folge, dass Langhaarige sinnlos ihre Zeit vor den Atomkraftwerken vertrödelten und den Fortschritt in unserem Land aufhielten.

Ich bemerkte, dass Papa vorsichtig die Mundwinkel hob und dabei die Hand auf Marcels lange dunkle Locken legte, wie um ihn zu verteidigen. Aber er sagte nichts. Er war regelrecht verstummt unter Brockmanns Rede und sah ihn nun abwartend an, als dieser kurz Luft holte, um plötzlich laut und dann wirklich ausdauernd zu lachen. Es war furchterregend.

Ich dachte, das sei die Einleitung zur Abrechnung mit dem Elefantenmist. Aber er wollte Papa und seine Frau, an dieser Stelle machte er eine bedeutungsvolle Pause, nur auf ein Glas Bier einladen, ein gutes Spreder-Bräu, »... von Nachbar zu Nachbar sozusagen«. Wir, Marcel und ich, könnten ja mitkommen, sie hätten auch zwei prächtige Kinder. Auch ein Pärchen, Junge und Mädchen. Seine

Augen verengten sich. Er beugte sich zu mir herab und schob den Kopf in den Nacken, um mich abschätzend zu betrachten. »Die Merle dürfte ein bisschen älter sein als du ... Zwölf ist sie jetzt. Wie alt ist sie?«, fragte er an meinen Vater gewandt.

Mir lag auf der Zunge zu sagen, dass seine Tochter ganz schön gutgläubig sei für zwölf, und dass ich, obwohl ich jünger aussah, selbst antworten konnte, aber da sagte Papa: »Bénédicte? Sie ist dreizehn.« Er griff nach Brockmanns ausgestreckter Hand und schüttelte sie kräftig. »Wir kommen zu Ihnen, wenn's ein bisschen ruhiger ist.«

Ruhiger wurde es nicht. Herr Kowalski hatte eine regelrechte Besucherlawine ausgelöst. Es kamen die Wexels, die Baumgartners, die von Meisenthals und die Strucks und viele andere, die uns gegenüber wohnten oder nebenan oder welche kannten, die uns gegenüber wohnten oder nebenan. Sogar der Bürgermeister Weyermeyer, dem einige der Zementwerke draußen vor der Stadt gehörten, kam mit seiner Schwiegermutter, Frau Voroneckova, die am Marktplatz einen Antiquitätenladen führte. Seine Frau, erzählte er, war leider im vergangenen Jahr gestorben.

Mein Vater bat alle neuen Nachbarn, die von nun an vor unserer Tür standen, auf ein Glas Wein herein. Die wenigsten Besucher waren sonderlich fantasievoll, was die Unterhaltung mit Kindern betraf, ihre Fragen wiederholten und erschöpften sich sehr schnell. Was ihnen fehlte, war aufrichtiges Interesse. Ich hatte die Vermutung, dass sie Marcel und mich sowieso nur ansprachen, weil es höflicher war, als uns zu ignorieren. Doch tatsächlich taten sie mit ihren nichtssagenden Fragen nichts anderes. Marcel ging meist nach oben, wenn Besuch aufkreuzte. Ich bezog am liebsten unauffällig meinen Posten draußen vor der leicht geöffneten Tür. Papa hatte ein System gefunden, mit den vielen Besuchern umzugehen und sie mit seinen Möbeln vertraut zu machen. Irgendwann hatte jeder von ihnen einen Platz gefunden, an dem er sich besonders gut aufgehoben fühlte, und weil es so schön bequem war und der schwere Burgunder sein Übriges tat, begannen unsere neuen Nachbarn zu erzählen. Sie schütteten Papa im gleichen Tempo, wie sich die burgundischen Weinfässer im Keller leerten, ihre Herzen aus. Es war, als hätte diese Stadt darauf gewartet, dass einer kommt und zuhört. Es war, als hätte jeder, verborgen unter seinem Mantel, ein kleines, dunkles Paket, das zu unserem Vater ins Brockhauszimmer getragen werden musste, um dort mit seiner Hilfe ausgepackt zu werden. Erstaunlicherweise saßen in vielen Paketen Patienten aus dem Irrenhaus. Kowalski war nicht der Einzige. Zum Abschied luden sie Papa – genau wie Herr Brockmann, mit einer kleinen bedeutsamen Pause – »zusammen mit der Frau Gemahlin« zu sich nach Hause ein. Vielleicht hatten sie sich auch abgesprochen, um etwas herauszubekommen. Er drehte und wand sich dann stets ein bisschen mit einem Satz wie: »Wissen Sie, meine Frau ist stark ruhebedürftig und lebt derzeit gar nicht mit uns zusammen.« Oder: »Meine Frau ist für unbestimmte Zeit in einem Sanatorium.«

Mehr gab er auch diesen Leuten nicht preis. Sie reagierten mit viel Verständnis, Erleichterung meinte ich auch zu sehen, es roch ein bisschen nach Verwandtschaft, und die Schwiegermutter des Bürgermeisters sagte sogar: »Ja, richtig! Ich habe doch so etwas gelesen ...« Was mich sehr verwunderte. Ich konnte nur schlecht zu ihr hinausgehen und sie fragen, wo sie es gelesen hatte, weil ich vor der Tür gelauscht hatte. Aber mir war klar, dass ich selbst anfangen musste zu lesen. Zeitungen, Zeitschriften, egal was, offenbar war dort mehr zu erfahren als von Papa.

Was er durch unsere Besucher herausfand, war äußerst wichtig: Um in Sprede akzeptiert zu werden, musste man in irgendeiner Form nützlich, unbedingt Mitglied im Schützenverein oder wenigstens im Kirchenvorstand sein, sich sonntags in der Kirche zeigen und möglichst danach zum Frühschoppen in den Engel gehen. Papa entschied sich für die Nützlichkeit. Das mit der Kirche hatte Gertrud bereits geregelt.

Die Spreder kamen in regelmäßigen Abständen zurück und verließen unser Haus am liebsten mit einer neuen Diagnose. Wir nannten sie so: Diagnosen. Ihre Fragen, Krankheiten und Sorgen jedoch ähnelten sich nach einiger Zeit, und ich begann mich vor der Tür zu langweilen. Nur Frau Voroneckova, die Schwiegermutter des Bürgermeisters, bewegte mich noch vor die Brockhauszimmertür und manchmal sogar ins Brockhauszimmer. Ich mochte ihren tschechischen Akzent, der weich und gleichzeitig hart klang, ich mochte ihre übertriebene, warmherzige Art, die Ausdrücke, die sie benutzte, und ihre fremd klingenden Formulierungen. »Main Jingälchän«, sagt sie zu Marcel, »was willst du denn amal werden, wenn du gross sein wirst, mein Jingälchän?« – »Arzt«, hatte Marcel ihr geantwortet. Und Frau Voroneckova sollte es nicht vergessen. »Jingälchän, ein Arzt in der Familie ist gut«, sagte sie, »aber zwei Ärzte in der Familie ist zweimal so gut! Wolln wir mal sehen, was ich für dich tun kann.«

Dann, als der Besucherstrom ein wenig nachgelassen und die allgemeine Neugierde sich gelegt hatte, besuchte uns Anna Engel. Sie brachte einen großen schweren Schinken mit, den sie der erschrockenen Gertrud vorsichtig, als sei es ein Säugling, in den Arm legte.

»Das ist unser Westfälischer Schinken! Den kennst du doch«, zwinkerte sie Gertrud zu, in deren Gesicht man lesen konnte, dass sie förmlich Angst vor dem riesigen Stück Fleisch hatte.

»Ist aber bestimmt ungesund«, scherzte ich.

»Auf jeden Fall schmeckt er köstlich! Weißt du auch warum?«, rief Anna Gertrud hinterher. Die drehte sich kurz vor der Küche noch einmal um. »Wegen der Eicheln, die Schweine werden bei uns mit Eicheln gemästet!«

»Stimmt«, Gertrud lächelte, als erinnere sie sich gerade, »die haben wir früher immer zu euch gebracht. Eicheln gegen Stuten, du oder deine Mutter, ihr habt uns immer Rosinenstuten dafür gegeben!«

»Ich kenne Gertrud«, Anna zeigte auf Hüfthöhe, »seit sie so ist! Die nehmen wir übrigens immer noch gerne, die Eicheln. Könnt ihr jederzeit vorbeibringen, wenn ihr welche sammelt, ist ja fast schon wieder Herbst ...«, Anna sah mir in die Augen, »aber jetzt bin ich erst mal bei euch!«

Sie legte einen Arm um mich und zog mich zu Knaacks Bodeninstallation. »Was ist denn das Interessantes?«

Ich erklärte ihr, was Aimée den Besuchern in Hamburg immer erzählt hatte, nämlich dass Knaack durch die weiße Bemalung und die Idee, sie alle nebeneinander auf den Boden zu legen, den vertrauten Gegenständen eine neue Bedeutung gab. Ich kam mir vor wie eine Museumsführerin.

»Tolle Idee«, sagte Anna, »ja, so sind sie etwas Besonderes, so wie sie da liegen, man denkt gar nicht an das, wozu man sie sonst benutzt. Oh«, sie war aufgestanden und zeigte auf ein kleineres Bild, »das ist ja auch schön, das könnte hier sein, Spreder Rapsfelder.«

»Da sind wir schon sehr gespannt drauf ...«, hörte ich

Papa hinter uns sagen, »wann blüht der noch?« Er war gerade zur Tür hereingekommen.

»Im Frühsommer«, sagte Anna und hielt ihm die Hand hin.

»Der Maler stammt aus der Nähe von Hamburg«, er führte sie ins Brockhauszimmer, »ich glaube, er malt ständig Rapsfelder.«

»Ist es dieser Fußmann?«

Papa schaute sie überrascht an.

»Sie kennen ihn?«

Anna winkte ab. »Kennen, nein. Ich war für ein paar Semester Theaterwissenschaften in Hamburg ... Als Studenten sind wir manchmal durch die Galerien gezogen. Ist schon ein bisschen länger her.«

»Warum nur ein paar Semester?«

Anna machte es sich in einer Ecke von Pillorama gemütlich.

»Komm zu mir, dann bin ich nicht so allein hier.« Sie streckte einen Arm nach mir aus. Ich setzte mich neben sie. Papa schenkte ihr ein Glas Rotwein ein.

Ich hatte, was man selten in Anwesenheit von Erwachsenen hat, das Gefühl, Anna freute sich, dass ich da war. Ich fühlte mich wohl neben ihr.

»Ja. Es sind nur ein paar Semester geworden, weil meine Eltern mich hier brauchten, mit dem Hof und der Wirtschaft, und vor allem mit Rita, meiner Schwester.«

Sie war auch der Grund, weshalb Anna Engel zu uns gekommen war, sie sagte, Rita sei Autistin. Ich hatte sie bisher nie auf dem Hof gesehen, aber ich hatte auch keine Vorstellung von einer Autistin. Papa erklärte, Autismus gäbe es in unendlich vielen Ausprägungen, und Anna solle erst einmal erzählen, damit er sich ein Bild machen könne.

In ihrer Familie hatten sie verhältnismäßig spät bemerkt, dass mit Rita etwas nicht stimmte. Dass sie mit vier schon rechnen konnte wie eine Gymnasiastin, verursachte bei ihren Eltern eher ein Gefühl, wie einen ganz besonders großen Kürbis im Garten zu haben. Sie waren stolz, aber sie hatten nichts damit zu tun. Lesen und schreiben interessierte Rita nicht, sie wollte nur Zahlen, konnte nicht stillsitzen, hörte keinem zu, war immer in Bewegung, nur Rechenaufgaben beruhigten sie. Andere Kinder bekamen Kekse in die Hand gedrückt, bekamen Geschichten vorgelesen, Lieder vorgesungen, Rita bekam Mathematik. Für die Gäste in der Wirtschaft war sie so eine Art Attraktion. Natürlich gingen eines Tages selbst den schlausten Gästen die Aufgaben aus. Damals war Rita sieben. Die Engels hatten keinen Moment über das Irrenhaus nachgedacht. Anna wollte nichts Schlechtes sagen, aber das Irrenhaus war nicht der Weg.

Sie hatte eigentlich ans Thalia-Theater gewollt, als Dramaturgin, sagte sie. »Mit einem Fuß war ich schon drin«, erzählte sie lachend, »hab die Mäntel aufgehängt und Garderobenmarken verteilt.« Doch dann brach sie ihr Studium ab und zog zurück nach Sprede, um ihren Eltern und vor allem Rita zu helfen. Sie kontaktierten einen Mathematikprofessor in Hamburg, der regelmäßig ein Paket mit Aufgaben für Rita schickte. Einmal war er auch vorbeigekommen und wollte sie als jüngste Studentin mit an seinen Lehrstuhl nehmen. »Da hätte er natürlich von sich reden gemacht«, lachte Anna, »aber das war völlig unmöglich. Er hat nicht begriffen, was mit Rita los ist.«

»Ihr hättet zusammen studieren können«, sagte ich.

Anna schloss kurz die Augen, als stellte sie sich vor, wie das gewesen wäre. »Eine schöne Idee. Aber ich glaube, die Uni hätte kopfgestanden! Rita braucht einen festen Tagesablauf, immer wieder das Gleiche. Und Menschen um sie herum, die wissen, dass bei ihr alles anders läuft. Dass sie ihre Spur nicht verlassen darf. Die kleinste Änderung, und ihr brennen die Sicherungen durch!«

Mittlerweile war Rita vierundzwanzig. Sie arbeitete seit vielen Jahren in einem Ingenieurbüro, wo sie rechnen konnte wie eine Maschine, und Anna sagte, soweit sie das beurteilen könnte, sei Rita glücklich, zumindest zufrieden. Das einzige Problem sei ihre Unruhe, ihr Bewegungsdrang, wenn sie nicht rechnete, konnte sie jeden Moment irgendwo sein. Aber sie konnten nicht alle ständig hinter ihr herlaufen. Das war völlig unmöglich, und Rita mit Medikamenten vollstopfen, das wollten sie schon mal gar nicht. Also passierten ständig irgendwelche Dinge, mit denen keiner rechnete. Anna hatte viel über Autismus gelesen und vor Kurzem von Papas neuem Behandlungsplan erfahren, sie sagte, der hätte ihr große Hoffnung gemacht. Hoffnung auch darauf, dass sie vielleicht irgendwann irgendetwas im Spreder Stadttheater machen könnte. Frau Fritzi hatte ihr von seiner Therapie erzählt. Rita besuchte sie jeden Tag.

Ich wiederum überlegte mir zweimal in der Woche, wie ich dem Termin bei Frau Fritzi entgehen konnte. Sie wollte, dass ich rede. »Du kannst mir alles sagen. Es gibt nichts, was du mir nicht sagen kannst. Es bleibt alles hier«, hatte sie beim letzten Mal gesagt und eine Geste gemacht, als wären ihr riechendes Haus, ihr Mund und ihr Herz ein stummes Verlies. Sie hatte nicht gesagt, was genau sie von mir hören wollte. Ich vermisste Aimée und Mamique, ich vermisste Hamburg. Aber Frau Fritzi wusste noch nicht einmal, wer Mamique war. Was sollte ich dazu in ihr komisches Verlies hinein sagen? Wo sollte ich anfangen, wo aufhören? Was würde sie davon haben, und was ich? Nichts, vermutete ich. Es war vertane Zeit.

Oft während ich bei ihr saß, musste ich an Philo denken. Wie viel lieber hätte ich die Zeit bei ihm verbracht. Zu ihm konnte ich ohne Voranmeldung, ich konnte auf der anderen Seite seines Sofas herumhocken und ihn einfach nur ansehen, ohne dass es ihn störte, ohne dass er etwas von mir erwartete. Ich durfte ihn malen, während er las. Mamique hatte irgendwann einmal gesagt, einen flüchtigen Moment in einem Bild festzuhalten, ihn zu sehen, das Unbeschreibliche im Gedächtnis zu behalten und dann zu zeichnen, das sei die größte Kunst beim Malen. Ich hatte mir vorgenommen, es zu versuchen. Ich wollte Philos Gesichtsausdruck festhalten, wenn er kurz hochsah, seine Gedanken aber noch in den Zeilen steckten. Genau diesen Augenblick, in dem er zwischen den Welten schwebte. Sein Blick hatte dann eine selten abwesende Farbe.

Während ich ihn malte, war ich häufig regelrecht böse auf Frau Fritzi. An Philos statt. Sie hatte ihn viel zu schnell aufgegeben. Ich hätte gern einmal Franzi kennengelernt und ihr erzählt, dass Philo immer noch ihre Gedankenwanderungen machte. Dass er den Brief noch nicht gelesen hatte. Vielleicht hätte sie ihn dann besucht.

Ich hielt, wenn ich ihr Haus betrat, immer nach Franzi Ausschau. Aber es gab keine Spur von ihr. Noch nicht einmal Schuhe oder so etwas. Vielleicht hatte Frau Fritzi sie verloren. Wie Mamique Oncle Bruno verloren hatte. Wenn es so war, wollte ich es lieber gar nicht wissen.

So verbrachte ich meine Stunden bei ihr damit, mir auszumalen, wie sie reagieren würde, wenn ich zu ihr ununterbrochen, eine ganze Stunde lang, ein Schimpfwort nach dem anderen sagen würde. Zunächst würde ich langsam und etwas leiser anfangen, dass sie glaubte, sie hätte sich vielleicht verhört. Dann würde ich immer lauter und deutlicher ungeheuerliche Dinge sagen. Ich würde mit so etwas anfangen wie Arschziege, Kakerlakenschwanzgesicht, Furzlassende Bettnässerin, Kackwurstesserin, Plumpsklostinkende Klobrillenriecherin und mich steigern und immer schlimmer werden mit Worten wie: Kuhmistungeheurvertreibende Pissnelkenpflückerin, Popelrollende Schleimscheißerutscherin, Eitergelbe Furunkeltrinkerin, Kotzebesudelte Rattenzerdrückerin ... das alles eine ganze Stunde lang. Bei manchen Worten musste ich laut lachen, nicht zuletzt, weil ich immer ein Bild dazu hatte. Sie aber saß mir gegenüber und sah mich aufmunternd an, was mich noch mehr zum Lachen brachte. Manchmal endete die Stunde in Lachanfällen, die nicht mehr aufhören wollten. Neben der üblichen Prozedur mit Stiften hinlegen, mich zum Malen animieren, zum Erzählen bringen und Kakao mit Haut kochen, saß sie nur da, sagte manchmal etwas Nettes und sah mir dabei zu, wie ich nachdachte und lachte. Sie musste sich furchtbar langweilen. Ich hoffte, sie würde eines Tages aufgeben und sagen, dass es ihr jetzt reichte. Oft ging ich erst viel zu spät hin. Kurz vor Sitzungsende. Ich trödelte über den Kirchplatz an den Grabsteinen vorbei, um den Brunnen herum. Wenn ich endlich ankam, tat sie so, als ob wir beide die letzten Tage über nichts anderes getan hätten, als uns auf diesen Zeitpunkt zu freuen. Es war so eine Masche von ihr, genauso wie ihre Freundlichkeit oder die Sanftheit. »Ach, jetzt haben wir gar nicht mehr so viel Zeit!«, pflegte sie dann zu sagen, und ich setzte mich hin und schwieg oder lachte die verbleibenden Minuten, bis der Wecker auf ihrer Wolltischdecke dumpf klingelte und mich erlöste. Ich weiß nicht, was sie bewog, mir eines Tages beim Gehen einen frankierten Brief in die Hand zu drücken. Ich vermutete, dass es ein Versuch war, mein Vertrauen zu gewinnen, eine weitere Masche.

»Könntest du ihn bitte oben am Kirchplatz einwerfen?«, fragte sie freundlich.

Ich hatte kein Interesse an ihrem Vertrauen, aber ich wollte zumindest höflich sein. Ich nahm den Umschlag und warf ihn am Kirchplatz ein. Hin und wieder fragte mich Papa, wie es bei Frau Fritzi so lief. »Gut«, sagte ich dann. Ob ich das Gefühl hätte, dass es mir etwas bringt, fragte er auch. Und ich sagte: »Klar«. Weil mir klar war, dass er dann nicht fragen würde, was.

# 10.

Dann war es fast von heute auf morgen Herbst geworden. Und mit den ersten braunen Kastanienblättern, die uns auf dem Weg zur Schule vor die Füße flogen, überkam mich eine tiefdüstere Stimmung. Papa beschallte uns weiterhin morgens, nach den Nachrichten mit Brahms. Pasolini war ermordet worden. Papa mutmaßte mit Gertrud über den Brotkorb hinweg, warum und unter welchen Umständen. Nichts davon hatten sie gesagt. Nur, Gertrud kannte Pasolini offenbar genauso wenig wie Marcel und ich, und es war leicht festzustellen, dass sie aus den wenigen Informationen, die mein Vater ihr gab, die Diskussion bestritt. Ihn störte das wenig, vielleicht bemerkte er es noch nicht einmal. Ihm schien es wichtig, mit einem Erwachsenen zu diskutieren, man merkte es daran, wie er seine Sätze formulierte und wie er über uns hinwegschaute. Gertrud gab ihm bei jeder Gelegenheit recht. Sie machte sich total lächerlich! Ich kapierte nicht, wie er daran Gefallen finden konnte.

Grund für die düstere Stimmung war aber nicht mein Vater, nicht Pasolini, auch nicht Brahms und schon mal gar nicht Gertrud, sondern Aimées letzter Brief. Er war, wie all die anderen, samstags eingetroffen und von Papa überbracht worden. Unsere gesamte Post wurde in die Klinik ausgetragen, als wäre die Adresse im Unlang gar nicht existent! Als wären wir ein Geisterhaus. Aimées Brief war voller Fragen. Zur Schule, neuen Freunden, unserem Leben mit Gertrud, zu Philo, zum Essen, von dem ich ihr schon ausführlich berichtet hatte, zum Garten, den Ratten, den Nachbarn. Was fehlte, waren Antworten auf meine Fragen: nach *ihrem* Leben. Es fehlte etwas ganz Entscheidendes. Es war nicht nur in diesem, es fehlte in *jedem* ihrer Briefe. Es gab keine Antworten, oder sie gab solche, mit denen ich wenig oder gar nichts anfangen konnte. Sie schrieb, sie wisse nicht, wann sie zurückkommen würde. Ich hatte sie schon vor einigen Wochen danach gefragt. Es ginge ihr gut, schrieb sie, auch wieder nicht so gut. Auf jeden Fall jedoch viel besser, jeden Tag ein ganz klein wenig. Sie hätte viele Ideen zu neuen Bildern, aber noch nicht wieder mit dem Malen begonnen. Ich hatte sie in meinem letzten Brief gefragt, ob sie nach Hause kommen würde, um zu malen. Aber auch dazu schrieb sie nichts. Nie hatte ich sie an einem anderen Ort malen sehen als in ihrem Atelier, nicht einmal bei Mamique ging sie an eine Staffelei. »Wo ich male, bin ich zu Hause«, hörte ich sie sagen. Ich schaute auf ihren Brief und wusste, wenn sie dort, wo sie war, anfing zu malen, würde sie dort bleiben.

Ich dachte an ihren warmen Körper, zu dem wir morgens ins Bett gekrochen waren, wenn Papa schon in der Uniklinik war. Wie kleine Katzen hatten wir unter ihren Achselhöhlen geschnurrt, in denen es nach Puder roch, nach Haut, nach Mutter. Es fühlte sich an, als wäre das, was die Leute um uns herum sagten, wahr geworden und Aimées Briefe dafür der endgültige Beweis.

Ein anderer Grund für meine düstere Stimmung war das Ei. Marcel hatte in der Schule einen Freund gefunden. Tatsächlich waren es zwei Freunde, die sich zum Verwechseln ähnlich sahen. Sie hießen Karl und Leander. Es waren Zwillinge. Sie waren zart und schmächtig, halbe Portionen, wie Gertrud sagte, blass, mit dünnem, strubbeligem Haar, das wie Flaum um ihre kleinen Köpfe lag, wie Flaum von frisch geschlüpften Küken. Ihre Augen leuchteten metallisch blau, außerirdisch blau. Sie waren mir nicht geheuer. Ich nannte sie das Ei, weil es unmöglich war, sie auseinanderzuhalten. Selbst die Zwillingsmutter hatte ihre Probleme. Nur Marcel konnte es auf Anhieb.

Das Ei hatte ihn vollkommen in seinen planetarischen Bann gezogen. Wenn es unser Haus betrat, veränderte sich mein Bruder. Und ich hatte den Eindruck, dass das Ei unser Haus nicht nur ständig betrat, sondern eigentlich gar nicht mehr verließ. Bei unserem ersten gemeinsamen Essen starrten sie mich aus ihren glänzenden Augen über das dampfende Hühnerfrikassee hinweg an, während sie sich, ohne hinzusehen, mikroskopische Mengen vom Reis, den Karotten und den Erbsen in den Mund schoben. Sie aßen mechanisch, wie ferngesteuert. Ich beobachtete Marcel, wie er seine Bewegungen den ihren anglich.

»Das ist totes Tier«, sagte das Ei gleichzeitig.

Mein Bruder schaute mit schiefem Gesicht auf seinen leer gegessenen Teller. Sie zeigten mit den Gabeln auf das helle Fleisch in der weißlich schimmernden Sauce. Sie waren aus einer anderen Dimension gekommen, um uns darauf hinzuweisen, was wir aßen!

Einer wiederholte tonlos: »Tot.«

»Ja und?«, fragte Gertrud und stocherte mit ihrer Gabel auf den Tellern der beiden herum, um das liegen gebliebene Fleisch herauszupicken, »das ist doch das Beste ... selber schuld!«

Während sie den Rest vom Reis und der Sauce für Karlchen auf einem Teller vor der Wintergartentür anrichtete, war Marcel mit dem Ei in einem der oberen Zimmer verschwunden, um ein geheimnisvolles Heft, das das Ei mitgebracht hatte, in Augenschein zu nehmen. Weil sie des Lesens noch nicht richtig mächtig waren, wunderte es mich nicht, dass ihr eigentliches Interesse einem Spielzeug galt, das in Einzelteilen an dem

Heft gehangen hatte. Es musste nur ordnungsgemäß zusammengebaut werden, damit es so aussah wie das Ding auf dem Titelbild, mit dem ein rosanasiges Riesenkänguru etwas dämlich lächelnd spielte. Ich hätte gern mitgeholfen beim Zusammenbauen, aber Gertrud hielt mich zurück, als ich den dreien hinterherlaufen wollte. Sie sagte: »Lass sie.«

Es klang für mich so, als ob es für Marcel aus Erwachsenensicht sehr wichtig war, mit dem Ei alleine zu sein. Missmutig saß ich im Wintergarten und starrte dem beginnenden Herbst ins Auge, während Marcel mit dem Ei durch die oberen Stockwerke trampelte und ich neidisch war.

Ich lehnte meine Stirn an die kalte Glasscheibe. Draußen lag das ungemähte Gras von Regen und Wind in alle möglichen Richtungen geknickt. Stellenweise war es gelb, ganz unten an den Halmen fast weiß. Das Fensterglas gab ein leises, kaum vernehmbares Knacken von sich, als ich meinen Kopf fester dagegen drückte. Drüben bei den drei Tannen am Ende der Einfahrt war Gertrud dabei, mit Marcels kleiner Metallschaufel schuhkartongroße Löcher zu graben. Hinter und neben den Löchern ragten ungeschickt zusammengebundene Holzkreuze aus der Erde. Manchmal zerstörte Papa eines aus Versehen, wenn er zu weit vorfuhr. Ich ließ meine Stirn über die klare, kalte Fläche gleiten, bis ein milchiger Film daran haften blieb und ich durch ihn hindurch unscharf sah, wie Gertrud versuchte, sich mit dem Handrücken eine Haarsträhne aus dem Gesicht zu streifen. Wie es ihr nicht gelang. Wie die Strähne keinen Halt fand auf dem übrigen Haar.

Jetzt zog sie gerade eine tote Ratte am Schwanz in die Höhe und ließ sie in eines der offenen Löcher gleiten. Sie tat es noch einmal, noch einmal und noch einmal, bis der kleine graue Berg zu ihren Füßen verschwunden war. Dann schloss sie die Löcher sorgfältig mit Erde und bekreuzigte sich. Sie berührte ihre Stirn, ihr Herz, die linke Schulter und die rechte, und ihre Lippen bewegten sich, während sie den Kopf leicht nach vorne senkte, als verneige sie sich vor irgendwas. Sie wirkte fern in ihrer Andacht, wie in einer anderen Geschichte. Man musste spionieren, um etwas über sie herauszufinden und zu verstehen, warum sie so etwas wie das Rattenbegraben mit dieser Inbrunst tat. Wir wussten nicht viel über sie.

Ich löste meine Stirn von der Scheibe und ging leise die Treppe hinauf. Im ersten Stock hörte ich Marcel hinter einer Tür mit dem Ei sprechen. Die Treppe knarrte, sonst war alles still im Haus. Ich war seit Gertruds Einzug nicht mehr hinaufgegangen. Ihr Zimmer war das mittlere von den dreien. Sie hatte sich das mit den blauen Vorhängen ausgesucht. Die Tür stand leicht geöffnet. Ich stieß sie mit einer nachlässigen Bewegung auf. Sie prallte kurz gegen Gertruds Bettkasten und bewegte sich langsam wieder auf mich zu. Wie im Vorbeigehen streckte ich meinen Fuß aus, um sie in ihrer Bewegung zu stoppen und einen Blick in das Zimmer zu werfen. Es war nicht sonderlich groß, die Wände verliefen zu den Fenstern hin in einer leichten Schräge. Unterhalb des Fensterbretts stand ein offenes Regal. Auf der obersten Ablagefläche lag das weinrote Gesangbuch, das sie sonntags immer mit in die Kirche nahm. Es lag da wie auf einem Altar, zwischen dicken Kerzenstummeln, einer Plastikmadonna, Jesusbildchen und Marienzeichnungen, silbernen Heiligenmünzen und Anhängern aus mattem Blech, auf die Figuren und Zeichen geprägt waren, Kreuze, Herzen. Sie hätte eine Kirche aufmachen können mit dem ganzen Zeug.

Mein Blick blieb an einer Buchecke hängen, die unter ihrem Kopfkissen hervorschaute. Ich zog es hervor. *Jung und Heilig* stand auf dem Titel, *Geschichten von Märtyrern und Heiligen*. Ich blätterte und betrachtete die Porträts. Der Papst, las ich, hatte sie alle heiliggesprochen. Man konnte einen Antrag stellen. Nicht für sich selbst, diejenigen, die nicht heilig waren, durften es für einen tun. Vielleicht musste man beim Papst anrufen. Heilig bedeutete, dass: klick, hinter ihrem Kopf das Licht angegangen war, das man auf dem Foto sehen konnte.

»Schöne Geschichten, was?« Ich schrak zusammen. Gertrud hatte sich leise angeschlichen. Ich wollte erklären, warum ich vor ihrem Bett saß. Aber sie setzte sich so dicht neben mich, dass klar war, es störte sie überhaupt nicht. Sie schien sich sogar zu freuen. »Soll ich dir eine vorlesen?«

»Was ist das ganz genau, heilig?«, fragte ich, anstatt ihr eine Antwort zu geben.

Sie sah mich an, als habe sie auf diesen Moment gewartet. Dann schloss sie kurz die Augen, holte Luft und erklärte: »Also, das ist etwas ganz Besonderes. Es sind ganz besondere Menschen, die Gott ein Stückchen näher gekommen sind als wir.« Sie legte ihre Hand auf das Buch, das jetzt auf ihrem Schoß lag. Ich nahm zum ersten Mal wahr, wie groß und dunkel ihre Augen waren. Sie glänzten wie dunkles, poliertes Holz.

»Einfach so?«

»Nein. Sie halten sich an seine Gebote, vielleicht mehr als andere. Sie sind tapfer, halten Schmerzen und Ungerechtigkeiten aus. Sie kämpfen für andere, geben den Versuchungen des Alltags nicht nach.«

»Versuchungen des Alltags, was soll das sein?«

Gertrud dachte kurz nach.

»Zum Beispiel, wenn du Lust auf Schokolade hast, dann

ist das eine Versuchung. Wenn du die Schokolade sofort isst, gehst du der Versuchung nach. Heilige würden nie einer solchen Versuchung nachgeben oder beispielsweise der, aus Neugierde an Türen fremden Gesprächen zu lauschen.«

Ich brauchte ein paar Sekunden, um zu verstehen, dass sie einen Spaß gemacht hatte.

»Aber selber!« Ich boxte ihr so fest auf den Oberarm, dass meine Knöchel wehtaten.

Gertrud lachte aus vollem Halse.

»Nicht jeder hat das Zeug, ein Heiliger zu werden.« Ihr Gesicht war übertrieben von Schmerz verzerrt, während sie sich den Arm rieb, »aber man kann's ja mal versuchen – oder, Fräulein Baron?« Sie zog provozierend an einer meiner Haarsträhnen.

Ich schaute sie prüfend an.

»Manche dieser Menschen«, sagte sie ernst und klopfte mit der flachen Hand auf den Buchdeckel, »manche glauben so stark an Gott, dass er ihnen besondere Kräfte verleiht.«

»Und dann?«

»Dann geschehen Dinge ... Dinge, die wir mit unserem normalen Verstand nicht verstehen können. Wunder eben ...«

»Wunder ... du meinst Zauberei?«

»Eine Art Zauberkraft, ja. Glaube schon, dass man das so nennen kann. Einige können Engel sehen, andere Krankheiten heilen oder wichtige Botschaften hören. Du hast ja ein bisschen was gelesen hier? Und ...«, sie machte jetzt eine Pause, ganz nah an meinem Ohr, »wenn man zu den Heiligen spricht, dann erfüllen sie manchmal Wünsche ...« Ich sagte Gertrud, dass ich es nach allem, was ich in ihrem Buch gelesen hatte, für unpraktisch hielt, heilig zu sein. Es war ganz offensichtlich, dass man auf viele angenehme Dinge verzichten musste und außerdem riskierte, früh zu sterben. Das mit dem Wünschen fand ich allerdings nicht schlecht. Gertrud war der Meinung, dass für die Heiligen irdische Dinge nicht zählten, sie würden im Himmel für alles, auf das sie hier verzichteten, belohnt.

»Was, wenn es Gott und den Himmel gar nicht gibt, wenn man sein Leben lang ganz umsonst gelitten hat?«, fragte ich Gertrud.

»Tja«, ihre Augen waren fast schwarz geworden, sie dachte scharf nach, »es nicht wissen zu wollen, das Risiko einzugehen, dass es umsonst war, das ist Glaube. Glauben heißt eben nicht wissen. Aber Glauben macht auch stark. Der Glaube kann Berge versetzen.«

»Was für Berge?«

»Das mit den Bergen steht in der Bibel. Es ist ein Vergleich. Wenn du an etwas Gutes fest glaubst, kann das Unmögliche möglich werden. Aber es muss etwas Gutes sein!«

»Gibt es hier auch Heilige, hier in Sprede?«

Ich hätte gerne mal mit einem gesprochen, um in Erfahrung zu bringen, wie man fest an etwas glauben konnte, wenn es dafür keine Beweise gab – aber mit Beweisen wäre es wahrscheinlich schon kein Glauben mehr gewesen. Außerdem interessierte mich sehr, wie das mit dem Wünschen genau funktionierte. Gertrud lachte. Sie sagte, sie würde keinen Heiligen persönlich kennen. So viele gäbe es davon ja nicht. Leider.

Ich überlegte, Gott eine Chance zu geben, und entschied mich, probehalber an etwas zu glauben. Schiefgehen konnte eigentlich nichts. Im nächsten Augenblick wusste ich auch schon, an was ich glauben wollte. Ich wollte daran glauben, dass Aimée bald zurückkam. Das war definitiv etwas Gutes. Und vielleicht, dachte ich, vielleicht sollte ich wirklich ausprobieren, der Versuchung zu widerstehen, an Türen zu lauschen. Womöglich war ich dann bald selbst auf dem Weg, eine Heilige zu werden.

## 11.

In Sprede standen die besten Kastanienbäume auf dem Kirchplatz. Im letzten Herbst noch hatten Marcel und ich Aimées Schüsselvorräte mit Kastanien aus dem Wäldchen befüllt. Wir hatten noch nicht einmal im Laub wühlen müssen. Es war alles voll von Kastanien gewesen, überall zwischen den welken Blättern hatten die glatt schimmernden braunen Kugeln geglänzt. Beutelweise hatten wir sie nach Hause getragen und das Gefühl von unermesslichem Reichtum gehabt. In diesem Jahr wollten wir eigentlich ein Kastanienbad nehmen, »nächstes Jahr« hatten wir gesagt, würden wir die Badewanne füllen und uns hineinlegen. Splitternackt. Aber in Sprede hatten wir keine Chance, mit den paar Kastanien. Noch nicht einmal auf ein Fußbad.

Der Spreder Kirchplatz war überfüllt von sammelnden Kindern. Zu viele Kinder, zu wenig Kastanien. Vor allem die Jungs hatten brutale Methoden. Mit großen Holzprügeln versuchten sie, die noch nicht ganz reifen Früchte vorzeitig herunterzuholen, damit kein anderer sie bekam. Ich hatte Susi gefragt, ob sie noch ein paar andere Bäume kannte, irgendwo versteckt, oder ob es Eicheln gäbe, ich hätte Anna gerne welche gebracht, für ihren Schinken. Doch sie kannte keine. Überhaupt wirkte Susi sehr zurückhaltend, wenn ich mich mit ihr verabreden wollte. Sie sagte, sie müsse Klavier üben, weil ihr Lehrer sehr streng sei, und Klavierspielen wäre eine Sache, die sie nicht von Natur aus gut konnte, sondern eher gar nicht. Das bedeutete für sie in ihrer Freizeit üben, üben, üben. Ich hatte das Gefühl, sie mochte mich ganz gerne, aber außerhalb der Schule wirkte sie fast ablehnend. Warum auch immer.

Auf dem Weg zu Frau Fritzi sammelte ich manchmal ein

paar Kastanien. Das heißt, ich bückte mich hier und da, wenn eine vergessene Kastanie herumlag, und steckte sie in die Tasche, um sie später bei Frau Fritzi liegen zu lassen.

Ich dachte beim Kastaniensammeln wehmütig an Aimées Brief. Ob sie irgendwo alleine Kastanien sammeln ging? Womöglich mit fremden Kindern? Aimée mochte Kinder. Ich musste daran denken, wie sie mit uns und den Jungs und Mädchen aus den umliegenden Häusern durchs Wäldchen gelaufen war. Mit dem langen Rock, der bestickten Jeansjacke und den großen braunen Lederstiefeln. Wir wirbelten das erste trockene Laub auf, warfen es uns gegenseitig über den Kopf, dass es in den Haaren hängen blieb, pressten dunkles Moos zu Hüten und Bärten, wir waren eine Horde wilder Räuber. Ich war immer ein bisschen eifersüchtig, wenn sie ein anderes Kind an die Hand nahm, eine besondere Kastanie zuerst jemand anderem, der zufällig neben ihr stand, zeigte, wenn sie nicht mir die gefundene Feder ins Haar steckte.

Während ich bei Frau Fritzi saß, ertappte ich mich oft dabei, wie ich regelrecht darauf lauerte, dass sie mir vorschlug, aus den Kastanien, die ich ihr mitbrachte, etwas zu basteln. Ich hatte mir vorgenommen, das als Signal zu nehmen, meiner inzwischen angesammelten Wut freien Lauf zu lassen und ihr dann eine der mitgebrachten Kastanien in die Vitrine zu schmeißen, mitten rein in die Gläsersammlung. Sie würde es nicht verstehen, vielleicht würde sie mich als gefährlich betrachten und Papa bitten, die Sitzungen zu beenden. Ich stellte mir das Geräusch vor, ein kurzes, sagenhaftes Geräusch, das meinen Schmerz betäuben würde. Würden die Scherben nach innen oder nach außen fallen? Sie musste mir nur den Vorschlag machen ...

In erster Linie aber beschäftigten mich andere Gedanken: Nach dem Herbst würde der Winter kommen und mit ihm Weihnachten. Weihnachten war erfüllt vom Geruch frisch gebackener Pains d'épices, einer bevölkerten Küche, von wilden Landschaften aus Mehl und Zucker, Anis in allem, was wir aßen, Liebesperlen auf dem Boden, Zuckerguss in den Haaren, Tannennadeln, die den Ausguss verstopften, Weihnachten war erfüllt von Aimée. Meine Mutter, die in dieser Zeit ihr Atelier mied, die ununterbrochen französische Weihnachtslieder sang, die versuchte, uns »Il est né le divin enfant« im Kanon beizubringen, die mit uns nachts in den Wald zog, um eine Tanne auszugraben, und wenn der Boden zu stark gefroren war, kurzerhand einen Baum aus Haushaltsbesen im Wohnzimmer aufbaute und schmückte.

Weihnachten und Aimée waren so eng miteinander verbunden, dass ich mir nicht vorstellen konnte, wie es ohne sie stattfinden sollte.

Trotzdem stand uns Weihnachten bevor.

Morgens, wenn wir in die Schule gingen, lag jetzt kalter Raureif über dem Rasen. Unser Weg endete an jeder Ecke im dunstigen Nichts. Lautlos traten kleine, dunkle Gestalten daraus hervor. Der Nebel schluckte den Ton ihrer Stimmen und Schritte. Wenn wir das Haus verließen, schob Marcel seine kleine, warme Hand in meine. Ich hielt sie fest bis zur Grundschule, dort wartete ich, bis er darin verschwunden war.

Manchmal materialisierten sich Karl und Leander an irgendeiner Ecke vor einem Nebelschleier. Ihre Augen leuchteten noch silbriger als sonst in der weißen Morgenstimmung.

»Ihr seid gelandet, auf dem Planeten Erde«, sagte ich mit Roboterstimme, wenn wir auf sie stießen. Sie nickten dann immer, als wollten sie nicht unhöflich sein, aber ehe ich mich versah, hatten sie meinen Bruder, der sich stumm ihrem mechanischen Gang anschloss, schützend in ihre Mitte genommen und waren mit ihm verschwunden.

Eines Morgens erstarrte die Feuchtigkeit in meiner Nase. Ich musste sie in alle Richtungen bewegen, es knisterte leicht und ziepte an den kleinen Härchen, und ich dachte dabei, dass es jetzt wohl Winter geworden war. Einen Tag später schneite es. Und tags darauf war die Luft klar und der Nebel verschwunden. Nur das Ei war immer noch da.

Und dann begann die Adventszeit – in der Abenddämmerung, als ein türkisfarbenes Rennrad an unserer Hauswand lehnte.

Wir kamen gerade vom Milchholen.

»Wer ist das?«, fragte Marcel, er zeigte auf das Rennrad.

»Aucune idée«, sagte ich, obwohl ich genau wusste, wer es war. Ich trat mit einem Gummistiefel auf die Seite des anderen, um schneller herausschlüpfen zu können. Ich ließ die schmutzigen Stiefel umgefallen im Treppenhaus liegen, warf meinen Schal ins Entree und die Jacke vor die Küchentür, während ich »Gertrud?« rief, »Gertrud? Hallo, Gertrud?«. Ich wartete auf ein Geräusch, eine Bewegung.

»Hilf mir doch mal mit der Milchkanne!«, hörte ich Marcel im Treppenhaus schimpfen.

Mein Blick streifte die Garderobe. Keine fremden Jacken. Unter der Küchentür und der Tür zum Brockhauszimmer lag ein heller Lichtstreifen. Die Küche war leer. Leise ging ich hinüber in den Wintergarten. In den Ecken hockte schon die Dämmerung. Vom Brockhauszimmer fiel ein großes helles Quadrat durch die geöffnete Schiebetür auf den Esstisch. Aus dem Schutz der Dunkelheit sah ich in den erleuchteten Raum hinüber. Dicht bei

Herrn Petzold saß der Junge, den ich noch nie zuvor ohne sein Rennrad gesehen hatte. Nicht einmal in der Schule. Neben ihm lag ein kleiner heller Karton, umwickelt mit einem breiten rosaroten Band und einer übertrieben großen Schleife. Er wirkte jetzt, so unbeweglich wie er da mit den übereinandergeschlagenen Beinen auf Pillorama saß, viel größer als draußen, wenn ich ihn auf seinem Rad gesehen hatte, viel älter und ernster. Über seinen Lippen und am Kinn lag ein hellgrauer Schatten. Sein schmales, kantiges Gesicht war das eines jungen Mannes, eines Oberstufenschülers. Er wirkte, als würde er einer für mich unhörbaren Melodie lauschen. Auf unaussprechliche Weise fühlte ich mich angezogen. Ich hätte mich gerne neben ihn gesetzt. Ganz nah an seine Seite und gehört, was er hörte. Die Tür des Brockhauszimmers wurde geöffnet. Für einen Moment glitt sein Blick zu mir hinüber in die Dunkelheit. Ich zuckte zusammen und trat unwillkürlich einen Schritt zurück. Ein kurzes amüsiertes Flackern war in seinen Augen. Ich spürte, wie mir das Blut in den Kopf schoss. Glücklicherweise stand ich im Dunkeln.

»Hallo«, seine Stimme hatte einen angenehm weichen Klang.

»Hallo!«, hörte ich Papa sagen, der jetzt von der anderen Seite ins Zimmer trat.

»Hallo«, hörte ich auch mich selbst leise.

»Ich bringe Ihnen Lebkuchen aus Pardubice«, sagte er an Papa gewandt. Die Art, wie er Pardubice aussprach, sagte geheimnisvoll Fremdartiges über ihn und diese Lebkuchen. Ich wäre am liebsten hinübergegangen. Aber ich war wie in Beton gegossen. Er war aufgestanden, um Papa die Hand zu drücken und ihm das Paket zu übergeben.

»Meine Tante schickt mich, Ludmilla Voroneckova. Sie

wünscht Ihnen und Ihrer Familie eine schöne Adventszeit und Gottes Segen.«

Sein Akzent ähnelte dem von Frau Voroneckova, er war allerdings weniger ausgeprägt und hatte eine ganz eigene Farbe. Er sprach, als umschmeichele er jeden einzelnen Buchstaben. Er war der Neffe aus Prag.

»Herzlichen Dank!« Mein Vater betrachtete das kleine Päckchen von allen Seiten. »Du bist Frau Voroneckovas Neffe …?«, fragte Papa, als suche er nach dem passenden Namen.

»Misha«, sagte er und schob sich mit dem Handteller langsam ein paar dunkle Strähnen aus der Stirn.

»Misha«, sagte Papa, »ja, richtig, Misha!«

Misha zog ein bisschen an der Schleife auf dem Päckchen. »Das ist eine Spezialität aus der Tschechoslowakischen Republik. ›Perníky‹, sagen wir. Lebkuchen. Es gibt sie zu Weihnachten. Ich esse sie auch sehr gerne. Früher hat meine Mutter sie selbst gemacht. Sie schmecken nach …«, sein Adamsapfel schnellte auf und ab, »unserer Heimat. Sie sollten sie unbedingt probieren!«

»Mache ich sehr gerne«, sagte Papa.

»Sie sollten sie aber mit Ihren Kindern teilen«, sagte Misha lächelnd, als mein Vater sich anschickte, die Schleife zu öffnen. Ich weiß nicht, ob ich es mir nur einbildete, aber ich hatte den Eindruck, dass er durch die Dunkelheit zu mir hinübersah.

Es war Freitag. In der letzten Stunde durfte Merle die Kerzen auf Frau Claasens Pult anzünden. Wir bastelten im spärlich beleuchteten Klassenzimmer Weihnachtssterne aus Glanzfolie.

»Das ist bestimmt schlecht für die Augen«, flüsterte mir Susi zu, »ich hasse diese Bastelei. Es sieht sowieso nie so aus, wie es aussehen soll.« Sie hielt mir einen halbwegs gelungenen Stern unter die Nase. »Siehst du den? Das ist alles nur deshalb, weil die Claasen darauf besteht, dass wir mit ihrer pseudoromantischen Beleuchtung hier basteln.«

Ich betrachtete mitleidig das weihnachtssternähnliche Gebilde in ihrer Hand und spürte gleichzeitig, dass ich froh war, dass Susi noch etwas außer Klavierspielen nicht auf Anhieb perfekt konnte.

»Ich mag das Basteln«, sagte ich und griff nach der Pattex-Tube. Ich mochte besonders, wenn das Pattex an meinen Fingern kleben blieb und zähe, dicke Fäden zog. Der Geruch stach mir scharf in die Nase. Es kribbelte kühl, bis hoch hinauf in die Stirn, und verursachte dort ein leicht benommenes Gefühl. Susi mochte den Geruch nicht, sie verzog ihr hübsches Gesicht, als ich ihr die Tube vor die Nase hielt.

»Bleib mir mit dem Stinkkram vom Leib!«

Stattdessen roch ich daran und verdrehte vor Genuss die Augen.

»Du spinnst doch, das ist bestimmt nicht gesund!«

Susi nahm mir die Tube aus der Hand und legte sie außerhalb meiner Reichweite auf unser Pult. Sie zeigte auf meine fertigen Sterne, die keinerlei Übereinstimmung mit dem Vorbild von Frau Claasen aufwiesen. »Wenn die Claasen die sieht ...«, Susi legte ihre Hand vor den Mund und sah mich bewundernd an, »die sind ja total schrill!«

Ich duckte mich ein bisschen und spähte nach Frau Claasen, als wäre sie der Feind und könnte meinen stark gezackten Sternen etwas antun. Susi kicherte. Sie kicherte sehr lustig durch die Nase.

»Wem schenkst du deine?«, wollte sie wissen.

Mir war klar, dass Papa niemals einen meiner selbst gebastelten Sterne an irgendeine seiner Designerlampen oder sonst wohin hängen würde. Er mochte es pur. Alles. Misha, dachte ich, und stellte mir vor, wie er ihn aus meiner Hand nahm, mit den Fingerspitzen leicht meinen Handteller berührte, mich ansah, mit diesem schattigen Blick und lächelte. Gleichzeitig erschrak ich über meinen Gedanken – er wusste noch nicht einmal meinen Namen ...

Ich würde einen Aimée schenken, einen ganz bestimmt Anna, einen Mamqiue, und Philo würde auch einen bekommen. Er konnte ihn an den Griff seiner Babystrumpfschublade hängen. Ich befestigte ein Band an meinem letzten Stern und zuckte mit den Schultern, als wüsste ich noch nicht genau, wer einen bekommen sollte.

Susi ließ einen ihrer Sterne im Kerzenlicht funkeln. Klar, jetzt sollte ich sie fragen. Ich fragte sie nicht. Ich hasste es, auf diese Art gezwungen zu werden, jemandem eine Frage zu stellen. Aber Susi tat einfach so, als hätte ich sie gefragt.

»Meine bekommt keiner. Ich behalte sie alle für mich, für mein Zimmer.«

Am Nikolausabend war Papa schon vor dem Abendessen nach Hause gekommen. Wie früher in Hamburg. Wir saßen vor dampfenden Töpfen um den Tisch im Wintergarten. Draußen war es dunkel. Wir hatten es behaglich warm, die Fenster waren unregelmäßig beschlagen. Das ganze Haus roch nach Plätzchen, die Gertrud nachmittags gebacken hatte. Ein perfekter Adventabend. Davon abgesehen, dass Aimée fehlte und die Plätzchen gesund waren. Papa rieb sich die Hände, bevor er den Ring von seiner Serviette streifte und sie auf seinen Schoß legte.

»Kinder«, sagte er und hob einen Topfdeckel, um hineinzusehen, »es gibt eine Überraschung!«

Marcel und ich starrten ihn durch den Dampf an, der aus dem Topf drängte. Wir dachten beide dasselbe, ich konnte es in seinem Gesicht lesen: »Aimée kommt!« Wir setzten beide an, etwas zu sagen. Doch Papa hob die Hand. Wir sollten still sein.

»Ich sage nur: Es gibt eine Überraschung ...«

Ich hatte ein unbestimmt komisches Gefühl.

Er füllte seelenruhig seinen Teller, aß genüsslich einen Grünkernbratling und sah uns amüsiert in die aufgeregten Gesichter.

»Können wir denn ... was fragen ...?«, hob Marcel vorsichtig an.

Papa schüttelte kauend den Kopf. Ich hasste Erwachsenenüberraschungen. Man konnte sich nie sicher sein, dass sie gelungen waren.

»Hört auf zu fragen. Lasst euch überraschen!«

»Hat es denn ... etwas mit Weihnachten zu tun?«

»Ist es ein Geschenk?« Marcel rutschte auf seinem Stuhl herum. »Ein Geschenk für uns beide?«

»Für uns alle?«

»Auch für Gertrud?«

Gertrud guckte etwas ratlos. Sie wusste wieder mal mehr als wir.

Papa legte seinen Zeigefinger auf die Lippen und zog die Augenbrauen in die Höhe.

»Wann?«, drängte Marcel, »Papa, sag schon! Wann?«

Unser Vater lächelte nur. Eigentlich war es klar. Wenn es eine Überraschung geben konnte, eine Überraschung, die uns richtig Freude bereiten würde, dann die, dass Aimée kam. Sonst nichts. Aber so richtig sicher war ich mir nicht, obwohl ich nichts anderes getan hatte, als fest daran zu glauben.

»Du glaubst auch, dass Aimée kommen wird?«, fragte ich Marcel, als wir allein waren.

»Sie muss kommen ...« Er war überzeugt. Das kleine Dreieck an seinem Kinn zuckte, derart spannte er seinen

Unterkiefer an. »Wenn sie nicht kommt, ist es kein richtiges Weihnachten, oder?«

»Ja«, sagte ich, »das stimmt.«

Von jetzt an rannten wir, immer wenn es bei uns klingelte, wie die Verrückten um die Wette zur Tür. Es klingelte selten, und nie war es Aimée. Wir wurden langsam ungeduldig. Es war komisch, weil es in diesem Jahr nicht wegen Weihnachten war. Während der ganzen Warterei schmückten Marcel und ich das Haus. Die Glastrennwand zwischen Treppenhaus und Erdgeschoss beklebten wir über und über mit ausgeschnittenen Papierblumen, als hätte sie jemand darauf verstreut. Einige sahen aus, als wären sie runtergefallen, auf die Treppe und dann die Treppenstufen entlang, hoch, bis vor das Elternschlafzimmer. So würde Aimée gleich wissen, wo sie zu Hause war. Nichts war wichtiger, als wieder eine richtige Familie zu sein. Vater, Mutter, Kinder. Wenn sie kam, würde alles wieder werden wie früher.

Drei Tage vor Weihnachten klingelte es. Draußen war es bereits dunkel.

»Macht ihr bitte auf?«, hörten wir Papa aus dem Weidenzweigzimmer. Er arbeitete wie gewöhnlich an seinem Schreibtisch, und Gertrud hatte frei. Ich war sowieso schon losgerannt. Im Vorüberlaufen schaute ich noch schnell bei Papa rein, um zu sehen, ob Marcel dort saß. Aber ich hörte ihn weiter unten wütend hinter der Klotür schimpfen. Er konnte gerade nicht. Ich nahm trotzdem zwei Stufen auf einmal, mein Herz pochte bis in die Schläfen. Meine Beine jubelten, ich machte einen Sprung über den letzten Treppenabsatz, knallte direkt hinter der Eingangstür auf den Boden und riss sie auf. Mir entfuhr ein gellender Schrei: Zwei leblose, riesengroße, schwarz umrandete bernsteinfarbene Augen starrten mich im flauen Licht der Eingangslampe an. Ein toter Hase.

Kowalski in Grün. In Jägergrün. Er hielt, direkt auf Höhe meiner Augen, einen toten Feldhasen bei den Ohren. Er hatte wohl gedacht, Papa würde die Tür öffnen, und rang nach Luft. Etwas hilflos hantierte er mit dem Hasen vor meinem Gesicht. Wie mit einer Handpuppe.

»Ist der Herr Papa wohl zu Hause? Ich möchte ihm nämlich diesen Prachtkerl von einem Hasen ...«

Aber mein Vater war schon hinter mir. Er hatte meinen Schrei gehört. Ich spürte seine Hand im Nacken, drehte mich zu ihm um und drückte mein Gesicht in seinen nach Krankenhaus riechenden Pullover. Meinen Schreck, die Wut und Enttäuschung heulte ich da rein. Herr Kowalski war verwirrt.

»Ich ..., Herr Doktor. Ich wollte Ihre Tochter ganz bestimmt nicht ... Ich wollte Ihnen nur kurz mein Weihnachtspräsent vorbeibringen. Frisch geschossen.« Papa strich mir über den Rücken. »Tut mir leid ... ich habe sie wohl erschreckt!«

Papa drückte mich an sich. Ich heulte. Herr Kowalski holte tief Luft.

»Wie geht es ihm?« Er fragte ein wenig hastig, so, als wolle er die Frage schnell loswerden, als erwarte er gar keine Antwort, und reinkommen ging natürlich auch nicht, weil seine Frau draußen im Wagen wartete. Er hatte Angst. An diesem Abend konnte ich es spüren. Er hatte vor irgendetwas Angst. Philo ging es gut. Er war auf seinem Canapé im Irrenhaus zu Hause. Ich besuchte ihn ja ziemlich oft. Er würde dort bleiben, bis er alles gelesen hatte, er war dort glücklich. Mit diesen Eltern wäre er nicht mal halb so glücklich geworden. Man kann sich seine Eltern nicht aussuchen. Philo, mein Freund, je länger ich darüber nachdenke, desto trauriger ist diese Wahrheit. Aber manche Eltern meinen, sie könnten sich ihre Kinder aussuchen. Oder was mir noch schlimmer erschien: sie zurückgeben. Kowalski würde nichts von mir erfahren. Eltern wie diese waren weitaus schlimmer als keine Eltern.

An diesem Tag klingelte es noch einmal. Ich dachte gar nicht daran, aufzustehen. Aber dann hörte ich Mamiques Stimme von unten. Sie zog mich wie ein Magnet aus meiner Erstarrung.

Mamique! Marcel hing an ihr wie eine Klette. Sie streckte den noch freien Arm nach mir aus und zog mich an sich. In ihrem Arm war mir, als wäre etwas lang Vermisstes zurückgekehrt. Sie verbreitete ein wenig Reiseluft im Treppenhaus. Ihre Haut war an der Oberfläche kühl, sie roch nach Raucherabteil, Bahnhof und fremden Menschen. Sie griff in die Manteltasche und holte zwei kleine, mit Kork und Siegellack verschlossene Tontöpfchen hervor.

»Blaubeerblau«, flüsterte sie mir ins Ohr.

Mir stiegen Tränen in die Augen. Sie sah mich mit zusammengezogenen Augenbrauen an.

»Was ist?«

Sie war immer noch dicht an meinem Kopf. Sie drückte mich fester an sich.

Ich hielt die beiden Töpfchen fest umklammert und sagte: »Du hast daran gedacht ...«

»Natürlich, chaton«, raunte sie mir zu.

»Ist das nun eine gelungene Überraschung?«, hörte ich Papa in unser Geflüster hinein fragen.

Ich hörte nur »Überraschung« und dachte »Nein!«. Ich sah, wie er, freudig die Hände reibend, auf Mamique zuging, sie in den Arm nahm und küsste. Das war nicht die von Papa so geheimnisvoll angekündigte Überraschung! Natürlich freute ich mich darüber, dass Mamique gekommen war. Es war, wie wenn man mitten im Winter steht und friert, und plötzlich bricht der Sommer über einen herein. Aber wir hatten mit Aimée gerechnet. Ich sah

Papa prüfend an. Er war in den Begrüßungstrubel eingetaucht wie in ein willkommenes Ablenkungsmanöver. Er wich meinem Blick aus, gestikulierte wild, trug die Koffer rauf, stellte ihr Gertrud vor, die inzwischen nach Hause gekommen war, und redete am laufenden Band. So viel hatte Papa in den letzten Monaten nicht geredet! Während Marcel und ich Mamique das Haus zeigten, wurde es immer gewisser.

Mein Bruder lief aufgeregt an ihrer Hand von Zimmer zu Zimmer und quasselte mindestens so viel wie Papa. Er ahnte es nicht. Als wir Mamique die Blumenwand im Treppenhaus zeigten und den Blumenweg bis zum Elternschlafzimmer, sagte sie: »Aimée würde sich wahnsinnig freuen, wenn sie die Blumen sehen könnte, das habt ihr so schön gemacht!«

Es wirkte auf mich, als wüsste meine Großmutter, dass Aimée von irgendwoher vielleicht auf uns sehen konnte, aber nicht nah genug dran war, vom Himmel herunter womöglich.

»Sie wird sich freuen«, sagte ich deshalb schnell und sah sie direkt an. Wenn es einen Ort der Wahrheit gab, dann war es ihr Gesicht, die festen Linien um ihren Mund, ihr ruhiger Blick.

»Sie wird sich freuen, chaton«, bestätigte Mamique, während ich wünschte, sie würde das noch hundert Mal genau so in dieser Stimmlage zu mir sagen. Ich würde sie dabei ansehen können und wissen, es ist wahr. »Aber wir wissen leider nicht, wann«, fügte sie hinzu und hielt uns ihre leeren Handinnenflächen entgegen, auf die Marcel und ich nun starrten, als läge darin die Antwort verborgen. Jetzt hätte Marcel begreifen können, dass Aimée nicht mehr kommen würde, aber er war wohl noch zu klein, und ich war froh, dass Mamique da war, falls er einen Schreikrampf bekommen sollte.

Der tote Hase hing anderntags unten im Keller: kopfüber mit den Hinterläufen am Heizungsrohr. Mamique hatte sich bereit erklärt, ihm das Fell über die Ohren zu ziehen. Wir durften zusehen. Gertrud bekreuzigte sich ohne Unterlass.

»Herrgott, Gertrüde«, herrschte unsere Großmutter sie an – wenn sie jemanden nicht mochte, gab sie sich keine große Mühe, dessen Namen korrekt auszusprechen. Es kam sogar vor, dass sie den betreffenden Namen absichtlich falsch aussprach. Und in Fällen schlimmer Abneigung erfand sie den Namen sogar einfach neu. »Sie kommen doch vom Land, nicht wahr?« Gertrud nickte ein paarmal. »Jetzt hören Sie doch mal auf mit diesem Bekreuzigungsquatsch. Das ist ja fürchterlich! Bei uns auf dem Land näht man aus dem Hasenfell Westen und Innenfutter für die Mäntel.« Sie fasste nach dem Fell und ließ uns mit der Hand über die weichen Hasenhaare fahren. An ihren sehnigen Fingern hingen kleine dunkelrote Aderstückchen. »Der Jäger holt so viel aus dem Bestand, dass der Hase sich im nächsten Jahr gesund weiter vermehren kann. Und der Mensch isst und lebt davon. Tiere töten ist etwas völlig Natürliches, wenn man nicht mehr nimmt, als die Natur gibt!«

Gertrud nickte wieder heftig. Kurz darauf hörten wir sie leise nach oben gehen. Für mich war die Sache mit dem Hasen einleuchtend. Es war ein erwachsener Hase, ein Hasenmann genau betrachtet, Mamique zeigte uns die kleinen Hoden. Als sie das Fell heruntergezogen hatte, kam ein muskulöser, bläulich verfärbter Körper zum Vorschein. Ich holte Zeichenblock und Aquarellfarben, um ihn neben seinem Fell zu malen.

Abends thronte er dann als Lièvre à la royale, umgeben von Rotweinsauce, auf unserem Esstisch. Er war garniert mit Schalotten aus Mamiques Garten. Leider war das Fleisch zäh. Papa sagte, es sei wohl ein ziemlich alter Hase gewesen, und Gertrud nickte wieder oder vielleicht auch immer noch.

Ich sagte, dass es in jedem Fall sinnvoll wäre, erst die ganz alten zu schießen, weil die ja sowieso bald gestorben wären.

»Bicky!«, sagte Gertrud vorwurfsvoll, mit einem beschämten Blick zu Mamique hinüber, als wäre etwas bei meiner Erziehung falsch gelaufen.

»Elle a raison enfin ... Sie hat ja recht!«, lachte meine Großmutter.

Gertrud stellte das Nicken ein. Marcel bekam keinen Schreikrampf, weder an Mamiques erstem Abend noch an diesem. Er bekam ihn später, am Weihnachtsabend, aber wegen einer anderen Sache.

Er konnte Dinge, die wehtaten, gut vergessen. Ich konnte das nicht. Ich schämte mich, dass ich Mamique nicht als Überraschung hatte annehmen wollen. Aber die Scham war nicht von der gleichen Kraft wie die Wut, die in mir steckte. Die Wut darüber, dass Aimée immer noch nicht gekommen war und ich nichts tun konnte. Überhaupt nichts. Einen Tag später, kurz vor Weihnachten, saß ich bei Frau Fritzi.

»Unser letztes Mal in diesem Jahr!«, begrüßte sie mich.

Es war ihr anzumerken, wie sehr sie sich auf das nächste Jahr freute. Vielleicht auch die nächsten Jahre? Ich sah mir ihre Stifte an, roch die Haut ihres widerlichen Kakaos und fragte mich voller Groll, ob ich auch noch als Oma hier würde sitzen müssen. Aber dann dachte ich, dass sie ja spezialisiert war auf Kinder und mich vielleicht an eine andere Spezialistin, an eine Kollegin für Omas weitergeben würde, wenn es so lange gehen sollte. Mir gefiel der Gedanke nicht, und ich hatte auch keine

Lust, mir vorzustellen, wie die Kollegin von Frau Fritzi aussehen würde.

Die Kastanien auf dem Tisch waren im Laufe des Winters runzelig geworden. Ich nahm eine in die Hand und spielte mit ihr, rollte sie mit dem Daumen über den Handteller, vor und zurück, in alle Richtungen. Nächstes Jahr – wer wusste, ob mich Kastanien dann überhaupt noch interessieren würden. Ich nahm sie zwischen Daumen, Zeige- und Mittelfinger, hielt sie wie einen Diamanten vor mein Auge, begutachtete sie von allen Seiten, lehnte mich zurück, zielte, streckte blitzschnell den Arm und warf sie in die Vitrine. Das Geräusch war interessant: scharf und kalt. Frau Fritzi war zusammengezuckt, als hätte sie eine Scherbe getroffen. Im nächsten Moment aber hatte sie sich schon wieder völlig unter Kontrolle: Ihre Augen blickten sanft und erwartungsvoll auf mich. Keine Ahnung, wie sie das machte. Ich hatte gerade mutwillig einen Teil ihrer Gläsersammlung und dazu ihre Vitrine zerstört, doch in ihren Augen war nur diese erwartungsvolle Sanftheit. Kein Funken Wut, keine Traurigkeit oder wenigstens Enttäuschung. Ich hätte mir eine geknallt, ganz bestimmt, und jeder andere hätte sich aufgeregt, zumindest geflucht oder »Verdammt!« gesagt oder etwas in dieser Art. Frau Fritzi aber schaute und wartete. Mein Blick wanderte über den Teppich und suchte die Scherben. Sie waren nach innen und nach außen gefallen.

»Scherben bringen Glück«, sagte Frau Fritzi nun mit flüchtigem Blick auf das Ergebnis. Sie sprach langsam und bedacht, ich hätte mitschreiben können. Vielleicht war sie eine Glaubensexpertin, eine Heilige.

»Wir brauchen viel Glück«, warf ich zurück, und weil sie mich so fragend ansah, fügte ich hinzu: »Damit Aimée noch kommt – zu Weihnachten!« Eigentlich brauchten wir ein Wunder, aber ich wollte nicht gleich mit der Tür ins Haus fallen.

»Natürlich!«, rief sie, und ihr Lächeln machte mir Mut.

Die Straßenbeleuchtung wurde eingeschaltet, dunkel erhoben sich Frau Fritzis Haarspitzen vor dem hellen Lichtkreis hinter ihrem Kopf. Dachte ich es mir doch!

»Eine Freundin wäre auch nicht schlecht«, fügte ich noch schnell hinzu. Scherben, eine Heilige, zwei Wünsche. Konnte nichts mehr schiefgehen, eigentlich.

Bevor ich diesmal ihren Brief in den Briefkasten warf, hielt ich einen Moment inne und las die Adresse, die sie mit geschwungener Schrift auf den Umschlag geschrieben hatte:

*Philo Anstaltsson.*

Ich schaute noch mal hin:

*Philo Anstaltsson*
*Postfach 1302*
*786 Sprede*

# 12.

Vermutlich ist der Wunsch, schrecklichen Geschehnissen etwas Gutes abgewinnen zu wollen, eine Erfindung von schicksalsgebeutelten Erwachsenen. Damit man nicht verzweifelt an seinem Unheil, das ist der Ursprung dieser Idee. Es verhält sich so mit der Hundekacke unter dem Lederschuh, mit dem Vogelschiss auf dem Mantel und Scherben in jeder Form. Alles soll angeblich Glück bringen. Die Scherben bei Frau Fritzi aber brachten vorerst keins. Und auch mit dem Heiligenschein schien irgendwas nicht in Ordnung gewesen zu sein, obwohl ich sehr daran geglaubt hatte. Es gab kein Wunder. Aimée blieb zu Weihnachten in ihrem Sanatorium oder wo auch immer. Wir schickten ihr ein Paket. Ich legte den schönsten meiner schrillen Weihnachtssterne hinein, zusammen mit meinen Studienskizzen von Herrn Kowalskis Hasen. Sie würde sich darüber freuen. Sie war der Meinung, dass mit Kunst erst beginnen dürfe, wer richtig zeichnen könne. Und ich brannte darauf, schon als ich ganz klein war, endlich Kunst zu machen. So wie sie.

»Beobachte«, hatte Aimée immer zu mir gesagt, wenn ich mit einem Bild ankam und sie fragte, ob ich richtig gemalt hätte, »beobachte ganz genau! Sieh hin, woher das Licht kommt, wie der Schatten fällt. Licht und Schatten, daraus besteht alles. Du musst es einfach übertragen, hier auf dein Papier.«

Lieber als ihre farblos stummen Briefe, die mich den Verlust noch schmerzlicher spüren ließen, waren mir Bilder. Ich schrieb hinten auf meine Hasenstudie, sie solle mir, wie Marcel, als Antwort Bilder schicken.

Marcel legte eine kleine Puppe aus Stroh in das Paket. »Das Christkind«, sagte er, und Papa schenkte ihr eine goldene Kette aus zarten länglichen Elementen. Mamique steckte einen kleinen Pappkarton zwischen unsere Geschenke. Sie hatte in großen goldenen Buchstaben *OBJET* daraufgeschrieben.

»Was ist denn da drin?« Marcel zeigte auf den Karton.

Unsere Großmutter wollte nicht so richtig antworten. Sie kaute auf irgendetwas Imaginärem zwischen ihren Backenzähnen herum und schaute schon längst in eine andere Richtung, als sie antwortete: »Aimée hat es sich gewünscht.«

»Ja, was?«

»Es sind Brunos Kinderschuhe ... seine ersten.«

»Wieso das denn?«

»Sie haben bei mir nur herumgestanden. Sie wollte sie schon immer haben.«

»Na ja«, sagte Marcel lakonisch, »braucht er ja auch schon länger nicht mehr.«

Und dann durften wir sie kurz ansehen.

Häufig dachte ich in diesen Tagen an Frau Fritzis Brief, den ich vor Kurzem noch in Händen gehalten hatte. Warum schrieb sie an Philo? Einen Weihnachtsbrief? Nach all den Jahren? Warum sollte sie sich jetzt mit einem Mal wieder an ihn erinnern? Waren die anderen Briefe, die sie mir mitgegeben hatte, auch an ihn gerichtet? Plante sie eine weitere Studie? Ich ärgerte mich, dass ich die anderen eingeworfen hatte, ohne sie genauer anzusehen. Wenn dieser Brief nicht der erste war, gab es genau zwei Möglichkeiten: Entweder Philo verschwieg mir, dass sie ihm schrieb, was ich für unwahrscheinlich hielt. Oder er bekam die Briefe nicht – aus irgendeinem Grund. Wenn dieser Brief der erste war, wenn es ein Weihnachtsbrief war, würde Philo mir gewiss davon erzählen.

Marcel und ich sangen für Aimée auf eine Kassette selbst ausgedachte Wir-vermissen-dich-Weihnachtslieder. Wir mussten beim Singen so heulen, dass wir manchmal gar nicht schnell genug die Stopptaste des Kassettenrekorders fanden. Anschließend nahmen wir die großen Blumen im Treppenhaus vorsichtig von der Glasscheibe und den Stufen ab. Wir legten sie sorgsam oben auf das Paket, bevor Papa es zuband, und wünschten uns, Aimée würde wenigstens zu Silvester kommen. Ich begann zu verstehen, warum Papa Mamique als Überraschung angekündigt hatte: Er hatte gewusst, dass Aimée nicht kommen würde. Er war gar nicht auf den Gedanken gekommen, wir könnten damit rechnen, dass er sie meinte, weil er selbst diese Möglichkeit für völlig ausgeschlossen hielt.

Dank Mamique fanden die Advents- und Weihnachtstage statt. Meine schlimmsten Befürchtungen waren nicht eingetreten. Außerdem hatten wir Voroneckovas Weihnachtsspezialitäten, von denen ich mir ein *perník*, einen wunderschön verzierten Lebkuchen in Herzform, mit in die Höhle genommen hatte, wo er den Duft von mindestens zehn Weihnachtsfesten gleichzeitig verströmte und mich häufig an Misha denken ließ.

Dennoch lag etwas in der Luft. Es begann damit, dass Marcel Heiligabend zu Gertrud sagte, er wolle nicht in die Mitternachtsmesse gehen, was mich sehr wunderte, denn er durfte zum ersten Mal in seinem Leben so lange aufbleiben.

Wir standen alle an der Garderobe. Mamique setzte sich gerade ihre dunkle Kosakenmütze auf, Papa knöpfte den obersten Mantelknopf zu, und ich war dabei, meinen linken Stiefel zu schnüren, als er sagte: »Ich weiß nicht, warum ich da hingehen soll. Das Christkind gibt's doch gar nicht!«

Gertruds Hände, die seinen Dufflecoat bereithielten, auf dass er nur noch die Arme hineinzustecken brauchte, sanken nach unten. Mamique und Papa standen da wie versteinert, und ich sah über meinen Stiefel gebeugt zu meinem Bruder auf. Es war, als würde eine andere Stimme aus ihm sprechen. Ein bisschen war es auch so.

»Wer sagt denn so was?«, fragte Gertrud.

»Karl und Leander.«

Das Ei, dachte ich. Natürlich! Das Ei verdarb uns jetzt auch noch den Weihnachtsabend! Nicht genug damit, dass sie mir meinen kleinen Bruder wegnahmen, sie nahmen ihm auch noch den Glauben an das Christkind! Vielleicht gab es in ihrer Dimension so etwas wie Weihnachten nicht, aber dann sollten sie Marcel damit in Ruhe lassen! Wir feierten Feste anders als andere Familien. Bei uns mischten sich süddeutsche mit norddeutschen und französische mit familieninternen Bräuchen. Manche Kinder in Hamburg waren damit nicht klargekommen und hatten uns aufgezogen, dass zu uns kein Weihnachtsmann kam, sondern das Christkind, das allein schon von seiner Muskelkraft her nicht die Hälfte dessen tragen könne, was der Weihnachtsmann zu tragen imstande war.

Schon möglich, dass es das Christkind bei deinem komischen Ei nicht gibt, wollte ich Marcel antworten, und dass das aber nichts mit uns zu tun habe. Bei uns kam das Christkind nämlich auf einer Leiter aus dem Himmel heruntergestiegen. Natürlich war es schon weg, wenn wir am 25. morgens ins Wohnzimmer sahen, aber immer hatten wir es nur knapp verpasst, und es hing noch ein bisschen Goldstaub am Türrahmen, oder es fand sich ein hellblondes Haar auf dem Boden. Ich hätte Marcel gerne länger den Glauben daran gelassen, er gefiel mir selbst zu gut. Mamique aber war offenbar anderer Meinung.

»Du hast recht«, kam sie mir zuvor, blickte dabei in den großen Spiegel und zog beiläufig ein paar Strähnen unter ihrer Mütze hervor, »das Christkind gibt es nicht mehr.«

Ich erschrak zutiefst.

»Nicht *mehr*?«

»Ja. Es *gab* das Christkind vor zweitausend Jahren, und wir feiern an Weihnachten seinen Geburtstag. So steht es in einem Buch, das man Bibel nennt. Sie werden jetzt gleich, wie jedes Jahr, daraus vorlesen in der Mitternachtsmesse. Kein Kindergottesdienst, Marcello, die Mitternachtsmesse! Wenn du die spannende Geschichte für Erwachsene anhören willst, solltest du mitkommen. Wenn nicht, bleib hier!«

Sie zog ihre Handschuhe über und schritt die Treppe zur Eingangstür hinunter, ohne sich nach Marcel oder uns umzudrehen. Wortlos schob mein Bruder einen Arm in den Dufflecoat, den Gertrud ihm jetzt schnell wieder hinhielt. Und dann schob er auch den anderen hinein. Er beeilte sich sichtlich. Papa und ich folgten Mamique. Hinter uns kam Gertrud. Kurz darauf hörten wir Marcel die Haustür zuziehen.

Mamique hatte gewusst, dass er für eine gute Geschichte alles tat.

Die Stiftskirche auf dem Kirchplatz war nicht vergleichbar mit dem Hamburger Michel am Weihnachtsabend. Dennoch war sie ebenso überfüllt, und der gleiche warme Geruch von brennenden Kerzen hing im Raum. Unruhig bewegten sich die Flammen und warfen große Schatten bis ins hinterste Gewölbe. Raunen und Rascheln lagen in der Luft, ein Summen und Surren von Instrumenten, die sich auf der Empore auf ihren Einsatz vorbereiteten. Ich sah Schwester Veritas in Begleitung von einigen Irren in einer der hinteren Bänke und eine ganze Reihe an Diagnosen, die in den letzten Monaten bei uns ein und aus gegangen waren.

Als wir uns gerade auf kleinen, lehnenlosen Klappstühlen niederließen, die wir noch am Eingang zu fassen bekommen hatten, stand plötzlich, in einen glänzenden Pelzmantel gehüllt, Frau Voroneckova nur ein paar Meter vor uns. Sie winkte, dann hakte sie sich bei Misha unter und flüsterte ihm etwas zu. Es hatte wohl mit uns zu tun, denn Misha hob leicht den Kopf und streifte uns mit seinem Blick. Ich versuchte möglichst unauffällig nicht hinzusehen. Aber auf mich achtete sowieso niemand.

Feierliche Spannung lag über dem Raum. Marcel wartete auf die angekündigte Geschichte. Gertrud studierte das zusammengeheftete Papier, das man uns am Eingang in die Hand gedrückt hatte. Papa lehnte etwas müde an einer Säule. Misha hatte für Frau Voroneckova und sich in einer der vorderen Bänke Plätze am Rand ergattern können. Von hinten sah sie ein bisschen aus wie ein Bär, mit ihrem braunen Fell.

Im lauten Orgeldröhnen erstarben die anderen Geräusche auf einen Schlag. Das Licht ging aus. Pastor Walzig schritt in einem Meer von flackerndem Licht und dampfenden Weihrauchfässern durchs Mittelschiff zum Altar.

»Macht hoch die Tür, die Tohor macht weit ...!« – Gertrud sang mit solcher Inbrunst und Lautstärke, dass mir Tränen in die Augen schossen, es klang unsagbar schrecklich! Nach einer halben Ewigkeit voller Wortgirlanden, die an mir vorüberzogen wie die Schwaden der Weihrauchfässer, begann ein Messdiener endlich Marcels Geschichte vorzulesen. Mein Bruder hatte bis dahin tapfer durchgehalten, sogar mit weit aufgerissenen Augen zugehört. Zuletzt jedoch, als Walzig viele endlose Sätze mit Jesus und Frieden aneinandergereiht hatte, war sein Kopf auf Mamiques Arm gesunken, wo er auch liegen blieb, bis die Messe zu Ende war und die Paukenschläge des Schlusslieds ihn wieder aufweckten.

Nach der Messe stürmte Frau Voroneckova auf uns zu, sie versenkte jeden Einzelnen von uns in ihrem Pelz und rief: »Veselé Vánoce! Frohe Weihnachten!« Dann schob sie Misha, der sie um Haupteslänge überragte, ein wenig vor. Er sei so blass, weil sie den ganzen Tag gefastet hätten, sagte sie, tschechische Tradition, aber jetzt gleich gäbe es den Weihnachtskarpfen, ja, und ihren berühmten Kartoffelsalat. Ach, der arme Misha, das Jingälchän, er möge Karpfen einfach nicht, aber an Weihnachten könne sie darauf keine Rücksicht nehmen, zu viel Aberglaube hinge an diesem Karpfen, am Essen, überhaupt am ganzen Abend. Misha gab uns reihum die Hand.

»Wer vom Tisch aufsteht, bevor das Essen beendet ist, stirbt im nächsten Jahr!«, sagte er.

»Misha!«, rief sie, als plaudere er ein peinliches Familiengeheimnis aus.

»Deshalb müssen wir nach dem Essen alle gemeinsam aufstehen«, griente er, »trotzdem wollen wir wissen, wer als Nächstes stirbt. Also gibt es zum Nachtisch einen Apfel. Den schneidet jeder in der Mitte durch. Wenn da ein Stern ist, bleibt man gesund, ein Kreuz bedeutet, man stirbt im kommenden Jahr.«

»Misha«, Frau Voroneckova schlug ihm scherzhaft mit den Handschuhen gegen den Arm.

Er schaute mit gespieltem Schuldbewusstsein in die Runde.

»Wir verknoten auch die Tischbeine mit Seilen«, fuhr er lächelnd fort, »damit wir im nächsten Jahr vor Dieben und Einbrechern geschützt sind. Und ...«, er hob den Finger, »keiner darf etwas auf seinem Teller zurücklassen ... Die Krümel und Gräten vergraben wir natürlich im Garten, damit nächstes Jahr alles schön blüht!«

Frau Voroneckova seufzte. »So ist es«, sie drückte seinen Arm an ihren Busen, »auch fern der Heimat pflegen wir unsere Tradition, Jingälchän, nur gerne vánocní cukroví, unsere Weihnachtsplätzchen, essen, das ist zu wenig!«

Die Erwachsenen lachten.

In feierlicher Stimmung und in Vorfreude auf den Réveillon, unser Weihnachtsessen, machten wir uns auf den Nachhauseweg. Mamique schwärmte vom knusprigen Truthahn, den es gleich geben würde, Papa sang ein Loblied auf ihre exzellente Maronenfüllung, auf die er sich schon das ganze Jahr über gefreut habe, und Gertrud war gespannt, wie der Bûche de Noël schmecken würde, unser Weihnachtskuchen, von dem sie am Nachmittag etwas ketzerisch gesagt hatte, er sähe aus wie eine stinknormale Biskuitrolle, und sie wüsste gern, welche Nation diesen Kuchen letztendlich erfunden habe.

Marcel hüpfte mit mir, aufgeregt plappernd, neben den Erwachsenen her. Wir bekamen unsere Geschenke erst am 25. morgens und hätten – Christkind hin oder her – zu gerne gewusst, ob sich hinter der Brockhauszimmertür jetzt schon Geschenke verbargen oder nicht.

Die Erwachsenen unterhielten sich weiter über das Essen. Der Himmel über uns war klar, die Sterne glitzerten, als hätte sie jemand für diesen Abend poliert. Ich zeigte Marcel den Stern von Bethlehem, obwohl er natürlich nicht zu sehen war.

»Wo? Ich kann ihn nicht sehen«, quengelte er, »zeig doch noch mal.«

Ich deutete irgendwo in den Himmel.

»Da, du Dussel, du musst genau hinsehen! Oder brauchst du ’ne Brille? Oje, du als Hirte, du hättest nie das Christkind gefunden in seinem Stall, in Windeln gewickelt …!« Langsam bemerkte er, dass ich meinen Spaß mit ihm trieb. »Und es waren Hürten in därselbigen Gegend auf dem Fälde und sie hüteten ihre Schaaafe …«, machte ich den Messdiener nach.

»Ja«, sagte er, kam mit seinem Gesicht nah an meins und zog mit den Zeigefingern seinen Mund so weit auseinander, dass er an den Mundwinkeln spannte: »Buuh!«

»Ja, sie fürrrrchteten sich sährrr!« Fast wäre ich Papa in die Hacken getreten. Er war vor mir gelaufen und abrupt an unserer Gartenpforte hinter Mamique und Gertrud zum Stehen gekommen. Nun hob er, wie sie, die Nase in den Nachthimmel. Unwillkürlich taten wir dasselbe. Wie eine Meute Hunde vor dem Fleischerladen standen wir auf dem Plattenweg. Unverkennbar: Im Haus brannte etwas. Wir liefen in heller Aufruhr hintereinander her um das Haus herum und sahen, wie eine dunkle Wolke aus dem gekippten Oberlicht des Küchenfensters drängte.

»Oh nein, der Truthahn!« Gertrud schlug sich mit der flachen Hand gegen die Stirn. »Ich glaub, ich hab vergessen, die Backröhre runterzustellen! Oh nein, bitte nicht!«

»Quelle oiselle!«, entfuhr es Mamique. Sie hatte den Nachmittag damit zugebracht, den Vogel mit Kräutern einzureiben, ihn mit Ölen und Säften zu beträufeln, um ihn anschließend mit französischen Maronen und glasierten Zwiebeln zu füllen.

Gertrud stürmte ins Haus. Sie riss Küchenfenster und Wintergartentür auf und bemühte sich, bewaffnet mit einem Küchenhandtuch, die dunklen, übel riechenden Rauchschwaden aus dem Haus zu vertreiben. Papa stand kurz in der Tür, betrachtete das heillose Durcheinander und sagte nur: »Weihnachtsklassiker.« Dann zog er sich zu seinem Phonosystem zurück und suchte nach einer passenden Untermalung für das Desaster. Gertrud wedelte weiterhin wild umher, und wir deckten mit Mamique bei eisig kaltem Durchzug den Tisch im Wintergarten.

»Lassen Sie das doch bitte, Gertrud, holen Sie lieber die Foie gras herauf, es ist schon spät!« Mamique wirkte, als hielte sie ihren Ärger nur noch mühsam zurück.

Gertrud huschte gehorsam aus dem Raum und kam, die Gänseleberpastete wie ein rohes Ei balancierend, zurück. Mamique hatte mittlerweile überall im Wintergarten Kerzen aufgestellt und angezündet, ein Meer von Lichtern spiegelte sich in den Scheiben. Langsam kam Weihnachtsstimmung auf, auch wenn der Gestank des verbrannten Vogels im Raum hing – tagelang noch. Wir wollten uns gerade an den Tisch setzen, als aus den Lautsprechern ein ganzer Chor »O Heiland, reiß die Himmel auf« sang.

»Alors ça, non!« Mamique zeigte auf einen Lautsprecher, »O Heiland, reiß die Fenster auf, ja! Aber das ...«, kopfschüttelnd ging sie aus dem Raum. Die Musik brach ab.

Meine Augenlider fühlten sich an, als habe sie jemand mit Schmirgelpapier unterlegt. Es war schon sehr spät. Der Truthahn wurde nicht mehr erwähnt, mir fehlte er auch nicht sonderlich. Ich bekam vor Müdigkeit sowieso kaum einen Bissen von den ganzen Köstlichkeiten herunter, die Gertrud und Mamique in den letzten Tagen vorbereitet hatten.

Dann war das Essen vorüber. Papa, Mamique und Gertrud tranken einen warmen Punsch, vor Marcel und mir stand ein Krug dampfender Holundersaft. Gespräche, Gedanken, Geräusche, Gerüche, alles ging untrennbar ineinander über. Ich hielt zwar die Augen weit geöffnet, hätte aber auf der Stelle einschlafen können.

Dann passierte es. In einem Moment, als es ganz still war.

»Warum ruft sie uns nicht an?«

Ich schloss kurz die Augen.

Marcels Frage sprang, wie diese Clowns aus der Kiste, mitten in die Stille. Keiner hatte damit gerechnet. Wir alle starrten ihn an.

»Wer?«

»Emil ...«, sagte Mamique ermahnend. Sie hatte damit gerechnet.

»Aimée kann nicht telefonieren ...« Papas Erklärung war blödsinnig, jetzt lagen alle Blicke auf ihm und eine merkwürdige Anspannung im Raum.

»Emil ...«, drängte Mamique noch einmal. Papa atmete tief ein und rieb die Nasenspitze zwischen Daumen und Zeigefinger. Marcel verfolgte jede seiner Bewegungen. Gertruds langer Rücken war zum Hohlkreuz gebogen, bereit, meinem Vater sofort zu Hilfe zu eilen. Er lehnte sich steif zurück, öffnete mehrmals die Lippen, sagte aber nichts.

Und dann fing Marcel an zu schreien: »Neeeeein! Hör auf damit! Ich will mit ihr sprechen. Lass mich mit ihr sprechen! Jetzt! Sofort!«

Papa sah ihn nicht an. Marcel schrie wie bekloppt, immer lauter, immer undeutlicher, immer wortloser. Er schrie, als könne seine Stimme die Schallmauer durchbrechen. Ich fürchtete, er würde uns mit seinem Schrei skalpieren, die Gehörgänge durchlöchern, wir würden alle taub werden, wenn er nicht aufhörte. Jemand musste ihn zum Schweigen bringen.

Aber keiner tat etwas.

Meine Großmutter saß etwas abgewandt, abwartend, die Stirn in Falten gelegt, als wüsste sie, was als Nächstes geschehen würde. Gertrud wusste es nicht, sie wartete auf ein Zeichen des Hausherrn. Und Papa öffnete weiterhin nur wortlos die Lippen.

Mir reichte es. Ich wollte nicht taub werden. Ich ging um den Tisch herum, stellte mich neben Marcel und legte ihm die Hand auf die Schulter. Er sah mich kurz erschrocken an, aber auch nur, um zu prüfen, ob er nichts überhört hatte, dann holte er tief Luft und schrie weiter. Ich sah Papa Hilfe suchend an, sollte ich meinem Bruder etwa den Mund zuhalten?

Er schüttelte kaum sichtbar den Kopf. Wirkte völlig hilflos. Mamique machte eine unzufriedene Geste. Um Papa schlichen die Vorboten einer Katastrophe. Er massierte sich beide Schläfen, während der Blick ziellos durch den Raum wanderte.

Ich versuchte, den Satz »Aimée kann nicht telefonieren« zu deuten. Damit hatte er eine Bombe zwischen uns gelegt, und wenn er sie falsch anfasste, konnte sie uns alle mit einem vernichtenden Schlag auseinanderreißen. Wir konnten entscheiden, was als Nächstes geschah. Wir konnten still sein und uns mit dem kleinen bisschen Familie, das wir uns gebastelt hatten, zufriedengeben. Oder wir konnten schreien, alles explodieren lassen und sehen, was übrig blieb. Marcel wollte die Explosion. Mamique auch. Sie war jetzt aufgestanden, stellte sich hinter meinen Bruder und mich und sagte auf ihre ruhige klare Art: »So. Es ist gut jetzt.« In mir krampfte sich alles zusammen. Marcel war schlagartig still geworden. Sie drückte unsere Schultern, bevor sie schlicht sagte: »Aimée ist stumm.«

Ich hielt es erst für einen Scherz. Wir waren taub, Aimée war stumm. Natürlich! Es dauerte ein bisschen, bis es richtig bei mir angekommen war. Die Bombe war ganz leise explodiert.

»Kommt, Marcellino, chaton ...«

Mamique ließ sich wieder auf ihrem Stuhl nieder, sie öffnete die Arme und löste Marcel und mich aus der Erstarrung. Wir setzten uns auf ihre Oberschenkel und lehnten die Köpfe an sie. Marcel weinte ein bisschen. Gertrud saß Papa mit einem hilflosen, schiefen Lächeln gegenüber, ihre Hände umspielten sich unruhig im Schoß, wie ein Boxer, der nicht zum Zug kam. Papa steckte einen Zeigefinger in den Hemdkragen, dann öffnete er langsam den obersten Knopf. Mamique wiegte uns sanft hin und her. Mir kamen Tausende Fragen.

»Stumm«, sagte ich schließlich, »du hast gesagt stumm, aber sie ist nicht gelähmt oder so?«

»Nein«, sie schüttelte den Kopf.

»Warum ist sie nicht hier?«

Jetzt lächelte sie ein wenig.

»Sie braucht Ruhe. Es ist nicht nur, dass sie die Stimme verloren hat. Das kann sich irgendwann wieder geben. Aber sie ist sehr krank. Jede Aufregung, jede Unruhe muss vermieden werden, damit sich ihr Zustand stabilisiert. Ihr könnt euch aber sicher sein, dass sie tausendmal lieber hier bei uns wäre als im Sanatorium!«

Sie warf einen Blick zu Papa hinüber. Ich legte meinen Kopf auf ihre Schulter und schloss die Augen. Die kleine Vertiefung über ihrem Schlüsselbein roch nach Sandelholz und frischem Tabak, am liebsten wäre ich da hineingekrochen. Marcel hatte aufgehört zu weinen. Jetzt, ganz nah bei Mamique, einschlafen ... Doch sie schubste uns mit einem kleinen Klaps von ihren Beinen.

»Zähneputzen, und dann ins Bett!«

»Du bist brutal«, hörte ich Papa zu ihr in der Küche sagen. Sie zog konzentriert an ihrem Zigarillo, den sie locker zwischen Mittel- und Zeigefinger hielt.

»Absolut nicht!« Ihre Augen waren schmal geworden. »Du kennst Bickys Fantasie. Franchement, das ist man seinen Kindern schuldig: ehrlich zu sein. Damit nimmst du den Raum für komische Spekulationen. Sie wissen noch nicht einmal, wo ihre Mutter sich befindet! *Das* finde ich brutal!«

»Delphine, ich möchte es nicht. Aimée würde das auch sagen. Sie sollen in einen ganz normalen, geregelten Alltag zurückkehren und sich keine Gedanken um sie machen. Vor allem Bicky. Jeder weitere Schock, jede Unruhe, jede Unregelmäßigkeit kann das Kind aus der Bahn werfen.«

»Mon Dieu! Die Kinder stellten dir eine Frage, die man beantworten kann. Ich verstehe diese Geheimnistuerei nicht! Deine Tochter ist nicht krank! Sie ist ein ganz normales, kerngesundes Mädchen. Sie ist intelligent. Sie merkt doch, dass du ihr etwas verschweigst! *Das* würde mich krank machen!«

»Ich hatte befürchtet ...«

»Die Wahrheit könnte deinen Kindern einen Schock versetzen? Hast du das befürchtet?«

»Bicky ist traumatisiert von dem Erlebnis mit Aimée ...«

»Diese Rotblindheit ist ein Schutzmechanismus, das kann ich dir ohne Medizinstudium sagen. Das ist gesund und nicht krank! Es wird sich wieder geben. Wunden müssen heilen. Kein Grund, das Mädchen in Watte zu packen! Du redest sie krank! Schickst sie zu dieser Frau Frischli oder wie die Dame heißt. Mit welchem Effekt? Bicky hat mir am Telefon gesagt, dass sie nicht weiß, was sie dort soll. Und apropos: Wo ist Bickys Staffelei? Ich habe ihr Farben mitgebracht ...«

»Ich habe sie weggetan.«

»Wohin?«

»So, dass sie nicht drankommt.«

»Ist das ein Teil von Fitzlis Therapie? Deiner Tochter die Staffelei zu verstecken? Du weißt, wie gerne Bicky malt.«

»Ähm, die Kollegin heißt Fritzi, Delphine. Sie hat damit nichts zu tun. Die Staffelei hat wochenlang oben im Zimmer herumgestanden, und Bicky hat sie noch nicht einmal angesehen! Jetzt erst, vor zwei Wochen, habe ich sie weggestellt. Sie hat sich seit wir hier sind nicht mehr dafür interessiert. Vielleicht ist das gut. Man muss sie ja nicht auf Gedanken bringen ... Delphine, sie ist ihr so ähnlich ... Ich habe Angst um sie. Wenn sie malt, wenn sich das alles wiederholt ...«

»Das ist es also«, sagte Mamique hart.

Und ich überdachte, was Papa da sagte ... Jetzt wird er auch verrückt. Wenn man den ganzen Tag mit Irren zusammen ist, irgendwann kann es passieren. Du drehst einfach ab. Er kannte mich jetzt dreizehn Jahre. Was, zum Teufel, sollte sich wiederholen?

Später kroch Mamique zu uns in die Höhle. Sie blieb die ganze Nacht bei uns. Ich fühlte mich wie ein Wolfsjunges, zusammen mit Marcel. Wir wurden von der guten alten Wölfin bewacht. Sie würde knurren und die scharfen Zähne fletschen, wenn uns einer zu nahe käme. Ich fühlte mich sicher mit Mamique. Ihre Atemzüge beruhigten mich. Ihr Zigarilloatem beschützte uns. Der Schlaf kam schnell, in dieser ersten Weihnachtsnacht ohne Aimée, ohne ihre Stimme.

Am folgenden Morgen ging ich durchs Haus und sah meine Staffelei wieder an ihrem Platz stehen. Ich musste ein bisschen lachen, weil ich sie nicht vermisst hatte. Aber ich freute mich, dass sie wieder da war. Sie war eine Möglichkeit. Ich hatte sie tatsächlich seit unserem Umzug nicht mehr angerührt. Ich glaube, alle hatten es erwartet. Dass ich wild herummalen würde. Vielleicht war es ihr Wunsch, zu sehen, was in mir vor sich ging. Meinen Schmerz zu sehen, die Bilder. Ich glaube, deshalb war ich der leeren Leinwand aus dem Weg gegangen – sie behielt nichts für sich. Ich malte lieber mit Bleistift auf einen Block, den ich bei mir trug.

Ich betrachtete den gespannten Stoff. Und fragte mich, wie es wohl war, jemanden zu haben, der immer da war, dem man alles anvertrauen konnte, schonungslos. Jemanden, der sich vor nichts fürchtete, jemanden, der etwas aushalten konnte, der sich keine Sorgen machte, der einen verstand.

# 13.

Eine Woche nach Weihnachten war Mamique in den Zug gestiegen und zurück nach Beaune gefahren. Die Schneeflocken tanzten schon seit Stunden vor dem Fenster. Marcel und ich waren nach draußen gerannt. Der Schnee lag noch nicht richtig hoch, aber es reichte, um den kleinen Hügel, der sich vom Fuß des Wasserturms bis zum »Rebellen« erstreckte, mit dem Schlitten herunterzufahren. Rebell nannten die Spreder den kleinen Fluss, der den Ententeich mit Wasser speiste. Er umgab fast die gesamte Stadt wie ein Burggraben. Der Name ging auf seinen Widerstand zurück, die wenigste Zeit des Jahres im Flussbett fließen zu wollen. Regelmäßig überschwemmte er Wiesen und Felder, und wenn man dachte, es wäre endlich vorbei, trocknete er meist so weit aus, dass die Fische im Flussbett japsend zu dem kleinen Rinnsal in der Mitte robben mussten, um nicht elendiglich zu verenden. Die Spreder hatten vor einigen Jahrzehnten eine kleine Schleuse zwischen Ententeich und Rebell gebaut, um die Stadt vor dem Schlimmsten zu bewahren. Früher hatte sogar ein Schleusenwärter in dem kleinen Häuschen daneben gewohnt. Heute wohnte dort Studienrat Lemper, der über Sprede hinaus als ausgezeichneter Klavierlehrer bekannt war und den Kirchenchor leitete. Die Schleuse funktionierte jetzt automatisch.

Marcel und ich waren nicht die einzigen Kinder, die an diesem Tag den Wasserturmhügel hinunterrodeln wollten. Die halbe Stadt hatte den Hügel bereits plattgefahren, als wir ankamen. Zum Glück war das Ei nicht mitgekommen, sie waren zur Zwangsernährung im Krankenhaus. Zwischen dem festgefahrenen, eisglatten Schnee staken schäbige, wintermüde Grasbüschel wie abgenutzte Spülbürsten in die Höhe, dunkle Stöcke und Steine schabten stellenweise geräuschvoll an den Kufen, als wir darüberglitten. Der Hügel hatte schon arg gelitten.

Ich legte mich bäuchlings auf meinen Schlitten, Marcel band seinen an meinem fest und setzte sich auf meinen Rücken. Es war keine lange Fahrt über die vereisten Flächen, aber sie war rasant, und der Wind pfiff uns messerklingenkalt um die Ohren. Unten, kurz vor dem zugefrorenen Rebellen, dort, wo unsere Schlitten zum Stehen kamen, streunte der kleine weiße Hund am Ufer entlang.

Irgendwann trafen wir auch auf Susi. Ich hatte sie schon von Weitem erkannt, an ihrer beigeweißen, kugelrunden Eskimofellmütze mit den Fellbommeln. Sie sah toll aus mit dieser Mütze. Während des Unterrichts lag sie zusammengedrückt wie ein kleines Tier unter ihrem Pult. Mir fiel aus der Ferne auf, dass Susi nicht wie die anderen den Hügel hinaufstieg. Sie ging seitwärts und benutzte ihren Schlitten wie einen Stock, indem sie das hintere Ende der Kufen oberhalb von sich in den Schnee steckte, dann mit den Füßen nachrückte, stehen blieb, um etwas höher den Schlitten mit ganzer Kraft anzuheben und in den Schnee zu rammen. So kam sie nur sehr langsam voran, wir hatten sie bald eingeholt. Aber Susi bemerkte uns nicht, sie schien schwer mit ihrem Aufstieg beschäftigt zu sein. Ich beobachtete sie.

»Tu rêves ou quoi?«

Marcel trat von hinten gegen meinen Schlitten. Ich spürte gar nicht richtig, wie er mir in die Hacke sauste, so sehr war ich mit Susi beschäftigt.

»Je regarde Susi.«

»Susi?« Marcel schüttelte den Kopf. »Je croyais on voulait faire de la luge et pas traîner dans la neige!«

»Vas-y!« Ich machte eine Handbewegung den Hang hinauf und versuchte dabei, Susi nicht aus den Augen zu verlieren.

Marcel schnaubte enttäuscht und zog mit seinem Schlitten an uns vorbei.

»Hallo, Bicky«, Susi wandte mir ihr Gesicht zu, ihre Augen waren geschlossen, »hab dich an der Stimme erkannt. Was sprichst du für eine Sprache – mit wem?« Sie kniff die Augen fest zusammen und sah in meine Richtung.

»Französisch, mit meinem Bruder Marcel.«

»Hallo, Marcel«, sagte Susi.

»Er ist schon weitergegangen ... Keine Lust, auf mich zu warten ...«

»Ich wusste die ganze Zeit, dass du ’ne andere Sprache sprichst ...«

Mein Deutsch, sagte Papa, hatte, wenn man genau hinhörte, einen leicht französischen Klang, während Marcels Französisch, wie Mamique bei ihrem letzten Besuch etwas entsetzt festgestellt hatte, inzwischen eine deutsche Färbung angenommen hatte. Ich hatte keine Lust auf ein Gespräch, woher, warum, wie lange wir schon Französisch sprachen, wir wären zweifellos auf Aimée gekommen.

»Was ist denn los mit dir? Hast du was ins Auge bekommen?«

»Training!« Susi lachte mit geschlossenen Augen. Sie zwang sich regelrecht, die Augen nicht zu öffnen.

»Training? Was für ein Training? Als Blindenhund?«

»So ähnlich ...«

Das zum Beispiel nervte mich an Susi, dass man ihr alles, aber auch wirklich alles, was sie selbst betraf, aus der Nase ziehen musste. Sie war so eine Art Geheimnisprinzessin. Wenn sie in der Schule herumdruckste und nicht herausrücken wollte mit der Sprache, war klar, dass sie weiter befragt werden wollte. Ihre ganze Mimik sagte: »Frag mich!«, und ihre hellblauen Augen leuchteten wie ein Versprechen, dass es sich lohnen würde, weiterzubohren. Aber ich hatte nach einigen Malen keine Lust mehr auf das Spiel, ich fand es albern und fragte meistens nicht mehr nach.

»Sag schon!« Ich versuchte gelangweilt zu klingen, obwohl es mich brennend interessierte.

»Ich übe für den Notfall.«

Jetzt war klar, dass ich weiterfragen musste, wenn ich noch mehr wissen wollte.

»Was denn für einen Notfall?«

»Theoretisch kann jeder erblinden. Ich trainiere lieber schon jetzt, wie es ist, ohne Augen zurechtzukommen, als dann, wenn es zu spät ist.«

Es leuchtete mir ein. Besser man lernte es jetzt als später. Jetzt konnte man zur Not immer noch die Augen öffnen. Ich ging langsam neben Susi her. Ihr System, den Berg zu besteigen, war für eine Blinde ziemlich ausgeklügelt. Susi erzählte mir, dass sie den ganzen Weg von zu Hause bis zum Rebellenhügel mit geschlossenen Augen gelaufen war, über drei große Kreuzungen hinweg, über eine Brücke und ein Stück sogar an den Bahngleisen entlang. Ich stellte mir Susis Blindsein ähnlich wie die Eintagsfliegentage vor, nur gefährlicher wahrscheinlich.

Susi schlug vor, gemeinsam mit geschlossenen Augen den Rebellenhügel runterzufahren. Sie wollte gerne vorne sitzen. In meinen Fingerspitzen kribbelte es bis hoch zu den Ellbogen, als ich mich hinter ihr auf dem Schlitten platzierte. Er setzte sich mit einem Ruck in Bewegung. In meiner Brust verbreitete sich rasant das Gefühl, als surrten Tausende winziger Glassplitter wie in einem Magnetfeld umher, gleichzeitig setzte in den Ohren ein gigantisches Rauschen ein.

»Nicht gucken!«, Susi lehnte sich mit ihrem Oberkörper gegen mich. »Der Schlitten hält unten von alleine an.« Hoffentlich, dachte ich und drückte meinen Kopf etwas fester in Susis Nacken, um nicht dem Drang nachzugeben, die Augen zu öffnen. Ich spürte den Wind an den Ohren. Mein Magen wurde klein und hart, er hüpfte immer schneller wie ein Pingpongball in meinem Körperinnern zwischen den Glassplittern umher. Ich presste mich fester an Susi.

Es gab einen riesigen Knall, ein Geräusch von Metall auf Metall. An der Vorderseite meines Körpers war es auf einen Schlag kalt geworden. Im selben Moment riss ich die Augen auf: Susi war ein Stück hügelabwärts mit dem Bauch auf der Rodelbahn gelandet. Direkt vor mir lachte mich ein feistes Jungengesicht aus einer grünen Parkakapuze an. Hinter ihm saßen Ben, ein Junge aus dem SOS-Kinderdorf, und Ratze, sein Kumpel von der Tankstelle, der mit der ewig verklebten Rotznase. Ich kannte die drei vom Schulhof. Ihr Schlitten hatte sich bei dem Aufprall gedreht. Der Junge mit dem feisten Gesicht kam auf mich zu. Ich spürte, wie sich etwas langsam und warm von meinem Haaransatz über die Stirn bewegte.

»Mein Name ist Volker, Volker Brockmann.« Wie er die Hand dabei auf seine Brust legte! Er wirkte, als habe er die Geste lange vor dem Spiegel einstudiert. Ich wischte mit dem Handschuh übers Gesicht. Der Junge entblößte zwei schief stehende Schneidezähne. Auf dem Pausenhof war er ein aufgeblasener Angebertyp, der gerne Kleinere provozierte und schnell mal einen Streit vom Zaun brach, um zu zeigen, dass er der Stärkere war.

»Du bist wohl eines von den Froschfresserkindern mit der toten Mutter, was?«

Ich zuckte zusammen.

Er legte den Kopf zurück, sein lautes dreckiges Lachen hallte über die Wiese. Irgendwie lief immer noch etwas über meine Stirn, Schweiß oder geschmolzener Schnee. Er machte eine Kopfbewegung, als hätte er es bemerkt.

»Sieht gut aus! Schöne Grüße von meiner Schwester Merle übrigens, sie scheißt auf euren Elefanten! Und auf euch!«

Marcel streckte seinen Kopf zwischen einer Reihe von Kindern hervor, die sich hinter Volker schaulustig aufgebaut hatten. In seinen Augen stand blankes Entsetzen. Merles Bruder, schoss es mir durch den Kopf, Volker ist Merles großer Bruder! Wenn man ihn genau betrachtete, hatte er den gleichen Puppenmund. Der passte überhaupt nicht in sein fieses Gesicht! Ich sah zu Susi hinüber. Was war mit ihr, warum stand sie nicht auf? Wir hatten in der Schule ein Lied gelernt, »still und starr ruht der See« hieß eine Zeile. Ich hatte immer ein Bild zu diesen Worten gesucht. Als ich jetzt auf Susi sah, hatte ich es. Susi war zwar kein See, aber so still und starr wie sie dalag, musste der See im Lied daliegen. Es war unheimlich. Wie Quecksilber in einem Fieberthermometer drang etwas in mir nach oben.

»Du Idiot!«

»Was war das?« Volker knetete seine Handschuhe. Er kam näher auf mich zu. »Hast du noch nicht genug?« Die beiden anderen folgten ihm, Schulter an Schulter. Der Kreis um uns wurde enger. Erschreckte Laute waren zu hören.

»Was hast du gesagt?«

»Idiot hab ich gesagt, du Idiot!« Ich fühlte mich sicher. Er konnte mir nichts antun. Ich war blind den Berg heruntergefahren, ich würde mit einem blöden Angeber wie Volker allemal fertig werden.

»Wiederhol das noch mal.«

»Bist du taub, oder was?« Ein Kichern hinter seinem Rücken machte ihn nervös. »Idiot hab ich gesagt! Was hat das alles denn mit deiner doofen Schwester zu tun?«

Susi bewegte sich noch immer nicht. Ich musste nachsehen, ob ihr vielleicht etwas zugestoßen war.

Volker trat mir in den Weg.

»Das ist Rache, Schätzchen.« Er buchstabierte: »R-A-C-H-E! Hätte auch den Kleinen treffen können«, er zeigte nachlässig auf Marcel, der mich aus schreckgeweiteten Augen ansah. »Hast halt Pech gehabt oder er Glück, wie man es nimmt!« Sein Puppenmund verzog sich zu einem üblen Lächeln.

Die Kinder hatten inzwischen eine dichte Mauer um uns gebildet. Marcel trat aus dem Ring hervor und griff nach meiner Hand.

»Du blutest«, sagte er.

Ich spürte, dass immer noch etwas über meine Stirn rann, aber da war kein Schmerz. Nur komisch wurde mir, als würden meine Augen in die Nacht fallen und davontreiben.

Susi, dachte ich und ließ seine Hand los, ich muss nach Susi schauen, sie liegt unten. Durch graue Schatten sah ich, dass Susi mit dem Gesicht im Schnee lag. Neben ihr stand der Hund, die Schnauze auf ihrem Bauch, als wolle er sie wärmen. Ich drehte sie vorsichtig um. Ihre Unterlippe klaffte auseinander, unter ihr ragte ein spitzer Stein aus dem Schnee, wahrscheinlich war sie direkt mit der Lippe draufgefallen. Sie sagte nichts, ihre Augen waren immer noch geschlossen. Aber sie atmete. Volker und seine Kumpels standen hinter mir, vermutlich starrten sie Susi an. Keiner sagte etwas.

»Susi?« Ich rieb ihre Schulter, ihre Augenlider zuckten leicht. »Du darfst nicht sprechen, Susi, deine Lippe ist verletzt. Ich bringe dich ...«

Ich sah mich um, kein Erwachsener weit und breit, nur immer mehr Kinder, die sich um uns scharten und uns anglotzten. Ich legte Susi auf den Schlitten und öffnete ihre Mützenbänder. Der Hund saß jetzt neben ihr, fast reglos, er beobachtete jede meiner Bewegungen. Aus dem Riss in ihrer Lippe quoll dunkle Flüssigkeit, sie lief ihr Kinn hinab und färbte die hellblaue Skijacke dunkel. Ihre Augenlider flackerten.

»Lass die Augen ruhig zu!«

Ich konnte unscharf erkennen, wie einige Kinder unsere Schlitten zusammenbanden. In meinem Kopf begann es schmerzhaft zu pochen.

In einiger Entfernung stand Volker, mit ausdruckslosem Gesicht. Es war ein komisches Bild, wie er uns anstarrte. Dann ging ein Ruck durch seinen Körper. Er drehte sich um und gab Ratze und Ben ein Zeichen, ihm zu folgen. Feiglinge! Ich ging auf sie zu, um Ratze am Ärmel festzuhalten.

»Willst wohl abhauen?«

Der Boden unter mir schwankte. Ich stützte mich auf Ratzes Schulter. Er starrte mich verlegen an und wischte sich mit dem Handschuh den Rotz von der Nase. Einmal kurz drehte er sich zu Volker um, dann fasste er mich unter dem Arm und brachte mich zu den Schlitten. Susi sah schlimm aus. Die Kinder um uns herum schauten voller Entsetzen. Ich hatte plötzlich nur noch den Wunsch, mich hinzulegen.

»Zieh!«, befahl ich Ratze.

Marcel hatte ihm eine Schlittenkordel in die Hand gedrückt. Und Ratze zog. Er zog wie ein Verrückter, als ob er alles wiedergutmachen wollte. Er sagte kein Wort, er schaute auch nicht mehr nach Volker und Ben. Er zog, den Kopf tief zwischen den Schultern, die Schlitten den Hügel hinunter, am Rebellen entlang, den ganzen weiten Weg auf dem bisschen Schnee bis zum Engel.

Als wir dort ankamen, dämmerte es bereits. Ratzes Gesicht glühte im Halbdunkel, Susi und ich waren wahrscheinlich nicht gerade Fliegengewichte. Ich fragte mich, warum er ausgerechnet hier hielt. Aber im nächsten Moment war es mir klar. Der Engel war nicht nur das erste Haus am Ortsrand, er war wohl auch Susi Engels Zuhause.

»Kann ich jetzt gehen?« Ratze hielt Marcel mit fragendem Blick die Kordel hin. Wahrscheinlich hatte er Angst, Ärger zu bekommen. Ich richtete mich langsam auf. Das Pochen im Kopf war ein warmer, tiefer Schmerz geworden.

Ich betrachtete Susi. Sie sah ziemlich mitgenommen aus. Marcel schaute mich etwas hilflos an, dann nickte er Ratze zu und übernahm das Schlittenband. Sein Blick war besorgt, als er mir die Hand entgegenstreckte. Ich richtete mich auf, Übelkeit stieg in mir hoch, Schatten trieben durch die Welt, ich versuchte, nicht an den Schmerz zu denken, das Wummern in den Schläfen zu ignorieren, während ich auf das Gasthaus zuging und die schwere Tür aufschob. Wir traten in warme, verbrauchte Luft. Nur wenige Menschen saßen in dem düsteren Raum. Hinter der Theke sah ich Anna am Bierhahn hantieren. Sie schaute kurz auf, als die Eingangstür zufiel, schenkte dem Hund, der sich mitten in der Stube schüttelte, ein Lächeln und hielt dann inne, als glaubte sie nicht, was sie sah. Sie ließ den Zapfhahn mit einem erschreckten Ausruf los und stürmte uns entgegen.

»O mein Gott!« Die wenigen Leute um uns herum blickten auf. »Was ist passiert? Mutter!«, rief sie in die hinteren Räume, »hilf mir!« Sie wartete nicht auf Antwort. Als sei ich ein kleines Kind, nahm Anna mich auf den Arm und trug mich aus dem Raum. Die alte Frau Engel hastete an uns vorüber. Ich hörte Marcel neben Anna eine Treppe hochstapfen. Sie atmete angestrengt. Eine unglaubliche Ruhe befiel mich, eng zog sich alles um mich zusammen, verlor an Farbe und Lautstärke, ich war unendlich schwach, aber aufgehoben. Alles war gut. Ich schloss die Augen.

Susi, fuhr es mir durch den Kopf. Anna stieß gegen eine Tür, auf der ich durch halb geöffnete Lider eine schwarze Vier stehen sah. Susis Zimmer, dachte ich. Um mich wurde alles dunkel. Ich flüsterte Susis Namen. Anna beruhigte mich. Ich fühlte, wie sie mich auf ein Bett legte und wie die Matratze leicht unter mir nachgab. Es roch nach gestärkter Wäsche. Wellenartig überkam mich jetzt der Schmerz. Von unten drangen dumpf die Küchengeräusche und Stimmen herauf. Ich spürte Marcels kleine Hand auf meinem Gesicht, Anna, die mir die Schuhe auszog, meine Jacke öffnete und mir die Stirn säuberte mit einem feuchten Tuch. Dann wurde es still.

Als ich einmal kurz die Augen aufschlug, war es draußen dunkel. Auf dem Nachttisch brannte eine kleine Lampe, der Schmerz in meinem Kopf hatte nachgelassen, und etwas spannte an meiner Stirn. Ich wollte den Arm heben, um die Stelle zu betasten, und spürte den kleinen Hund, der ihn warm beschwerte. Dann bemerkte ich Susi, die mit noch immer geschlossenen Augen am anderen Bettende lag. Gott sei Dank, sie war da! Sie atmete ruhig und gleichmäßig, der Riss in ihrer Unterlippe klaffte nicht mehr so weit auseinander. Ich hätte mich gern mit ihr unterhalten, aber mir fehlte die Kraft, einen Laut von mir zu geben, meine Lider flackerten wie unruhige Kerzen, und bald umgab mich wieder Dunkelheit.

Aus Susis Spalt in der Lippe wurde mit der Zeit eine feine hellrosa Narbe, sie zog sich von der Innenseite der Unterlippe bis etwa einen Zentimeter unterhalb der Lippenkante und gab ihrem Gesicht etwas, das es vielleicht dringend gebraucht hatte: einen sichtbaren kleinen Fehler. Bei mir hatten sie eine kurze Fläche am Haaransatz ausrasiert, bräunliche Farbe darauf verteilt und mich mit fünf Stichen genäht. Es sah ein bisschen aus wie ein Reißverschluss an der Stirn. Papa hatte ein Foto davon gemacht und gesagt, es würden Haare drüberwachsen und bis zu meiner Hochzeit wäre wohl nichts mehr davon zu sehen.

Die Naht und die Narbe waren mir so weit egal, und heiraten wollte ich eh nicht. Ich fragte mich vor allem, ob Susi mich auch ohne diesen Vorfall mit nach Hause genommen hätte. Wäre das Unglück nicht passiert, hätte ich sie vielleicht nie näher kennengelernt. War sie eine Einzelgängerin?

Zumindest war es ziemlich ungewöhnlich, wie und wo sie lebte. In dem Gästezimmer, das sie im ersten Stock bewohnte, befand sich nichts außer einem hässlichen, scharfkantigen Schrank, einem nicht minder hässlichen Gasthausbett, einem Nachttischchen, einer Kofferablage und einem Waschbecken. Welches Mädchen in unserem Alter lebte wie in einem schäbigen Hotel? Susis Schreibtisch war ein Tisch in der Gaststube, der, der gerade frei war. Ihr Spielzimmer waren die Bänke und Stühle, der Tresen und bei schönem Wetter der Hinterhof, in dem sich streunende Katzen tummelten, zwischen Mülleimern, leeren Bierfässern und Weinkisten. Die wenigen Besuche bei anderen Kindern hatten ihr gezeigt, wie ungewöhnlich ihre Situation war. Früher hatten sie oben im ersten Stock zehn Gästezimmer gehabt. Jetzt waren es nur noch fünf, die anderen fünf bewohnte die Familie.

Und die Rückseite des Gebäudes, in dem sie vor Susis Geburt alle zusammengewohnt hatten, den hatte ihr Großvater vermietet. »Vermieten müssen«, sagte Susi, weil der Engel seit einiger Zeit schlecht lief.

Susi war seit dem Unfall nicht mehr in die Schule gekommen. Mit jedem Tag, an dem ihr Platz neben mir leer blieb, wurde mein schlechtes Gewissen größer. Sie hatte für uns büßen müssen. Für Marcel und mich. Für die Geschichte mit Bamboo. Es musste sie ganz schön erwischt haben, wenn sie so lange wegblieb. Hätte ich vorn auf dem Schlitten gesessen, wäre ich fällig gewesen. Volkers Gesicht ging mir nicht aus dem Kopf, sein triumphierendes Lachen, als er schrie: »Ihr seid doch die Kinder mit der toten Mutter!« Dieser Satz brannte in mir und steigerte meine Verzweiflung darüber, dass es Susi schlimmer getroffen haben musste als mich.

»Geh sie einfach mal besuchen«, riet mir Philo ein paar Tage später, als ich meinem Kummer bei ihm Luft machte und von der Ungewissheit über Susis Gesundheitszustand erzählte, »danach weißt du mehr. Vielleicht ist alles ganz anders, als du denkst ...«

Von uns zum Engel war es nicht sehr weit. Zehn Minuten zu Fuß vielleicht. Sprede war nicht sonderlich groß. Ob Susi mich überhaupt sehen wollte? Der Unfall war meine Schuld gewesen. Vielleicht wusste sie es und war sauer auf mich, oder sie wollte überhaupt keinen Besuch. Womöglich ließ ihre Verletzung keine Besuche zu – war sie vielleicht noch im Krankenhaus? Mich hatten sie nur ganz kurz dabehalten. Aber wenn es bei ihr etwas Schlimmeres war?

Hinter mir, beinahe auf meiner Höhe, klackerte die Gangschaltung eines Fahrrads. Fast zeitgleich berührte mich ein Luftzug, und Misha flitzte viel zu dicht an mir vorbei. Misha. Wie ein Mond seinen Planeten schien er

Sprede zu umkreisen. Ich nahm es als gutes Omen, dass er in diesem Moment meine Bahn kreuzte. Keine Ahnung, warum.

Im Gastraum traf ich auf Susis Großmutter.

»Bénédicte Baron ...«, stellte ich mich ihr diesmal richtig vor und wollte erklären, warum ich gekommen war.

»Setz dich da hin«, unterbrach sie mich mürrisch und wies auf eine Eckbank, an deren Rand sich Berge von Zeitschriften und Zeitungen stapelten. Ich griff nach dem obersten Magazin. Es zeigte eine schöne Stadtsilhouette mit Zwiebeltürmen. *Was ist bloß im Ostblock los?* stand in dicken grauen Buchstaben darüber. Ich blätterte es durch, fand nur wenige, sehr kleine Bilder in Schwarz-Weiß zwischen viel zu viel Text und legte es bald wieder aus der Hand. Ich sah mich um. An den Wänden hingen eine Menge Fotos von Boxern und Boxkämpfen. Susis Großmutter werkelte lautstark hinter dem Tresen herum. In ihrem Rücken hing ein Bord voller Pokale. Sie schien nicht im Geringsten an mir interessiert. Ich fragte mich, ob sie überhaupt noch wusste, dass ich da war. Vom Spülbecken stieg ein heller Wassernebel auf. Gläser klirrten, Wasser zischte und spritzte. Immer wieder rutschte ihr die dicke schwarze Brille ins Gesicht, sie beschlug. Missmutig versuchte sie, die Brille mit dem Handrücken zurückzuschieben, was aber nur kurzfristig Erfolg brachte. Ich hätte ihr meine Hilfe anbieten können, ließ es aber bleiben, weil ich fürchtete, sie könne meine Frage als Beleidigung auffassen. Also schwieg ich und beschloss zu warten, zumindest noch ein kleines bisschen. Draußen, außerhalb des Gastraums, vielleicht aus der Küche, rief jemand: »Liese!«

Ich hob den Kopf. Susis Großmutter ignorierte den Rufenden, oder sie hörte schlecht, oder sie hieß nicht Liese, jedenfalls spülte sie seelenruhig weiter. Langsam wurde mir warm, ich begann die Knöpfe meiner Jacke zu öffnen. Dann sah ich die Titelbilder der übrigen Zeitungen und Zeitschriften durch. Ich stellte mir vor, wie Susi hier saß, wahrscheinlich lag sie mehr, hingelümmelt in die Ecke, einen Kirschlolli im Mund. Welche Titel würden sie am meisten interessieren? Ich entzifferte die Überschriften und versuchte zu verstehen, was da stand, über anarchistische Gewalttäter, Atommüll-Endlager und Umweltskandale, Bombenanschläge, Bürgerrechtler, die DDR, Inflationsraten und Arbeitslosenquoten. In jedem Fall wirkten diese Hefte interessanter als das Leseübungsmaterial für Legastheniker, das Frau Claasen mir mit nach Hause gegeben hatte. Gerade als ich darüber nachdachte, Anna zu fragen, mir ein paar dieser Hefte auszuleihen, brüllte wieder eine Männerstimme: »Liese!«

Doch Susis Großmutter versank immer tiefer im Heißwassernebel und machte weiterhin ein grimmiges Gesicht. Im nächsten Moment öffnete sich die Hintertür zum Gastraum, und Anna kam herein.

»Mama, Papa ruft!«

Es war komisch, von einer erwachsenen Frau einen solchen Kindersatz zu hören. Susis Großmutter schaute auf und brummelte irgendetwas Unverständliches.

»Hermann schreit nach dir!«, rief Anna nachdrücklich in ihre Richtung.

Liese wischte sich die Hände an der Schürze ab, zeigte unwirsch zu mir und ging nach draußen.

»Ah, gut, dass du gekommen bist!« Ich konnte sehen, dass Anna sich freute, entdeckte in ihrem Gesicht aber auch etwas Ernstes, Sorgenvolles. Sie schob mich in den helleren Teil des Gastraums, fasste mich bei den Schultern und betrachtete meine Stirn.

»Das ist ja noch mal glimpflich abgelaufen ...«, sagte

sie erleichtert und drückte mich an sich. Ich nickte nur. Es tat gut, so in den Arm genommen zu werden.

»Sag, wer war das?«

Ich zuckte mit den Schultern.

»Normaler Schlittenunfall.«

Anna schnaufte.

»Die ganze Stadt spricht darüber. Normal war nichts an dem Unfall.«

Sie sah mich ungeduldig an. Ich wich ihrem Blick aus.

»Wer ist denn schuld an der Sache?«

Mir war jetzt richtig heiß in der Jacke.

»Ich würde gern meine Jacke ausziehen.«

Anna half mir aus dem Ärmel.

»Ich möchte wissen, wer so brutal war und seinen Schlitten direkt in ...«

Ich musste es wohl sagen.

»Ich bin schuld.«

Sie atmete tief ein.

»Verdammt noch mal! Wen willst du schützen?«

Ich schüttelte den Kopf.

»Niemanden. Ich bin schuld, dass das passiert ist. Marcel und ich haben im Sommer Merle geärgert. Merle, die wohnt genau neben uns. Wir haben sie ziemlich fies behandelt ...« Was wir mit dem Mist von ihren Koppeln gemacht hatten, wollte ich Anna lieber nicht erzählen. »Es war meine Idee, 'ne richtig blöde Idee, und er hat sie gerächt. Er ist ihr Bruder ... Er hat zu mir gesagt, es hätte auch Marcel treffen können ... Volker ...«

Anna betrachtete mich eingehend und fuhr sich mit der Hand über das Gesicht. Ihre Augen funkelten böse.

»Volker, hmmm?« Sie wirkte, als habe sie auf diesen Namen gewartet.

»Ja. Volker. Volker saß vorn. Er muss gelenkt haben, hinter ihm saßen Ratze und Ben.«

»Volker … wie weiter?«, bohrte Anna, ihre Augen brannten jetzt gefährlich.

»Volker wollte Marcel und mich bestrafen, wir haben mit Merle einen blöden Spaß getrieben, das hab ich doch schon gesagt …«

»Wenn es der ist, von dem ich vermute, dass er es ist, dann ist das nicht das erste Mal«, ihre Stimme klang scharf und unversöhnlich, »das letzte Mal hätte es fast jemanden das Leben gekostet.«

Ich starrte sie erschrocken an.

»Also, kennst du seinen Nachnamen?«

»Ich glaube Brockmann«, sagte ich unwillig, »Volker Brockmann.«

»Na bitte!« Anna sprühte vor Ärger. »Dieser Tunichtgut! Das wird ein Nachspiel für den Knaben haben! Wenn der Günther kommt, der kriegt was zu hören, ein dermaßen aggressives Kind! Das hat er nämlich von dieser scheißmilitärischen Erziehung!«

Glücklicherweise kam in diesem Moment der weiße Hund von irgendwo hereinspaziert. Er sprang schwanzwedelnd auf mich zu und an mir hoch und lachte regelrecht.

»Darf ich vorstellen«, sagte Anna. »Che Guevara.«

»Che Guevara?« Jetzt musste ich lachen, ich hatte ihn mir dunkelhaarig vorgestellt, mit einem Barett auf dem Kopf.

»Er hört auf niemanden und kommandiert alle herum. Ein Glück, dass er so klein ist!«

»Wir kennen uns schon.« Ich kraulte ihm das Fell.

»Ich werde mit Günther sprechen, jetzt ist ein Maß erreicht …«, Anna war immer noch aufgebracht.

»Kann ich mit ihm hochgehen?«, ich zeigte auf Che Guevara. »Es ist das Zimmer Nummer vier, oder?«

Anna blickte um sich, als müsse sie ihre Gedanken ordnen. Dann drückte sie mich noch einmal fest an sich.

»Geh nur«, sagte sie, »ich muss mich erst wieder einkriegen.«

Ich verließ den Gastraum über den düsteren Hinterausgang. Es war kalt und roch nach Klo. Ich versuchte mich an meine trüben Unfalleindrücke zu erinnern und ging die alte, schlecht beleuchtete Holztreppe hinauf in den ersten Stock. Trotz des spärlichen Lichts konnte man die großen dunklen Zahlen an den Türen gut erkennen. Es war still dort oben. Ich klopfte an bei *No. 4*. Niemand antwortete. Ich öffnete vorsichtig die Tür. Ein schmales Zimmer tat sich auf. Es wurde von einem Bett dominiert. Die Vorhänge am Kopfende des Bettes waren zugezogen. Einen Moment später hatte ich mich an das schlechte Licht gewöhnt. Eine winzige Nachttischlampe erhellte einen kleinen Kreis neben Susis Kopfkissen, eine aufgeschlagene Zeitung lag auf dem Nachttisch. Ich sah in einer abgenutzten Gefriertüte ein paar von den roten Kirschlollis, die sie ständig bei sich trug und offenbar sehr mochte. In einer Vase standen Tannenzweige, an denen leuchteten im matten Licht Susis selbst gebastelte Weihnachtssterne. Ich erinnerte mich, wie sie beim Basteln zu mir gesagt hatte, sie würde sie alle behalten. Sie waren der einzige Schmuck in dem kleinen Raum. Etwas beschämt dachte ich daran, dass ich sie deswegen für egoistisch gehalten hatte. Bücher stapelten sich vor ihrem Nachttisch auf dem Boden. Ein bisschen sah das aus wie vor Philos Canapé. Ein Block mit krakeliger Schrift und ein Stift lagen herum. Che Guevara machte einen Satz auf das Fußende von Susis Bett und rollte sich dort zusammen. Andeutungsweise wedelte er mit der Schwanzspitze wie in Erwartung einer Rüge.

»Na?«, begrüßte mich Susi leise, sie hob matt die Hand. Zwischen den weißen Hotelkissen sah sie winzig klein und hilflos aus. Von der Unterlippe zum Kinn war eine dunkle Naht zu sehen, einzelne Fäden standen hervor, wie bei einem schlecht vernähten Stück Stoff. Sie richtete sich ein wenig auf, ihr Blick blieb an meiner Stirn hängen. »Du siehst interessant aus. So 'ne Art Kriegsbemalung?«

»Ich durfte beim Farbton leider nicht mitreden.«

»Hast du meiner Mutter gesagt, wer's war?«

Ich nickte.

»Oh nein!«, sie schloss die Augen, und ich hörte sie, mehr zu sich selbst als zu mir, sagen: »Das ist Scheiße. Jetzt hab ich ein außerordentliches Problem.«

Che Guevara hob den Kopf. Ich fühlte mich unbehaglich. Ich hatte nicht nur Volker verpetzt, sondern offenbar auch Susi irgendwie mit reingeritten. Ich setzte mich zu Che Guevara ans Fußende, griff nach Block und Stift auf dem Boden und begann, ihre Umrisse zu zeichnen.

»Sie wird es seinem Vater sagen, der kommt oft abends in den Engel.« Mit der Naht an der Unterlippe fiel es ihr schwer, klar zu sprechen. Wahrscheinlich spannte das nicht nur, sondern bereitete ihr auch Schmerzen. Ich hätte lachen können, wenn sie nicht so erbärmlich ausgesehen hätte.

»Günther?«, fragte ich, während Susis Kopfform unter meiner Hand auf dem Papier erschien.

Susi nickte.

»Und dann?« Ich zog die leicht gewölbten Linien ihrer Augenbrauen oberhalb der schmalen Nasenwurzel und dann nach unten hin, die kurze, gerade Form ihrer Nase.

»Dann trinkt der so lange, bis seine Wut dermaßen groß ist, dass er nicht mehr weiß, was er tut.«

»Und was tut er dann?« Ich übertrug die kleine Grübchenkerbe von ihrer linken Wange auf den Block.

»Na, dann verprügelt er ihn wieder.«

»Wen?«

»Volker.«

»Ach du Scheiße.«

»Ja, richtig Scheiße. Und der verprügelt dann bei nächster Gelegenheit mich. Das war schon immer so. Anna kapiert den Zusammenhang nicht.«

»Dann verhindern wir, dass er dich verprügelt.«

»Das kann keiner verhindern. Der lauert mir irgendwo mit seinen Kumpels auf. Und wenn ich's Mama erzähle, fängt alles wieder von vorne an. Deshalb habe ich nichts gesagt. Seit dem Unfall steht sie zehnmal am Tag hier und fragt mich, wer daran schuld ist. Bevor sie es nicht weiß, darf ich nicht in die Schule.«

Ich schluckte.

»Und was sagt dein Vater dazu?«

»Ich habe keinen Vater.«

Susi befühlte mit der Zungenspitze die Fäden, die sich aus ihrem Kinn bogen.

»Jeder hat einen Vater«, beharrte ich. Wenn Susi hier ein Geheimnis bewahrte, dann wollte ich es wissen.

»Mein Vater ist verschwunden.«

»Wie verschwunden? Puff und weg?«

Ich zeichnete mit Schwung den kleinen Knick, ganz am Ende des Narbenfadens. Susi musste lachen und gab einen kleinen Schmerzlaut von sich.

»Manchmal schreibt er mir eine Postkarte – viele Grüße und so ...«

»Dann hast du ja doch einen ...«

»Aber er ist verschwunden, als ich noch ganz klein war. Ich kann mich nicht an ihn erinnern. Er war immer inexistent«, Susi richtete sich ein wenig auf, »von Anfang an. Und deine Mutter ...?« Sie zögerte, als ob sie nicht wagen würde auszusprechen, was die ganze Stadt herumposaunte. Ich schenkte ihr ein ermutigendes Lächeln. »Ist es wahr, dass sie tot ist?«

»Das ist Blödsinn. Aber wir wissen nicht, wo sie ist.«

»Was?«

»Wir Kinder wissen es nicht.«

»Und ... die Erwachsenen schon?«

»Es gibt Gründe, warum sie uns den Ort nicht sagen wollen.«

»Das ist mysteriös ...«

Susis Augen verengten sich.

»Sie sagen, sie sei krank.«

»Schlimm krank?«

»Ich denke schon. Sie hat versucht, sich das Leben zu nehmen.«

»So krank?«

»Das ist Teil ihrer Krankheit. Aber sie sagen, sie sei auf dem Weg der Besserung ...«

Susi runzelte die Stirn.

»Und sie? Was sagt denn sie?«

»Sie ... Sie ist stumm.«

»Schon immer?«, fragte sie bestürzt.

»Erst seit ... seit dem Selbstmordversuch, seit sie weg ist. Ich hoffe, sie kommt bald zurück.«

Mit einem Mal war ich froh, zu wissen, wie Aimée roch, wie sie sich anfühlte, wie ihre Stimme klang – bevor sie stumm geworden war –, wie sie sich bewegte und wie sie lachte. Im Gegensatz zu Susi, konnte man meinen, hatte ich richtig Glück gehabt.

»Das klingt sehr rätselhaft«, hörte ich sie leise sagen, »aber wenn du mich fragst ... Ich hätte dazu eine Theorie.«

Ich wollte keine Theorie über das Verschwinden meiner Mutter hören, bevor ich nicht wusste, warum ihr Vater verschwunden war. Ich strichelte den ausgefransten Rand ihres weißen Nachthemds, während ich sie danach fragte.

»Er hatte eine zweite Familie. In Pakistan. Irgendjemand in der Stadt wusste es und hat es herumerzählt, bis es bei Opa Hermann ankam. Und dann gab es Streit.«

Ich starrte sie an.

»Opa Hermann – Opa Hermann war früher Boxer.«

»Ich hab die Fotos unten gesehen ...«

»Europameister ... Opa Hermann hat meinen Vater zur Rede gestellt. Es hat nicht lange gedauert. Nach ein paar Sätzen hat er ihm einen Haken verpasst. Hier unten in der Wirtschaft. Einen gehörigen Haken. Die Männer erzählen immer noch davon. Sie sagen, sie haben es knacken hören, wie wenn man einen Ast bricht, wie trockenes Holz. Mein Vater ist direkt danach verschwunden und nicht mehr zurückgekommen.«

»Hart«, sagte ich.

»Ja. Aber er hat uns ja auch ganz schön verarscht. Alle, die ganze Stadt. Vor allem aber Mama ...«

»Dich auch ...!«

»Ja. Vielleicht ist es gut, dass er so früh verschwunden ist.«

»Gut?«

»Weil ich mich gar nicht erst an ihn gewöhnen konnte. Ich bin ja ohne ihn aufgewachsen!«

»Vermisst du ihn?«

»Ich kenne ihn nicht.«

»Warum schreibst du ihm nicht?«

»Sie haben's mir verboten.«

Fragend hob ich die Augenbrauen. Das konnte ich mir nicht vorstellen. Sie konnten doch Susi nicht verbieten, ihrem Vater zu schreiben! Er war ihr Vater! Auch wenn er sie alle verarscht hatte.

»Ich würde ihm trotzdem schreiben ...«

»Du kennst Opa Hermann und Oma Liese schlecht ... Sie würden ...«

»Was …?«

»Sie würden nie mehr mit mir reden, wenn sie es rausbekämen.«

Ich musste an das mürrische Gesicht von Oma Liese denken. Vielleicht hatte sie einen schlechten Tag.

»Nach einiger Zeit würden sie sich bestimmt beruhigen …«

»Nein. Niemals … Bis ans Ende ihres Lebens nicht …«

»Warum bis du dir so sicher?«

»Die können nichts vergessen …«, Susi holte tief Luft. »Manchmal wünsche ich mir, dass er plötzlich vor der Tür steht. Manchmal fürchte ich mich auch davor. Ich hab mir oft vorgestellt, dass er die ganzen Jahre hart trainiert hat, um zurückzukommen und Opa Hermann herauszufordern.«

»Und dann, zack, haut er deinem Opa auf die Nase …«, ich stieß mit der Faust in die Luft und lachte, »passieren kann alles … oder?«

»Alles …«, stimmte Susi mir zu, »zum Beispiel kann man plötzlich blind werden oder sich beim Schlittenfahren die Lippe aufreißen …« Sie befühlte vorsichtig die Narbe.

»Oder taub werden …«, sagte ich, »was machst du dann?«

Susi versuchte zu lächeln und zeigte auf ein Buch in dem Stapel neben dem Bett. *Gebärdensprache* stand auf dem Rücken.

Unmöglich! dachte ich.

»Kannst du die etwa?«

»Noch nicht, lerne ich gerade. Aber …«, sie schob ihren nackten Fuß unter der Bettdecke hervor und griff mit den Zehen nach dem Stift in meiner Hand. »Ich zeig dir, was ich kann … gib mal den Block rüber. Was machst du denn da die ganze Zeit?«

»Malen nach Zahlen«, sagte ich und riss das oberste Blatt ab, um ihr den Block zu reichen. Susi fummelte mit Hilfe des anderen Fußes den Stift zwischen den großen und den folgenden Zeh. *Ich bin auf alles vorbereitet,* schrieb sie etwas krakelig aufs Papier. Es war durchaus lesbar.

»Wow. Wozu brauchst du das denn?«

»Falls mir die Hände abfallen! – Könnte ja auch passieren ...«

»Du spinnst«, sagte ich bewundernd.

Mir gefielen ihre absurden Übungen. So traurig sie war, aber mir gefiel auch die Sache mit ihrem Vater – und dass sie die Sache mit Volker nicht an die große Glocke gehängt hatte. Ich zeigte ihr mein Porträt von ihr.

»*Du* spinnst vielleicht«, sagte Susi, »Malen nach Zahlen! Du spinnst total! Das ist außerordentlich ... das ist ... wunderschön!«

»Das bist du«, sagte ich.

Als ich später ging, schenkte ich Anna das Bild.

»Deine Tochter«, sagte ich zu ihr. »Das Mädchen aus Zimmer vier.«

Sie lächelte.

Tags darauf durfte Susi wieder in die Schule. Man kann nicht sagen, dass unsere Narben sie oder mich auf der Beliebtheitsskala nach oben katapultiert hätten, aber sie schenkten uns zumindest eine beträchtliche Anteilnahme und Aufmerksamkeit. Natürlich blieb nicht aus, dass die anderen uns fragten, was denn genau passiert war. Es war die Gelegenheit, uns vor Volkers Übergriffen zu schützen. Bis auf Weiteres. Innerhalb kürzester Zeit wusste die ganze Schule Bescheid. Annas Worte allerdings sollten nicht ohne Bedeutung bleiben. Das Ganze hatte später tatsächlich ein gehöriges Nachspiel. Doch vorerst bewegten wir uns unter dem Schutz der entrüsteten Blicke unserer Mitschüler und der Bürger Spredes sicher durch die Stadt.

Susi Engel lieh mir von da an hin und wieder Zeitschriften, und eines Tages verabredete sie sich zum ersten Mal mit mir.

# 14.

Als Susi das erste Mal zu uns zum Essen kam, war es schon fast Frühling. Ein Freitag. Bei uns gab es Fisch. Marcel und ich aßen den Fisch, weil Gertrud darauf bestand und wir schlichtweg kapituliert hatten.

»Fisch essen am Freitag ist eine christliche Tradition«, sagte Gertrud, »wer Fleisch isst, begeht eine Sünde!« Und damit wir nicht gottlos und sündhaft aufwuchsen, ging sie mit uns weiterhin sonntags in die Kirche, und es gab freitags Fisch.

Susi roch es schon beim Reinkommen, zeitgleich mit Che Guevara hob sie die Nase und flüsterte mir zu, sie sei nicht hungrig. Als sie am Tisch saß, sagte sie es noch einmal, aber Gertrud hörte es nicht oder ging nicht darauf ein. Jedenfalls wiederholte Susi es noch einmal. Doch wenn es ums Essen ging, war Gertrud noch humorloser als sonst. Sie hatte schon vom Ei genug, wenn das zum Mittagessen kam und das Fleisch verweigerte. Sie legte uns allen ein großes Stück Fisch auf den Teller und sagte: »Wer einen Teller vor sich stehen hat, isst, so läuft das hier!«

Susi lächelte Gertrud an, als könne sie damit ihr unerbittliches »Iss!« auslöschen. Aber die war dazu übergegangen, uns Kartoffeln aufzutun, dann Erbsen und dann Möhren. Sie sah Susi überhaupt nicht an, schob aber den Teller so nah vor sie, dass er ihren Pullover berührte.

»Hier«, sagte sie, fast so, als wolle sie Susi mit dem Teller vom Tisch stoßen.

»Ich ...« Susi lächelte weiter hartnäckig in ihre Richtung.

»Susi isst keinen Fisch, Gertrud«, griff ich ein.

»Susi isst keinen Fisch, Gertrud«, äffte Gertrud mich nach, »du hast ihr einen Teller hingestellt, und wer auch immer diese Susi ist, es gibt hier keine Extrawurst und Wurst freitags schon mal gar nicht. Also wird der Fisch gegessen.«

Ich wünschte, sie würde ein bisschen höflicher sein, schließlich war Susi das erste Mal bei uns.

»Ich glaube gar nicht an Gott«, sagte Susi zu mir.

»Was ist los?«, hakte Marcel interessiert nach.

»Sie ist Atheistin, Gertrud, sie glaubt nicht an Gott«, erklärte ich.

Gertrud brummte beim Hinausgehen: »Atheistin, Atheistin, was für ein Blödsinn! Also ich muss ja nun wirklich nicht bei jedem Mist mitmachen!«

Sie rannte nun vom Wintergarten in die Küche und zurück, hin und her und hin und her, immer wieder, Che Guevara drehte aufmerksam den Kopf nach ihr, dabei gab es gar nichts mehr zu holen oder wegzubringen außer einer großen Ratlosigkeit wahrscheinlich und Ärger wohl auch, die Gertrud von hier nach da trug, ohne zu wissen, was sie damit machen sollte.

Susi suchte weiter Blickkontakt zu Gertrud. Aber die hatte keinerlei Interesse daran. Sie fasste ihren Stuhl und schob ihn geräuschvoll unter das Gesäß, sie stützte die Ellbogen auf den Tisch und sah Susi und mich mit bemüht ausdrucksloser Miene an. Ich begann Susis Kartoffeln zu essen, Marcel half ihr beim Gemüse, er spießte gerade die letzten Karotten auf seine Gabel, als Gertrud ruckartig aufstand und in die Küche ging. Flink zerteilte ich Susis Fisch und gab Marcel die Hälfte.

»Hier«, zischte ich, »schnell!«

»Danke!«, flüsterte Susi.

Wir schoben den Fisch in den Mund wie Spione eine Geheimbotschaft.

»Ich dachte, wir hätten diese Diskussion über den Fisch zur Genüge geführt«, sagte Gertrud noch immer aufgebracht, als sie in den Wintergarten zurückkam, »er wird gegessen«, und nach einem flüchtigen Blick auf Susis leeren Teller hielt sie inne und sagte: »Ach?«, und dann mit einem triumphierenden Lächeln: »Es geht also doch!«

»Na ja«, sagte ich zu Gertrud mit fischvollem Mund, »mit Gottes Hilfe!« Susi kicherte leise.

Später saßen Susi und ich auf dem Dachboden vom Gartenhäuschen und aßen Würstchen aus der Dose. Wir hatten sie aus der Speisekammer mitgenommen und wollten sehen, was passiert, wenn man freitags Fleisch isst. Das erste Würstchen gaben wir Che Guevara. Wir warteten kurz. Mich befiel ein unwohles Gefühl, ich war eigentlich gegen Tierversuche, was also, wenn ihm etwas zustieß?

Susi sagte, ich solle ruhig bleiben, nichts würde passieren, das mit dem Fisch sei eine Erfindung der katholischen Kirche. Wahrscheinlich hatte es irgendwann einmal einfach zu viel Fisch gegeben, und der musste weg. Eigentlich eine Superidee, alle freitags zu Fisch zu verdonnern! Ihre Theorie beruhigte mich. Wir aßen jede ein Würstchen. Nachdem wir eine ganze Weile gewartet hatten und tatsächlich nichts passiert war, stand fest, dass sie recht hatte.

»Siehst du!«, sagte Susi. »Und mich wird sowieso keiner jemals dazu bringen, Fisch zu essen, weder freitags noch sonst wann! Mal ganz ehrlich, eure Gertrud ist so eine Art Fischimperialistin! Ich sag dir was: Sie übt mit ihrem Glauben Macht über euch aus. Sie will, dass ihr den gleichen Schrott glaubt wie sie. Dabei gab es damals einfach keine Kühlschränke! Was ist passiert? Na?« Sie biss provokant in die letzte Wurst. Die pralle Pelle gab einen Platzlaut von sich. Che Guevara stellte die Ohren auf. »Ich werde dafür kämpfen, dass bei euch die Fischpflicht am

Freitag ein Ende nimmt!« Sie war aufgesprungen und zerdrückte das letzte Stückchen Wurst in der Faust. Che Guevara schnappte nach den herunterfallenden Brocken.

»Genau!«, schrie ich und musste fürchterlich lachen.

»Ich sag dir was!« Susi hielt beide Hände über Kreuz und schleuderte sie in einer schnellen Bewegung nach außen, als ob sie durch die Luft schneiden würde. Ich verschluckte mich fast an meinem Lachen. Susis Gesicht war ernst geworden.

»Was?«, fragte ich barsch. Susi sah aus, als ob sie uns jetzt den Spaß verderben wollte.

»Ich werde kämpfen wie die von der RAF!«

Ich hatte nicht den blassesten Schimmer, wie die von der RAF kämpften und wer das überhaupt war, und ich schaute blöd.

»Mein Großvater sagt, er sieht mich schon bei denen!«, sagte Susi stolz.

»Und ...«, fragte ich, »wie kämpfen die?«

»Die RAF? ... Die kämpfen richtig ... mit echten Waffen ...«

»Woher willst du denn ...?«

Susi lachte amüsiert. »Ich habe natürlich keine ... Ich muss meine eigenen Waffen benutzen. Zum Beispiel meine Intelligenz ...«

Wenn sie nur nicht so eingebildet wäre, dachte ich kurz und fragte: »Und die sind auch gegen Fisch am Freitag?«

Susi setzte sich neben mich.

»Nein. Die sind gegen alles Ungerechte. Gegen Leute, die alles tun, um noch mehr Geld zu verdienen. Gegen Leute, die Krieg führen, weil sie andere beherrschen wollen. Die von der RAF wollen, dass alles gerechter verteilt wird auf der Welt.« Sie machte eine Geste um sich herum: Gleich hier würde die RAF anfangen mit der Gerechtigkeit. Wir mussten nur die Tür öffnen.

Ich staunte.

»Das ist gut«, hörte ich mich sagen. Ich hatte nie darüber nachgedacht, dass da draußen nicht alles in Ordnung sein könnte. Aber wenn es so war, dass da ein paar aufpassten, die RAF hießen, dann fand ich es gut. »Ja. Das ist gut.«

Susi starrte vor sich auf den Boden.

»Nicht alle finden das gut. Mein Opa sagt, die gehören alle abgeknallt! Verbrecher, sagt er, weil sie ein paar Leute umgebracht haben, die für Wahnsinnsungerechtigkeiten verantwortlich sind. Aber Opa Hermann hat es einfach nicht begriffen: Dass sie doch nur ein Zeichen setzen wollten, dass es so nicht weitergehen kann!«

Ich schaute Susi entsetzt an.

»Na ja, die meisten von der RAF sind sowieso letztes Jahr im Gefängnis gestorben. Aber man vermutet, dass im Untergrund, in irgendwelchen Verstecken, noch eine ganze Menge Leute sind.« Sie packte mich am Arm und dämpfte ihre Stimme: »Deine Mutter!«

Ich wusste nicht, was sie meinte.

»Ich wollte es dir schon neulich sagen: Es könnte der Grund sein, warum sie euch ihren Aufenthaltsort verschweigen!«

»Was?«

»Nur so eine Theorie. Aber überleg mal: Vielleicht ist sie eine von ihnen!«

»Von der RAF?«

»Ja. Vielleicht lebt sie im Untergrund!«

»Warum?«

Susi holte tief Luft. Ich hätte ihr sofort geglaubt, wenn sie gesagt hätte, sie wüsste, wo der Untergrund ist und dass sie da gleich hingehen würde. Sie wusste einfach alles! Aber Aimée bei diesen bewaffneten Gerechtigkeitskämpfern?

»Sie müssen im Verborgenen agieren, sonst haben sie keine Chance! Denk mal nach, wie das war, bevor sie verschwunden ist. Vielleicht war irgendetwas auffällig? Ihr Selbstmordversuch zum Beispiel. Vielleicht musste sie untertauchen, weil sie an einer Aktion teilgenommen hat. Denk scharf nach! Stand da was in der Zeitung?«

Ich hatte bis zu diesem Tag keine Ahnung gehabt. Susi erklärte mir, was in der Welt los war, was alles möglich war. Vielleicht hatte sie recht, und Aimée war tatsächlich bei diesen Leuten. Es war immerhin eine Erklärung.

Die Radionachrichten morgens waren für mich bisher nichts als Worte gewesen, von denen manchmal eins hängen blieb, eins, das ich kannte, mitnahm in den Tag und irgendwo wieder liegen ließ. Aber was Susi erzählte, war spannend, es lebte, ich konnte es förmlich vor uns sehen. Und vielleicht war Aimée mittendrin. Susi hätte tagelang weiterreden können.

»Woher weißt du das alles?«

Susi hob die Schultern.

»Die ganzen Wörter und alles?«

»Was für Wörter denn?«, fragte sie verständnislos.

»Na, imperialdingsbums, RAF und so was ...«

Che Guevara gab einen leisen Seufzer von sich.

»Ich lese, was bei uns unten in der Gaststube herumliegt, seit ich lesen kann. Morgens, zum Frühstück, zum Mittag und zum Abendessen. Du hast doch jetzt auch ein paar davon ...«

Sie zeigte auf die Hefte, die sie mir bisher ausgeliehen hatte und die bereits einen kleinen Stapel ergaben. Ich nickte gedankenverloren, sah Susi vor mir, wie sie alleine in der miefigen Gaststube saß, an einem der dunklen Tische, anstatt Freunde Zeitungen um sich. Klar, es erklärte einiges. Nicht nur die komplizierten Ausdrücke, die sie so gerne benutzte, diese schwierigen langen Wörter wie »Rotationsprinzip«, »grenzüberschreitend«, »generalstabsmäßig« und ihr Lieblingswort: »außerordentlich«. Man konnte gar nicht zählen, wie oft sie es benutzte. Außerordentlich gut und schlecht und laut und leise, alles war außerordentlich. Susi selbst war außerordentlich. Es erklärte auch, warum sie so viel wusste. Sie las nicht nur den Wirtschafts- und Politikteil, sie las alles. Sie konnte sagen, wie das Wetter morgen wird und welcher Politiker wo auf Staatsempfang war, welche Ausstellung an welchem Ort stattfand, wer mit wem verheiratet war und welchen Papst man in Rom demnächst wählen würde. Wenn ich etwas las, vergaß ich es schnell. Am schnellsten vergaß ich Themen, die mich nicht interessierten. Susi hingegen schien sich für alles zu interessieren. Susi verstand alles. Warum wer mit wem Krieg anfangen wollte, welche Katastrophen aus welchem Grund wo entstanden, das interessierte sie, und es blieb in ihrem Kopf wie eingemeißelt. Susi hatte eine Gehirnwindung mehr als andere Dreizehnjährige, eventuell auch zwei oder drei. Ich glaube, sie las gegen die Besserwisserei der Erwachsenen an. Weil die sagten, früher sei alles anders gewesen, besser natürlich. Die Politik, die Ordnung, die Erziehung, das Einkommen, die Schulen, das Essen, einfach alles. Selbst das Wetter. In Sprede sagten sie, früher, als die Zementwerke noch nicht mit solcher Hochleistung arbeiten mussten, war sogar das Wetter besser – weniger Zementstaub in der Luft. Susi las, weil sie wissen wollte, ob es stimmte, was die Leute in der Schankstube zusammenjammerten. Susi sagte, alles hätte immer mehrere Seiten, und es sei sinnvoll, erst alle zu kennen, bevor man sich eine Meinung machte. Manche würden nur das lesen, was ihnen in den Kram passte. Dabei gab es nichts Wichtigeres, als die Dinge von allen Seiten zu betrachten und

Widerworte zu finden, gemeine, kleine Widerworte, die aufhorchen ließen.

Es war gut, eine in der Familie zu haben, die Widerworte gab. Es war gut für die ganze Stadt. Und jetzt, sagte Susi, war die Revolution womöglich viel näher an Sprede herangekommen, als es die Stadt jemals befürchtet hätte. Sie sollten sich ruhig in Sicherheit wiegen ... Mir lief es kalt den Rücken runter, als sie das sagte, schließlich sprach sie von meiner Mutter.

Besorgt lauschte ich an diesem Abend an der Weidenzimmertür. Ich hörte Gertrud nur bruchstückhaft, wahrscheinlich stand sie mit dem Rücken zur Tür: »... neue Freundin ... Wissen Sie, was Bénédicte ...?«, dann mit verstellter Stimme: »Sie isst keinen Fisch. Ich meine ... mal eben dreizehn und sagt zu mir, ihre Freundin glaube nicht an Gott, sie sei Atheistin. Nur, um diesen Fisch nicht essen zu müssen. Wir hatten dieses Thema längst besprochen ... unglaublich ist das!«

Die Tür war geschlossen, und ich konnte durch das Schlüsselloch Papas Gesichtsausdruck nicht erkennen.

»Vielleicht hat sie das irgendwo aufgeschnappt«, hörte ich ihn sagen.

Mein Ohr klebte am kalten Lack.

»Aufgeschnappt oder nicht ... dieses Mädchen, Herr Doktor ...«, ich hörte sie jetzt näher und deutlicher.

»Jetzt lassen Sie endlich mal dieses ›Doktor‹ weg ...«

»Dieses Mädchen, Herr Baron, Susi, Susi Engel, Engel heißt sie übrigens mit Nachnamen, hat mir Bénédicte gesagt, ich glaube nicht, dass es eine gute Idee ist, da mitzumachen und diese Freundschaft zu unterstützen ...«

»Ach, Engel?«, unterbrach sie Papa. »Vom Wirtshaus Engel?«

»Wahrscheinlich ...«

»Dann ist wohl Anna Engel ihre Mutter?«

»Haben solche Kinder Mütter?«

»Warum denn nicht?«

Papa klang jetzt, als ärgere er sich sehr über Gertrud.

»Sie ist ein offenbar gottloses, rebellisches Kind!«

»Das sagen Sie ...«, meinte Papa ruhig, er schien gar nicht richtig zuzuhören, sondern dachte laut nach: »Anna ist ein paarmal hier gewesen, wegen ihrer Schwester. Ich glaube, sie und Bicky, ich glaube sie mochten sich.«

»Die Kinder holen dort manchmal abends die Milch«, erklärte Gertrud, »ja, ich glaube, Bénédicte geht gern dorthin. Trotzdem sagt das nichts über diese Susi aus. Sie können ja die Augen davor verschließen, aber ich glaube nicht, dass wir da jetzt alle mitmachen müssen! Diese, ich will gar nicht sagen: Freundschaft! Hat keinen guten Einfluss auf Bénédicte. Vorhin habe ich sie gesehen, wie sie vor dem Spiegel stand und gerufen hat: ›Nieder mit den Fischimperialisten!‹ Und die Faust in den Himmel gehoben. Marcel hat ebenfalls die Faust gehoben und das Gleiche wiederholt.« Gertrud klang zutiefst empört.

Ich presste mein Ohr fester an die Tür.

»Gertrud, das sind doch Kinder ...«

»Ja eben! Kinder, und keine Terroristen!«

»Jetzt machen Sie mal halblang. Bénédicte kommt in ein Alter, in dem die meisten mehr tun, als nur zu widersprechen ... Und eine Freundin, glauben Sie mir, eine Freundin ist das Beste, das ihr jetzt passieren kann.«

»Aber nicht eine solche Freundin«, beharrte sie eigensinnig.

»Glücklicherweise sucht sich seine Freunde jeder selber aus, und ich finde, wir haben das zu respektieren!«

»Sie haben mir die Aufsichtspflicht übertragen, deshalb erzähle ich Ihnen das alles«, sie klang jetzt hochgradig beleidigt.

»Danke, Gertrud«, hörte ich meinen Vater noch sagen, aber ich hatte bereits auf die Klinke gehauen und stieß die Tür mit dem Knie auf.

»Sie ist meine Freundin!«, schrie ich. »Du hast überhaupt kein Recht dazu, das alles zu sagen!«

Gertrud wich erschrocken zurück. Sie zeigte mit dem Finger auf mich, als wäre ich ein giftiges Insekt.

»Sehen Sie, und da geht es weiter! Sie hat gelauscht!« In Anbetracht der Tatsache, dass Gertrud selbst häufig lauschte und sie es von mir schon lange wusste, fand ich dieses Argument für Susis schlechten Einfluss auf mich recht schwach.

»Lass sie in Ruhe!« Ich stürzte mich auf sie. »Sie hat dir gar nichts getan. Sie ist meine Freundin!«

Gertrud riss den Mund auf, ohne einen Ton zu sagen. Papa streckte die Hand nach mir aus, aber ich wich zurück.

»Sie ist meine Freundin!«, brüllte ich noch einmal und wünschte mir, er würde mich vielleicht festhalten, einfach nur so mit seinen Armen festhalten. Aber er streckte nur weiter die Hand nach mir aus, ohne mich zu erreichen. Ich lief auf den Flur und schrie: »Susi Engel ist meine aller-, aller-, allerbeste Freundin. Dagegen kannst du überhaupt nichts machen!« Ich schrie es noch mal und noch mal und noch mal, bis meine Stimmbänder brannten.

# 15.

Zwischen Stiften und Kakaohaut saß ich einige Tage darauf bei Frau Fritzi. Ich hatte nicht wie sonst herumgetrödelt. Ich war sogar einige Minuten zu früh gewesen, und mir fiel auf, dass an ihrer Gartenmauer ein halb verwittertes Schild hing: *Prof. Dr. med. Agathe Fritzi – Kinder- und Jugendpsychiatrie, Sprechstunde nach Vereinbarung*, entzifferte ich. Agathe ... Was für ein schrecklicher Name. Da konnte sie einem ja richtig leidtun.

Guten Tag, Agathe! Ihr Gartentor hatte heftig gequietscht, als ich es aufschob. Ich wunderte mich, dass mir das Schild nicht schon früher aufgefallen war. Der Name passte irgendwie nicht zu ihr. Ihre Alterslosigkeit und ihre Trutschigkeit vermochten sie bei Weitem nicht so tief ins letzte Jahrhundert zu zerren wie dieser Name. Ihr altmodisches schlammfarbenes Twinset, das sie in der kalten Jahreszeit gerne trug, wirkte wie der letzte Schrei neben diesem Vornamen. Sie konnte aus der Agathe ein A. machen, A Punkt Fritzi, hatte ich gedacht, während ich über den bekiesten Gartenweg um das Haus herumschlenderte. Es klang neutraler, hob ihren Nachnamen hervor und konnte einen gleichzeitig neugierig machen auf das hinter dem Punkt. Der Punkt allerdings würde sie nicht schützen können vor Fragen. Ob es eine Koseform gab, ein »-chen« hinten angehängt vielleicht oder ein »i« statt des »e«? »Gathe« womöglich oder »Ate« oder »Ati«? Sie würde dann bei Nachfrage sagen: »Agathe, der Punkt steht für Agathe, ja, scheußlich, nicht? Aber sagen Sie ruhig ›Ati‹!« Ati Fritzi. Ich musste lachen. Es klang wie ein schlechter Scherz. Ati Fritzi ging in' Laden ... Ach, sie hatte kein Glück gehabt mit ihrem Vornamen. Bestenfalls übersah die Mehrzahl ihrer Besucher das Schild, wie ich es bisher übersehen hatte. Ich fragte mich, warum es ausgerechnet heute meine Beachtung gefunden hatte. Weil ich zum ersten Mal nach über einem halben Jahr nicht in vorgegebener Eile den Garten betreten hatte? Neugierig hatte ich ihre Beete betrachtet. Vielleicht würde mir noch mehr auffallen? Der letzte grobkörnige Schnee drückte sich trostlos in den Ecken herum, wie schäbig alles aussah, ohne Blätter und Blüten. Das verzweigte, dürre Geäst vom wilden Wein, der im letzten Herbst das Haus in ein leuchtendes Rot gekleidet hatte, klammerte sich mit knotigen Fingern an der alten Hauswand fest. Sein Stamm wirkte wie aus vielen dicken grauen Seilen gewunden, die sich nun in ihre Bestandteile aufzulösen schienen. Die Wiese hatte mich an einen ramponierten Teppich in unterschiedlichen Grüntönen denken lassen. Stellenweise schaute mattdunkel die Erde zwischen den kurzen Halmen hervor. Der Schnee hatte sich zu lange darauf breitgemacht. Dicke vertrocknete Eichenblätter lagen hier und da, wie liegen gelassen. Hatte sie mich beobachtet? Eine Gardine hatte sich leicht bewegt, als ich hochsah. Ich hielt ein Eichenblatt in meiner Hand. Es fühlte sich an wie Packpapier und zerbrach in viele kleine Stücke, als ich es zerdrückte. Drinnen wieder der Geruch nach Krankheit und Altenheim.

»Agathe, das passt irgendwie nicht zu Ihnen«, sagte ich jetzt, als ich vor ihr saß.

Frau Fritzi lachte. »Es steht draußen auf dem Schild ...«

»Haben Sie mehrere Vornamen?«

»Nein, und du?«

»Bénédicte Sophie Delphine, nach meiner Großmutter: Delphine.«

»Bénédicte steht dir besonders. Ich finde auch, ein Name muss passen. Ich habe nur einen ... Aber der ist nicht Agathe ...« Sie lächelte rätselhaft. »Agathe, draußen auf dem Schild, das ist meine Mutter. Sie war, wie ich, Psychiaterin, und früher hat *sie* hier gearbeitet ... Ich heiße Franziska.«

Verblüfft sah ich sie an.

Franziska? Franzi! *Sie* war Franzi? Das Mädchen, das mit Philo in Gedanken durch die Stadt gelaufen war? Das Mädchen, in das Philo verliebt war, immer noch. Sie war eine Frau geworden. Eine Frau, von der ich nie gedacht hatte, dass sie jemals ein Kind gewesen sein konnte. Ich hatte nach Kinderschuhen Ausschau gehalten, nach Haarreifen, nach Mädchensachen! Mir war nicht klar gewesen, dass seitdem eine Menge Zeit vergangen war ... Philo war ein erwachsener Mann, wenn auch nicht nennenswert gewachsen seit der Zeit mit Franzi, aber er war ein Mann. Und ich hatte nach einem jungen Mädchen gesucht ...! Sie hatte die ganze Zeit über hier vor meinen Augen gesessen, und ich hatte es nicht bemerkt! Ich sah in ihr zeitloses Gesicht. Auf ihrer Nase erschienen kleine Sommersprossen, als wären sie gerade dort gewachsen. Hellwache Augen funkelten hinter der Brille, und ihre Hände wirkten geradezu jugendlich, wie sie da so aus der geblümten Manschette ihrer Bluse hervorschauten.

»Franziska«, sagte ich und versuchte, mir nichts anmerken zu lassen, »das passt viel besser! Ja ...«

Ich war froh, als sie in diesem Moment aufstand, um irgendwo im Haus ein Fenster zu schließen, das wohl gerade gegen den Rahmen gedonnert war.

Der Brief ... Obwohl meine Besuche bei Philo in letzter Zeit seltener geworden waren, ich war überzeugt, er hätte mir sofort davon erzählt. Franzi hatte Philo diesen Brief geschrieben, nicht Agathe. Franzi! Franzi Fritzi, hier vor mir, hatte Philo einen Brief geschrieben, den ich eigenhändig zum Postkasten getragen hatte. Aber warum hatte sie ihm geschrieben? Und aus welchem Grund war er womöglich nicht angekommen?

»Wie geht es dir?«, riss sie mich aus meinen Überlegungen. Sie schloss leise die Tür und setzte sich mir wieder gegenüber.

Ich lächelte.

»Irgendetwas ist anders heute …«

Sie betrachtete mich neugierig.

»Mir geht's wahnsinnig gut!«, sagte ich. »Ich, ich habe eine Freundin gefunden.«

Ich dachte an den Tag mit Susi. Und ich dachte an Franzi. Ob sie sich jemanden wie Susi vorstellen konnte? Frau Fritzi lehnte sich auf ihrem Stuhl zurück und sah mich an.

Ich meinte, ein Hauch von Brausepulver hinge im Raum, einen ganz kurzen Moment lang, bevor ich von Susi zu erzählen begann: von meiner ersten Begegnung mit Che bei unserer Ankunft, vom ersten Schultag und von unserem gemeinsamen Nachhauseweg danach, vom Rebellentag, dem Unfall, von Anna, von Susis Besuch bei uns und von Susis RAF-Geschichten. Natürlich erzählte ich nichts von ihrer Theorie zu Aimées Verschwinden. Ich sagte ihr aber, dass, seitdem Susi bei uns war, ständig im Radio über die RAF berichtet wurde, und dass ich mich fragte, ob es irgendwas mit Susi zu tun haben könnte.

Frau Fritzi lächelte auf meine Frage und sagte, dass man schon länger über die RAF berichten würde und dass es mir möglicherweise nur nicht bewusst gewesen sei, weil ich sicherlich bis vor Kurzem mit dem Namen nichts hatte anfangen können.

»Meinen Sie, dass wir nur das hören, was wir kennen oder verstehen?«

»Nicht nur, aber zum Teil ist das schon richtig. Es ist bekannt, dass Leute, die an Geister glauben, öfter welchen begegnen, als solche, die deren Existenz ausschließen, dass Leute, die an UFOs glauben, häufiger welche sichten, als Leute, die nicht daran glauben.«

»Gibt es denn welche?«

Frau Fritzi lachte. »Geister? Oder UFOs?«

»Beides!«

»Ich gehöre zu denen, die erst glauben, wenn sie sehen ...«

»Dann haben Sie ja kaum eine Chance, jemals welche zu Gesicht zu bekommen!«

Frau Fritzi lachte noch mehr. »Da hast du wohl recht!«

»Vielleicht sollten Sie Ihre Haltung ändern ...«

»Ich bevorzuge eine Welt ohne Geister und UFOs ... Ich wollte mit dem Beispiel sagen, dass wir wohl weitaus weniger wahrnehmen als das, was permanent wahrnehmbar wäre. Täuschungen natürlich nicht ausgeschlossen ...«

»Meinen Sie, wir bekommen gar nicht alles mit?«

»Ja. Wir haben es wahrscheinlich im Lauf der letzten Jahrtausende verlernt, weil wir ansonsten völlig überfordert wären.«

»Womit?«

»Stell dir mal vor, alles wahrnehmen zu müssen ... Angenommen, du hörst die Milben unter deinem Bett husten und die Regenwürmer in der Erde diskutieren! In jedem Blätterrauschen vernimmst du eine Diskussion, die dich eigentlich überhaupt nicht interessiert, der schönste Vogelgesang wird zum belanglosen Austausch über den besten Futterplatz. Du siehst Geister, spürst seismografisch kleinste Schwingungen und riechst, wenn der Hund im Nachbarhaus Blähungen hat. Wir könnten uns gar nicht unterhalten hier, weil wir beide von der Fülle an Eindrücken überwältigt wären! Wir müssen uns entscheiden, jeder für sich und ständig neu, was uns interessiert und was nicht, was wir wahrnehmen wollen und was nicht. Und meistens tun wir das ganz unbewusst, wie du mit der RAF im Radio, auf die dich deine Freundin Susi gebracht hat ... Da haben wir ja angefangen ... bei Susi ...«

Sie lächelte mich wieder an, und ihre Sommersprossen tanzten, als gefiele ihnen die Vorstellung, Susi und mich befreundet zu wissen. Ich lächelte zurück und dachte, dass ich mit ihr gerade die erste richtige Unterhaltung geführt hatte, die nicht vom Zwang überschattet war, irgendetwas sagen zu müssen.

Ich zog den Kakaobecher zu mir heran, griff mit spitzen Fingern hinein und beförderte die faltige Haut zutage, vor der ich mich vom ersten Tag an geekelt hatte. Ich hob sie über den Rand der Tasse und hielt sie ihr vors Gesicht. Ein hellbrauner Kakaotropfen löste sich. Er fiel auf die farblose Tischdecke, ohne weiter aufzufallen.

»Siehst du die?«, fragte ich und erschrak sofort, weil ich sie geduzt hatte, »Ähm, sehen *Sie* die ...? Die ist saueklig!«

Sie betrachtete die Haut und schnitt eine Grimasse, die ich niemals in ihrem Gesicht vermutet hätte.

»Die ist echt ziemlich eklig!«, bestätigte sie und formte eine Hand zu einer Platte, sodass ich die Haut darauffallen lassen konnte.

»Ein Glas Wasser wär mir lieber ...«

»Jetzt?«

Ich nickte.

Gierig trank ich.

Ich sah über den Glasrand hinweg, wie sie die Hände faltete und wartete, wie sie sich leise freute. Ich hob das Glas, legte den Kopf weit in den Nacken, die letzten Tropfen sprangen kühl gegen meinen Gaumen, im Glasboden verzerrte sich die Deckenlampe zu einem beulenförmigen Leuchtobjekt. Einen Moment lang wölbte sich Frau Fritzis Stirn, der Raum um sie verzog sich an den Kanten, sie wirkte wie ein kleines Kind im Spiegelkabinett. Ich stellte das Glas ab und sagte: »Danke.«

Sie lächelte.

Sie hatte mehr als nur an meinen Beste-Freundin-Wunsch geglaubt, mehr als mit mir gehofft, mehr als mit mir gewartet. Sie hatte sich das alles auch für mich gewünscht. Ich sah sie wieder vor mir, an dem Abend, als ich ihre Vitrine zertrümmert hatte und wenig später hinter ihrem Kopf der Lichtkranz hell geleuchtet hatte. Gott hin oder her, ich war mir überhaupt nicht sicher, aber für Frau Fritzi musste ich herausfinden, ob man die Telefonnummer vom Papst irgendwoher bekommen konnte.

Als die Stunde vorüber war, standen wir in ihrem engen Flur. Sie hob meine Jacke von der Garderobe und hielt sie mir hin, damit ich bequem hineinschlüpfen konnte.

»Entschuldigung, wollte ich noch sagen ...«

Sie zog die Augenbrauen zusammen.

»Entschuldigung? Wofür?«

Gedankenverloren knöpfte sie den obersten Verschluss meiner Jacke zu.

»Na ja. Wegen der Kastanie und der Gläser neulich.«

»Ah, jaaa«, sagte sie gedehnt, als würde sie sich dunkel daran erinnern, und dann drückte sie mir, wie gewöhnlich, einen Umschlag in die Hand.

Obwohl ich unendlich neugierig war, sah ich erst in der Nähe des Postkastens auf den Empfänger.

Es war wieder Philo.

# 16.

Der April täuschte uns. Nach einigen frühsommerlich warmen Tagen, an denen wir sogar schon barfuß durch den Garten gelaufen waren, lag eines Morgens, als sei alles ein riesengroßer Irrtum gewesen, Schnee über den gerade erblühten Narzissen. Und dann begann es zu regnen und zu stürmen, und abgesehen von einigen kurzen Momenten, an denen der Sturm den Himmel wütend aufriss und uns für Augenblicke mit klarem Blau und greller Sonne blendete, konnte einen zu Hause hinter regengepeitschten Scheiben schnell die Furcht überkommen, den Rest des Jahres bei Glühbirnenlicht zubringen zu müssen.

An einem dieser düsteren Tage ging ich mit Susi nach der Schule in den Engel. Anna hatte mich eingeladen. Gertrud hatte Papa davon abhalten wollen, mich hingehen zu lassen, ich glaube, dass sie der Gedanke, mich mit Susi Engel befreundet zu wissen, wirklich stark verunsicherte. Aber das war ihr Problem. Mein Vater hatte entgegnet, dass er sich für mich nichts Besseres vorstellen könne und dass Gertrud nicht nur seinem Wissen als Arzt, sondern auch seinem Gefühl als Vater vertrauen solle. Mir war ein bisschen feierlich zumute, als uns jemand die schwere Eichentür aufhielt. Nie zuvor war ich von einer Freundin in ein Restaurant eingeladen worden. Der Raum war düster, die Luft dick und warm. Che Guevara kam uns lachend entgegengesprungen. Es roch nach Braten und Suppe, nach Zigarettenrauch und verschüttetem Alkohol. Anna trat gerade, vier Teller balancierend, durch die Hintertür in den Gastraum. Wir winkten ihr zu. Sie hob die Teller kurz ein Stück an und lachte. Ich folgte Susi zu einem Tisch, der für fünf Personen gedeckt war. Er war viel zu groß für fünf, zehn hätten mit Leichtigkeit daran Platz gehabt. Susi wollte, dass ich auf der Bank saß. Sie sagte, es sei sonst ihr Platz und dass ich von dort alles bestens im Blick hätte. Sie setzte sich neben mich auf einen Stuhl. Unter ihr, das Kinn auf Susis Fuß gestützt, saß Che Guevara. Er beobachtete mich. Ich schaute in den gut besuchten Gastraum. Fast alle Tische waren besetzt. In der hintersten Ecke entdeckte ich ein altes Klavier. Von der niedrigen Holzdecke herab hingen Lampen, deren gläserne Schirme von gusseisernen Blüten gehalten wurden. Ihr Lichtstrahl tauchte die alten Holztische in schummriges Licht. Draußen regnete es, ein leichtes Klopfen gegen die grauen Scheiben, durch die kaum Helligkeit drang, kleine, aneinandergefügte Glasstückchen in Wabenform. Vorstellbar, dass auch bei Sonnenschein nicht allzu viel Licht durchkam.

Susi saß da und schaute mich etwas unsicher an. Es war ihr anzumerken, dass sie sich nicht richtig wohlfühlte. Vielleicht war sie unsicher, ob mir der Engel gefallen würde. Ich sah Handwerker, Geschäftsleute, alte Männer, die, ihren geröteten Gesichtern nach zu schließen, schon eine ganze Weile hier sitzen mussten, Ehepaare, die sich zum Mittagessen verabredet hatten, und Angestellte aus dem Irrenhaus, den ein oder anderen kannte ich vom Sehen. Susis Großmutter hetzte an mir vorüber.

»Nimm das Rahmschnitzel mit Pilzen!«, rief sie mir zu, als gäbe es nichts Besseres.

Ich wollte ihr zustimmen, aber Susi griff nach einer dunkelbraunen Mappe mit der goldenen Aufschrift *Speisekarte*.

»Schau lieber selber mal«, sagte sie und schob sie mir zu.

»Das ist unsere Empfehlung heute«, rief Susis Großmutter zu uns herüber, bevor sie die Bestellung am nächsten Tisch aufnahm. Es hörte sich an, als mache sie sich Sorgen, ich könne das Falsche bestellen.

Mittlerweile war Anna hinter den Tresen getreten. Mit routinierter Handbewegung zapfte sie Bier in dickwandige Biergläser, auf denen in verschnörkelter Schrift, über einem Wildschwein, das den Rüssel arrogant in die Höhe reckte, *Spreder Bräu* stand.

Annas Haar war wie Susis von einem hellen, klaren, fast unwirklichen Blond. Aber außer diesem hervorstechenden Merkmal verband sie äußerlich nichts miteinander. Anna war groß und schlank, sie wirkte kantig gegen Susis weiche, rundliche Erscheinung, ihr Haar war glatt, gescheitelt und zu einem dicken Zopf geflochten, der ihr zwischen die Schulterblätter fiel.

»Bénédicte!«, rief sie herzlich lachend über den Tresen hinweg, »such dir aus, was du am liebsten möchtest. Das ist wie im Restaurant hier!«

Ich nickte dankbar und klappte die Karte auf. Auf dunkelgelben, mit speckigem Plastik überzogenen Seiten standen die Träume meines reformhausgeplagten Magens: Pommes! Am liebsten wäre mir ein Riesenteller Pommes gewesen, oder Kroketten, Kroketten hätte ich tagelang essen können, mit Fleischsoße! Schweinebraten mit Kruste, Bauernpfanne mit Speckrührei, Kassler, Kartoffelpüree, Pfannkuchen mit Speck, Waffeln mit Zimt und Zucker, Eisvariationen ... Meine Augen glitten über die Gerichte, in meinem Mund sammelte sich Speichel, mein Magen knurrte.

»Was nimmst du?«

»Ich nehme das Lady Toast: Kleines Rinderfilet auf Toast, mit Champignons, Sauce Hollandaise und Salatgarnitur ...« – Susi konnte bestimmt die gesamte Speisekarte auswendig.

Lady Toast, wer sich das wohl ausgedacht hatte? Ihre Großmutter? Sie setzte sich ausgerechnet in diesem Moment neben mich und mit ihr der Duft von Haarspray und altem Kerzenwachs. Ihr geblümter Kittel spannte über Bauch und Hüften. Ich hatte seitlich Einblick auf ein hautfarbenes Mieder und einen schwarzen Unterrock. Sie schien es nicht zu bemerken.

»So. Jetzt erst mal ganz offiziell: Ich bin die Liese Engel. Wir haben uns ja neulich schon mal kurz gesehen.« Sie griff fest nach meiner Hand. »Sagst einfach Oma Liese zu mir. Ja? Herzlich Willkommen im Engel!« Ihre Hand fühlte sich knöchrig und rau an. Ich dachte, während sie meine umfasste, dass zu ihrem Körper besser etwas Weiches gepasst hätte, und sagte: »Bénédicte Baron. Wir wohnen noch nicht so lange hier«, als gäbe es das zu bedenken.

»Ich weiß, ich weiß«, sagte sie, und der Tonfall verriet, dass sie all die Geschichten über uns gehört hatte, dass sie wusste, was die anderen über uns sagten, und dass sie nicht viel darauf gab.

»Freu mich, dass du uns heute besuchen kommst. Du wirst ja hoffentlich öfter mal kommen, was? Vielleicht bringste mal deinen Papa und deinen Bruder mit?« Sie legte ihre flache Hand an meinen Hinterkopf und tätschelte mich. Nach meiner letzten Begegnung mit ihr war ich regelrecht erstaunt über so viel Freundlichkeit.

Dann stand sie ein bisschen mühsam auf und nahm die Speisekarte vom Tisch.

»Und: Was haben Sie gewählt, Fräulein Baron?«

»Pommes und Bratwurst. Mit viel Pommes und Ketchup bitte!«

Oma Liese sah mich an. Ich hatte das Falsche bestellt. Aber sie nahm es mit Humor.

»Also, ich hätte ja das Rahmschnitzel …«, kicherte sie,

»und eine Cola, oder?«, ergänzte sie, als wäre Cola das fehlende Element für meine erbärmliche Bestellung.

»Ja, und Cola«, bestätigte ich.

Kurz vor dem Essen kam Rita. Che Guevara sprang wie elektrisiert auf, um sie zu begrüßen. Ich erinnerte mich sofort, woher ich sie kannte. Sie war die Frau, die Papa und mir nach meinem ersten Termin bei Frau Fritzi auf dem Kiesweg begegnet war. Sie war der Grund, warum ich am ersten Schultag das Gefühl gehabt hatte, Susi käme mir bekannt vor. Susi und Rita. Ein und dieselbe Person. Rita war einfach nur zehn Jahre älter. Sie hatte die gleichen hellblonden Locken, die gleiche Zahnlücke, die gleichen Augen. Verrückt, wie sehr die beiden sich ähnlich sahen, fast wie beim Ei. Nur ihre Augenfarbe unterschied sich. Während Susis Augen grünbraun schimmerten, waren Ritas strahlend blau.

Rita kam herein. Mit einer eckigen Bewegung schüttelte sie die Regentropfen von ihrem Schirm und wollte ihn gerade in den Ständer unter der Garderobe stellen, als Oma Liese auf sie zugestürmt kam und ihr, wie man das bei einem Kind macht, den Schirm und den Mantel abnahm, ihr über das Haar strich und sie dann an unseren Tisch führte.

»Das ist Rita, meine kleine Tochter«, beeilte sich Oma Liese zu sagen.

Mittlerweile hatte sie Ritas Arm losgelassen und war dabei, ihren Mantel und Schirm hinauszubringen.

»Kleine Tochter«, sagte Susi spöttisch, ohne dass Oma Liese es hören konnte, »sie ist mal fast einen Kopf größer als sie!«

»Wer ist das?«, fragte Rita und zeigte auf mich.

Sie schien mich nicht wiederzuerkennen. Merkwürdige Grimassen begleiteten ihre Frage. Ihr Mund öffnete sich weiter als nötig und in alle Richtungen, als wären ihr die Worte zu groß. Ihre Stimme schien von tief innen zu kommen. Bei Frau Fritzi im Vorgarten war es mir nicht aufgefallen. Ich sah mich ein wenig hilflos um.

»Das ist Bicky«, sagte Susi. Und ich wiederholte meinen Namen noch einmal laut, weil Rita meine Hand nicht nehmen wollte, die ich ihr über den Tisch hinweg entgegenstreckte, sondern direkt um den Tisch herumkam und sich dicht neben mich setzte. Ihr Gesicht näherte sich meinem so sehr, dass ich zurückwich.

Ich sah Susi die Zähne aufeinanderbeißen und sich Hilfe suchend nach ihrer Mutter umdrehen. Doch die trug gerade volle Biergläser durch die Wirtschaft. Rita begann an mir zu riechen. Sie roch an meinem Haar, an einem Ohr und schaute mir mit ihrer hellblauen Iris so dicht an dicht in die Augen, dass ich nur Wimpern sah und Hellblau. Ihr Atem roch nach Zimt. Ich fürchtete mich.

»Ist alles okay ...«, hörte ich jetzt Anna hinter ihr sagen. »Komm, Rita, es ist alles okay.«

Aber Rita bewegte sich keinen Millimeter von mir weg. Ich spürte mein Herz heftig schlagen. Schweiß rann mir über den Rücken. Ich versuchte mich möglichst wenig zu bewegen. Ob Rita der Grund war, warum Susi die ganze Zeit über so unsicher gewirkt hatte? Ich hörte, wie vereinzelt Leute amüsiert lachten. Jetzt legte Anna von hinten einen Arm um Ritas Oberkörper und zog sie sanft von mir weg.

»Sie riecht gut.« Rita zeigte auf mich und legte den Kopf auf die Schulter der älteren Schwester.

»Schon gut«, sagte Anna, »setz dich, ich sag Papa, dass du da bist. Rahmschnitzel? Möchtest du auch Rahmschnitzel mit Pilzen? Es ist Mittwoch ...«

Rita nickte und setzte sich auf den Stuhl neben Susi.

»Mittwoch …«, sagte Rita und: »Die riecht gut«, indem sie wieder auf mich zeigte.

Susi lächelte. Ich schätzte, es war ein ziemliches Kompliment. Susi neigte den Kopf leicht in den Nacken und atmete erleichtert aus. Kurz darauf kam Opa Hermann mit dem Essen. Er war ein drahtiger Mann mit auffallend ausgeprägten Oberarmmuskeln, breiten Wangenknochen und leicht schräg stehenden Augen. Tiefe, spitze Falten hatten sich von den Nasenflügeln zum Unterkiefer gegraben, und jede einzelne unterstrich, wie wenig er Widerspruch zuließ.

»Ich bin Opa Hermann«, sagte er relativ gefühllos an mich gewandt. Er stellte die Teller vor uns hin und ergänzte: »Ich bin der Chef hier.«

Zwischen seinen schmalen Lippen bemerkte ich ein verstecktes Lächeln und sah eine breite Zahnlücke aufblitzen. Oma Liese und Anna setzten sich nach einem kurzen Blick in den Gastraum zu uns an den Tisch, und Opa Hermann verschwand in der Küche. Oma Liese zog Ritas Teller zu sich heran und schnitt für sie das Fleisch.

»Mama, warum lässt du sie's nicht selber machen?«, fragte Anna.

»Meine Güte, sie kann's doch nicht!« Oma Liese schnitt mit verbissener Miene weiter. Es klang, als ob sie diese Diskussion nicht zum ersten Mal führten, und mit einem Seitenblick auf mich fügte Oma Liese hinzu: »Oder sollen wir deiner Meinung nach heute damit anfangen, dass sie es lernt?«

»Sie riecht gut.« Rita lachte und klatschte in die Hände.

»Nicht heute, Mama, aber irgendwann wäre schon mal gut …«

Oma Liese biss sich auf die Unterlippe und schnitt weiter.

»Die Bratwurst ist sehr lecker«, sagte ich und hob

meine Gabel mit einem Stück Fleisch in die Höhe. Ich bewegte es ein bisschen hin und her, dann schob ich es in den Mund.

Bevor Susi und ich später nach oben gingen, fragte ich Anna, ob ich noch etwas helfen könne.

»Die Kakteen oben im Treppenhaus müssen umgetopft werden. Wenn du darauf Lust hast ...«

Susi verdrehte die Augen, ich hätte wohl nicht fragen sollen.

»Scheißkakteen!«, hörte ich Rita hinter mir sagen.

»Es sind wirklich Scheißkakteen«, flüsterte Susi mir zu, während sie noch kurz wartete, dass Che Guevara hinter uns hergerannt kam, damit sie die Tür schließen konnte, »wirst sehen ...«

Wir gingen ins Zimmer Nummer 4. Wir setzten uns zusammen mit Che auf Susis Bett und lehnten mit dem Rücken an der Wand. Susi atmete tief ein, beim Luftausstoßen ließ sie ihre Lippen geräuschvoll vibrieren.

»Was ist?«

»Ach, es ist einfach immer so anstrengend mit Rita.«

»Sie ist doch sehr nett ...«, bemühte ich mich zu sagen, obwohl ich das Zusammentreffen mit Rita auch als anstrengend empfunden hatte.

»Ja, nett schon. Nur, wenn jemand sie noch nicht kennt – ich ... manchmal ist sie mir ziemlich peinlich.«

»Warum ist sie so?«

Susi seufzte und vergrub ihre Hand in Ches dichtem Fell.

»Rita ist Autistin. Das ist eine Störung. Etwas im Gehirn ... Auf der anderen Seite hat sie eine herausragende Begabung. Sie rechnet wie eine Rechenmaschine und hat einen außerordentlich gut bezahlten Job in einem Ingenieurbüro in der Vereinsstraße.«

»Ich weiß, ich war dabei, als Anna es neulich meinem Vater erzählt hat.«

»Sie ist die größte Mathematikerin, die du dir vorstellen kannst.«

»Bisher warst du das für mich ...«

»Hör bloß auf!«, Susis Pupillen wirkten mit einem Mal tellergroß, »diese ganze Ähnlichkeitsgeschichte, dass mir die Schule so leichtfällt und so, ich glaub manchmal, ich bekomme das auch, diesen Autismus.«

»Kann man das einfach so bekommen ...?«

»Nein. Rita ist so von Geburt an.«

»Dann brauchst du dich doch nicht zu fürchten.«

»Eigentlich nicht. Aber manchmal hab ich trotzdem Angst. Rita kann man's ja auch nicht ansehen. Du sitzt da mit ihr, ein paar Fremde stehen ahnungslos herum, und auf einmal hat sie ein außerordentliches Durcheinander ausgelöst! Am schlimmsten war es am Ende meines ersten Schuljahrs, kurz vor den Sommerferien. Rita hat bei der Preisverleihung in der Aula angefangen, die Handtasche der Frau neben ihr zu öffnen und hineinzuriechen. Überhaupt beriecht sie gerne alles. Du hast es ja selbst erlebt. Menschen, die ihr die Hand geben, zieht sie zu sich heran, sie riecht an ihren Körperöffnungen, am liebsten an den Ohren, sie riecht an Essbarem, Ungenießbarem, Lebendigem und Totem. Ihr Lieblingsobjekt sind Handtaschen, wildfremde Handtaschen, in die sie einfach hineinsieht und hineinriecht. Das ist ihre Form, andere wahrzunehmen, sagt Oma Liese. Bei uns zu Hause weiß es jeder, im Gasthaus haben sich die meisten daran gewöhnt. Aber wie sollte Mama das bei der feierlichen Preisverleihung in der Aula der Grundschule den Müttern und Großmüttern erklären, die sich krampfhaft an ihren Handtaschen festhielten und entsetzt diese völlig normal aussehende Frau an ihren privatesten Dingen hantieren und riechen sahen? Die dachten, sie ist durchgeknallt.«

Ich lachte. Ich sah die ganze Szene vor mir.

»Hört sich vielleicht lustig an, aber ich stand auf der Bühne und sollte einen Preis bekommen, und Rita versuchte gerade, die dritte Handtasche zu öffnen. Ich konnte sehen, wie sie zwischen den sitzenden Eltern, Großeltern, Onkeln, Tanten und Geschwistern in den engen Stuhlreihen herumlief und sich nicht davon abbringen ließ, eine weitere Handtasche aufzureißen. Sie hatte mittlerweile für einen regelrechten Aufruhr gesorgt, und wirklich alle hatten sich nach ihr umgedreht.«

»Was hast du gemacht? Dich tot gestellt?«

»Ich bin in Ohnmacht gefallen. Der Direktor hat mich aufgefangen!«

Ich brach in schallendes Gelächter aus. Es klopfte an der Tür. O Gott, hoffentlich hatte ich nicht zu laut gelacht! Ich sprang vom Bett und Che erschreckt von Susis Schoß. Als ich öffnen wollte, trat mir Rita entgegen. Sie schob mich zur Seite und stellte sich, die Arme seitlich ausgestreckt, vor Susis Kleiderschrank.

»Hier drin ist ein Geheimnis«, sagte sie in ihrer schwerfälligen Art.

Ich sah Susi fragend an.

»Im Kleiderschrank, ja?«

»Im Kleiderschrank«, bestätigte Rita und senkte leicht die Lider, als verberge sie auch darunter ein Geheimnis. »Aber du musst warten«, fügte sie hinzu.

Sie kam mir wieder ganz nah. Ich versuchte stillzuhalten, atmete das Zimtaroma ihres Kaugummis ein und spürte, wie sie an meinem Ohr roch, diesmal fast zärtlich, es kitzelte leicht und ängstigte mich nicht mehr.

»Ich mag dich«, raunte sie, ihre Nase in meiner Ohrmuschel.

»Warten worauf?«

»Auf einen günstigen Moment ...«, sagte sie feucht in mein Ohr, »es ist geheim. Streng geheim! Du musst versprechen, dass du es niemandem auf der Welt sagst!«

Jetzt bekam ich es doch ein bisschen mit der Angst zu tun, obwohl ich nicht ansatzweise eine Idee hatte, was in Susis Kleiderschrank so Geheimnisvolles verborgen sein konnte.

»Was ist es?«, formte ich die Worte lautlos in Susis Richtung, aber die zuckte nur mit den Schultern.

»Versprochen«, sagte ich also, etwas unsicher.

»Sie riecht gut«, sagte Rita wieder zu Susi, »aber sie muss warten.« Dann schnippte sie mit den Fingern, und ich war froh, dass sie rausging.

Wir beschlossen, die Kakteen umzutopfen. An einem kleinen Fenster im Treppenhaus standen mehrere von Kalkablagerungen unansehnlich gewordene Blumentöpfe, über deren Rand hässliche, flaumstachelige Kakteenfamilien quollen. Susi gab mir einen linken und nahm selbst den rechten Gartenhandschuh. Wir kippten die Pflanzen auf Zeitungspapier, das wir auf den alten Dielen ausgebreitet hatten. Neue, größere Töpfe warteten daneben. Mir wurde schnell klar, warum es sich um »Scheißkakteen« handelte. Ihre Stacheln waren unsichtbar, wenn sie sich in die Haut bohrten, der Schmerz ärgerlich, weil er tief im Finger erst bei Berührung mit anderen Dingen spürbar wurde.

Plötzlich fielen mir aus der alten, verwurzelten Kakteenerde die schimmligen Überreste einiger von Feuchtigkeit und Erde zersetzter Geldscheine entgegen. Unschwer waren mehrere ineinandergefaltete Hundertmarkscheine erkennbar. Ich zeigte sie verwundert Susi.

»Nein«, stieß sie genervt hervor, »oh nein! Bring sie

bitte Anna!« Sie griff zwischen die Geldscheinreste, dass sie auseinanderfielen und knurrte: »Hier nimm sie!«

»Was meinst du damit?«

»Bring sie runter.«

Ich nahm also die Scheine und ging in den Gastraum, um sie Anna zu geben.

»Auf die Kakteentöpfe wär ich nicht gekommen«, sagte sie überrascht, »sie lässt sich immer wieder was Neues einfallen!« Sie lachte über mein erstauntes Gesicht. »Rita! Sie versteckt ständig irgendwo im Haus ihr Geld. Denk dir das ungewöhnlichste Versteck aus, du kannst sicher sein, dass es da liegt!«

Jetzt betrachteten wir auch die Erde der anderen Töpfe genauer. In jedem von ihnen war eine ganze Reihe mehr oder weniger zerstörter Scheine vergraben, die im Bündel waren zum Teil noch besser erhalten als die einzeln vergrabenen. Zusammen ergaben sie mehrere Tausend Mark. Es war der Lohn für ihre Arbeit im Ingenieurbüro. Für eine gewöhnliche Überweisung hätte Rita nie gearbeitet. Sie hätte sich betrogen gefühlt. Sie liebte Geldscheine.

Wir brachten das Geld zu Opa Hermann in die Küche. Sein Pokerface zeigte nicht die kleinste Regung, als wir ihm das verrottete Geld in einem Blumentopf überreichten. Er bedankte sich noch nicht einmal.

»Da, siehst du?« Er hielt die schmutzigen Fetzen Oma Liese unter die Nase. »Sprich endlich mit ihr darüber, es muss doch mal aufhören!«, sagte er. »Ich nehme es morgen mit zur Bank.«

Später versuchten Susi und ich uns gegenseitig mit einer Pinzette die Scheißkakteenstacheln aus den Fingerkuppen zu ziehen.

»Ich hab Rita schon mal getroffen«, sagte ich.

»In der Stadt …?«

»Vor einem Jahr, als wir hierherzogen ... Bei Frau Fritzi vor der Tür.«

Susi sah von meinem Finger auf.

»Bei Frau Fritzi?«

Ihre Verwunderung grenzte an Bestürzung, als hätte sie mit allem gerechnet, nur damit nicht.

»Ich hab sie da mal gesehen. Auf dem Kiesweg vor Frau Fritzis Haus.«

»Was hast du da gemacht?«

Sie klang jetzt fast ängstlich.

»Mein Vater schickt mich zu ihr hin.«

»Dein Vater? Er schickt dich zu Frau Fritzi? Warum? Was ist denn bei dir nicht normal?«

»Nicht normal?«

»Frau Fritzi ist Psychiaterin, da gehen nur spezielle Fälle hin ... Leute, bei denen halt nicht alles ganz normal ist.«

»Normal ... Was soll das sein?«

»Ich wollte nur wissen, warum ... Warum du?«, sagte sie unverhofft heftig, fast verzweifelt, als hätte sie sich in meinem Fall ganz stark gewünscht, alles in schönster Ordnung vorzufinden. Vielleicht so eine Ausmalbild-Normalität. Ich kannte diese Sehnsucht, aber ich kannte sie nur für mich selbst. Susis Lebensumstände, alles was an ihr und in ihrer Umgebung andersartig war, machte sie mir noch sympathischer. Für einen kurzen Moment zweifelte ich, ob es gut sein würde, ihr zu erzählen, warum ich zu Frau Fritzi ging. Ich fragte mich, ob sie es aushalten würde, ob sie die Richtige war, ob ich trotz Papas Verbot ... Ich betrachtete die lachsfarbene Stelle an ihrer Unterlippe, wo sich die Narbe befand, von der Seite betrachtet, war sie leicht erhaben. Ich hob meine Hand, zögerte kurz und fuhr mit dem Zeigefinger vorsichtig darüber.

Susi rührte sich nicht.

»Du bist meine Freundin«, sagte ich schließlich, »ich sage es dir, weil du meine Freundin bist.«

Sie nickte.

Und dann geschah etwas, womit ich nicht gerechnet hatte. In mir bewegte sich etwas, etwas brach entzwei, es war ein Bersten wie bei einem Staudammbruch, und öffnete, was ich lange sorgsam verschlossen gehalten hatte. Es drängte in einer großen, gewaltigen Welle aus meinem Innersten nach ganz oben und explodierte förmlich, als es meine Lippen berührte und durchbrach. Alles, alles was ich für unaussprechlich gehalten hatte, strömte hervor. Atemlos redete ich. Ich sah Susi an. Ich merkte, wie sie meine Hand mit ihrer bedeckte. Sie hörte mir zu. Und als ich bei dem Blut angekommen war, spürte ich, wie mir die Tränen unaufhaltsam übers Kinn liefen, meine Augen und Lippen zuckten und zitterten. Ich wischte mit der Hand übers Gesicht, versuchte, der Sturmflut Einhalt zu gebieten, sie hinderte mich klar zu sprechen, Satzfetzen durchzuckten mich, brachen durch dunkelstes Gedankendickicht, ich hörte mich schreien: »An meinen Füßen! Es klebte an meinen Füßen!«

Beruhigend spürte ich Ches feuchte Schnauze auf dem Handrücken. Mir klebte tränennass das Haar im Gesicht.

»Ich weiß nicht, ob du dir das vorstellen kannst. Meine Füße standen in ihrem Blut! Es war noch warm, als ob ihr Leben unter meinen Füßen ausgelaufen wäre!«

»Ich kann es mir nicht vorstellen«, sagte Susi leise, »es ist zu schrecklich.«

Und an der Art, wie sie sich mit der Hand über die Augen strich, ahnte ich, dass auch sie weinte.

# 17.

Bald hingen Susi und ich zusammen wie das Ei und Marcel. Zum Ende des Frühjahrs bewegte sie sich schon so selbstverständlich durch unser Haus, dass es sich anfühlte, als wäre sie immer bei uns gewesen. Selbst Gertrud gab nach einiger Zeit ihren Widerstand auf und akzeptierte Susi wie ein weiteres Familienmitglied. Wenn wir aus der Schule kamen, stand für Susi ein Gedeck auf dem Tisch, und Gertrud räumte ihr sogar das Recht auf eine eigene Stoffserviette ein. Das hatte noch nicht mal das Ei geschafft.

Über vieles wunderte ich mich bald nicht mehr. Ich verstand, dass Susi diese zusätzliche Gehirnwindung hatte und dass dadurch einiges anders war bei ihr. Auf den ersten Blick wirkte sie vielleicht sogar ein bisschen langweilig, aber hinter ihrer Höflichkeit verbarg sich der außergewöhnlichste Mensch, der mir jemals begegnet war. Sie interessierte sich für sehr ungewöhnliche Dinge wie unentzifferte Schriften, terroristische Vereinigungen, Gebärdensprache, große Pianisten und die alten Ägypter. Sie war das einzige mir bekannte Mädchen mit einer Sammlung an Mumienbildern. Besonders aber faszinierte mich ihr phänomenales Gedächtnis. Sie las oder hörte etwas – und behielt es. Egal ob ellenlange Zahlen, Formeln, Gedichte oder Zeitungsartikel. Es blieb in ihrem Kopf.

»Für immer, wahrscheinlich«, sagte Susi, als ich sie wissen ließ, wie sehr ich sie darum beneidete, »manches würde ich gerne vergessen können.«

Das Zuviel an Intelligenz machte sie mit einer bemerkenswerten Talentlosigkeit, was Kunst, Musik und die praktischen Dinge des Lebens anging, wieder wett. Doch Susi konnte noch etwas Bemerkenswertes. Sie konnte zuhören. Ich weiß nicht, wie. Sie konnte es. Es reichte, dass sie neben mir saß. Sie tat sonst eigentlich nichts. Es war ihre bloße Anwesenheit, die Art, wie sie dasaß und still war und ihren Kopf hielt, fast unmerklich zu mir geneigt und mich um jedes Wort, das schwer in mir gelegen hatte, erleichterte. Ich war unendlich froh, dass sie einfach nur da war.

Nur in Momenten, in denen ihre Gedanken von einer Sekunde auf die andere die Richtung wechselten, wenn sie sich drehten wie eine Billardkugel über Bande – was manchmal so rasant ging, dass ich meinte, sie sei völlig übergeschnappt, in diesen Momenten machte sie mir ein bisschen Angst. Dann war es unmöglich, ihr zu folgen. Ihre Gedanken sprangen von hier nach da nach dort, ohne Zusammenhang, während ich zwischen den Gefühlen schwankte, selbst unsäglich schwer von Begriff zu sein oder es mit einer Irren zu tun zu haben.

In Bezug auf Gertrud hatte Susi schnell herausgefunden, dass sie mit revolutionären, antiimperialistischen Methoden nicht zu beeindrucken war. Also schlug Susi ihr gegenüber einen besonders höflichen Ton an. Und Susi hielt ihr Versprechen, den freitäglichen Fischimperialismus zu beenden. Nach zwei Wochen hatte sie Gertrud so weit, dass es freitags bei uns zwar immer noch kein Fleisch, aber wenigstens keinen Fisch mehr gab. Und wenn Gertrud Papa jetzt häufig von Susi erzählte, dann betonte sie immer und immer wieder, dass sie niemals geglaubt hätte, sich so täuschen zu können.

Mit Marcel geschah etwas Eigenartiges in dieser Zeit. Er entwickelte sich zu zwei unterschiedlichen Wesen: einem Tag- und einem Nacht-Marcel. Der Nacht-Marcel war ein kleines, hilfsbedürftiges Wesen, das sich, sobald wir in der Höhle lagen, an meinen Bauch drängte, dort kugelförmig zusammenrollte und meinen Atem im Nacken spüren musste, um einschlafen zu können. Seit vielen Wochen schon fragte er nicht mehr nach Aimée, fragte gar nichts mehr, und ich empfand sein Schweigen wie einen vergehenden Schmerz, eine alte Wunde, die langsam vernarbte. Ich glaubte, es lag daran, dass er wuchs. Er verlangte jetzt nach einer Einschlafgeschichte mit genauen Vorgaben. Sie musste von einer mindestens vierköpfigen Tierfamilie handeln, die sich im Wald verloren hatte, und die Geschichte musste immer so enden, dass alle wieder glücklich zusammenfanden. Dann schlief er ein.

Am nächsten Morgen erwachte der Tag-Marcel. Er erinnerte in keiner Weise an das Nacht-Wesen. Er war als Mitglied der Ei-Gruppe ein ständiges Ärgernis. Er entschied alles selbst, was in Absprache mit dem Ei hieß, wo und was er spielte – wobei sie nicht spielten, sondern, wie sie nicht müde wurden klarzustellen, wissenschaftliche Versuchsreihen durchführten und sich dabei die irrsten Geschichten ausdachten. Der Tag-Marcel entschied selbst, wann es Zeit war aufzuräumen, wann er rausging und welchen Pulli er anzog. Als auch Gertrud die Veränderung an ihm feststellte, überlegte sie ernsthaft, ob vielleicht eine Ernährungsumstellung eine Besserung herbeiführen könnte. Doch Papa war der Meinung, der Tag-Marcel sei ein vorübergehender Zustand, eine Art kleine Pubertät, die an uns vorbeiziehen würde wie ein Unwetter, wenn wir ihr nicht weiter Beachtung schenkten. Ich hingegen vermutete, dass er genau das wollte: Beachtung. Jedenfalls tat er alles dafür und ging uns auf die Nerven, dass es nicht mehr schön war.

Hauptverantwortlich für Marcels neuen Forscherdrang war Frau Voroneckova. Irgendwann in diesen Tagen betrat sie abends mit einem großen Sack und rätselhaften

Gesichtsausdruck unser Haus. Sie winkte meinen Bruder ins Brockhauszimmer, um auf dem kleinen Tischchen Platz für eine große Ledertasche zu machen. Sie sagte, die Tasche sei für ihn, den zweiten Arzt in der Familie. Dann fuhr sie mit einer eleganten Handbewegung über den Taschenrücken und stieß mit dem Zeigefinger gegen das Messingschloss, das leise aufschnappte.

»Aus Ruussland!«, sagte sie voller Zärtlichkeit.

Ein muffiger Geruch aus ihrer Heimat entwich dem Ding, und wir sahen Zeitungspapier. Sie lächelte Marcel verschwörerisch zu, während sie mit der Hand in dem Papier herumwühlte und langsam Kolben, Flaschen, Röhrchen, Trichter und Glasstäbe zutage förderte.

»Du kannst dierr ein Versuuchslaboorr einrichtänn!«, sprach sie aus, was ich bereits in Gedanken vor mir sah.

Kurz darauf war der Großteil des Fußbodens im Höhlenzimmer mit wassergefüllten Labor- und Marmeladengläsern übersät. Es begann die Zeit der »Gläsertyrannei«, wie Susi und ich es ausdrückten. Marcel und das Ei hingen stundenlang auf dem Boden ausgestreckt über den Gläseröffnungen und blockierten einen Großteil des Zimmers. Sie beobachteten, erstaunlich aufgeregt, Froscheierblasen, die bleich und still, wie ausgelutschte Trauben, in den Gläsern schwebten.

Susi und mir wurde es im Höhlenzimmer zu eng. Wir nahmen unsere Mal- und Bastelsachen und zogen ins Schnapsflaschenzimmer, wo ich Susi in das Geheimnis des Bäumezeichnens einweihte.

Aber kaum hatten wir uns dort eingerichtet, kamen die drei Jungs. Sie hielten diesen Raum für besonders geeignet, um Fruchtfliegen zu züchten, auf dem Fensterbrett. Wir flüchteten. Zimmer gab es schließlich genug, wir mussten nicht unbedingt mit drei durchgeknallten Erstklässlern den Raum teilen. Und eine ganze

Weile blieben wir tatsächlich ungestört. Bis die Gläsertyrannei zu Ende ging, sich aus den Kaulquappen kleine Frösche entwickelt hatten und die Jungs diese mitsamt den Gläsern auf die Gartenmauer umsiedelten. Nun begann aber nicht, wie wir vermutet hatten, die Froschherrschaft.

Es war eine andere Passion: Schuhkartons. Unmengen davon stapelten sich plötzlich im Fliegenzimmer. Die drei begannen kleine puppenstubenähnliche Räume daraus zu bauen. Wir hätten uns sicherlich mehr für ihre Bastelarbeiten begeistern können, wenn sie nicht irgendwann dazu übergegangen wären, sich wie eine Epidemie zwischen uns breitzumachen und unsere Wasserfarben zu verschmutzen, unseren Kleber offen herumliegen zu lassen und unsere Buntstifte stumpf zu malen. Eine Weile schauten wir uns das an, aber irgendwann hatten wir genug und verließen das Haus.

Es war Hochsommer geworden. Das Gras im Garten reichte uns bis an die Hüften. Die Wege waren bis zur Unkenntlichkeit zugewuchert. Bienen summten in dem grenzenlosen Pflanzenwirrwarr, Grillen zirpten und Grashüpfer sprangen nimmermüde umher, als wollten sie den Überblick behalten.

Es war der Sommer, in dem kein Tag verging, ohne dass morgens im Radio etwas von der RAF berichtet wurde. Viele der Mitglieder waren in den letzten Wochen verhaftet und verurteilt worden, ich hörte jetzt aufmerksam zu, aber Aimées Name war nicht dabei. Susi war gespannt, ob sie die Gefangenen rausholen würden. Wir sprachen jetzt oft darüber. Das heißt, Susi legte mir ihre Ansichten dar, und ich hörte ihr gefesselt zu. Dass man jemanden aus dem Gefängnis holen konnte, hätte ich nie für möglich gehalten. Ich war hin und weg. Es gab plötzlich neue

Perspektiven. Aber mir Aimée dabei vorzustellen fiel mir schwer. Susi sagte, nicht alle würden aktiv an den Aktionen teilnehmen. Vielleicht zog sie also mehr die Fäden im Hintergrund.

Wir kämpften uns durch Triebe und Gräser vor bis zum Gartenhäuschen. Seit dem Sündentest mit Gertruds Biowürstchen waren wir nicht mehr dort gewesen. Verwunschen lag es hinter dem Waldgeißblatt. Holunderblütenduft hing in der warmen Luft, die wilde Rose streckte inzwischen neue Triebe über die Front des Häuschens und griff jetzt mit hellgrünen Auswüchsen sogar nach der Klinke. Vorsichtig bogen wir die Dornenranken zur Seite und öffneten die Tür. Durch die zugewucherten Fensterläden drang kaum noch Sonnenlicht. Es war düster und kühl im Innern und roch nach feuchtem Stein und Staub wie in einem Verlies. Die Leiter lehnte im Rahmen der Bodenluke, so wie wir sie verlassen hatten. Wir stiegen nach oben und stemmten die Luke auf. Warme, trockene Luft strömte uns entgegen, Millionen, Abermillionen winziger Staubpartikel tanzten wild auf leuchtenden Sonnenstrahlen. Wir öffneten eines der kleinen runden Fenster gegen den Widerstand der Rosenzweige, die von außen gegen den Rahmen drückten, und sahen hinunter in unseren und Brockmanns Garten.

»Hör mal«, sagte Susi und hob einen Finger.

Vogelgezwitscher drang herauf, Blütenduft stieg uns in die Nasen. Wir sahen uns an.

Ich fragte: »Wollen wir hierbleiben?«

Susi nickte stumm.

In den folgenden Tagen entfernten wir Dreck und Staub und Spinnweben. Wir bemalten Boden und Balken mit weißer Farbe, schleppten ein Regal, Matratzen, Decken und Kissen hinauf. Gertrud schenkte uns ein weißes Laken, auf das wir mit gelbem Filzstift große Sterne malten. Wie einen Baldachin hängten wir es in die Giebelspitze über die Matratzen.

»Gadabo«, flüsterte ich, als wir zum ersten Mal in den Kissen lehnten, Che Guevara zwischen uns, und in den Filzstiftsternenhimmel schauten.

»Gadabo?«

»Wir nennen es Gadabo hier. Kommt von Gartenhäuschendachboden!«

»Genial«, sagte Susi, »Gadabo ... klingt magisch.«

Und es war magisch: ein verborgener Ort, genau so, wie wir ihn uns gewünscht hatten.

Wenn es zu warm wurde, öffneten wir das kleine runde Fenster im Giebel und die Tür im Erdgeschoss. Die Zugluft kühlte, ein Hauch von trockenem Gras wehte zu uns herein. Wir zogen unsere Kleider aus und lümmelten in Unterwäsche auf den Decken. Ich malte Susi, wie sie in den Kissen lag. Sie las mir aus den Magazinen und Tageszeitungen vom Engel vor. Oder wir spielten Sagmirwasdasist mit dem Fremdwörterbuch. Wir konnten es stundenlang spielen und dazu Kirschkerne aus dem Fenster spucken, warme Fanta von Oma Liese trinken und Gertruds selbst gemachtes Erdbeereis lecken.

Nur ganz selten gingen wir nachmittags zu Susi, und wenn, dann meist unter dem Vorwand, die ausgelesenen Zeitungen und Zeitschriften gegen neue einzutauschen, eigentlich aber hofften wir, Rita würde uns ein Zeichen geben, wegen der Sache im Kleiderschrank. Susi meinte, es könne auch eine von Ritas Verrücktheiten gewesen sein, heute sagte sie dies und morgen das, man dürfe ihr nicht immer alles glauben, und ich solle mir mal nicht zu viele Hoffnungen auf ein Geheimnis machen. Aber ich liebte Geheimnisse ebenso wie sie und wollte selbst nach einem Blick in Susis enttäuschend normalen Schrank die

Hoffnung nicht aufgeben, dass Rita sich uns irgendwann noch offenbarte.

Jeder Gedanke daran steigerte unsere Neugierde mehr. Es konnte ein weiteres Geldscheindepot sein. Oder hatte Rita vor, dort irgendwann etwas zu verstecken? Etwas, das sie irgendwo entwenden wollte, mit ihrer mathematischen Begabung minutiös geplant, auf die Sekunde genau. In jedem Fall musste es etwas sein, von dem sie ganz genau wusste, dass ihre Eltern es nicht gutheißen würden. Das machte die Sache ziemlich aufregend.

Irgendwann begannen wir an Gertruds freien Abenden in den Engel zu gehen. Papa, Marcel und ich. Ich hatte Anna von Papas Raviolidosen erzählt, und sie hatte gesagt, dafür gäbe es eine ganz einfache Lösung, und uns eingeladen. Wir saßen dann alle zusammen an einem großen Tisch. Es brannten dicke Kerzen, Stammgäste setzten sich dazu, und wir aßen, was Oma Liese uns empfahl. Ich glaube, wir alle mochten diese Abende. Sie waren ungesund, laut, ein bisschen feierlich und entwickelten immer etwas von der übermütigen Fröhlichkeit bei Familienfesten, die in der Gewissheit entsteht, dass man sich trotz fehlender Gemeinsamkeiten doch sehr mag. Es war lange her, dass wir mit so vielen Menschen am Tisch gesessen hatten. Viele Abendessen tauchten vor mir auf, mit unterschiedlichen Gesichtern, Gelächter, langen Diskussionen und großem Durcheinander. Und jetzt, in meiner Erinnerung, bemerkte ich plötzlich, wie häufig Aimées Platz an solchen Abenden leer gewesen war. Als habe sie damals im Kleinen vorbereitet, was jetzt im Großen geschehen war.

Opa Hermann bediente uns. Kein sichtbares Gefühl brachte Leben in seine Mimik. Trotzdem glaube ich, dass er es gerne tat und dass die knappen Worte, mit denen er uns bedachte, und die lieblose Art, mit der er die Teller vor uns abstellte, nur dem Zweck dienten, nicht den Eindruck aufkommen zu lassen, das Ganze könne ihm irgendwie auch Freude bereiten. Am Ende, wenn er sich auf ein Spreder Weizen zu uns setzte, wenn er nach einem tiefen Schluck den Bierkrug mit seiner kräftigen Hand auf dem Tisch absetzte, sich den Schaum von den Mundwinkeln wischte und in die Runde schaute, dann blitzte für einen kurzen Moment eine Zahnlücke zwischen den schmalen Lippen auf, und um seine Augenwinkel kräuselten sich kleine Fältchen.

Susi kam zu uns, wann und so oft sie wollte. Sie blieb nur niemals über Nacht. Der Grund war Che Guevara. Che schlief nachts auf ihren Füßen, es gab für ihn keinen anderen Platz. Wenn man ihn vor die Tür setzte, machte er den größten Aufstand, bis er erreicht hatte, was er wollte. Ich hätte ihn sofort mit ins Bett genommen. Gertrud jedoch hielt das für eine hygienische Katastrophe.

Da gab es keine Diskussion. Meine Vermutung war, dass Gertrud Susi abends einfach nicht mehr bei uns haben wollte, ich glaube, dass sie meine Freundin mochte, doch wenn sie mir abends irgendwo im Haus begegnete und mich fragte, ob Susi eigentlich noch da sei, wirkte sie immer ein wenig erleichtert, wenn ich verneinte.

Mittwochs um vier begleiteten Che und ich Susi zum Klavierunterricht bei Studienrat Lemper. Er betreute ausschließlich ältere und auffällig begabte Schüler.

Sie sei nicht sonderlich musikalisch, hatte Lemper nach der ersten Begegnung mit Susi ihrer Mutter erklärt, und dass sie sich besser auf etwas anderes verlegen sollte als das Klavierspielen. Ballett, Tennis, Schwimmen zum Beispiel. Doch Anna Engel hatte aufgeatmet, als Studienrat Lemper ihr das mit der fehlenden Begabung sagte. Sie hatte händeringend nach einer Herausforderung für Susi gesucht. Etwas, das sie nicht sofort langweilte, weil sie es konnte. Auch in diesem Punkt war sie Rita ähnlich. Sieben Jahre alt war Susi damals. Etwas verunsichert rechnete er ihr vor, was die musikalische Erziehung ihrer Tochter kosten und wie wenig sich diese Investition vermutlich lohnen würde. Doch Anna Engel ließ sich nicht abwimmeln.

»Unterrichten Sie Susi«, hatte sie gesagt, »ich bitte Sie inständig.«

»Aber sie verfügt über keinerlei Talent für die Musik.«

»Sie werden es nicht bereuen«, insistierte Anna.

Der Studienrat hatte niemals zuvor erlebt, dass Eltern trotz seines vernichtenden Urteils auf Unterricht bestanden.

»Ohne zumindest ein kleines bisschen Talent wird sie nicht sonderlich weit kommen. Es wird ihr keine große Freude machen.«

»Bei meiner Tochter ist einiges anders. Wenn sie nicht musikalisch ist, umso besser, sie wird sich anstrengen, sie wird alles geben.«

»Nur wird das nicht reichen«, Lemper drückte Anna mit ernstem Blick die Hand und glaubte damit das Gespräch für beendet.

Aber Anna Engel insistierte: »Ich möchte Sie um einen Versuch bitten«, ihre Stimme muss bestimmt und verzweifelt zugleich geklungen haben, zutiefst verzweifelt, denn es ist in Sprede bis heute kein anderer Fall bekannt, bei dem ein von Lemper als unbegabt bezeichneter Schüler trotzdem von ihm unterrichtet wurde.

Er sollte es nicht bereuen. Susi wurde schnell seine beste Schülerin. Inzwischen träumte sie sogar von einem Stipendium an der Londoner Royal School of Music. Es war typisch für sie: Sie setzte sich ein solches Ziel und suchte sich für das Vorspiel auch noch ein besonders schweres Stück aus. Die *Fantaisie Impromptu* von Chopin, *Opus 66*. Sie übte daran, seit ich sie kannte. Durch das halb geöffnete Fenster bei Lemper konnte ich hören, wie er sie oft die ganze Stunde über immer und immer wieder dieselbe Passage spielen ließ.

Che Guevara und ich warteten auf Susi draußen vor dem Haus. Manchmal ließ ich ihn Stöcke aus dem Schleusenteich holen, obwohl sie es überhaupt nicht mochte, wenn er dann wie eine Kanalratte stank. Che liebte es aber. Er nahm jedes Mal sogar Anlauf, um ins Wasser zu springen, und wenn er herauskam, lachte er. Und hin und wieder hörten wir Susi einfach nur durch das geöffnete Fenster zu. Auch wenn ich überhaupt nicht beurteilen konnte, ob sie das gerade gut oder schlecht machte, ihr Spiel berührte mich. Ich spürte ein Brennen in der Brust, das mich fast zum Weinen brachte, und Che begann dann laut zu heulen, sodass ich ihm die Schnauze zuhalten musste.

Im Gegenzug begleitete Susi mich montags und donnerstags zu Frau Fritzi. Mir war entgangen, wann genau ich aufgehört hatte, das Gefühl zu haben, ich mache das nur Papa zuliebe. Möglicherweise hing es damit zusammen, dass ich in ihr auch das Mädchen sah, das Philo liebte. Wenn ich sage, ich ging automatisch hin, hört sich das vielleicht gefühllos an, so wie ferngesteuert. Aber so war es nicht. Die Termine bei Frau Fritzi gehörten mittlerweile zu meinem Leben. Sie hatten irgendwann ganz unauffällig darin Platz gefunden, ebenso wie die Briefe an Philo, die sie mir häufig im Anschluss in die Hand drückte und die ich zusammen mit Susi und Che auf dem Nachhauseweg im Postkasten am Kirchplatz einwarf.

Die Briefe hatten begonnen, Susi und mich richtig zu beschäftigen. Zeitweise ließen sie sogar Aimée und die RAF in den Hintergrund rücken. Der Anschrift entnahmen wir, dass sie nicht ins Irrenhaus geschickt wurden, sondern an ein Postfach. Da Philo das Irrenhaus aber nicht verließ, lag die Vermutung nahe, dass entweder Schwester Veritas sie für ihn abholte oder er die Briefe tatsächlich nicht bekam. Die Frage war nur, warum er dieses Postfach besaß, wenn er es nie leerte, wer die Briefe dann bekam und warum Frau Fritzi immer weiter schrieb, wenn Philo ihr, wie wir vermuteten, nicht antwortete. Es war rätselhaft.

Wir waren einige Male zum Postamt gegangen, um die Schließfächer zu observieren, aber nichts Nennenswertes war passiert. Susi hatte die Theorie, dass der Briefumschlag, den Philo in seinem Nachtschränkchen aufbewahrte, den Schlüssel zum Postfach enthalten müsse. Ich fand das naheliegend, aber ohne den Umschlag zu öffnen, würden wir keine Gewissheit haben, und ihn zu öffnen war völlig ausgeschlossen. Uns blieb nichts, als den Absendeort im Auge zu behalten.

Wir gingen ein bisschen früher zu Frau Fritzi, trieben uns im Schutz der Trauerweide und am Rand der Gartenmauer herum und hofften eine Beobachtung zu machen, die uns weiterbringen würde. Die meiste Zeit passierte nichts. Einmal sahen wir, dass sich die Gardine in einem Fenster bewegte, ganz sachte nur, wie durch einen Luftzug, aber irgendwie gespenstisch, ein anderes Mal nahmen wir deutlich den Schatten einer Gestalt hinter der Gardine wahr.

Vor meiner Montagsstunde hatte Frau Fritzi einen Termin mit einem kleinen dunkelhaarigen Jungen, der sich jedes Mal, wenn ich vor der Tür stand, gerade von ihr verabschiedete. Sie selbst konnte es also kaum gewesen sein. Eine Antwort auf die Frage, wer Philos Briefe bekam, war es allerdings auch nicht. Uns gruselte bei dem Gedanken, dass Franziska Fritzi vielleicht gar nichts wusste von diesem Schatten hinter ihrem Fenster, und die Tatsache, dass ich gleich in ihr Haus gehen musste, ließ mich frösteln. Wenn ich drinnen saß, vergaß ich diese Furcht jedoch meist schnell, und sogar Susi vergaß ich oft, die Che Guevara während meiner Stunde über Rasen und Beete laufen ließ und ihn leise anfeuerte, in der Gartenerde nach Mäusen zu suchen.

Der Besuch bei Frau Fritzi war für mich vergleichbar mit dem Blick aus einem Fenster, dessen Ausblick man genau kennt. Man weiß nicht vorherzusagen, wie das Wetter ist, ob ein Vogel fliegt, wie die Sonne steht und so weiter, aber man kennt den Baum hinten links und den Zaun am Horizont. Wenn ich hereinkam, war da dieser komische Geruch, ich wusste, sie würde mir ein Glas Wasser neben die Stiftebox stellen und mich, sobald ich saß, fragen, wie es mir ging. Zwar wusste ich vor der Stunde nie, worüber wir reden würden, doch ich wusste, dass ich es gerne mit ihr tat, egal über was, und manchmal saß mir für einen kurzen Augenblick dabei die Franzi aus Philos Erzählungen gegenüber, zwischen deren Lippen Himbeerbrausepulverbläschen knisterten.

Vielleicht war das auch der Grund, warum ich gerne zu ihr ging, diese Geschichte, die Franziska Fritzi in einem ganz anderen Licht zeigte. Ich traute ihr sogar zu, auch so etwas wie Eintagsfliegentage zu kennen, Eintagsfliegenmomente womöglich. Wenn sie unverhofft lachte, hatte ich manchmal diese Vermutung, als sei sie dann mit ihren Gedanken in einem anderen Universum unterwegs. Oder wenn sie mich während unserer Gespräche etwas absolut Merkwürdiges fragte: ob ich mich an die ersten Tage nach meiner Geburt erinnere etwa, oder wann ich mich mal so richtig geschämt hatte, wie ich mir die Schuhe zubinden würde – ich musste es ihr sogar einmal vormachen. Ob ich mit der linken oder rechten Hand schreibe, ob ich mich an meine Träume erinnern könne, schon mal Schnecken gegessen hätte und wisse, wie Sauerampfer schmeckt.

Anstelle ihrer Sanftheit, die mich anfänglich aggressiv gemacht hatte, weil sie mir wie eine Falle vorgekommen war, in die ich hineintappen sollte, anstelle ihrer Sanftheit war da jetzt so etwas wie Offenheit. Ich fand sie auch immer noch seltsam, aber ich hatte angefangen, sie zu mögen.

»Bé-né-dicte Baron!«, rief sie einmal, als ich ihr erzählte, Merle Brockmann hätte mir in der Zensurstunde im Sportunterricht ein Bein gestellt, »ich würde sagen, das riecht gehörig nach Schweinemist ...?«

Wir lachten, bis uns Tränen in den Augen standen. Dann schnappte sie wie ein Fisch nach Luft, wischte ihren unglaublichen Satz mit der Hand beiseite und setzte sich wieder auf ihrem Stuhl zurecht, als wären diese Worte nie von ihr gesagt worden. Nur ein kleines Zwinkern versicherte mich noch ihrer Nähe. Das war der Moment, in dem ich verstand, was sie damit gemeint hatte, als sie ganz am Anfang unserer Gespräche zu mir gesagt hatte, ich könne ihr alles erzählen und dass es bei ihr bleiben würde. Ich glaube, ich hätte ihr wirklich alles erzählen können, wenn es für mich wichtig gewesen wäre. Aber jetzt hatte ich Susi.

Als Susi irgendwann, während ich drinnen war, eine Hand an der Gardine wahrzunehmen glaubte, wurde es ihr so unheimlich, dass sie Che Guevara leise zurückrief, ihn auf den Arm nahm und vor dem Gartentor auf mich wartete, um mir zu sagen, dass sie nicht mehr mitkommen wolle. Ich aber meinte, es wäre das Beste, sie käme das nächste Mal einfach mit rein.

Eines Nachmittags, es war kurz vor den Sommerferien, kam Susi dann tatsächlich mit rein. Ich hatte es mir so oft vorgestellt. Und dann saßen wir tatsächlich dort, zu dritt, während Che Guevara im Garten wartete. Es war ein bisschen wie in meiner Fantasie, so ganz genau konnte ich die Dinge manchmal nicht auseinanderhalten, deshalb begann ich die Karos auf der Wolltischdecke zu zählen. Es half das Kolibrigefühl im Bauch zu dämpfen. Mit jeder Zahl, mit jeder Reihe wurde es kleiner. Es half, den Augenblick wirklich werden zu lassen. Mein Blick glitt hin und her, von Susi zu den Karos, zu Frau Fritzi. Alles war da. Frau Fritzi zuppelte an ihrer Bluse herum, und Susi schaute in den Raum. Ich stieß mit meinen Beinen an den Stuhl. Ein dumpfer, sinnloser Takt in der Stille. Susi hatte die Gabe zu verunsichern, ihre Familie und mich eingeschlossen. Umso gespannter war ich auf Frau Fritzis Reaktion. Und natürlich auch auf Susis Meinung von ihr.

Franziska Fritzi stand auf, sagte, sie wolle irgendwo im Haus ein Fenster schließen. Und Susi sog, kaum dass sie draußen war, die Luft im Raum durch ihre kleine Nase ein, als wäre sie eine Abzugshaube.

»Stimmt total, mit dem Geruch«, piepste sie, »gut riecht's hier wirklich nicht.«

»Nach altem Essig und Bakterien, oder?«, flüsterte ich.

»Nach Tooood ...«, flüsterte sie mit Schauderstimme zurück, »aber schau mal da!«

Sie zeigte begeistert hinter mich. Ich drehte mich zu der Liege in meinem Rücken um. Zum ersten Mal wurde mir bewusst, dass eine teppichartige Decke darüber ausgebreitet lag.

»Eine echte Psycholiege. Das ist ja Wahnsinn! Wie bei Freud!«

Ich musste lachen, weil Papa ein Bild von Freud mit seiner Psycholiege im Arbeitszimmer stehen hatte und Susi dabei gewesen war, als ich ihn vor Kurzem gefragt hatte, auf was der graubärtige Opa neben diesem Teppichberg denn warten würde.

»Und sie, wie findest du sie?«, wollte ich wissen.

»Ich hab sie mir ganz anders vorgestellt!«

»Wie denn?«

»Komischer, mit dicker Hornbrille, wild abstehenden Haaren und so.«

Aber da kam Frau Fritzi auch schon zurück.

»Das ist schön, dass wir uns mal kennenlernen!«, sagte sie an Susi gewandt.

Susi lächelte.

»Bénédicte sagte, du sähest Rita wie aus dem Gesicht geschnitten ähnlich, ich muss ihr absolut recht geben, die Ähnlichkeit ist verblüffend, sogar die Zahnlücke!« Nachdenklich massierte sie ihre Kinnspitze. »Sie könnte deine Schwester sein.«

»Susi hasst es, wenn sie mit ihrer Tante verglichen wird«, kam ich ihr zu Hilfe. Susi nickte halb zustimmend, sie wollte nicht unhöflich sein.

»Wahrscheinlich weißt du von Bénédicte und von Rita, dass wir uns hier die meiste Zeit unterhalten?«

Es fiel mir schwer, mir Rita ruhig auf einem Stuhl sitzend vorzustellen.

»Macht Rita das auch bei Ihnen? Ich meine, dass sie alles anriecht und überall reinschaut?«

»Natürlich!« Frau Fritzi lachte, als fände sie meine Frage mehr als berechtigt. »Sie riecht jedes Mal wieder an allem, was sie interessiert. Sie leckt Dinge an und ab, die sie besonders fesseln. Respektlos, ohne zu fragen. Oooh, der Geruch ihrer Spucke hängt manchmal noch stundenlang im Raum oder an mir!« Während sie sprach, zog sie die Unterarme zum Körper und spreizte die Finger, als würde sie damit den Ekel los, der sie gerade erfasst hatte.

»Sie kann einem ganz schön auf die Nerven gehen, mit ihrem Geschnüffel und Gelecke!« Susi blickte Frau Fritzi entsetzt an. Wahrscheinlich dachte sie genau wie ich, dass sie das nicht durfte! Sie war Ritas Psychiaterin! Wie konnte sie sagen, dass Rita ihr auf die Nerven ging! »... Es ist einfach widerlich. Aber da kann man nichts machen. Es ist einfach so.« Frau Fritzis Blick wanderte von mir zu Susi, als erwarte sie irgendeine Reaktion.

»Susi ist das auch oft richtig unangenehm! Gerade weil sie ihr so ähnlich sieht.«

Ich sah an Susis Gesichtsausdruck, dass sie fand, ich könne jetzt mal aufhören, den Vermittler zu spielen.

»Rita ist eine beeindruckende Frau«, schwang Frau Fritzi plötzlich um, »im Übrigen einer der wenigen Menschen, die ich kenne, der sich nicht verstellt! Niemals! Rita bleibt immer Rita. Ist euch das schon einmal aufgefallen?«

Mir war es noch nicht aufgefallen, und auch Susi schüttelte den Kopf.

»Sie sagt, was sie denkt, und tut, was sie tun muss.«

Ich musste daran denken, dass ich das auch an Susi bewunderte, dass sie meist kein Blatt vor den Mund nahm, doch ich hütete mich, einen Vergleich zu ziehen. Es hätte Susi wahrscheinlich wütend gemacht. Vielleicht war es sinnvoll, das Thema zu wechseln. Aber da musste Frau Fritzi auch schon wieder aufstehen, wegen irgendwelcher zu schließender Fenster im Haus. Susi wartete, bis Frau Fritzi draußen war.

»Wir müssen versuchen, hier reinzukommen, hier in ihr Haus, ohne dass sie dabei ist ...«, flüsterte sie.

»Was?« Ich musste an die Gestalt hinter dem Vorhang denken. »Vielen Dank! Gespensterjagen oder was?«

»Wir wollten etwas über die Briefe für Philo rausbekommen ...«

Mir dämmerte es ganz langsam. Susi war vor ein paar Tagen zu der Ansicht gelangt, wir würden das Briefgeheimnis nur in Frau Fritzis Haus lösen können. Sie war sich sicher, dort würde sich etwas verbergen, das uns zu des Rätsels Lösung führen könnte. Ich hatte es für eine ihrer Theorien gehalten, gegen die man nichts einwenden konnte, weil sie sowieso am Ende wieder recht behielt, egal, was man zu bedenken gab.

»Wenn du nichts sagst, dann mach ich das ...«, hörte ich Susi sagen.

Ihre Theorien standen sonst nur im Raum und richteten nichts an. Niemals hätte ich damit gerechnet, dass sie tatsächlich meinte, wir sollten uns Zutritt zu Frau Fritzis übrigen Zimmern verschaffen. Sie tut, was sie tun muss, hatte Frau Fritzi über Rita gesagt ...

»Was soll ich denn sagen, verdammt noch mal?« Es machte mich ärgerlich, dass Susi mich fast zwang, für ihre Idee einzutreten.

»Sie hat doch viel zu tun?« Susi zeigte auf die Bücher, die sich im Regal drängten. Sie stand auf und fuhr mit dem Finger über die Regalkante. »Siehst du? Alles verstaubt.« Sie klang, als habe sie mit nichts anderem gerechnet. Vom Flur hörten wir Frau Fritzis Schritte näher kommen. »Wir helfen ihr ein bisschen beim Saubermachen ... dann haben wir überall freien Zutritt!«

Frau Fritzi brachte kalte Flurluft mit ins Zimmer.

»Was habt ihr denn heute noch vor, ihr beiden?«

»Och, wissen wir noch nicht«, sagte ich unbestimmt.

»Frag sie«, formte Susi mit ihren Lippen.

Ich spürte, wie mein T-Shirt begann, am Rücken zu kleben. Draußen auf der Straße hatte jemand Probleme mit seinem Motor, der wie ein wütendes Tier immer wieder aufheulte. Er wollte nicht, aber er musste. Ein bisschen so fühlte ich mich auch.

»Los«, machten Susis Lippen tonlos, ihre Augenbrauen hoben sich dabei fast bis an den Haaransatz.

»Ich glaube, Sie haben eine Menge Arbeit, oder?«

Frau Fritzi sah mich verständnislos an.

»Was halten Sie davon, wenn wir Ihnen ein bisschen helfen?«

Sie schien immer noch nicht zu verstehen.

»Staub wischen, saugen ...«

»Ja?«

Es war ihr nicht klar, was ich wollte. Vielleicht, dachte ich besorgt, würde sie uns gleich vor die Tür setzen, ich hatte gesagt, es sei schmutzig, nicht direkt vielleicht, aber sie konnte es so verstehen.

»Einkäufe machen, Unkraut jäten, Rasen mähen ...«, fügte ich schnell hinzu, »ich dachte, so als Schülerjob ...«

Sie wirkte ein bisschen verwirrt und folgte Susis Blick durchs Sprechzimmer, als könnte sie so besser eine Antwort auf meine Frage finden. Aus den Augenwinkeln sah ich, wie sie sich mit der Hand über den Mund fuhr, wie sie nachdenklich die Fingerkuppen von Daumen und Zeigefinger an ihren Mundwinkeln ruhen ließ und dann sagte: »Das ist schon richtig. Ein wenig Staubwischen könnte ich gut gebrauchen. Hier bleibt alles liegen, ich komme zu gar nichts mehr. Ein bisschen Hilfe, ein-, zweimal die Woche ... das ist eine gute Idee! Vor allem oben, auf der Terrasse ...« Mit einem Mal wirkte sie ganz weit weg, vielleicht auf ihrer Terrasse.

Damit hatte ich nicht gerechnet.

»Meinen Sie das ernst?«

»Ja«, sagte Frau Fritzi, »wenn ihr wollt, könnt ihr schon morgen loslegen!«

# 18.

Frau Fritzis Haus war größer, als ich erwartet hatte. Gewöhnlich betrat ich es über einen schmalen Flur, der mich in ihr düsteres Sprechzimmer führte, dort verbrachte ich fünfzig Minuten und verließ es anschließend auf dem gleichen Weg. Es kam vor, dass ich die zugige Toilette aufsuchen musste, in der ganzjährig das Fenster offen stand. Aber ich versuchte, es zu vermeiden: Im Winter fror ich dort am Hintern, und im Sommer umschwirrten mich Horden wilder Insekten. Man mochte sich zu keiner Jahreszeit einmal ruhig hinsetzen. Im Vorübergehen konnte ich auf dem Weg ins Sprechzimmer hin und wieder einen Blick in die Küche werfen. Was ich sah, erinnerte mich an unsere Spreder Anfangszeit.

In der Küche gäbe es für uns nichts zu tun, sagte Frau Fritzi allerdings gleich zu Beginn der Hausführung. Sie sagte, da wären Hopfen und Malz verloren, während sie mit dem Knöchel an den Türrahmen tippte, und ließ uns noch nicht einmal länger hineinsehen. Auch das Zimmer daneben zeigte sie uns nicht. Sie ließ es einfach aus. Susi schaute mich vielsagend an, und als Frau Fritzi nicht hinsah, tat sie etwas, was mir im Leben nicht eingefallen wäre, sie drückte die Klinke. Mir blieb fast das Herz stehen. Ich malte mir aus, wie Frau Fritzi uns hochkant rausschmiss. Aber die Tür war verschlossen. Ich wusste, später würde Susi sagen, wie verdächtig sie das fände, und ich wusste auch, dass sie einen Weg finden würde, dennoch hineinzugelangen oder zumindest herauszufinden, was sich dahinter verbarg.

Wir standen am Fuß einer Treppe. Frau Fritzi knipste Licht an. Wie geschmolzener Käse ergoss es sich über die Wände. Wir folgten ihr in den ersten Stock. Unsere Schritte machten einen dumpfen Lärm im Treppenhaus. Ich war ziemlich gespannt auf die obere Etage. Zuerst führte sie uns in ihr Arbeitszimmer, einen großen Raum, dessen Wände von Regalen bedeckt waren, bis in die kleinste Lücke mit Büchern und Zeitschriften vollgestopft. An der Fensterfront stand ein ausladender Schreibtisch aus glänzend honigfarbenem Holz. Das hereinfallende Sonnenlicht produzierte Schatteninseln hinter den Papier- und Bücherbergen, die sich darauf stapelten. In der Mitte, auf einer ledernen Unterlage, stand eine uralte Schreibmaschine mit hübschen runden Tasten. In die Walze eingespannt sah ich ein teilweise beschriebenes Papier.

»Schönes Ding«, sagte Susi und stieß, wie eine Antiquitätenkennerin, mit dem Finger leicht gegen die Maschine. Gleichzeitig versuchte sie unauffällig zu lesen, was dort geschrieben stand. Ich sah es an ihrer auffällig unauffälligen Haltung: der Kopf leicht zur Seite geneigt, als schaue sie aus dem Fenster. Dabei schielte sie auf den Briefbogen. Ich hätte meine Hand dafür ins Feuer gelegt, dass sie ihn las. Gleich würde sie mir zuflüstern, was dort stand. Ich trat neben sie und versuchte, auch einen Blick auf das Blatt zu erhaschen.

»Wie alt ist die denn?«

»Die ist noch von meiner Mutter«, sagte Frau Fritzi, und die Art wie sie es sagte, bedeutete uns, wegzutreten von ihrem Schreibtisch. Als wir es nicht taten, fügte Frau Fritzi etwas deutlicher und langsamer hinzu: »Sie schreibt noch prima! Tag für Tag! Also, wenn irgendetwas sein sollte, ich sitze in der Regel hier. Und hier muss auch nichts gemacht werden.« Sie wies vage in den Raum: »Hier hat alles seine ... sagen wir mal: schwer nachvollziehbare – aber dennoch: Ordnung!« Und bei »Ordnung« hatte sie Susi und mich von der Schreibmaschine weg auf den Flur hinausgeschoben.

Als Nächstes zeigte sie uns ein kleines Gästezimmer

mit Bett und Sekretär. Das Zimmer wirkte trostlos. Hier musste dringend Staub gewischt werden, das hätte sie gar nicht erwähnen müssen. Auf derselben Etage befanden sich Frau Fritzis Schlafzimmer und ein Bad.

Ich starrte auf ihr Bett. Irgendetwas stimmte nicht. Ein Doppelbett mit dazugehörigen Nachttischen. Auf dem rechten lagen Bücher voller wild herausragender Lesezeichen. Auf dem linken lag nichts als ein dünnes Häkeldeckchen. Die linke Matratze war bezogen, doch lagen weder Kopfkissen noch Decke noch sonst etwas darauf. So nebeneinander wirkte das Ganze wie ein halbseitig bewohnter Körper.

Über dem Kopfende prangte ein ungewöhnlich hässlicher Wandteppich aus dicker grellbunter Wolle. Dicht gewebte Wollfäden ergaben das Bild eines Mannes, der Tiere um sich geschart hatte. »Weihnachtsbasarware« nannte Mamique solche Sachen. Im Irrenhaus, in der Beschäftigungstherapie machten sie so etwas. Vielleicht hatte Frau Fritzi ihn aus Mitleid gekauft, vielleicht sogar dort.

»Der heilige Franziskus«, erlöste sie mich von meinen Gedanken.

»Warum haben Sie ihn über das Bett gehängt?«

»Er stammt von meiner Mutter. Sie hat ihn hier aufgehängt. Früher war es ihr Schlafzimmer.«

Das war eine plausible Erklärung. Und wahrscheinlich fand sie den Wandbehang gar nicht schrecklich, vielleicht war er ihr eine schöne Erinnerung an die Mutter, und dafür liebte sie ihn sogar. Als ich mich abwandte, begegnete er mir hundertfach in den Spiegeln des Frisiertischs hinter dem Fußende des Bettes. Noch während ich dachte, dass mir das ein bisschen zu viel heiliger Franziskus war, zog etwas auf dem Tischchen meine Aufmerksamkeit auf sich.

Viel stand nicht darauf: eine bauchige Flasche *Eau de Lavande*, eine Schale aus sanft schimmerndem Perlmutt, in der sich Ketten aus Silber und Gold um Broschen und Ringe kringelten, Schmuck, den ich noch nie an ihr gesehen hatte, sowie ein gerahmtes Schwarz-Weiß-Bild. Ich versuchte meine Aufregung zu verbergen. Dieses Foto zeigte etwas, das ich mir etliche Male ausgemalt hatte. Ich sah zwei Kinder auf einer Bank. Einen Jungen und ein Mädchen. Und hinter ihnen eine wilde Ansammlung von Akeleien. Ich spürte kleine Nadelstiche in meinen Handinnenflächen. Der Junge war ein bisschen kleiner als das Mädchen, seine Beine reichten nicht ganz bis zum Boden, um die Füße neben ihre weißen Sandalen stellen zu können. Sie waren es: Philo und Franzi. Im Garten vom Irrenhaus. Ich konnte kaum glauben, was ich sah. Jemand hatte einen Ball zwischen sie gelegt. Es sollte aussehen, als hätten sie bis vor wenigen Augenblicken noch damit gespielt. Doch ihr einander zugewandter Blick beschwor andere Szenarien in meinem Kopf: Ich sah sie beim Spaziergang um den Ententeich, beim Birnenpflücken draußen vor dem Engel, beim Fischefangen am Rebellen, und ich hörte ihr schallendes Lachen zwischen den Akeleien, wenn Philo gegen einen Baum gelaufen war.

Wir stiegen eine weitere Treppe hinauf und gelangten zu einer kleinen Empore, einer Art zu kurz geratenem Flur unter den Dachschrägen. Frau Fritzi ging voran. Als sie die Tür öffnete, drehte Susi sich rasch zu mir um und flüsterte: »Sie schreibt an ihn, ich hab's gesehen. In ihrer Schreibmaschine steckt ein angefangener Brief. Liebör Phieeeelooooo!«

»Ich weiß doch«, flüsterte ich zurück.

»Mein Mädchenzimmer«, sagte Frau Fritzi in diesem Moment, und wir beschleunigten unsere Schritte, um hinter ihr in die geöffnete Tür zu treten. »Tätätätäääää!«, schmetterte Frau Fritzi, machte einen Satz über die Schwelle und schleuderte behände ihre Daisy-Duck-Schuhe von den Füßen.

Wir standen in einem strahlend hellen Raum, in dessen Zentrum eine Art runder Riesensitzsack aus weißem Leder stand.

Susi und ich staunten nicht schlecht. Wir waren geblendet vom Licht, das von allen Seiten hereinflutete, selbst vom Dach – Frau Fritzi hatte einen Teil des Giebels beidseitig durch große Glasscheiben ersetzen lassen. Weiße Wände und Möbel reflektierten das Tageslicht und schufen eine unwirkliche, überirdische Stimmung. In die Schrägen, perfekt eingepasst, standen hohe Schränke aus weiß lackiertem Holz. Jetzt öffnete sie die Glasfront zur Terrasse und drehte sich zu uns um.

»Wie findet ihr es?«

Wir waren sprachlos. Nicht nur wegen dieses ungewöhnlichen, kathedralenartigen Lichts. Es war Frau Fritzi selbst. Durch den Aufstieg zu ihrem »Mädchenzimmer« hatte sie eine nahezu märchenhafte Verwandlung durchgemacht. Ich konnte den Blick nicht von ihr wenden. Dieser unglaublichen Helligkeit ausgesetzt, hatte sich das Alterslose, das sie in den unteren, düsteren Räumen wie ein Schleier umgeben hatte, verflüchtigt. Sie sah umwerfend jung aus. Ich meine, grundsätzlich ist es schwer, Menschen zu schätzen, die älter sind, als man selbst. Man ist gezwungen, jemanden aus seiner näheren Umgebung zum Vergleich heranzuziehen, und selbst dann noch liegt man peinlich oft daneben. Ich hätte nie in Zahlen sagen können, wie alt meine Großmutter war, aber zu Anfang unserer Bekanntschaft hatte ich Frau Fritzi für ähnlich alt gehalten. Seit Kurzem erst wusste ich, dass Franziska Fritzi in Philos Alter war. Und jetzt, hier oben, wirkte sie auf einmal noch viel jünger.

»Es ist großartig!«

Ich sah Frau Fritzi vor mir, wie sie abends nach ihren Gesprächen durchs dunkle Treppenhaus ging, wie sie sich Treppe um Treppe der hellen Tür näherte und sich langsam verwandelte.

Wie ein Teenager ließ sie sich jetzt in den Sitzsack fallen und schlug mit den Händen links und rechts von sich einladend auf das Leder. Wir plumpsten neben sie, streckten die Beine aus und starrten in den Himmel. Eine ganze Weile sagten wir nichts.

Dann richtete Susi sich auf.

»Das ist echt schön hier oben«, sagte ich.

»Ja«, seufzte Frau Fritzi, »es war so eine Art Kleinmädchentraum von mir. Ich habe alles vor ein paar Jahren ausbauen lassen, so wie ich es mir, ich war so ungefähr in eurem Alter, gewünscht hatte! Es war eine schwierige Zeit damals. Und ich wünschte mir nichts mehr, als beim Einschlafen die Sterne zu sehen!«

»Und: Schlafen Sie hier?«, fragte ich neugierig.

»Noch nicht.« Sie besann sich kurz, stand auf und ging zur Glasfront hinüber. »Die Terrasse muss unbedingt gepflegt werden. Die Erde dort wartet bestimmt schon seit einem Jahr.«

Ich warf einen Blick auf die vier großen, am Geländer lehnenden Plastiksäcke, deren Aufschrift durch die Witterung unleserlich geworden war.

Sie begann an den Fingern abzuzählen: »Es müssten Blumen in die Töpfe und Kästen gepflanzt werden. Das Unkraut zwischen den Platten muss raus, die Dachrinne, das ganze Laub darin«, sie holte tief Luft, »könnt ihr das?« Und dann, als müsste sie sich entschuldigen: »Ich bin einfach nicht dazu gekommen. Die großen Glasscheiben müssen gereinigt werden, die Jahrgangshefte«, sie zeigte auf Kisten voller medizinischer Zeitschriften,

»müssen nach Monaten und Jahren sortiert und in die Regale geräumt werden. Also das ist wirklich eine sehr gute Idee von euch! Ihr seht, es gibt richtig viel zu tun. Und ich würde sagen, ihr fangt hier oben an. Fürs Erste wird euch das eine ganze Weile beschäftigen!«

# 19.

Es beschäftigte uns dienstags von vier bis fünf. Wir wischten, wedelten und sortierten, pflanzten, schrubbten und polierten. Wir setzten kleine Bäumchen und Stauden in die großen Töpfe und bunte Blumen in Kästen aus Ton, während von unten die Metallärmchen von Frau Fritzis alter Schreibmaschine auf die Walze trommelten und trommelten und das Treppenhaus mit einem Rhythmus erfüllten, der uns mitteilte, dass sie uns vertraute, dass sie nicht aufstehen würde, solange das Tippen erklang.

Es war an einem Dienstag, knapp eine Woche vor Beginn der Ferien, es war der Tag, an dem Mamique bei uns ankam. »Das letzte Mal vor der Sommerpause«, hatte Frau Fritzi gesagt, und ich erinnere mich, dass Susi den Staubwedel in der Hand hielt, einen Staubwedel aus grauen Enten- oder Gänsefedern. Wir standen oben im Mädchenzimmer, und sie sagte: »Irgendwie ist das doch alles ein bisschen komisch hier.« Sie rümpfte ihre kleine Nase, als könne sie Komisches riechen, und hielt einen Moment inne.

Sie erwartete meine Antwort.

Ich wich ihrem Blick aus. Ein ungutes Gefühl beschlich mich. Aber ich sagte nichts.

»Sie hat ständig von ihrer Mutter erzählt«, Susi tippte mit dem Staubwedel in die Luft, »erinnerst du dich? Ihr Haus sieht aus wie ein Museum, und es riecht wie in einem Altenheim. Hier oben ist plötzlich alles völlig anders. Komplett anders! Wie auf einem anderen Planeten! Als würden hier zwei verschiedene Menschen wohnen!« Sie hob kurz die Schultern.

»Komisch finde ich das jetzt nicht. Vielleicht ist sie nur noch nicht überall zum Renovieren gekommen ...«

Ich teilte Susis Vorliebe für Geheimnisse und Geschichten. Aber was Frau Fritzi betraf, wollte ich unsere Fantasie nicht weiter bemühen. Ich hatte ihr die erste Zeit mit mir nicht leicht gemacht, und rückblickend schämte ich mich, vor allem wenn ich daran dachte, welche Namen ich mir für sie ausgedacht hatte. Außerdem vertraute sie uns, und aus diesem Vertrauen resultierte für mich Respekt, Respekt, der etwas hatte von einem Versprechen, ihre Geheimnisse nicht als Aufforderung zum Herumspionieren zu betrachten. »Außerdem verdienen wir hier unser Taschengeld ...«, fügte ich hinzu, als hätte Susi vergessen, warum wir gekommen waren.

Aber es war genau andersherum: Ich hatte es vergessen.

»Spinnst du?«, fuhr sie mich an, »macht dir das etwa Spaß, hier rumzuschrubben und zu putzen?«

Es machte mir tatsächlich Spaß. Ich hatte meine Freude daran, wie der weiße Lack unter dem vermoosten Terrassengeländer Stück für Stück zum Vorschein kam, wie die Betonplatten unter unserem Geschrubbe langsam sichtbar wurden. Eine ganz besondere Befriedigung verschaffte es mir, die Zeitschriften in chronologischer Reihenfolge zu sortieren. Wenn ich die aufsteigende Zahlenfolge der Rücken nebeneinanderstehen sah, hatte ich ein gutes Gefühl. Und das sagte ich ihr.

Susi stöhnte.

»Ich hatte es fast schon geahnt! Fräulein Baron, wir sind hier, weil wir wissen wollen, warum sie ständig diese Briefe an Philo schreibt! Wir sind hier, weil wir uns einig waren, dass wir das herausfinden wollten!«

»Stimmt ja ...«, sagte ich halbherzig und leerte ein paar Hefte aus einem Karton vor ihre Füße.

»Wir könnten wenigstens mal in einen der Schränke schauen ...«

»Nein!«, rief ich. Ich fühlte mich schlecht bei dem Gedanken, in Frau Fritzis Sachen zu wühlen.

»Sag mal, was ist los mit dir?«

»Weiß nicht ... Ich finde das irgendwie unfair ... Sie sitzt ahnungslos da unten ..., und wir machen uns über ihre Geheimnisse her. Was, wenn das Geheimnis viel zu groß für uns ist?«

»Was meinst du mit ›zu groß‹?«, fragte sie unsicher, und dann blitzte ihre Zahnlücke zwischen den beiden Grübchen: »Du meinst, wenn sie eine Leiche im Schrank hat?«

»Psssst. Bist du verrückt? Wie kannst du so was sagen?«, schimpfte ich mit gepresster Stimme.

»Du hast damit angefangen ...«

Für einen Moment setzte sie ihr sanftes Engelslächeln auf. Aber Geheimnisse hatten auf Susi eine Anziehungskraft wie etwa Handtaschen auf Rita, und im nächsten Moment schon veränderte sich ihr Gesichtsausdruck, ihre Augen wurden schmal wie Briefumschläge.

»Denk doch mal weiter ...«, forderte sie mich auf, »fühl mal, fühl mal, was hier los ist! Ich spüre, hier stimmt was nicht.«

»Hier, in diesem Raum?«, fragte ich unwillig.

»Im ganzen Haus ...«

Ich holte tief Luft. So langsam gingen mir ihre Spekulationen auf die Nerven.

»Weißt du was, Frau Doktor Oberpsycho Engel? Es ist mir scheißegal, ob da was stimmt oder nicht ...«

»Das kann ja sein ...«, blieb sie beharrlich, »aber mein Gefühl sagt mir: Hier ist ir-gend-et-was komisch ...«, im Takt der Silben ging sie auf einen Schrank zu, und noch bevor ich begriff, was sie tat, hatte sie die Türen geöffnet.

Ich sah Mengen von Suppenschüsseln sich über großen Tellern türmen, Frühstücksteller neben Messerbänkchen, Saucieren und Souffléförmchen, Suppenterrinen und Salatschüsseln, ganz zu schweigen von den Unmengen an Gläsern, die in- und nebeneinander standen. Frau Fritzi war ausgerüstet, riesige Essen zu veranstalten.

Susi zählte mit der Staubwedelspitze die Teller ab.

»Fünfundzwanzig große«, sagte sie.

Ich starrte sprachlos auf das viele Geschirr.

»Fünfundzwanzig kleine und fünfundzwanzig tiefe«, zählte Susi weiter.

Ich war wie gelähmt.

»Und dreißig von den Dingern hier!« Sie nahm ein Messerbänkchen zwischen Daumen und Zeigefinger und hielt es hoch wie ein großes Insekt, von dem man nicht genau weiß, ob es sticht.

Ich schaute nur. Unsicher, was ich dazu sagen sollte. Ich hatte das Gefühl, wir hätten den Schrank nicht öffnen dürfen und dass wir jetzt in etwas drinsteckten, was nicht mehr rückgängig zu machen war.

Susi riss die nächsten Türen auf. Berge an gestärkter Tischwäsche kamen zum Vorschein, Servietten, Platzdeckchen, dunkel angelaufenes Tafelsilber in mit weißem Molton ausgelegten Holzkästen und wieder Gläser: Weingläser, Sektgläser, Schnapsgläser, Wassergläser, Cognacschwenker, Longdrinkgläser, alles bedeckt mit einer feinen grauen Staubschicht. Mir war, als würde das Geschirr darunter schreien, schreien vor Nutzlosigkeit, vor Aussichtslosigkeit, vor lauter Stille. Und in diese Stille hinein klang das melodiöse Tippen der Schreibmaschine. Es klang wie ein Duett.

Eine ganze Weile saßen wir still und lauschten. Dann gingen wir an unsere Arbeit zurück und machten stumm weiter, bis Susi schließlich in ihrer unübertroffen neunmalklugen Art sagte: »Der Inhalt der Schränke spricht von einer großen Tragik in Frau Fritzis Leben.«

»Ja, und wir lieben Tragik, oder?«, sagte ich in der Hoffnung, dass sie es bei diesen Schränken belassen würde.

Sie ging nicht darauf ein.

»Ich habe gelesen, dass Psychiater oft selbst die größten Probleme haben. Wirklich! Manche studieren das nur aus diesem Grund: um sich selbst zu therapieren!«

»Jetzt mach mal halblang«, bremste ich sie, in meinen Händen etliche Ausgaben der *Zeitschrift für Kinder- und Jugendpsychiatrie*, die ich gerade in monatlicher Folge in das Sideboard schob. »Wir haben da nur Unmengen an Geschirr gesehen. Das heißt nichts! Gar nichts!«

Es war klar, worauf sie hinauswollte und dass ich sie nicht zurückhalten konnte.

»Gar nichts?«, sagte Susi verächtlich. »Wirst schon sehen. Ich habe das Gefühl, dass sich in diesem hier«, sie hieb ihren Wedel todesstoßähnlich gegen die Tür des letzten, noch ungeöffneten Schranks, »ich bin mir ganz sicher, dass sich darin etwas befindet, was uns weiterbringen wird.«

Ich trat hinter Susi und atmete tief ein, als könnte mich die Luft stabilisieren, um leichter zu ertragen, was ich gleich sehen würde.

Eine Flut an Briefen glitt heraus und bedeckte ihre Füße. Alle abgestempelt, ungeöffnet und adressiert an: *Philo Anstaltsson, Postfach* und so weiter, und über seiner durchgestrichenen Anschrift stand: *Zurück an Absender*.

# 20.

Am darauffolgenden Sonntag hatten wir morgens aus dem Radio erfahren, dass die RAF Jürgen Ponto erschossen hatte. Ein paar Sätze nur, dann kam Musik. Die Sonne schien in unseren Wintergarten. An den Außenkanten der Fenster hatten sich dunstige Wassertropfen zu einer hellen Fläche gesammelt, die ich mit der Fingerspitze durchstreifte. Ich sah hinaus. Das klare Blau des Himmels und das helle Grün der Bäume glänzten wie frisch aufgetragene Farbe. Draußen schlich Karlchen durchs morgenfeuchte Gras. Wie ein rothaariger Löwe bewegte sie sich hinter meinem Dunsttropfengitter. Ihr Blick glitt hochmütig über die Grashalmspitzen hinweg. Ich mochte sie nicht. Eine verfressene, untreue Kreatur. Hier schnurrte sie Gertrud um die Waden, und war das Schälchen leer, tigerte sie hinüber zu den Brockmanns, um sich dort den Wanst vollzuschlagen und von Volker den Pelz kraulen zu lassen. Eine Verräterin, wenn man bedachte, welch große Zuneigung, ja Liebe Gertrud für sie empfand. Vielleicht sogar war sie das einzig lebendige Wesen in Sprede, das Gertrud bedingungslos liebte. Ihr galt ihre ganze Aufmerksamkeit. Sie hatte beobachtet, dass Karlchen in letzter Zeit nicht gut aussah. Sie hätte stark abgenommen, sagte Gertrud und meinte, irgendwas würde nicht stimmen mit ihr. Aber keiner von uns interessierte sich dafür.

Hinter mir am Tisch saß Mamique, die am Dienstag bei uns eingetroffen war, vor ihr dampfte eine Schale Kaffee. Sie las in einer älteren Ausgabe von *Le Monde*. Von Zeit zu Zeit hörte ich sie unwillig knurren, die Zeitung raschelte. Ansonsten war es still. Wir warteten auf Papa. Er war morgens früh in die Klinik gegangen, um nach einem Patienten zu sehen, und wollte bald zurück sein. Mamique bestand auf dem gemeinsamen Sonntagsfrühstück.

Durch die Wintergartenfenster drang das Gezeter einer Amselfamilie aus dem Apfelbaum, wahrscheinlich störte Karlchens Morgenspaziergang ihre Ruhe. Ich hörte Gertrud durchs Treppenhaus kommen, in ihrer unnachahmlichen Art, innen am Geländer entlangzulaufen, sich gleichzeitig mit einer Hand daran festzuhalten und im Herzschlagrhythmus eines Nashorns zwei Stufen auf einmal nehmend, nach unten zu gleiten. Das ganze Haus vibrierte. Ich hörte nicht, wie sie die Küche betrat, nur das Rauschen des Wasserhahns verriet sie.

Mamique seufzte. Ich hörte das Telefon klingeln. Es war Susi. Sie klang aufgeregt und in Eile.

Sie sagte, sie wisse, wie wir in der Sache mit den Briefen ein bisschen weiterkommen könnten. Vielleicht ... Wir hätten lediglich ein »Tabu zu brechen«.

Da war er, der kleine, lautlose Stoß, der etwas in Bewegung setzte, etwas wie den ersten Dominostein einer ganzen Reihe, etwas, das sich nicht mehr aufhalten ließ. Ich hatte schon die ganze Zeit darauf gewartet. Ich wusste nicht, dass Susis Anruf der Anfang war, aber ich fühlte so etwas.

Ich schwieg. Ich schwieg oft, wenn ich etwas nicht verstand. Mein Schweigen war Warten. Ich schwieg, weil ich neugierig war, was es mit diesem Wort auf sich hatte, es aber gleichzeitig nicht sofort wissen wollte. Tabu ... Ich hätte es gern ein bisschen vor mich hin gesagt, ihm zugehört, dem gefährlichen, verbotenen Klang, der mich ahnen ließ, dass etwas passieren würde, ihm mit der Zunge nachgespürt.

Doch Susi unterbrach meine Gedanken. Sie hätte es mir schon gestern sagen wollen. Und wann sie kommen könnte, fragte sie.

Ich sagte, nicht vor zwölf. Denn nach dem Frühstück gingen wir in die Kirche. Ich ging eigentlich nie gerne mit, der Grund, warum ich es trotzdem widerstandslos tat, ja, mich sogar darauf freute, war Misha, der seine Tante begleitete. Aber das hätte ich selbst Susi nicht erzählt.

»Gertrud stiehlt euch wichtige Lebenszeit mit dieser Kirchgeherei«, murrte Susi, »und Mamique? Geht sie auch?«

Ich sagte Nein, sie ginge nie, außer an Weihnachten, zu Taufen und Beerdigungen.

»Gut«, sagte Susi befriedigt, »das ist gut ... Ich meine, sie ist eine außerordentlich ungewöhnliche Frau, deine Großmutter. Das ist mir sofort aufgefallen. Sie hat etwas Besonderes an sich.«

»Ja«, sagte ich, schaute zu Mamique hinüber und dachte, wie sehr Susi recht hatte. Meine Großmutter wirkte immer, als würde sie etwas Bedeutsames tun, selbst wenn sie sich nur das Haar aus der Stirn strich. Es war ihre besondere Anmut, egal, ob sie einen Zigarillo hielt oder in ihrer alten Latzhose und mit Mamans grünen Gummistiefeln durch den Garten schritt. Selbst wenn sie den Rasenmäher auseinandernahm, ließ das mehr an einen chirurgischen Eingriff denken als eine simple Reparatur. Mit ölverschmierten Fingern und zerzaustem Haar strahlte sie auch dabei eine so unvergleichliche Vornehmheit aus, dass die Leute ihr ohne zu zögern die Hand zur Begrüßung entgegenstreckten.

»Ich muss noch Klavier üben und dann schnell Oma Liese beim Serviettenfalten helfen. Wir haben heute Mittag eine Hochzeit hier«, riss Susi mich aus meinen Betrachtungen, »dann komme ich, und wenn du noch in der Kirche bist, unterhalte ich mich mit Mamique!«

»Hol mich doch von der Kirche ab ...«

»Den Teufel werd ich tun!«, rief Susi übermütig ins Telefon. »Bis gleich!«

»Halt!«, wollte ich sie vom Auflegen abhalten, »nur noch ganz kurz: Was ist das, ein Tabu?«

Aber sie hatte schon den Hörer aufgeknallt.

Ich ging nach oben.

Der Geruch frisch aufgetragener Farbe schlug mir entgegen. Irgendetwas war mir in den letzten Tagen entgangen. Ich hatte wohl mitbekommen, dass Papas Arbeitstruppe aus dem Irrenhaus einige Tage bei uns ein und aus gegangen war und etwas gestrichen hatte, doch nicht einen Moment hatte ich darüber nachgedacht, wo sie gearbeitet haben könnten und an was. Meine ganze Aufmerksamkeit hatte sich um die unzähligen Briefe von Frau Fritzi an Philo gedreht, um die Mutmaßungen und Geschichten, die ich mir mit Susi dazu ausgemalt hatte.

Ich setzte mich auf das Fensterbrett vom Höhlenzimmer. Der Farbgeruch drang bis hierher. Tabu. Es klang gut, wenn man es häufig genug sagte. Es hatte Eintagsfliegenqualität. Wie »Mutabor« bei *Ali Baba und den vierzig Räubern*. »Tabuuuuuu.« Es vibrierte im Brustkorb. Ich schauderte. Susi hatte gesagt, ein Tabu sei zu brechen. Ich wollte eben ansetzen, um das Wort von ganz tief unten aus dem Bauch emporklettern zu lassen, als Marcel hereingefegt kam.

Er sah mich flüchtig an, klemmte sich ein paar Sachen unter die Arme und ging wieder hinaus. Kurz darauf kam er noch mal rein, um wieder rauszugehen und reinzukommen und so weiter, wobei er mich gar nicht mehr beachtete. So ging es unzählige Male. Und immer schleppte er irgendetwas mit sich fort.

»Was machst du?«, fragte ich irritiert. Anstatt zu antworten, hob er noch mehr vom Boden auf, verstaute es irgendwo an seinem Körper und verschwand aufs Neue. Ich schaute in den Garten hinunter. Marcels Schritte klangen durch den Flur. Zwischen den Obstbäumen saß Karlchen im Gras. Ihre Schwanzspitze zuckte.

Irgendwann kam er wieder in den Raum und blieb vor mir stehen, sein Gesicht leuchtete in der Morgensonne wie helles Karamell.

»Bic?« Er blinzelte. »Ich brauche für meine Freunde und mich mehr Platz«, begann er vorsichtig. »Verstehst du das?«

»Verstehe ich«, log ich.

»Papas Männer haben das Fliegenzimmer neu gestrichen. Ich ziehe hier aus, aus der Höhle ...«

Wie mir seine Worte einen Stich versetzten! In den vergangenen Wochen, ja Monaten, war er fast ausschließlich mit dem Ei und seinen Schuhkartons beschäftigt gewesen. Papa hatte sich sehr dafür interessiert. Gertrud auch, selbst Mamique, als sie kam. Ich nicht. Wie viele Freunde hatte er inzwischen, außer dem Ei? Ich wusste es nicht. Ich wusste gar nichts mehr von ihm. Nun waren es offenbar so viele, dass sie nicht mehr in unser gemeinsames Zimmer passten.

»Außerdem glaub ich immer, du bist genervt, wenn Karli und Leander hier sind.« Er griff nach einem Stapel Bücher und blieb vor mir stehen, als warte er auf eine Antwort.

Er hatte recht.

Ich wollte sagen: Nein! Das stimmt nicht. Nicht von dir, von dir nicht. Aber das Ei nervte mich. Kolossal sogar. Ich hasste ihren blumigen Geruch, der noch hartnäckig im Zimmer hing, wenn sie längst gegangen waren. Ich hasste den Einfluss, den sie auf meinen kleinen Bruder hatten, ich hasste die Veränderung, die sich an ihm vollzog, wenn sie auf den Plan traten. Ich hasste, wie sie sprachen, sich bewegten, ihre kleinen Brillen zurechtrückten, wie sie aßen. Ich hasste ihre erwachsene Ernsthaftigkeit, ihre hohen Kopfstimmen und wie ihre kleinen Münder zu Bindfäden wurden, wenn sie versuchten, tapfer zu sein.

Während ich ihn ansah, überfiel mich mit einem Mal eine Flut warmer Zuneigung. Ich hatte ihn allein gelassen, viel zu lange schon, hatte meine Zeit lieber mit Susi auf Gadabo verbracht. Nachts hatte ich ihn noch an mich gedrückt, aber nicht bemerkt, dass er gewachsen war, irgendwie unglücklich gewachsen. Seine Handrücken waren knochiger geworden, die kleinen Grübchen an den Fingerwurzeln waren verschwunden. Arme und Beine hatten sich gestreckt, wie Teleskopstangen ragten sie jetzt aus seinem Körper, viel zu lang und dünn. Pinocchio, dachte ich. Bruder Pinocchio. Wann haben wir das letzte Mal zusammen gelacht? Ich hätte ihn gern in diesem Moment in den Arm genommen und ihm gesagt, wie sehr er mir fehlte. Ich dachte an den Geruch seiner Haare. Das heisere Keckern seines Lachens. Ich vermisste ihn, das kleine, hilflose Nacht-Wesen an meinem Bauch. Es würde mir fehlen, mir Geschichten für ihn auszudenken, seinen Atemzügen zu lauschen und begleitet von ihrem Rhythmus einzuschlafen.

»Sie nerven dich«, beantwortete er selbst die Frage. Er legte noch ein paar Bücher auf einen Stapel und balancierte ihn hinaus.

»Soll ich dir helfen?« Ich trug ihm eine Kiste voller Stofftiere hinterher.

»Brauchst du nicht«, sagte er und nahm mir schnell die Kiste aus der Hand, um sie selbst in den frisch gestrichenen Raum zu tragen.

»Schon klar«, entgegnete ich und trat hinter ihm staunend in sein neues Reich. Es war komplett grün. Vom Boden bis zur Decke. Der blaue Himmel hinter den Fensterscheiben wirkte wie gegen das Glas geklebtes Tonpapier.

»Wahnsinn! Was ist das hier?«

»Warum nimmst du dir nicht das andere Zimmer? Das hier zwischen dem Höhlenzimmer und meinem neuen, das mit den Seerosen?«, sagte er, ohne auf meine Frage einzugehen.

Ich lehnte im Türrahmen und kam aus dem Staunen gar nicht heraus. Die Wände waren in einem algenfarbigen Ton gestrichen, der Boden und die Fensterbretter erinnerten an dunkles Moos. Ich legte den Kopf in den Nacken und schaute an die Decke. Als säße ich unter einer schützenden Oberfläche aus Wasserlinsen in einem Tümpel, von oben schien die Sonne darauf, smaragdgrün.

»Mal sehen ...«, sagte ich nervös.

»Es passt zu dir«, rief er aus der hintersten Zimmerecke, »die ganzen Seerosen an der Wand! Das ist doch ’n richtig schönes Mädchenzimmer!«

Ich ging zurück ins Höhlenzimmer und zog einen Sack Playmobil über den Flur zu ihm rüber.

Mädchenzimmer, dachte ich, das war einer von Frau Fritzis altbackenen Ausdrücken, bestimmt hatte er ihn vom Ei. Das Argument stammte auf jeden Fall von ihnen. Mädchenzimmer ... Er hatte sich mit den beiden beraten, wie er mir seinen Auszug erklären sollte. Ich fragte mich, ob er zu seinem neu gestrichenen Urwald vielleicht Knabenzimmer sagen würde.

Wahrscheinlich war es eine gute Idee, nicht im Höhlenzimmer zu bleiben. Und die Seerosentapete hatte mir schon bei unserem Einzug gefallen. Vielleicht erinnerte Marcel sich daran. In zartem Rosa und Gelb schwammen unterschiedlich große Blüten zwischen manschettenartigen Blattinseln in undurchsichtigem olivgrünem Wasser.

»Und die toten Fliegen, die hier herumlagen?« Ich stellte

den Sack ganz dicht neben ihm ab, »... passen zu dir oder was?«

»Die sind doch längst weg ...«, er dachte kurz nach, während sein Fuß kleine Holzkisten zur Seite schob, dann grinste er, als habe er eine Eingebung: »Zu meinen Freunden passen die, aber ...«

»Zu deinen Freunden? Zum Ei? Die toten Fliegen passen zum Ei?«

»Du meinst wohl Karli und Leander?«

Er mochte gar nicht, wenn ich Ei zu ihnen sagte.

»Gibt's neue, die ich noch nicht kenne?«

»Zu den Fröschen unten auf der Mauer, meine ich!« Marcel grinste wieder, als habe er mir einen guten Streich gespielt.

»Deine Freunde die Frösche also?«

Er sagte nichts. Räumte nur geschäftig Bücher aus Kisten in ein grün gestrichenes Regal.

»Wo ist das Ei überhaupt? Hab sie schon länger nicht gesehen?«

»Die beiden machen doch wieder diese Esskur in der Spezialklinik.«

Ihre Mutter hatte es vor einiger Zeit noch groß angekündigt, abends, als sie das Ei mit nach Hause genommen hatte. Sie waren extra eine Woche vor Beginn der Sommerferien vom Unterricht befreit worden. Dick und rund würden die Jungs diesmal zurückkommen, hatte sie lachend gesagt und ihren eigenen dicken Leib mit den prankenartigen Händen umspannt. Und ich hatte noch gedacht, wie unvorstellbar, dass dieser Riesentruthahn solch kleine zarte Vögelchen im Nest sitzen hatte! Marcel und ich waren selbst nicht sonderlich kräftig, aber gegen das Ei sahen wir aus wie Stubenfliegen neben Stechmücken.

Ich schlenderte durch Marcels Zimmer. Es brauchte einen neuen Namen.

»Schönes Grün«, sagte ich und strich mit der flachen Hand über den glänzenden Fensterlack, »bisschen düster vielleicht?«

Ich rubbelte mit dem Zeigefinger darüber, als würde die Farbe dadurch heller werden. Das Zimmer hatte sich komplett verändert.

»Ich wollte es wie im Teich. Die sollen sich hier wohlfühlen ...«

»Du meinst doch nicht wirklich die Frösche?«

Mir dämmerte langsam, wie sich sein Umzug aufgrund von Platzmangel, die Frösche und seine neuen Freunde miteinander verbanden.

»Doch!«

»Die Frösche kommen in dein Zimmer?«

»Ja. Es wird im Hochsommer zu heiß draußen in den Gläsern. Ich hole sie heute rein.«

Die Frösche! Also tatsächlich! Sie waren die vielen Freunde, für die er den ganzen Platz brauchte! Von wegen Ei oder neue Freunde! Froschzimmer, dachte ich, wir würden Froschzimmer sagen müssen. Bruder Pinocchio hatte jetzt Frösche als Freunde.

Ich schaute hinunter in den Garten. Mein Blick fiel auf den Plattenweg, die Einfahrt und den kleinen Park mit Kriegerdenkmal nebenan. Marcels neues Zimmer lag nach Nordwesten. Vielleicht hatte er es deshalb ausgewählt. Ich traute ihm so viel Überlegung zu. Das Zimmer war aufgrund der langen Fensterfront sehr hell, es würde aber niemals zu warm werden. Er hatte sich ein Riesenterrarium herrichten lassen! Wie er mit den Schuhkartons durchs Haus gerannt war. Natürlich! Von wegen Puppenstuben ... Mein kleiner Bruder hatte es gemacht wie Papa. Er hatte sich etwas bei den Butterbrotzeichnungen abgeschaut, nur das System verbessert: Er hatte den Raum aus Schuhkartons nachgebaut, angemalt und Möbel hineingebastelt, damit Papas Männer genau wussten, wie alles auszusehen hatte. Die Schuhkartons – Susi und ich hatten uns noch darüber lustig gemacht. Aber für Papas Truppe war so ein Schuhkarton die beste Vorlage.

Zurück im Höhlenzimmer stellte ich fest, dass Marcel fast alles, was ihm gehörte, mitgenommen hatte. Die letzte Lieferung von Frau Voroneckovas russischer Arztpraxisausstattung stand einsam direkt an der Tür. Ob er noch ein paar Nächte in der Höhle schlafen würde?

Unten im Garten lief Mamique mit glänzenden Gummistiefeln durchs Gras und hinterließ eine hellgrüne Spur zwischen den Bäumen. Mit geübtem Griff legte sie einen Leimring um einen der Stämme, prüfte, ob er richtig saß, und ging dann weiter zum nächsten Baum. Ihr Anblick machte mich gelassener. Sie würde diesmal länger bleiben. Alle Sommer- und Herbstkurse waren abgesagt, damit sie bei uns sein und Gertrud unter die Arme greifen konnte. Papa hatte endlich die Genehmigung für seine Therapie. Das große Projekt, von dem er sich so viel versprach. Er würde in den kommenden Monaten noch weniger Zeit für uns haben als bisher. Wenn man den Gesprächen hinter der Brockhauszimmertür (an die ich mich, trotz guter Vorsätze, doch hin und wieder verirrte) Glauben schenken durfte, bekam er nun auf legalem Weg illegale Medikamente. Medikamente, die bisher keine gewesen waren. »Drogen«, wie Mamique voller Missachtung sagte.

Drogen!

Die Dosierung sei das Wesentliche, wie bei allem, hatte Papa entgegnet. Was seien Medikamente anderes als Drogen? Er würde auch sie noch überzeugen, jetzt, da er von höchster Stelle die Erlaubnis hatte, seine Therapie einzusetzen und ihre positive Wirkung offiziell zu belegen.

Aber Mamique konnte sich nicht im Geringsten dafür begeistern.

»Bonne chance! Aber lass den Rest deiner Familie mit dieser Therapie in Frieden.«

Im Stillen wünschte ich ihm auch viel Glück. Ich hoffte, wenn er mit allem Erfolg hätte, würde er wieder mehr Zeit für uns haben. Er war verdammt weit weg. Oft kam es mir vor, als ob wir, seit wir in Sprede waren, nicht nur Aimée, sondern auch unseren Vater verloren hatten. Er war auf gewisse Weise mit ihr verschwunden. Irgendwie, dachte ich, war es schon immer so gewesen, dass seine Aufmerksamkeit in erster Linie ihr gegolten hatte – und seinem Beruf, wir hatten es bisher nur nicht so intensiv gespürt. In meiner Erinnerung haftete Papas Blick ständig an Aimée, an jeder ihrer Bewegungen. Er folgte ihr überallhin. Und jetzt, da sie nicht mehr da war, folgten ihr seine Gedanken. Immerzu.

Ich trug Frau Voroneckovas Russenarztpraxis in Marcels neues Zimmer. Dann begann ich ein bisschen in der Höhle aufzuräumen, die Bücher an den Stellen zusammenzuschieben, wo er seine herausgezogen hatte, meine Kleider im Schrank neu zu verteilen, dass er nicht mehr halb leer aussah. In jeder Ecke waren Lücken entstanden, und überall lag Staub. Ich schob die Flusen mit den Händen zusammen, bis die grauen Flocken kleine Hügel bildeten. Vielleicht würde Marcel mitten in der Nacht zurückkommen. Gerade schleppte er unter großem Lärm die ersten Froschgläser durchs Treppenhaus.

Ich hatte gedacht, dass er sie wieder freilassen würde, sowohl die neu gefangenen als auch die kleinen, die sich aus den Laichkugeln entwickelt hatten. Vielleicht hatten sie auch einen Teil freigelassen, und ich, ich hatte es, wie so vieles andere, nur nicht bemerkt. Susi und ich waren in den letzten Wochen manchmal vor den Gläsern auf der kleinen Gartenmauer stehen geblieben. Die Jungs hatten jedes einzelne mit einem Zettel beklebt und mit krakeliger Schrift den Fundort und einen Namen notiert. Teilweise war Feuchtigkeit zwischen Tesafilm und Papier geraten, sodass man nur noch mit Mühe erkennen konnte, was dort geschrieben stand: *Storchmühlteich-Albert*, *Ententeich-Arnold*, *Tümpel-Otto*, *Rebellenhügel-Foxi*, *Gartenteich Voroneckova-Flo*, *Bredenbeker See-Bert*, und *Am Truppenübungsplatz/Kiesgrube-Jockel* stand auf einem Glas. Darin saß ein Monster von einem Frosch, vielleicht auch eine Kröte, meinte Susi, hellgrün-braun gesprenkelt, mit kräftigen Schenkeln und gelb schillernden Augen. Es gab noch ein anderes Glas, das uns durch seine Größe, aber auch dadurch auffiel, dass zwei Frösche darin saßen. *Förstermoor-Bruno* und *-Franz* lasen wir auf dem Etikett und sahen ein dunkelgrünes, sich fast bis auf den letzten Flecken ähnelndes Froschpaar. Sie saßen sich zu diesem Zeitpunkt spiegelbildlich gegenüber, und Susi und ich hatten fürchterlich lachen müssen, weil die beiden auch noch im selben Augenblick schluckten. Wir schrieben *Gattung: Eierfrösche* unter die Namen auf das Etikett.

Jetzt verteilte Marcel die Gläser auf die Regale seiner Unterwasserwelt.

Ich würde ihm anbieten, meine Tür offen stehen zu lassen. Er konnte Angst bekommen, wenn es dunkel wurde. Er konnte aufwachen und sich fremd fühlen in der ungewohnten Umgebung, unbekannte Geräusche hören, sich beobachtet fühlen von den Unmengen an Froschaugen, die ins Zimmer glotzten und sich ebenfalls fragen mussten, wo sie nun gelandet waren. Ich rieb die Staubflusen von der Handkante und verfolgte, wie sie langsam zu Boden schwebten. Hinter mir ein Räuspern. Marcel.

»Was ist?«

»Hab noch was vergessen!« Er hob verstohlen die Matratze an, auf der wir geschlafen hatten, und zog ein Buch hervor.

Ich sah, wie er lächelte. Das Buch mit den goldenen Buchstaben! Ich hatte es komplett vergessen. Er fuhr über die Einkerbungen auf dem Titel, als müsse er die Schrift ertasten: »Kampf und Sieg der Chirurgie«, las er. Vor einem Jahr hätte er es sich noch vorlesen lassen müssen. »Hört sich toll an, oder?« Er drückte es an die Brust, als wolle er es vor meinem geringschätzigen Blick schützen.

»Nach Krieg«, sagte ich tonlos und wusste plötzlich, er würde nicht wiederkommen. Er brauchte mich nicht mehr.

# 21.

Das Buch kam zum Ende unseres Sonntagsfrühstücks wieder zum Vorschein. Marcel zog es hinter seinem Rücken hervor. Er hob es mit beiden Händen in die Höhe, als wäre er Walzig und das Buch die Heilige Schrift.

»Schau mal, Papa, was ich gefunden habe!«

Unser Vater wischte sich die Hände sorgfältig an der Serviette ab. Seine Hand senkte sich, als Marcel ihm das Buch darauflegte.

»Ein bedeutsames Buch«, sagte er, nachdem er den Titel gesehen hatte. »Heute etwas veraltet«, dabei blies er die Backen auf wie ein Frosch und prustete anerkennend, als er es aufschlug, »aber damals ein bahnbrechendes Werk. Wo hast du es her?«

»Vom Dachboden, aus einer Abseite. Hast du es gelesen?«

Papa nickte.

»Allerdings war ich ein bisschen älter als du. Es ist so eine Art Klassiker. Dieses Buch hat uns dahin gebracht, wo wir jetzt sind in der Chirurgie: Narkosetechniken, Wundhygiene, Operationstechniken, das alles wird hier ...«, sein Zeigefinger klopfte auf die Pinzette, »bis ins kleinste Detail beschrieben. Mit dem Buch in der Hand könntest du als Nichtmediziner im Notfall einen Blinddarm fachgerecht herausnehmen!«

Mein Bruder machte große Augen. Mamique, Gertrud und ich schauten Papa über die Schulter, um zu sehen, wovon er sprach. Mamique hob das Kinn, ihr Gesichtsausdruck verriet nicht, was sie dachte. Gertrud gab einen kleinen angeekelten Schrei von sich.

»Zum Glück ist alles ohne Farbe gezeichnet«, sagte ich zu meiner Großmutter.

Sie lächelte zustimmend.

Papa drehte sich zu uns um.

»Mesdames! Heute würde man in einem entsprechenden Lehrbuch Fotos abbilden!«

»Encore heureux«, Mamique setzte sich wieder, »das Frühstück wäre in diesem Fall beendet!« Sie betupfte mit der Serviette die Lippen, als wäre das Gesagte gegessen. Mamique mochte keine medizinischen Themen, schon gar nicht beim Essen. »Assez! Asseyez-vous!« Wir setzten uns auf unsere Plätze zurück.

»Meinen Sie wirklich, Marcel sollte das Buch lesen?«, wandte sich Gertrud an Papa.

Mein Bruder legte sein angebissenes Brötchen auf dem Teller ab und sah sie ärgerlich an. Papa warf einen kurzen Blick zu Mamique.

»Na ja, nicht unbedingt als Frühstückslektüre! Aber warum nicht? Es könnte ihn höchstens langweilen, die ganzen Fachausdrücke ... die Zeichnungen. Was meinen Sie, Gertrud, was sollte daran problematisch sein?«

»Der Titel. Schon der Titel klingt so ...«, sie beugte sich ein wenig herunter, um ihn richtig lesen zu können, »er klingt so ... Ich weiß nicht ... So nach Drittem Reich? Na, wie nennt man das? Propaganda ...?«

Mamique rührte in ihrer Kaffeetasse herum. Der Löffel schlug geräuschvoll gegen das Porzellan.

»Ach so!« Papa lachte. »Ich habe das Buch ja gelesen. Es ist Fachliteratur. Der Titel ist etwas unglücklich gewählt, da gebe ich Ihnen recht.«

»Ich meine, man kann gar nicht vorsichtig genug sein mit so alten Büchern ... Sieg Heil, danach klingt es ein bisschen – wie im Dritten Reich!«, ereiferte sie sich weiter.

Mamique hob den Kopf. »Was wissen Sie schon vom Dritten Reich, Mädchen?«

Gertrud zuckte zurück. Wir alle schauten Mamique erschrocken an. Ihre Stimme hatte unnötig scharf geklungen.

Papa klappte das Buch geräuschvoll zu, als wolle er damit ein unbequemes Thema schnell beenden.

»So!« Er hielt es Marcel hin. »Also, hier! Willkommen in der Welt der Fachidioten!«

Mein Bruder riss ihm das Buch aus der Hand und verschwand.

Ich war an diesem Tag froh, dass der Kirchenbesuch ausfiel – es war zu spät geworden – und dass wenig später Che Guevara im Garten aufkreuzte und mit ihm Susi. Der Tag hatte nicht sonderlich gut begonnen. Mit einem kleinen Bruder, der sich wegen einer Horde Frösche aus dem Staub machte, und einem Buch, das die Frühstücksstimmung verdarb.

»Tabu, Tabu, Tabuuuu«, murmelte ich beschwörend beim Türöffnen und machte mit den Armen schlangenähnliche Bewegungen vor Susis Körper. Che bellte wie verrückt.

»Hä?« Sie schaute mich entgeistert an. »Ist alles in Ordnung?«

»Wir brechen das Tabu, hast du gesagt. Wo ist es denn?« Ich bohrte ihr meinen Finger in den Arm.

»Nimm mal deine Zeichenmappe mit, die hattest du doch letzten Donnerstag bei Frau Fritzi dabei?«

»Ja, stimmt. Aber wohin mit?«

»Nach Gadabo«, flüsterte sie.

Wir schlossen die Luke zum unteren Raum, fläzten uns mit Che auf die Matratze und schauten in den Lakenhimmel. Die Luft war heiß und trocken. Dicht am geöffneten Fenster stieß ein Vogel weiche, klagende Laute aus. Susi sagte: »Ich glaube, die haben sich verschätzt. Die werden keinen freilassen, nicht nach so was ...«

Sie klang resigniert. Im Engel hatten sie schon morgens über nichts anderes als die Ponto-Ermordung gesprochen.

Es war ein hinterhältiger Mord gewesen. Ponto war der Onkel einer Terroristin. Sie hatte mit Blumen vor seiner Tür gestanden, und als er aufmachte, hatten ihn ihre Freunde umgebracht.

»Meine Mutter war mit Sicherheit nicht dabei«, sagte ich bestimmt.

»Natürlich nicht, es waren nur drei. Ihr Name wurde doch gar nicht erwähnt!«

»Sie war auch nicht im Untergrund dabei. Das würde sie niemals unterstützen, so etwas Feiges!«

»Ich glaube, dieses ganze Gerede von gerecht und ungerecht, wahr und falsch, gut und böse, ich glaube, so einfach ist das alles nicht«, sagte Susi mit spürbar um einen neutralen Klang bemühter Stimme.

Ich wollte es aber einfach. Für mich war Aimée bei einer solch mörderischen Sache nicht dabei. Es war ganz klar. Außerdem interessierte jetzt gerade das Tabu und nicht die RAF, auch wenn sie ständig überall herumgeisterte.

»Susi, du wolltest ...«

»Stimmt ...«, begann sie etwas unwillig, »mit dir ein Tabu brechen.«

»Jetzt erklär mir erst mal, was das bedeutet!«

»Will ich ja gerade ... Es ist ein bisschen wie ... Sterben.«

»Klingt hart.«

»Es ist so endgültig wie Sterben. Man tut etwas, das bisher unantastbar war, etwas, das verboten ist. Und man kann es nie wieder rückgängig machen. Einmal gebrochen, immer gebrochen. Man kann nicht mehr zurück, ein für alle Mal. Selbst wenn man wollte.«

»Ist es gefährlich?«

»Es ist endgültig. Wir müssen uns sehr, sehr sicher sein.«

»Womit?«

»Ob wir es tun wollen oder nicht. Gib mir deine Zeichenmappe.«

Susi legte die flache Hand darauf, als ich sie ihr rüberschob. Ich musste an diese Frau denken, die mit einem Strauß Blumen vor dem Haus ihres Onkels aufgetaucht war. Hatte sie ein Tabu gebrochen? Oder war es schlimmer?

Susi setzte sich auf die Fersen. Che sprang auf. Wir fixierten sie beide gespannt.

»Hier drin ...«

»Ich weiß, was da drin ist. Die Bilder, die ich Mamique am Bahnhof zeigen wollte, als wir sie Dienstag abgeholt haben.«

»Auch ... Aber es ist noch etwas drin, hier in der Außentasche.«

»Die ist leer.«

»Ist sie nicht. Da ist ein Brief.«

»E-i-n--- B-r-i-e-f?« Ich machte eine Kurbelbewegung mit der Hand, um ihre Rede zu beschleunigen, bevor sie gänzlich in ihrer Geheimniskrämerei versank.

»Ja. Mann«, Susi mochte es nicht, wenn man ihr die kunstvoll aufgebaute Spannung rauben wollte. Sie hatte sich ganz bestimmt den ganzen Weg bis zu mir ausgemalt, wie sie meine Neugierde steigern konnte, jedes Wort, jede Wendung hatte sie mit Bedacht gewählt.

»Dienstag ...«, begann sie, »erinnerst du dich an Dienstag?«

Natürlich erinnerte ich mich. Zum letzten Mal vor den Sommerferien hatten wir bei Frau Fritzi gearbeitet. Wir hatten die Dachrinne an der Terrasse des Mädchenzimmers gereinigt, und als wir anschließend das modrige Laub im Mülleimer entsorgen wollten, hatten wir dort ein paar gebrauchte Spritzen und Nadeln gefunden. Für Susi war das ein gefundenes Fressen, sie hatte sich mit ihren schrecklichen Vermutungen gar nicht mehr beruhigen wollen. Von einer möglichen Beruhigungsmittelsucht (»Siehste, deshalb ist sie nämlich immer so ausgeglichen und ruhig mit dir geblieben, als du sie provoziert hast. Heilige! Von wegen! Sie steht unter Beruhigungsmitteln! Hier!« Sie hatte mir die leeren Spritzen mit spitzen Fingern unter die Nase gehalten) war sie auf eine ausgewachsene Drogenabhängigkeit (»Hast du nicht gesagt, dass sie manchmal so abwesend wirkt? Dafür kommen Drogen infrage«) und dann auf eine Zuckerkrankheit gekommen (»Na ja, vielleicht ist es ja auch nichts wirklich Gravierendes, und sie muss sich nur jeden Tag ein Medikament spritzen ...«). Ich erinnerte mich gut. Aber was wollte sie jetzt mit Dienstag? Ein Brief in der Außentasche meiner Zeichenmappe und Dienstag passten genauso wenig zusammen. Ich starrte sie an.

»Nach Frau Fritzi, als du noch zu deinem Vater in die Klinik gegangen bist ... Erinnerst du dich?«, insistierte sie und fügte dann hinzu: »Es war unsere letzte Chance vor den Ferien!«

Mir dämmerte es langsam. Unsere Wege hatten sich nach der Arbeit bei Frau Fritzi kurz vor dem Kirchplatz getrennt. Ich ging rechts am Weiher entlang zu Papa, damit wir Mamique noch gemeinsam vom Bahnhof abholen konnten, und Susi unseren üblichen Weg, geradeaus, am Postkasten vorbei über den Kirchplatz. Deshalb sollte sie den Brief an Philo, den wir sonst immer gemeinsam einwarfen, mitnehmen.

»Oh nein, du hast ...?« Ihre Augen verengten sich, sie nickte, ganz langsam, als wollte sie jedes Wort mit mir gemeinsam aussprechen. »Du hast ihn nicht eingeworfen! Du hast ihn in meine Zeichenmappe gesteckt?« Ich schlug die Hände vors Gesicht. »Und mir die ganze Zeit nichts davon gesagt?« Ich sah hinter meinen Fingern, wie Susi wieder nickte. »Das glaube ich nicht!«, entwich es mir, obwohl ich längst wusste, dass es wahr war, vielleicht sagte ich es, um meiner Empörung Ausdruck zu verleihen oder um sie dazu zu bringen, ihn endlich zu zeigen. Aber Susi hatte die Seitentasche sowieso schon geöffnet und brachte jetzt den Brief zum Vorschein. Es war einer, wie ich ihn bestimmt schon hundertmal in der Hand gehalten hatte. Vorsichtig griff ich danach, langsam mit den Fingerspitzen, voller Furcht, als wäre er glühendes Eisen. Ches Speichel tropfte auf meinen nackten Unterschenkel.

Philos Adresse stand wie immer auf dem Umschlag.

*Philo Anstaltsson*
*Postfach 1302*
*786 Sprede*

»Philo Anstaltsson«, las ich überflüssigerweise laut vor und wog den Brief in der Hand. Er war leicht. Viel hatte sie nicht geschrieben. Höchstens zwei Seiten. »Warum nur schickt sie die Briefe an dieses Postfach? Obwohl sie jedes Mal zurückkommen? Und warum kommen sie zurück und stapeln sich ungeöffnet in ihrer Schrankwand?« Ich fasste den Umschlag mit zwei Fingern und ließ ihn hin- und herpendeln, schiffsschaukelmäßig. »Meinst du, darin finden wir die Antwort?«

Susi hob die Schultern und machte ein unentschiedenes Gesicht.

»Welches Tabu brechen wir denn jetzt?«

»Das Tabu besteht darin, dass es das Briefgeheimnis gibt ... ein Gesetz, fremde Briefe nicht lesen zu dürfen ...«

»Ist es – polizeilich verboten? Ich meine, kommt man ins Gefängnis, wenn man es trotzdem tut?«

»Bestimmt. Ganz bestimmt.« In Susis Stimme lag ein Hauch von Begeisterung.

»Irgendwie missbrauchen wir ihr Vertrauen«, sagte ich und spürte eine Woge schlechten Gewissens über mich hereinbrechen. »Sie würde niemals auf die Idee kommen, dass wir ihre Briefe lesen, sonst würde sie sie uns nicht anvertrauen.«

»Aber ohne den Brief zu lesen, werden wir niemals hinter ihr Geheimnis kommen. Außerdem schade, oder? All diese ungelesenen Briefe ...« Susi wischte sich eine imaginäre Träne aus dem Auge und lachte.

»Sei nicht so blöd«, sagte ich ärgerlich. Angst und Erregung machten sich in mir breit, mein Herz klopfte heftiger als nötig, es war schlimmer – und aufregender –, als vor Türen zu stehen und fremden Gesprächen zu lauschen. Den Brief zu lesen war der Gipfel der Schamlosigkeit und wahrscheinlich eine riesengroße Sünde.

»Ich fühle mich ein bisschen wie diese Frau von der RAF ...«

»... die mit den Blumen?«

»Ja.«

»Mann, Bic, das hier ist ein Brief! Du willst niemanden umbringen!«

Es musste einen Weg geben, das Tabu zu brechen, ohne dass ich mich dabei schlecht fühlte.

»Dann ist heute eben Eintagsfliegentag!«

»Wir tun's also?« Susi presste aufgeregt die Lippen zusammen.

Es war ein Gefühl, als hätte jemand alle Sicherungen rausgedreht, als hätten wir alle Gesetze außer Kraft gesetzt.

»Ich fürchte, ja.«

Es kribbelte in meinen Fingern, als ich den Brief zwischen uns auf die Matratze legte.

»Vorsichtig!« Susi hob mir die Handflächen entgegen, als wolle sie den Brief vor allem Bösen auf dieser Welt schützen. »Wir sollten ihn feucht machen, oben am Rand, hab ich mal gelesen, damit er sich leichter öffnen lässt. Später können wir ihn dann wieder zukleben. Sie wird ihn vermissen, wenn er nicht zurückkommt wie die anderen ...«

»Susi Superhirn denkt an alles!«

Sie hatte meine grenzenlose Bewunderung. Wir würden das Tabu brechen, aber niemand würde davon erfahren.

»Natürlich!«

Sie strich sich über das Haar. Dann befeuchtete sie einen Zipfel des Bettlakens, das von der Decke herabhing, mit Sprudelwasser und fuhr damit mehrmals über den Kleberand des Umschlags.

»Vorsichtig! Pass auf den Absender auf!«

Susi schob langsam das Ende eines Bleistifts in die obere, leicht geöffnete Umschlagkante und drückte ihn behutsam nach oben. Das dreieckige Papierstück ließ sich einfacher anheben, als ich vermutet hatte.

Da war er, der sorgfältig gefaltete Brief, umhüllt von hellgrauem Seidenpapier, die Blattkanten nach oben gerichtet. Wir mussten nur hineinfassen.

Wir starrten ihn beide an.

»Lies du!« Ich reichte ihr den geöffneten Umschlag. Susi hielt den Atem an. Meine Hand zitterte, als sie das gefaltete Blatt herauszog.

*»Liebster Philo«*, begann der Brief, *»wie immer beginne ich mit meinem Bericht im Garten.*

*Es ist schier unglaublich, wirklich, ein Konzert! Am liebsten würde ich es Dir vormachen. Ich kann die Stimmen nicht auseinanderhalten: Meisen, Amseln, Rotschwänz-*

*chen, die Mönchsgrasmücken und Singdrosseln ... Sie singen, als wollten sie sich gegenseitig übertönen. Ich höre es bis zu mir hinauf in den ersten Stock. Das Fenster ist weit geöffnet. So schreibe ich Dir heute. Wie schön, wenn Du es hören könntest!*

*Wenn ich hinaussehe, schaue ich immer noch in ein Blumenmeer. Die rosafarbenen Löwenmäulchen in den Rabatten am Kiesweg, gleich wenn Du hereinkommst, stehen jetzt zwischen den Anemonen und Margeriten in voller Blüte, dazwischen leuchtet der Mohn. Die Rose am Eingang hat sich mittlerweile von der Läuseepidemie erholt, große gelbe Blüten leuchten über der Tür. Und in den Rabatten unter meinem ehemaligen Fenster verblühen seit einigen Tagen die Akeleien. Die Bienen werden bald mit den Gladiolen, den Astilben und dem Eisenhut vorliebnehmen müssen. Die ›ungehörigen Akeleien‹, hatte meine Mutter damals immer gesagt, erinnerst Du Dich?*

*Sie blühen seitdem jedes Jahr vor meinem Fenster. Ich muss immer daran denken, wie meine Mutter gesagt hat: ›Das gehört sich nicht, Akeleien vor dem Fenster eines jungen Mädchens! Wie kannst Du sie dort säen, wie kann er sie Dir überhaupt nur schenken?‹*

*Es war das Schönste, was Du mir schenken konntest – außer Deiner Freundschaft. Die Ungehörigkeit der Akeleien ... Ich habe bis heute nicht verstanden, was an ihnen ungehörig sein sollte. Erinnerst Du Dich, wie sehr wir gelacht haben? Doch eines Tages hat sie alle ausgerissen, mit bloßen Händen, wie im Wahn. Wir waren vierzehn, fünfzehn. Sie hatte wohl befürchtet, ich könnte mein Herz an einen Zwerg verlieren. Was längst geschehen war!*

*Von ihr kann ich Dir nur berichten, dass sich ihr trauriger Zustand seit meinem letzten Brief nicht groß verändert hat, genauso wenig wie mein Pflichtgefühl, sie bis zum Schluss zu pflegen. Obwohl ich manchmal denke, dass sie fast al-*

*les, was ein Leben lebenswert macht, verloren hat. Wie viel wir hinnehmen, ohne das Wagnis einzugehen, etwas zu ändern ... Ich frage mich an manchen Tagen, wenn es besonders schrecklich für sie ist, ob ich ihr helfen soll, zu gehen. Es läge in meiner Macht. Mein lieber Philo, wie gerne würde ich mit Dir darüber sprechen, wie gerne würde ich Deine Stimme hören, Deinen Rat. Doch es ist still hier, wie immer. Du schweigst.*

*Ich hatte einen langen Tag.*
*Auf bald, so hoffe ich,*
*Deine Franzi«.*

Ratlos sahen wir uns an.

»Wir hätten ihn nicht lesen dürfen.« Ich spürte einen bitteren Geschmack im Mund.

»Was hattest du erwartet?« Sorgsam faltete Susi das Papier und schob es in den Umschlag zurück.

»Nichts von dem Ganzen. Ich wollte das alles überhaupt nicht wissen! Erst dieses Geschirr in den Schränken, dann die Briefe und jetzt ihre Mutter ...« Susi lachte ein bisschen hilflos. »Ich dachte immer, sie lebt allein in dem Haus, und ihre Mutter wäre schon längst gestorben. Man sieht und hört ja nichts von ihr.«

»Weil sie offenbar die meiste Zeit im Bett liegt ...«

»Wahrscheinlich liegt sie hinter der verschlossenen Tür neben der Küche.«

»Ja, hmbf, hmbf«, brachte Susi mit in den Mund gesteckter Faust mühsam hervor, »gembfesselt und gembfknebelt!«

Ich musste lachen. Susi sah zu blöd aus.

»Wir haben nichts von ihr gehört. Nichts, keinen Ton!«

Sie nahm die Faust aus dem Mund.

»Ja, rein gar nichts ...«, bestätigte sie, »das ist doch echt schon wieder schräg.«

Mich schauderte bei der Vorstellung, dass die sterbende Mutter die ganze Zeit über hinter der verschlossenen Tür gelegen hatte, dass der Geruch, der einem an der Eingangstür entgegenschlug, ihrem Zimmer entwich. Mamique hatte einmal gesagt, es sei manchmal besser, gewisse Dinge einfach nicht zu wissen. Bis vor einigen Minuten noch hätte ich gesagt, ich würde ausnahmslos alles wissen wollen, alles. Aber jetzt fühlte ich mich beschämt. Es hing nicht nur mit dem Umstand zusammen, wie und dass wir das Geheimnis erfahren hatten, sondern auch mit der Befürchtung, niemals mehr mit der alten, ruhigen Ahnungslosigkeit bei Frau Fritzi sitzen zu können.

»Vielleicht hat sie ihre Mutter ruhiggestellt. Im Irrenhaus haben sie es so gemacht. Die Pfleger haben den Leuten Medikamente gegeben, damit sie lächelnd in den Betten liegen bleiben und keine große Arbeit machen, bis sie gestorben sind.«

»Du meinst, Frau Fritzi ...?« Ich schüttelte den Kopf. Mir wurde in diesem Moment klar, warum sie häufig geistesabwesend gewirkt hatte, warum sie während der Stunden so oft aufgestanden war. »Nein. So viele Fenster kann man gar nicht offen stehen haben in einem Haus«, dachte ich laut, »sie schaut nach ihrer Mutter. Sie schaut nach ihr, wenn sie die Fenster schließen geht, wenn sie sagt, sie, mit ihrem Lüftungswahn, sie hätte wieder alles offen stehen lassen! Und der Schatten, der Schatten hinter diesem Vorhang, erinnerst du dich, der Schatten, den wir draußen gesehen haben? Der uns so unheimlich war?«

Susi nickte.

»Das war sie!«

»Wahrscheinlich ...«, sagte Susi etwas verhalten, »aber was mich wirklich schockt, ist, dass sie anscheinend darüber nachdenkt, ihre Mutter umzubringen.«

Entgeistert sah ich sie an.

»Du schockst mich vielleicht ... Sie umbringen?« Ich war fassungslos. »Wie kommst du darauf?« Susi war völlig übergeschnappt.

»Hier steht es doch, schwarz auf weiß«, sie tippte auf den Brief, »dass sie sich überlegt, ob sie ihr beim Sterben ein bisschen helfen soll.«

»Helfen ... Susi Engel, da steht etwas von helfen. Und du machst wieder mal eine ziemlich schräge Theorie daraus. Wenn sie ihr helfen will, bedeutet das ganz klar: Sie umzubringen! Weißt du, was das ist?«

»Na?«

»Rufmord!«

Susi lachte. »Weniger blutig als Mord, oder?« Sie zog den Brief wieder hervor. »Die Theorie ist außerordentlich gewagt. Das stimmt. Ich hätte allerdings nichts dagegen, schon mal gar nicht, wenn wir sozusagen dabei sind. Es steht doch hier ... ›Ich frage mich, ob ich ihr helfen soll, zu gehen.‹ Da steht's!«

»Susi! Du nervst mit deinen Theorien! Sie fragt sich, ob sie ihrer Mutter damit einen Gefallen tut! Helfen ... verstehst du? Wahrscheinlich quält die Mutter sich mit dieser Krankheit!«

Marcel kam an diesem Tag nicht zum Abendessen. Mamique und Gertrud waren sich zum ersten Mal einig. Sie flüsterten, der Junge solle nicht gestört werden, er lese ein Buch! Neugierig geworden, schaute ich nach, ob das stimmte. Und tatsächlich, er lag bäuchlings auf seinem grünen Bettkasten, hatte den Kopf in eine Handfläche gestützt und formte mit den Lippen leise die Worte vom Sieg und Heil der Chirurgie. Er bemerkte nicht, wie ich in der Tür stand, nicht, dass Gertrud und Mamique ihm abwechselnd Essen ans Bett brachten, und auch nicht, dass es Nacht geworden war. Seine erste Nacht im neuen Zimmer. Ich fürchtete mich davor. Ich würde allein sein, ohne seinen vertrauten Geruch, seine Wärme, seine Atemzüge, sein verschwitztes Haar. Ich würde allein sein mit dem gebrochenen Tabu und dem Gedanken daran, dass in Frau Fritzis Haus eine alte Mutter herumgeisterte und Aimée vielleicht im Untergrund Drahtzieherin eines Mordes war.

Später wälzte ich mich schlaflos in der Dunkelheit und hörte die Frösche quaken. Ich hörte, wie Marcel die Seiten umblätterte, die Erwachsenen ins Bett gingen, und zählte jedes Quak, jede umgeblätterte Seite, die Schläge der Kirchturmuhr und jeden Schritt im Haus. Irgendwann musste ich wohl doch eingeschlafen sein, weil ich am nächsten Morgen aufwachte.

# 22.

»Wir müssen Frau Fritzis Handschrift fälschen«, sagte ich zu Susi. »Du musst sie fälschen ...«, präzisierte ich, drückte ihr einen Stift in die Hand und schob einen Stapel Briefumschläge hinterher.

Sie schaute mich entgeistert an.

»Das ist absurd!« Sie tat, als hätte ich ihr ein Messer in die Hand gedrückt und sie gebeten, sich einen Finger abzuschneiden. »Warum? Warum ich?«

»Weil ich einen Plan habe und du diejenige von uns beiden bist, die kein Schreibproblem hat.«

»Ich hab dann aber ein ganz anderes Problem.«

»Na was denn?«

»Urkundenfälschung. Das ist strafbar.«

Sie hatte immer irgendwas auf Lager ...

»Ich lach mich tot! Wer hatte denn die Idee, bei Frau Fritzi zu arbeiten, ihre Schränke zu öffnen, das Tabu zu brechen?«

Susi bewegte ihren Kopf leicht vor und zurück, wie einer von diesen Wackeldackeln auf Autoablagen. Ihr Blick war ebenso starr.

»Warum haben wir das getan?«, fuhr ich, begleitet von ihrem Wackeln, fort. »Weil wir dachten, wir lüften ein großes Geheimnis. Und was haben wir? Lauter supertraurige Sachen herausgefunden. Wir haben's uns irgendwie selbst vermiest. Aber ich sag dir was. Wenn eine Sache so schlecht angefangen hat, dann darf man was Verbotenes tun, wenn damit alles noch eine gute Wendung nimmt. Auch eine solche Fälschung ist erlaubt. Scheiß auf die Fälschung. Das kriegt kein Mensch raus!«

Sie hörte auf mit der Wackelei. Ich sah, wie ihre Iris pulsierte. Gedankenbillard. Ich hatte nur den Anstoß geliefert. Gleich würde unverständliches Zeug aus ihr hervorsprudeln. Ich durfte sie auf keinen Fall zu Wort kommen lassen. Ich umfasste den Stift in ihrer Hand mitsamt ihren Fingern und sagte nachdrücklich: »Schreib die Adresse von Philo Anstaltsson. Schreib! Die im Irrenhaus: Klosterwall 17!« Ich hob den ersten Briefumschlag vom Stapel und legte ihn direkt unter ihren Stift.

»Siehst du? Hier drauf. Schreib!«

Aber sie schrieb nicht.

Ich wurde ungeduldig.

»Jetzt mach schon!«

»Okay, okay. Warte, lass mich nachdenken: Philo wird den Brief bekommen. Wir wissen jedoch nicht, ob er ihn lesen wird. Aber genau das wollen wir ja, dass er ihn öffnet. Folglich müssen wir irgendetwas auf dem Umschlag vermerken, damit er ihn öffnet.«

Ich überlegte kurz. »Wir malen einen schwarzen Rahmen drauf, wie bei diesen Briefen mit Todesanzeigen ... das wird ihn neugierig machen.«

Susi schüttelte den Kopf. »Nein, keine gute Idee.«

»Du schreibst über die Adresse: Dieser Brief wird Dein Leben ändern.«

Sie sah mich prüfend an und tippte sich an die Schläfe.

»Nicht dein Ernst, oder?«

Ich grinste.

»Persönlich, vertraulich.«

»Ja, das ist gut!«

»Komm, jetzt schreib endlich!« Ich schob den Umschlag ein paar Millimeter dichter an ihren Stift heran.

Doch sie hielt den Stift noch immer still.

»Warte«, sie bedeutete mir, innezuhalten, »der Brief ... der Umschlag?«

Diese verdammte Billardkugel in ihrem Hirn, wie war sie nur dorthin gekommen. Ich verstand die Frage nicht.

»Ja was? Wir stecken ihn in den Briefkasten, mit 'ner Briefmarke drauf, und ab geht die Post!«

»Ja. Diesen hier«, sie wedelte mit dem weißen Kuvert, das sie endlich beschreiben sollte. Doch dann griff sie mit der anderen Hand nach Frau Fritzis Umschlag und wedelte damit herum. »Ich meine den, das Original! Sie wird denken, dass wir ihn nicht eingeworfen haben, wenn er nicht irgendwann wieder in ihrem Briefkasten landet.«

»Meinst du, sie achtet darauf, bei der Menge an Briefen, die zurück an ihren Absender gehen?«

»Bestimmt. Vielleicht führt sie sogar Buch darüber. Ich meine, sie würde nicht immer weiter schreiben, wenn sie nicht die Hoffnung hätte, dass eines Tages einer gelesen wird.«

»Dann freut sie sich ja, wenn dieser hier nicht zurückkommt ...«

»Nein. Sie freut sich, wenn sie Antwort von Philo bekommt. Aber wir wissen nicht, ob er den Brief öffnen wird, wir können es nur hoffen, und dann wissen wir nicht, ob er ihr antwortet, das können wir auch nur hoffen.«

»Dann haben wir wieder ein Problem«, sagte ich resigniert. Ich sah, wie sich mein schöner Plan in Bedenken auflöste.

»Nein«, sagte sie und fächelte sich mit dem Umschlag Luft zu. »Pass auf! Ich hab's nämlich: Er wird genau in ihrem Briefkasten landen, mit ihrer eigenhändig draufgeklebten Marke. Wenn man ihn in ein wissenschaftliches Labor geben würde, zu einer kriminologischen Untersuchung oder so: Es wäre erwiesenermaßen ihr Speichel! Nur der Inhalt ist nicht mehr derselbe. Wir stecken einfach ein weißes Blatt Papier hinein. Die Dinger liegen doch immer ungeöffnet in ihrem Schrank da oben. Meinst du, diesen einen wird sie aufmachen, um zu sehen, was sie selbst geschrieben hat? Sehr unwahrscheinlich.«

»Wahrscheinlich kennt sie alle Briefe auswendig«, sagte ich in gespielter Ehrfurcht.

Susi nickte und legte die Zeigefinger aneinander. »Alles wird sein wie immer, sie wird nichts ahnen und keine größeren Hoffnungen haben als sonst!«

Und dann schrieb sie, als sei sie Franzi, Philos Adresse auf den vor ihr liegenden Umschlag.

Marcel tauchte viele Tage lang im Haus nicht auf. Manchmal rauschte die Klospülung, man hörte Türen hastig auf- und zugehen, dann wieder stundenlang nichts. Dass er nicht verhungerte, verdankte er dem kleinen Wunder, dass Gertrud und Mamique ihn in ungewohnter Eintracht versorgten.

Dann, nach Tag fünf etwa, Marcel las noch immer, waren die Frösche eines Nachts verstummt. Es war keinem wirklich aufgefallen. Wenn man sich an etwas so gewöhnt, dass man es gar nicht mehr richtig wahrnimmt, kann es durchaus spurlos verschwinden, ohne dass man es je vermisst. Für die Frösche hätte es so enden können. Sie wären wegen Marcels Lesefieber verhungert, und keiner von uns im Haus hätte jemals mehr nach ihnen gefragt, wenn nicht Karl und Leander frühzeitig von ihrer Kinderkur zurückgekehrt wären.

Die Ärzte hatten versucht, sie mit einer speziellen Astronautennahrung zu mästen. Doch die Kur war vorzeitig beendet worden, weil das Ei nicht richtig essen wollte. Als hätten sie etwas geahnt: Sie hatten sich sofort nach ihrer vorzeitigen Entlassung von ihrer Mutter zu uns fahren lassen. Das Gepäck war noch im Wagen.

»Sie müssen verzeihen, dass wir Sie so überfallen«,

sagte die Eimutter zu Mamique. Ich staunte immer wieder, wie groß und robust diese Frau war, ungefähr von Mamiques Größe, aber ihrer dreifachen Breite. Ihre Brüste wirkten wie ein gigantisches Daunenkopfkissen. Sie füllte den gesamten Türrahmen aus, als sie dort stand.

»Die beiden Jungs«, in diesem Moment streckten sie ihre Köpfe links und rechts unter den Armen am Daunenkopfkissen hervor, »haben die letzten Tage und Wochen nur von Marcel gesprochen. Ich hoffe, es ist Ihnen recht, wenn ich sie hierlasse?«

Das Ei konnte Mamiques Antwort nur noch aus der Ferne gehört haben, so schnell waren sie, unter ihrer Mutter hindurch und an Mamqiue vorbei, nach oben gestürmt und prompt erst mal in das falsche Zimmer gerannt. Im halb leeren Höhlenzimmer saßen nämlich wir: Susi und ich.

»Das kannst du dir nicht vorstellen ...«, Karl (oder Leander) reckte empört seinen kleinen, vogelartigen Hals.

»Die haben uns eingesperrt! Zäune, Stacheldraht, Kameras. Sonst wären wir weggelaufen. Kannst du glauben ...«

Weggestorben höchstens, dachte ich. Sie wirkten noch zerbrechlicher als vor der Kur.

»Wir haben Schleim zu essen bekommen, Schleim mit irgendeinem komischen Geschmack, Erdbeere, Orange oder so was. Davon soll man angeblich zunehmen. Ey, so ein zähflüssiges, breiartiges Zeug, das kriegen doch nicht mal Schweine runter. Anstatt uns normales Essen zu geben ...«

»Das hätten wir auch gegessen ...«, sagte das andere Ei und schluckte trocken, als stecke ihm noch etwas in der Speiseröhre.

Marcel schaute sie mit schreckgeweiteten Augen an.

»Wir haben nichts als diesen Brei bekommen, hat ausgesehen wie Froschlaich!«

Marcel schwieg einen Moment, dann sprang er aus dem Bett: »Die Frösche!«

Das Ei sah sich gegenseitig an. Dann hechteten sie hinter Marcel her.

»Mannomann, das war knapp!«, sagte ein Ei und sprühte, als würde es darin brennen, Wasser in die Gläser.

Marcel redete beschwichtigend auf die Amphibien ein, und das andere Ei suchte Insekten, denn die Tiere in dem Fliegenzuchtbehälter waren in der Zwischenzeit verendet.

»Wir sollten sie wieder rausstellen«, hörte ich einen Zwilling sagen.

Ich konnte sehen, wie er die Luft aus einem Glas tief einatmete. Mich schauderte. Froschatem, Krötenschleim! Was für gruselige Gestalten! Instinktiv wich ich ein wenig vor dem geöffneten Türspalt zurück und trat dabei Susi auf den Fuß, die leise fluchte.

»Sie brauchen dringend was zu fressen und frische Luft«, sagte das Ei, das den Froschatem inhaliert hatte, »wir müssen sie rausbringen, damit sie schnell ein paar Fliegen abbekommen, sonst kratzen sie uns noch ab!«

»Aber draußen wird es zu heiß ...«, sagte Marcel.

»Das hatten wir doch schon. In der Natur sind sie auch draußen!«

»Nicht im Glas!«

»Wir müssen uns beeilen, es ist total unmöglich, alle auf einmal zu füttern!«, drängte das zweite Ei.

»Wartet ...« Marcel hämmerte sich mit der geballten Faust gegen das Kinn. Er dachte nach. Er wägte ab. Dann ging er wortlos zum Regal, griff nach dem Glas mit Jockel und trug es in gemessenem Schritt hinaus. Das Ei trug

Bruno und Franz hinterher. Sie gingen wie Pastor Walzig bei einer Prozession.

Susi und ich hätten gern Philos Gesicht gesehen. Vor allem beim Blick auf den Absender. Susi hatte genau ihre Schrift getroffen, sie hatte *Franziska* auf die dreieckige Umschlaglasche geschrieben. Einfach nur *Franziska*. Was würde in ihm vorgehen? Würde er ihn diesmal öffnen? Wir konnten natürlich nicht hingehen. Das wäre zu auffällig gewesen. Aber Abwarten war auch nicht gerade unsere Lieblingsbeschäftigung. Es war grässlich. Seit Wochen schon warteten wir auf Ritas Kleiderschrankgeschichte – und jetzt auch noch das.

Um die Zeit nicht tatenlos zu verbringen, hatten wir uns entschieden, Frau Fritzis Haus aus sicherem Abstand zu beobachten. Tagtäglich setzten wir uns mit Che Guevara in ein Bushaltestellenhäuschen schräg gegenüber von ihrem Eingang und versprachen uns, mit Hilfe von Oma Lieses goldenem Opernglas zumindest eine Vorspeise für unseren Sensationshunger. Das ging so bis zu dem Tag, an dem wir wegen einer wichtigen Frage in Streit gerieten.

Frau Fritzis Praxis hatte noch bis zum Ende der Ferien Sommerpause. Jeden Morgen zwischen acht und halb neun trat sie jedoch aus der Tür. Sie ging über den Kiesweg, um vorne am Eingang den Briefkasten zu leeren, und kehrte dann wieder ins Haus zurück. Stets der gleiche Ablauf. Und immer wenn sie im Haus verschwunden war, ergaben wir uns den wildesten Fantasien. Wir dachten uns die verrücktesten Sachen aus und hatten einen irren Spaß.

Wenn Philo anfangs nur einen Antwortbrief schrieb, den Frau Fritzi mitten auf dem Kiesweg ungläubig in der Hand hielt, sahen wir schon wenig später Philo mit ein paar Akeleien vor ihrem Gartentörchen stehen und klingeln. Aus den paar Akeleien wurde bald ein ganzer Strauß, durch den er die Klingel kaum mehr finden konnte. Irgendwann passierte es, dass Philo die Treppe hinaufstieg und Sargträgern begegnete. Schockiert vom Anblick des großen dunklen Sargs, den man an ihm vorübertrug, ließ er die Akeleien fallen, rannte über den Kiesweg und stolperte geradewegs in ihre Arme.

Ein anderes Mal stieß Philo auf der Treppe mit einem der Sargträger zusammen. Der Sarg kam in starke Schräglage, der Deckel rutschte zur Seite, Agathes Arm schaute hervor, wächsern und bleich, und Philo ergriff die Flucht, den Tag verfluchend, an dem er entgegen seiner festen Überzeugung die Klinik zum ersten Mal verlassen hatte. Auch Herr Kowalski kam einmal über den Kiesweg, sein schwarzes Notizblöckchen in der Gesäßtasche. Er musste den Fall untersuchen. Natürlicher Tod – ja oder nein. Selbstverständlich kein natürlicher Tod. Gewaltsam wahrscheinlich. Tatwerkzeug Kopfkissen. *Tod durch Ersticken.* Er schrieb es in sein Notizbüchlein und machte sich auf die Suche nach dem Mörder. Doch Frau Fritzi hatte alles vorbereitet. Sie hatte ein Alibi. Ein kleines zwar, aber ein ganz sicheres. Was sie nicht wissen konnte, war, dass ihr Alibi Herrn Kowalski völlig aus der Fassung bringen würde: Philo.

Philo und Franzi. Die beiden waren sich inzwischen in unzähligen Szenarien begegnet. Schüchtern staunend hatten sie sich gegenübergestanden, kaum gesprochen und betäubt gelächelt vor Freude. In einer anderen Version waren sie sich wortlos in die Arme gefallen, erst nur so wie verloren geglaubte Geschwister, aber schon kurz darauf hatten sie begonnen, sich wild zu küssen, wobei wir uns nicht einigen konnten: Susi sagte, sie machten es mit Zunge, und ich sagte, nein, ohne. Mir war nicht klar, warum sie so sehr auf ihrem »mit« bestand, aber je mehr sie das tat, bestand ich auf meinem »ohne«. Wir hätten fast Oma Lieses Opernglas ruiniert wegen diesem Blödsinn, bis Susi etwas sagte, das mich mehr ärgerte als alles andere. Sie sagte, ich würde nur auf meinem »ohne« bestehen, weil ich gar nicht wüsste, wie das wäre »mit«. Es war natürlich wahr, dass ich keine Ahnung hatte von dem »mit«, deshalb, und weil Susi sie ganz offensichtlich hatte, aber darüber nichts aus freien Stücken preisgeben wollte, ärgerte ich mich. Für einen kurzen Augenblick verirrte sich Misha in meine Vorstellung, seine spöttischen Mundwinkel, die Konturen seiner Lippen. Ich sah sie so deutlich vor mir, dass ich sie hätte zeichnen können. Ich meinte, ihre Wärme zu spüren, fühlte den Drang, meine Augen zu schließen, sie mit meinen Lippen zu berühren. Ich erschrak. Ärger stieg wieder in mir empor. Warum hatte Susi nichts davon erzählt?

Schweigend gingen wir vom Bushaltestellenhäuschen zurück zum Unlang. Es war später Nachmittag, und wir trotteten nebeneinander wie zwei Kälber nach einer Rangelei. Susi schob sich einen ihrer Kirschlollis in den Mund. Ich hörte, wie sie ihn zwischen ihren Zähnen hin- und herklackern ließ. Die Sommerhitze hing lästig wie eine Klette an uns. Jeder Schritt war anstrengend. Selbst Che schien das Lächeln vergangen. Es war, als klebe der Asphalt an unseren Füßen. Wir erklommen die Leiter nach Gadabo, ließen uns auf die Matratzen fallen, als hätten wir die Besteigung des Mount Everest hinter uns, und schwiegen. Susi kaute auf ihrem Lollistiel herum und starrte ins Leere. Womöglich war da gerade wieder ein heftiges Billardspiel im Gange. Ich schloss die Augen. Die Bilder in meinem Kopf flackerten. Wilde Lichter. In nächster Nähe trällerte ein Vogel. Ich sah die schrillen Töne, bunt und klein, aus seinem Schnabel quellen. Ich riss die Augen auf, griff nach dem Opernglas und kniete mich vor das geöffnete Fenster. Ich schaute auf die sorgsam gestutzten Bäume und Sträucher, die leichte Vertiefung der neu angelegten Wege, die jetzt am Rand der Beete verliefen, die sauber abgezirkelten Gemüsebeete, in denen, wie auf einem Schachbrett, nach Sorte geordnet, die Pflanzen wuchsen, und dachte, dass die Spreder sich wahrscheinlich schon längst nicht mehr über unser wildes Gestrüpp mokierten. Wir hatten, dank Papas Leuten, nun auch einen Garten, in dem sogar die Rasenkanten geschnitten waren und über den Besucher wie Frau Voroneckova ins Schwärmen gerieten!

Ich zoomte mit dem Opernglasobjektiv ein Sommerlindenblatt heran. Wie zart es war, wie grün! Die vielen kleinen Härchen! Wie die schmalen Finger eines Außerirdischen reckten sich mir Blattadern entgegen. Man konnte richtig Angst bekommen. Ich schwenkte herum: über gigantische Holzsplitter, Baumwolllakenkrater und blonde Lockenhanfseile bis zu Susis Augen, grünlich glänzender Stoff vor meiner Linse.

»Ich kann's dir zeigen«, sagte sie unvermittelt.

»...?«

»Rita hat es mir gezeigt.«

»Rita?«

Sie winkte mich zu sich heran.

Ich legte mich neben sie.

Sie drückte mir ihre Lippen auf den Mund.

Opernglasnah, ihr Gesicht. Ich spürte, wie ihre Zunge meinen Mund öffnete. Kirschlolligeschmack. Kohlrabenschwarz ihre Pupillen und am Rand ein schmaler Streifen leuchtendes Grün. Meine Augen schlossen sich langsam. Ihre Zunge stieß sanft an meine, als erwarte sie eine Antwort.

# 23.

Ich wagte nicht, Susi in die Augen zu sehen. Alles war plötzlich fremd. Ich fürchtete, dieses Gefühl, das mich kurzzeitig befallen hatte, könnte unsere Freundschaft verändern.

Der Wind trug das Hupen eines Autos heran. Da war Susis Gesicht wieder ganz dicht vor mir. Ihre Augen blitzten. Ihre Lippen gaben auf meinen ein weiches Explosionsgeräusch von sich.

»So ist ohne!«, sagte sie knapp, während ich ruckartig nach hinten prallte.

Ich sah, wie sie den Kopf in den Nacken warf und lachte, sie lachte, als hätte sie den besten Witz der Welt gemacht. Vielleicht lachte sie auch über meinen Gesichtsausdruck. Sie wollte gar nicht mehr aufhören. Ihr Lachen wurde immer ausgelassener. Es steckte mich an, stieg meine Kehle empor, Tränen liefen uns aus den Augenwinkeln. Wir lachten eine halbe Ewigkeit. Die Furcht, irgendetwas zwischen uns könnte anders geworden sein, verflog. Dann hielt Susi schlagartig inne.

Che Guevara knurrte. Er hatte die Ohren aufgestellt, die leicht erhobene Schnauze deutete zum offenen Fenster. Susi sah mich fragend an. Sie legte einen Finger über die Lippen und drückte sich in die Ecke neben die geöffnete Scheibe. Eine Biene summte behäbig herein.

»Das kann nicht sein«, sagte sie tonlos, »da ist Volker.«

»Das kann nicht sein«, wiederholte ich ungläubig und drängte mich neben sie. Was wollte Volker in unserem Garten? Einen Wimpernschlag lang hielt ich den dicken blonden Jungen auf unserem Rasen für eine Täuschung. Leicht panisch suchte ich nach etwas Zählbarem, als Susi sagte: »Doch, er ist es, kein Zweifel.«

Er bewegte sich auf Marcel und das Ei zu. Es konnte nur

Volker sein, er war deutlich an seinem Profil zu erkennen. Wandelndes Unheil, dachte ich. Wie oft hatten wir ihn in der Schule aus den Augenwinkeln beobachtet, um ihm nicht in die Quere zu kommen. Die Jungs hatten ihn noch nicht bemerkt. Sie standen mit dem Rücken zu ihm an der kleinen Gartenmauer bei den Froschgläsern.

»Was macht er da?«

Die drei hatten ihn immer noch nicht wahrgenommen, sie sprangen auf und ab und fingen Insekten mit den bloßen Händen. Volkers Bewegung verlangsamte sich. Eine Raubkatze vor dem Angriff. Sie fuhren gleichzeitig herum, wichen voller Erstaunen ein paar Schritte zur Seite. Volkers dreckiges Lachen drang bis zu uns herauf. Wir sahen, wie er sich über die Gläser beugte, irgendwas sagte, und dann gab er noch mal dieses fürchterliche Lachen von sich und klopfte den Jungs auf Schultern und Rücken. Hätten sie ihn nicht so ängstlich beäugt, man hätte meinen können, er wäre seit Jahren ihr bester Freund.

»Was will er?«, fragte ich Susi, sie versuchte gerade die Biene aus ihrem Gefängnis zu befreien. »Meinst du, er hat uns beobachtet?«

»Du denkst ...« Sie fuhr sich über die Narbe. Wir kicherten leise. Aber nach und nach wurde uns klar, was es bedeutete, wenn er uns tatsächlich beobachtet hatte.

»Wenn er uns gesehen hat, wird er uns nicht in Ruhe lassen.«

»Von wo soll er uns denn beobachtet haben?«

Ich zeigte auf den hohen Baum auf der anderen Seite des Zauns.

»Von dort vielleicht?«

»Das hätten wir gehört, da hätten Äste geknackt oder so was.«

»Sie kommen hierher!«

Ihre Stimmen kamen näher. Che Guevara war aufgesprungen. Susi schob den Riegel über der Lukenklappe vor. Che gab wieder ein beunruhigtes Knurren von sich.

»Schschscht!« Susi hatte ihre Hand um seine Schnauze gelegt.

Wir lagen bäuchlings auf dem Bretterboden. Die Tür öffnete sich.

»... hier ist bestimmt alles voll davon.« – Volkers Stimme.

Susi und ich starrten durch die Ritzen.

»Ah, hier.« Volker riss ein Spinnennetz vor dem Fenster ab und ließ das erschreckte Tier sich in das kleine Glas in Marcels Hand hinunterhangeln.

In das Gesicht meines Bruders war ein entsetzter Ausdruck getreten. Volker schob sich gefährlich nah an ihn heran.

»Was glotzte denn? So macht man das. Los, zack, zack, Spinnen ernten!« Der Ton gefiel den dreien ganz und gar nicht. Sie bewegten sich nur langsam und sehr zögerlich.

»Na los, macht schon, oder wollt ihr, dass sie verrecken?«, bellte Volker.

Marcel hob einen Stock vom Boden auf und fischte sorgsam ohne sie weiter zu verletzen eine Spinne aus ihrem Netz. Volker beobachtete ihn ungehalten.

»Das ist Zimperliesen-Spinnenfangen. Seid ihr Mädchen oder was?«

Er riss ihm das Stöckchen aus der Hand und blickte kurz direkt nach oben. Susi und mir blieb fast das Herz stehen. Susi machte eine erschrockene Grimasse. Ich schüttelte den Kopf. Er konnte uns nicht gesehen haben, auf gar keinen Fall. Es war viel zu dunkel hier oben. Aber sein Blick zu uns war übel gewesen, als hätte er gewusst, dass wir da waren.

Wie in Rage riss er weitere Netze von den Fenstern.

»Baaang, baaang, baaang!«, machte er, während er mit

der bloßen Hand nach den kleinen dunklen Körpern mitten in den kunstvollen Geweben griff und sie dabei zerriss. »Die sind doch sowieso gleich weg. Was willst du denn? Fröschefüttern oder Spinnenschützen?«

Das Ei schluckte. Sie schauten sich ratlos an.

Als wir kurz darauf zum Abendessen in den Wintergarten kamen, saß Volker an unserem Tisch. Wie eine überdimensionale Made thronte er zwischen den Jungs und grinste, als er uns sah.

Wir waren verunsichert. Was wusste er? Wir setzten uns. Mamique saß am Kopfende, das Kinn leicht vorgestreckt, sie beobachtete uns aufmerksam. Keine Regung in ihrem Gesicht verriet ihre Gedanken. Volker wippte lässig auf seinem Stuhl, als wäre er bei sich zu Hause.

Mit lauter Stimme wandte er sich an die Jungs: »Habt ihr gesehen, wie der große Grüne mit den graubraunen Punkten ... Ich glaube, das ist der, von dem du gesagt hast, er wäre dein Lieblingsfrosch ... Als hätte er seit Tagen nichts mehr zu fressen bekommen! Voll brutal, wie der sein Maul aufgerissen hat, immer wieder.«

Die Jungs nickten zaghaft. Volkers Blick schweifte Zustimmung suchend von Mamique über mich und Susi zu Gertrud.

»Die Zunge, habt ihr die Zunge gesehen? Zack, hatte er sie geschnappt. Voll der Killer, dein Frosch! Was?«

Er stieß Marcel lachend in die Seite und schaute wieder zu Mamique, Susi und mir und Gertrud hinüber. Doch keiner von uns sagte etwas. Nur Mamique lächelte ihm auf ihre distanziert-freundliche Art zu. Ich verstand nicht, warum sie ihn eingeladen hatte. Dass sie in Burgund jeden, der zur Mittagszeit im Haus war, zum Essen einlud, egal, ob er ein Hausierer, der Gärtner oder eine wichtige Persönlichkeit aus dem Dorf war, konnte ich noch im Entferntesten verstehen. Schließlich war es ein mühevoller Weg so weit hinaus zu ihrem Manoir. Aber wir hier saßen mitten in der Stadt, und niemand hatte Volker hergebeten, er hatte einfach unser Grundstück betreten. Zudem wusste Mamique, wer Volker war, sie kannte die Geschichte mit dem Schlittenunfall sehr gut. Doch weder sein blödes Herumgewackel auf dem Stuhl noch die Tatsache, dass er viel zu laut sprach, schien sie zu stören, von seinem unverschämten Dauergrinsen ganz zu schweigen. Sie verfolgte alles interessiert, ich meinte sogar, sie reichte Volker die Platte mit den Kartoffelpuffern besonders freundlich.

Anders Gertrud. Sie hatte sich erst gar nicht zu uns an den Tisch gesetzt, sie lief geschäftig, wie sie das häufig tat, wenn sie sich ärgerte, zwischen Küche und Tisch hin und her und ignorierte Volker. Ihr Gesicht war ein offenes Buch. Sie war bemüht, sich nichts anmerken zu lassen, aber ihre fest aufeinandergepressten Lippen sagten, wie viel Anstrengung es sie kostete, ihre Abneigung nicht offen zur Schau zu stellen. Sie hielt die Brockmanns für eine gottlose Familie und Volker – diese Meinung teilte sie mit Anna – für die Ausgeburt eines hoffnungslosen Taugenichts. Erschwerend kam hinzu, dass Karlchen, Gertruds über alles geliebtes Karlchen, eigentlich Volker gehörte, und Gertrud wusste, dass er Karlchen mindestens genauso liebte wie sie. Sie nahm es nicht Karlchen übel, dass sie mit Volker schmuste, es war genau umgekehrt.

»Hey ...« Wir sahen alle zu Volker. »Wenn ihr wollt, zeig ich euch, wie man Schmetterlinge züchtet.«

»In deinem Gewächshaus?«, fragte ein Ei vorsichtig.

Er nickte.

Blöd war Volker nicht. Die Schmetterlinge waren wohl das Einzige, was Marcel und die Zwillinge wirklich aus ihrer Zurückhaltung locken konnte. Wir hätten es nie zugegeben, aber auch Susi und mich interessierten sie brennend. Den Winter über war es still in seinem Gewächshaus gewesen, seit einigen Monaten jedoch konnte man das wilde Flattern auch von unserem Garten aus sehen. Zu gern hätten wir einmal hineingesehen. Aber seit der Sache am Rebellenhügel war das natürlich völlig undenkbar gewesen.

»Du züchtest Schmetterlinge?« Mamique sagte es wie eine Bestätigung dafür, dass er doch ein guter Junge war.

»Ja. Und das ist gar nicht so einfach.«

Mamique nickte.

»Und woher bekommst du die Raupen?« Marcel wirkte winzig, wie er an dem Riesengebirge Volker hinaufsah.

Ja, die Raupen, woher bekam er die? Schmetterlinge schlüpften aus Raupen, nachdem die sich verpuppt hatten. Aber woher kamen die Raupen?

Alle sahen ihn erwartungsvoll an. Selbst Gertrud hörte von der Küche aus zu. Doch Volker hüllte sich in eindrucksvolles Schweigen. Für einen Moment dachte ich, er wüsste nicht weiter, weil die ganze Schmetterlingsgeschichte nicht wahr war. Dann aber trat ein Ausdruck in sein Gesicht, der keinen Zweifel zuließ. Ich sah Genugtuung. Jetzt hatte er uns. Er kostete die Spannung aus, sah umher, sonnte sich in der allgemeinen Erwartung. Jetzt war es wichtig, dass er den richtigen Moment abpasste, um sein Wissen preiszugeben.

Für Marcel war der allerdings längst vorüber.

»Ist doch klar«, rief er, und die Spannung brach wie Glas, »die Raupen kommen von den Schmetterlingen!«

»Du meinst wohl, die Schmetterlinge legen Raupen, was ...?«, sagte ich und lachte laut.

»Genau. Oder etwa nicht, Frau Professor Bénédicte-hat's-geblickt?«, prustete Marcel, und das Ei fiel giggelnd mit ein: »Professor Bénédicte!« – »Hat's-geblickt!« – »Hat's-geblickt, und sie nickt!«

Ich trat unter dem Tisch gezielt nach Marcels Schienbein.

»Autsch, du spinnst wohl, Frau Professorchen!« Er gluckste trotzdem.

»Das war Susi!«, sagte ich mit finsterer Miene, »*du* spinnst wohl!«

»Klar«, fauchte Marcel zurück, »Susi!«

Mamique trank einen Schluck von ihrem Wein und betrachtete uns, als wären wir eine Versuchsanordnung.

Ich sah die Röte in Volkers Gesicht treten. Er wirkte beleidigt und nah daran, zornig zu werden. Er hob die Hand, doch keiner beachtete ihn. Es ging drunter und drüber. Gertrud zog sich in die Küche zurück. Für ihre Erziehungsmaßstäbe war es bei Weitem zu turbulent am Tisch.

»Woher kommen denn nun diese Raupen?«, fragte Mamique etwas lauter als nötig, und es wurde schlagartig still am Tisch.

Alle Blicke gingen zu Volker.

»Das ist ziemlich schwierig.« Seine Stimme klang belegt, als gäbe er etwas sehr Intimes preis. »Man muss die Eier im Winter und im Frühjahr sammeln und die Stellen kennen. Natürlich muss man dafür vieles über Schmetterlinge wissen.«

Marcel machte mir gegenüber exaltierte Professorenfaxen, doch ich ignorierte ihn.

»Was denn beispielsweise?« Mamique sah Volker ermunternd an.

»Sie legen ihre Eier auf den Pflanzen ab, von denen sie sich ernähren.«

»Wer denn? Die Raupen oder die Schmetterlinge?«, fragte Marcel.

»Die Schmetterlinge. Die Raupen sind nur so etwas wie

Babys, ein Vorstadium. Im Winter suche ich auf Obstbäumen, Eichen, Schlehen, im Frühjahr auf Blättern und Stängeln, am besten sind Brennnesseln. Die meisten Schmetterlingsarten ernähren sich von Brennnesseln.«

Es war ruhig geworden im Wintergarten. Gertrud lehnte im Türrahmen. Keiner von uns wäre auf die Idee gekommen, dass Volker über ein so ungewöhnliches Fachwissen verfügen könnte. Sein Gesicht hatte sich entspannt, er sah fast nett aus.

»Ich weiß nicht, ob ihr so was schon mal gesehen habt. Die sehen aus wie Perlen, klitzekleine Perlen. In allen Farben gibt's die: grün, weiß, gelb, braun, schwarz, glänzend, matt, durchscheinend. Im Frühjahr schlüpfen minikleine Raupen ...« Mit Daumen und Zeigefinger deutete Volker an, wie winzig sie waren. Er lächelte.

»Die verpuppen sich doch ...?«

»Nein, noch nicht. Die fressen und fressen, bis sie nicht mehr in ihre Haut passen, dann bekommen sie eine neue, dann wieder eine neue und dann wieder, und dann häuten sie sich noch mal, bevor sie sich irgendwann verpuppen, um zu Schmetterlingen zu werden.«

Ich sah Volker in seinem kleinen Gewächshaus. Wie er dort saß, die grobschlächtigen Hände ausgestreckt, über und über bedeckt von zarten bunten Schmetterlingsleibern und ein seliges Lächeln auf den Lippen.

»Lässt du sie dann frei?«, wollte ein Ei wissen.

»Nein.« Volkers Gesicht, das gerade noch einen fast sanften Ausdruck gezeigt hatte, wirkte jetzt brutal.

»Warum nicht?«, fragte Marcel.

»Ich züchte sie, damit ich sie mir ansehen kann. Sie gehören mir!«

Mamique hob erstaunt die Augenbrauen, Gertrud verschwand aufs Neue in der Küche. Stille Enttäuschung machte sich breit.

»Ich lasse meine Frösche demnächst wieder frei«, sagte mein Bruder unverhofft. Das Ei schaute ihn überrascht an. Wahrscheinlich hatte er sich in dieser Sekunde dazu entschlossen.

»Frösche ...« Verächtlich bog sich Volkers Puppenmund. Dann trat ein Leuchten in seine Augen, seine Stimme wirkte warm und freundlich. Er war wie ein Chamäleon, das durch einen Spektralfarbenkreis läuft. »Schmetterlinge trinken Nektar oder Honigtau. Sie verwandeln sich von einer dicken Raupe in einen leichten Schmetterling. Das muss ihnen erst mal jemand nachmachen!«

»Ja, und? Unsere Frösche waren vorher auch Eier und dann Kaulquappen, und dann sind ihnen erst die Beine gewachsen, die verwandeln sich doch genauso.«

»Quatsch«, sagte Volker barsch. »Kapier doch mal! Vom eleganten Fisch zum plumpen Frosch. Das ist Rückschritt!«

»Hä? Rückschritt? Vom Wasser aufs Land? Ich glaube, du hast da was nicht kapiert. Das ist ... äh ...« Hilflos sah er Mamique an.

»Evolution«, sagte sie lächelnd.

»Evolution, Mann! Genau! So sind wir entstanden!« Die Stimme des Eis vibrierte in oberster Tonlage.

»Ich lach mich tot!« Volker kniff die Augen zusammen. »Und meine Schmetterlinge? Von der Raupe zum Schmetterling. Verstehste? Vom Boden in die Luft! Das ist mal was ganz Besonderes, so was kann kein Tier sonst! Das ist mal Evolution!« Er brüllte jetzt fast und plusterte sich auf zwischen den Jungs, als ob er selbst gleich losfliegen wollte.

»Aber 'ne Lebensdauer von ein paar Monaten ... Vielleicht üben die ja noch 'n bisschen für die Evolution?«, feixte das Ei. »Manche Frösche schaffen über zehn Jahre!

Bis deine Schmetterlinge ihre Lebensdauer erhöht haben, können Frösche fliegen, da verwette ich meinen Frosch!«

Volkers Lippen zuckten unkontrolliert.

Ich machte eine beschwichtigende Handbewegung.

»Aber beide Tiere ...«, setzte ich gerade an, da flog mir über den Tisch hinweg Volkers halb gefüllter Teller vor die Brust. Apfelmus spritzte, ein Kartoffelpuffer fiel zu Boden.

»Silence!«, rief Mamique und hob beide Hände in die Höhe. Sie sah uns alle der Reihe nach an. Keiner sagte einen Ton. Volker wirkte verunsichert. Er war aufgesprungen und hielt kurz inne, um einen wilden Blick zu mir hinüberzuwerfen, dann trat er seinen Stuhl nach hinten, dass er zu Boden fiel. Er riss die Wintergartentür auf, und bevor er rausrannte, drehte er sich noch einmal zu uns um und schrie: »Ihr seid doch alle bescheuert! So was von bescheuert! Irre seid ihr!«

Wir hörten seine schnellen Schritte auf dem Plattenweg und kurz darauf die Gartenpforte ins Schloss fallen.

»Bon«, sagte Mamique, als hätte sie einen Artikel im *Le Monde* zu Ende gelesen.

Das Ei und Marcel fingen an, wie verrückt zu kichern.

»Der spinnt doch total.« Ich tippte mir an die Stirn. »Warum hast du den denn überhaupt eingeladen?«, wandte ich mich an Mamique.

Sie wirkte nachdenklich.

»Bénédicte, er hat mit den Jungen draußen gespielt«, ihre Hände strichen in langsamer Bewegung das Tischtuch glatt. »Es ist normal, ihn dann auch zum Essen hereinzubitten.«

»Der Typ ist bestimmt acht Jahre älter als die Jungs, ich meine, warum sucht er sich nicht Gleichaltrige zum Spielen? Vor allem: spielen! Er hat sie rumkommandiert und ihnen Angst gemacht.« Die drei sahen mich verwundert an. »Und warum kommt er uneingeladen zu uns in den Garten? Warum verhält er sich wie ein Idiot?« Ich wischte das Apfelmus von der Bluse.

Gertrud versuchte, die Unordnung auf dem Tisch zu beseitigen, und hielt sich raus.

»Ich kann es dir nicht mit Sicherheit sagen, chaton, aber ich schätze, der arme Kerl ist verliebt.«

# 24.

Ich hatte mir angewöhnt, das Schlimmste zu denken. Ich fühlte mich dann besser, wenn es nicht so schlimm kam. Das Schlimmste war ein undurchdringbarer Nebel, in dessen Mitte alles Unausgesprochene wuchs. Ein Labyrinth, das mich einatmete, durch seine Gänge schleifte, in die entlegensten Winkel, und mich am Ende in die Wirklichkeit spie, wo ich mich erleichtert wiederfand, erleichtert, dass sie so war, wie sie war, und nicht so schlimm, wie ich dachte. Ich sollte allerdings noch feststellen, dass, was Volker betraf, das Schlimmste sich vorzustellen nicht schlimm genug war, und dass das, was bisher geschehen war, nur den Anfang darstellte.

In meiner Familie hat jeder eine morgendliche Angewohnheit. Sie waren die Säulen, auf denen unser Alltag stand. Marcel, ich weiß nicht, wann er damit angefangen hatte, legte sich morgens mit einem Becher Kakao in die eine Handbreit – nicht mehr, Gertrud bestand darauf! – mit heißem Wasser gefüllte Badewanne, um langsam aufzuwachen. Als wäre er über Nacht eingefroren oder so. Sein Tag begann, wenn der Kakaobecher geleert und das Badewasser abgekühlt war.

Meine Mutter hatte morgens immer auf »ihre halbe Stunde« bestanden. Sie sagte, es sei die Zeit, die sie brauche, um sich an ihren eigenen Anblick zu gewöhnen. Niemand außer ihr hatte währenddessen ins Badezimmer gedurft. Deshalb auch hatte sie ihr eigenes gehabt, ganz oben, direkt neben dem Atelier. Ich hatte sie dort manchmal vor dem Spiegel stehen sehen, während sie ihr Gesicht studierte, und mich gefürchtet. Sie stand dort so verwundert, schamlos und erstaunt, wie ein Kind einen Fremden betrachtet.

Und ich hatte mir diese Sache mit dem Baguette angewöhnt, das ich aushöhlte. Ich arbeitete das Innere heraus, bis die knusprige Rinde wie ein Ring auf dem Tisch lag. Aus dem weichen Teig formte ich Kugeln. Drei, es mussten immer drei herauskommen, drei gleich große, sonst würde der Tag nicht gut werden. Irgendetwas würde passieren. Ich schaffte immer drei. Außer an dem Tag, an dem ich Aimée zum letzten Mal gesehen hatte. An diesem Tag vergaß ich die dritte Kugel. Es war nicht, dass ich sie nicht schaffte, ich vergaß sie einfach. Ich vergaß sie einfach, weil Mamique mir an diesem Morgen angeboten hatte, mir zu zeigen, wie man eine Seifenblase malt, ich hatte lange darauf gewartet und war aufgestanden, ohne die letzte Kugel zu rollen. Seitdem ist kein Tag vergangen, an dem ich nicht drei Kugeln geformt habe.

Und Papa hatte diesen Nachrichtentick. Er konnte das Haus nicht verlassen, ohne zu wissen, was draußen los war. Kriege, Krisen, Katastrophen, die Straßenverhältnisse und vor allem das Wetter. Wenn man während der Meldungen neben ihm saß, durfte man keinen Mucks machen, schon ein Niesen konnte ihn verärgern. Ich hörte meist gar nicht richtig zu. Zu viele Informationen in zu kurzer Zeit, sodass nur Fetzen hängen blieben, die später wie lose Schnipsel durch meine Erinnerung flogen. Wahrscheinlich lag es daran, dass mich das meiste nicht richtig interessierte. Außer die Sache mit der RAF natürlich. Mich interessierten andere Dinge: ob Agathe Fritzi noch lebte, ob Philo den Brief bekommen hatte, ob er das Irrenhaus verlassen und Franzi getroffen hatte. Selbstverständlich weiterhin, wo Aimée jetzt lebte, und auch, was mit Misha los war, da ich ihn sonntags nicht in der Kirche gesehen hatte. Das waren die drängendsten Fragen, auf die ich damals Antwort suchte. Doch darüber hörten wir natürlich nichts.

Ich erinnere mich jedoch genau an einige Details des

16.08.1977. Elvis Presley war an diesem Tag an Herzversagen gestorben, am späten Nachmittag hätte es angeblich ein Gewitter geben sollen, das aber nicht eintrat, und Mamique war, wie sie es jeden Morgen und bei jedem Wetter tat, in aller Frühe durch den Garten gegangen. Das war ihre Angewohnheit. »Eine neue Leinwand spannen« bezeichnete sie diesen Gang. Jeden Morgen eine neue Leinwand. Jeden Morgen das Leben neu beginnen. Sie musste Boden unter den Füßen spüren wie ein Baum und frische Luft in die Lungen aufnehmen, Sauerstoff rein, Stickstoff raus. Dann kam sie ins Haus und trank ihren Kaffee. Später konnte man sie ansprechen.

An diesem Morgen kam sie durch die Wintergartentür, während wir mit dem Ei, das seit Kurabbruch immer schon in aller Herrgottsfrühe bei uns auf der Matte stand, beim Frühstück saßen. Sie ging, was nicht ungewöhnlich war, grußlos in die Küche, wo sie ihren Kaffee in einer großen silberfarbenen Kanne direkt auf der Gasflamme kochte. Jeder ihrer Handgriffe war ein Ritual. Man tat gut daran, sie nicht dabei zu stören. Sie stand vor dem Herd und sah aufmerksam in das Züngeln. Sie lauschte dem zischenden Geräusch, das der Kanne mit zunehmender Hitze entwich, schaltete die Flamme in einem gewissen Moment aus und goss die pechschwarze Flüssigkeit in ihren *bol*. Kurz darauf kam sie zu uns in den Wintergarten. In der einen Hand trug sie die dampfende Kaffeeschale, in der anderen zerlesene *Le Monde*-Seiten. Sie setzte sich ohne aufzublicken auf ihren üblichen Platz, riss ein Stück Brot ab, bestrich es mit einem Löffel Marmelade, senkte es in ihre Kaffeeschale und schob es sich kurz darauf in den Mund. Alles war wie immer. Sie störte sich nicht an Gertruds Teeschlürfen und ignorierte auch, dass ich meine Füße auf Papas Stuhl gelegt hatte. Sie las die Zeitung und trank ihren Kaffee. Keiner ahnte etwas.

Irgendwann legte sie die Zeitung beiseite, hob den Kopf, nahm ihre schmale Brille ab und musterte uns, als sähe sie uns zum ersten Mal. Und unwillkürlich war es still geworden. Sie legte ihre Brille auf dem Tisch ab und sah die Jungs an, einen nach dem anderen.

»Ein Teil eurer Gläser ist zerbrochen«, sagte sie.

Ihre Gesichter wurden augenblicklich ernst. Keiner bewegte sich.

»Möglicherweise war es die dicke Katze«, fuhr sie fort, »ich habe nach ihnen geschaut, aber die Frösche sind weit und breit nicht zu sehen.«

Gertrud schüttelte fast unmerklich den Kopf. Sie sah zum Garten hinaus, als sähe sie dort ein Alibi für Karlchen.

»Dick ist diese Katze schon lange nicht mehr«, sagte sie, dass wir es alle hören konnten.

»Karlchen?«, fragte ein Ei.

»Wie sollte sie die Gläser kaputt machen?«, das andere.

Gertrud nickte beifällig.

»Katzen töten, einfach nur, um zu töten«, erklärte Marcel mit düsterer Stimme, er mochte Karlchen genauso wenig wie ich, für ihn schien es bereits klar zu sein.

»Ich glaube, es gab keine Toten«, sagte Mamique, »keine sichtbaren, au moins. Es sei denn, die dicke Katze hat die Frösche gefressen.«

»Habt ihr mal gesehen, wie verfressen das Tier ist?«, schaltete ich mich ein, »das fette Ding frisst bei den Brockmanns, bei Gertrud, und dann soll es auch noch Appetit auf Frösche haben?«

Gertrud fuhr mit den Lippen über den Becherrand, ihre Augen flitzten unruhig hin und her.

»Also, ich weiß es nicht«, sagte Mamique. Sie roch an ihrem Kaffee, bevor sie einen kleinen Schluck davon trank, und fügte hinzu: »Es war nur eine Vermutung.« Dann nahm sie, als wäre nichts geschehen, ihre Lektüre wieder auf. Die Aufregung, die sich daraufhin um sie verbreitete, berührte sie nicht im Geringsten.

»Iss endlich auf!«, drängte ein Ei Marcel. Sie konnten es nicht erwarten, nach draußen zu kommen.

»Ich hab keinen Hunger mehr«, sagte er an Mamique gewandt und leckte sich, während Gertrud fassungslos zusah, Marmelade von der Handfläche.

»Geht«, sagte sie knapp mit einer Kopfbewegung über den Rand ihrer Zeitung hinweg.

Ohne zu zögern schossen die Jungen hinaus in den warmwindigen Morgen. Ich folgte ihnen. Als ich mich noch einmal zum Haus umdrehte, stand Gertrud am Wintergartenfenster und schaute uns hinterher.

Ich fand die drei an der kleinen Mauer, wo sie das Ausmaß des Unglücks betrachteten. Auf den Ästen über ihren Köpfen sang eine Meise. Sie hielten einige große Scherben wie Puzzlestücke aneinander. Das helle Morgenlicht ließ sie funkeln. Ich hörte die Jungs sich gegenseitig die Fundorte der verschwundenen Frösche vorsagen. Es klang wie Beschwörungsformeln, um sie zurückzuholen. Aus der Ferne war das Rumpeln der Müllabfuhr zu hören.

»Jockel ist auch weg«, sagte Marcel.

Er war den Tränen nahe. Das Ei stand jetzt ganz dicht bei ihm. Zum ersten Mal empfand ich so etwas wie Sympathie für die beiden, das Außerirdische war aus ihren Gesichtern gewichen, sie hatten meinen Bruder in die Mitte genommen, ihm von jeder Seite einen Arm um die Schulter gelegt und trösteten ihn, wie nur Freunde es können. Mich bemerkten sie gar nicht.

Während ich noch in Gedanken damit beschäftigt war, mir auszumalen, wer die Gläser zerstört haben mochte, drang für den Bruchteil einer Sekunde ein flirrendes Geräusch, begleitet von einem rasend schnellen Luftzug an mein Ohr. Im nächsten Moment traf ein Stein eines der verbliebenen Gläser. Es fiel in sich zusammen. Kein Vogelzwitschern war zu hören, kein Geräusch, als hätte der Stein eine Schneise in die Zeit geschlagen.

Hinter dem Maschendrahtzaun stand Volker. Die ausgestreckten Arme lässig in die Rauten des Drahtgeflechts gehakt, schaute er zu uns herüber. Um seine Beine strich Karlchen. Keiner von uns bewegte sich. Draußen auf der Straße näherte sich der Müllwagen mit Gepolter.

»Du Arschloch«, schrie Marcel. Er hielt den Frosch, den er eben aus den Scherben gerettet hatte, schützend gegen seinen Bauch und machte ein paar Schritte auf Volker zu. Ich hielt ihn an der Schulter fest, damit er stehen blieb. Er zitterte vor Wut.

Volker grinste. Sein bittersüßes Puppenmundgrinsen. Ein undefinierbarer Laut entwich seiner Kehle, verächtlich und böse. Wie beiläufig trat er gegen den Zaun.

»Reg dich nicht auf, kleiner Froschfresser! Das war nur 'ne Rettungsaktion, bevor ihr sie alle auffresst! Ich bin voll der Tierschützer, verstehste?« Er gab noch einmal diesen komischen Laut von sich, bevor er sich umdrehte und verschwand. Karlchen schlich mit etwas Abstand hinter ihm her.

Benahm sich so jemand, der verliebt war? Volker war bekloppt, aber doch nicht verliebt. Oder wurde man bekloppt, wenn man verliebt war?

Ich sah hinauf zum Wintergartenfenster. Gertrud stand immer noch dort, aber ihr Blick war nicht mehr auf uns gerichtet. Sie sah rüber in Brockmanns Garten. Das bauchige Dröhnen des Müllautos war jetzt ganz nah. Eine Tonne wurde polternd über die unebene Einfahrt gezogen, dann kippte ihr Inhalt lärmend in den Wagen.

»Rettungsaktion ... Ich hab doch gesagt, dass ich sie freilassen will.« Marcel standen Tränen in den Augen.

»Ich glaube, darum geht's ihm gar nicht«, sagte ich.

»Worum dann?«, schrie er Volker zornig hinterher. »Worum dann? Er hat alles zerstört, alles, dieser blöde Idiot!«

Er rutschte an den Fuß der Mauer und begann bitterlich zu weinen. Das Ei hockte sich zu ihm und spendete Trost, während die Müllabfuhr geräuschvoll Gas gab und zu Brockmanns weiterfuhr.

Später fragte ich Mamique, was sie glaubte, in wen Volker verliebt sein könnte, schließlich hatte sie den Verdacht geäußert.

»Es ist nur eine Vermutung, chaton, vielleicht habe ich mich getäuscht.«

»Wenn du dich nicht getäuscht hast, was meinst du, in wen ist er verliebt?«

»Nur eine Vermutung«, wiederholte sie und hob die Brauen, als tadele sie sich selbst, schon zu viel gesagt zu haben.

»Es stehen wohl zwei Personen zur Auswahl«, versuchte ich noch einen Anlauf, »Susi oder ich.«

Aber Mamique lächelte nur und sagte nichts mehr.

Im Haus war es in den Tagen nach dem Vorfall mit den Gläsern merkwürdig still. Irgendwie bedrohlich. Marcel hatte aufgehört, sein morgendliches Bad zu nehmen, und angefangen, vor uns allen aufzustehen, um die verbliebenen und geretteten Frösche zu füttern, die mittlerweile auf einem Regal im Erdgeschoss des Gartenhäuschens standen. Er machte sich morgens, selbst wenn das Ei dabei war, so unendlich leise auf, dass es mein Gefühl verstärkte, irgendwo geschähe etwas im Verborgenen. Es war wie ein Rumoren unter Kanaldeckeln, ein Schwelen, ein Gären, ein Pochen, es war nicht greifbar, aber da.

Wir hatten sonst alle die Angewohnheit, die Türen offen stehen zu lassen. Auch wenn das Haus viel zu groß war, es hatte in den letzten Monaten an Freundlichkeit gewonnen. Niemals und nirgendwo, außer im Keller und bei Nacht, war es bei uns düster, überall fiel Helligkeit durch geöffnete Türen und tauchte die Flure in ständig wechselndes Licht. Wir riefen uns, in Hamburg schon, von Zimmer zu Zimmer Dinge zu, es gab immer offene Leitungen, ein dichtes Kontaktnetz. Die Einzige, die ihre Tür hin und wieder verschlossen gehalten hatte, war Aimée. Als Zeichen, dass Farfadetnoir zu ihr gekommen war.

Marcels Tür hatte sogar während seiner *Kampf und Sieg der Chirurgie*-Lesezeit sperrangelweit offen gestanden. Seit einigen Tagen jedoch war sie nicht nur zu, er schloss sie sogar ab, während er vormittags mit dem Ei durch die Gegend zog. Keiner wusste, wohin. Meist brachen sie schon vor dem gemeinsamen Frühstück auf. Mit einem großen Armeerucksack von Frau Voroneckova auf dem Rücken streiften sie umher und kamen mit zerkratzten Armen und kleinen Schrammen im Gesicht an den Mittagessenstisch zurück, wo sie hastig aßen, wenig sprachen und kurz darauf im Froschzimmer verschwanden, wo sie sich einschlossen. Susi und ich lauschten ein paarmal, doch wir vernahmen nur gedämpfte Stimmen, nichts Konkretes. Und Mamique, als sie unsere Neugier bemerkte, sagte: »Bicky, das sind achtjährige Jungen! Lasst ihnen ihre petits secrets.«

Also ließen wir sie in Ruhe.

Doch kurz darauf hätte Mamique einen Anlass gehabt, ihre Meinung zu ändern. Nachdem Herr Kowalski abends bei uns gewesen war, hätte es einen Grund gegeben, nachzusehen, was hinter der verschlossenen Tür vor sich ging. Weil Papa noch im Irrenhaus war, die Sache aber sehr dringlich sei, hatte Herr Kowalski sich an meine

Großmutter gewandt. Vielleicht für ihren Geschmack etwas zu wichtigtuerisch – er hatte sehr weit ausgeholt und war erst dann auf den Punkt gekommen: In letzter Zeit waren von Herrn Kowalskis Kollegen zwei oder drei Jungs an der Autobahn gesehen worden. Er wolle nicht sagen, dass irgendjemand seiner Aufsichtspflicht nicht nachkäme, überhaupt nicht, aber die Beschreibung passe gut auf Marcel und seine Freunde, und Mamique solle vielleicht mal ein Auge auf ihn werfen, denn Autobahnen, da seien sie sich ja bestimmt einig, seien nun wirklich kein Spielplatz für Kinder.

Ich hörte, wie Mamique den Kommissar kurz darauf verabschiedete, und dann, als sie die Tür hinter Kowalski geschlossen hatte, drang so etwas wie ein »Fanfaron!« durchs Treppenhaus, doch ich mag mich auch getäuscht haben. Es wäre zumindest eine Erklärung, warum Mamique bei ihrer Meinung mit den *petits secrets* blieb und es später, als Papa kam, nicht für nötig gehalten hatte, ihm von Kowalskis Besuch zu erzählen.

Papa war im Grunde genommen auch viel zu sehr mit anderen Dingen beschäftigt. Seine neue Therapie zeigte erste Erfolge und lockte interessierte Ärzte und Patienten an, mit denen er alle Hände voll zu tun hatte. Wir sahen ihn auch an diesem Tag nur zum Abendessen. Es fiel ihm schwer zu verbergen, wie sehr er sich dabei anstrengte, mit seinen Gedanken bei uns zu sein. Er dehnte den Hals während des Essens immer wieder in alle Richtungen, ließ die Schultern kreisen und sprang von einem Thema zum nächsten, wie Susi es manchmal tat, wenn sie laut nachdachte. Er stellte uns Fragen, deren Antworten er mit der nächsten Frage unterbrach oder selbst gab. Er konnte einen richtig nervös machen. Sein Blick glitt durch uns hindurch, wir wussten, er war auf dem Sprung zurück ins Irrenhaus, weil es dort etwas Wichtiges zu erledigen gab, weil dort noch jemand auf ihn wartete, weil er etwas vergessen hatte. Und oft hörte ich ihn erst spät in der Nacht oder in den frühen Morgenstunden nach Hause kommen.

Einer der ersten Erfolge seiner Therapie, den Susi und ich direkt zu spüren bekamen, war, dass Rita ruhiger wurde und Anna es deshalb gewagt hatte, einen Inspizientenjob am Spreder Stadttheater anzunehmen. Für ein Stück nur, aber es war eine große Veränderung. Immer wenn ich sie im Engel traf, war sie so guter Laune, dass sie irgendetwas vor sich hin sang oder pfiff oder mich bei den Händen fasste und mit mir in den Bierlachen herumtanzte, bis Oma Liese mürrisch fragte, ob sie auch noch mal etwas arbeiten wolle oder ob ihr ganzes Leben jetzt das Theater sei. Oma Liese meinte es natürlich nicht so, es war nur ihre eigenwillige Art zu zeigen, dass sie sich für ihre Tochter freute. Einmal setzte Anna sich mit uns hin und erzählte, was sie in ihrem Job alles machen würde und wie wichtig es für sie war, schon jetzt, während der Sommerferien, bei den Proben dabei zu sein. Und dann lud sie mich ein, dass ich, wenn alles ein bisschen weiter fortgeschritten wäre, auch gerne mal zusehen dürfe.

Einen Tag nach Herrn Kowalskis Besuch, es war ein Sonntag, zerriss im Morgengrauen ein unmenschlicher Schrei die Stille. Ich war noch nicht mal halbwegs Herrin meiner Sinne, sie hingen noch träge an der Oberfläche eines Traums, bereit, im nächsten Moment wieder darin zu versinken. Doch aus welcher Welt auch immer dieser Schrei gekommen sein mochte, er war grauenhaft gewesen. Taumelnd, zwischen Traum und Wirklichkeit, hörte ich Mamiques Schritte im Treppenhaus. Wenig später öffnete und schloss sich die Tür zu unserem Flur. Ich hörte Papas Schlafzimmertür, seine Schritte auf dem Korridor, halblaute Stimmen. Von oben Gertruds Paukenschlagtritt auf der Treppe, dann ihre Stimme: »Heilige Jungfrau Maria! Was war das?«

Mir wurde kalt. Ich horchte. Es kam kein beschwichtigendes Wort von Mamique. Kein beruhigender Satz von Papa.

Ich sprang aus dem Bett.

»Ich hab's auch gehört. Jemand hat fürchterlich geschrien!«

Drei Erwachsene sahen mich ratlos an. Marcels Tür war geschlossen. Offenbar hatte er nichts gehört.

»Es kam aus dem Garten vom General«, sagte Papa.

Wir folgten ihm in sein Schlafzimmer und von dort auf die Terrasse. Der Morgen war noch nachtkühl. Die Sonne stand flach über dem feuchten Gras und produzierte ein bewegtes Muster aus weißhellem Licht und langen Schatten. Wir traten an die Balustrade und sahen hinüber in Brockmanns Garten.

»O Gott«, stieß Gertrud hervor, und Mamique legte sich eine flache Hand an die Schläfe. Die Tür von Volkers Gewächshaus stand sperrangelweit offen. Direkt davor kauerte jemand im Gras. Die Katze strich um seinen Körper. Wir sahen eine ganze Weile hinüber. Ein Rotschwanz trällerte ganz in der Nähe, ein anderer antwortete, nicht allzu weit entfernt. Hinter mir stand Mamique. Ich fror. Sie legte ihre Arme um meine Schultern und schob ihre Füße unter meine nackten Sohlen. Ich war froh, zwischen den Erwachsenen zu stehen. Ich hatte mir nichts eingebildet, nichts erdacht, nichts geträumt. Es war Volker, der so geschrien hatte. Und da lag er in seinem Schmerz, weil sein vermutlich Kostbarstes durch die geöffnete Tür davongeflogen war.

Das Bild, das sich uns bot, aber war wunderschön: Die Konturen des Gewächshauses verschwammen in gleißendem Licht. Es leuchtete in der Morgensonne, als läge drinnen etwas strahlend Helles. Eine große Friedlichkeit lag über den Gärten. Ich spürte kein Mitleid mit Volker, dem Riesen, der Elfen gefangen gehalten hatte. Ich spürte nichts für oder gegen ihn.

Und während wir so dastanden und hinübersahen, ließ sich vor uns auf der Balustrade ein weißer Schmetterling nieder. Ich meinte, er wirkte ein bisschen atemlos, aber glücklich.

# 25.

Mamique, die Meisterin kleiner Gesten, hasste große Szenen. Sie sagte zunächst nichts, als Marcel sich mit den Zwillingen zu uns an den Frühstückstisch setzte. Keiner sagte etwas. Wir hatten schon eine ganze Weile im Wintergarten gesessen, bevor die drei kamen und das morgendliche Ereignis war nicht mehr erwähnt worden.

Mamiques *Le Monde* lag im Altpapier. Sie las jetzt die Sonntagsausgabe des *Patrioten*, der lokalen Tageszeitung, die irgendwann im Morgengrauen in ein grünes Plastikrohr an unserer Eingangstür geschoben wurde. Manchmal fragte sie einen von uns nach der Übersetzung eines bestimmten Wortes, dann hörte man sie zustimmende Laute von sich geben, sah, wie sie leicht mit dem Kopf nickte und weiterlas. Papa wirkte müde und in Gedanken versunken. Er sprach nur die nötigsten Dinge, um an zu weit entfernte Marmeladengläser, die Kaffeekanne oder den Brotkorb zu gelangen. Er hatte kurz aufgesehen, als die Jungs sich zu uns gesetzt hatten, und sich dann ausgiebig der Auswahl der Marmelade für seinen Toast gewidmet.

Die Jungs waren im Vergleich zu den vergangenen Tagen regelrecht ausgelassen, sie überschütteten sich gegenseitig mit Worten. Mir schien, sie wollten den unausgesprochenen Verdacht vertreiben, der seit dem frühen Morgen in der Luft hing, den Verdacht, etwas mit den befreiten Schmetterlingen zu tun zu haben.

Gertrud starrte in ihre dampfende Teetasse, die sie nicht müde wurde, zwischen den Handflächen zu drehen, um in langen Abständen winzig kleine Schlucke daraus zu nehmen.

»Ich mache mir wirklich Sorgen um diese Katze«, sagte sie kaum hörbar, als spräche sie mit sich selbst.

»Warum denn«, fragte mein Vater halb abwesend, »was hat sie denn?«

»Irgendetwas stimmt nicht mit ihr, sie sieht einfach nicht gut aus.«

»Was kann denn bei einer Katze nicht gut aussehen?«

»Sie hat stark abgenommen«, erklärte Gertrud mit Totengräberstimme.

»Vielleicht der Blinddarm«, sagte er beiläufig.

»Man müsste mal mit ihr zum Tierarzt gehen.«

»Das lassen Sie mal bleiben, Gertrud.« Papa hob den Kopf und sah Gertrud ins Gesicht. »Das ist doch Brockmanns Katze!«

»Es fiel mir nur gerade ein«, sie senkte den Blick und blies wieder auf ihren Tee. Ich sah zu, wie die Kruste meines Baguettes in der Milch zu einem schwammigen Gebilde aufquoll, schubste meine drei Teigkugeln gegen ein Glas und beobachtete, welche am weitesten zurückprallte. Merkwürdigerweise schaffte es fast immer die mittlere, obwohl sie die kleinste war. Susi hätte mit Sicherheit eine Erklärung dafür gehabt. Aber Susi übte noch zu Hause Klavier.

Durch ein gekipptes Fenster drang das heisere Brummen eines Motorflugzeugs vom Spreder Himmel. Es konnte der Bürgermeister sein, der seine Stadt am Sonntagmorgen von oben betrachtete.

»Est-ce qu'il y a une traduction pour ›lebensgefährlich‹?«, fragte Mamique in das Gequassel der Jungs. Ich überlegte, was ich ihr sagen konnte. Ich fand kein Wort, fürchtete, eines meiner französischen Gehirnreservoire sei gelöscht, und verrannte mich regelrecht in der Angst, Wörter verloren zu haben. Mutter verloren, Wörter verloren. Aimée hätte in einem solchen Moment gesagt: »›Lebensgefährlich‹, bon, c'est ›lebensgefährlich‹. C'est ça!« – und sich nicht weiter daran aufgehalten. »Ich glaube, das gibt es nicht, dieses Wort«, sagte ich, »ça veut dire, c'est plus que très dangereux!«

»Si dangereux qu'on risque de mourir?«

»Genau.« Vielleicht gab es das Wort wirklich nicht.

Das Telefon klingelte. Ich sah hinter Gertrud her, die ins Nebenzimmer gegangen war, um abzunehmen. Die Jungs machten halblaut irgendwelche Witze.

»Frau Fritzi«, sagte sie und bedeutete meinem Vater, er würde drüben im Brockhauszimmer am Telefon erwartet. Was wollte Frau Fritzi? An einem Sonntag, mitten in den Ferien? Ich spitzte die Ohren.

Die Jungs dachten, die Situation auszunutzen, und machten Anstalten, den Tisch zu verlassen, aber Mamique warf ihnen für einen kurzen Moment einen so unmissverständlichen Blick zu, dass sie sich wieder setzten. Sie hatte ihr Kinn auf den Handballen gestützt und sah Marcel über den *Patrioten* hinweg abwartend an. Obwohl außer dem Flugzeuggeräusch, das immer leiser wurde und sich rasch Richtung Zementwerke verzog, draußen nichts zu hören war, konnte ich nicht verstehen, was Papa im Brockhauszimmer sprach. Mamique forderte Marcel mit einer Kopfbewegung auf, etwas zu sagen. Er rieb sich verlegen die Nasenspitze.

»On n'avait pas le choix«, sagte er unsicher. Er erwartete eine Strafpredigt.

Aber Mamique runzelte nur die Stirn und musterte ihn weiter.

»Der Typ ist ein Monster, viel zu stark für uns! Mamique, wir haben nichts kaputt gemacht! Und es ihm trotzdem heimgezahlt!« Die drei warfen sich verstohlene Blicke zu. Es war nicht zu übersehen, dass sie sich als Helden fühlten, sie waren sich nur noch nicht ganz sicher, ob sie es zeigen durften oder ob es nicht doch noch Ärger geben würde. Um Mamiques Mundwinkel zuckte es leicht. Schwer auszumachen, ob sie amüsiert oder verärgert war oder beides, und was von beidem überwog.

»Es ist jetzt Schluss«, sagte sie dann, »fini! Nicht wahr?«

Die Jungs begegneten ihrem Blick und nickten.

»Ich muss rüber«, unterbrach Papa die gespannte Situation, »wir sehen uns in der Messe. Und ...«, er drehte sich noch einmal um, »Bénédicte?« Ich hielt den Atem an. »Könntest du mir einen kleinen Gefallen tun?«

»Was denn?«

»Frau Fritzi nach der Messe ein paar Medikamente vorbeibringen? Ich muss sie nur noch von der Station holen.«

Ich konnte es kaum fassen. Es bot sich die Chance, ganz ohne Opernglas und Tricks bei Frau Fritzi vorbeizugehen, an ihrer Tür zu klingeln und vielleicht, wenn wir es schlau anstellten, einen Blick in ihr Haus zu werfen!

»Mmm, eigentlich hab ich mit Susi dann schon was vor ...«, murrte ich sicherheitshalber, damit keiner ahnte, wie sehr wir die ganze Zeit auf genau diesen Moment gewartet hatten.

»Bic«, entgegnete er ungeduldig, »ich würde ziemlich viel Zeit verlieren, wenn ich selbst bei ihr vorbeigehen müsste. Nimm Susi doch einfach mit in die Messe, anschließend holt ihr bei mir die Medikamente, bringt sie Frau Fritzi vorbei, und dann geht ihr eurer eigenen Wege!«

»Okay«, sagte ich und überlegte, was wir mit Che in der Zwischenzeit machen sollten, »das geht, ich frag sie, ob sie mitkommt.«

Wenig später saß Susi mit uns zusammen zum ersten Mal in ihrem Leben in der Messe. Che hockte etwas beleidigt draußen vor der Tür. Misha und Frau Voroneckova waren immer noch nicht in die zweite Reihe zurückgekehrt. Sie fehlten seit einigen Wochen. Wahrscheinlich waren sie verreist.

Susi saß aufmerksam zwischen Gertrud und mir. Sie hatte ihre Unterlippe leicht unter die Oberlippe geschoben und verfolgte die Messe, als säße sie im Kino. Ich stieß sie hin und wieder leicht an, um sie zum Aufstehen oder Hinknien zu bewegen, und hielt ihr beim Singen einladend das geöffnete Gesangbuch hin. Aber ich hörte nur Gertrud laut krähen und zwischendurch auch manchmal Che von draußen jaulen. Susi sang nicht mit und blieb auch die meiste Zeit sitzen.

Auf dem Weg zum Rosenacker sagte sie dann: »Dass wir noch eine Eintrittskarte zu Frau Fritzi bekommen, bevor die Ferien zu Ende gehen ...«

»Und dass die Oberatheistin von Sprede deshalb mit mir in der Kirche war ...«

Susi grinste.

»Hat sich schon gelohnt, allein wegen Gertrud ... Die hat geklungen wie unser Hahn! ›Geh aus mein Herz und su-hu-ch-e-he Freud ...!‹ Besser als jede Alarmanlage!«

Che entblößte lachend das Gebiss, als er Susi so schrill singen hörte.

Wir rannten ausgelassen nebeneinanderher.

»Was machen wir denn, wenn uns Philo die Tür aufmacht? Ich habe ihn nicht in der Kirche gesehen. Vielleicht ist er bei ihr?«

»Wir sagen ›Guten Tag‹«, sagte ich und lachte außer Atem.

»Einfach nur ›Guten Tag‹?« Susi begann, langsamer zu laufen.

»Klar. Guten Tag. Was sonst?«

»Dann weiß er sofort, dass wir unsere Finger im Spiel hatten. Nein. Wir sollten überrascht sein, stottern, Fragen stellen ...«

»Wenn er da wirklich steht, dann ist es doch völlig egal,

wer seine Finger im Spiel hatte ... Wenn er da wirklich steht ... Vielleicht sind die beiden inzwischen längst verheiratet ...«

»Genau: Sie haben erst die alte Dame abgemurkst, dann geheiratet, und gestern ist er bei ihr eingezogen!«

Ich warf die beiden Medikamentenpäckchen wie Jonglierbälle in die Höhe und sah sie beim Auffangen genauer an.

»Warte mal ...«

»Was ist?«

»Ich sag dir was: Sie wurde nicht abgemurkst!«

»Jetzt plötzlich doch nicht?«

»Die Medikamente hier sind für sie. *Lexotanil, 6 Milligramm*«, las ich, »da weiß ich nicht, was das ist. Aber dies hier: *Morphin, 50 Amp*... Heißt bestimmt *Ampullen, 20 Milligramm*. Klinikpackung. Morphin. Susi, das ist Morphium! Wahnsinn! Das gibt man Leuten, die richtig krank sind! Das ist ein hammerhartes Medikament! Ein bisschen zu viel davon, und sssst.« Ich machte eine Bewegung, als schnitte ich mir die Kehle mit der Handkante durch.

Frau Fritzi öffnete uns. Sie trug ein helles Sommerkleid und wirkte nicht im Mindesten überrascht, uns zu sehen. Ich schätzte, Papa hatte uns angekündigt.

»Ach, wie nett!«, sagte sie und kam die zwei Eingangsstufen zu uns herunter, um die Hände nach den Arzneimittelpackungen auszustrecken, die ich ihr entgegenhielt.

»Alles in Ordnung?«, sie sah uns besorgt an. Wir müssen sie angestarrt haben wie eine Erscheinung. Ich dachte, wir hätten eigentlich *ihr* diese Frage stellen sollen. *Sie* bekam die heftigen Medikamente.

»Ja, alles in Ordnung«, sagten wir und bemühten uns, so normal wie möglich zu gucken.

»Es ist wirklich reizend, dass du mir das vorbeibringst.« Sie presste die Päckchen an ihren Körper. »Ich habe zu deinem Vater gesagt, dass du bestimmt etwas Besseres zu tun hast, als Medikamentenbringdienst zu spielen ...«

»Nein, das ist kein Problem ...«, sagte ich und wollte noch sagen, dass Susi sogar zum ersten Mal mit mir in die Messe gekommen war, nur um ihr diese Päckchen vorbeizubringen, aber im nächsten Moment besann ich mich. »Es lag direkt auf unserem Weg, wir wollten zum Stadttheater, Susis Mutter hat uns zu einer Probe eingeladen.«

»Anna? Was proben sie denn?

*»Den Hauptmann von Köpenick.«*

»Ach«, sagte sie, als wäre es ein ihr altbekanntes Stück. »Und wie laufen die Ferien so?«

»Gut«, sagten wir, »ja, gut.«

»Was hast du denn gemacht?«

»Wir waren hier ...«

»Ihr hattet ja fantastisches Wetter ...«

»Ja, fantastisch«, sagten wir.

Wir standen da, als erwarteten wir irgendetwas.

Sie wirkte ein bisschen abgespannt, aber im Untergrund war etwas von diesem Jugendlichen, Mädchenhaften, das mir bei unserem ersten Besuch in ihrem Dachbodenzimmer aufgefallen war.

»Und wie geht's Ihnen?«, fragte ich, weil mir nichts Besseres einfiel.

»Müde«, sagte sie und lächelte franzimäßig, »aber gut!«

Wir hatten uns die ganzen Ferien über so viele Dinge zusammenfantasiert, dass wir jetzt nicht einfach mit einem »müde, aber gut« gehen konnten. Susi stieß mir von hinten den Finger in den Rücken. Ich hasste es, wenn sie so etwas machte.

»Kann ich mal kurz auf Ihre Toilette?«, fragte ich.

Frau Fritzi nickte und trat einen Schritt zur Seite, um mich ins Haus zu lassen. In diesem Moment klingelte wie auf Bestellung das Telefon.

»Bin mal kurz oben«, hörte ich sie noch sagen, während ihre Schritte auf der Treppe verhallten.

»Mach schon«, raunte mir Susi von der Tür aus hinterher, »eine solche Gelegenheit kommt bestimmt nie mehr wieder!«

Wahrscheinlich hatte sie recht.

Geräuschvoll öffnete und schloss ich die Klotür, um kurz darauf leise ins Sprechzimmer zu schleichen. Alles war wie immer, ich ließ meinen Blick durch den Raum schweifen, nur auf dem Tisch unter der ausladenden Glaslampe sah ich eine langstielige Rose in einer Vase stehen. Eine einzelne Rose. Ich prägte mir genau ein, wie sie dort stand. Vorsichtig, ohne ein Geräusch zu verursachen, ging ich zurück in den Flur und warf einen Blick auf die Tür neben der Küche. Ich musste daran denken, wie oft ich daran vorbeigegangen war, wie es mich jedes Mal in den Fingern gejuckt hatte, ja, wie lange Susi und ich auf diesen Moment gewartet hatten. Es war fast unwirklich. Frau Fritzi telefonierte immer noch. Ich durfte nicht zu lange überlegen.

Ich öffnete die Tür. Fürchterlicher Gestank schlug mir entgegen. Ein wirres weißhaariges Geschöpf starrte mir aus schreckgeweiteten Augen entgegen. Ich hätte nicht sagen können, ob Mann oder Frau. Auf den ersten Blick war es das Unheimlichste, das ich je gesehen hatte. Ich versuchte, ruhig zu bleiben. Da saß ein Mensch. Er saß zwischen weißen Laken in einem riesengroßen Krankenhausbett. Wie in einem überdimensionierten Nest saß er dort. Überall hingen Schläuche, kreuz und quer, verbunden mit Plastikbeuteln voller Flüssigkeit, mit Apparaturen und kleinen Bildschirmen. Leise Tropf- und Tickgeräusche erfüllten den Raum, als ob die Alte auf einer Zeitbombe brütete. Sie hockte da wie ein merkwürdiger Vogel in Erwartung seiner Fütterung.

Das alles dauerte nur ein paar Sekunden. Ich überlegte kurz, um keinen Fehler zu begehen. Ich schloss die Tür. Von oben war nur Frau Fritzis Stimme zu hören. Vom Eingang her drang Ches Fiepen zu mir. Ich ging geräuschlos zurück zum Klo und setzte mich auf den geschlossenen Deckel. Ich presste die Hände auf die Brust, wahrscheinlich konnte sie mein Herz bis in die obere Etage hören. Ich wartete eine Weile, bis ich sie auf der Treppe hörte. Dann betätigte ich die Spülung, befeuchtete die Hände und war ein Ausbund an Glaubwürdigkeit, wie Susi mir durch ihren Blick bestätigte, als ich den beiden vor der Tür wieder unter die Augen trat. Frau Fritzi hielt immer noch die Medikamente in der Hand. Von drinnen kam plötzlich ein Riesenkrach. Che machte erschrocken einen Satz zurück. Es hörte sich an, als wäre irgendetwas Metallenes zu Boden gefallen und habe mehrere Gegenstände mitgerissen. Wir starrten in den Hauseingang.

»Ich muss nach dem Rechten sehen ...«, sagte sie eilig, »vielen Dank noch mal. Wir sehen uns ja übernächste Woche!« Sie hob eines der Päckchen zum Abschied und hastete ins Haus.

Ich war unendlich froh, dass Susi auf dem Weg zum Theater neben mir herlief und ich ihr ausführlich von der Begegnung mit Agathe Fritzi – oder dem, was von ihr übrig war, erzählen konnte. Ich wäre dem grässlichen Bild sonst niemals mehr entkommen. Schon beim Schließen der Tür war es mir auf den Fersen gewesen.

»Jedenfalls wissen wir jetzt, hinter welcher Tür wir nicht mehr herumspionieren müssen!«, schloss ich.

»Mich wundert es überhaupt, dass du da reingegangen bist ...«

»Stimmt, das war eher susimäßig. Und ehrlich gesagt, überlasse ich dir gerne nächstes Mal wieder den Vortritt!«

»Also, ich finde, es wäre ihre Pflicht gewesen, ihre verdammte Pflicht als Psychologin, ein Schild an diese Tür zu hängen: Achtung! Spionieren verboten! Hier lauern Bilder, die Sie nie mehr loslassen.«

»Hey, komm«, ich stieß sie um Zustimmung bittend in die Seite, »uns hätte nichts abgehalten. Nichts in der Welt! Außer vielleicht: *Lehrerzimmer*!«

Wir lachten ausgelassen.

»Und im Psycholiegenzimmer? Da warst du doch auch?«

Ich dachte kurz nach. Die langstielige Rose! Ich hatte sie fast vergessen. Susi wurde ernst. Sie sagte, es sei ärgerlich, dass ich mich nicht an die Farbe erinnern könne. Wahrscheinlich sei es eine Ich-liebe-dich-Rose gewesen. Wenn sie rot war, ganz sicher. Was Ernstes. Hundertprozentig das Geschenk eines Verehrers. Und wenn alles nach Plan verlaufen war, kam sie von Philo. »Von wem sonst«, sagte Susi.

Ich fand, dass man da vorsichtig sein musste. Wir wussten längst nicht alles über Frau Fritzi. Wir waren ja nicht Gott. Doch Susi zwinkerte mir zu, als wüsste sie alles.

# 26.

Das Spreder Stadttheater war ein kleiner Palast. Der Platz, an dem es stand, erhielt durch das Gebäude etwas Vornehmes, Erhabenes. Wie in französischen Schlossgärten waren zwischen den Sandwegen vor dem Eingang Beete angelegt, Beete mit akkurat zu Ornamenten geschnittenem Buchs und kurz gestutztem Rasen.

Wir standen Schulter an Schulter und sahen eine Weile Che zu, wie er in den Beeten herumtollte und sich an einem Buchsbaum erleichterte, bevor wir uns auf den Weg zur Rückseite des Gebäudes, zum Bühneneingang machten. Dort öffneten wir eine schwere Metalltür und traten in einen überraschend niedrigen, von hellen Neonröhren erleuchteten Flur, der nach rechts in einen weiteren längeren Gang führte. Schräg vor uns ging eine steile Treppe nach unten. *Kantine* hatte jemand in unbeholfener Schrift auf ein Pappschild geschrieben und mit einem andersfarbigen Stift die Öffnungszeiten notiert. Auf dem langen Flur standen Kleiderstangen, es roch nach Zigaretten, nach Mottenpulver und Parfüm, bunte Kostüme hingen unordentlich durcheinander, in einiger Entfernung stand ein einsamer Stuhl an der verschrammten Wand. Von allen Seiten drangen Stimmschwaden, einzelne Wörter und Rufe zu uns, es rumpelte hier, Schritte kamen von dort, irgendwo in der Nähe machte jemand: »Schsch!« Wir hörten, wie eine Tür ging, alles war in Bewegung, aber niemand zu sehen, es war, als versteckten sich alle vor uns.

»Na, muin Doern.«

Eine Männerstimme. Verdutzt sahen Susi und ich uns um.

Direkt hinter uns leuchtete im Halbdunkel die Glut einer Zigarette. Sie erhellte für einen Moment das runde

Gesicht eines alten Mannes. Er saß an einem Tisch hinter einer Glasscheibe. Nachdem wir ihn entdeckt hatten, lachte er rasselnd. Er balancierte die Asche auf der Zigarettenspitze zu einem Aschenbecher und betrachtete uns belustigt.

»Das ist Platt«, sagte er durch ein kleines Fenster, »versteht ja heute keiner mehr«, und mit einem Blick auf Che: »Ha, der alte Streuner vom Engel ... 's geht also zu Anna?« Wir nickten. Er kam aus seinem Kabäuschen heraus. »Der Hund kommt auf den Arm. Und: schön Schnauze halten, Kleiner ...«

Er führte uns über den kurzen, grell beleuchteten Flur zu einer weiteren Metalltür, die uns direkt hinter die Bühne brachte. Unsere Augen mussten sich erst an die Dunkelheit gewöhnen. Was uns umgab, war keinen Deut heller: lange schwarze Vorhänge, die wie gigantische Trauerfahnen von der Decke hingen, hohe, dunkel gestrichene Mauern und schwarz lackierte Fußböden. Von der Bühne fiel hier und da grelles Scheinwerferlicht in das Schwarz und erschwerte uns die Orientierung.

Dann sahen wir Anna. Sie stand vor einem großen, schummrig beleuchteten Pult, an dem viele bunte Knöpfe und Schalter blinkten. Sie sprach etwas halblaut in ein Mikrofon und verschob einen Schalter, bevor sie sich zu uns umdrehte. Schon von Weitem strampelte Che aufgeregt mit den Beinen.

»Che, mein Lieber!« Sie strubbelte durch das lockige Fell, bevor sie ihn mir abnahm und auf ein Kissen direkt neben ihrem Pult setzte, wo er sich augenblicklich zusammenrollte. »Dann ist Susi auch mitgekommen?« Sie schaute an mir vorbei in die Dunkelheit.

»Ja, hier«, sagte ich und trat einen Schritt zur Seite.

Susi grinste.

»Ist aber auch zu dunkel hier«, sagte Anna und drückte

mich, die ich ihr am nächsten stand, voller Überschwang an sich, man hätte meinen können, wir seien lange verschollen gewesen.

»Ich führe euch gleich durchs Theater«, sie deutete auf die beleuchtete Uhr an ihrem Pult, »noch eine Durchsage, dann geht's los.«

Wir nickten und sahen ihr neugierig über die Schulter. Sie schrieb etwas in ein aufgeschlagenes Buch und sagte einige für uns unverständliche Dinge ins Mikro, bevor sie uns zurück auf den neonhellen Flur begleitete.

Auf den Gängen herrschte jetzt reges Treiben. Als hätte Anna ihnen erlaubt, sich uns zu zeigen. Treppauf, treppab, überall liefen Menschen. Im Warteraum direkt gegenüber der Metalltür zur Bühne saßen ein paar quasselnde Mädchen in Marcels Alter, sie trugen altmodische Kleidchen und hochgeschlossene Schnürstiefel wie vor hundert Jahren. Es roch nach kaltem Rauch.

Wir gingen in die Maske und durch die Garderoben. Wir sahen wunderschön bunte, altmodische Sommerkleider auf einer Stange hängen, darunter Schnürstiefel, die ich am liebsten mal anprobiert hätte.

»Das sind die Kostüme der Spaziergängerinnen im Park von Sanssouci. Sie flanieren dort mit ihren Bekanntschaften umher. Die Männer ziehen sich auf der anderen Seite um. Und hier, die beiden Kindermädchen.« Anna fasste nach zwei etwas schlichteren Kleidern und hielt sie uns hin, damit wir sie besser ansehen konnten. »Die kommen alle erst im dritten Akt, das heißt«, sie sah auf ihre Uhr, »die werden erst in einer halben Stunde hier sein. So«, sie zog die Tür wieder zu, »ihr solltet in den Zuschauerraum, ich muss jetzt gleich die zweite Durchsage machen, damit wir rechtzeitig anfangen können.«

Wir beeilten uns, wieder nach unten zu kommen. An Annas Arbeitsplatz standen inzwischen einige Leute.

»Sehen wir uns nachher zum Kaffee im Engel?«, flüsterte sie.

Wir nickten stumm, denn Anna hatte jetzt den Finger auf die Lippen gelegt und schob uns aus einer kleinen Tür neben ihrem Pult hinaus in den Zuschauerraum.

Inmitten der Stuhlreihen brannte ein kleines Lämpchen. Wir konnten einen Tisch erkennen, an dem zwei Leute saßen, die zur Bühne blickten. Der Vorhang war noch geschlossen, unterhalb der Kante huschten dunkle Schatten von hier nach da. Dann ging das Licht auch auf der Bühne vollständig aus. Susi und ich schauten gespannt in die Dunkelheit. Militärmusik drang aus den Lautsprechern, man hörte Soldaten marschieren, der Vorhang öffnete sich. Wir sahen einen Laden, in dem Uniformen hingen, Säbel, Stiefel, Helme waren im Schaufenster ausgestellt. Ein Trupp Soldaten lief vorbei. Ein buckliger Alter stand auf einer Trittleiter. Er half gerade einem Mann in die Uniform, der nicht aufhören wollte, an allem herumzumeckern. Ich dachte gerade, wenn es noch eine Weile so weiterginge, könnte es vielleicht langweilig werden, als der Chef seinen Sohn zu sich rief.

»Willy, Willy, bring's Maßbuch!«

Und da betrat Misha die Bühne. Er trug eine Schiebermütze, ein an den Armen etwas zu kurz geratenes, kariertes Hemd und eine Kniebundhose. Im nächsten Moment war ich mir allerdings nicht mehr sicher, ob es wirklich Misha war. Er stand ziemlich komisch da. Es war Mishas Gesicht, aber ein anderer Typ, mit hängenden Armen und gesenktem Kopf. Vielleicht bildete ich ihn mir ein, ich hatte ihn lange nicht gesehen. So unbeholfen hatte ich ihn nicht in Erinnerung. Der Misha, den ich kannte, bewegte sich geschmeidig, auf eine aufregende Weise arrogant. Möglicherweise war der Junge auf der Bühne jemand, der Misha nur sehr ähnlich sah. Ich beobachtete ihn genau. Während die drei Männer sich unterhielten, fegte er im Laden ein bisschen Dreck zusammen, er öffnete einem neuen Kunden die Tür, träumte ein bisschen zum Schaufenster hinaus und bohrte dabei in der Nase, aber dann machte er irgendwann *eine* Bewegung, die ihn verriet. Er nahm seine Mütze ab, ich sah, wie ihm das lange dunkle Haar in die Stirn fiel und er es mit der ganzen Handfläche aus dem Gesicht strich, bevor er die Mütze wieder aufsetzte. Es war Misha. Eindeutig. Ich betrachtete ihn fasziniert. Die Szene war schon lange zu Ende, das Bühnenbild hatte mehrfach gewechselt, ich hätte nicht sagen können, wie oft der Vorhang auf- und zugegangen war, bis wir wieder im Uniformladen vom Anfang saßen und Misha noch einmal auftrat. Er hatte keinen Text, doch langsam begriff ich, dass er diesen linkischen Jungen mit den ungeschickten, kantigen Bewegungen, dass er den einfach nur wahnsinnig gut spielte. Dass er jemanden spielen konnte, der ganz anders war als er selbst. Irgendwann gab es eine Pause, es wurde hell, und ein paar der Leute, die im Zuschauerraum gesessen hatten, stellten sich zusammen und diskutierten. Einige gingen raus. Ich verspürte Durst und wollte Anna fragen, ob man im Theater etwas zu trinken bekommen konnte. Susi sagte, sie hätte keine Lust, durch die Gegend zu laufen, und blieb sitzen.

Anna schickte mich in die Kantine. Lautes Stimmengewirr und Gelächter drangen mir entgegen. Es war nur ein kleiner Raum, wenig Tische, fest installierte Bänke. Die meisten Plätze waren besetzt. Einige beobachteten mich, ein glatzköpfiger Mann lächelte mir zu. Ein Lächeln, das ich nicht gern erwiderte. Misha schien nicht da zu sein. Ganz hinten saß eine Schauspielerin, die wir in der Maske gesehen hatten, sie war umringt von eifrigen Statisten, die wie auf Befehl in kurzen Abständen in brüllendes Gelächter ausbrachen. Ich sah noch einmal genau hin. Keine Schiebermütze, keine dunklen Haare, kein kariertes Hemd. Ich ging zu der schmalen Durchreiche und bestellte, ein bisschen enttäuscht, ein großes Glas Wasser. Aber was hatte ich erwartet? Überhaupt, was hätte ich sagen wollen? Ich kannte ihn ja überhaupt nicht, noch viel weniger kannte er mich. Und doch erzeugte der Gedanke, dass er in der Nähe war, in mir eine unbekannte Aufregung.

»Ach«, sagte da jemand dicht hinter mir. Ich erschrak zutiefst. Umständlich griff ich das große Glas auf der Durchreiche und drehte mich langsam um. Die gesamten Feuchtigkeitsreserven meines Körpers schienen in diesem Moment in meine Handinnenflächen zu strömen, mir drohte das Glas aus der Hand zu rutschen. Wie auch immer mein Gesicht ausgesehen haben mochte, Misha war höflich genug, nicht darauf einzugehen. Er trug immer noch sein Kostüm und die Schiebermütze, ich fand, dass es ihm, wenn er nicht diese unmögliche Haltung von der Bühne einnahm, ausgezeichnet stand. Ich stellte mir vor, wie wir gemeinsam in der Stadt herumliefen, ich in den tollen Stiefeln und er mit seiner Kniebundhose. Wie die Leute gaffen würden, noch mehr als sonst.

»Bist du als Statistin eingesprungen?« Er nahm sich einen Kaffee aus der Durchreiche und stellte sich ein wenig seitlich zu mir, lehnte mit einer Schulter an der Wand.

»Nein«, sagte ich. Mehr fiel mir nicht ein. Er sah mich interessiert an, dann nahm er einen Schluck von seinem Kaffee, ohne den Blick von mir zu wenden. Ich wollte ihm sagen, wie gut er gespielt hatte und dass ich zuerst nicht glauben wollte, dass er es war, da auf der Bühne. Doch es kam mir nicht über die Lippen. Stattdessen sagte ich: »Gutes Stück.«

Er hob die Brauen. Ich wusste gar nicht, was ich da sagte, ich hatte nach Mishas Auftritt keinen Moment mehr auf das Stück geachtet, mir war noch nicht einmal klar, um was es eigentlich ging. Aber seinem Blick nach zu urteilen, erwartete er eine Begründung, er erwartete sie nicht nur, er war gespannt, was ich sagen würde. In diesem Moment hörte ich Annas Stimme über seinem Kopf aus einem Lautsprecher.

»Die Pause ist in drei Minuten vorbei.«

Danke, Anna, dachte ich bei mir und trank mein Glas in einem Zug leer. Ich hätte noch Stunden vor Misha stehen, ihn ansehen, ihm zuhören können – wenn ich dabei hätte unsichtbar sein können.

»Kommst du noch mal dran?« Ich schob das leere Glas von einer Hand in die andere, als glühte es.

»Ich darf mich am Ende noch verbeugen«, er streckte eine Hand nach dem Glas aus, um es mir abzunehmen.

»Danke«, sagte ich, »dann muss ich wohl auch wieder zurück«, und versuchte möglichst unbedeutend zu lächeln.

Als ich mich zu Susi setzte, hatte das Stück bereits wieder angefangen. Die bunten Kleider aus der Statistengarderobe flanierten gerade durch den Park.

»Wo hast du denn so lange gesteckt?« Susi klang ein bisschen verstimmt.

»Hab den Neffen von Frau Voroneckova getroffen«, flüsterte ich und sah dabei auf die Bühne. Ich wusste nicht, ob es gut war, ihr von Misha zu erzählen. Aber Susi nickte nur, als sei es völlig normal, deshalb zu spät zu kommen. Ich hätte auch nicht gewusst, was ich sonst über Misha hätte sagen sollen. Alles, was mir dazu einfiel, war falsch, es waren nur Worte. Ich befürchtete, mein Gefühl könnte sich, wenn ich irgendetwas darüber sagte, verflüchtigen.

Gelächter drang in meine Gedanken. Bald darauf schloss sich der Vorhang. Das Licht im Zuschauerraum ging an, der Vorhang öffnete sich wieder, und zu den Männern auf der Bühne gesellten sich viele andere Schauspieler, die erwartungsvoll zu dem Tisch im Zuschauerraum blickten.

»Allet schick, bis uff de Anmerkungn, die wa schon inna Pause jemacht ham. Ihr wisst, woranna abeitn müsst. Dit mitm Balinern macht ihr ja jetze wie osm ff, wa? Dit is richtig jut jewesn. Da fehlt jar nischt mehr!!«

»Mia fehlen nur die Waiba in dem Stück!«, rief der Seehundbärtige zurück. Brüllendes Männergelächter von der Bühne.

Ein paar Schauspielerinnen beschwerten sich. Es gab ein kurzes, gut gelauntes Geknuffe und Geschubse, ich sah, wie einer der Männer einer Schauspielerin mit der flachen Hand auf den Hintern klapste. Sie warf den Kopf zurück, rannte hinter ihm her und lachte, als habe sie Gefallen daran gehabt. Die anderen verließen langsam die Bühne. Susi schaute mich ein bisschen betreten an. Ich sah, dass ihr diese kurze Szene unangenehm war.

Die Bühne war inzwischen leer, nur ein großer Lichtstrahl stand als helle, durchsichtige Röhre auf der Bühne.

Ich musste wieder an meine Begegnung mit Misha denken, während ich gefesselt auf den geschlossenen Raum starrte, erzeugt von nichts als Licht und Dunkelheit. Die wenigen Zuschauer waren bereits gegangen, nur die beiden Männer an dem kleinen Tisch diskutierten noch leise miteinander. Mit einem Mal fiel ein großes Stück Tageslicht in den Bühnenraum, der letzte Scheinwerfer war ausgegangen, Vorhänge waren hochgezogen und zur Seite geschoben, eine Tür in der seitlichen Wand geöffnet worden. Männer schoben überdimensionale Leinwände hinaus, Latten krachten auf den Bühnenboden, ein kleiner Hubwagen bewegte die Bäume von Sanssouci nach draußen. Die Probe war beendet.

»Komm«, ich spürte, wie Susi mich ungeduldig am T-Shirt zog, »lass uns Che bei Anna abholen und in den Engel gehen.« Sie war schon aufgestanden, ihre Sitzfläche hochgeklappt.

Ich fuhr noch einmal kurz mit der Hand über den Samt der Armlehne, stieß mich ab und sprang Susi hinterher, um ihr durch die Wand zu folgen.

Als wir im Engel ankamen, hatte alles nach einem ruhigen Sonntagnachmittag ausgesehen. Oma Liese trug einen ihrer ärmellosen Schürzenkittel. Sie rollte am hintersten Tisch Teig für den sonntäglichen Streuselkuchen aus. Stickige Wärme hing im Raum. Fette Schmeißfliegen brummten im Tiefflug umher.

Wir saßen an unserem üblichen Tisch. Oma Lieses Wellholz machte in schöner Regelmäßigkeit ein klopfendes Geräusch auf der Unterlage. In einer Ecke am Fenster saß Rita in einen großen Stapel Rechnungen vertieft. Mit der Geschwindigkeit einer Maschine schrieb sie Zahlen auf einen Block und lächelte zufrieden. Sie hatte noch nicht einmal aufgesehen, als wir hereingekommen waren. Der Engel war nicht gut besucht. Am Stammtisch saßen ein paar alte Männer, sie tranken Bier und spielten Karten. Eine Familie mit erwachsenen Kindern aß an einem der vorderen Tische verspätet zu Mittag. Anna brachte uns Cola mit Zitronenscheiben. Eiswürfel klirrten gegen den Glasrand. Sie setzte sich mit einem Berg Speisekarten zu uns. Wir halfen ihr die klebrigen braunen Plastiküberzüge abzuwischen.

Nach einiger Zeit ging sie hinter den Tresen und begann, Gläser zu polieren. Sie besprühte sie mit Glasreiniger und rieb mit einem Küchentuch darüber, bis sie glänzten. Am geschlossenen Fenster in meinem Rücken brummte eine Fliege. Ich sagte zu Susi, dass es ähnlich klang wie ein harter Wasserstrahl auf einer Kachelwand. Sie schloss die Augen und lauschte.

»Stimmt, oder wie diese Schweißgeräte, bei denen die Funken tanzen, in die man nicht ohne Schutzbrille sehen darf, weil sich sonst Sternchen in der Netzhaut festbrennen.«

Ich schloss die Augen ebenfalls.

»Hast du mal an den Elektrozaun einer Kuhweide gefasst? Der macht auch so ein brizzelnd-zischendes Geräusch, wenn man ihn berührt.«

Susi gab einen zustimmenden Laut von sich. Jetzt fuhr ein Auto vor. Wir mussten lachen, weil wir beide gleichzeitig die Augen geöffnet hatten.

»Kowalski«, stellte Susi fest.

Ich drehte mich um und sah das Blaulicht von Kowalskis Wagendach vor dem Fenster, es wirkte durch die gelbe Butzenscheibe grün. Auch Rita hatte ihn bemerkt. Sie hatte sogar den Kopf gehoben. Jetzt nahm sie einen Zimtkaugummi aus der Verpackung, stand auf und schob ihn sich auf dem Weg zu unserem Tisch ganz langsam in den Mund. Sie kam zwischen uns und beugte sich herab.

»In den Kleiderschrank«, sagte sie leise, sie jonglierte die Worte mit ihrem Kiefer, ihr Atem roch scharf, »los!« Sie fasste mich unnötig fest am Arm. »Es ist geheim, verstanden? Wirklich geheim!«, sagte sie nachdrücklich, und ohne sich umzudrehen ging sie zurück zu ihren Papieren, um sie zusammenzuschieben und mit dem Stapel unter dem Arm nach oben zu gehen.

Wir sahen uns an, ohne zu atmen. In den letzten Wochen hatten wir Ritas Geheimnis kaum noch erwähnt. Nicht, dass wir nicht mehr daran gedacht hatten, aber der Gedanke daran war langsam verblasst, wie ein Wiesenschaumkraut, das zu lange im Wasser stand.

»Nichts wie hoch«, sagte Susi schließlich. Wir warteten, bis Ritas Schritte auf der Treppe verklungen waren, dann drückten wir uns möglichst unauffällig an Oma Liese vorbei zum Hinterausgang. »Kein Durchhaltevermögen, die jungen Leute heute«, hörten wir sie hinter uns schimpfen, der Rest ging im Zuschlagen der Tür und dem Poltern ihres Wellholzes unter.

Es ist absurd, in einem dunklen Kleiderschrank zu sitzen, um auf ein Geheimnis zu warten. So, als säße man vor einer Flasche, um deren Geist zu befreien, ahnend, dass es diesen Geist gar nicht gab. Ich hatte nicht die leiseste Vermutung von dem, was auf uns zukommen würde, und je länger wir dort saßen, desto klarer wurde mir die Begrenztheit der Möglichkeiten und die Wahrscheinlichkeit, dass wir Ritas Verrücktheit aufgesessen waren.

Um uns war es tintenschwarz. Die muffigen Ausdünstungen der hängenden Kleidungsstücke, die uns von allen Seiten berührten, ließen mich den Gedanken geradezu einatmen, inmitten Ritas verrückter Welt zu sitzen. Was sollte hier bitte schön sein? Ich wurde langsam schläfrig, während Susi neben mir leise Klaviertöne imitierte, »Bam bam bam bam bambam baaaaaam«, trommelte sie einen Takt auf ihren Oberschenkel. Die Umrisse des Schlüssellochs leuchteten hell in der Dunkelheit. Meine Gedanken irrten träge in der stickigen Luft umher, vom Kleiderschrank zu den am Fenstergriff hängenden

Weihnachtssternen vom letzten Jahr, zu Susis Porträt, das ich damals nach dem Schlittenunfall hier von ihr gemalt und dann Anna geschenkt hatte. Wie lange war das alles her? Ich schreckte auf, als Susi ihr Getrommel und Intonieren unterbrach. Es gab ein kurzes, schabendes Geräusch in der Mauer, dann fiel ein Lichtstrahl zu uns herein. Susi beugte sich vor, sie drückte ihr Auge an ein ziemlich großes Astloch in der Schrankrückwand, das jetzt sichtbar war. Ich sah die Rundung ihrer Pupille glänzen. Ich spürte ihre Hand an meinem Knie, sie drückte es, als sei auf der anderen Seite etwas Aufregendes zu sehen. Mühsam unterdrückte ich ein Niesen. Susi wich zur Seite, sie legte ihre Hand an meinen Hinterkopf und schob mich dicht bis an die Öffnung. Wie durch einen Tunnel sah ich im Zimmer nebenan Ritas Bett an der gegenüberliegenden Wand. Über dem, was sich meinem Blick darbot, vergaß ich den Niesreiz: Die Vorhänge in Ritas Zimmer waren offenbar zugezogen, es war ein wenig düster, nur die Nachttischlampe brannte. Hell und makellos hob sich Ritas entkleideter Körper vor dem Halbdunkel des Zimmers ab. Das hellblonde Haar schimmerte seidig im Glühbirnenlicht. Eine Heilige, die verrückte Faxen machte. Wir hörten, wie jemand über die Treppe herauf- und dann den Flur entlangkam. Hoffentlich keiner von Susis Familie, um nach uns zu sehen ... Ich fasste panisch nach ihrem Arm. Die Tür zu Zimmer Nummer 5 wurde geöffnet. Ritas Blick glitt zur Tür. Sie lächelte, als habe sie mit dem Eintreten der Person, die ich noch nicht sehen konnte, gerechnet. Vor mein Beobachtungsloch schob sich nun der Rücken einer Uniformjacke, wie ich sie von Herrn Kowalski kannte. Die Jacke verdeckte Ritas Gesicht.

»Hallo, Rita«, hörte ich eine bekannte Stimme sagen, »heute ist Sonntag. Sonntag! Hörst du? Ich habe dir wieder etwas mitgebracht!«

Es war tatsächlich Kowalski! Er sprach hektisch wie immer, legte schwungvoll einen Schnellhefter auf Ritas Nachttisch, und ich dachte, wie nett er vielleicht doch war, Rita mit Aufgaben zu versorgen. Er hatte wahrscheinlich nicht damit gerechnet, sie hier so vorzufinden, nackt auf dem Bett liegend und laut Kaugummi kauend.

Rita gab ein unbekümmert freudiges, schlecht artikuliertes »Danke!« von sich. Kowalskis Anwesenheit schien sie nicht im Geringsten zu beunruhigen.

Er stand immer noch mit dem Rücken zu mir und machte keine Anstalten zu gehen. Offensichtlich war ihm die Situation nicht unangenehm. Susi schob mich aufgeregt zur Seite.

Ich hörte Rita: »Also ...?« Sie erwartete noch irgendetwas von Kowalski.

Leises Klirren eines Metallstiftes auf Metall ließ vermuten, dass Herr Kowalski seine Gürtelschnalle geöffnet hatte. Ich presste meine Schläfe an Susis. Ich spürte ein leichtes Pochen und wusste nicht, war es ihres oder meins. Sie rutschte ein bisschen zur Seite, dass wir zusammen schauen konnten.

»Eins geteilt durch vier ...«, sagte Kowalski. Seine Hose rutschte nach unten, »... mal x hoch vier, minus vierdrittel mal x hoch drei ...«, sein nackter Hintern bildete eine große behaarte Fläche direkt vor meinen Augen. Dann machte er einen Schritt vor und warf einen kurzen Blick auf den Schnellhefter, »plus zwei mal x ...« Ich hörte Susi aufgeregt atmen.

»Plus zwei«, fügte er hinzu, und fast wäre mir ein Schrei entfahren, als Kowalski sich nun drehte und ich sah, was für ein Riesengewächs ihm aus der Vorderseite wuchs. Wieder warf er einen raschen Blick auf seinen Schnellhefter. »Du musst jetzt die Definitionsmenge der

Funktion bestimmen«, sagte Kowalski und stieg zu Rita auf das schmale Bett.

Sie schien nicht im Mindesten beunruhigt. Susi und ich krallten unsere Hände ineinander, die, trotz der Hitze im Schrank, kalt und feucht waren.

»f von x ist minus eins durch x, und g von x ist eins durch x hoch vier ...«

Ritas Blick hing an Kowalskis Lippen. Ihre helle, nahezu weiße Haut wirkte wie mit Puder bestäubt vor seinen dunklen, behaarten Beinen. Sie wartete auf eine Antwort.

»Gut so, ja, richtig!« Kowalski hatte die Finger in Ritas Oberschenkel vergraben und schob seinen nackten Hintern immer wieder vor – und zurück.

Rita wirkte zufrieden, wie sie da Kaugummi kauend lag und immer wieder kleine Seufzer von sich gab.

»h von x fehlt noch, Rita, h von x!«, rief Kowalski jetzt ganz schön außer Atem, die Bewegung strengte ihn wohl an, aber er wurde deshalb auch nicht langsamer – ganz im Gegenteil.

Ich riss die Augen weiter auf und drückte meine Stirn an die Schrankwand. Das riesige Teil von Kowalski verschwand immer wieder in Rita und kam dann glänzend zum Vorschein. Eine Mischung aus Aufregung und Ekel machte sich in mir breit.

Ritas Stimme vibrierte vor Freude: »H von x ist: x hoch zwei minus zwei mal x ist gleich: x mal x minus zwei ist gleich: x minus eins hoch zwei minus eins!«

»Genau«, stieß Kowalski hervor, »ganz genau. Aber die Definitionsmenge fehlt noch, Rita ...«

Ihre Schenkel zeigten um Kowalskis Fingerspitzen rosa Flecken, seine Fingerknöchel traten fast weiß hervor, während er jetzt doch die Bewegungen verlangsamte.

»Die Definitionsmenge ...«, setzte Rita an.

»Ooooaaah ...«, entfuhr es Kowalski, als sei ihm unter Schmerzen Wunderbares gelungen.

»Die maximale Definitionsmenge ...«, korrigierte sich Rita, ohne auf seinen Schrei weiter einzugehen.

Kowalski drückte ihre Schenkel weiter auseinander und schob sich dicht an sie.

»Oaaaah ...«, gab er noch einmal von sich, während er die Finger von Rita löste und sein Rücken sich wie unter Schmerzen krümmte. Dann sank er langsam über sie hin und blieb dort nach Luft schnappend liegen.

»Keine Lust mehr ... war viel zu leicht«, murrte Rita. Mit voller Konzentration zog sie den Faden ihres Kaugummis zwischen ihren Zähnen hervor und verfolgte ihn mit den Augen, während ihr Zeigefinger sich wie eine Spindel drehte, um das dünne Bändchen aufzuwickeln. Als sie damit fertig war, schob sie mit der anderen Hand Kowalskis Kopf von ihrer Brust und sagte in ihrem unverwechselbaren Ton: »Tschüs, Kowalski, nächstes Mal brauche ich aber eine bessere Buchhaltungsaufgabe!«

Kowalski riss die Augen auf und beeilte sich aufzustehen. In Windeseile suchte er seine Siebensachen zusammen, stieg in die Klamotten und verließ mit dem Schnellhefter unterm Arm und auf Zehenspitzen das Zimmer. Wir lockerten den Griff unserer verkrallten Hände, als wir hörten, wie Ritas Zimmertür ins Schloss fiel.

Eine ganze Weile noch lag sie auf dem Bett und sponn versonnen Kaugummifäden. Dann stand sie auf und kam in unsere Richtung. Ganz dicht war ihr Mund jetzt vor dem Loch. Sie sagte: »Pssst!«, und: »Tschüs!« Dann wurde es dunkel.

Susi stieß die Schranktür auf. Licht stach schmerzhaft in meine zusammengekniffenen Augen. Verwirrt stolperte ich in den Raum und schnappte nach Luft.

»Mein Gott! Was, was war das denn eben?«, stieß ich hervor.

»Sex ...«, sagte Susi, als wäre es gleichzusetzen mit Atmen oder Essen, und sie zeigte mir ihre Zahnlücke.

»Schon klar ...«, sagte ich, obwohl ich es nicht so formuliert hätte. Sex ... Aber wahrscheinlich war es das. Kowalski hatte Rita regelrecht aufgespießt! Mir war es zeitweise unheimlich gewesen. »Ich hab mir das nur anders vorgestellt ...«, redete ich weiter, immer noch erstaunt über mein Gefühlsmosaik aus Faszination, Erregung und Abscheu.

»Ich auch«, sagte Susi schnell. Sie schaute zum Fenster raus. »Romantischer, mit Küssen, Streicheln und so weiter.«

Ich nickte stumm. Ich stellte mich neben sie hinter die Gardine und blinzelte, um die Augen leichter an das helle Licht zu gewöhnen. Mir war immer noch schwummrig, und meine Knie wirkten nicht ganz stabil. Unwillkürlich kam mir Misha in den Sinn, was, wenn er auch ... wie Kowalski ... Es ging nicht zusammen.

»Ein heimliches Liebespaar ...«, dachte Susi laut.

»Kein Liebespaar«, sagte ich. Ich war mir ganz sicher. Sie konnten kein Liebespaar sein.

»Wieso nicht?«

»So macht man ganz bestimmt keinen Sex, wenn man sich liebt ... Es gibt Männer, die bezahlen Frauen etwas dafür, dass sie mit ihnen Sex haben, ohne Liebe. Danach sah es für mich aus.«

»Prostituierte ...? Willst du etwa sagen, meine Tante ...?«

»Nein! Aber hast du nicht gesehen, wie Kowalski Rita mit diesen Zahlen verrückt gemacht hat? Der bezahlt mit Aufgaben! Also Rita ist hundertprozentig nicht in den Typen verliebt. Sie war nur scharf auf seine Aufgaben! Oder: Seine Aufgaben haben sie scharf gemacht ... Aber Liebe habe ich bei ihr nicht gesehen.«

»Meinst du denn, er ist in Rita verliebt?«

»Kann ich mir nicht vorstellen ...«

»Ich bitte dich, sie sieht unglaublich aus ...« Susi formte die Hände zu Schalen und hielt sie auf Brusthöhe, dazu wackelte sie so mit den Hüften, dass ich fürchterlich lachen musste. Es stimmte, Rita war faszinierend schön. Aber Kowalski liebte Rita nicht. Sie tauschten etwas, aber sie hatten nichts gemeinsam.

»Da«, Susi zeigte auf das Polizeiauto, das immer noch unten vor der Tür parkte.

Kowalski öffnete gerade die Fahrertür und warf seinen Schnellhefter auf die Rückbank. Auf dem Beifahrersitz saß bereits jemand. Eine Frau. Wir konnten ihren Rock und die Beine durch das Seitenfenster sehen.

»Da ist noch jemand im Auto ...«

»Ja. Frau Kowalski. Die wartet. Immer, immer, immer und überall. Frag mich nicht, warum!«

Ich dachte daran, dass Kowalski, wenn er zu uns kam, nie vergaß, genau das zu erwähnen. Sie stieg offenbar niemals aus, sie wartete und wartete! Ich hätte sie gern einmal gesehen: Philos Mutter. Die Frau, die ihr Baby loswerden wollte, weil es nicht ihren Vorstellungen entsprochen hatte, die ihr einziges Kind als Missgeburt bezeichnet hatte. Was, wenn Kowalski ein neues Baby zeugte? Wieder einen Zwerg? Einen autistischen Zwerg womöglich. Ob er ihn behalten würde?

»Glaubst du, sie weiß, was er hier gemacht hat?«

»Ich bin mir ziemlich sicher, sie weiß nichts. Das weiß niemand – außer Rita und Kowalski. Und jetzt wir.« Susi biss sich verschwörerisch auf die Lippe.

»Auch nicht Anna?«

»Anna?« Susi zögerte. »Du meinst, Anna weiß davon und lässt Rita das machen? Nie und nimmer! Wenn du nicht aufgetaucht wärst, hätte ich es bestimmt auch nie erfahren. Wir alle dachten, Rita würde sonntags Kowalskis Buchhaltung machen. Keiner hat jemals nachgesehen. Ey, der Mann ist Polizist! Da kommt man ja nicht auf solche Gedanken!«

»Umso schlimmer. Stell dir vor, wenn Oma Liese oder Opa Hermann es herausbekämen.«

Susi verzog ihr Gesicht zu einer übertriebenen Angstfratze. »Es wäre die Hölle los! Anna könnte ihren Job am Theater vergessen. Wir sind alle inzwischen der Meinung, dass Rita, seit sie dieses neue Medikament von deinem Vater bekommt, viel ruhiger geworden ist, dass sie weniger Aufsicht braucht. Und du kannst ja selbst sehen, wie sich Anna verändert hat, seit sie am Theater ist. Wie fröhlich sie ist. Stell dir vor, es kommt raus, dann wird Tag und Nacht jemand neben Rita sitzen müssen! Du musst es echt für dich behalten, Bic! Sonst ...«, sie formte mit drei Fingern eine Pistole und hielt sie ziellos in den Raum, »... peng!«

»Wer?«

»Ich. Dich. Die ...«, sie zeigte nach unten, »mich. Rita sich?«

»Ja, jaaa«, lachte ich, aber ganz wohl war mir nicht.

# 27.

Dass Marcel immer noch auf das morgendliche Bad verzichtete, machte mich unruhig. Er stand weiterhin vor allen anderen auf, fütterte die Frösche, verschwand mit dem Ei auf unbestimmte Zeit und verbrachte, selbst bei strahlendem Sonnenschein, den Großteil des Nachmittags hinter verschlossener Tür. Niemanden außer mir schien es zu beunruhigen. Es war auch nichts Konkretes, Offensichtliches, vielmehr verstärkte sich nur mein anfängliches Gefühl, etwas geschehe da im Verborgenen, etwas, das nicht gut sein konnte.

Zudem beunruhigte mich Mamiques Vertrauen in Marcel. Wir hatten niemals zuvor so viel Zeit mit ihr verbracht. Ich will nicht sagen, dass ich sie vorher nicht richtig gekannt hatte, doch jetzt lernte ich Ansichten und Gewohnheiten von ihr kennen, die mir völlig neu waren. Ich glaube, sie vertrat den Standpunkt, alles was Kinder nicht umbrächte, sei ihnen erlaubt, und ließ die Jungs ein und aus gehen, wie sie wollten. Sie selbst war meist mit irgendetwas intensiv beschäftigt. Häufig schrieb sie mehrere Tage lang Briefe nach Frankreich, recherchierte ausführlich, auf welchem Weg die Bestandteile für die Mischung zu einer neuen Grundierung oder Farbe zu beschaffen waren. Egal, was sie gerade tat, es fesselte sie dermaßen, dass kaum bei ihr ankam, was um sie herum geschah. Auf direkte Fragen reagierte sie oft mit starker Verzögerung. Ich begriff, sie wollte nicht gestört werden, und vermutete das als Grund ihres Vertrauens, dem ich deshalb misstraute.

Gertrud arbeitete im Garten. Man fand sie zwischen Beeten und Sträuchern bei der Ernte. Ihre Hände verfärbten sich langsam in eine Mischung aus Lilablau und Grün. Wenn sie genug gesammelt hatte, begann sie, Gemüse einzukochen, Säfte zu pressen und zuckerfreie Gelees und Marmeladen herzustellen. Sie teilte mit den Eichhörnchen den Gedanken an die kalte Jahreszeit und ähnlich wie diese schnellte sie unermüdlich zwischen Garten, Küche und Keller hin und her.

Den Großteil ihrer Vorräte verteilte und stapelte sie auf Regale im Keller, deren Bretter sich irgendwann bedenklich bogen. Als sie zu brechen drohten, fing Gertrud an, sich mit der Praxis des Einfrierens auseinanderzusetzen. Sie fragte Mamique um Rat, aber die hatte keine Ahnung von so was und tat die Tiefkühltruhe, die sie hartnäckig als »Kühltieftruhe« bezeichnete, als neumodischen und überflüssigen Kram ab.

Schon aus diesem Grund hätte Gertrud sich eigentlich denken können, dass Mamique nichts mit diesem Gerät am Hut hatte. Denken aber war wahrscheinlich nicht das Erste, was sie tat, als sie jetzt vor der Tiefkühltruhe stand und den Deckel anhob. Denn was sie da sah, erschreckte sie zu Tode: Dort lagen Vögel. Unmengen tiefgefrorener Vögel. Sie stapelten sich. Von ganz klein bis ziemlich groß. Es waren auch Einzelteile dabei, wie der Kopf eines Falken und die Schwinge einer Schleiereule, aber die entdeckte Gertrud erst später. Vorerst stand sie nur über den tiefgefrorenen Kadavern und schrie. Sie schrie: »Maaaaadaaaaame!« Das hatten sie so miteinander ausgemacht, Mamique und Gertrud, dass sie Madame sagen sollte. »Madame« ließ sich jedoch schlecht schreien, und deshalb schrie sie eben immer wieder: »Maaaaadaaaaaam!« Ich hörte es bis zum Wintergarten. Ich saß als Letzte noch beim Goûter, an dem Gertrud aus stillem Protest gegen all die Schokolade, die wir damit konsumierten, nicht teilnahm. Es klang nach einem Notfall.

»Bon sang!«, brummte meine Großmutter aus der Küche, von wo es schon seit Stunden übel nach Knochenleim stank. Ich schob mir beim Aufstehen das letzte Stück

Schokolade in den Mund und sah, wie sie missmutig, aber in höchster Eile eine Blechdose aus dem Wasserbad hob.

Auf dem Weg in den Keller mutmaßten wir, Gertrud hätte sich einen Finger in der Rattenfalle geklemmt oder ein Regalbrett sei gebrochen, vielleicht lag sie auch verschüttet unter den Einmachgläsern ... Wir liefen so schnell wir konnten in Richtung des Schreis. Unterwegs trafen wir noch auf die Jungs, die sich an uns vorbeidrängeln wollten. Angesichts der Situation, die sich ihnen eine Treppe tiefer bot, blieben sie allerdings schlagartig stehen, sodass Mamique und ich zuerst am Tatort waren.

Gertrud stand vor der geöffneten Tiefkühltruhe. Ihr Schatten bewegte sich wie eine Spukgestalt auf dem kalten Nebel, der aus den eisigen Tiefen emporstieg. Ihre Augen zeigten blankes Entsetzen.

»Mon Dieu, Gertrude«, Mamique legte ihr, noch etwas außer Atem, beruhigend die Hand auf den Arm, »qu'est-ce qui s'est passé?« Sie starrte in den großen, kalten Kasten.

»Was ist passiert?«, übersetzte ich schnell, obwohl Gertrud sich die Bedeutung dieser Frage sicher schon hatte denken können. In der Kühltruhe war vor lauter Kältedunst nichts zu sehen, und statt zu antworten, hielt Gertrud uns nur die ausgestreckte Hand hin und schrie fast: »Was ist das?« Die Stimme überschlug sich. »Was ist das?« Ihre Unterlippe zuckte.

Was sie da in der Hand hielt, war ein gefrorener Spatz. Sie starrte auf den Vogel, als habe sie in ihrem Leben nichts Abstoßenderes gesehen. Aber es war nur ein toter Spatz. Wir hörten einen Wassertropfen in das Emailbecken an der Wand tropfen.

»Essen wir jetzt auch Vögel?« Gertruds Stimme wurde schmerzhaft hell.

Mamique ließ ihren Arm los. »Was, bitte schön?«

Marcel kratzte sich voller Hingabe am Kopf.

Gertrud schaute wieder in die Truhe und holte einen weiteren Vogel hervor, den Mamique später als eine Haubenlerche identifizieren sollte.

»Sie essen doch in Frankreich Frösche und Schnecken ... und, und, Vögel? Ich hab gehört, dass die Italiener und die Spanier es tun, ist das in Frankreich ...?«

Mamiques Augen verengten sich. Gertrud sah es wohl. Wer meine Großmutter kannte, wusste, es war jetzt besser zu schweigen. Aber Gertrud hatte nur innegehalten.

»Woher kommen diese Vögel? Die Kühltruhe ist voll davon! Haben Sie die mitgebracht?« Sie klang jetzt hysterisch.

»Lassen Sie sich nicht so gehen. Beruhigen Sie sich erst einmal!«, sagte Mamique kühl, »Sie wissen nicht, was Sie da sagen, und vor allem wie!« Gertruds Blick flackerte nervös. »Und jetzt schließen wir erst einmal den Deckel von dieser Kühltieftruhe«, sie tat es langsam, konzentriert. Dann nahm sie Gertrud einen der beiden toten Vögel aus der Hand, betrachtete ihn von allen Seiten und sagte: »C'est un moineau. Venez«, sie winkte Marcel und die Jungs, die immer noch im Türrahmen standen, heran. »Was ist das auf Deutsch?«

Die Jungs kamen zögerlich, sahen aber nicht auf den Vogel, sondern sich gegenseitig an.

»Moineau«, kam ich ihr zu Hilfe, »das ist ein Spatz.«

»Ja, richtig, ein Spatz!«, sie hielt ihn immer noch den Jungs hin. »Wir können also feststellen: Dieser Spatz ist gefroren und tot. Aber wie kommt er in die Kühltieftruhe? War er schon vorher – tot? Und womöglich gefroren? Mitten im Sommer?« Sie wiegte abschätzend ihren Kopf hin und her, »eher nicht, wie ich meine. Oder ist er erst hier in diesem Ding verschieden? Mouru du froid? Und wenn, dann erklärt das nicht, wie er hineingekommen ist. Was denkt ihr darüber?«

Die drei blickten sich weiter gegenseitig an und schwiegen, als hätten sie einen Schwur abgelegt, in diesem Leben keine Fragen mehr zu beantworten.

Gertrud lehnte immer noch mit der gefrorenen Haubenlerche in der Hand an der Truhe und rang um Fassung. Mamique schob sie energisch zur Seite, um den Griff nach oben drücken zu können. Ihr war längst klar, dass Marcel und das Ei etwas mit dieser Ansammlung an toten Vögeln zu tun haben mussten. Nur kam sie so nicht weiter. Sie griff also in die kalte Tiefe und zog überrascht einen etwas verkrümmten Mäusebussard ans Licht, dann eine zerfledderte Elster ohne Füße, zwei verrenkte Raben, einen Falken ohne Kopf und diverse Kleinvögel. Sie alle waren bedeckt von Eiskristallschleiern, unter denen die Federn wirkten wie eine Struktur aus Stein. Kleine, durch Verfall beschädigte Statuen. Ein trauriger Anblick.

»Die Tiere sehen nicht nur tot, sondern auch schlimm zugerichtet aus. Ich glaube, Gertrud«, sie hielt unserem Hausmädchen, das erschrocken zurückwich, den kopflosen Falken entgegen, »ich glaube, sie haben sich gegen irgendetwas gewehrt. Was meinen Sie?«

»Ich, ich ...«, stammelte Gertrud.

»Ah non, Mamique«, reagierte Marcel nun heftig, »c'est pas comme tu penses!«

»Qu'est-ce que je pense alors?«

»Wir haben sie nicht gefangen oder so.«

»Oder so?«

»Wir haben sie nicht getötet, wenn du das denkst. Die waren schon tot!«

Das Ei nickte dazu eifrig mit den Köpfen.

»Ich sehe selten tote Vögel. Wo findet man so viele davon? Und wozu braucht man sie? Ich habe keine Idee! Ihr müsst mir helfen.«

Sie schwiegen.

Ich malte mir Epidemien aus, Vögel, deren Glieder gelähmt wurden, mitten im Flug, die vom Himmel fielen und aus den Bäumen, wie reife Äpfel, auf Dächer, Wiesen und Straßen, und die Jungs zogen mit ihrem Rucksack umher, um sich die schönsten auszusuchen und mit nach Hause zu nehmen. Oder es schoss jemand auf sie, an einem Ort im Wald, jemand mit einem langen Gewehr, aus dem ein Feuerstrahl kam, und sie schlichen diesem Jemand hinterher, um die toten Vögel aufzusammeln, wenn er den Ort verlassen hatte. Geduckt kamen sie aus dem Dickicht hervor, packten die noch warmen Tiere bei den Krallen und versenkten sie in ihrem Armeerucksack.

Mamique sah die drei ernst und eingehend an.

»Ich möchte wissen, woher diese Vögel kommen. Und zwar jetzt!«

Marcels Körper straffte sich, er vermied jeglichen Blickkontakt und sagte es, als habe er eine Nachricht zu überbringen, mit der er rein gar nichts zu tun hatte: »Wir haben sie von der Autobahn.«

»Was?« Gertruds Stimme schnappte jetzt über.

Manchmal konnte man wirklich denken, bei uns im Irrenhaus gelandet zu sein.

Mamiques Nasenflügel bebten leicht. Ich sah, wie sich ihr Kiefer kantig spannte. »Zut. Il m'avait prévenu ce fanfaron«, hörte ich sie leise sagen und lauter zu Marcel: »L'autoroute! Franchement, ich war der Meinung, ihr seid alt genug, zu wissen, dass die Autobahn kein Spielplatz ist. Das ist lebensgefährlich. Der kleine Polizist war vor ein paar Tagen hier, er machte einen Riesenwirbel, man hätte euch am Rand der Autobahn gesehen. Ich war mir sicher, dass er ein Wichtigtuer ist, ein Spinner!«

Ich konnte mir ein Lächeln nicht verkneifen. Ich sah es vor mir, wie sie ihm genau das unmissverständlich gezeigt hatte.

»Und tote Vögel!«, fuhr sie fort. »Wozu braucht man die? In der Kühltieftruhe! Ihr habt Gertrud zu Tode erschreckt. Das ist kein Spiel!«

»Wir spielen nicht«, sagte Marcel, er sah zu Boden, »wir suchen nach der Todesursache.«

Und von da an warteten sie auf Papa, als bräuchten sie dringend einen Anwalt.

Beim Abendessen sagte Papa, es gäbe einen Bereich in der Medizin, wo sie genau das machten, was Marcel mit dem Ei hinter verschlossener Tür getan hatte. Es fiel ihm schwer, seine Begeisterung über das Interesse der Jungs zu verbergen. Sie blitzte in Mund- und Augenwinkeln, in kleinen Fältchen, die sich bogen und nicht einer Meinung waren mit seinen Worten, die laut und lauter wurden. Er schaffte es trotzdem, sich in Rage zu reden, über drei kleine Jungs am Rande der Autobahn, die ihn noch nachträglich in Angst und Schrecken versetzten. Er begann sogar herumzubrüllen, er würde über eine adäquate Strafe nachdenken. Zur Strafe kam es bei Papa eigentlich nie. Er war nachlässig, was das anging. Aber immerhin hatten die Jungs ihn dazu gebracht, richtig laut zu werden. Es war lange her, dass das passiert war und hatte etwas umfassend Beruhigendes. Etwas funktionierte wieder. Wir saßen da und aßen. Sogar das Ei aß, wenn auch kein Fleisch, so kaute es und schluckte in einem fort, ihre Mutter wäre entzückt gewesen. Als Papa sich einigermaßen abgeregt hatte, sagte er zu den dreien, der Bereich, für den sie sich offensichtlich interessierten, hieße Pathologie. Die Pathologie jedoch befände sich immer im Keller. Im Übrigen neben der Tiefkühltruhe.

»Richtig«, ergänzte Mamique, der Tod gehöre unter die Erde und nicht mitten ins Kinderzimmer, wie offenbar in den letzten Tagen. Frösche, Ratten, Brüllaffen, ja. Aber nicht der Tod.

»Er gehört auch nicht in die Hände von Kindern«, sagte Papa, »ich hoffe, ihr habt Handschuhe getragen und die allgemeinen Hygienevorschriften beachtet?«

Gertrud wurde blass. Die drei sagten nichts, was natürlich nur hieß: Daran hatten sie überhaupt nicht gedacht.

»Die Vögel einzufrieren war eine gute Idee. Aber aus toten Körpern treten nach einiger Zeit Flüssigkeiten aus, die giftig ...«

»Non, ça suffit, Emil!«, fuhr Mamique dazwischen. »Das kann man nach dem Essen besprechen!«

Papa lächelte schuldbewusst. Er nahm eine Hähnchenkeule in die Hand.

»Ich zeig euch später, wie man in der Praxis vorgeht. Wir brauchen Sezierbesteck.« Er biss in die Keule.

»Wir haben Operationsbesteck von Frau Voroneckova.«

»Aus Russland«, sagte ein Ei.

Papa nickte, als sei das gut. »Ihr sucht euch einen Vogel aus, möglichst einen großen, und besorgt eine dicke Plastikfolie, eine aufgeschnittene Plastiktüte, einen Müllsack, so etwas, zum Darunterlegen.«

Mamique klopfte mit der flachen Hand neben Papa auf den Tisch, ihr reichte es jetzt.

Er sah kurz auf.

»Die anderen werden aus der Tiefkühltruhe geholt und begraben, heute noch.«

Mamique lehnte sich wortlos zurück.

»Begraben?«, fragte Marcel.

Papa nickte kauend. Vielleicht war das die Strafe.

Gertrud presste ihre Schneidezähne in die Unterlippe. Wäre Mamique nicht bei uns gewesen, sie hätte Hausarrest empfohlen.

Sie hatten die Fenster abgehängt. Bis auf ein helles Lichtdreieck war alles dunkel. In seinem Mittelpunkt lag auf einer Plastikfolie, noch halb gefroren, die Elster ohne Krallen. Es war ein schönes Bild: viel Licht und Schatten, es erinnerte mich entfernt an ein Gemälde von Rembrandt, das ich mal gesehen hatte. Allerdings hatte auf Rembrandts Tisch ein toter Mann gelegen. Sie hatten sich weiße Stoffservietten als Schutz vor Mund und Nase gebunden und trugen Gummihandschuhe, durch die die Haut schimmerte wie Elfenbein. Den Jungs waren sie viel zu groß. Die drei saßen da mit spannungsweiten Augen. Papas Gesicht, verdeckt von Schatten. Er hatte das Hemd bis zu den Ellenbogen hochgekrempelt, sein Blick lag auf dem kleinen scharfen Messer in seiner Hand. Es blitzte kurz auf, als er es im Schein der Lampe drehte. Dann klang es, als würde er Karton mit einer Schere schneiden. Er öffnete die Brust des Vogels. Sein breiter schwarzer Hals lag anmutig gebogen, er hob und senkte sich bei jedem Schnitt, weißlich-graue Lider bedeckten die Augen, als habe er sie voller Unbehagen geschlossen. Die Jungs beobachteten Papas Hand genau, ich sah die Wimpernschatten auf den Augen, wie gezeichnet, bewegungslos, ich hörte ihren konzentrierten Atem hinter den Servietten. Ich sah die Bilder, die ich Aimée schicken würde, kleine Skizzen mit Pastellkreide, Farben nur angedeutet. Blass getönt die drei kleinen Gesichter im hellen Licht.

Wo war sie nur? Ob ihr noch irgendjemand von diesem Abend erzählen würde? Es störte mich längst nicht mehr, dass sie immer erst ein, zwei Briefe später auf meine Bilder antwortete und dass sie trotz meiner Bitte schrieb und nicht malte, ich hatte mich daran gewöhnt. Nicht an ihre Abwesenheit. Aber an ihre Antworten. Sie trugen sogar seit einiger Zeit einen Stempel – aus Hamburg. Ein Stempel, das war amtlich, ein Stückchen Wahrheit sicherlich.

Vielleicht war sie noch dort und kannte diese RAF-Frau mit dem Blumenstrauß tatsächlich. Vielleicht war sie in diesem Sanatorium, auf das Papa und Mamique von Zeit zu Zeit zu sprechen kamen. Es war eine perfekte Tarnung. Ein Sanatorium. Ich hatte die Vorstellung von einem hellen Ort, an dem die Zeit ganz unbedeutend war, mit vielen kleinen Holzbalkonen, die still auf eine weite Wiese blickten. Und Menschen, deren kraftlose Schönheit schmerzte.

Das Messer legte einen schmalen, hellen Knochen frei, darunter leuchteten Organe, und Papa neigte das Skalpell. Er zeigte hier- und dorthin.

»Was könnt ihr sehen?«

Die Jungs schauten.

»Ein Herz?«

»Die Lunge?«

»Den Darm?«

Er nickte ermunternd, wenn ihre Antwort richtig war. Ich sah die Freude und den Stolz in seinen Augen, als Marcel nach dem Messer griff, um den Hals der Elster aufzuschneiden. Ich sah wieder die Verbundenheit, die Nähe, die die beiden miteinander hatten, und spürte Neid. Es riss in meiner Brust.

Marcel schnitt schnell und erstaunlich sicher, man sah, er tat es nicht zum ersten Mal. Auch das Ei wirkte geübt. Einer durfte den Magen öffnen, der andere ihn mit einer Nadel, gebogen wie ein Angelhaken, wieder schließen. Sie fanden innere Blutungen, gefroren zwar, aber gut sichtbar. Möglicherweise war das der Grund. Sie diskutierten. Papa war überrascht, wie gut sie nähten, wie sorgfältig sie die zerschnittene Elster wieder schlossen.

»Lembertnaht«, sagte ein Ei.

»Alle Achtung!«, sagte Papa.

Sie hatten es aus dem Buch, das die Frösche fast das

Leben gekostet hatte. Letzten Endes sah die Elster zwar nicht aus wie neu, aber sie war nicht mehr zerfleddert und konnte ordentlich bestattet werden.

Tags darauf erhoben sich zwöf dunkle Erdhügel unter den Tannenbäumen in der Einfahrt. Die Sache mit den Vögeln war vorbei, zu Grabe getragen, wie Gertrud erleichtert irgendwann seufzte. Sie hatte bis dahin unzählige Kreuzzeichen geschlagen, die Kühltruhe gesäubert und das Froschzimmer desinfiziert, und einige Tage war die Luft im Haus durch die beißenden Ausdünstungen antiseptischer Mittel fremd und dünn gewesen. Der ungewohnte Geruch ließ, was geschehen war, durchsichtiger werden, er machte Ordnung im Haus und beseitigte die düsteren Gedanken über das, was alles hätte passieren können.

## 28.

Susi und ich konnten endlich wieder zu den Dingen zurückkehren, die wichtig waren. Wir mussten weiterhin Frau Fritzi beobachten, wenn wir erfahren wollten, ob die Rose von Philo gekommen war oder womöglich von jemand anderem. Wir mussten ständig wachsam sein, sagte Susi, und bereit zu fangen, wenn der Ball geflogen kam. Also bezogen wir wieder unseren alten Posten an der Bushaltestelle. Tag für Tag. Meist um dieselbe Zeit am Nachmittag.

Vormittags aber ging ich ins Theater. Ich ließ kaum eine Gelegenheit aus, Anna dort zu besuchen. Der Mann am Eingang ignorierte mich inzwischen, wie er es mit allen tat, die regelmäßig ein und aus gingen. Die ersten Male noch waren Che und Susi mitgekommen, bald aber blieb Susi lieber zu Hause und übte Klavier, um sich auf die Stipendiatenprüfung vorzubereiten. Sie sprach jetzt mehr darüber als zuvor.

Ich dachte oft, was sein würde, wenn sie das Stipendium tatsächlich bekam, wenn sie nach London ging und ich wieder allein sein würde. Meine Besuche im Theater gaben mir eine kleine Idee davon. Mir fielen plötzlich Dinge auf wie: dass sie immer rechts von mir gesessen hatte, ich wusste nicht, warum, aber durch ihr Fehlen fiel es mir auf. Ihr Lachen, das Glänzen ihrer Augen, ihr Wispern in mein Ohr, es war alles immer von rechts gekommen. Ich stellte mir die Frage, ob es so etwas wie eine gute und eine schlechte Seite gab. Ob jeder für sich eine gute und eine schlechte Seite hatte. Ich hätte auf Anhieb gesagt, dass für mich links gut war. Rechts schlecht. Würde Susi also nach London gehen? Hätte sie links von mir sitzen müssen, um das zu verhindern? Wahrscheinlich war dieser Gedanke ein Riesenquatsch, aber wenn ich mich ihr in alter Gewohnheit in der Dunkelheit zuwandte und sie nicht da war, spürte ich, dass mir etwas Wichtiges fehlte. Etwas wie ein Arm oder Bein. Nichts Überlebenswichtiges, aber etwas Essenzielles. Irgendwann in einer solchen Situation erinnerte ich mich an Susis Notfallübungen. Ihre Gebärdensprachübungen, ihr Blindgehen, ihr Mit-den-Füßen-Schreiben, und fand, dass es für mich Zeit für eine spezielle Übung war: Ich musste üben, ohne Susi zu leben. Dann saß ich dort in der Dunkelheit und versuchte ihre Abwesenheit nicht zu spüren. Das war nicht leicht.

Wenn die Probe vorbei war, standen Susi und Che meist schon vor dem Bühneneingang und holten mich ab. Insgeheim gab ich mich der Hoffnung hin, Susi wäre nicht gut genug, das Stipendium zu bekommen.

Für ihren Geschmack passierte im Theater zu wenig. Immer dieselben Worte, dieselben Gesten, und alles nur ein Spiel, sie interessierte sich nicht fürs Theater und offenbar genauso wenig für Misha, worüber ich Erleichterung verspürte. Nicht, weil ich mein Interesse für Misha nicht mit Susi teilen wollte, es war, weil ich Susi nicht mit Misha teilen konnte. Es wäre unmöglich gewesen.

Ich sah ihn bei jeder Probe auf der Bühne. Ich hatte das Stück so oft gesehen, mittlerweile konnte ich die Texte mitsprechen. Ich hatte einen Platz unter der Empore gefunden, in deren Schatten ich unsichtbar zusehen konnte. In der Pause kam häufig Anna zu mir. Wir legten die Beine über die Stuhlreihe vor uns und sprachen über das Theater. Die Faszination, die davon ausging, jemand anderer zu sein, die Atmosphäre hinter der Bühne, wir sprachen über einzelne Schauspieler, und Anna erzählte mir von ihrem großen Wunsch, eines Tages als Dramaturgin zu arbeiten. Oft, wenn ich so neben ihr saß, meinte ich, Anna von Ritas Geheimnis mit Kowalski erzählen zu müssen. Doch Ritas Bitte, es für uns zu behalten, war stärker. Ich hatte kein Recht, es herumzuerzählen und ihr alles kaputt zu machen.

Gleichzeitig war mir bewusst, wenn jemals etwas schiefging, wenn es zu irgendeiner Art von Katastrophe kam, war Anna die Leidtragende, dann konnte sie ihren Job am Theater komplett vergessen. Dramaturgin ade! Eigentlich war ich es Anna schuldig. Sie musste es wissen. Zudem verspürte ich ein starkes Bedürfnis, mit jemandem über die Sache zu reden, der Ahnung davon hatte. Anna war die Einzige, die dafür infrage kam. Aber ich hatte so eine große Übung im Nichtserzählen, ich hielt den Mund.

Einmal begegnete mir Misha. Auf dem Theaterflur. Ich tat, als überraschte es mich, ihn zu treffen, in Wahrheit hatte ich nur auf diesen Moment gewartet.

»Hey, na? Schön, dich zu sehen!«, sagte er.

Ich versuchte, meine Freude zu verbergen, und erschrak, als er mich ein paar Sekunden später mit spöttischem Lächeln fragte, ob ich ein Probenabo erworben hätte. Er hatte mich also schon häufiger gesehen. Ich spürte, wie heftige Wärme in mir aufstieg, meine Wangen mussten leuchten wie die Rücklichter eines bremsenden Tanklastzugs, ich meinte, die Kontrolle über meine Gesichtsmuskulatur zu verlieren, und dachte, je mehr ich redete, desto unauffälliger wäre die Röte in meinem Gesicht und überhaupt alles: meine unsichere Stimme, der Schweiß an meinen Händen, das Zucken meiner Wimpern, und deshalb redete ich ohne Punkt und Komma. Ich erklärte, Anna, die Mutter meiner besten Freundin Susi, sei Inspizientin bei diesem Stück und dass ich sie besuchte, weil ich mich sehr fürs Theater interessierte.

Überhaupt das Theater: Von den interessanten Probenarbeiten schwärmte ich, dem gigantischen Schnürboden, den ich niemals dort oberhalb der Bühne erwartet hatte, dem Wahnsinn mit den vielen Knöpfen, die Anna zur rechten Zeit zu bedienen hatte, den unzähligen Scheinwerfern, deren Licht mich faszinierte, den großartigen Kostümen und den sagenhaften Kulissen erst, dem Schneiderladen, in dem man saß und mittendrin dabei war, dem Park von Sanssouci und all den vielen Statisten und dem Typen, der Voigt spielte, als sei es die Rolle seines Lebens. Ich redete in einem fort, bis Misha mich wieder an der Schulter streifte, diesmal ein bisschen fester, und sagte: »'tschuldigung, aber ich muss jetzt leider los, ich verzichte heute aufs Verbeugen ... Das Tantchen wartet draußen am Bahnhof, dass ich sie abhole!«, und davoneilte.

Ich biss mir ärgerlich auf die Lippe. Ich hätte Ja sagen sollen auf seine Frage, einfach nur Ja, mit einem kühlen Lächeln vielleicht, und mir den ganzen Blödsinn sparen. Dass er seine Tante abholen musste, konnte eine Ausrede gewesen sein, meinem bescheuerten Gerede zu entkommen. Was hatte ich nur alles gesagt? Mein Geplapper nagte an mir. Es begann, die Freude über unsere Begegnung anzufressen. Aber er hatte auch »leider« gesagt, er müsse »leider« los. Das hätte er nicht tun müssen.

Als ich Susi und Che vor der Tür stehen sah, war ich in einer komischen Laune. Ich wünschte mir, mich anders verhalten zu haben, weniger auffällig, zurückhaltender, ich fühlte mich hilflos und durchschaut, und gleichzeitig machte sich ein Hochgefühl in mir breit, das überhaupt nicht zu diesen deprimierenden Gefühlen passen wollte. Ich hätte jetzt gern mit den beiden in Gadabo gelegen und davon erzählt. Stattdessen saßen wir im Wartehäuschen und starrten, wie so häufig, auf Frau Fritzis Tür, und mein Mund war wie versiegelt.

Das Wartehäuschen wurde fast nie genutzt. Und ganz selten nur kam jemand, der sich darüber hätte wundern können, warum wir niemals in den einzigen Bus auf dieser Strecke einstiegen. Lediglich der Busfahrer war irgendwann verärgert gewesen. Er hielt unser Herumsitzen für einen Dummemädchenstreich. Vielleicht, weil wir lachen mussten, dass er jedes Mal wieder vor uns stoppte. Eines Tages hatte er direkt auf unserer Höhe gehalten. Ein dünner rothaariger Mann, immer derselbe. Er hatte die automatische Tür geöffnet und uns zugerufen, dass er endgültig die Schnauze voll habe und unseretwegen in Zukunft nicht mehr halten würde. »Sie werden uns in Zukunft fehlen, junger Mann!«, hatten wir zurückgerufen und uns in einer Wolke grauer Busabgase kaputtgelacht.

Wir saßen auf den schmalen Plastikschalensitzen, und Susi erzählte das Neuste von der RAF. Sie hatten einen wichtigen Mann entführt, sagte Susi, den mächtigsten, weil er zwei Jobs hatte, die ihn zu etwas machten wie den Chef der Chefs. Die RAF wollte Genossen, die im Gefängnis saßen, gegen ihn austauschen. Elf gegen einen. Alle Welt regte sich darüber auf. Ich fand das auch ein bisschen viel und ungerecht. Ich fragte mich, warum sie nicht elf Chefs entführt hatten, das wäre gerechter gewesen. Aber wohl zu viel Arbeit.

»Blöd, wenn sich keiner auf den Tausch einlässt. Was passiert, wenn die nicht wollen?«

»Dann bringen die den Typen um.«

»Das glaub ich nicht. Es wäre doch kein fairer Tausch!«

»Überhaupt kein Tausch ist das. Das ist Erpressung!«

»Wie kann man denn die Welt gerechter machen wollen durch Erpressung?« Ich zweifelte inzwischen heftig an der RAF.

»Na ja«, sagte Susi, »es läuft doch so: Wenn man was Böses tut, um damit etwas Gutes zu bewirken, dann wird das Böse wieder gut, oder?«

»Wie unser Brief an Philo?«

Sie grinste.

»Und wenn man so was macht, dann ist man Terrorist?«

Susi nickte. Ich formte die Hände zu einem Trichter und rief: »Achtung, Achtung! Zwei Terroristinnen sitzen in einem Bushaltestellenhäuschen mitten im Wohngebiet von Sprede! Seien Sie vorsichtig und wachsam!«

Wir amüsierten uns eine ganze Weile über den Gedanken, wir würden gesucht und säßen schon seit Tagen unentdeckt herum. Bis Susi sagte, dass sich erstaunlich viele Vögel in Frau Fritzis Garten aufhielten, wenn man genau hinsah, wimmele es nur so davon. Sie hatte recht, in keinem anderen Garten war so viel los wie bei ihr. Vielleicht war der Akeleiensamen daran schuld.

Der Himmel war blassblau, friedlich weiße Wolkenbänder streiften die spätsommerliche Sonne. Die Straße vor uns schien wie ausgestorben, man hörte keine Stimmen, manchmal ein Hämmern oder Sägen aus einem Garten, das heisere Krähen eines Raben aus den Weidenbäumen vom Ufer des Rebellen und irgendwo in weiter Ferne das Tuckern eines Traktors. In nächster Nähe war es still, einzig die Vögel zwitscherten und tirilierten munter vor sich hin.

Dann sagte ich zu Susi, diese ganze Warterei, ich wüsste auch nicht, was uns das noch bringen sollte. Wenn heute keiner kam, wenn sich nichts tat, dann sollten wir es bleiben lassen. Sie stimmte zu und meinte, wir könnten doch einfach mal zu Philo gehen und dort ein bisschen spionieren, seit dem Tabubruch sei genügend Zeit verstrichen, um keinen Verdacht mehr zu erregen. Sie hatte ihren Satz noch nicht beendet, als vor Frau Fritzis Haus ein blaues Auto hielt. Zwei Männer stiegen aus, einer von ihnen ganz in Weiß, mit einer dunklen Tasche in der Hand. Frau Fritzi stand bereits in der geöffneten Tür, als die Männer die Treppe zur Gartenpforte heraufkamen. Ihre Schritte klangen zu uns herüber. Sie schienen sehr in Eile. Frau Fritzi ließ sie ohne weitere Begrüßung ein.

Alles war so schnell gegangen, dass wir, an Eintönigkeit gewöhnt, gar nicht richtig begriffen, was sich da drüben tat. Hätte das Auto nicht vor ihrem Haus geparkt, wir hätten alles für Einbildung gehalten. Auf der Straße trottete ein kleiner brauner Hund. Er hielt am geparkten Wagen und pisste gegen eine Felge. Che sah zu ihm hinüber und wedelte aufgeregt mit dem Schwanz. Ein dunkles Rinnsal lief vom Reifen auf die Straße, wie ein kaputter Schatten auf dem Asphalt.

»Gleich zwei Verehrer?«

»Rosen hatten sie jedenfalls nicht dabei.«

»Verehrer schenken auch Pralinen oder Schmuck. Und die könnten in der Tasche gewesen sein.«

»Vielleicht aber saß auch Philo darin!«

Die ungewohnte Anspannung machte uns ziemlich albern. Wir mussten fürchterlich lachen bei der Vorstellung: Philo in der Tasche, vielleicht noch mit Schleife im Haar.

»Mit einer ausziehbaren Rose!« Susi zeigte mir mit spitzen Fingern, wie man die Rose auseinanderzog. Hemmungsloses Lachen, je öfter Susi die Rose präsentierte, desto lauter. Dann wurde ihr Gesicht mit einen Schlag ernst. Sie sah zum Haus hinüber: »Die hauen wieder ab!«

Die Haustür schloss sich gerade. Frau Fritzi war nicht mehr zu sehen. Susi saß aufrecht wie ein Lineal, Che vor ihr mit gespitzten Ohren. Die Männer bewegten sich immer noch so schnell, als hätten sie drinnen keinen Moment stillgestanden. Dem Weißen hing jetzt ein silbern glänzendes Stethoskop um den Hals, wie in der Eile dort vergessen. Es schlug treppabwärts gegen seine Brust. Sie sprangen in den Wagen und drehten mitten auf der Straße, um in die Richtung zurückzufahren, aus der sie eben gekommen waren. Zurück blieb nur der kleine schwarze Schattenfleck.

Wir hatten genug gesehen. Genug, um Susi zu den gewagtesten Mordfantasien zu inspirieren, während wir die Straße hinunterschlenderten, vorbei an kleinen Vorgärten und sauber gestrichenen Einfamilienhäusern, an geschlossenen Garagentoren, hinter denen auf Hochglanz polierte Autos auf den nächsten Sonntag warteten. Unversehens waren wir beim Irrenhaus angelangt. Goldglänzend lag es in der Abendsonne, ein schlafender Riese.

Susi stieß mir den Ellenbogen in die Seite und zeigte auf ein dunkles, direkt unterhalb der Treppe geparktes Auto.

»Sagt dir das was?« Ich hatte mir das Nummernschild gemerkt, nicht die Zahlen und Buchstaben, das Bild, das beim Lesen vor mir entstanden war, schließlich hatten wir es eine ganze Weile ansehen müssen. DO–RN – hatte auf dem Nummernschild gestanden. DO für Dortmund und dann eine Zahl. Ich hatte bei den Buchstaben an eine Rose gedacht, vielleicht, weil ich ein paar Tage zuvor die Rose in Frau Fritzis Haus entdeckt und sie immer noch im Kopf gehabt hatte. Es war zweifellos das Mörderauto vom Nachmittag. Auch wenn es aus dieser Perspektive fast wie ein anderes Auto aussah.

Susi deutete stumm mit dem Kinn zum Eingang des Irrenhauses.

Wir liefen durch die Gänge. Schnell, als hätten wir eine Fährte aufgenommen. Che Guevara war vor Anspannung steif wie ein Brett. Ich hatte Mühe, ihn festzuhalten. Er wäre gerne vor uns hergerannt, seine Füße zuckten bei jedem unserer Schritte, aber Hunde hatten ausdrückliches Irrenhausverbot. Wir konnten nur hoffen, dass uns keiner erwischte. Und dass wir nicht zu spät kamen. Wir schauten links und rechts, wir horchten. Aus dem Refektorium wehte uns der übliche Geruch von Bohnerwachs und Suppe entgegen, Geschirrklappern und Besteckklirren drangen an unser Ohr, Stuhl- und Tischerücken. Die Vorbereitungen für das Abendessen waren in vollem Gang. Als ich kurz durch die Tür spähte, sah ich zwei junge Schwestern zwischen gestärkten Tischdecken hin und her laufen, die weißen Schürzen flitzten durch die letzten einfallenden Sonnenstrahlen wie Irrlichter im unbeleuchteten Saal umher.

Philo war nicht in seinem Zimmer, er war nicht in der Bibliothek, die Bänke im Kreuzgang waren leer, er war nicht im Aufenthaltsraum, nicht im Fernsehraum, nicht im Schachzimmer, wir hatten überall gesucht, bevor wir in den Klostergarten hinaustraten und ihn schließlich fanden. Wir sahen ihn schon von Weitem. Er saß in der hintersten Ecke, auf der kleinen Bank, nah bei der Mauer zwischen den abgeknickten Akeleien. Er war nicht allein.

Es war nicht erkennbar, in was für einer Verfassung er sich befand. Er verbarg das Gesicht in den Händen. Ich wollte zu ihm laufen. Doch Susi hielt mich zurück.

»Bist du verrückt? Willst du dich da einmischen?«

Ich wollte schon, aber die Situation vor uns wirkte beunruhigend. Drohend dicht bei Philo standen die beiden Männer vom Nachmittag, Schrankwände vor dem Akeleienbeet.

»Bleib hier«, flüsterte Susi, »wir sind zu spät gekommen.«

# 29.

Agathe Fritzi war tot. Am Montag stand es im *Patrioten*. Mamique las es uns beim Frühstück vor. Ihr Rundgang war an diesem Morgen kürzer ausgefallen, es regnete in Strömen. Sie war nur bis zur Gartentür gegangen, um die Zeitung aus dem Rohr zu ziehen und schnell ins Trockene zu bringen. Es war ziemlich früh, wir mussten wieder in die Schule.

»Nach langem schwerem Leid erlöst«, las sie und schaute Papa fragend an. »Ist sie gestorben? Doch nicht ...?«

»Nein, nicht die Kollegin«, sagte er mit einem Seitenblick auf mich, »ihre Mutter. Allerdings auch eine Kollegin ... Sie war lange Zeit schwer krank. Am Ende nur noch Morphium. Ein Segen, dieses Zeug. Das war am Freitag, sagst du?« Er wischte sich über den Mund und wartete auf eine Reaktion.

»Am Freitag, ja.« Mamique sah noch einmal auf die Seite mit den dunkel eingefassten Kästchen, um sich zu vergewissern.

»Sie hat mich angerufen«, erinnerte sich Papa laut. »Ich habe ihr einen Kollegen geschickt, um den Totenschein auszustellen. Das konnte sie nicht selber machen.« Er atmete tief ein und schaute in den regengrauen Morgenhimmel.

Es dauerte ein bisschen, bis bei mir ankam, was geschehen war. Agathe Fritzi war tot. Die Männer, die Susi und ich gesehen hatten, waren gekommen, um das zu bestätigen. Nicht Mörder, Totenscheinaussteller. Wahrscheinlich hatten sie Philo gerade die Nachricht überbracht, als wir ihn bei den Akeleien sitzen sahen und Schlimmes vermuteten. Ich fühlte mich beschämt.

Ich sah die alte Frau in ihrem Bett wieder vor mir und musste an Frau Fritzis Brief an Philo denken. *Nach lan-*

*gem schwerem Leid erlöst* stand in der Zeitung. Beide, dachte ich, nur schrieb es keiner in die Zeitung: dass Franzi Fritzi immer einsamer und merkwürdiger geworden war, weil sie ständig ein Gespenst um sich gehabt hatte, das sie nicht alleine lassen konnte. Dass sie sich vielleicht sogar vor ihm gefürchtet und es nicht gewagt hatte, den heiligen Franziskus von der Wand zu nehmen, solange es noch im Haus war. Ich stellte mir vor, wie Franzi die Fenster in den Räumen öffnete, damit der Wind hineinfuhr, damit er alles hinfortwehte. Den Tod, die Krankheit, den Geruch der Akeleienhasserin, die Einsamkeit. Vielleicht hatte sie alles verbrannt, draußen im Garten. Ich stellte mir ihr Gesicht im Widerschein des Feuers vor, Flammenflackern in den tränenfeuchten Augen, während sie auf die brennende Matratze schaute. Sie hatte kurz geweint. Man weinte immer, wenn jemand starb, es gab nichts, was einen die Gewissheit der eigenen Endlichkeit besser spüren ließ. Doch dann war sie aufgestanden, etwas, das sie gelähmt hatte, wie eine Tonschicht über den Gliedern, war abgebröckelt. Sie war aufgestanden und hinaufgegangen in ihr Mädchenzimmer. Sie war lange Zeit mit bloßen Füßen über den hellen Teppich gegangen, hatte jede Faser unter den Sohlen gespürt, den Kopf in den Nacken gelegt und nach oben gesehen, und irgendwann war sie erschöpft auf den großen Sack geglitten und mit den Sternen eingeschlafen.

Und als sie aufwachte und in den Himmel sah, war etwas in ihr gewachsen, leise, stark und voller Hoffnung: die Gewissheit, dass alles möglich war. Alles.

»Qu'est-ce qui se passe?«, fragte Mamique.

»Rien!«

»Ah, du sahst aus, als träumtest du ... vom Glück?«

Über all die Ereignisse der letzten Tage und Wochen war Volker Brockmann fast gänzlich aus unserem Bewusstsein verschwunden. Möglich, dass er uns aus dem Weg gegangen war, weil er wusste, dass Katastrophen umso grauenhafter sind, je stiller sie heranschleichen. Möglich aber auch, dass dieses Unheil im Schatten des schmerzhaften Verlusts herangereift war, den die Jungs ihm bereitet hatten. Die Befreiung der Schmetterlinge musste etwas in ihm bewirkt haben, von dem wir keine Vorstellung hatten. Das traurige Bild, das ich zusammen mit den Erwachsenen an jenem Morgen gesehen hatte, war so voller Zauber gewesen, voller Magie und Schönheit, dass wir uns nicht hinfühlen konnten zu dem Jungen, der da in schmerzvoller Haltung vor dem Gewächshaus kniete. Auch in ihm musste in diesem Moment etwas aufgebrochen sein und angefangen haben zu wachsen. Etwas Unheilvolles, Dunkles, Bitteres, das von unvorstellbarer Rohheit war und Brutalität. Aber wir ahnten es nicht.

Marcel kam durch die Küche in den Wintergarten, ein bisschen nachtblass noch.

»Bonjour tout le monde!«, rief er mit schlafbelegter Stimme.

Er klaute Papa das Marmeladenbrot vom Teller. Der knurrte wie ein Hund und schnappte scherzhaft nach Marcels Hand. Marcel grinste frech, biss ab und ging zur Wintergartentür.

»Ihr müsst gleich los«, ermahnte Gertrud, während sie zwei in Butterbrotpapier gewickelte Päckchen auf den Tisch legte und meinem Bruder hinterhersah, der in Gummistiefeln und gelbem Ölzeug in den platternden Regen hinausging.

Wir hörten noch seine schlurfenden Schritte auf der Treppe, bevor Gertrud die Tür rasch hinter ihm schloss.

Oberhalb von Brockmanns Apfelbäumen kämpften sich Sonnenstrahlen durch dicke Wolken, ich dachte an Dolche, die ihre Spitzen in graue Wattesäcke stachen. Vielleicht brach die Wolkendecke später auf. Vielleicht würde es doch noch hell werden zum ersten Schultag. Ich fischte mit dem Löffel milchdurchtränktes Brot aus meinem *bol*. Ein Tropfen rann mir kalt über das Kinn. Von mir aus hätten die Ferien noch eine Weile dauern können, ich brauchte die Schule nicht. Die ersten Tage nach den Ferien waren erfahrungsgemäß die schlimmsten. Ich war froh, dass Susi da sein würde. Ohne sie war der erste Schultag gar nicht auszudenken.

Aus dem Radio drang jetzt halblaut die Stimme eines Nachrichtensprechers. Irgendwo war eine Choleraepidemie ausgebrochen. Eine Krankheit, die sich anhörte wie aus dem letzten Jahrhundert. Wen kümmerte es. Ich löffelte die Milch. Mamique sah in die Zeitung. Die Cholera ging uns nichts an. Papa legte seine Finger über mein Handgelenk, der Löffel war zu oft gegen das Porzellan geschlagen. Er hielt mich kurz fest. Gertrud schnitt in der Küche Brot. Der wichtige Mann, den die RAF entführt hatte, war immer noch nicht frei. Er hieß Schleyer. Keiner wusste, wo die Terroristen ihn versteckt hielten. Der Sprecher sagte, ganz Deutschland warte jetzt darauf, ob Helmut Schmidt ihn tauschen oder was sonst passieren würde. Dann sollte das Wetter kommen. Aber das hörten wir nicht mehr.

Marcel stand in der Tür. Der Regen prasselte auf seinen Rücken, rann ihm über das Gesicht. Ich hatte ihn nie zuvor mit solchen Augen gesehen, starr, riesengroß, wie aus Glas. Es war nicht derselbe Junge, der noch vor ein paar Minuten das Haus verlassen hatte. Er hielt die Lippen fest aufeinandergepresst. Nach einer Sekunde voller Schrecken sprangen wir fast gleichzeitig auf. Mamique war als

Erste bei ihm. Tonlos schossen Tränen aus seinen Augen, sein blasses Gesicht war von unsäglichem Schmerz verzerrt. Mamique drückte ihn an sich. Wir hörten, wie er »Jockel!« schluchzte. Immer wieder: »Jockel.« Papa, Gertrud und ich liefen, so wie wir waren, nach draußen, fast wären wir auf Karlchen getreten, die sich auf den Stufen herumgetrieben hatte und mit einem lauten Maunzen das Weite suchte.

Für Anfang September war es viel zu kalt, die Wiese war stark durchnässt und schlammig. Ich trug nur Socken an den Füßen, auf halber Strecke waren sie schon so schwer und klumpig, dass sie wie Fremdkörper an mir hingen, ich schleifte sie mit, einer ging unterwegs verloren.

Die Tür des Gartenhäuschens stand offen. Papa erreichte sie als Erster. Ich kam, noch atemlos, als Gertrud sich gerade bekreuzigte und kurz darauf an den Holunderstamm erbrach. Das aufgebrochene Schloss hing am Scharnier herunter, die Schrauben waren aus dem Holz gerissen. An der Innenseite der aufgerissenen Tür hing Jockel, mit Skalpellen an die Tür genagelt. Sein glatter, prall gespannter Bauch zuckte.

»Das ist barbarisch«, schimpfte Papa, er machte ein paar Schritte in das Gartenhäuschen. Wild auseinandergerissen, lag dort das Lederetui mit den Skalpellen von Frau Voroneckova. Er griff nach einem Messer und schrie uns an: »Schaut weg!«, dann stach er es dem Frosch ins Herz. Ich sah trotzdem hin. Für Jockel war es eine Erlösung.

Wir mussten an diesem Tag nicht in die Schule. Marcel bekam es gar nicht mit. Genauso wenig realisierte er den neuen Erdhügel unter den Tannen und die Musikumstellung im Haus. Wir hörten jetzt Beethoven. Brahms mache uns noch alle depressiv, hatte Mamique gesagt, schlimmer war nur noch Tschaikowski. Wir hörten von diesem Tag an Beethoven. Und Marcel blieb eine Woche lang im Bett. Die meiste Zeit verbrachte er in einem Dämmerzustand. Wir waren besorgt. Er aß nichts, trank nur den warmen Kakao, den Mamique ihm mühevoll einflößte, und fiel immer wieder in tiefen Schlaf, aus dem er oft weinend und schweißgebadet erwachte. Nur das Ei, das nach der Schule kam und die verbliebenen Frösche fütterte, vermochte es, ihm ein paar Worte zu entlocken. Sie saßen stundenlang bei ihm am Bett, strichen unermüdlich über seine Stirn und flüsterten wie Medizinmänner, bis er nach einigen Tagen wieder zu essen begann und irgendwann auch zu sprechen, und dann, nach mehr als einer Woche, stand er auf, ließ die letzten beiden Frösche frei und ging wieder zur Schule.

Mag sein, dass die Zeit alle Wunden heilt, sehr wahrscheinlich ist das sogar richtig, aber keiner spricht über die Narben, die bleiben und still und unerkannt das Altbekannte verändern. Langsam, es geht nur sehr langsam, und weil die Wunde besonders schlimm aussieht, sagt man über die Narbe später, sie sei gut verheilt. Ich hätte nicht zu sagen gewusst, wie tief die Wunde war, die der grausame Jockel-Mord ins Herz meines Bruders riss. Ob sie je verheilte. Er muss allerdings eine große Narbe hinterlassen haben, so viel ist sicher.

Papa wäre am liebsten direkt zu den Brockmanns rübergegangen. Mamique hielt ihn nur mit Mühe davon ab. Sie wollte das auf eine andere Weise lösen und dauerhaft.

Susi und ich sahen sie am Mittwoch nach der Schule am Eingang des Oberstufengebäudes. Ein modernes helles Haus mit viel Glas und einem Vorbau aus Beton. Dort stand sie in Jeans und blauer Windjacke, von hinten hätte man sie für eine Schülerin halten können, hätte sich der lange lose Zopf auf ihrem Rücken nicht grau von ihrer Jacke abgehoben. Als Volker vor die Tür trat, ging sie zielstrebig auf ihn zu. Er hatte sie erkannt. Er grinste breit und frech.

Wir hörten nicht, was Mamique sagte, aber ihre Körperhaltung ließ klar erkennen, dass sie keinen Widerspruch zuließ. Als Volker jetzt, nach Unterstützung suchend, seinen Kopf zu Ben und Ratze drehte, griff sie blitzschnell nach einem Ohr und zog daran, als sei er ein kleiner ungezogener Junge. Das blöde Grinsen war augenblicklich erloschen. Sie überragte ihn um ein paar Zentimeter, er wirkte plump und bullig neben ihr. Eine Reihe Schüler war stehen geblieben, vor allem aus dem Unterstufenhaus sahen sie herüber. Ben und Ratze beeilten sich zu verschwinden. Mamique ließ Volkers Ohr jetzt wieder los. Er richtete sich auf und sah sie voller Misstrauen an. Die meisten Schüler hatten sich schon wieder abgewandt. Sie fasste ihn am Oberarm und führte ihn schnellen Schritts vom Schulhof. Wenn man nicht genau hinsah, hätte man meinen können: eine Großmutter, die ihren Enkel abholt. Doch in Mamiques Gesicht fand sich keine Spur von Freundlichkeit. Sie hielt ihn weiter fest gefasst und schritt mit gebieterischer Miene an der langen, niedrigen Häuserzeile gegenüber unserer Schule entlang. Sie näherten sich dem Kirchplatz. Volker, der den Rhythmus ihrer Schritte nicht finden konnte, wirkte wie ein Betrunkener neben ihr. Dann waren sie fast an der Kirchplatzmauer angelangt. Mamique gestikulierte, was darauf schließen ließ, dass sie mit großer Gefühlsbeteiligung redete. Jetzt blieb sie stehen und ließ Volker mit einer großzügigen Armbewegung, die in einem kleinen Stoß endete, frei. Er machte ein paar schnelle Schritte, bevor er innehielt und sich zu ihr umdrehte. Der bullige Kopf wackelte hin und her, als koste es ihn Mühe, ihn gerade zu halten. Er sagte etwas, rieb verlegen den Nacken mit der Faust.

Mamique sah ihn abwartend an. Sie machte eine Geste, als wollte sie sagen: »Und? Was meinst du?«

Er nickte, als willige er ein.

Erwartungsvoll neigte sie den Kopf, sein Nicken reichte ihr offenbar nicht. Unsicher streckte er ihr die Hand entgegen, als hoffe er, sie damit zufriedenzustellen, und einen Moment lang ließ Mamique ihn mit dem ausgestreckten Arm dort stehen.

Dann griff sie die Hand und schüttelte sie kurz.

Seitdem ging Volker uns aus dem Weg.

# 30.

Es kam mir in diesen Tagen vor, als seien wir in einem ewigen Regen versunken. Es war Herbst geworden. Die Bäume ragten immer dunkler und kahler in den Himmel. Es stürmte und regnete fast ununterbrochen. An manchen Tagen hingen die Wolken so tief über der Ebene, dass man glaubte, sie mit ausgestreckter Hand berühren zu können. Ich fühlte mich schwer und träge, wie vollgesogen mit dem ganzen Wasser, und mich befiel das deprimierende Gefühl, der Herbst könne noch Jahre dauern.

Obwohl Volker uns aus dem Weg ging, wurden wir ständig an ihn erinnert. Jeden Morgen stand Karlchen an der Tür zum Wintergarten und wartete auf ihr Schälchen. Wir alle hassten das fordernde »Miau«, das erst nachließ, wenn Gertrud mit den Resten vom Abendessen herauskam. Karlchen war in einem fürchterlichen Zustand. Ihr Fell hing schlaff und zauselig herab wie ein altes Tuch. Selbst Marcel, der sie noch weniger mochte als ich, hatte Mitleid. Wir mutmaßten, wo sie das ganze Futter ließ, den fetten Rahm von Engels Milch und all die Köstlichkeiten, die Gertrud ihr servierte. Ihr Hunger schien verzweifelt und schier unendlich.

Es sei organisch, sagten Marcel und das Ei mit einem Blick auf Papa, der wie so häufig in Gedanken woanders war. Der Blinddarm, sagten sie recht oft, wahrscheinlich, weil Papa ihn irgendwann einmal erwähnt hatte. Beim Sonntagsfrühstück dann brachte Gertrud vorsichtig vor, sie würde in der folgenden Woche mit dem Tier auf eigene Kosten zum Arzt gehen, sie hätte das Gefühl, für Karlchen sei alles nur noch eine Quälerei, sie könne nicht mit ansehen, wie die arme Katze vor ihren Augen starb. Mamique ließ langsam die Zeitung sinken. Gertrud hatte nur in den Raum gesprochen. Papa sah entnervt zu ihr rüber, und offenbar war er froh, dass meine Großmutter jetzt das Wort ergriff.

»Kommt überhaupt nicht infrage!«, sagte sie entschieden, »C'est hors de question! Die Katze heißt Brückemann mit Nachnamen!«

»Nein, Mamique: Brockmann«, korrigierte Marcel, »aber wir könnten ...«

»Wir können gar nichts«, energisch hieb Mamique ihre flache Hand auf den Tisch, »und Sie, Gertrud, auch nicht. Ich verstehe sowieso nicht, warum Sie die Katze ständig füttern. Wir hatten dieses Thema doch schon so oft. Die Leute drüben sollen sich um ihre eigenen Angelegenheiten kümmern. War das nicht Aufregung genug in den vergangenen Wochen? Wie soll das denn jemals zu einem Ende kommen?«

Ein Wort mehr, und Gertrud wäre in Tränen ausgebrochen. Nach einem forschenden Blick, ob ihre Worte Wirkung zeigten, wandte Mamique sich wieder ihrer Zeitung zu. Ihr entging dabei Marcels teilnahmsvolle Geste zu Gertrud, deren Augen gerötet waren und voller Verzweiflung. Er schürzte die Lippen und flüsterte: »Wir helfen, Gertrud. Wirst schon sehen ...«

Doch die bekam vor lauter Selbstbeherrschung gar nichts mit. Nur ich fragte mich, was er damit gemeint hatte.

In diesen Tagen kam Anna eines Abends zu uns und sagte zu mir: »Ich brauche dich.«

Die Vorstellungen hatten seit einer Woche begonnen, und eine der Spaziergängerinnen von Sanssouci hatte sich am selben Tag den Fuß verstaucht. Ich sollte sofort einspringen. Ich kannte jeden einzelnen Schritt, jede Geste, jede Mimik, jeden Satz, ich wusste, wann die Schauspieler Bemerkungen einstreuten, die nicht im Text standen, ich hätte auch als Souffleuse agieren können. Ganz unverhofft öffnete sich mir also die Tür zu der Welt, die mich in den letzten Wochen fasziniert hatte. Keinen Platz mehr im Schatten der Empore, ich durfte auf die Bühne! Ich würde die wunderschönen Schnürstiefel tragen, die hellen Handschuhe, sie würden mir in der Maske große schwere Locken drehen und lange Wimpern schminken, ich würde in dem hellen Kleid mit den anderen jungen Frauen kichernd durch den Park von Sanssouci flanieren und mit den Offizieren flirten. Ich würde in meiner Verkleidung hinter der Bühne dicht bei Misha stehen und jede Minute auskosten, die er mich nicht erkannte. Ich spürte, wie mir Wärme ins Gesicht stieg bei der Vorstellung.

»Was ist nun?«, fragte Anna.

Ich war nicht ganz sicher, ob ich die Richtige war. »Ich hab nie auf der Bühne gestanden ... Meinst du, dass ich das kann?«

»Wer, wenn nicht du?«

Natürlich sagte ich: »Ja.«

Sie drückte mich überschwänglich.

»Gut. Dann also morgen Abend«, sie zeigte mit dem Finger auf mich, »ich hole dich ab, damit wir vorher noch mal alles durchgehen können.«

Mamique gab zu bedenken, dass ich nach meinem Auftritt nicht alleine durch die dunkle Stadt gehen durfte. Morgen würde sie sich das Stück ansehen und mit mir zusammen nach Hause gehen, aber ihre Begeisterung für deutsche Soldatenstücke, auch wenn ihre Enkelin darin einen bemerkenswerten Auftritt habe, halte sich in Grenzen. Für die restlichen Aufführungen müsse es eine andere Lösung geben.

»Ich kümmere mich darum, dass sie gut nach Hause kommt«, versicherte Anna, »das gehört auch zu meinem Job.«

Ich öffnete ihr die Tür. Der Regen klang jetzt wie Musik.

»Ça te plairait d'être actrice?« Mamique hakte mich unter, nachdem wir die Tür geschlossen hatten.

»Weiß nicht, vielleicht ...? Nein.« Ich sagte ihr, dass ich eigentlich immer gedacht hatte, Malerin zu werden. Sie blieb auf dem Treppenabsatz stehen.

»Es bedarf großer Intuition, großer Fantasie, sich in jemand anderen hineinzuversetzen«, sie musterte mich, »und das kannst du gut! Mindestens so gut wie zeichnen.«

Ich küsste sie, ohne etwas zu antworten, und ging die Treppe hinauf.

Seit dem frühen Morgen hatte ich die Aufregung gespürt, mein Bauch schmerzte seit der ersten Schulstunde, es wurde immer schlimmer. Susi verstand meine Aufregung nicht.

»Du bist doch nur Statistin«, sagte sie, »und du kennst das Stück auswendig! Was soll schiefgehen?«

Es ging nicht um Schiefgehen. Es ging darum, dass ich all die Wochen aus der Distanz auf die Bühne gesehen hatte, und nun, schlagartig, durfte ich auf der anderen Seite sein. Ich würde im Licht der Scheinwerfer stehen, wo jeder Schritt, jede Bewegung für die anderen sichtbar war. Ich wusste es, ich hatte lange genug zugesehen.

Außerdem würde ich Misha näher sein als jemals zuvor. Seit wir uns aus dem Theater kannten, grüßten wir uns nicht nur, sondern blieben beide stehen, auch in der Schule. Wir sagten nicht viel, meist etwas völlig Unwichtiges, doch zwischen den Worten war eine Ahnung. Als könnte dort etwas sein. Nichts Bestimmtes. Etwas Unausgedachtes, ganz weit weg Gespürtes. Manchmal sah er mich auch nur an, ohne etwas zu sagen, strich sich lächelnd die Haare aus der Stirn. Mit dieser besonderen Geste. Dann lächelte ich auch und sagte irgendwas, um das Schweigen zu beenden, weil es mich unsicher machte. Ihn schien es zu umgeben wie ein großer Mantel, in dem er sich sicher fühlte. Mich lockte es aus der Reserve. Jedes Mal wollte ich im Boden versinken, wenn etwas Belangloses aus mir hervorbrach. Aber ich hatte die Hoffnung, dass es mir jetzt, hinter Puder und Schminke, vielleicht gelingen könnte, geheimnisvoll stumm zu bleiben und nur zurückzulächeln.

»Mal ehrlich, am Sonntag ... Wenn bei *mir* was schiefgeht ...« Susi sah mich herausfordernd an.

Ich hatte es vergessen! Am Sonntag würde sie zum Vorspielen nach London fliegen. Ihr blieben nur noch zwei Tage, um zu üben. Sie würde abends nicht zur Vorstellung kommen.

»Das stimmt ...«, sagte ich leise.

Ich hatte das Fenster weit geöffnet, um Annas Schritte zu hören, ich wollte rechtzeitig aus dem Bett kommen und angezogen sein, wenn sie klingelte. Wahrscheinlich war es noch viel zu früh. Ich sah auf die Uhr. Viertel vor sechs.

»Bist du sicher, dass du da heute Abend mitmachen willst?« Gertrud legte eine Wärmflasche auf die Bettdecke, an die Stelle, wo sie meinen Bauch vermutete. Mit der anderen Hand balancierte sie auf einem Tablett eine Tasse Tee und selbst gemachte Ingwerplätzchen.

»Was denkst du denn!« Ich schob die Wärmflasche zur Seite, obwohl ich sie lieber an mich gepresst und mich vor Schmerz gekrümmt hätte. Wie eine große Wunde zog und zerrte es in mir, als wäre die Aufregung ein Zwerg, der Eingeweide knetet.

»Du brütest doch irgendwas aus!« Gertrud taxierte mich mit prüfendem Blick. Im Hintergrund lief Beethovens *Fünfte*.

»Es ist alles in Ordnung, mir ist nur ein bisschen

schlecht. Kannst du nicht wenigstens die Musik ausmachen?«

»Ein bisschen?« Sie sagte das ironisch und ohne auf meine Bitte einzugehen. »Ein bisschen sehr, scheint mir.« Sie stellte das Tablett auf den Boden. »Nicht dass du dir was eingefangen hast.«

Es klingelte. Wie elektrisiert sprang ich aus dem Bett, trat gegen das Tablett und verschüttete den Tee. Ich hörte Gertrud schimpfen. Mein kleiner Zeh war mit Sicherheit gebrochen. Dafür hatte der Schmerz im Bauch einen Moment nachgelassen. Ich hüpfte die Schritte zur Tür, das Zimmer drehte sich leicht, ich taumelte, und Gertrud sprang auf mich zu. Im Stehen ergoss sich etwas zwischen meine Beine. Ich presste sie panisch zusammen.

»Mein Gott«, entfuhr es Gertrud, sie sah an mir herunter. Keine Ahnung, warum ich *sie* anstarrte und nicht meine *Beine*. Kleine Schweißperlen standen ihr auf der Stirn. Ich spürte ihre Hand am Arm, sie zog mich zurück zum Bett. Ich sollte mich setzen. Aber mir war nicht nach Setzen. Irgendwas stimmte nicht mit mir.

»Warte hier«, rief sie hektisch, als dürfe ich mich nicht bewegen.

Ich folgte ihr mechanisch bis zum Geländer, sah Annas lachendes Gesicht am Fuß der Treppe und Gertrud, wie sie ihr bedeutete, schnell hereinzukommen. Auf dem letzten Absatz blieben die beiden stehen und starrten auf meine nackten Beine. Gertrud wischte sich mit der flachen Hand über das Gesicht und setzte an, etwas zu sagen.

»Bic, du hast deine Tage!«, kam Anna ihr zuvor.

Sie schob sich sacht an ihr vorbei, kam die Treppe hinauf und legte einen Arm um mich. Ich lehnte mich an sie wie ohnmächtig.

Meine Tage, fuhr es mir durch den Kopf. »... Ich kann da jetzt nichts dafür ...«

»Natürlich nicht«, sagte Anna und lachte. Ich spürte ihre Hand um meine Hüfte. »Badezimmer?« Sie sah zu Gertrud hinab. Die zeigte nach links. Anna schob mich ins Badezimmer und ich presste jetzt die Beine zusammen.

»Rein oder raus?«, sie machte eine klare Handbewegung.

»Ähm«, machte Gertrud, die hochgekommen war, und trat einen Schritt zurück. »Ich hol ... ich hol eben ein paar Sachen für Bénédicte.«

»Raus also«, bemerkte Anna und schloss die Tür hinter uns. Ihre Stimme wurde leise, sie zeigte auf die geschlossene Tür hinter sich. »Seid ihr, sind wir – allein?«

Ich nickte.

Anna atmete hörbar aus.

»Was ist los?«

»Meine Tage, mein Gott, das ganze Blut«, sagte ich, und dann fing ich an zu schreien. Ich spürte, wie es währenddessen wieder in einem Schwall an meinen Beinen herunterlief, ich spürte, wie warm es war. Mir wurde kalt, jedes einzelne kleine Haar auf meinem Rücken stellte sich auf.

»Es ist nur Blut«, sagte Anna.

Ich hörte mich schreien: »Blut, Blut, Blut, Blut, Blut, Blut, Blut!« Ich schrie und schrie.

Irgendwann schmerzte der Hals, die Ohren summten, betäubt von der ungewohnten Lautstärke, ich wusste nicht mehr, was ich schrie und warum. Es tat gut, zu schreien, die aufgeriebenen Stimmbänder zu spüren. Ich sah, wie es rot über meine Beine glitt, wie es Bahnen über meine Haut malte, an manchen Stellen schmal und hell wurde, sich kurz darauf dunkel wölbte, um dann leuchtend auf das glänzende Email-weiß der Badewanne zu tropfen.

»Du hast sie ... zum ersten Mal?«

Ich nickte und beobachtete das Blut.

»Denke, ja. Ich kann das Blut sehen«, sagte ich.

»Natürlich kannst du das ...«

»Nein«, sagte ich, »ich habe es zwei Jahre lang nicht sehen können.«

Anna sah mich verwirrt an: »Wieso? ... Das wusste ich nicht! Wie kann das sein?«

»Ich war rotblind.«

»Wann ... Wie bist du ... erblindet?«

»Nachdem ich ... meine Mutter. Sie hat versucht sich das Leben zu nehmen.«

»Zieh dich aus!« Anna schob sich die Ärmel zurück. Die Strümpfe klebten an meinen Knöcheln, rot gesprenkelt, es ziepte leicht, als sie versuchte, sie mir abzustreifen. Sie betrachtete mich, betrachtete den Boden, sah auf meine Füße in der Badewanne. »Du stehst in einer Blutlache!« Sie lachte, als spräche sie über Regen. »Also, du duschst jetzt, ziehst was Neues an, ich mache hier sauber und dann gehen wir.«

Ich schüttelte den Kopf, legte die Arme um meinen Bauch und setzte mich auf den Wannenrand. Luftholen. Ich spürte Annas Körper an meinem Rücken, warm und fest, wie eine Lehne. Sie massierte vorsichtig meine Schultern. Ich schloss die Augen. Aimée. Das geschlossene Badezimmer. Das Blut. Immer wieder drängte es dicht an mich heran, berührte mich mit grottenkalten Fingern. Es war nicht mehr das Blut, das mich ängstigte, es waren die grässlichen Bilder, die ständig wechselten. Bilder, die nicht aus der Wirklichkeit kamen, nicht aus der Erinnerung, sondern aus der Angst, mit schuld zu sein an dem, was passiert war. Ich ließ meinen Kopf nach hinten gegen Annas Bauch kippen. Ich wollte all das loswerden. Meine Zähne schlugen leise aufeinander. Eine ganze Weile saß ich so. Irgendwann bewegte sich Anna, sie stellte die Dusche an.

»Eigentlich ist das ein Festtag!«, hörte ich sie in das Rauschen des Wassers sagen, »du bist jetzt offiziell eine von uns. In anderen Kulturen werden an diesem Tag große Feste gefeiert!«

Nach und nach füllte sich der Raum mit warmem Wassernebel.

»Die jungen Frauen bekommen Geschenke«, rief Anna gegen das Prasseln an, während sie mich auszog und anschließend unter die Brause schob.

Es lief mir über den Kopf, in die Augen und Ohren, das Haar klebte wie mit Klebeband festgezurrt an meinem Schädel, auf den Schultern, am Rücken. Ich fühlte mich merkwürdig klein und verletzlich, aber auch aufgehoben hier mit Anna im Wasserdampf.

Sie reichte mir die Seife.

»In Japan haben die jungen Frauen Zauberkräfte in diesen Tagen, sie können Wünsche erfüllen, man sagt, sie können sogar Kranke heilen!«

Ich neigte den Kopf nach vorne und öffnete die Augen.

Mir war, als bemerkte ich zum ersten Mal die kleinen, spitzen Erhebungen über meinen Rippenbögen.

»Zauberkräfte? Kranke heilen?«

Meine Augen brannten, roséfarbenes Wasser stand um meine Knöchel. Ich musste an Edith Piaf denken, »La vie en rose« und an die Heiligen.

Anna rutschte auf einem Wischlappen durch das Badezimmer.

»Ich kann wieder rot sehen!«, hörte ich mich im Schauer des Duschstrahls sagen und fühlte, wie langsam Wärme durch meinen Körper zog. Ich spürte, wie der Schmerz nachließ. Das aufprallende Wasser hallte in meinem Kopf, jeder Tropfen ein Schlag.

Das Kleid saß wie für mich gemacht. Sogar die Stiefel passten. Die anderen Mädchen in der Garderobe, alle ein bisschen älter als ich, hatten mich, als ich es endlich anhatte, um die Taille gefasst, meine Röcke gehoben und ausgelassen gelacht, sie hatten mein onduliertes, hochgestecktes Haar bewundert, die dicken Korkenzieherlocken mit den Händen gewogen und giggelnd meine Oberweite mit einer Handvoll Socken korrigiert. Sie waren völlig überdreht. Keine von ihnen ahnte, dass ich ein Fest feierte, dass ich von heute an dazugehörte, mit meinen Sockenbrüsten, dass sie es mit mir feierten. Im Vorübergehen sah ich im Spiegel eine unbekannte junge Frau, die mir voller Selbstvertrauen zulächelte. Ich ging erst nach der Pause direkt zu meiner Szene hinunter.

Als ich mit dem anderen Kindermädchen in das grelle Bühnenlicht hinaustrat, wusste ich, dass gleich zwei junge Offiziere auf uns zukommen würden, einer würde mir seinen Arm reichen und mit mir bis zum Szenenende im lautlosen Gespräch auf- und abgehen. Ich streckte meinen Nacken und lief an einer Stoffazalee vorbei. Die Klammern, die das kleine Hütchen auf meinem Haar hielten, drückten in meinen Schädel. Ich war nicht wenig überrascht, als der Offizier vor mir den Hut zog und Mishas Gesicht darunter zum Vorschein kam.

»Sie hier mein Fräulein?«, flüsterte er, während sich vor uns der Hauptdarsteller mit einem Invaliden unterhielt.

Ich versuchte, meine Verwunderung hinter einer hochgezogenen Braue zu verbergen, und taxierte ihn von der Seite.

Er bot mir formvollendet seinen Arm.

Ich hakte mich vorsichtig ein.

»Und Sie? Sie wechseln wohl häufiger die Rolle?«, flüsterte ich schnippisch.

»Ich bin eingesprungen, Mademoiselle.«

»Ach, wie ich ...«

»Warum so schüchtern? Wie gern würde ich bald einmal mit Ihnen eine Radtour machen! Was halten Sie davon?«

Er drückte meinen Arm.

Ich lächelte ihn übertrieben verzückt an.

»Auf einem dieser schicken Hochräder?«, fragte ich.

Er blieb stehen.

»Auf was auch immer Sie wünschen«, sagte er gestelzt. »Es gibt kaum etwas Schöneres, als im Herbstwald umherzufahren und den Wildschweinen beim Eichelsuchen zuzusehen! Mit Ihnen wäre es mir eine besondere Freude!«

Ich hielt mir ein Spitzentaschentuch vor die Lippen.

»Nein, ganz bestimmt nicht ...«

»War das ein Korb?«

»Es gibt bestimmt nichts Schöneres, wollte ich sagen ...«

Er zeigte ein verschmitztes Lächeln und führte mich durch die Pappallee an der hinteren Bühnenwand.

»Also, wann kann ich damit rechnen?«

Ich kicherte in mein Taschentuch.

»Mein Fräulein, glauben Sie mir, ich meine es ernst!«

Am Bühnenrand traten zwei ältere Damen auf, die sich gleich auf die Bank des Hauptdarstellers setzen würden. Unser Signal. Wir mussten die Bühne verlassen und fanden uns kurz darauf zwischen schwarzen Moltonbahnen wieder, ganz in der Nähe von Annas Pult. Wir blieben einfach stehen, während die anderen Statisten in den Aufenthaltsraum gingen. Wir standen dicht beieinander und schwiegen. Manchmal, in einem ruhigen Moment, hörte ich ihn atmen.

Dann fiel der Vorhang. Wir rannten auf die Bühne. Ich glaube, wir mussten sieben Mal nach draußen. Ich spürte, auch wenn ich keine große Rolle gehabt hatte, dass der Applaus Belohnung war.

Dann erlosch das Licht. Alles war vorbei. Hinter dem Bühnendurchgang trat Misha neben mich. Im Gehen löste er die Manschettenknöpfe seines Hemds.

»Ich hab keine Antwort von dir bekommen.«

Ich blieb kurz stehen und machte ein verständnisloses Gesicht.

»Wegen des Radfahrens«, sagte er und ließ einen der silbernen Knöpfe in den Handteller fallen, »wie wäre es, sagen wir, morgen?«

Ich spürte, wie sich die schweren Locken an meinem Hinterkopf bewegten. Wegen des Radfahrens ... Er hatte mich gemeint, nicht das Kindermädchen.

»Morgen bin ich mit Susi verabredet.«

»Ist das Annas Tochter, von der du schon ein paarmal erzählt hast?«

Ich nickte.

»Wir nehmen sie mit ...«

»Das wäre ein bisschen kompliziert ...«, erwiderte ich und fügte rasch im Weitergehen hinzu: »Ich habe kein Rad! Und Susi, glaube ich, kann noch nicht einmal Rad fahren.«

»Ich konstruiere ein Tandem für drei!«

Ich lachte ein bisschen übertrieben, halb über die Schulter hinweg, und während ich den Flur zur Damengarderobe hinunterging ohne mich weiter umzudrehen, fragte ich mich, was eigentlich mit mir los war.

# 31.

Am nächsten Morgen stand ich später auf als sonst und wunderte mich, am Frühstückstisch auf Papa zu treffen. Um diese Zeit war er sonst längst im Irrenhaus. Sein Frühstück war beendet, der Teller leer, er hatte die Serviette wieder in den Ring geschoben und las, scheinbar angestrengt, eine Tabelle voller Zahlen. Ich wusste sofort, dass er auf mich gewartet hatte. Ich sah es an der Art, wie er die Haltung änderte, als ich den Wintergarten betrat. Wir waren allein.

»Guten Morgen, Bénédicte«, er schenkte mir ein Lächeln wie schon lange nicht mehr.

Ich setzte mich.

Er schob eine Medikamentenschachtel über den Tisch.

»Das ist gegen die Krämpfe. Dreimal eine. Und wenn es schlimmer wird, nimmst du dreimal zwei.«

Ich schaute wortlos auf die bunte Schachtel. Nicht dass ich es vergessen hätte. Ich fand nur, es ging ihn überhaupt nichts an. Mamique und Anna hatten mit mir in der Theaterbar darauf angestoßen. Auf das Frausein. Zum ersten Mal in meinem Leben hatte ich Champagner getrunken. Mein merkwürdiges Verhalten Misha gegenüber war verblasst. Ich hatte mich gefühlt, als tanzten Bläschen durch meine Venen, das Rot überall war überwältigend, die Gerüche aus der Garderobe, der rauschende Applaus. Und Anna und Mamique an meiner Seite. Ich hatte mich als Teil einer neuen Welt gefühlt, stark und lebendig. Ich war nicht im Geringsten auf Papa und seine Medikamente vorbereitet.

Vermutlich hatte Gertrud ihn informiert. Sie werkelte auffallend unauffällig hinter der geschlossenen Tür zur Küche. Ich fragte mich, warum sie offenbar den Drang hatte, alles an ihn weiterzugeben. Das war doch krank!

Selbst solch eine Frauensache konnte sie nicht für sich behalten.

»Es ist gut möglich, dass es in der ersten Zeit unregelmäßig auftritt.« Er griff nach einem Buch, das ich seit Jahren kannte. Dem dicken *Pschyrembel*. Er kam immer dann bei uns auf den Tisch, wenn Papa uns ungeteilte Aufmerksamkeit zukommen ließ: in Zeiten auftretender Kinderkrankheiten. Und immer dabei: die kleine Canon-Kamera mit Aufsteckblitz. Die fehlte jetzt. Mir war danach, laut zu lachen. Als letztes Bild zum Ende der Kindheit im Album: Bénédicte, menstruierend!

Eigenartig, dachte ich, dass er immer diesen medizinischen Anlass brauchte, um uns nah zu sein.

»Was schaust du so?«

»Was willst du mit dem Buch?«

Er war aufgestanden, hatte den *Pschyrembel* zur Seite geschoben, die Hände in die Hosentaschen gesteckt und ging jetzt um den Tisch.

»Wenn du noch Fragen hast, können wir darüber sprechen ... Ich denke, ihr habt in der Schule ja ...«

»Keine Fragen!«, abwehrend hob ich die Hand. Er wollte mir ja wohl keinen Vortrag über Menstruation halten! Hinter der Küchentür war irgendwas zu Boden gefallen.

Er sah mich irritiert an.

»Du bist spät dran damit. Das könnte mit dem Trauma ... oder deinem Untergewicht ...«

»Was für einem Untergewicht?«

»Bénédicte, du weißt, was ich meine.« Sein Blick wanderte über meine Beine, die unter einem viel zu großen T-Shirt hervorschauten, bis zu Aimées dicken Wollsocken an meinen Füßen, die ich mittlerweile auf dem Nachbarstuhl abgelegt hatte. »Es würde schon ausreichen, wenn du regelmäßig isst.«

»Das wollte ich gerade. Jetzt ist mir der Appetit vergangen ...«

»Was soll das heißen?«

»Woher willst du denn wissen, ob ich regelmäßig esse?«

Ich ahnte, die Informantin war dieselbe.

»Ich sehe es dir an!«

»Du bist doch sowieso kaum da!«

Er atmete verhalten und fuhr sich mit der Hand in einer Massagebewegung über den Nacken.

»Wenn du dir wenigstens mal selbst ein Bild machen würdest! Aber du hockst lieber bis in die Nacht mit deinen Irren zusammen und lässt dir von Spezialagentin Gertrud Lageberichte geben! Wie wäre es, wenn du *mich* mal fragst, wie oft ich esse, wenn du schon nicht dabei bist.« Ich hatte Gertruds Namen absichtlich laut gesagt, prompt wurde es hinter der Küchentür wieder hörbar geschäftig. »Aber alles weiß sie eben auch nicht«, fügte ich böse hinzu.

»Ich wollte dir helfen ...«

»Mein Vater mit dem Helfersyndrom!«, höhnte ich, »du willst immer allen helfen. Den Irren, den Kranken, ach, am besten ganz Sprede ... Aber du bist nie zu Hause, wenn deine Familie mal wirklich Hilfe braucht!«

Fassungslos sah er mich an.

»Dieses Medikament ...«

»Ich habe niemandem gesagt, dass ich Medikamente brauche. Falscher Informationsstand, Papa! Außerdem bin ich nicht krank. Das müsstest du am besten wissen.«

»Gertrud sagt, du hättest furchtbare Krämpfe gehabt.«

»Gertrud sagt dies, Gertrud sagt das!«

»Bénédicte!«

»Aber das meine ich doch: Frag mich!«

Er setzte sich direkt an meine Seite.

»Also, ich frage dich: Brauchst du etwas von mir?«

Ich schnippte das Medikamentenpäckchen mit dem Zeigefinger über den Tisch.

»Auf jeden Fall keine Medikamente! Manchmal brauchen wir einfach nur ein bisschen mehr von dir«, sagte ich leise und spürte, wie mein Hals eng wurde und mir Tränen in die Augenwinkel traten. Er zog meinen Kopf an seine Schulter. Und noch ein bisschen leiser hörte ich mich sagen: »Ich kann wieder sehen«, obwohl ich ihm das eigentlich nicht hatte sagen wollen.

Von diesem Tag an stand es mir frei, Frau Fritzi zu besuchen. Papa bat mich, sie anzurufen, wenn ich sie sehen wollte. Ich nahm mir vor, vielleicht hin und wieder hinzugehen, wenn mir danach war, nicht nur aus Neugierde, ich mochte sie inzwischen wirklich, und ich hatte sie seit unserem Besuch mit dem Morphium nicht mehr richtig gesehen.

Am selben Nachmittag noch war Agathes Beisetzung. Es windete und versprach wieder Regen zu geben. Susi und ich gingen trotzdem hin. Natürlich waren wir nicht eingeladen und Che Guevara schon mal gar nicht. Er war sogar explizit ausgeladen, durch ein Schild, das am Eingang hing: durchgestrichener Hund, rot umrandet. Wir gesellten uns auch nicht zu den über hundert Leuten, die dort standen. Wir verbargen uns mit Che am Rand des Friedhofs nahe einer Ansammlung von Bäumen. Wir standen hinter einer großen Jesusstatue, die mit ausgebreiteten Armen von einem Hügel herab über ein Meer von Gräbern wachte, und schauten unter Jesus' Achseln auf Herrn Walzig und die dunkel gekleideten Menschen, die sich um das kleine Loch im Boden drängten.

Die halbe Stadt schien versammelt.

Friedhofsruhe lag über unserem Hügel. Der Wind trug

einzelne Worte bis zu uns herauf. »Abschied« und »Trauer« hörten wir. Kein Vogel sang, hin und wieder kläffte auf der anderen Seite der Mauer ein Hund.

»Ich frage mich wirklich, was passiert, wenn einer stirbt«, brach Susi in die Stille.

»Man kommt in den Himmel oder in die Hölle.«

»Stimmt. Zu dem großen Mann mit dem langen weißen Bart oder dem kleinen mit den Hörnern. Eigentlich ganz einfach!«

»Ich weiß, dass du nicht an Gott glaubst ...«

Die Leute unten stimmten ein träges trauriges Lied an.

»Ich bitte dich, Bic, es ist offensichtlich! Der Himmel, der Weltraum, wenn du dich hinstellst und es dir ansiehst: Es hört nirgendwo auf, es fängt nirgendwo an, hier vor unserer Nase ...«

Wir sahen in den verhangenen Himmel. Dunkle Wolken zogen gemächlich in Richtung Zementwerke. Zwei Raben ließen sich krächzend im blattlosen Geäst einer Platane nieder. Wir hielten uns im Geheimnis der Unendlichkeit auf. Wir standen mittendrin. Wir vergaßen es nur oft. Weil man den Grund unter den Füßen verlieren konnte, wenn man es zu tief einatmete. Ein paar Regentropfen fielen. Ich sah Susi an, damit sie weitersprach.

»Kapierst du es? Unendlichkeit?« Sie schüttelte auf ihre eigene Frage den Kopf. »Wir können es eben nicht kapieren! Weil wir selbst so verdammt endlich sind. Und deshalb ist es uns unheimlich. Deshalb haben wir Gott erfunden. Als Erklärung für alles, was wir hier nicht verstehen. Das ist feige. Anstatt uns der Unendlichkeit zu stellen!«

Ich wusste nicht, was sie damit meinte.

»Aber das ist doch keine Begründung dafür, dass es Gott nicht gibt!«

»Nein. Ob es ihn gibt oder nicht, werden wir sowieso nicht herausfinden, nicht mit unseren begrenzten Fähigkeiten, nicht in diesem Leben. Aber mit so jemandem wie Gott im Hintergrund geben wir unsere gesamte Verantwortung ab. Gott ist der Punkt, an dem wir aufhören, uns Gedanken zu machen. Gedanken, was sein könnte, wenn er nicht wäre. Diese schöne Gott-Geschichte erklärt alles. Was meinst du denn, was jetzt mit ihr passiert?« Sie zeigte auf ein silbernes Rohr, das Walzig in die Grube gleiten ließ. »Warum hören wir nichts von diesen ganzen anderen Agathes, die davor gestorben sind? Entweder es ist dort, wo sie hingehen, so außerordentlich aufregend, dass sie keine Zeit haben, sich zu melden, oder sie lösen sich in Staub auf und sind nichts mehr danach. Einfach nichts.«

Ich zuckte die Achseln. Der Wind stob eine Wolke welker Blätter über den Boden. Ich wusste es auch nicht, ich hatte nur eine andere Idee.

»Deine Unendlichkeit ist für mich eigentlich der Beweis dafür, dass wir nicht endlich sein können. Wenn der Raum, in dem wir uns befinden, so unbegreifbar ist, dann sind wir es auch. Und wenn es an unserem Zustand liegt, dass wir das alles nicht verstehen, dass wir lediglich vom Anfang bis zum Ende eine Vorstellung haben, dann könnte sich das ändern, wenn sich unser Zustand verändert, wenn wir keine lebendigen Menschen mehr sind, sondern irgendetwas anderes. Agathe versteht jetzt vielleicht viel mehr als wir. Und Gott ...«

Susi fasste mich an der Schulter. Am Grab spielte jemand die Cellosonate von Brahms. Ich kannte sie auswendig. Ein paar Leute spannten Schirme auf.

»Gott, Gott, Gott! Gott kann keiner verstehen. Er ist eine Erklärung. Aber sieh mal da!«, sie sprach plötzlich ganz langsam. »Ich verstehe jetzt etwas ganz anderes!«

Der enge Kreis um das Grab hatte sich gelichtet, einige Leute waren auseinandergetreten. Ganz vorne an der Graböffnung stand jetzt Frau Fritzi, im Begriff, Erde in das Loch zu schütten. Hinter ihr, sie verdeckte ihn halb, hinter ihr sahen wir einen kleinen Mann mit einem Strauß weißer Blumen in den Händen.

»Er hat den Brief gelesen!«

Wir sahen zu, wie Philo seine Blumen in die Grube fallen ließ und danach an Franziskas Seite trat. Wie der Regen dunkle, unförmige Kreise auf unsere Jacken warf, dicht an dicht, bis keine Kreise mehr sichtbar waren und unsere Jacken schwer und kühl. Wir standen reglos da, ohne den Blick abzuwenden. Es war unfassbar.

»Wir haben Gott gespielt!«, sagte Susi irgendwann leise und ein bisschen pathetisch.

Es dauerte eine ganze Zeit, bis wir begriffen, dass wahr war, was wir sahen. Dann fielen wir uns in die Arme und lachten, und ich glaube, wir heulten auch ein bisschen, weil wir es kaum glauben konnten, und führten den wildesten Friedhofsfreudentanz auf, der jemals hinter Jesus' Rücken getanzt worden ist.

Tags darauf war ein wolkenloser Herbstsonntag, und Susi flog nach London. Bis zur Abendvorstellung dachte ich ohne Unterlass an sie. Ich schaute häufig in den Himmel, und wenn irgendwo ein Flugzeug im Schein der Sonne aufglänzte, saß Susi darin. Sie flog mit mindestens zwanzig Flugzeugen in alle Himmelsrichtungen! Ich hatte keine Vorstellung, wo London, von Sprede aus gesehen, lag. In Gedanken sah ich Susi dort oben im Gespräch mit Fremden. Ich sah, wie sie durch kleine Fenster auf die Erde blickte und ihrem Sitznachbarn erklärte, wie das Flugzeug, das schwere Ding, es schaffte, hoch oben in der Luft zu bleiben. Ich sah sie Formeln auf Papierservietten schreiben, den Kranz ihrer hellen Wimpern sich senken, ihre Zahnlücke aufblitzen, wenn jemand sie nicht verstand. Ich sah, wie sie in einer Gruppe

Menschen die breite Treppe zu einem mächtigen alten Gebäude emporstieg, ihr blondes Haar ein heller Punkt im Sonnenlicht. In einem schummrigen Flur wartete sie Schulter an Schulter mit anderen Jugendlichen, dass ihr Name endlich aufgerufen wurde. Währenddessen versuchte sie, die Gesichter derjenigen zu verstehen, die aus dem Vorspielzimmer kamen. Ich hörte, wie sie ungeduldig mit den Füßen scharrte, nervös mit den Fingern an ihren Locken drehte, und wusste nicht, was ich mir für sie wünschen sollte. Am liebsten hätte ich sie bei mir gehabt.

Ich ging nach Gadabo.

Als ich eintrat, roch ich unlängst verbranntes Holz und einen schweren süßen Duft, den ich nicht zuordnen konnte. Jemand musste vor Kurzem den kleinen Ofen im Erdgeschoss eingeheizt haben. Er fühlte sich noch warm an. Der Tisch mit der verzinkten Platte war sauber gewischt, ein paar hellrosa Schlieren zeugten vom Weg eines Wischlappens, der Farbe aufgenommen hatte. Ich stieg nach oben. Das Laken war klamm, der Geruch von schimmelig feuchtem Papier hing in der Luft. Mein Blick blieb an dem dicken Fremdwörterlexikon hängen, das uns im Sommer so viel Spaß bereitet hatte. Susi, ihr Blick auf das Wort gerichtet, das ich erklären sollte, ihr Lachen, dieses helle, glöckchengleiche Lachen, der kleine Grübchenschatten in ihrer Wange, und wie sie sich mit dem Finger eine Haarsträhne aus dem Mundwinkel zog.

Auf einer Obstkiste lag noch mein kleiner Skizzenblock. Das dicke Papier hatte sich gewellt. Er war von vorne bis hinten angefüllt mit Susi. Ich hatte mir einen von Mamiques Zigarillos mitgenommen und zündete ihn jetzt an. Es schmeckte, wie ich es mir vorgestellt hatte: bitter-süßlich und düster. Nicht wirklich gut, aber aufregend. Ich riss die Seiten einzeln vom Block und steckte sie an der unteren Kante in die schmalen Lücken zwischen den Dielen, sodass sie darin zu stehen kamen. Ein Meer aus Susis blickte mich an. Susis in allen Stimmungslagen. Ich setzte mich in ihre Mitte. Susi sollte mir zusehen, wie ich las. Sonst hatte ich *ihr* immer zugesehen. Ich zog die oberste Zeitschrift von einem der vielen Stapel, die sich hier mittlerweile türmten. Wir hatten Unmengen aus dem Engel angeschleppt und nur ganz selten wieder zurückgebracht. Ziemlich lange saß ich da, die Zeitschrift auf den Knien, den Zigarillo zwischen den Fingern, und dachte darüber nach, ob all das, was ich mit Susi erlebt hatte, mir auch alleine widerfahren wäre. Ich betrachtete die züngelnde Glut, atmete den süßen Qualm und kam zu keinem Schluss. Irgendwann schlug ich die Zeitschrift auf und las einen Artikel über einen Künstler, der vorhatte, den Berliner Reichstag mit Tüchern zu verhüllen, es gab eine Menge Skizzen dazu, deshalb hatte ich eigentlich angefangen ihn zu lesen. Ich staunte weniger über die Idee, als darüber, wie ruhig die Buchstaben mittlerweile vor meinen Augen standen, wie leicht sie sich lesen ließen, ohne dass sie diese wilden Tänze vollführten, die ich von ihnen kannte. Ich hatte sie noch lange nicht im Griff wie wahrscheinlich andere Leute, doch sie verwirrten mich nicht mehr wie noch vor einem Jahr. Und auch jetzt kam es immer wieder vor, dass ich etwas Merkwürdiges las, etwas, das nicht dort stand und das mich fürchterlich amüsierte, bis mein Verstand mir sagte, dass kein Mensch etwas Derartiges in einer ganz normalen Zeitschrift schreiben würde. Doch ich begriff langsam, wie es bei mir funktionierte: Der Unterschied war, dass ich nicht nur las, sondern gleichzeitig erlebte, was ich las. Ich war zu nah an den Dingen dran. So war es eben.

»Bicky!«

Dumpf hörte ich Gertrud von weit her durch den Garten. Ich sah hinaus. Es dämmerte. Ich fragte mich, was sie von mir wollte. Sie wusste, dass ich wieder eine Vorstellung hatte und nicht mitessen würde. Ich öffnete das kleine Giebelfenster und rief hinüber, dass ich gleich kommen würde.

Ich sah mich um. Im Häuschen war es bereits dunkler als draußen. Die Dämmerung hatte das letzte Licht verdrängt. Ich brauchte eine Lampe, Kerze, irgendwas, um nach unten zu kommen. Es dauerte eine Weile, bis ich den Stumpen einer dicken Kerze gefunden hatte. Er war schwer zu entzünden, die Streichholzpackung weich von Feuchtigkeit. Irgendwann brannte eines der Hölzer. Der Docht sprühte orangefarbene Funken, als die Flamme ihn berührte.

Ich stieg mit der Kerze in der Hand hinab. Auf der letzten Sprosse hielt ich sie unachtsam schräg, bleiches Wachs tropfte über meinen Handrücken. Ein kleiner, bissiger Schmerz. Ich setzte einen Fuß auf den Boden, stolperte und wäre fast gefallen. Irgendetwas war unter mir zur Seite gerollt. Ich leuchtete über die Dielenbretter. Ein kleines braunes Apothekenfläschchen. *Reiner Äthyläther* las ich im Kerzenflackern, und mein Blick fiel auf einen Fetzen blutgetränkten Mull, der darunterklebte. Als ich ihn abzog, spürte ich, dass er an den Kanten trocken war, doch in der Mitte feucht. Mir wurde schlecht. Womöglich waren Marcel und das Ei auch hier mit ihren medizinischen Versuchen beschäftigt gewesen. Wer wusste, was sie aufgeschlitzt hatten. Mich beunruhigte das Blut. Die Vögel von der Autobahn waren längst begraben. Ich hob die Kerze an, um besser hinter den Tisch zu sehen. Dort warf das Lederetui mit Frau Voroneckovas OP-Besteck einen großen Schatten. Ich klappte es auf, um zu sehen, ob sie es benutzt hatten. Doch die polierten Instrumente lagen sauber schimmernd im Kerzenlicht.

Als ich um die Ecke zum Hauseingang bog, stand Misha auf unserer Eingangstreppe. Er unterhielt sich mit Gertrud. An der Wand lehnte sein türkisfarbenes Rennrad. Er hatte meine Schritte gehört und drehte sich um. Ich sah, dass Gertrud ins Haus ging.

»Ich habe die Ehre, dich heute Abend nach Hause begleiten zu dürfen – nach dem Stück.« Er machte eine gespielt steife Verbeugung.

Ich brachte nur ein kurzes »Ah« zustande.

Anna hatte ihn gebeten, schoss es mir durch den Kopf.

»Es wird ja jetzt schon ziemlich früh dunkel!«, er zeigte in den düsteren Himmel.

»Ja, und jetzt ist es sogar noch vor dem Stück!«

»Ja«, er lachte ein wenig unsicher, »das ist richtig. Aber du hast gesagt, du hättest kein Fahrrad. Und ... ich habe beim Tantchen im Schuppen ein Fahrrad gefunden und es ein wenig renoviert. Ich dachte, vielleicht möchtest du es ausprobieren? Es sind noch fast zwei Stunden bis zur Vorstellung. Wir könnten ein bisschen rausfahren, bis vor die Stadt.«

Er ging um die Hausecke und kam mit einem roten Rennrad wieder, dessen Lampe schwach flackerte. Ich wusste nicht, was ich sagen sollte. Er ließ den gebogenen Lenker los, hielt es am Gepäckträger fest und schob es mir hin.

»Hier, setz dich mal drauf!«

Ich hatte noch nie auf einem Rennrad gesessen. Ich strich über den schmalen Ledersattel.

»Du greifst es hier«, er legte seine Hände auf die gerade Stange des Lenkers, »und zum Bremsen musst du sie vorne haben.« Geräuschvoll ließ er die Bremsen zurückschnellen.

Ich tat es ihm nach.

»Willst du eine Proberunde drehen?«

Ich wollte gerade zustimmen, als es aus dem Haus schallte: »Zieh eine Mütze auf!«

Gertrud. Wahrscheinlich hatte sie die ganze Zeit im Treppenhaus gestanden und uns durch die geöffnete Tür belauscht. Ich schob das Rad vor die Tür, warf ihr einen ärgerlichen Blick zu und schwang mich auf den Sattel. Er knarzte leicht, als ich, noch etwas unsicher, meine erste Runde über den Plattenweg drehte.

Wir fuhren durch die Nacht. Der Leerlauf unserer Gangschaltungen surrte, als raunten sie sich etwas zu. Ich liebte das Geräusch. Es hatte mir immer angekündigt, dass Misha in meine Nähe kam, und einen kleinen Tumult in meiner Brust veranstaltet. Jetzt fuhr ich neben ihm. Fast schien es unwirklich, wie wir, Seite an Seite, durch die Stadt fuhren, vertraute Ecken an uns vorüberflogen, Bäume, Straßenschilder, erleuchtete Schaufenster, Mauern, Gräber, Reklametafeln, Zäune, Bushaltestellen, als wäre alles an diesem Abend anders, aufregender, fremder, als hätte jemand für mich das Bühnenbild gewechselt, neue Kulissen in die Stadt geschoben.

Die herbstliche Nachtluft strich kühl und schnell über unsere Haut. Hin und wieder fegte ein Auto an uns vorbei. Die Stadt war eine andere, als die, die ich kannte. Fast unmerklich verließen wir ihren hellen Kreis.

In der Dunkelheit schimmerten brachliegende Äcker, die dunkle Scholle gleichmäßig uneben, umgepflügt, roch nach Erde und Kühle und Feuchtigkeit. Misha fuhr etwas langsamer, er zeigte auf ein nahes Licht zwischen hellen Baumstämmen und sagte, dort wohne er mit Ludmilla Voroneckova, seinem Tantchen, und wie gerne er dort wohnen würde, auch wenn der Grund dafür ein schrecklicher war. Ich erkannte den Hof im Birkenwäldchen, von dem Marcel und ich im Vorüberfahren in unserer Spreder Anfangszeit gesagt hatten, so würde das Schloss des gestiefelten Katers aussehen. Es war nichts weiter als ein großer Gutshof mit einer breiten Treppe an der Frontseite und zwei lang gezogenen Seitenflügeln.

Ich hatte den Eindruck, Misha brannte etwas auf der Zunge, ich kannte das Gefühl und wollte ihm Zeit geben. Ich erzählte ihm, wie Marcel und ich uns vorgestellt hatten, der Kater aus unserem Märchenbuch mit seinem schwarz glänzenden Fell käme, den großen Hut schwenkend, die Freitreppe von ihrem Haus heruntergestiefelt. Dass wir es nicht wirklich erwartet hatten, aber auch nicht überrascht gewesen wären, wenn er tatsächlich dort gestanden hätte. Uns schien alles möglich da draußen, wo man schwer schätzen konnte, wie weit der Weg bis zum Horizont war, bis zu dieser Kante, wo die Felder den Himmel berührten.

»Und jetzt wohnst du dort«, sagte ich, »ich frage mich nur, bist du der gestiefelte Kater oder der Müllerssohn?«

»Wenn der Müllerssohn die Prinzessin bekommt, will ich der sein ...«

Ich lachte. Wenn ich die Rennrad fahrende Prinzessin sein durfte, fand ich die Rollenverteilung in Ordnung.

Wir ließen den Hof hinter uns und fuhren weiter hinaus in die Ebene, tiefer in die Dunkelheit, unsere Lichter unstet flackernd auf dem Asphalt. In der Ferne glitt manchmal ein Autoscheinwerfer über die Äcker oder eine entfernte Landstraße entlang. Irgendwann ließ Misha den Lenker los, fuhr jetzt freihändig, lehnte sich etwas zurück und begann zu erzählen. Dass er Waise war. Sein Vater war gestorben, als er fünf war. Seine Mutter dann vor vier Jahren. So war er beim Tantchen gelandet. Sie hatten in Prag gelebt. Seine Mutter war Schauspielerin gewesen und Sängerin, sie hatte ihn überallhin mitgenommen, ins Theater, auf Reisen, zu Empfängen, Dinnerpartys und

Konzerten. Er war hinter der Bühne groß geworden, in Künstlergarderoben, zwischen Requisiten, fremden Menschen und Kostümen. Theater bedeutete für ihn, seiner Mutter nah zu sein. Er war, als er nach Sprede zog, zur Inspizienz gegangen und hatte sich als Statist beworben. Jetzt spielte er in der vierten Spielzeit mit und bekam sogar von Zeit zu Zeit größere Sprechrollen.

Seine Mutter würde sich freuen, wenn sie es wüsste, sagte ich.

»Sie weiß es, ich besuche sie oft. Sie liegt hier auf dem Friedhof. Ich habe dich dort gestern tanzen sehen«, sagte er unvermittelt.

Ich erschrak.

»Du bist ein seltsames Mädchen, das während Beerdigungen auf Friedhöfen tanzt ...«

Ich hörte ihn wieder lachen, aber es klang herzlich, fast liebevoll.

»Ich war mit Susi zusammen, wir kannten ... Wir kennen Frau Fritzi, Franziska Fritzi, ihre Tochter.«

»Ich habe mich gefragt, warum du da oben herumwirbelst und nicht wie die anderen am Grab stehst ...«

»Susi hasst Menschenmassen«, sagte ich rasch.

»Deine Freundin habe ich gar nicht gesehen! Nur diesen kleinen weißen Hund vom Engel und dich.«

Ich fuhr schneller. Mir wurde ganz dicht am Körper warm, die Ohren brannten im Wind.

»Halt mal an«, rief er hinter mir.

Wir brachten unsere Räder zum Stehen. Schlagartig wurde es stockdunkel. Er stieg ab, ließ sein Rad aus der Hand gleiten und ins Gras fallen. Ich saß noch immer auf dem Sattel, die Fußspitzen auf dem Boden, um nicht umzukippen und sah ihm zu. Der Wind fegte über die Felder, im nächtlichen Himmel grollte ein Flugzeug. Er trat neben mich. Ich konnte die Wärme seines Körpers spüren. Er griff sich in die Jackentasche und holte ein kleines Päckchen hervor.

»Ich möchte dir etwas schenken.« Er hielt es mir entgegen. »Das ist ein Wahnsinnssong. Ich höre ihn ständig. Wenn ich so etwas schreiben könnte, dann ... würde ich es für dich schreiben.« Seine Stimme klang seltsam belegt, er stockte. »Ich, ich würde dir damit sagen, dass du das wunderbarste Mädchen bist, dem ich jemals begegnet bin.«

Er beugte sich zu mir und streifte mit den Lippen meine Stirn, die Wangen, meinen Mund. Ich roch die Abendluft in seinem Haar und etwas Herbes, Dunkles. Es kam mir vertraut vor. Ich spürte ein Verlangen, die Augen zu schließen, ihn einzuatmen. Mein Herz pulsierte in einem unbekannten Rhythmus. Ich hörte trockene Blätter über die Straße schaben. Ich saß immer noch auf dem Rad. Er legte die Arme um mich, und ich hob die Füße vom Boden, als ich spürte, dass er mich hielt.

# 32.

Einen Tag später, am Montagmorgen, kam Susi, was ungewöhnlich für sie war, zu spät zur Schule. Ich hatte längere Zeit vor der Haustür auf sie gewartet und war, als die Kirchturmuhr drei Mal geschlagen hatte und ich nicht mehr mit ihr rechnete, alleine losgegangen. Es war ein seltsames Gefühl, den Weg, auf dem sie und Che mich fast ein Jahr lang begleitet hatten, alleine zu gehen, nicht ihrer Stimme zu lauschen, sondern meiner eigenen, nicht ihren Beobachtungen zu folgen, sondern meinen. Nur meinen eigenen Gedanken nachzuhängen und dabei noch den Song im Ohr zu haben, den ich die halbe Nacht gehört hatte.

Misha vor unserem Eingangstor. Das schmale Gesicht blass und ernst im fahlen Straßenlicht.

»Hör es dir an, du musst es dir anhören, wirklich.«

Er hatte mich vorsichtig an sich gezogen, die Hand an meine Schläfe gelegt, langsam, wie ein Blinder, der sich erinnern möchte, waren seine Fingerspitzen über mein Gesicht gewandert, hatten seine Lippen meine berührt und unsere Zungen sich gefunden. Als ich ins Haus ging, hatte ich die Vision, ich bewege mich auf einem anderen Untergrund. Ich sah mich im Spiegel und erkannte mich doch nicht – als wäre die andere da ein neuer Teil von mir.

Ich nahm Mamiques Kassettenrekorder mit ins Bett. Unter der Decke hörte ich Mishas Song. Er war anders als alles, was ich bisher gehört hatte. David Bowie. »Rock'n'Roll Suicide«. Immer wieder drückte ich die *Play*-Taste, bis der Ton sich schleppte, verzerrt wurde und ich schließlich einsehen musste, dass die Batterien leer waren. Doch zu diesem Zeitpunkt konnte ich ihn längst auswendig. Die Gitarrenakkorde des Intros,

Bowies Stimme, erst sanft und klar, »time takes a cigarette ...«, ich verstand nicht jedes Wort, doch Melodie und Worte erzeugten in mir eine Ahnung. Bowie klang zärtlich, rau, rebellisch. Und immer wieder: »Oh no love! You are not alone« – ein gewaltiges Glücksgefühl überkam mich in der Dunkelheit: »Your are not alone.« Ich schlief kaum in dieser Nacht. Ich brauchte keinen Schlaf. Wahrscheinlich nie wieder. Die Furcht der letzten Wochen, etwas von der Besonderheit meiner Empfindung zu verlieren, wenn ich es in Worte fasste, war verschwunden.

Knapp bevor Frau Machill, unsere Französischlehrerin, ins Klassenzimmer trat, sah ich Che Guevara über den Schulhof fegen, und kurz darauf hetzte Susi doch noch durch die Tür.

»Ich hatte befürchtet, du wärst in London geblieben!«

Eilig setzte sie sich neben mich. Atemlos fischte sie die nötigen Unterlagen aus der Tasche.

»Wie war's?«

Sie wirkte bekümmert. Schweigend und mit niedergeschlagenem Blick zog sie umständlich die Jacke aus. Mich befiel ein ungutes Gefühl.

»Sag schon ...«

Mit auf die Brust gepresster Faust ließ sie mich wissen, dass sie völlig außer Atem war und noch nicht sprechen konnte.

»Komm schon!« Ich lächelte sie an. Ihre Traurigkeit machte mich hilflos. Ihre Miene verdunkelte sich weiter, und ich legte ihr eine Hand auf den Arm. »Mann. Das war bestimmt ein Irrtum, komm ...«

Sie fuhr sich über die Augen und zog die Nase hoch. »Nein ...«, ihre Stimme war klein und brüchig, »nein, kein Irrtum.«

»Du kannst dich doch nächstes Jahr wieder bewerben.«

»Nein. Das werde ich nicht ...«

Ich starrte sie verständnislos an.

»Aber es war dein größter Wunsch!«

»Nein!«, rief sie in mein verwirrtes Gesicht. »Weil sie mich genommen haben.«

Sie lachte befriedigt über die gelungene Überraschung.

»Miststück«, sagte ich ein bisschen zu laut.

Die anderen drehten sich nach uns um. Einige schüttelten den Kopf.

»Congratulation!«, flüsterte ich ihr ins Ohr. »Du hast es geschafft!«

Ich freute mich wirklich für sie. Gleichzeitig jedoch standen in meinem Kopf Argumente und Strategien Schlange, sie davon abzuhalten, nach London zu gehen. Vielleicht war es möglich, es ihr einfach auszureden? Vielleicht war es schon befriedigend genug, genommen worden zu sein? Sie musste da ja nicht hingehen! Und Sie konnte mich doch nicht einfach alleine lassen! Andererseits hatte sie schon so oft bewiesen, wozu sie fähig war. Ich sah sie an und fragte mich, was sie mir antworten würde.

Sie war noch ganz im Rausch ihres Erfolgs.

»Und? Gehst du?«, ich fragte so harmlos wie möglich.

In ihrem Blick waren ein Leuchten, Stolz und unbändige Neugierde. Nein, ich durfte sie nicht davon abhalten, zu gehen. London war Teil ihres Traums, und ich wusste, wenn ich sie nicht gehen ließ, würde sie es auch nicht tun.

»Was meinst du?«

»Ob du gehen sollst?«

»Ja.«

»Du sollst ... natürlich!«

Sie lachte erleichtert und öffnete im selben Moment

ihre geballte Faust, in der, etwas zerdrückt und vom Handschweiß weich geworden, ein zusammengefalteter Zeitungsausschnitt lag.

»Nimm!«, flüsterte sie nachdrücklich. »Hab ich gestern in einer Zeitschrift gefunden. Ist für dich. Ich glaube, du sollst auch etwas ...«

»Neues von der RAF?« Ich schaute neugierig auf ihren Handteller, griff aber nicht zu.

Einige inhaftierte Terroristen hatten Wochen zuvor ihren Hungerstreik beendet, dieser Herr Schleyer war immer noch nicht wieder aufgetaucht, ich verfolgte genau, was geschah. Morgens wartete ich auf die Nachrichten, und Susi hielt mich mit Zeitungsausschnitten aus dem Engel auf dem Laufenden. Ich war also bestens informiert.

Susi schüttelte den Kopf. Frau Machill hatte uns gerade wieder den Rücken zugekehrt, um das Datum an die Tafel zu schreiben.

»Was soll das sein?«

»Nun nimm schon«, sie drückte mir ihren gespannten Handteller auf den Oberschenkel, »nimm und lies! Es ist mein Abschiedsgeschenk an dich.«

Abschiedsgeschenk ... Ich konnte meine Hand nicht heben.

»Es geht um deine Mutter ...«

Jetzt griff ich doch hastig nach dem Papier. Die Struktur der Faltlinien hatte sich tief in das feuchte Papier geprägt. Weich wie Leder lag es zwischen meinen Fingern:

> Das Kunsthaus Hamburg zeigt vom 28.01.–28.02.1978 in einer Einzelausstellung unter dem Titel »Wirklichkeiten« Bilder der international bekannten französischen Künstlerin

Aimée Baron. Baron lebt zurückgezogen in einem Sanatorium. Die großformatigen, im fotorealistischen Stil gehaltenen Arbeiten entführen den Betrachter durch surreale Bildsituationen in eine andere Wirklichkeit. »Wirklichkeit«, zitiert die publikumsscheue Künstlerin den argentinischen Schriftsteller Jorge Luis Borges als Kommentar zu ihrer Ausstellung, »Wirklichkeit ist unser eigenes in allen Spiegeln auftauchendes Abbild von der Welt, ein Phantom, das nur für uns selbst existiert, das mit uns kommt, gestikuliert und verschwindet.« Unter den gezeigten Werken befinden sich eine Reihe neuer, noch unbekannter Werke, sowie eine größere Anzahl an Bildern aus Privatbesitz. Vernissage, Freitag, 28.01.1978, 19.00 Uhr. Es sprechen Peter Schmidt sowie Professor André Knaack von der Kunstakademie Düsseldorf.

Darunter war eines der typischen Porträts von Aimée abgedruckt: blass, mit großen Augen, nicht die Spur eines Lächelns im Gesicht. Auf dem Kopf die unverzichtbare Baskenmütze, aus der ihr Haar an allen Seiten unordentlich in Strähnen hervorschaute. Ich las den Ausschnitt bestimmt an die hundert Mal. *Wirklichkeit ... ein Phantom, das nur für uns selbst existiert* ... Aimée Barons Wirklichkeiten. Ich fragte mich, was es für sie bedeutete, sie auszustellen und der Welt zu zeigen, am Ende war man mit einem Phantom beschissen einsam und allein. Man musste seine Wirklichkeit mit jemandem teilen können, damit sie wirklich wurde.

»Könntest du bitte wiederholen, was ich gerade gesagt habe?«, bat mich Frau Machill aus weiter Ferne.

Ich zuckte, noch in Gedanken, mit den Schultern, ich dachte, sie damit loszuwerden. Doch das Gegenteil geschah: Sie biss sich an mir fest.

»Der französischen Sprache mächtig zu sein heißt nicht, sich komplett aus dem Unterricht ausklinken zu dürfen. Ich finde das sehr arrogant, Bénédicte Baron!«

Das saß. Ich war wieder da. Zumindest für Frau Machill. Wirbel auf Wirbel dirigierte ich meinen Rücken in die Vertikale, ich richtete meinen Blick auf die Tafel, an der inzwischen einige französische Verbformen standen, während der Zeitungsausschnitt unter meinem Pult sich anfühlte, als würde er an der Fingerspitze pulsieren. Aus Merle Brockmanns ironisch verzogenem Puppenmund tönte »Arrogaaaaant!« zu uns nach hinten. Ich hätte ihr gerne eine gescheuert.

»Schau du lieber nach vorne!«, raunzte ich sie an. »Du riechst penetrant nach Schweinescheiße!« Das war fast so gut wie eine scheuern, ich grinste befriedigt. »Excusez-moi. J'étais ailleurs avec mes pensées«, entschuldigte ich mich bei Frau Machill, während die anderen mich anstarrten, als hätte ich etwas Ungehöriges gesagt. Sie hatten natürlich kein Wort verstanden.

»Dann kannst du den anderen aber bestimmt sagen, ob man ›je m'appelle‹ mit einem oder zwei p beziehungsweise l schreibt?«

Ich wusste es nicht. Natürlich nicht. Meine französische Rechtschreibung hinkte der deutschen sogar noch um Meilen hinterher.

Frau Machill biss sich mit sorgenvollem Blick auf die Lippe.

»Zwei p und zwei l«, riet ich.

»Na bitte«, sie machte einen erleichterten Eindruck, »und jetzt pass auf! Ja?«

»Na bitte!«, bemühte sich Merle, papageienartig über die Schulter nach hinten zu plappern.

Wenn sie gewusst hätte, wie wenig ich mich über sie ärgerte! Bis zum Ende der Stunde gab ich mir Mühe, möglichst aufrecht zu sitzen und meine Blicke in die Nähe der Tafel zu dirigieren. Doch meine Gedanken kreisten allein um Aimées Ausstellung.

Sie hatte uns nie mit auf Vernissagen genommen, obwohl ich sie zu gerne begleitet hätte. Als ich kleiner war, hatte ich mir vorgestellt, zwischen all den erwachsenen Menschen herumzulaufen, ihre unterschiedlichen Parfums zu riechen, ihre Kleiderstoffe zu berühren, ihnen unauffällig zuzuhören und aus einem entfernten Winkel zu beobachten, wie Maman sich mit ihrer Baskenmütze durch die Schar der Gäste bewegte. Aimée und ihre Baskenmütze. Sie war ihr sehr wichtig. Ein Stück Frankreich, das sie begleitete, genauso wie der Burgunder, den sie, noch bevor alles anfing, in großen Mengen aus einer Tasse in sich hineinschüttete. Wenigstens ein einziges Mal wollte ich dabei sein. Aber Aimée war strikt dagegen gewesen. Ausstellungseröffnungen seien für Erwachsene. Wir hätten da nichts zu suchen.

Kurz bevor sie losmusste, verließ sie jedes Mal der Mut. Sie wäre am liebsten nicht mehr hingegangen. Peter Schmidt, ihr Agent jedoch, hatte immer darauf bestanden und sie persönlich abgeholt. Denn die Anwesenheit der Künstlerin steigerte das Kaufinteresse. Darum ging es. Um Verkauf.

Für Aimée, das begriff ich jetzt, ging es um etwas anderes. Sie öffnete die Tür zu ihrer Welt. Fremde schauten herein. Fühlten sich angezogen oder abgestoßen. Sie würde es an ihren Blicken sehen, wenn sie vor den Gemälden standen. Es war diese Mischung aus Neugier, dem Wunsch zu gefallen und der Angst, es nicht zu tun, die sie mit Hoffnung und Furcht erfüllte und kurz vor Beginn verunsicherte.

Ich wusste, sie würde auch diesmal da sein.

»Was sagst du dazu?«, flüsterte Susi, ohne den Kopf zu mir zu wenden.

Mein Impuls war, sofort nach Hamburg zu fahren. Die Ausstellung würde erst in drei Monaten eröffnet werden, ich hatte keine Idee, wie ich dorthin kommen sollte, aber ich wollte die Erste sein. Ich hatte ein Recht, die Erste zu sein, die Erste, die sie sah, ihr entgegentrat, ihr in die Arme flog, sich auf sie stürzte. Sie war, verdammt noch mal, meine Mutter!

»Wusstest du das?«

Ich schüttelte noch nicht einmal den Kopf.

Vor ein paar Wochen war Peter Schmidt bei uns aufgekreuzt. Ich mochte ihn nicht. Er war jemand, der ohne Unterlass Witze machte, meist auf anderer Leute Kosten, und den Eindruck erweckte, sich dadurch selbst noch erwachsener zu fühlen. Ich war ihm wie immer aus dem Weg gegangen. Jetzt ärgerte ich mich. Ich hätte ihn beobachten, wie früher meinen Posten hinter der Tür zum Brockhauszimmer beziehen sollen. Peter war nicht nur Aimées Agent, sondern auch ein Freund von Papa. Sie hatten sich seit vorletztem Jahr nicht mehr gesehen. Das Gespräch beim Abendessen hatte sich in erster Linie um Papas neue Therapie gedreht und natürlich um Peters merkwürdige Späße, die an diesem Abend vor allem Gertrud verstörten. Aber kein Wort von einer Ausstellung! Es war mir gar nicht in den Sinn gekommen, Peters Auftauchen mit Aimée in Verbindung zu bringen. Ich hatte meinen Nachmittag im Theater verbracht. Doch jetzt erinnerte ich mich, dass Peter einen Kleintransporter vor den Rattengräbern geparkt hatte. Es war mir noch nicht aufgefallen, aber wahrscheinlich hatte er einige Bilder mitgenommen.

Ich fragte mich, was geschehen würde, mit mir oder wem auch immer – wenn ich bei dieser Vernissage auftauchte? Offenbar sollte das verhindert werden. Was würde mit mir geschehen, schlimmstenfalls? In meinem Kopf spulten sich in schneller Folge grässliche Bilder ab: Aimée fehlte nicht nur die Stimme, sondern wie Vincent van Gogh ein Ohr, dann ein Finger, ein Bein, ein Auge hing ihr an einer Sehne aus der Augenhöhle und ich, bemüht, sie als meine Mutter zu erkennen, stand mit erschrecktem Blick in einer Ecke der Galerie und wünschte, nie gekommen zu sein

Die Pausenklingel schrillte.

»Wo bist du mit deinen Gedanken heute?« Frau Machills sorgfältig manikürte Hand hielt mir einen Aufgabenzettel vor die Augen.

»Nicht hier«, sagte ich wahrheitsgemäß.

»Morgen erwarte ich mehr Mitarbeit von dir.« Sie ließ den Zettel langsam auf meinen Tisch gleiten.

»Ja«, sagte ich. Ich faltete die Hände und steckte die Nase in den Spalt zwischen meinen Handflächen, während um mich herum der Pausenlärm anschwoll. »Morgen erwarte ich mehr Mitarbeit von dir.« Die Umrisse von Merle Brockmanns breitem, rundem Gesicht zeichneten sich unscharf hinter meinen Handflächen ab. Unweigerlich musste ich lachen. Sie war eine Witzfigur. Mir war nicht nach Streit zumute, ich schaute sie nur an. Ließ meinen Blick über ihr Gesicht wandern, und während ihre Lächerlichkeit immer sichtbarer wurde, steigerte sich in mir das Gefühl, dass sie gerade etwas riskieren wollte. Wie eine Marionette wartete sie auf den nächsten Fadenzug. Ich ließ sie hängen. Je länger ich sie anschaute, desto unruhiger wurde sie. Einer ihrer puppigen Mundwinkel zuckte bereits unkontrolliert. Ihr Gesicht verfärbte sich ins Rötliche. Ich konnte sehen, dass sie Angst hatte und zeitgleich eine gemeine Lust, ihre Angst in Bosheit zu verwandeln. Dann jedoch befiel mich Langeweile. Merle wartete nur noch mit fratzenähnlicher Miene, und ich wusste, den Anlass würde ich ihr schuldig bleiben, also schenkte ich ihrem zuckenden Gesicht keine Beachtung mehr und drehte mich zu Susi.

»Ich muss da hin«, sagte ich so laut, dass Merle es auch hören konnte.

Susi sah mich mit großen Augen an. »Ja, das musst du unbedingt.«

»Pfffft!«, machte Merles Mund so laut, dass ich es hören konnte, und noch einmal, etwas länger »pfffffffft«, damit ich sie ansah und sie mir einen Vogel zeigen und »Du hast ja voll ’ne Macke«, sagen konnte, bevor sie sich mit einem mächtig albernen Wimpernschlag von mir abwandte.

Auf unserem Nachhauseweg offenbarte mir Susi, dass sie bereits am folgenden Tag nach London reisen würde. Es wurde der längste Nachhauseweg, den wir je zusammen zurückgelegt hatten. Am Straßenrand häufte sich buntes Laub, es glänzte vom letzten Regen. Wir gingen Umwege, blieben an jeder Ecke stehen. *Ich* blieb an jeder Ecke stehen. Als könnte ich sie noch ein bisschen aufhalten, als bräuchte unser Abschied eine Strecke, als fordere er Zeit. Ich schnitt unzählige Gedanken an, wirr und aufgeregt, hoffend, sie würde etwas aufgreifen und mit einer ihrer Theorien ordnen, um mich spüren zu lassen, dass sie noch da war. Doch sie ließ mich reden, ohne mich ein einziges Mal zu unterbrechen. Nur einmal griff sie nach meiner Hand, ließ sie aber schnell wieder fallen, als fürchte sie, mich sonst nicht mehr loslassen zu können. Wir waren auf dem Weg zur Stiftskirche. Gelbe Blätter spannten ein mächtiges Segel über uns, die tief stehende Mittagssonne strahlte hindurch, der Kirchplatz leuchtete in goldenem Licht. Wir wirbelten Blätter in die Luft und bewarfen Che damit, während wir an den Gräbern vorbeigingen. Der Pilzgeruch feuchter Flechten stieg hier und da vom Erdreich auf und uns direkt in die Nase. Fast unmerklich öffnete sich der Raum, den Susi mit ihrem Schweigen geschaffen hatte, ich wagte mich hervor, begann ruhiger und langsamer zu reden und erzählte von Misha, all den Begegnungen im Theater, auf der Straße, unserer Radtour am vergangenen Abend, meinen Gedanken, die immer mehr um ihn kreisten. Und als ich geendet hatte, blieb Susi stehen und sagte: »Bénédicte Baron, du bist verliebt!«

Ich hatte die ganze Zeit versucht, dieses Wort zu meiden, hatte sogar versucht, es nicht zu denken, so banal wie es klang. Doch *wie* sie es sagte und *dass* sie es sagte, machte es in diesem Moment bedeutsamer als alles andere. Es war angefüllt mit diesem für mich völlig neuartigen Gefühl und traf mich dort, wo die Empfindung herzukommen schien, tief in meiner Mitte. Ich betrachtete Susi dankbar. Sie stand im Sonnenlicht. Ihr Gesicht verlor an Kontur, halbseitig war es nur noch eine helle Fläche, ihr Haar, ihre Gestalt begannen sich in den Strahlen aufzulösen, als zeichnete jemand ihre Silhouette mit einer Flamme nach.

Vor unserer Gartenpforte schließlich sagte Susi, sie käme nicht mehr mit zum Mittagessen. Kein letztes Mal dies oder das. Sie würde jetzt einfach gehen. Und dann drückte sie mich an sich und ging. Und Che hinter ihr her.

»Ja, hau du auch noch ab!« Rief ich ihm hinterher. Und er drehte sich noch einmal um und lachte.

Ich setzte mich auf die Stufe unter dem Zeitungsrohr für den *Patrioten* und sah den beiden hinterher, wie sie immer kleiner und kleiner und, ganz am Ende der Straße, sie mussten kurz vor dem Engel gewesen sein, unsichtbar wurden.

Don't let the sun blast your shadow
Don't let the milk float ride your mind
You're so natural – religiously unkind
Oh no love! you're not alone
You're watching yourself but you're too unfair
You got your head all tangled up but if I could only
Make you care
Oh no love! you're not alone
No matter what or who you've been
No matter when or where you've seen
All the knives seem to lacerate your brain
I've had my share, I'll help you with the pain
You're not alone
Just turn on with me and you're not alone
Gimme your hands cause you're wonderful
Oh gimme your hands.

*David Bowie – Rock'n'Roll Suicide*

# 33.

Wir befanden uns mitten im »Deutschen Herbst«, wie diese Zeit später genannt wurde, und ich war verliebt. Die Welt war aus den Fugen geraten, und ich war verliebt.

Direkt nach Susis Abreise war ein Flugzeug entführt worden. Die Terroristen verfolgten dasselbe Ziel wie die Entführer von Hanns Martin Schleyer: Gefangene sollten freigelassen werden, und sie verlangten eine Menge Geld. Deutschland war im Ausnahmezustand. Abends standen wir zur *Tagesschau* dicht gedrängt im Engel und starrten durch Zigarettenqualm auf einen farblosen Bildschirm. Ich sah die Bilder, ich bekam alles mit, aber es zog an mir vorüber, wie ein laut ratternder Zug, für den man kurz den Kopf hebt, dessen Geräusch ein bisschen nachhallt, doch dann ist es vorbei, einfach vorbei.

Nur einmal noch, als ich die einzige Überlebende der vier Flugzeugentführer angeschossen auf einer Trage liegen sah, war ich kurzzeitig versucht, Susi in ihr zu sehen. Es hätte alles zusammengepasst. Ihre überstürzte Abreise, ihre Wortkargheit am letzten Tag, die fast gefühllose Verabschiedung, die offenließ, wann und ob sie wiederkommen würde, das von Blut getränkte, womöglich blonde Haar, dessen Farbe man im Fernsehen nur erahnen konnte, die Hand, die sie blutverschmiert und siegessicher in die dunkle Nacht stieß. Susi im Herzen der Revolution, hatte ich einen kurzen Augenblick lang gedacht, doch beim nächsten Atemzug wusste ich wieder, dass sie nach London geflogen war. Es war vorbei.

Noch am Tag ihrer Abreise war ich umgezogen. Bis auf die große Matratze hatte ich alles zurückgelassen. Ich schob sie hochkant über den Flur ins Seerosenzimmer und ließ sie dort, in der Mitte des Raumes, einfach zu Boden fallen. Vor dem Fenster hatte seit unserem Einzug eine merkwürdige Mischung aus Bürostuhl und Sessel mit Namen »Lounge Chair« gestanden. Ich brachte ihn ins Höhlenzimmer und stellte an seine Stelle einen alten Fauteuil, den wir vor vielen Jahren aus Frankreich mitgebracht hatten. Das karmesinrote Polster war verblasst und an einigen Stellen zerschlissen. Befriedigt sah ich nun, dass er an einem Platz stand, an den er gehörte. Vermutlich hatte auch die Tapete im Laufe der Jahre an Farbe verloren. Mir gefielen das Ausgeblichene, die kleinen Risse und Löcher in der Wand, der abgetretene, weiß lackierte Holzfußboden.

Ich schob die Matratze unters Fenster und durchquerte ein paarmal mein Seerosenzimmer. Es war kleiner als das Höhlenzimmer und heller. Ich holte meine Kleider, Jacken und Pullover aus dem Schrank im Flur und hängte sie über Bügel, die ich an den hervorstehenden Nägeln an der Wand befestigte.

Dann setzte ich mich auf die Matratze und ließ Bowie mit voller Lautstärke gegen Beethoven antreten. Der kleine Kassettenrekorder war den extremen Höhen und Tiefen nicht gewachsen, er klang, als würde er jeden Moment explodieren. Sollte er. Vielleicht war ich gerade so etwas wie eine vor der Verwandlung stehende Schmetterlingspuppe, eine Kaulquappe, die verwundert ihre Beine wachsen sieht, ein Vogel, der ahnt, dass er fliegen wird, wenn er sich nur über den Nestrand traut. Ich streckte die Füße aus. Es klopfte an der Tür. Das Leben war leicht, voller Bewegung, jeder Moment eine neue Möglichkeit, ich musste mich nur entscheiden.

Ich antwortete nicht. Die Klinke bewegte sich.

»Bénédicte!« Ich hatte die Tür von innen verriegelt. »Mach die Musik leiser!«

Federleicht schwammen die Kleider auf dem Seerosenteppich an mir vorüber. Beethoven war längst vergessen. Ich streifte mir die Schuhe von den Füßen und bewegte die Zehen, betrachtete ihr wellenförmig absteigendes Profil, den schattenhaften Tanz der Knochen, der roséfarben schimmernden Nägel. »You're wonderful.« Alles an mir war gewachsen. Nahezu heimlich hatte mein Körper sich verändert, als habe da jemand des Nachts gefeilt, geschnitzt und modelliert. Verwundert betrachtete ich mich immer wieder im Spiegel: Schlüsselbeine, Schultern, Schenkel, Hüften, die Brüste – als hätte ich eine neue Gestalt angenommen.

Ich schob eine Hand in den Bund der Jeans, tastete über festes, drahtiges Haar und gelangte etwas tiefer in die warme, flaumige Spalte, die dort seit Kurzem erst zu existieren schien. Ich ließ mich zurückfallen. Die Matratze gab leicht nach. Im Kronleuchterglas spiegelten sich Licht und Wände. Ich fühlte den T-Shirt-Stoff an der Brust, Mishas Gesicht in meinem Haar, seine Nähe, den Duft seiner Haut.

Es war, als hätten seine Worte, seine Zuneigung diese Veränderungen bewirkt. Ich sah hinauf ins blattlose Geäst des Ahorns. Wenn ich hier aufwachte, würde ich ein Stück Himmel sehen können. Mich amüsierte der Gedanke, dass Marcel unter Wasser schlief, während ich, ein paar Zimmer weiter, zwischen Seerosen lag und vielleicht einen Blick in die Sterne werfen konnte. Immer mehr verstand ich, wie verschieden wir waren. »Vatersohn« hatte Mamique ihn einmal genannt, und Papa hatte genickt und auf mich gezeigt und voller Ernst »Muttertochter« gesagt. Wie sie mich beim Mittagessen angesehen hatten! Vater und Sohn. Vielmehr: wie sie mich *nicht* angesehen hatten.

Ich war zu spät gekommen an diesem Tag. Für Gertrud, auch wenn Mamique da war, eine Art Straftatbestand. Sie ärgerte sich darüber immer maßlos, empfand es als Respektlosigkeit gegenüber dem, der das Essen zubereitet hatte, als Unhöflichkeit gegenüber denen, die pünktlich erschienen waren, und akzeptierte von vornherein keine Entschuldigungen. Es konnte keine geben. Wer zu spät kam, war ein Rechtsbrecher, ein Missetäter, ein schlechter Mensch. Gertrud hatte schon am Morgen einen ungewohnt angespannten Eindruck gemacht. Vielleicht hing ihre Stimmung mit Karlchen zusammen, die an diesem Morgen nicht vor unserer Tür gestanden hatte. Es war also Vorsicht geboten und machte keinen Sinn, sie zu unterbrechen. Ich fragte mich, während ich das Ende ihrer Schimpftirade abwartete, ob man mir das Verliebtsein ansah, es konnte keinem entgangen sein. Auf jeden Fall nicht Mamique. Immer wieder studierte sie auf ihre zurückhaltend offene Art mein Gesicht. Ich sah ein Lächeln um ihre Mundwinkel.

Gertruds Ärger war mittlerweile etwas abgeklungen, sie schimpfte merklich langsamer und machte mehrere Pausen, bis sie schließlich ganz verstummte.

Ich räusperte mich kurz, bevor ich die Neuigkeit verkündete.

»Susi hat das Stipendium in London erhalten, sie wird nicht mehr kommen.«

Keiner sagte etwas. Gertrud stand urplötzlich auf, ging hinaus und kam eine ganze Weile nicht wieder. Möglich, dass sie darüber nachdachte, ob sie mir Unrecht getan hatte. Susis Serviette lag, wie sonst auch, weiß und sauber gefaltet neben ihrem Teller. Niemand sah mich an. Außer Mamique. Sie hatte das Essen unterbrochen, ihr Weinglas gehoben und rief: »Dann sage ich: Santé, Susi! Bonne chance à Londres!« Sie trank einen Schluck und lächelte mich an, als wollte sie signalisieren, dass sie sicher war, dass alles gutgehen würde. Die anderen verhielten sich seltsam. Topfdeckel wurden gehoben und geschlossen, Sitzpositionen durch Stuhlrücken korrigiert, es wurde laut geschluckt, sich geräuspert, während sie mich verstohlen musterten. Auch Gertrud, die sich wieder an ihren Platz gesetzt hatte. Metallisch schlug Besteck auf Porzellan, viel zu laut, unrhythmisch, chaotisch. Es schien, als versuche jeder, ein Geräusch zu machen. Eine Amsel flog in hektischem Bogen am Fenster vorbei, ein keckernder Laut war zu hören.

Ich sah auf meinen Teller, ein körnig-verklebtes Durcheinander von Käse, Hirse, Pilzen, Nüssen und etwas Rotem, vielleicht Tomaten. Es schmeckte nach Paprika. Ich aß mit großem Appetit. Es war wirklich gut. Dann nahm ich Susis Gedeck vom Tisch und brachte die Sachen in die Küche. Noch ehe ich draußen den Holzring mit Susis Namen von der Serviette gezogen hatte, wusste ich, was es war. Sie wagten nicht zu fragen, ob Susi wiederkommen würde, ob ich damit zurechtkam, dass sie gegangen war, sie fürchteten, dass etwas zusammenbrechen könnte in meinem Leben, ein Riesendrama, so etwas.

»Was ist los?« Ich sah in die Runde. »Susi geht nach London, sie ist nicht gestorben oder so was. Sie ist einfach nur nicht mehr hier.«

Mamique hob das Kinn und nickte mir zu.

Gertrud holte tief Luft und nahm einen großen Schluck Wasser.

Und Marcel bemerkte wie beiläufig: »Okay«, und beugte sich mit gesenkten Schultern wieder über seinen Teller. Er schielte zu Papa, ihre Blicke begegneten sich. Sie wirkten erleichtert. Nur bei Papa stand noch eine Falte quer über der linken Braue. Auch wenn er sich nach unserem letzten Gespräch sichtbar Mühe gab, auf mich einzugehen, spürte ich immer mehr, dass er in mir jemanden sah, der ich nicht war, und dass er diesen Jemand genau so sehen wollte, weil er meinte, ihn zu verstehen. Für ihn war ich die Muttertochter. Installiert in Altbekanntem, gefangen im Gewebe des Vererbten. Und angesichts meiner Andersartigkeit fühlte er sich weniger hilflos mit der Medizin im Rücken, die für alles eine Lösung wusste. Er sollte denken, was er wollte. Wichtig war, dass ich nicht mehr daran glaubte.

Trotz der Aufregung in diesen Tagen warteten Marcel, Gertrud und ich gespannt noch auf etwas ganz anderes: Karlchens Maunzen vor der Wintergartentür. Man hatte die Uhr danach stellen können. Jetzt aber blieb es aus. Draußen wütete ein heftiger Sturm. Er heulte ums Haus und zerrte an allem. Blumentöpfe kippten von den Mauervorsprüngen und zersprangen, Planen blieben gegen den Maschendraht gepresst an Zäunen hängen, morsche Äste brachen von den Bäumen, Blätterwirbel stoben umher. Immer wieder sah Gertrud vor die Tür. Der Wind hatte Karlchens Schälchen treppabwärts mitgerissen. Doch von der Katze fehlte jede Spur.

Mir gingen das braune Fläschchen und der blutige Mull aus dem Gartenhäuschen nicht mehr aus dem Sinn. Ich hatte wegen des Äthyläthers nachgesehen. In der richtigen Zusammensetzung und Dosierung war es ein Narkosemittel. Ich reimte mir zusammen, was geschehen war. Marcel wirkte nervös.

Am Sonntag dann, nach vier Tagen ohne einen Laut von Karlchen, wagte Gertrud meinen Vater vor dem Kirchgang zu fragen, ob es denn eventuell möglich sein könnte, dass eine Katze irgendwo, draußen in der Wildnis vielleicht, an einer Blinddarmentzündung versterbe. Er warf einen Blick in den großen Flurspiegel und fuhr sich mit den Fingern durchs Haar. Er wirkte fast ärgerlich.

»Ausgeschlossen!« Er griff nach seinen Schuhen. »Wie kommen Sie denn auf etwas derart Absurdes?«

Gertrud hielt Marcel den Schal hin und kaute wortlos auf ihrer Unterlippe. Papa band sich die Schuhe zu. »Katzen haben, soweit ich weiß, keinen Blinddarm!« Er zog die Hosenbeine über den Schuhen zurecht.

Marcel starrte ihn an. Sein Unterkiefer war herabgefallen. Ich dachte, wie grotesk groß seine Vorderzähne in dem kleinen Mund wirkten.

Gertrud hob die Schultern und sagte sich rechtfertigend: »Aber ... Sie! Sie haben doch vor ein paar Wochen gesagt, es könne der Blinddarm sein ... Karlchen, die Nachbarskatze ...«

»Gertrud, wir hatten dieses Thema jetzt zur Genüge!« Mamique war plötzlich wie ein Schatten im Eingang zum Foyer aufgetaucht.

»Entschuldigung«, Gertrud war jetzt ganz leise geworden, als hätte Mamique sie bei etwas Verbotenem ertappt.

»Das muss ich in Gedanken gesagt haben. Nein, das kann ich gar nicht gesagt haben ... Katzen haben doch ...«,

Papa sah, erneut in Gedanken, in den Spiegel und fuhr sich wieder mit den Fingern durchs Haar.

»Ein Auto wird sie überfahren haben!« Mamique machte eine nachlässige Wischbewegung.

Gertrud zuckte zusammen: »Ein Auto?«

Marcel war inzwischen jegliche Farbe aus dem Gesicht gewichen. Er lehnte kraftlos an der Wand und sah uns an, als seien wir Fremde. Gertrud war sehr mit sich beschäftigt. Ihre Lidränder und Nasenflügel begannen sich zu röten. Dann besann sie sich.

»Wir können dann ...«, sagte sie, fasste Marcel am Ärmel und bedeutete auch mir, dass es Zeit war zu gehen.

Wir blieben in geringer Distanz zu den beiden Erwachsenen und hörten Gertrud mit einem Schluchzer sagen, es handele sich um eine ganz besondere Katze. Ich dachte, wie sonderbar, dass ihr mit Karlchens Verschwinden offenbar auch der Realitätssinn flöten gegangen war, denn Karlchen war eigentlich nur *besonders* verfressen gewesen.

Sie solle das Ganze doch bitte etwas weniger emotional sehen, sagte mein Vater dann. Das Tier sei in letzter Zeit sowieso zu so etwas wie einem Politikum geworden zwischen den Brockmanns und uns. In absehbarer Zeit käme sicherlich eine neue Katze daher, der sie ihre ganze Zuneigung schenken könne.

Von Gertrud war nur ein entschiedenes »Nein« zu vernehmen, dann ging sie weiter, ohne darauf zu achten, ob mein Vater mit ihr Schritt halten konnte.

Ich beobachtete Marcel. Sein blasses, verzweifeltes Gesicht. Er musste sich schrecklich fühlen, er wusste genau, was geschehen war. Ich wollte nicht mit ihm tauschen. Er griff nach der Hand, die ich ihm hinstreckte und er hielt sich fest wie früher.

»Es ist Papas Schuld«, sagte ich, als wir die Kirche betraten, »er hat das mit dem Blinddarm gesagt. Ich habe es auch gehört. Du hast alles getan, um sie zu retten. Alles, was du tun konntest.«

Im Halbdunkel zwischen Kirchenschiff und Eingang sah ich, wie sich seine Miene ein bisschen aufhellte.

Dann fiel die schwere Tür krachend hinter uns ins Schloss.

# 34.

28. Januar. Wir nahmen den ersten Zug. Ich lehnte mit dem Rücken an Mishas Brust. Unsere Gesichter in milchigem Sonnenlicht. Das erste seit vielen Wochen. Eine öde schneelose Winterlandschaft zog an uns vorüber. Wir waren auf dem Weg nach Hamburg.

Die vergangenen Tage waren voller Anspannung und Aufregung gewesen. Ich hatte kaum geschlafen in den letzten Nächten, obwohl wir alles tausendmal durchdacht und besprochen hatten. Ständig war ich hochgeschreckt, Aimées stummes Gesicht vor mir wie eine Mahnung, und immer wieder hatte mich die Frage bedrängt, was wäre, wenn sie mich nicht sehen wollte, wenn sie zusammenbrach, und ich würde schuld sein, schuld, mit meinem egoistischen Wunsch, sie zu sehen. Vielleicht durfte ich, was ich vorhatte, nicht tun. Meine Entscheidung war so klar gewesen. Doch gestern war ich mir plötzlich nicht mehr sicher gewesen. Die Angst, etwas Grässliches heraufzubeschwören, war übergroß geworden und raubte mir den Mut. Bis Misha, der meine Aufregung gespürt hatte, mich irgendwann in den Arm nahm und hielt, lange Zeit, und ich begann, darüber zu sprechen.

»Wenn du nicht willst, fährst du nicht«, sagte er. »Aber wenn du sicher bist und fahren möchtest, bist du nicht allein. Ich komme mit.«

Mir waren Tränen in die Augen geschossen. Niemals war mir meine Vergangenheit so einsam vorgekommen wie in diesem Augenblick. Ich begann haltlos zu schluchzen. Es auszusprechen war das Grausamste von allem: »Susi ... meine Freundin, sie ... es gibt sie gar nicht.«

Er zog mich an sich, schüttelte schweigend den Kopf.

»Es gibt sie nicht ...«, immer wieder brach es aus mir

hervor. Er strich mir behutsam über das Haar, küsste meine Tränen weg, bis ich aufhörte zu wiederholen, aufhörte zu weinen, bis ich ruhiger atmete.

»Ich weiß«, sagte er. »Aber alle haben sie gemocht ...«, er sah mich prüfend an.

Ich musste lachen. »Ja, sogar Gertrud ... irgendwann.«

»Also gibt es sie!« Er lehnte die Stirn an meine Schläfe und flüsterte: »Sie ist ja irgendwie ein Teil von dir. Und ...«, er rückte ein bisschen von mir ab, um mich besser ansehen zu können, »jetzt nicht eifersüchtig werden, aber deshalb liebe ich sie auch!«

»O nein«, rief ich und warf meinen Kopf in gespielter Verzweiflung zurück, »das hatte ich befürchtet!«

Wir hatten Sprede längst hinter uns gelassen. Der Zug war eine Weile dem Lauf des über die Ufer getretenen Rebellen gefolgt, dann war er zu einem anderen Gewässer geworden. Wir sahen jetzt größere Kähne mit Ladung, die in flachen Kisten auf Deck gestapelt war. In Gruppen standen hochgeschossene Pappeln am Ufer, die dürren Zweige fast gläsern im morgenfrühen Licht. Helle Kies- und Sandberge, Förderbänder, blonde Schilfansammlungen auf der Uferböschung. Wir bewegten uns in Windeseile daran vorbei. Das monotone Rattern des Zugs wurde jäh unterbrochen. Wir fuhren mitten durch ein Waldstück, der Luftzug verursachte ein Zischen im Abteil. Rötlich schimmernde Tannenrinde zog an meinen halb geöffneten Lidern vorüber. Dann eine weite Ebene, die Erde auf den brachliegenden Feldern schwarz und schwer, dazwischen Weiden in sattem Grün.

Auf den verregneten, windigen Herbst war ein milder, regnerischer Winter gefolgt. Er war harmlos. Wenn man den Bauern Glauben schenkte, war jedoch genau das eine schlechte Prognose für das kommende Jahr. Überall hatte sich Wasser gesammelt: In den Spurrinnen der Traktorräder, den Schlaglöchern der Landstraßen, im moosigen Unterholz der Wälder, es stand in weiten Lachen auf den Feldern und spiegelte glänzend das schimmernde Grau der Wolken, als habe jemand Quecksilber über dem Land verschüttet. Die Bauern schimpften seit Beginn des Winters über den endlosen Regen, die ausbleibende Kälte, und über Oma Lieses Tresen stiegen apokalyptische Drohungen empor wie giftige Dämpfe: Igelsterben, Missernten, Insekten- und Unkrautplagen, Schimmelbefall und Werweißwasnoch würde uns heimsuchen. Schließlich halfen nur Beten und Hektoliter Spreder Pils.

Unsere Besuche im Engel beschränkten sich bald nur noch auf die Sonntage, und auch das mehr aus Interesse an Oma Lieses Sonntagsbraten als an der *Tagesschau*. Nach Schleyers Ermordung und zahlreichen Verhaftungen hatte sich die Aufregung um die RAF gelegt, und in den Tagen vor Weihnachten kehrte endlich wieder ein bisschen Ruhe ein.

Und dann war es fast so, als hätten die Bauern es mit ihren finsteren Vorhersagen herbeigeredet: Das neue Jahr hatte kaum begonnen, und ein tragischer Unglücksfall zerstörte die Beschaulichkeit.

Es war der Sonntag nach Neujahr, Gertruds freier Tag. Wir hatten Mamique am Nachmittag zum Zug gebracht und wollten auf dem Rückweg im Engel noch zu Abend essen, als wir von Weitem bereits Kowalskis Wagen vor dem Gasthof stehen sahen. Die Abendsonne tauchte die Fassade in warmes Licht. Ich versuchte, nicht daran zu denken, was wahrscheinlich zur selben Zeit in Zimmer No. 5 geschah. Stattdessen stellte ich mir Philos Mutter vor, an der wir gleich vorübergehen würden. Ich hatte sie noch nie aus nächster Nähe gesehen, mir aber etliche Male vorgestellt. Ihr Anblick enttäuschte mich sehr. Im Streifenwagen saß kein Monster. Ich sah eine zarte, kleine, traurig wirkende Frau, die bei geschlossenem Fenster Kette rauchte. Sie wirkte wie jemand, der sein Leben damit verbringt, im Auto sitzend auf schlechte Nachrichten zu warten. Zu diesem Zeitpunkt war Kowalski bereits tot.

Als wir die Tür zum Engel öffneten, herrschte dort unheimliche Stille. Im verrauchten Gastraum stand Rita, völlig nackt. Sie sah sich suchend zwischen den Gästen um. Sie musste kurz vor uns von der anderen Seite her eingetreten sein. Alle starrten sie an. Sie bewegte sich so selbstverständlich, als trüge sie Kleidung. Ihr Haar war wirr, ihr Blick jedoch ruhig und konzentriert. Im Fernsehen lief ein Fußballspiel. Sie ging auf Opa Hermann zu. Starr vor Entsetzen stand er da. Kein Zucken war in ihrem Gesicht. Er riss eine Tischdecke vom nächstgelegenen Tisch und legte sie ihr behutsam um die Schultern. Rita bemerkte es nicht. Sie nahm ihn bei der Hand und zog ihn mit sich. Die Decke glitt ihr halb von der Schulter. Wir folgten in einer lautlosen Prozession. Die Tür zu Zimmer No. 5 stand offen. Letzte Sonnenstrahlen leuchteten sanft durch das Fenster. Von unten drang Fanjubel aus dem Fernseher herauf. Ich war als eine der ersten an der Schwelle und konnte einen Blick auf Ritas Bett erhaschen, bevor Papa geistesgegenwärtig die Tür vor unseren Augen schloss.

Kowalski hatte unbekleidet mit aufgerissenen Augen auf dem Bett gelegen. Ein toter, hilflos lächelnder Idiot. Ich hatte Handschellen an seinen Händen und Füßen gesehen und in der Körpermitte ein kleines, dickes, nacktschneckenförmiges Geschlecht. Er war an einem Herzinfarkt gestorben.

Die skandalösen Umstände seines Todes machten ihn und seine Frau binnen weniger Minuten zum Stadtgespräch. Ich weiß nicht, was Frau Kowalski antwortete, als Papa ihr die Nachricht vom Tod ihres Mannes draußen am Auto überbrachte. In jedem Fall gab sie sich etwas hin, das sie aus dieser Welt katapultierte, so weit fort, dass Papa sie noch am selben Tag ins Irrenhaus einweisen musste. In die Abteilung für Herbstgesichter. Vermutlich bekam sie von dem ganzen Gerede nichts mehr mit.

Man fragte sich, ob Kowalski diese Form der Begegnung mit Rita schon länger gepflegt oder ob es sich um ein erstes Mal gehandelt hatte. Der Ordner mit den komplizierten Matheaufgaben wurde als Beweisstück mitgenommen. Aber als Beweis für was? Er warf nur weiter unbeantwortete Fragen auf. Aus Rita war nichts Vernünftiges herauszubekommen. Sie antwortete auf alles nur mit »Buchhaltung«, und lachte. Ihre Familie war froh darüber, dass sie die Sache unbeschadet überstanden hatte. Die Polizei war ratlos, der einzige Zeuge tot. Einmal zwinkerte Rita mir zu. Vielleicht war es eine Muskelzuckung. Aber ich schwieg auch.

Und Misha, der die gesamte Geschichte von mir kannte, sagte, das nenne man wohl Ironie des Schicksals, dass Frau Kowalski ihrem Sohn nun näher gekommen war, als sie es jemals gefürchtet hatte. Was wir zu diesem Zeitpunkt noch nicht wussten: Das Schicksal hatte an Ironie noch einen draufgepackt – Philo hatte von Kowalski anonym einen großen Geldbetrag geerbt. Und wenige Tage nach dem Einzug seiner Mutter in das Irrenhaus verließ er es für immer. Er kaufte sich ein kleines Haus im Rosenacker, direkt neben dem seiner Jugendliebe Franzi.

Seit *Der Hauptmann von Köpenick* kurz vor den Weihnachtsferien abgesetzt worden war, sahen Misha und ich uns täglich. Es war, als hätte uns der fehlende Anlass klargemacht, dass wir ihn überhaupt nicht brauchten.

Anfangs waren wir hinausgefahren, jenseits des Walls, in Gegenden, die ich noch nicht kannte oder nicht glaubte zu kennen, weil es meist schon dämmrig war, wenn wir sie durchfuhren. Er zeigte mir Strecken, die er besonders gern nahm, aufgrund einer speziellen Kurve, einer Folge von besonderen Steigungen, einer bestimmten Formation, in der die Bäume am Wegrand standen, eines Tümpels, der sich hinter einer Hecke auftat, der Art, wie Weiden und Äcker angeordnet lagen. Auf diese Weise erfuhr ich viel über ihn.

Es hatte Wochen, Monate gegeben nach dem Tod seiner Mutter, da war er nur gefahren, um zu fahren, um den Asphalt unter sich vorbeiziehen zu sehen, eine graue Ewigkeit unter den Reifen, um zu spüren, wie sich die Welt bewegte, während er stand und doch nicht stand. Man geriet dabei in eine Art Trance, glitt durch zeitlose Zeit, das Herz weitete sich im Wind. Ich spürte, was es war, wenn wir gemeinsam fuhren. Vielleicht war ich noch nie einem Menschen so nah gewesen.

Aber er zeigte mir auch Orte, die so still und einsam waren, dass mir bang wurde bei der Vorstellung, wie er dort stundenlang gesessen hatte. Im alten Zementwerk an der Landstraße, der weißen Kapelle draußen am Moor, deren Glocke sich bei Wind von allein in Bewegung setzte, in der Försterhausruine nahe am Fichtenwald und am Grab seiner Mutter inmitten Legionen von kalten Engeln und Steinen. Misha fand dort Ruhe. Ich wusste von anderen, die zu solchen Plätzen gehen wollten, um Grenzen der Angst zu überschreiten. Aber ich kannte keinen, der tatsächlich alleine hingegangen war.

Misha war alleine dort gewesen. Er hatte keine Angst. Er hatte Vater und Mutter verloren. Ihm war Schreckliches widerfahren. Er sagte: das Schlimmste. Ihn zog es an diese Orte, sie linderten den Schmerz, der sich durch seinen Körper wand. Er schrie den Mauern seine Wut entgegen, er rieb sich die Fingerknöchel am Putz der Steine blutig, er sank auf die Knie und weinte laut und bitterlich, bis ihm die eigene Stimme fremd wurde. Aber eines Tages ließ der Schmerz nach, er saß nur noch da und nahm die Ruhe um sich wahr als einen großen friedlichen Raum. Der Kampf mit der Trauer hatte ihn verändert. Er fühlte sich willkommen in der Welt.

Er hatte kein besonderes Interesse an der Schule. Sie fiel ihm leicht, er würde sie gut zu Ende bringen, wie er es seiner Mutter versprochen hatte. Aber sie war kein Ort, an dem er gerne Zeit verbrachte oder Freunde hatte. Der Großteil seiner Mitschüler und vor allem Mitschülerinnen mochte ihn, obwohl niemand Genaueres über ihn wusste, er wenig sprach und über jeden Satz erst lange nachdachte, um ihn perfekt zu formulieren und auszusprechen, damit man ihn nicht falsch verstand. Vielleicht lag es gerade daran. Dass er nichts einfach so dahersagte. Er war ein Fremder. Er kam aus einer anderen Welt, in die er nachmittags zurückkehrte. In das Theater und in »die kleine Tschechoslowakei«, wie er das Haus im Birkenwäldchen nannte.

Er sah hinaus, den Kopf gegen das Polster gelehnt. Hell flackerten Sonnenstrahlen um seine Gestalt und blendeten mich. Ein See zog scheinbar endlos an uns vorüber, glitzernd brach sich die Sonne an der Oberfläche. Hier und dort leuchteten Blätterteppiche zwischen Spiegelbildern kahler Bäume. Gänse dümpelten in seichtem Wasser. Der Zug schaukelte hin und her, Abteiltüren klapperten. Ich mochte den Metallgeruch in Zügen, dass es irgendwo immer zog, die verzerrten Landschaftsbilder. Ich war unterwegs. Ich sah zu, wie Mishas Profil sich mit dem wechselnden Sonnenlicht veränderte. Er bemerkte meinen Blick und drehte sich zu mir. Wir küssten uns. Später, als wir die Köpfe hoben, betrachteten wir unsere Jacken, die an der gegenüberliegenden Abteilwand hingen.

»Ich stehe total auf diesen Partnerlook«, sagte Misha und schmunzelte und küsste mich wieder. Er meinte, die dunklen Streifen, die der Schmutz beim Rennradfahren auf unseren Jacken hinterlassen hatte.

Mit geübtem Griff wurde die Tür aufgeschoben.

»Die Fahrkarten, bitte!«, ein kleiner, schnauzbärtiger Schaffner streckte die Hand aus. Ich kramte die Tickets hervor.

»Schulfrei?«, sein Blick durchbohrte uns.

Ich sah zur Seite. Er konnte es kaum erwarten, dass wir erzählten, wir schwänzten.

Misha lächelte den Schaffner an. »Aber nein!« Er nahm sich Zeit für die Antwort: »Jugendwettbewerb ›Forschen auf See‹. Wir sind die westfälische Fraktion! Drücken Sie uns die Daumen!«

»Forschen auf See«, sagte der Schaffner nachdenklich, dabei hielt er die Karten für mich unerreichbar in die Höhe, »nie gehört.«

»Oh, wir haben gute Aussichten dieses Jahr!«, versicherte Misha und rieb die Handflächen aneinander. »Letztes Jahr waren wir die Zweitbesten.« Er lehnte sich entspannt zurück.

»Landratten, die auf See forschen! Warum nicht.« Der Schaffner gab mir mit einem Augenzwinkern die Karten zurück. »Viel Erfolg!«

»Bravo! Mit dieser Lüge werden wir in die Hölle kommen! Du hast gerade gegen das achte Gebot verstoßen«, zischte ich leise, als wir wieder allein waren.

Misha hob die Schultern. »Du bist nicht eingeschritten,

also mitschuldig ... Aber auch in der Hölle ist es zu zweit schöner!«

Ich schloss die Augen und lehnte den Kopf an seine Schulter.

»Harburg! Hamburg-Harburg!«

Türen schlugen.

Misha lächelte mir zu. Er nahm meine Hände zwischen seine. Sie passten genau dazwischen.

»Du bist aufgeregt?«

Ich sah ihn an und nickte.

Draußen Menschen mit Koffern und Reisetaschen. Rufe, eilende Schritte. Stöckelschuhe auf dem Bahnsteig, Kofferrollen.

»An Gleis zwei bitte einsteigen!«

Ein schriller Pfiff. Türenknallen. Kratzende Geräusche an der Abteilwand, Quietschen, Klackern, Schritte. Ich spürte, wie jemand im Abteil hinter uns einen Koffer oben ins Netz warf und dass sich der Zug wieder in Bewegung setzte. Wir stellten die Füße nebeneinander auf das Heizungsgitter und sahen hinaus.

Und dann: die ersten Brückenbögen, Kohleberge, Raffinerien, die Elbe tief unter uns, Schiffe, Schienen, silbrig schimmernde Schornsteine, Backsteinbauten, Brücken, vorbeirasende Züge und endlos viel Wasser.

Als kurz vor dem Hauptbahnhof die Regentropfen in waagerechten Strichen über das Abteilfenster liefen, sagte ich: »Wir sind fast da.«

# 35.

Das Kunsthaus war leicht zu finden. Es lag nicht weit vom Bahnhof entfernt. Wir schlossen unsere Schultaschen in ein Schließfach und liefen etwas ziellos im Regen herum, denn es war noch viel zu früh. Das Ankündigungsplakat hing an allen Ecken. Der fliegende Junge, der in Hamburg im Treppenhaus gehangen hatte. Ein befremdliches Gefühl, das Bild, dem wir jahrelang nahe gewesen waren, draußen, auf der Straße zu sehen, an Elektrizitätskästen, Litfaßsäulen, Eingangstüren, Plakatwänden. Marcel, wie er immer davorgestanden hatte!

*Aimée Baron* war jetzt in großen dunkelblauen Lettern auf dem hellblauen Himmel zu lesen. Darunter: *Réalités*. Wirklichkeiten. Die Tür zum Kunsthaus war verschlossen.

Misha hatte einen Riesenhunger. Wir aßen etwas im Imbiss um die Ecke. Ich bekam nicht viel herunter. Dann gingen wir zum Hafen. Ich brauchte Ablenkung. Hand in Hand schlenderten wir die Mole entlang. An den Landungsbrücken lehnten wir auf der regennassen Kaimauer, sahen den Schonern und Fischerbooten zu, wie sie im grauen Elbwasser an den Anlegern dümpelten. An einem Kiosk kauften wir ein paar Brötchen. Misha riss kleine Stücke ab und warf sie in die Luft. Ein ganzer Schwarm Möwen belagerte ihn binnen kürzester Zeit mit großem Gekreische. Und eine davon schiss ihm tatsächlich auf die Jacke. Ich wusste, es würde uns Glück bringen.

Als wir zurückkehrten, regnete es stärker. Etwas unterhalb des Kunsthauses blieben wir stehen. Über die vierspurige Straße und die Ein- und Ausfahrt zum Wallringtunnel hinweg konnten wir direkt auf den Haupteingang sehen. Ich war erstaunt, wie viele Menschen sich vor der

Tür versammelt hatten, und immer weitere kamen hinzu. Es war Viertel nach sechs. Ich spürte, wie die Anspannung zurückkehrte.

»Wir bleiben wohl besser noch ein bisschen auf dieser Seite. Wollen wir uns dort unterstellen?« Ich deutete auf die Markise vor einem Asia-Imbiss.

»Erkennst du denn jemanden da drüben?«

Ich hatte noch gar nicht so genau hingesehen. Jetzt schien mir, als stünde dort Frau Petzold etwas am Rand außerhalb der Traube.

»Frau Petzold«, sagte ich, »die Frau da drüben sieht aus wie Frau Petzold.«

»Ich kenne nur Herrn Petzold bei euch im Wohnzimmer ...«

»Er heißt nach ihr ... in Wirklichkeit gibt's gar keinen Herrn Petzold. Frau Petzold hat früher auf uns aufgepasst und bei uns sauber gemacht, besonders gern hat sie Herrn Petzold abgesaugt.«

Frau Petzold, wenn sie es war, trug ihr Haar hochgesteckt, unter ihrem grünen Wachsmantel schaute eine dunkle Hose hervor. Der Großteil der Wartenden starrte auf die Eingangstür. Viele hatten Regenschirme aufgespannt.

Dann sah ich Peter Schmidt. Er war allein. Keine Spur von Aimée. Er bahnte sich gerade einen Weg durch die Menge. Ich erkannte ihn an dieser moseshaften, das Wasser teilen wollenden Handflächenhaltung. Dieser sakralen Geste, die die Menschen ehrfürchtig auseinandertrieb. Zwischen Daumen und Mittelfinger sah ich die bei ihm nicht wegzudenkende, selbst gedrehte Zigarette, die er meist auf Mundhöhe hielt, damit er möglichst oft und ohne großen Zeitverlust daran ziehen konnte. So auch jetzt. Und er blies den Rauch achtlos in die Gesichter der Umstehenden, als wäre es eine Auszeichnung, ein Hauch von Peter Schmidt! Die Leute traten zurück. Er durchschritt das Spalier. Das schulterlange dünne Haar wippte bei jedem seiner dynamischen Schritte. Die Furt in der Menschentraube schloss sich hinter ihm. Peter Schmidt war verschwunden. Kurz darauf öffnete sich der Haupteingang. Frau Petzold stand noch immer vor dem Gebäude. Vielleicht wartete sie auf ihre Begleitung.

»Und jetzt ... gehen *wir*?«

Misha sah auf die Uhr und schüttelte bedauernd den Kopf. »Nein. Es ist noch zu früh! Zwanzig vor sieben! Wenn du wissen möchtest, ob deine Mutter reingeht, sollten wir den Eingang noch ein bisschen im Auge behalten.«

»Hast recht«, sagte ich und stieß geräuschvoll Luft aus. »Sie muss durch den Haupteingang. Es gibt keinen Hintereingang. Ihr Agent ist auch gerade vorne rein.«

»Der Möchtegernstar da eben?«

»Ja.«

»Was für ein Schauspieler ...«, Misha imitierte sein Rauchen, »ein echter Westernheld!«

Ich hörte mich überreizt lachen.

Direkt vor uns hielt ein Bus und versperrte die Sicht. Ich verließ den Schutz der Markise, um vom Straßenrand den Eingang besser im Auge zu behalten. Die Bustüren öffneten sich, ein paar Leute stiegen aus. Frau Petzold war an einen Mauervorsprung getreten, sie lehnte dort und schaute die Straße rauf und runter. Die Bustüren schlossen sich geräuschvoll. Der Fahrer fuhr an und fädelte sich in den Verkehr ein. Eine Wasserfontäne spritzte über meine Schuhe. Ich fluchte. Meine Füße waren klitschnass.

Als ich aufsah, stand vor Frau Petzold eine große schmale Frau, die uns den Rücken zuwandte. Sie trug einen dunklen Überwurf, dessen Kapuze sie über den Kopf gezogen hatte. Sie konnte erst vor Sekunden vor Frau Petzold getreten sein. Die beiden schienen sich zu unterhalten. Die dunkle Frau machte eine Gebärde, die mir bekannt vorkam. Dann übergab sie ihr etwas von der Größe eines Briefes.

»Das ist Aimée!«

»Bist du sicher?« Misha stand jetzt wieder neben mir.

»Aimée«, schrie ich, »Aimée, Aimée, Aimée!« Ich war wie von Sinnen. Die Frau drehte sich leicht zu uns, ihr Gesicht war immer noch nicht zu sehen. Hatte sie mich gehört? Gleichzeitig hatte ein Auto gehupt. Ich winkte und sprang in die Höhe. Die Frau aber wandte sich ab und zog das dunkle Cape dichter um ihren Körper, als fröstele sie. Dann schien es plötzlich, als schaue sie noch einmal genau in unsere Richtung, nur das Gesicht blieb unter der Kapuze verborgen. Ich rannte die Straße hinauf zum Fußgängerüberweg. Eine schnellere Möglichkeit, auf die andere Seite zu gelangen, gab es nicht. Die verdammte Tunnelausfahrt versperrte uns den Weg. Es war rot.

»Bist du dir ganz sicher?« Misha war außer Atem.

Ich sah wieder hinüber.

»Sie ist es, bestimmt!«

Frau Petzold hob gerade den Umschlag hoch, als spräche sie über den Inhalt, und ich sah, dass es ein ganzer Packen Briefe war. Sie nickte Aimée zu und eilte dann Richtung Hauptbahnhof davon. Ein Lastwagen mit Anhänger hielt jetzt direkt auf unserer Höhe im stockenden Verkehr. Er nahm uns für einen Moment die Sicht. Dann rollte er in Zeitlupe vorüber. Ich schlug mit der Hand auf die dicke Plane. »Mach schon, mach schon!« Der Laster gab wieder Gas. Wir überquerten die Straße.

»Ich glaube, sie ist weg«, brüllte ich durch die Abgase.

Wir rannten über eine Verkehrsinsel, schafften es gerade noch, vor den startenden Autos über die letzte Ampel. Ich sah den Gehweg hinunter. Eine Menge Leute strömten noch immer auf das Kunsthaus zu. Aber die dunkle Frau war wie vom Erdboden verschluckt.

»Nein«, flüsterte ich verzweifelt. Mein T-Shirt klebte zwischen den Schulterblättern.

»Wenn sie es war, ist sie bestimmt reingegangen.«

»Sie war es ...«

»Das werden wir gleich sehen. Warte einen Moment. Ich versuche reinzukommen, wie wir es besprochen haben.«

Ich nickte. »Beeil dich.«

»Fünf Minuten. Komm in fünf Minuten nach ...!« Misha legte seine gespreizten Finger gegen meine Hand. »Ich warte drinnen auf dich.«

Ein merkwürdiger Drang befiel mich, die Stelle, an der Frau Petzold und Aimée noch vor wenigen Minuten gestanden hatten, einzunehmen. Ich las Duftstraßen wie ein Hund, begab mich in ein Meer aus farbigen Linien. In fremde Spuren, ein kunstvolles Durcheinander sich überschneidender, verwirrender Fäden. Frau Petzold gab ich dunkles Gelb. Ein Linienknäuel vor der Wand, das sich in Richtung Hauptbahnhof entwirrte. Aimées Weg: ein bläulicher Strang aus dem Nirgendwo, der sich in Zickzacklinien vor dunklem Gelb bewegte und vielleicht zum Haupteingang führte. Vielleicht ... Ich verfolgte ihn mit der Schuhspitze. Vor mir zwei dunkle Pumps. Eine junge Frau, die mir freundlich die Eingangstür aufhielt. Ich lief an der Garderobe vorbei. Fünf, sechs Leute standen davor und warteten. Ich gelangte direkt zu einer breiten Treppe. Oben Massen an Menschen zwischen weißen Wänden in strahlendem Licht. Ein Mann in dunklem Jackett trat mir in den Weg.

»Hast du eine Einladung?«

Blut schoss mir ins Gesicht.

»Nein.«

»Ohne Einladung kommst du nicht …« Er betrachtete mich jetzt eingehend. Ich versuchte, gelassen zu wirken und sein unverschämtes Glotzen zu ignorieren. Ich sah mich um. Oben auf der Treppe kam gerade Misha zwischen den Rücken der Wartenden zum Vorschein. Er winkte mir zu.

Ich wollte sagen: »Mein Freund hat sie«, und hatte meine Hand bereits ausgestreckt, um auf Misha zu deuten.

Aber da sagte der Mann schon: »Nee, alles klar. Alles okay! Hab dich erkannt«, und sah zu Misha, während er ironisch den Mund verzog und mich durchließ. Wahrscheinlich hielt er sich für einen umwerfend witzigen Typen.

Es war wahnsinnig voll. Wir standen hinter einer Wand aus Rücken und immensem Gemurmel und sahen nichts. Wenn Aimée da war, stand sie hinter all diesen Menschen. Meine Nerven waren bis aufs Äußerste gespannt. Misha war einen Kopf größer als ich. Er reckte den Hals. Ich drängte mich an seine Seite.

»Siehst du was?«

Er schüttelte den Kopf.

Ein Mikrofon knackte.

»Hallo, hallo?« Professor Knaacks Stimme, das hörte ich sofort. Blitzlichtgewitter. Ein Räuspern, ein tiefes, mit sich zufriedenes, Ruhe verbreitendes Lachen. Es war mir so vertraut, dass ich mich etwas entspannte. Das Raunen hörte auf. Knaack begrüßte die Gäste. Wir klatschten kurz. Ich spürte mit einem Mal die Feuchtigkeit und Kälte des Anoraks auf der Haut.

»Réalités«, begann Knaack, »Wirklichkeiten. Der Titel dieser Ausstellung ist gleichzeitig ein großes, wenn nicht *das* Thema in Aimée Barons Arbeit. Wie ein Leitmotiv führt diese Thematik durch die Werke der Künstlerin, sowohl stilistisch als auch inhaltlich. Ihre hyperrealen Welten verführen den Betrachter, das Gemalte als Wirklichkeit wahrzunehmen. Doch dahinter verbirgt sich eine andere, oftmals schockierende Realität, die wir vom Wegsehen kennen, die uns darum aber umso mehr packt und nicht wieder loslässt. Faszinierend und beängstigend zugleich. Aimée Barons ›Wirklichkeiten‹ ist alles zusammengenommen: das Positive wie das Negative, das vor, hinter und in den Dingen. Sie durchbricht mit ihrem fotorealistischen – und erst im Detail entfremdeten – Stil, den Konsens, dass real Anmutendes auch real sei. Aimée Barons Kunst öffnet uns Welten. Fremde und eigene. Durch die Missachtung gewohnter Sichtweisen blicken wir tief in die Abgründe des Ur-Menschlichen: Angst, Zorn, Verlassenheit, Hass und immer wieder: Einsamkeit.«

Ich fröstelte.

»Kommt sie denn jetzt, oder kommt sie nicht?«, wandte sich eine junge Frau direkt vor uns an ihren Begleiter.

»Schscht«, bedeutete der, und sie rollte gespielt empört die Augen und kicherte leise, und wir hörten nur noch den Rest der Antwort, die sie von Knaack bekam: »... wird die Künstlerin heute leider nicht anwesend sein können.«

Mishas Arm legte sich fest um mich. Er sah mich fragend an. Ich hatte noch nicht ganz begriffen.

Leiser Tumult erhob sich über den Köpfen. Knaack wünschte einen schönen Abend, sagte, man solle schauen, was die Künstlerin zu sagen hat: »Machen Sie sich selbst ein Bild!«

Lachen. Applaus.

Ich sah zu Boden, fühlte mich plötzlich wie jemand, der einen tiefen Sprung wagen wollte und eine Leiter hingehalten bekommt. Ich war enttäuscht, maßlos enttäuscht, frustriert und wütend. Ich war mir sicher, sie draußen gesehen zu haben, wir waren einander so nah gewesen. Mishas Wärme drang jetzt durch die klamme Kleidung, ich spürte den Druck seiner Hand über der Hüfte.

»Warum kann sie nicht anwesend sein? Hast du verstanden, warum?«

Er schüttelte den Kopf. Wir hatten die entscheidenden Worte nicht gehört.

»Willst du bleiben?«

»Auf jeden Fall!«

Ich wollte sehen, was sie gemalt hatte, und würde nicht gehen, bevor ich nicht irgendetwas hatte, das ich mit nach Hause nehmen konnte.

Die Mauer vor uns lichtete sich. Trotz Knaacks Ansage hielt ich weiterhin nach ihr Ausschau. Mein Blick glitt durch den großen, rechteckigen Ausstellungsraum. Hier und dort erschien mir ein Gesicht vertrauter, aber ich erkannte niemanden. Papa schien auch nicht da zu sein. Die Menschen verteilten sich in Gruppen vor den Bildern. Vereinzelt ging jemand nah heran, den Kopf vorgestreckt, um Details zu betrachten. Professor Knaack und Peter Schmidt standen an der Stirnseite des Raums, wo das Mikrofon gerade abgebaut wurde. Sie waren von Fotoapparaten und Leuten mit gezückten Blöcken und Notizbüchern umlagert. Knaack überragte sie alle, seine blanke Stirn leuchtete im Blitzlichtgewitter. Mit freundlich beschwichtigenden Bewegungen verwies er die Journalisten an Aimées Agenten, der, halb in einer Rauchwolke verborgen, mit der Zigarette vor den Gesichtern der Journalisten gestikulierte.

Wir nahmen die Treppe zur Empore. Oben war es ruhiger, dort drängten sich weniger Menschen, die Luft war frisch und kühl. Hier hingen die kleinformatigen Bilder.

Mehrere Skizzen einer Artistengruppe bei der Arbeit, Porträts alter Bauern, eine Serie Kinderbilder, Kinder, die selbstbewusst Grimassen schneidend aus Fernsehern herausschauten, und der Gespensteraufmarsch, vor dem ich mich als kleines Kind immer gefürchtet hatte. Eine Reihe kriegsversehrter Kinder, denen eine kindhafte, flachbrüstige Marianne voranlief, den Rücken durchgedrückt, den Kopf stolz erhoben, schwenkte sie die französische Flagge, als wüsste sie, wohin, obwohl die gelbe Binde mit den drei schwarzen Punkten an ihrem Arm ein eindeutiger Hinweis darauf war, dass sie nicht sehen konnte.

Im anschließenden Raum fanden wir eine Reihe überwiegend in Blau gehaltener Bilder aus Privatbesitz.

Wir schritten die Wände ab. Vor einzelnen Gemälden blieben wir länger stehen und diskutierten. Unsere Wahrnehmung war sehr unterschiedlich. Wahrscheinlich lag es daran, dass ich nach etwas suchte und Misha verstehen wollte, was er sah. Ich wusste nicht genau, nach was ich suchte, verspürte nur den Drang, etwas zu finden. Eine Antwort auf Aimées Verschwinden vielleicht, auf ihre Abwesenheit. Es war, als ob wir auf unterschiedliche Farbschichten schauten.

Misha sagte: »Sie malt oft vom Krieg.«

Ich sagte, dass mir das nie aufgefallen sei. Zumindest nicht als etwas Bemerkenswertes.

»Du bist mit den Bildern groß geworden, der Krieg war immer da.«

»Ich hab ihn aber nie bemerkt ...«

»Weil du dich daran gewöhnt hast.«

»Aimée war fünf, als der Krieg zu Ende war!«

»Wer weiß, was passiert ist ...«

»Ihr Vater und ihr Bruder sind ums Leben gekommen. Sie hat kaum darüber gesprochen.«

»Aber es muss ja irgendwo hin.« Wie zum Beweis deutete er auf das Bild, vor dem wir gerade standen, ein kleines Mädchen, das mit engelsgleichem Gesicht ein Maschinengewehr auf ein unsichtbares Ziel gerichtet hatte.

Dann gingen wir wieder in die Haupthalle hinunter. Ich war ein bisschen benommen von dem Gedanken, dass meine Mutter in ihren Bildern Dinge aussprach, die sie sonst für sich behielt. Unten hingen die großen und neueren Gemälde. Eine ältere Frau starrte uns im Vorübergehen auf der Treppe unverhohlen an.

»Was hat die denn?«

Misha warf mir einen ratlosen Blick zu. »Keine Ahnung. Ich kenne sie nicht. Du vielleicht?« Er hob nur kurz die Schultern.

Schräg hinter dem Platz, an dem Professor Knaack gestanden hatte, sah ich jetzt den fliegenden Jungen. Ich ging darauf zu.

Sie hatte nichts daran geändert. Er schwebte noch immer barfuß im Universum und blickte unruhig lächelnd auf uns herab. Rechts von ihm hing ein Bild im gleichen Format, es gehörte jetzt offenbar dazu. Ein zu Boden gefallenes Paar Kinderschuhe, überdimensional groß im Verhältnis zu dem Jungen. Durch den Aufprall waren sie zerschmettert. Blut sickerte aus den gebrochenen Nähten, als wären sie etwas Lebendiges. Es waren Brunos Schuhe. Ich sah vor mir, wie Mamique sie am vorletzten Weihnachtsfest in Aimées Paket gesteckt und nur zaghaft geantwortet hatte, als wir nachfragten, was in ihrem Schächtelchen sei. Und wie sie uns kurz einen Blick darauf hatte werfen lassen. Oncle Brunos erste Schuhe. Jetzt wusste ich, dass sie gezögert hatte sie zu zeigen, weil sie noch weitaus mehr in das Paket gesteckt hatte. Brunos Geschichte. Ich trat näher an den Titel heran und las: *Il faut savoir voler/Man muss fliegen können.*

Das war also das Ende. Ein Sturz. Was auch immer das bedeutete. Aimée ersparte uns, was wirklich geschehen war, und beflügelte gleichzeitig die Fantasie aufs Grausamste. Was war die Wirklichkeit hinter der Wirklichkeit? Das, was ich fühlte? Dass ein schutzloses Kind brutal ums Leben gekommen war? Ich verstand jetzt, was Knaack in seiner Rede mit den Abgründen des Ur-Menschlichen gemeint hatte. Aimée hatte uns all die Jahre etwas ersparen wollen. Den Anblick ihrer Vergangenheit. Es war ihre Vergangenheit, die sie mit ihrem Schweigen zu unserer Gegenwart gemacht hatte. Aber ich wollte sehen! Ich wollte endlich sehen. Sehen, was war.

Auf dem Weg zum nächsten Raum verfolgte uns der Blick eines Paars, das ihn gerade verlassen hatte. Verwundert drehten wir uns nach ihnen um, unsere Blicke begegneten sich, kurz, stoben dann wieder auseinander. Ich kannte sie genauso wenig wie die Frau auf der Treppe. Bekannte von früher?

Die Beleuchtung änderte sich. Spots tauchten die großen Leinwände in gleichmäßiges Licht. Zwischenwände, die nicht ganz bis zur Decke reichten, mit mehreren türlosen Durchgängen machten die Halle zu einer Art übersichtlichem Labyrinth. Man ging Raum für Raum an den Außenwänden entlang, um schließlich wieder zum Ausgang zu gelangen, der gleichzeitig der Eingang war.

Wir gingen an etlichen neuen Bildern vorbei. An der Familie, Aimées letztem im Hamburger Atelier gemalten Bild. Sie hatte es jetzt *Adieux à la Sainte Famille* genannt, *Abschied von der Heiligen Familie*. Eine Menge Leute standen davor. Ich fragte mich, was für ein Bild sie mit nach Hause nehmen würden, was für ein Gefühl, welche Idee. Keiner konnte sehen, dass dieses Bild mit dem Medizinbuchherz ihr Abschied war, Aimées Abschied von dem, was ihr heilig gewesen war, der Abschied von ihrer Familie.

Für einen kurzen Moment spürte ich den Boden wanken, wie er es so oft getan hatte in den letzten Jahren, wenn mich Ungewissheit und Ohnmacht übermannt, wenn ich mich dem Schweigen der Erwachsenen ergeben hatte, wenn ich selbst geschwiegen hatte. Aber deshalb war ich hierhergekommen. Ich wollte mich nicht länger ergeben. Ich holte tief Luft und richtete mich auf.

Wir gingen weiter. Sahen immer neue Bilder, Wände, Türöffnungen, Wände, Bilder, Menschen. Wir hatten fast alles gesehen. Von Weitem schon war das letzte Bild erkennbar. Es war extrem groß und hing an der Rückseite der Eingangswand.

Ich sah den Unlang bei Nacht aus einer für mich bislang unbekannten Perspektive. Von oben, aus einem geöffneten Fenster. Aimées Blick kam aus dem Turm der verrückten Prinzessin. Ich sah den Eingang zu unserem Haus. Grün, das Zeitungsrohr für den *Patrioten*, die Gartenmauer.

Sie war immer bei uns gewesen.

Um uns herum kamen und gingen Leute, Unterhaltungen im Flüsterton flatterten vorbei wie lose Blätter. Wir traten näher heran.

Im Licht der Straßenlaterne stand ein junges Paar. Beide hatten dunkles Haar, sie trugen unsere Jacken. Ohne mich anzusehen legte Misha den Arm um meine zitternden Schultern.

Der junge Mann hielt mit beiden Händen den Kopf der jungen Frau, wie eine Blüte, die abzubrechen droht. Sie hatte die Augen halb geschlossen, ihre Haut leuchtete im Laternenlicht. Zärtlich lagen seine Daumen auf ihren Wangen, sein Blick auf ihre Augen gerichtet. Er war ganz bei ihr. Und sie lächelte. Glücklich.

# Epilog

Frühjahr 1978

Ich stand auf der Terrasse und sah den Rauchwolken zu, wie sie aus den Hälsen der Zementwerke quollen. Der Wind trieb sie in Girlanden über den Horizont. Lautlos teilte ein Kondensstreifen den Himmel. In der Forsythie am Wintergarten sangen Meisen. Es roch nach Frühling.

Da stand ich und dachte, wenn mich in diesem Moment jemand fragen würde, ob ich glücklich sei, ich würde schreien: »Ja! Ja, ich bin glücklich!«

Wenn ich eines verstanden hatte, dann, dass man das Glück nicht festhalten konnte. Dass es kam und ging, wie es wollte. Dass nichts gewiss war, außer dass es immer wieder zurückkam.

Ich hatte Aimée gefunden.

Es war richtig gewesen, nach Hamburg zu fahren. Auch wenn ich die Gefühle, mit denen ich zurückgekehrt war, erst einmal sortieren musste. Die Freude, die Enttäuschung, die Wut. Es passte alles nicht zusammen. Ich brauchte Zeit. Zeit, bis ich bereit war, meine Mutter zu besuchen. Ich würde spüren, wenn es so weit war.

Ich hatte sie gefunden und die Angst verloren, Fragen zu stellen. Ich wollte das Spiel keine Sekunde länger mitspielen. Ich hatte nichts zu verlieren. Wir waren nie eine normale Familie gewesen. Ich hatte es mir immer gewünscht. Aber normal, was war das schon? Wer war das schon? Das Leben veränderte sich ständig. Und wir veränderten uns mit ihm. Normal war Stillstand. Wir lebten!

Ich hatte Papa nach dem braunen Päckchen gefragt, das Aimée Frau Petzold übergeben hatte – es waren tatsächlich Briefe gewesen, mit denen sie uns glauben machen wollte, sie wäre in Hamburg. Dieses ganze Versteckspiel, die ganze Erwachsenenlügerei, ich hatte genug davon. Ich wollte, dass damit ein für alle Mal Schluss war.

Noch am Abend meiner Rückkehr aus Hamburg hatte mir Mamique am Telefon Brunos Geschichte erzählt. Dass er, kaum siebzehn, vor den Augen seiner Mutter und der fünfjährigen Aimée, vor den Augen der halben Stadt, aus dem Rathausfenster von Monceau gesprungen war, um einem Erschießungskommando der Kollaborateure zu entkommen. Sie hatten nicht gesehen, wie er unten aufkam, eine Mauer verdeckte den Hof. Viele Jahre hatte Aimée glauben wollen, ihr Bruder könne fliegen und würde eines Tages zurückkehren. Aber irgendwann war es auch bei ihr angekommen. Sein Absturz wurde zu ihrem.

Doch das war ihre Geschichte.

Vielleicht hatte ich Aimées Aussehen geerbt, vielleicht etwas von ihrer Fantasie, ihrer Begabung zu malen, aber diese Geschichte, das war ihre. Ich hatte meine eigene. Und ich spürte, dass sie gerade begann, richtig gut zu werden.

Bald würden die prallen Knospen der Magnolie aufspringen, ein dunkles Lila schimmerte hindurch. Mamique hatte das Bäumchen so gepflanzt, dass Aimée es von ihrem Turmzimmer aus sehen konnte. Die Glocke der Stiftskirche schlug. Vielleicht vier oder fünf Mal. Ich zählte nicht mehr mit. Aus dem Park vom Kriegerdenkmal schallten Kinderstimmen herüber. Ich hörte die Gartenpforte ins Schloss fallen. Das Surren einer Gangschaltung. Gleich würde es klingeln. Irgendetwas bewegte sich über den Beeten von Brockmanns Garten. Ich kniff die Augen zusammen. Und sah: Da drüben schwebten furchtlos Schmetterlinge.

# Anhang

S. 14 – »Ein großes Glück kehrt ein, Kummer und Sorgen verschwinden, glücklich, sterbensglücklich sein …«

S. 40 – »Hör auf! Du erzählst wirklich Mist!«

S. 41 – »Wir beide hatten uns getrennt, und dann plötzlich, das ist komisch, finden wir uns einander gegenüber, obwohl wir dachten, wir würden uns niemals wiedersehn.«

S. 58 – »Sie soll uns Bonbons mitbringen …!«

S. 141 – »Lass sie!«

S. 142 – »Natürlich lügt sie.«

S. 148 – »Sie ist völlig übergeschnappt.«

S. 188 – *Es ist geboren, das göttliche Kind* (franz. Weihnachtsliedtitel).

S. 211 – »Was für ein dummes Gänschen!«

S. 220 – »Träumst du?«

S. 220 – »Ich beobachte Susi.«

S. 220 – »Ich dachte, wir wollten Schlittenfahren und nicht hier im Schnee herumhängen.«

S. 221 – »Ja, dann mach schon!«

S. 361 – »Elender Wichtigtuer!«

S. 366 – »Gibt es eine Übersetzung für ›lebensgefährlich‹?«

S. 367 – »es bedeutet, dass es mehr ist als: sehr gefährlich!«
»So gefährlich, dass man sein Leben riskiert?«

S. 367 – »Wir hatten keine andere Wahl.«

S. 394 – »Ruhig Blut!«

S. 397 – »Nein, Mamique, es ist nicht so, wie du denkst!«

S. 397 – »Was denke ich denn deiner Meinung nach?«

S. 398 – »Mist. Er hatte mich informiert, dieser Wichtigtuer.« ... »Die Autobahn! Wirklich ...«

S. 414 – »Was passiert gerade?«
»Nichts.«

S. 424 – »Würde es dir Spaß machen, Schauspielerin zu sein?«

S. 453 – »Entschuldigen Sie, ich war mit meinen Gedanken woanders.«

# Danke!

Mein besonderer Dank gilt der Hamburger Kulturbehörde – und der Jury 2009 – für den im selben Jahr verliehenen Förderpreis, der es mir ermöglicht hat, diesen Roman zu beenden.

Außerdem danke ich Corinna Fussbach für die Theaterluft, die ich in vollen Zügen einatmen durfte, und all die geduldig beantworteten Fragen.

Petra und Richard Kristen, danke für Eure bedingungslose Preisgabe der Geheimnisse der Tschechoslowakei. Danke, Andreas Paschedag, für das feinfühlige Eingreifen, Deine Geduld und Deine Begeisterung am Text. Danke meiner Mutter, geduldiger Leserin und Korrektorin der ersten Stunde, und meiner »ältesten« Freundin Alexandra für die medizinische Beratung. Danke meinem Vater für all die Gespräche über Medizin und Psychiatrie und den *Kampf und Sieg der Chirurgie*. Danke, Brigitte, für den wichtigsten Ratschlag überhaupt, der gleichzeitig so etwas wie der Grundstein unserer Freundschaft war. Herzlichen Dank an meine Agentin Christine Koschmieder (jemanden wie Dich habe ich mir immer gewünscht!). Sibylle, Martina, Sam, Anne und Isabell K., Ihr wart meine Zuhörerinnen und kostbarste Erstleserinnen. Vielen Dank für Eure Kritik und Euer Feedback! Und Isabel, meine wahre, reale, immer und ewig beste Freundin: Ohne Dich hätte ich den Glauben manchmal verloren. Danke, Hans Herbst, der gar nichts davon weiß, an dessen Kaminfeuer mir aber der Einfall zu diesem Roman kam. Danke, Michael Schaefer, für das türkisfarbene Rennrad. Julien Bataillet, Dein Künstlerherz schlägt in Bickys Brust, Danke für alle malerischen Geheimnisse! Die Bilder von Gottfried Hellnwein, Lili Nalovi und Jesko Willert waren Inspiration für Aimées Malerei. Danke! Juju und Meini, Ihr habt Marcel zum Leben erweckt. Merci aux familles Geisler et Loiselet, vous êtes ma France! Und Michael, Danke, Du warst da!